U0802194

高等院校公共素质课系列教材

文学欣赏

主　编　生素巧　温惠宇　杨　俊
副主编　高栋彦　杨　晋　王春宏
王　卉　刘　玉

中国石油大学出版社
CHINA UNIVERSITY OF PETROLEUM PRESS
山东·青岛

图书在版编目(CIP)数据

文学欣赏/生素巧,温惠宇,杨俊主编. -- 青岛:
中国石油大学出版社,2017.11(2022.3 重印)

ISBN 978-7-5636-5800-8

Ⅰ.①文… Ⅱ.①生… ②温… ③杨… Ⅲ.①文学欣赏—高等学校—教材 Ⅳ.①I06

中国版本图书馆 CIP 数据核字(2017)第 271162 号

如有印装质量问题,请与中国石油大学出版社发行部联系。
服务电话:400-615-1233

书　　名: 文学欣赏
WENXUE XINSHANG
主　　编: 生素巧　温惠宇　杨　俊

责任编辑: 徐　伟　李莹莹
封面设计: 刘文东

出 版 者: 中国石油大学出版社
（地址:山东省青岛市黄岛区长江西路 66 号　邮编:266580）
网　　址: http://cbs.upc.edu.cn
电子邮箱: uppbook@upc.edu.cn
排 版 者: 华腾教育排版中心
印 刷 者: 大厂回族自治县聚鑫印刷有限责任公司
发 行 者: 中国石油大学出版社(电话　010-88433760)
开　　本: 787 mm×1 092 mm　1/16
印　　张: 16
字　　数: 389 千字
版 印 次: 2017 年 12 月第 1 版　2022 年 3 月第 4 次印刷
书　　号: ISBN 978-7-5636-5800-8
定　　价: 45.00 元

PREFACE
前　言

“文学是人学”，文学应当关注现实、社会和民生。作家把自己对生活的理解融入其文学作品中，学生可通过阅读文学作品来认识、了解社会和人生，看清时代的本质。准确把握文学作品的内涵，领略作家的意旨，是每一位文学欣赏者应该具备的基本素质。《文学欣赏》有助于提高学生文学欣赏的水平和文学素养，有助于陶冶情操，启迪智慧，促进审美，提高综合素质，塑造健全的人格。为达到这个目的，编者在编写本教材时，注重学生的实际需求，强调技法和学法指导。

本教材主要有以下几个特点：

(1) 汇集古今中外文学精华。所选作品乃古今中外的作家作品，皆名家名篇、经典之作，并按照诗歌、散文、小说、戏剧、影视五大文学样式编排。

(2) 注重理论提高，技法指导。除了在绪论中进行了关于文学欣赏的理论阐释，还在所选作品后附有“学法点拨”，在感性欣赏之后夯实理论基础，总结欣赏规律。

(3) 注重现实链接，训练全面，针对性强。在所选佳作名篇之后，是“相关背景”“文本赏析”“学法点拨”“链接思考”四个部分。其中，“学法点拨”和“链接思考”有着很强的实践意义和针对性，是教材的亮点。“学法点拨”针对作品特点，把该作品所使用的独特的写作方法、技巧或所属的流派作为知识点进行分析和讲解，让学生能掌握同类作品的欣赏技法，达到举一反三、触类旁通的效果。“链接思考”可扩大学生的阅读视野，使其了解各种艺术形式，把作品所表达主题、情感和现实生活联系起来；可改变部分学生认为文学虚无缥缈的错误观点，使其把阅读、欣赏、评析、朗诵、写作等能力结合起来，培养综合欣赏能力。

本教材的编者为江苏经贸职业技术学院、南京特殊教育师范学院等高校的教师，均具有丰富的一线教学实践经验。在编写过程中，编者参阅了大量的书刊、资料，已在参考文献中列出，如有疏漏，敬请谅解。由于编者水平所限，书中难免有缺点和不足之处，敬请广大读者评判指正。

编　者

CONTENTS

目录

绪论　文学欣赏基础知识

学习目标

1. 了解文学与文学欣赏的概念，掌握文学欣赏的特点。

2. 了解文学欣赏的规律，把握文学欣赏的前提、原则、过程，学会运用文学欣赏的理论知识指导实践。

3. 掌握并学会运用欣赏文学作品常用的方法，学会理解文学作品所表现的思想感情，学会领会主旨、分析所蕴含的哲理。

4. 学会感受文学作品语言世界的魅力，培养热爱祖国语言文字的情感。

文学自出现以来，一直深刻地影响着人类的精神生活。文学可以陶冶人的情操，改变人的性格，影响人的人生观及世界观，带来精神的享受，甚至可以改变一个人的一生。对于喜欢文学的人来说，文学像阳光，像空气，像水，像食物，必不可少，文学作品对人类的思想和灵魂起到了一种潜移默化的作用。

一、文学与文学欣赏

文学可以反映一个时代的生活，是一种源于生活、高于生活的艺术。任何一部文学作品都是人类生活的艺术化体现，是人类精神活动的结晶。让文学感动心灵，一度是向文学这座殿堂一路走来者的痴心追求。不少优秀的文学作品曾经鼓舞了一代又一代人，使阅读者普遍感受到了内心世界的震撼。

(一) 文学

广义的文学，指一切用文字书写的书籍文献，包括纯文学和政治、哲学、历史、宗教等一般文化形态，这是一种文化型的文学观念。如我国在魏晋时期以前，西方在 18 世纪以前都是这一观念。

狭义的文学，指以语言文字为工具形象化地反映客观现实的艺术，包括戏剧、诗歌、小说、散文等。文学是文化的重要表现形式，以不同的形式(即体裁)表现创作者的内心情感，再现一定时期和一定地域的社会生活。这是一种审美型的文学观念。

图文
汉字的故事

文学在人类的劳动活动中产生。最先出现的是口头文学，主要是可以演唱的抒情诗歌。《淮南子·道应训》说："今夫举大木者，前呼'邪许'，后亦应之，此举重劝力之歌也。"所谓"举重劝力之歌"，就是指人们集体劳动时，一唱一和，借以调整动作、减轻疲劳、加强工作效率的呼声。最早的书面文学作品有中国的

《诗经》、印度的《罗摩衍那》和古希腊的《伊利昂纪》等。

中国先秦时期将以文字写成的作品统称为文学。西汉时期，学校的负责人被称为“文学”，不称校长或教官。汉武帝为选拔人才，特设“贤良文学”科目，由各郡每年举荐人才上京考试，被举荐者便叫“贤良文学”。魏晋后期，“文学”才成为语言艺术的专用名词。史书上记载曹丕“好文学”，以著述为务，即现今所说的文学作品。

欧洲传统文学理论分类法将文学分为诗、散文、戏剧三大类。现代通常将文学分为诗歌、小说、散文、戏剧四大类别。随着时代的发展，影视文学作为一种特殊的文学体裁对人类和社会生活产生越来越大的影响，因此，本教材将影视文学也列入其中。

文学源于生活，又高于生活。文学通过语言艺术反映社会文化，体现人们对美的向往和追求。文学作品是作家用独特的语言艺术表现其独特的心灵世界的成果，离开了独特性就没有文学，独特性是文学作品的灵魂。文学代表着民族的艺术和智慧，一个杰出的文学家就是一个民族心灵世界的英雄。文学，是一种用语言文字表达社会生活和心理活动的学科，属社会意识形态范畴。

（二）文学欣赏

英国著名哲学家培根讲过：“读史使人明智，读诗使人灵秀，数学使人周密，科学使人深刻，伦理学使人庄重，逻辑修辞使人善辩，凡有所学皆成性格。”阅读文学作品，学会欣赏文学作品，可以提高自己的文学修养，完善自己的人格，全面提高自身的素养。

1. 文学欣赏的概念

文学欣赏是指在阅读或观看文学作品时，通过文学语言的媒介，经过感悟、体验和再造想象，感受具体生动的艺术形象，把握文学作品所蕴含的思想感情和社会生活，从而获得审美愉悦和精神满足，进而从心灵深处受到震撼、启迪、影响、教育、鼓舞的一种审美的精神活动。

文学欣赏既是一种认识活动，更是一种情感活动，其重在审美。文学欣赏是读者为了满足审美需要，在理解文学作品的基础上，通过联想、想象、情感、思维、再创造等心理活动，获得对文学作品塑造的艺术形象的具体感受和体验，引起思想感情上的强烈反应，得到审美的享受。文学欣赏包含感受艺术形象，体味艺术境界，领会思想内容，激起情感反应，玩赏艺术魅力，鉴别作品水平，追求文学作品的情趣性和审美性。

学会欣赏对我们来说具有重要意义，可以让我们增长知识，开阔眼界，陶冶情操，升华人格，平和心态，促进健康。不会欣赏就不能真正领悟文学的真谛，如同人在宝山却空手而归；学会欣赏是我们进入文学殿堂的必由之路，能给自己的写作提供最有意义、最实际的学习和借鉴，是提高写作水平的重要路径。因此，我们应该学会欣赏，努力提高欣赏能力。

2. 文学欣赏的特点

读者在阅读或观看某一部文学作品时，产生具体形象的感受和体验，引起情感上的激动和共鸣，上升为审美享受，并领会文学形象所蕴含的深层含义，这就是人们常说的文学欣赏活动。文学欣赏活动是由欣赏者与欣赏对象的相互联系和相互影响共同构成的，两者之间形成了相互依存、对立统一的辩证关系，由此也形成了文学欣赏的特点。文学欣赏的主要特点如下：

（1）文学欣赏是欣赏者对文学形象的情感及认识的审美活动。在欣赏文学作品时，读者先品味书面语言或口头语言，再通过联想和想象，理解把握作品中描写的鲜活生动的艺术形象，进入作品所描绘的世界，并由此认识作品所反映的社会现实生活的面貌，引起情感上的反应。一旦读者产生如见其人、如闻其声、如临其境的感觉，就会强烈地感受到文学的艺术之美，在此基础上，运用自己的知识、经验等去理解作品所包含的深刻思想和艺术特色，从而得到思想感情上的陶冶和艺术鉴赏上的愉悦。也就是说，读者在欣赏文学作品时，根据自身对文学作品的要求提出对文学作品的看法，对文学作品中艺术形象的美丑做出评判，融入了主观的认识、主观的感情色彩。当然，人们欣赏文学作品也受制于客观因素，尤其是人们所处的时代背景会对人们的评判标准和审美活动起到很大的影响。

例如，在读到唐代白居易《长恨歌》中的诗句“天长地久有时尽，此恨绵绵无绝期”时，我们能看出唐玄宗与杨贵妃之爱是超越时空的爱，是世间最深刻的爱，恨不能天长地久。由此可见，这首诗深刻地体现了两人近乎唯美的爱情，作者对这对爱人不能长相厮守感到深深惋惜。但是，诗歌前半段，白居易对唐明皇重色误国又深为痛恨。两人的悲剧在于他们身在帝王家。读者拜读时，感情随着诗歌内容的变化而变化，或痛恨，或同情，或惋惜，凡此种种，均是对文学作品的审美享受。

(2) 文学欣赏是以“共鸣”为重要特征的一种心理活动。“共鸣”的释义在《现代汉语词典》(第6版)中有两个：①物体因共振而发声，如两个频率相同的音叉靠近，其中一个振动发声时，另一个也会发声；②由别人的某种情绪引起相同的情绪。很显然，第二种解释是符合这里所说的情况的。

在文学中，共鸣是读者在阅读或观看过程中与作品产生心灵共振和感应的情形。其通常有两种情形：一是指读者与作者发生共鸣，二是指读者与作品中的人物产生共鸣。当读者阅读或观看文学作品时，作家通过艺术形象表达出来的思想感情深深地打动了读者的心，读者的情绪深受作者的影响，爱作者之所爱，恨作者之所恨，感同身受作品所表达的情感。同时，读者与作品中的人物也同喜同悲，为作品中正面人物的成功而欢呼雀跃，为作品中反面人物的失败而拍手称快。这就需要读者和作者间具有大体相同或相近的思想感情基础；作者要具有丰富的阅历和思考，使得作品具备深刻的思想意蕴和强烈的艺术感染力，让读者在阅读欣赏时能设身处地地想象。

(3) 文学欣赏是通过联想与想象所进行的再创造活动。“一千个读者，就有一千个哈姆雷特”说的就是文学欣赏过程中，欣赏者通过联想和想象融入自身的体验、感受和理解，对文学形象进行重新创造，把文学形象塑造成自己所理解的形象。如果欣赏者不善于进行积极的联想和想象，对作品浅尝辄止，就不可能对作品有深切的感受，也不可能发现蕴含在作品中的美。不同的欣赏者，其文化修养、生活经历、个性特点存在差异，那么，对同一部作品中的同一个艺术形象，得到的印象很可能不一样。

在欣赏过程中，欣赏主体对欣赏对象不是被动地接受，也不是机械地再现，而是主动地再创造。再创造是指欣赏者根据自己的生活经验(包括审美经验)、情感体验和文化素养等，对欣赏对象进行积极的感受、体验和思索，同时又加以补充、丰富和拓展，把作品中的形象转化为自己脑海中的形象，这就是文学欣赏的再创造。文学欣赏都有再创造的过程，没有再创造就谈不上真正的文学欣赏。再创造主要指两个方面：一是对作品中形象的丰富与重塑，二是对蕴含在作品中的思想感情的挖掘与提炼。再创造还受到欣赏者主观条件以及作品中艺术形象的制约。

二、文学欣赏的规律

文学作品的欣赏有其自身的规律性，了解文学欣赏的前提、原则和过程，有助于欣赏者发挥主观能动性，自觉地按照规律办事，达到欣赏的效果和目的，提高欣赏的水平和能力。

（一）文学欣赏的前提

文学欣赏活动必须具备一定的主客观条件，才能顺利进行。欣赏者作为文学欣赏的主体，要具备基本的知识储备，要能够看懂作品的有关内容，能理清人物关系，能感受、理解文学作品思想内涵和艺术表达美的修养与能力。文学作品作为文学欣赏的客体，应具备丰富的内涵，有艺术和审美价值，能给人以美的艺术享受。主体和客体之间要有一定的适应性、契合度：一方面，文学作品自身有强大的艺术感染力；另一方面，读者能对文学作品加以审美欣赏，形成一种同构关系。作品呈现生命价值观，读者对作品的欣赏品味则是对文学生命活力的释放。

（二）文学欣赏的原则

文学欣赏总的原则是用艺术的眼光欣赏艺术，即把文学当艺术看。具体说来，进行文学欣赏应该坚持以下三项原则：

1. 形象思维为主的原则

文学创作就是塑造一个个鲜活生动的艺术形象，去打动欣赏者，调动欣赏者的感情，吸引其不由自主地投入其中。文学欣赏是以形象思维为主的心理活动，即通过对艺术形象的感知、理解、体味而获得心理上的愉悦和美的享受。在欣赏时，要始终围绕形象展开，在阅读文学作品时，必须将语言文字转换成形象或一个个生动具体的生活画面，才能进行欣赏。当然，在进行形象思维的同时，也会运用逻辑思维，即欣赏者会对形象进行审美分析、归纳、推理及审美判断。即使如此，欣赏者进行逻辑思维的全过程仍然围绕着艺术形象进行，仍然是以形象思维为基础，唯其如此，欣赏活动方能正常进行。

2. 主观和客观统一的原则

文学欣赏富有创造性，需要欣赏者根据自身的经验和修养，对艺术形象进行再现、再创造。在再现、再创造的过程中，融入了欣赏者自己对形象的感知、认识和理解，加入了主观的感情色彩和个性特点，这凸显了文学欣赏的主观性。但是，任何再创造都必须以客观的作品所提供的艺术形象为基础和依据，受到客观艺术形象的支配和制约，不能脱离客观的艺术形象而主观任意臆造。作品中客观艺术形象唤起读者相应的记忆，并规定了欣赏者的感受、体验、认知等审美活动的价值取向、范围、内容和性质，通过艺术形象向欣赏者展示作品的思想道德和审美价值取向，换句话说，就是“作品自身在说话”。因此，欣赏者必须将主客观统一起来才能对艺术形象进行正确的评价，才能真正领悟到文学作品的思想内涵和艺术魅力。

3. 思想分析与艺术分析结合的原则

文学作品中蕴含的思想内涵是通过艺术形象、艺术手段来表现的，而艺术形象、艺术表现中又饱含、渗透着思想和感情，二者是水乳交融的，否则就不能称之为文学作品了。因此，欣赏者在对文学作品进行体验、分析和评价时，必须将思想分析和艺术分析有机地结合起来，这样才能正确、客观地评价文学作品的思想意义和审美价值，才能更深刻地感受和体验文学作品的艺术形象，感受文学作品的思想美和艺术美，获得审美愉悦感和精神满足感，并接受文学作品思想方面的教益。

（三）文学欣赏的过程

文学欣赏的过程，实质上是由感知、判断、玩味、情感等一系列心理因素共同参与的复杂的心理活动过程。它包括以下四个阶段：

1. 感知形象

文学欣赏是一个再现形象的过程。在欣赏文学作品的过程中，学生应充分运用自己的生活经验、艺术知识，通过联想和想象，进入作品描写的特定的、具体的艺术境界，置身于作品所描绘的社会生活中，目睹各色各样的人、事、物，产生如见其人、如闻其声、如历其事、如临其境的感觉，这样对各个具体形象之间的关系也就了如指掌。如读者读辛弃疾的词《清平乐·村居》里“最喜小儿亡赖，溪头卧剥莲蓬”，眼前便浮现出一位天真活泼的顽童趴在地上剥莲蓬的画面，充满了生趣。

2. 了解背景

《孟子·万章下》有云：“颂其诗，读其书，不知其人可乎？是以论其世也。”孟子认为要想理解文学作品，必须了解作者生平经历、思想等，同时要认识作者所处的时代。这就是知人论世的方法。每一部作品都是时代的产物，特定时代的社会生活和人生体验给了作者创作的灵感。因此，要想对文学作品的思想和艺术有透彻的认识与理解，要用知人论世的方法。如李清照出身于书香门第，早期生活优裕；后来，金兵入据中原时，流寓南方，境遇孤苦。她的生活境遇对其词的内容影响很大，前期多写其悠闲生活，后期多悲叹身世，情调感伤。了解她的生活经历，便能读懂她的词，理解其中的真情实意。但有些作品（主观感受型小说、象征类诗）就不适合用知人论世的方法。

3. 激发情感

在文学欣赏中，情感是最重要的心理因素，正是有了欣赏者情感上的积极参与，才有了欣赏活动。共鸣和净化是文学欣赏达到高潮的重要标志。

共鸣是一种心灵感应现象，指欣赏者与作者的思想感情互相沟通、交流融合，同忧同喜；同时，欣赏者与作品中的人物同喜同悲，爱他们之所爱，恨他们之所恨。

净化是共鸣的进一步发展，指读者通过欣赏活动，实现去除杂念、提升人格、趋向崇高的自我教育过程。文学作品包含着人生，一部优秀的文学作品就是完美的世界和社会，在欣赏时，我们应养成厌恶一切虚伪的和恶劣的东西，了解一切善和美的事物，爱好一切高贵东西的习惯。因此，优秀的文学作品能熔铸人的气质，使人变得高尚。

4. 评判玩味

欣赏者在再现文学形象以后，情感得到了激发，在此基础上，对文学作品的思想意义和审美价值进行分析和评价，对艺术形象蕴含的意义进行理解、分析。这种分析、评价可以是全面的，也可以是局部的、有所侧重的，如进行思想品质欣赏、伦理道德欣赏、民情风俗欣赏、理想信念欣赏、自然风光欣赏、艺术技巧欣赏、艺术语言欣赏……但不能离开整体艺术形象的基础，避免断章取义。

优秀的文学作品总是用有限的文学语言彰显无比强大的艺术魅力，展现无限广阔的艺术空间，塑造出精彩生动的艺术形象，尽显优美深邃的艺术境界，浓缩着人生的精华，凝聚着社会的精粹，饱含精辟隽永的哲理，大到谋篇布局，小到一词一句，鬼斧神工，浑然天成，韵味无穷，需要读者反复吟诵、细心感悟、用心品赏、不断玩味，方能领略艺术风采，悟出其中人生真谛，使情感得到升华，思想得到净化，真正融入作品的艺术氛围，达到物我两忘的境界，获得美的享受。

三、文学欣赏方法

学会欣赏文学作品，能理解文学作品所表达的主旨，能感受艺术形象带来的愉悦感和美感，可以给生活和人生带来无穷的乐趣。文学欣赏有其自身的原则和方法，欣赏者若遵循欣赏的规律，把握原则，学会方法，会乐在其中。

文学欣赏的一般方法有以下几种：

1. 知人论世法

文学作品是特定时代的社会生活在作家头脑中反映的产物。因此，欣赏文学作品时，不能对作者和其生活的时代一无所知。欣赏者应多了解作家的生活经历、思想状况、创作背景、创作意图等，再结合作品的艺术表现进行欣赏。

2. 因材而异法

文学体裁不同，欣赏时的重点也不一样。即使是同一体裁，若体式不同，采取的欣赏方法也不同。因材而异才可取得较好的欣赏效果。

例如，诗歌的重点是把握意象，领略意境和感情；散文更重视它的艺术构思的匠心与结构；小说以情节取胜，注重人物形象的塑造；戏剧重在矛盾冲突及人物对白的赏析；影视文学，突出用各种手法把一个个画面呈现在欣赏者面前，要着力理解、把握视觉形象。体裁不同，重点就不同，欣赏方法也各异。

同一体裁、不同体式的作品，侧重点不同，欣赏方法也不尽相同。就小说而论，情节小说，要紧紧把握住情节链；性格小说，要把握好人物性格的中心；情绪小说，要抓住情绪的端点；等等。

3. 既入又出法

欣赏时，读者要能融入作品中，与作品中的人物同呼吸，对文学作品所描写的世界的魅力感同身受，感受颖悟的眼光、歇斯底里的痴情，以及生命、死亡和爱情等，在朦胧与明亮、怒吼与低唱中撞响心中的弦音，产生无功利的审美愉悦感，也就是真正的“入乎其内”；同时，又要能够跳出圈外，跟作品的世界保持一定的距离，客观、理智地进行审美分析、评价，对作品的思想和艺术进行独立的判断，做到真正的“出乎其外”。只有进得去，出得来，才能把握、领略作品的思想和艺术，提高欣赏者自身的欣赏水平和能力。

4. 对比分析法

俄国教育家乌申斯基说：“比较是一切理解和思维的基础，我们是通过比较了解世界上的一切的。”对比分析法就是把相关而又有所不同的作品联系起来进行比较，是一种同中求异、异中求同的欣赏方法。运用对比法，可以进行纵向比较，也可以进行横向比较；可以是一个国家、一个民族作品的比较，也可以是不同时代、不同地域作品的比较；可以求同比较，把握共性，也可以求异比较，找出个性。无论比较的是思想内容，还是艺术风格，抑或是人物形象，都可以找出类似和不同之处，从中确定比较点，进而形成比较。通过比较，可加深读者对作品的理解，把握作品的灵魂和血脉，以求得更多的审美收获、审美享受。

5. 反复品味法

许多文学作品，尤其是经典著作，内容丰富，意义深邃，不是只看一遍就能被理解的，需要读者反复咀嚼，仔细品味。如果欣赏者在欣赏时不够投入，就不可能对作品的意境有深切的感受，就不可能发现和了解作品中的那些弦外之音、韵外之致。因此，读者在欣赏文学作品时，应反复地品味，积极地思考、分析、体味，增加艺术感受的深度和力度，从中获得更多的审美享受和愉悦感。优秀的文学作品更需要反复地欣赏、玩味，才能领略其中的韵味和风采。

第一章 诗歌欣赏

学习目标

1. 理解诗歌抒发的思想感情，感悟诗歌蕴含的深刻哲理。
2. 理解诗歌描写的意象，体会诗歌的形象性，感受诗歌的意境美。
3. 把握诗歌的语言凝练、音节和谐的音乐美。
4. 掌握诗歌的常用手法，感受诗歌的艺术魅力，培养对诗歌的热爱之情，提高学生的诗歌欣赏能力。

第一节 诗歌欣赏概要

一、诗歌发展及特点

诗是最古老也是最具有文学特质的文学样式。中国诗歌来源于上古时期的劳动号子(后发展为民歌)以及祭祀颂词。诗歌原是诗与歌的总称，诗和音乐、舞蹈结合在一起，统称为诗歌。中国诗歌有悠久的历史和丰富的文化遗产，《诗经》《楚辞》《汉乐府》专美于前，而后更有唐宋等朝代无数诗人的作品。西欧的诗歌，则由古希腊的荷马、萨福和古罗马的维吉尔、贺拉斯等诗人开启创作之源。

(一) 中国诗歌发展

图文
中国古典诗歌鉴赏诠释

中国的诗歌产生于文字发明之前，它是在人们的劳动、歌舞中渐渐形成和发展起来的。诗歌的源头是歌谣，上古时代只在口头传唱，没有文字记录。

原始的诗歌基本上没有被记录下来。《吴越春秋》中《勾践阴谋外传》所载的"《弹歌》：断竹，续竹，飞土，逐宍(宍，'肉'的古字，指鸟兽之类的猎物)"被认为是比较原始的猎歌，但这也仅仅是猜测。

先秦诗歌的发展经历了一个从口头到书面、从民间到宫廷、从集体歌唱到诗人创作的漫长过程。

1.《诗经》

周王朝为了制礼作乐，设有专门的采诗官，于春秋两季到各地收集歌谣；贵族为了祭祖、宴客、出兵、打猎、讽喻等目的作诗、献诗，在公元前 6 世纪左右编成《诗》。《诗》是中国最早的诗歌总集，现存诗歌 305 首，因此又称“诗三百”，从汉武帝起儒家将其奉为经典，因此称为《诗经》。

《诗经》所录诗歌的时间跨度长，涉及从西周初年(公元前 11 世纪)直至春秋中叶(公元前 6 世纪)500 多年的社会生活，涵盖地域广泛，黄河以北直至江汉流域的都有。《诗经》分《风》《雅》《颂》三部分。《风》又称《国风》，一共有 15 组，称为十五国风，是出自各地的民歌。“风”本是乐曲的统称。国风是当时当地流行的歌曲，带有地方色彩。从内容上看，大多数是民歌。作者大多是民间歌手，也有极少数贵族。这一部分文学成就最高，有对爱情、劳动等美好事物的吟唱，也有怀故土、思征人及反压迫、反欺凌的怨叹与愤怒。《雅》分为《大雅》和《小雅》，多为贵族祭祀之诗歌，祈丰年、颂祖德。《小雅》中也有部分民歌。《颂》则为宗庙祭祀之诗歌，是贵族在家庙中祭祀鬼神、赞美统治者功德的乐曲，在演奏时要配以舞蹈。《雅》《颂》中的诗歌，对我们考察早期历史的宗教与社会有很大价值。孔子曾概括《诗经》的宗旨为“思无邪”，并教育弟子把《诗经》作为立言、立行的标准。先秦诸子中，引用《诗经》者颇多，如孟子、荀子、墨子、庄子、韩非子等人在说理论证时，多引述《诗经》中的句子以增强说服力。后来，《诗经》被儒家奉为经典。

音频
小雅·鹿鸣之什·常棣

2.《楚辞》

《楚辞》收集的先秦作品出自屈原和宋玉两位诗人。屈原、宋玉的作品，“故其叙情怨，则郁伊而易感；述离居，则怆怏而难怀；论山水，则循声而得貌；言节候，则披文而见时”(刘勰《文心雕龙·辨骚》)。特别是屈原，取熔经意，自铸伟词，其作品规模宏大、风格瑰奇，是融合南北文化积极成果的产物。屈原的骚体诗是浪漫主义的典范作品。对理想的热烈而执着的追求、爱憎情感火山爆发式的自我倾诉、献身祖国的赤胆忠心，都融在奔放的辞句、宏大的结构中。诗人大胆地驰骋想象，糅合了神话传说、历史故事、自然现象与自身遭遇，创造了一个个前无古人的神奇瑰丽的幻想世界。屈原的作品具有卓越的独特个性，这种浪漫主义特色的形成同楚国文化传统密不可分。楚国巫风盛行，朝廷和民间祭祀都使巫觋“作歌乐鼓舞以娱诸神”。这种带有原始宗教气氛的乐歌，自然是产生浪漫主义杰作的温床。例如《九歌》，其前身就是沅湘一带民间的祭神歌曲。从《诗经》的现实主义到屈原的浪漫主义，是中国诗歌发展的一个里程碑。屈原的骚体诗，依诗取兴，引类譬喻，继承发展了《诗经》的比兴传统，又具有象征的特质，往往成为一个形象的系统。

3. 汉乐府诗

乐府原指音乐机关，汉武帝刘彻时扩充为大规模的专署。其主要任务是采集民间歌辞予以配乐，以及将文人歌功颂德之诗制谱以供统治者祭祀和朝会宴饮之用。“汉乐府”即是汉代的乐府诗，又称“乐府诗”或“乐府歌辞”。据宋代郭茂倩所编《乐府诗集》的分类，汉乐府大抵保存于郊庙歌辞、鼓吹曲辞、相和歌辞之中，计有百余篇。这些为数不多的篇章却代表了汉代诗歌的最高成就。

汉乐府民歌直接继承了《诗经》中民歌的现实主义传统，较全面而深刻地反映了当时的社会生活和人民的思想感情，但它又与《诗经》发歌以抒情为主不同，汉乐府发歌以叙事为其特色。这些歌辞描画了惨重的阶级压迫与剥削，揭露了上层社会的奢淫腐朽，反映了长期对外战争给人民带来的灾难，表达了人民对封建婚姻的抗议和对自由爱情的热烈向往，为后代提供了一幅幅生动具体的汉代社会现实生活图景。汉乐府民歌善于通过戏剧情节的铺叙，通过人物语言、行动的刻画塑造出特定环境中富有个性的典型形象。其中的《陌上桑》《东门行》《妇病行》《孔雀东南飞》皆为传世名篇。汉乐府在形式上打破了《诗经》的四言格式，采用杂言和五言，长短随意，整散不拘，是一种具有口语化特色的新体诗。可见汉乐府继《楚辞》之后，无论在语言上还是在形式上，都实现了诗歌的新解放。

4. 魏晋南北朝诗歌

汉末建安时期，“三曹”（曹操、曹丕、曹植）、“建安七子”（孔融、陈琳、王粲、徐干、阮瑀、应玚、刘桢）继承汉乐府民歌的现实主义传统，并普遍采用五言形式，第一次掀起了文人诗歌的高潮。他们的诗作表现了“慷慨任气”的时代风格，具有慷慨悲凉的阳刚气派，形成“建安风骨”的独特风格。其中曹操的诗歌沉雄悲凉，反映了动乱的社会现实，表露了诗人渴望建功立业、统一天下的雄心壮志，如《蒿里行》《短歌行》《步出夏门行》等，都是较为成功的篇章。曹植的文学成就最高，人称“建安之杰”。他的诗歌“骨气奇高，词采华茂”，《白马篇》《赠白马王彪》分别是他前期和后期诗歌的代表作。他的散文和辞赋也表现出了很高的思想性和艺术性，其著名的《洛神赋》美不胜收。“七子”中最有成就的是王粲，他的《七哀诗》《登楼赋》等篇章是建安文学中具有现实主义精神的杰作。

魏晋之交，随着世风的变易，诗歌创作呈现出与建安时代不同的风貌。阮籍、嵇康的作品，或沉郁艰深，或风调峻切，他们继承了建安文学的优秀传统，进一步推动了五言古诗的发展。西晋太康时期诗歌繁荣，诗人有“三张二陆两潘一左”之称，但多数作品流于华采繁缛，唯左思的诗歌骨力遒劲，承传建安文学的精神，其《咏史》诗开启了咏史和咏怀结合的新路子。

东晋陶渊明继承乐府的现实主义传统，形成了单纯自然的田园一体，为古典诗歌开创了一个新的境界，发展了五言诗的诗歌形式。陶渊明的时代，“真风告逝，大伪斯兴”，他因贫而出仕，目睹官场黑暗，不愿同流合污，决心辞官归隐，保持自我的人格精神。他的田园诗描绘自然风光的美丽，歌颂田园生活的平和，也表现了亲身参加农业生产劳动的喜悦和辛劳，创造了情、景、理交相融合，平淡和醇美统一的艺术境界。《归园田居》《饮酒》是他田园诗的代表作。其诗对后世影响很大，尤其是唐代的山水田园诗派受到了其直接影响。陶渊明的文学成就是多方面的，他的散文、辞赋数量虽不多，却非常出色，著名的有《桃花源记》《归去来兮辞》《感士不遇赋》等。

与陶渊明大约同时代的谢灵运是开创山水诗派的第一人。南北朝时期，许多文人专力于文学创作，而主要运用的文学样式是诗歌和骈文。谢灵运使南朝诗歌尤其是山水诗大放光芒，其后谢朓的山水诗写得清新圆熟，世称“大小谢”。诗人鲍照出身寒微，则擅长用七言古诗体来抒发愤世嫉俗的情怀，他隔句押韵的七言诗歌为七言诗的发展做出了贡献。北方文苑稍显荒寂，最有成就的是由南入北的作家庾信。他的诗赋集南北文学之大成，将南方精美圆熟的艺术技巧和北方刚健爽朗的精神融合，成为唐代诗风的先声。

南北朝时期，又一批乐府民歌集中地涌现出来。这一时期民歌篇幅短小，抒情多于叙事。南朝乐府保存下来的有 480 多首，一般为五言四句小诗，几乎都是情歌。北朝乐府数量远不及南朝乐府，但内容之丰富、语言之质朴、风格之刚健则是南朝乐府远不能及的。如果说南朝乐府是谈情说爱的“艳曲”，那么北朝乐府则是名副其实的“军乐”“战歌”。在体裁上，北朝乐府除以五言四句为主外，还创造了七言四句的七绝体，并发展了七言古诗和杂言体。北朝乐府最有名的是长篇叙事诗《木兰诗》，其与《孔雀东南飞》并称为中国诗歌史上的“双璧”。

5. 唐诗

唐代是诗歌高度成熟的黄金时代。在唐代近300年的时间里，留下了近5万首诗歌，独具风格的著名诗人有五六十人。

(1) 初唐。“初唐四杰”(王勃、杨炯、卢照邻、骆宾王)是唐诗开创时期的主要诗人。他们扩大了诗歌的题材，五言八句的律诗形式也由他们开始初步定型。他们才气横溢，不满现状，通过自己的诗作抒发愤激不平之情和壮烈的怀抱，拓宽了诗歌题材。此外还有陈子昂、沈佺期、宋之问等。陈子昂明确提出反对齐梁诗风，提倡“汉魏风骨”,《感遇诗》三十八首即是他具有鲜明革新精神的代表之作。

(2) 盛唐。盛唐时期是诗歌繁荣的顶峰时期。除了李白、杜甫外，还有很多成就显著的诗人。他们大致可分为两类：一类是以孟浩然和王维为代表的山水田园诗人，另一类是边塞诗人，其中高适和岑参的成就最高，王昌龄、李颀、王之焕也是边塞诗人中的杰出代表。

王维，字摩诘，官至尚书右丞，习惯上又称他王右丞，是我国著名的山水田园诗人。他受佛教思想影响，厌倦官僚生活，长期隐居于辋川别业，热爱自然，熟悉农村，其诗恬静闲适，具有一种静态美。

在唐代，许多文人参与战争，对边塞和军旅生活有亲身体验，从戎而不投笔，用诗描绘苍凉壮丽的边塞风光，赞颂将士们的勇武精神，控诉战争带来的灾难，于是有了边塞诗派。

李白自觉地继承了屈原以来诗歌的浪漫主义精神，形成飘逸奔放的独特风格。他的诗歌有三个特点：一是具有浓烈的激情。他心地纯洁，胸怀开阔，爱憎分明，高兴时美酒清歌，仰天大笑；悲愤时要“捶碎黄鹤楼”,“倒却鹦鹉洲”(《江夏赠韦南陵冰》)，歌哭笑骂，无所避忌。二是无比丰富的想象力，诗思来如迅电，去如疾风，纵横变幻，大起大落，随着他抒情的需要，上下古今人物、天文地理知识、真实的历史、虚幻的神话随时来到他的笔下，注入诗句，为他服务。三是常用夸张的语言抒发激情，如“白发三千丈”“燕山雪花大如席”“一风三日吹倒山”之类极度夸张的诗句，在他的诗中比比皆是。因其夸张，所以传神，极准确地表达了他的感情。

杜甫诗风沉郁顿挫，倾向现实主义。他的诗作反映了知识分子一生的遭际，同时也是唐朝帝国由盛转衰那段历史的真实写照，因此，杜诗又被后人称为“诗史”。在成都的杜甫草堂里挂着郭沫若写的一副对联：“世上疮痍，诗中圣哲；民间疾苦，笔底波澜。”这16个字是对杜诗很好的概括。杜甫立身群众中，与百姓同忧乐，替人民呼号，为黎庶请命，从这方面说他是中国知识分子永久的楷模。他一生心血都用在写诗上，使其诗具有坚实的内容、纯真的热情、深沉的激愤和凝重的格调，从这方面说他又是诗人学习的榜样。他“读书破万卷”，善于学习和继承传统；“语不惊人死不休”，写诗态度严肃认真，无论古体诗还是近体诗，都臻于妙境和化境。

李、杜齐名，但他们的性格和诗风却很不相同。李白像狂放不羁的骏马，杜甫像忍苦载重的犍牛，各具风范，各有价值。

(3) 中唐。中唐诗歌是盛唐诗歌的延续。该时期的作品以表现社会动荡、人民痛苦为主流。白居易是中唐时期杰出的现实主义诗人。他继承并发展了《诗经》和汉乐府的现实主义传统，在文学理论和创作上掀起了一个现实主义诗歌的高潮，即新乐府运动。元稹、张籍、王建都是新乐府运动中的重要诗人。这一时期的韩愈、孟郊、李贺等人的诗歌比之白居易另有创造，自成一家。韩愈以文入诗，把新的语言风格、章法技巧带入诗坛，扩大了诗的表现领域，同时也带来了以文为诗、讲才学、追求险怪的风气。孟郊与贾岛以“苦吟”而著名，追求奇险、苦思锤炼是他们的共同特点。刘禹锡是常常创作民歌的诗人，他的《竹枝词》描写真实，深受人们喜爱。此外，柳宗元的诗如他的散文一样，多抒发个人的悲愤和抑郁；他的山水诗情致婉转，描绘简洁，处处显示出他清峻高洁的个性。李贺在诗歌中拥有中唐独树一帜之风格，开辟了奇崛幽峭、浓丽凄清的浪漫主义新天地。

(4) 晚唐。晚唐时期的诗歌感伤气氛浓厚，代表诗人是杜牧、李商隐。杜牧的诗以七言绝句见长，其诗于清丽的辞采、鲜明的画面中现俊朗的才思，代表作有《江南春》《山行》等。李商隐以爱情诗见长，他的七律学杜甫，用典精巧，对偶工整。晚唐后期，出现了一批继承中唐新乐府精神的现实主义诗人，代表人物是皮日休、聂夷中、杜荀鹤。他们的诗锋芒毕露，直指时弊。

唐代诗歌是中国文化中的一宗瑰宝。清代康熙年间编纂的《全唐诗》收入 2 200 多位作者的 48 900 多首诗(佚失的不知其数)。唐代在不到 300 年的时间，留下如此丰富的文化遗产，在世界文学史上也是绝无仅有的。其中相当多的优秀诗篇，以多姿多彩的艺术魅力征服了历代读者，代代相传，历久不衰。

6. 宋词

词，原名“曲子词”，就是“歌词”的意思。词起源于隋，所配的音乐是宴乐，即一种供宴会演奏的音乐。它在体制上和诗有很大的区别。首先，词有词调，同一词调又有不同的格律，形成数体；其次，乐调繁简不同，则形成长短不同的诗篇，一般分为小令、中调和长调三种。

词在唐代开始发展，敦煌曲子词中有一些是盛唐时期的作品，具有清新的民歌风格。但是，其作为一种新兴的诗歌形式，不久便引起文人的注意和仿效。中唐文人学习民间词，为词体的建立做出了突出的贡献。张志和、韦应物、王建、白居易、刘禹锡等人都写了一些成功的作品。晚唐、五代时期，文人词得到了长足的发展。以温庭筠、韦庄等人为首的花间派词人，在填词时往往取当前情事，表现艳遇怨慕与离愁别绪，藻丽浓艳，细美婉约。南唐是五代时期词坛的另一个创作中心，代表作家有冯延巳、李璟、李煜等人。其中冯延巳所表现的士大夫的忧生隐忧，李煜亡国后所抒写的强烈沉痛的故国之思与深广的人生感慨，均改变了五代词狭小的题材空间，眼界始大，感慨遂深。

北宋前期，以晏殊、欧阳修为代表的诗人承五代余绪，主要表现士大夫流连光景、感伤节序的闲愁淡怨，所用词调仍以唐五代文人惯用的小令为主。至柳永、苏轼登上词坛，宋词始能自辟门径。柳永在乐调形式上开风气之先，他采用北宋流行的新曲，大力发展慢词来表现市井生活与羁旅情怀，并把赋的铺陈手法引入慢词，扩大了词的容量。苏轼是宋代著名的词人，也是影响深远的词体革新家。他的词打破了前人“词为艳科”的旧传统，题材广泛，将怀古、感旧、记游、悼亡、说理等诗中常见的题材引入词中，气象阔大，豪放飘逸。他还“以诗为词”，冲破了词的音律束缚，达到了“无言不可入，无事不可言”的境地，对词体发展产生了广泛深远的影响。苏轼之后，周邦彦妙解声律，善于创调，于词法上推陈出新，讲究谋篇，赢得了很高的声誉。李清照则善于把自己的思想感情与客观景物融会在一起，含蓄委婉，意境深远，达到了情景交融的艺术境界。宋室南渡之后，民族矛盾尖锐，产生了张元干、张孝祥、陆游、陈亮、辛弃疾等一大批爱国词人，其中辛弃疾成就相对较高。辛词不但数量居两宋词人之首，而且以文为词，善于用典，将政治、军事、山水、田园以及个人的喜怒哀乐大胆而自如地表现在词作中。他的词气盛言宜，无往而不利，感染力极强，尤其是抒写爱国激情的篇章，千年以来一直激励着后人。姜夔精研乐理，能自度曲，词风清空幽冷，于辛弃疾之外另立一宗，对南宋词坛的影响也很深远。

7. 元曲

元代也出现了一种新的诗歌样式——小令。小令也称“叶儿”，是元散曲中的一种，即单支的曲子。由于它诞生于民间，较之以往的诗词，形式更为灵活，文字更为通俗。在内容上，嬉笑怒骂，皆成文章，有很强的现实性。在风格上，尖锐泼辣，清新幽默，毫无酸腐之气。同时，因有大量的北方方言融入其中，又呈现出浓厚的北方地域色彩。就其发展而言，可分为前后两个时期。前期作家主要有关汉卿、马致远、张养浩等。他们的作品大多质朴自然，比较接近民歌，如关汉卿的《南吕·一枝花·不伏老》、马致远的《天净沙·秋思》、张养浩的《山坡羊·潼关怀古》等。后期代表作家主要有张可久、乔吉、睢景臣等。他们作品的风格趋于典雅工丽，讲究格律词藻，内容也开始远离现实，有些作品竟与唐宋词的形式韵味相差无几，如乔吉的《双调·水仙子·寻梅》、张可久的《越调·凭栏人·江夜》等。

8. 明清诗歌

明代诗坛稍有起色，规模有所扩大。明初高启诗才最高，风格豪迈。以李梦阳为首的“前七子”和以李攀龙为首的“后七子”，虽然都有自己的诗歌理论主张，但在创作上成就不大。明末清初，江山易主对诗人心灵的冲击很大，诗歌创作亦起波澜。钱谦益、吴伟业、龚鼎孳合称为“江左三大家”。吴伟业的诗取法盛唐而出入唐宋，形成了声律妍丽的“梅村体”。清朝康熙年间，有王士祯、朱彝尊、赵执信等“国朝六家”。雍正、乾隆年间，名家迭起，沈德潜持“格调说”，袁枚主“性灵说”，翁方纲倡“肌理说”。但是，在清代，相对来说，龚自珍的诗歌最具忧患意识和哲理色彩。他的诗大歌大哭，风格瑰丽奇肆。戊戌变法前后，黄遵宪、丘逢甲、康有为、梁启超等人则提出了“诗界革命”的响亮口号，对中国近现代诗歌尤其是白话诗的出现产生了重要的影响。

9. 现代诗歌

现代诗歌是指五四运动至中华人民共和国成立以来的诗歌。中国现代诗歌的主体新诗诞生于 1915 年开始的新文化运动。新文化运动中，胡适的《尝试集》和郭沫若的诗集《女神》影响巨大，是新诗的奠基之作。新文化运动之后，出现了许多诗歌流派，主要有：①以写作爱情诗而著名的湖畔诗派，代表作家有应修人、汪静之、潘漠华、冯雪峰等；②提倡格律诗的新月派，代表作家有徐志摩、卞之琳、刘梦苇、闻一多等；新月派活动时间长，成就较高；③注重自我心灵的艺术表现的象征诗派，代表作家有李金发等，这一诗派对后来的 20 世纪 30 年代现代派诗歌产生了直接的影响；④以政治抒情诗为主的七月派，代表作家有艾青、胡风、田间等；⑤追求现实与艺术、感性与理性之间的平衡美的九叶诗派，代表作家有穆旦、杜运燮、辛笛等。此外，20 世纪 40 年代，解放区还出现了创作民间和民族的长篇叙事诗的高潮，代表作品有李季的《王贵与李香香》、田间的《赶车传》（第一部）、阮章竞的《圈套》，以及张志民的《死不着》《王九诉苦》等。

10. 当代诗歌

当代诗歌以 1949 年中华人民共和国成立至 2010 年为界限，是当代中国文学的重要组成部分，成为世界诗坛的一个亮丽的新星座。

20 世纪五六十年代，诗坛以抒情诗为主，以艾青、郭小川、何其芳、田间、阮章竞、贺敬之等元老诗人为代表，他们的诗歌注重节奏和语言的流畅，给人以明快、自然，气势磅礴的感觉，并结合古典诗词的韵律，读来朗朗上口；同时，诗人的精神力量渗透在诗中的字里行间。代表作品如艾青的《大堰河——我的保姆》，贺敬之的《三门峡——梳妆台》，郭小川的《甘蔗林——青纱帐》《团泊洼的秋天》等。

20 世纪 50—70 年代，出现新民歌运动，并涌现了一批政治抒情诗，"文化大革命"时期诗坛相对较为沉寂，1976 年 4 月，出现"天安门诗歌运动"。

20 世纪 70 年代末至 80 年代中叶，朦胧诗潮涌现，以北岛、舒婷、顾城为代表，诗人们经历了从政治狂热到迷茫、觉醒的思想历程，并受外来文化的影响，抛开了 100 年来诗歌创作的程式化、概念化倾向，忠于自己的感受，将真挚的感情化为诗句来拨动读者的心灵世界。代表作品如北岛的《回答》、舒婷的《致橡树》和顾城的《一代人》等。

20 世纪 90 年代，新诗队伍出现分化，一些诗人对 80 年代的朦胧诗、后朦胧诗进行反思，总结其经验教训，予以超越，如张新泉、王家新、于坚、翟永明、邹静之、南野、西川等，走向了一条注重诗的审美内涵、语言的能指化、抽象化及叙述化，注重口语的提炼与节制的道路。

（二）诗歌的特点

1. 凝练集中

诗歌是语言的艺术，限于篇幅，优秀诗歌的语言务必以精美、凝练见长，即所谓"笼天地于形内，挫万物于笔端"（陆机），"拔地青苍五千仞，劳渠蟠屈小诗中"（陆游）。如臧克家的《三代》："孩子，在土里洗澡\爸爸，在土里流汗\爷爷，在土里埋葬。"短短 21 字，既高度锤练了三代农民的生存状态，又生动形象地展示出几千年来中国农民的命运。字里行间渗透出悲凉、凝重，语言富有张力，内涵丰富深刻。

2. 抒情言志

"诗言志，歌永言"，强烈的感情色彩是诗歌的生命与灵魂所在。动人的诗歌往往得益于充沛、丰富的感情。英国华兹华斯说："所有的好诗都是从强烈的感情中自然而然溢出的。"郭沫若在写《女神》时，由于感情的聚集而激动得全身发热，牙齿打战，"我飞奔，我狂叫，我燃烧……我便是我呀，我的我要爆了！"

3. 构思精巧

黑格尔说："诗，语言的艺术，是第三种艺术，是把造型艺术和音乐这两个极端，在一个更高阶段上，在精神内在领域本身里，结合于它本身所形成的统一整体。"诗的本质就是人生复杂经验的聚结，有人说诗是梦境似的一种先验性神秘快感的东西，精巧的构思显现出光怪陆离的缤纷世界。

4. 节奏韵律

诗歌的形成与流传，得益于其无比美妙的节奏韵律，有人说"散文是走路，诗歌是跳舞"，所谓跳舞，就是要求诗歌必须讲究音乐美，注重音韵和节奏。白居易《琵琶行》的"大弦嘈嘈如急雨，小弦切切如私语，嘈嘈切切错杂弹，大珠小珠落玉盘"，字里行间让我们仿佛听到那抑扬顿挫的琵琶乐调。

二、诗歌欣赏技巧

（一）把握诗歌的本质属性

俗话说，赏诗要懂得"诗家语"，诗歌具有区别于其他文学样式的独特性，是语言"魅力的极致表演”(王蒙),语言凝练含蓄,具有音律之美,以浓烈的感情色彩,赋予景物、人事以感染力。

(1) 从形式上衡量,诗歌一般都采用分行排列,注重节奏,具有丰富的音律美。例如《关雎》:“关关雎鸠,在河之洲。窈窕淑女,君子好逑。参差荇菜,左右流之。窈窕淑女,寤寐求之。”“窈窕”“参差”是叠韵、双声,既描绘了事物的声色形状,还使节律和谐,增加诗歌的表现力和音乐美,令人回味无穷。

(2) 从内容上审视,诗歌具有强烈的抒情性与感染力。如屈原的《橘颂》:“后皇嘉树,橘徕服兮。受命不迁,生南国兮。深固难徙,更壹志兮。绿叶素荣,纷其可喜兮。曾枝剡棘,圆果抟兮。青黄杂糅,文章烂兮。”屈原借描写橘树的生长习性和枝叶花果的情状,表达出对橘树的赞美之情。“嗟尔幼志,有以异兮。独立不迁,岂不可喜兮!深固难徙,廓其无求兮。苏世独立,横而不流兮。闭心自慎,终不失过兮。秉德无私,参天地兮。愿岁并谢,与长友兮。淑离不淫,梗其有理兮。年岁虽少,可师长兮。行比伯夷,置以为像兮。”歌颂了橘树的美德,直接表达出诗人的景仰之情。

(3) 诗歌在艺术技巧上,多用比喻、排比、拟人、夸张、象征、通感等艺术手法。卓文君《白头吟》:“皑如山上雪,皎若云间月。闻君有两意,故来相决绝。”以比兴的手法,把自己比作山上的白雪和云间的皎月,以此表明自己美丽的外貌,却惨遭爱人“闻君有两意”的舍弃,借此表达出负心人的狠心和自己对其“两意”的强烈愤慨之情。

李白《将进酒》:“君不见,黄河之水天上来,奔流到海不复回。君不见,高堂明镜悲白发,朝如青丝暮成雪。人生得意须尽欢,莫使金樽空对月。天生我材必有用,千金散尽还复来。烹羊宰牛且为乐,会须一饮三百杯。岑夫子,丹丘生,将进酒,杯莫停。与君歌一曲,请君为我倾耳听。钟鼓馔玉不足贵,但愿长醉不复醒。”通过夸张、比喻、拟物、对偶等形式,表达出诗人内心的郁闷愤激,抒发出自己怀才不遇的不平之情。

视频
将进酒

(二) 体味诗歌的意境美

诗歌的意境是诗人心灵的反映,即其主观情感在客观事物上的体现与映射。优秀的诗人懂得把对客观事物的认识通过独特语言所构成的意境创造出来,给人以艺术美的境遇与况味。读者要认真领会作者所创造的意境,才能确切地把握与体味诗意。一般情况下,诗人在诗中所表达的意境往往与他所处的时代、地位及他的家庭生活、性格特征和审美趣味密切相关。因此,读者只有对此深刻体味、评判,才能获得艺术美的享受,赢得共享与共鸣。

例如柳宗元的《江雪》:“千山鸟飞绝,万径人踪灭。孤舟蓑笠翁,独钓寒江雪。”只有对柳宗元的身世与《江雪》的写作背景有所了解,才能从万籁俱寂的画面和孤芳自赏的情绪中体味出作者在某种思想上的寓意与寄托。白居易的《赋得古原草送别》:“离离原上草,一岁一枯荣。野火烧不尽,春风吹又生。”在周而复始的盛衰循环中,有一种不可摧毁的生命力量,可见作者的勃发精神与进取意识。“又送王孙去,萋萋满别情。”诗的结尾意味深长:看见萋萋芳草而增送别的愁情,似乎每一片草叶都饱含别情,那真是“离恨恰如春草,更行更远还生”(李煜《清平乐》)。诗到此点明“送别”,结清题意,关合全篇,“古原”“草”“送别”融为一体,意境浑然天成。

（三）感受诗歌的语言美

著名诗人艾青说过“诗是艺术的语言——最高的语言，最纯粹的语言”，诗歌总以最精练的语言表达出最丰富的思想与情感，所谓“不着一字而尽得风流”“着一字而境界全出”的效果。我们从“感时花溅泪，恨别鸟惊心”中不正能体味到作者那种难以言传的忧伤与无奈吗？

诗歌的语言美体现在以下两方面：

(1) 语言的韵律美。在诗歌中，韵律即押韵，指相同的语音在诗句的一定位置上有规律地反复出现，往往与诗的内容及意义有着密切的关系。中国古代诗歌十分讲究平仄的对应，所谓平声即阴平、阳平，仄声即上声、去声、入声。例如王安石的《泊船瓜洲》：“京口瓜洲一水间，钟山只隔数重山。春风又绿江南岸，明月何时照我还?”语音的对应起伏变化，形成音乐般的节奏。

(2) 语言的节奏美。在诗歌里，节奏指语音、语调的有规律运动所造成的抑扬顿挫、轻重缓急的高低间隔与时间间隔，具体表现为诗歌中的顿、逗，体现人的情感起伏与情绪反应。浅咏低吟戴望舒的诗句：“撑着油纸伞，独自/彷徨在悠长、悠长/又寂寥的雨巷/我希望逢着/一个丁香一样的/结着愁怨的姑娘……”反复吟诵品味，体会诗歌鲜明的节奏、和谐的音调、动听的旋律，就不难领略诗歌的内涵，以及音乐美、情感美。

第二节　经典诗歌赏析

一、古代诗歌

1. 诗经·卫风·氓

氓之蚩蚩[1]，抱布[2]贸丝。匪来贸丝，来即我谋[3]。送子涉淇，至于顿丘[4]。匪我愆[5]期，子无良媒。将[6]子无怒，秋以为期。

乘彼垝垣[7]，以望复关[8]。不见复关，泣涕涟涟。既见复关，载笑载言。尔卜尔筮[9]，体无咎言[10]。以尔车来，以我贿[11]迁。

桑之未落，其叶沃若[12]。于嗟鸠[13]兮，无食桑葚！于嗟女兮，无与士耽[14]！士之耽兮，犹可说[15]也。女之耽兮，不可说也。

桑之落矣，其黄而陨[16]。自我徂尔[17]，三岁食贫[18]。淇水汤汤，渐[19]车帷裳。女也不爽，士贰其行[20]。士也罔极[21]，二三其德[22]。

三岁为妇，靡室劳矣；夙兴夜寐，靡有朝矣。言既遂[23]矣，至于暴矣。兄弟不知[24]，咥[25]其笑矣。静言思之，躬[26]自悼矣。

及尔偕老，老使我怨。淇[27]则有岸，隰[28]则有泮[29]。总角[30]之宴，言笑晏晏。信誓旦旦，不思其反。反是不思，亦已焉哉！

（选自《毛诗正义》，《十三经注疏》本，中华书局，1980年）

注释

[1] 氓(méng):《说文》载:“氓,民也。”本义为外来的百姓,这里指诗中的男主人公。蚩蚩:老实的样子。

[2] 布:货币。一说布匹。

[3] 即:靠近。谋:商量。

[4] 顿丘:地名。

[5] 愆(qiān):过,误。

[6] 将:愿,请。

[7] 垝(guǐ)垣:破颓的墙。

[8] 复关:诗中男子的住地。一说返回关来。

[9] 卜:用龟甲卜吉凶。筮(shì):用蓍草占吉凶。

[10] 体:卜卦之体。咎言:凶,不吉之言。

[11] 贿:财物,这里指嫁妆。

[12] 沃若:润泽的样子。

[13] 鸠:斑鸠。传说斑鸠吃桑葚过多会醉。

[14] 耽(dān):沉湎于爱情。

[15] 说:同“脱”,摆脱。

[16] 陨:坠落。

[17] 徂尔:往你家,嫁与你。

[18] 食贫:过贫苦生活。

[19] 渐:沾湿。

[20] 爽:差错。贰:通“忒”,差错。

[21] 罔极:没有准则,行为不端。

[22] 二三其德:三心二意。

[23] 遂:久。

[24] 知:智。

[25] 咥(xì):大笑的样子。

[26] 躬:自己,自身。

[27] 淇:淇水。

[28] 隰(xí):水名,即漯河。

[29] 泮(pàn):通“畔”,岸,水边。

[30] 总角:古时儿童两边梳辫。

相关背景

《诗经》是中国古代最早的一部诗歌总集,它内容丰富,反映了劳动与爱情、战争与徭役、压迫与反抗、风俗与婚姻、祭祖与宴会,甚至天象、地貌、动物、植物等方方面面,是西周至春秋社会生活的一面镜子,被誉为古代社会的人生百科全书。

《氓》选自《诗经·卫风》,卫的都城在河南朝歌一带,今名淇县,淇水所经。郦道元《水经注》云:“顿丘在淇水南,(淇水)又屈迳顿丘西。《诗》所谓‘送子涉淇,至于顿丘’也。”作品三次提到淇水，应该是卫未迁都前的作品。这是一首距今 2 700 余年的春秋初期河南北部淇县附近的民间歌谣，以一个女子之口，率真地述说了其情变经历和深切体验，是一帧情爱画卷的鲜活写照，也为后人留下了当时风俗民情的宝贵资料。观照当今，仍有启迪。

文本赏析

《氓》是一首叙事诗。叙事诗有故事情节，在叙事中有抒情、议论。作者用第一人称“我”来叙事，采用回忆追叙和对比手法。通过一位弃妇的自述，生动地叙述她与“氓”恋爱、结婚、受辱和被弃的过程，既表达出悔恨的心情与决绝的态度，也深刻地反映出古代妇女在恋爱、婚姻上受压迫、受迫害的现状。诗的结构严谨而独特。第一、二章追叙两人的初恋生活。女主人公“送子涉淇”，又劝氓“无怒”；“既见复关，载笑载言”，是一个热情、温柔的姑娘。

第三、四、五章追叙婚后生活。第三章，以兴起，总述自己得出的生活经验：“于嗟女兮，无与士耽！”第四章，以兴起，概说“三岁食贫”，“士也罔极，二三其德”。第五章，追叙她婚后操劳、被虐待的不幸婚姻生活和兄弟的讥笑。

第六章，追叙年轻时彼此的友爱，斥责“氓”的虚伪和欺骗，以及女主人公被弃后的愤恨决绝的心情，感情慢慢转入平静。

作者顺着“恋爱—婚变—决绝”的情节线索叙事。作者通过写女主人公被遗弃的遭遇，塑造了一个勤劳、温柔、坚强的妇女形象，表现了古代妇女追求自主婚姻和幸福生活的强烈愿望，从而成为一首千古动人的诗篇杰作。

学法点拨

“风雅颂赋比兴”起源于《诗经》，合称“六义”。其中“风雅颂”是属于《诗经》的文体分类（在此不做介绍），“赋比兴”是诗的表现手法。

“赋比兴”的观念早在春秋时代就有，从《周礼·春官·大师》到汉代《毛诗序》不断积累，逐渐形成了比较统一的认识。

“赋”，“赋者，敷也，敷陈其事而直言之者也”（朱熹《诗集传》）。意即铺陈叙述，直陈其事，描述一件事情的经过，是最基本的表现手法。《氓》以倒叙形式直接铺陈自己与“氓”相识、相恋、定情、成亲、受虐及被弃的过程，恰似一幅美丽动人的连环画。

“比”，打比方，“以彼物比此物”（朱熹《诗集传》），即用一个事物比喻另一个事物。“比”是《诗经》中常用的手法，也富于变化。《氓》中用桑树从繁茂到凋落的变化来比喻爱情的盛衰，用“桑之未落，其叶沃若”比喻女主人公的年轻貌美，与男子的情爱正浓；用“桑之落矣，其黄而陨”比喻女主人公的年老色衰，与男子的情爱已绝。

“兴”，“先言他物以引起所言之辞”（朱熹《诗集传》），即从一个事物联想到另外一个事物。“于嗟鸠兮，无食桑葚”，用此“鸠鸟”来引起下文“于嗟女兮，无与士耽”，借此表达其思想感情。“兴”原本是由思绪无端地飘移和联想而产生的，所以产生的效果是虚灵微妙的，令人遐想无垠的。

链接思考

1. 有人认为《氓》中的女主人公的悲剧在于与“氓”私奔，“子无良媒”就是证明，于是被“氓”抛弃就成为必然，你怎么看？

2. 阅读《诗经》，从中找出分别用赋、比、兴表现手法的两个例子。

2. 上　　邪

汉乐府

上邪[1]！
我欲与君相知，
长命无绝衰[2]。
山无陵[3]，
江水为竭，
冬雷震震[4]，
夏雨雪[5]，
天地合[6]，
乃敢[7]与君绝！

（选自《乐府诗选》，余冠英选注，中华书局，2012年）

注释

[1] 上邪(yé)：天啊。上，指天。邪，语气助词，表示感叹。

[2] 我欲与君相知，长命无绝衰：我愿与你相爱，让我们的爱情永不衰绝。相知：相爱。命：古与"令"字通，使。衰(cuī)：衰减、断绝。

[3] 陵(líng)：山峰、山头。

[4] 震震：形容雷声。

[5] 雨(yù)雪：降雪。雨，名词活用作动词。

[6] 天地合：天与地合二为一。

[7] 乃敢：才敢。"敢"字是委婉的用语。

相关背景

汉乐府是继《诗经》之后，古代民歌的又一次大汇集，开创了古代诗歌现实主义的新风。汉乐府民歌中女性题材作品占重要位置，用通俗的语言构造贴近生活的作品，由杂言渐趋向五言，采用叙事写法，刻画人物细致入微，创造人物性格鲜明，故事情节较为完整，而且能突出思想内涵，着重描绘典型细节，开拓了叙事诗发展成熟的新阶段，是中国诗史五言诗体发展的一个重要阶段。汉乐府在文学史上有极高的地位，其与《诗经》《楚辞》可鼎足而立。

爱情婚姻题材作品在两汉乐府诗中占有较大比重，这些诗篇多来自民间，或出自下层文人之手，在表达婚恋方面的爱与恨时，都显得大胆泼辣，毫不掩饰。《鼓吹曲辞》收录的《上邪》系铙歌18曲之一，是女子自誓之词。《上邪》是一首汉乐府民歌，也是一首情歌。主人公用"山无陵"等五件不可能发生的事来表明自己忠贞不渝的爱，是"短章中神品"。

文本赏析

这首诗属于汉代乐府民歌中的鼓吹曲辞，是一位心直口快的北方姑娘向其倾心相爱的男子表述爱情。由于这位姑娘示爱的方式特别出奇，示爱的誓词特别热烈，致使千载之下，这位姑娘的神情、声音仍能活脱脱地从纸上传达出来，令人身临其境。

首句“上邪”是指天为誓，犹言“天啊”。古人敬天畏命，非不得已，不会轻动天的威权。现在这位姑娘开口便言天，可见她神情庄重，有异常重要的话要说。果然，姑娘终于把珍藏在自己内心，想说又苦于没有机会说的秘密吐出来了：“我欲与君相知，长命无绝衰。”姑娘经过自己的精心选择，认为这位男子确实值得相爱。“长命无绝衰”是说两人的命运永生永世联结在一起，两人的爱情永生永世不会衰退。正面表白后，她又从反面设誓，先举出了五件非常之事作为设誓的前提：“山无陵，江水为竭”，巍巍的高山夷为平地了，浩浩的江水枯竭了，世上最永久的存在物发生了巨变；“冬雷震震，夏雨雪”，冬天打雷了，夏天下雪了，自然界最永恒的规律发生了怪变；“天地合”，天和地变成了一个混沌整体，整个宇宙发生了毁灭性的灾变；最后说出了“乃敢与君绝”五个字，字字千钧，不同凡响，又由于设誓的前提没有一个会出现，因此“乃敢与君绝”的结果也就无从说起了。

学法点拨

汉乐府：汉乐府有两个意思：一是指汉武帝时设立的一个官署，主要配置乐曲、训练乐工和采集民歌，以备朝廷祭祀或宴会时演奏之用；二是指原本在民间流传，经由乐府收集、整理、保存下来的诗歌，后世称“乐府诗”，或简称“乐府”，是继《诗经》《楚辞》而起的一种新诗体。此外，后世文人仿此形式所作的诗亦称“乐府诗”。

链接思考

这首诗对后世的影响较大。一般认为，敦煌曲子词中的《菩萨蛮》在思想内容和艺术表现手法上明显地受到它的启发：“枕前发尽千般愿，要休且待青山烂。水面上秤锤浮，直待黄河彻底枯。白日参辰现，北斗回南面。休即未能休，且待三更见日头。”显然，这里对坚贞专一的爱情幸福的追求与《上邪》是如出一辙的，况且始终以多种不可能来说明一种不可能的艺术构思也颇为相同。你以为如何？请说出自己的观点，展开讨论。

3. 西　洲　曲[1]

南朝乐府

忆梅下[2]西洲，折梅寄江北。单衫杏子红，双鬓鸦雏色[3]。西洲在何处？两桨桥头渡。

日暮伯劳[4]飞，风吹乌臼树。树下即门前，门中露翠钿[5]。开门郎不至，出门采红莲。

采莲南塘秋，莲花过人头。低头弄莲子，莲子清如水。置莲怀袖中，莲心彻底红[6]。忆郎郎不至，仰首望飞鸿[7]。鸿飞满西洲，望郎上青楼。楼高望不见，尽日栏杆头。栏杆十二曲，垂手明如玉。

卷帘天自高，海水摇空绿[8]。海水梦悠悠[9]，君[10]愁我亦愁。南风知我意，吹梦到西洲。

（选自《玉台新咏》，徐陵，上海古籍出版社，2007 年）

注释

[1] 西洲：地名，未详所在。它是本篇中男女共同纪念的地方。

[2] 下：落。落梅时节是本诗中男女共同纪念的时节。

[3] 鸦雏色：形容头发乌黑发亮。鸦雏，小鸦。

[4] 伯劳：鸣禽，仲夏始鸣。

[5] 翠钿：用翠玉做成或镶嵌的首饰。

[6] 莲心：和"怜心"双关，就是相爱之心。彻底红，即红得通透底里。

[7] 望飞鸿：有望书信的意思，古人有鸿雁传书的传说。

[8] 卷帘天自高，海水摇空绿：此二句似倒装。意思是秋夜的一片蓝天像大海，风吹帘动，隔帘见天便觉似海水荡漾。一说这里把江称为海，"海水"即指江水。

[9] 悠悠：渺远。天海寥廓无边，所以说它"悠悠"，天海的"悠悠"正如梦的"悠悠"。

[10] 君：指住在江北的爱人。

相关背景

《西洲曲》是南朝乐府民歌名，最早著录于徐陵所编《玉台新咏》，是南朝乐府民歌中最长的抒情诗篇，历来被视为南朝乐府民歌的代表作。沈德潜称其"续续相生，连跗接萼，摇曳无穷，情味愈出"(《古诗源》卷十二)，陈祚明则谓之"言情之绝唱"(《采菽堂古诗选》)。

文本赏析

诗中描写了一位少女从初春到深秋，从现实到梦境对钟爱之人的苦苦思念。诗里洋溢着浓厚的生活气息和鲜明的感情色彩，表现出鲜明的民族特色和纯熟的表现技巧。

《西洲曲》艺术魅力毋庸置疑。但与一般南朝乐府民歌不同的是，《西洲曲》极为难解，研究者甚至称之为南朝文学研究的"哥德巴赫猜想"。《西洲曲》的语言一如民歌的清新质朴而少用事典，所以其难解并不在于字词的生僻、晦涩，而是在于整首诗的诗意难以得到一个贯通全篇的畅达解释。之所以如此，乃是因为诗歌所涉时间、地点、人物、情节等都有幽暗不明之处，难以得到一个一致的解释。

1. 巧藏心思，展露心境

"折梅寄江北"，少女折梅一枝，回想起以前在西洲梅下相会的情景。她思念情郎想去西洲，穿上了"杏子红"的"单衫"，梳起了"鸦雏色"的头发。一折、一穿、一梳，动作看似随意，却透露了痴心女子对情郎渴慕已久的心境。"日暮伯劳飞……出门采红莲"，这六句写出少女沉浸于对情郎的深深思念之中。风吹叶落，她误以为是情郎足音，于是"门中露翠钿"，从门缝中探出头等候情人的到来。"露"表露了少女急切、害羞的情怀。"开门郎不至，出门采红莲"，久等情郎不至，焦急之情再也抑制不住了，为了掩人耳目，只好借故出门去采莲。此刻，她百感交集，深切的思念、失落的感觉、受窘为难的心态一起涌向心头。

此诗将少女妩媚娇羞的姿态，渴慕相思的神色，一系列巧作掩饰的动作描绘得惟妙惟肖，跃然纸上。于平常的动作中，巧妙地刻画出少女细微的心理变化，渲染了女子缠绵的情思。

2. 托物寄情，借景抒情

"海上生明月，天涯共此时。"(唐·张九龄《望月怀远》)"露从今夜白，月是故乡明。"(杜甫《月夜忆舍弟》)这些诗句托月寄情，而本诗则是托"梅"、托"莲"来表达相思之情。"忆梅下西洲，折梅寄江北"，折梅寄思念之情，以自然景物起兴。"莲花""莲子""莲心"，由外而内"彻底红"。"莲心"即"怜心"，"彻底红"即红得透彻，喻爱情的赤诚坚贞，语意双关。“忆郎郎不至，仰首望飞鸿”，鸿雁可传情，然而，“鸿飞满西洲”，却没有传来情郎的音讯，极写相思之深：“海水梦悠悠”，“海水”“悠悠”，喻满满的相思像海水一样无穷无尽，托物寄情。本诗以眼前的寻常之物，或起兴抒情，或比喻言志，或一语双关，婉转倾吐真情，余韵不绝。

3. 巧以民间词，表时节变迁

诗中巧妙地运用民间丰富的词语，暗示了季节的变换，条理井然，时序渐进。早春时节可“折梅”，春夏之交穿“单衫”，仲夏之时“伯劳飞”，于初秋“采红莲”，值仲秋“弄莲子”，到深秋“望飞鸿”。女子相思怀念的深情，娓娓动听地倾诉在诗的字里行间。

学法点拨

顶真：一种文学修辞方法，上句的结尾与下句的开头使用相同的字或词，用以修饰两句子的声韵的方法。其亦称顶针、联珠、蝉联，有节奏和谐、优美动听、首尾圆合、声情摇曳之妙。《西洲曲》中“风吹乌臼树。树下即门前，”“低头弄莲子，莲子清如水”，“忆郎郎不至，仰首望飞鸿。鸿飞满西洲，望郎上青楼。楼高望不见，尽日栏杆头”用了顶真的修辞手法，“树”“莲子”“鸿”“楼”一头一尾，重叠往复，环环紧扣，意韵悠长，情味无穷，引人入胜。

双关：一种文学修辞手法，利用汉语同音、多义的特点，在一定的语言环境中，有意使语句产生双重意义，言在此而意在彼，含蓄、幽默、机智、巧妙，让人琢磨和回味，给人以深刻印象。一般分为语音双关和语义双关。语音双关是指利用同音或近音的条件而构成的双关。“置莲怀袖中，莲心彻底红”，表面说“莲心”，暗指“怜心”，“彻底红”即红得透彻，以此比喻爱情的赤诚坚贞。一语双关，利用同一词语有几种义项构成的双关。“忆郎郎不至，仰首望飞鸿”，鸿雁传书，向来是爱情的象征与表达，这里“飞鸿”既是指鸟，又关乎对爱情的期待和深沉，语意丰满。

链接思考

1. 朱自清在《荷塘月色》中曾引用“采莲南塘秋，莲花过人头。低头弄莲子，莲子清如水”两句，有人说是巧妙的引用。你怎么看？

2. 李白的《白云歌送刘十六归山》：“楚山秦山皆白云，白云处处长随君。长随君，君入楚山里，云亦随君渡湘水。湘水上，女萝衣，白云堪卧君早归。”这首诗表达了主人公什么情感？请找出诗中用顶真修辞手法的地方，并说说它们的作用是什么。

4. 春江花月夜[1]

（唐）张若虚

春江潮水连海平，海上明月共潮生。
滟滟[2]随波千万里，何处春江无月明！
江流宛转绕芳甸[3]，月照花林皆似霰[4]。
空里流霜[5]不觉飞，汀[6]上白沙看不见。
江天一色无纤尘[7]，皎皎空中孤月轮[8]。
江畔何人初见月？江月何年初照人？
人生代代无穷已，江月年年只相似[9]。

不知江月待何人，但见长江送流水。
白云一片去悠悠[10]，青枫浦上[11]不胜愁。
谁家今夜扁舟子[12]？何处相思明月楼[13]？
可怜楼上月徘徊[14]，应照离人[15]妆镜台。
玉户[16]帘中卷不去，捣衣砧[17]上拂还来。
此时相望不相闻[18]，愿逐月华[19]流照君。
鸿雁长飞光不度，鱼龙潜跃水成文[20]。
昨夜闲潭[21]梦落花，可怜春半不还家。
江水流春去欲尽，江潭落月复西斜[22]。
斜月沉沉藏海雾，碣石潇湘无限路[23]。
不知乘月几人归，落月摇情[24]满江树。

［选自《全唐诗》，曹寅、彭定求等，扬州诗局刻本，清康熙四十五年(1706)］

注释

［1］《春江花月夜》为乐府《清商曲·吴声歌》旧题，创自陈后主。

［2］滟滟(yàn)：水满波溢、波光粼粼的样子。

［3］芳甸(diàn)：花草丛生的郊野。甸，郊外之地。

［4］霰(xiàn)：雪珠，天空中降落的白色不透明的小冰粒，形容月光下春花晶莹洁白。

［5］流霜：飞霜。古人以为霜和雪一样，是从空中落下来的，所以叫流霜。在这里比喻月光皎洁，月色朦胧、流荡，所以不觉得有霜霰飞扬。

［6］汀(tīng)：沙滩。

［7］纤尘：微细的灰尘。

［8］月轮：指月亮，因为月圆时像车轮，所以称为月轮。

［9］江月年年只相似：另一种版本为“江月年年望相似”。

［10］悠悠：渺茫、深远。

［11］青枫浦上：青枫浦，地名，今湖南浏阳市境内有青枫浦。这里泛指游子所在的地方。暗用《楚辞·招魂》：“湛湛江水兮上有枫，目极千里兮伤春心。”浦上，水边。《九歌·河伯》：“送美人兮南浦。”因而此句隐含离别之意。

［12］扁舟子：飘荡江湖的游子。扁舟，小舟。

［13］明月楼：月夜下的闺楼。这里指闺中思妇。曹植《七哀诗》：“明月照高楼，流光正徘徊。上有愁思妇，悲叹有余哀。”

［14］月徘徊：指月光偏照闺楼，徘徊不去，令人不胜其相思之苦。

［15］离人：此处指思妇。

［16］玉户：形容楼阁华丽，以玉石镶嵌。

［17］捣衣砧(zhēn)：捣衣石、捶布石。

［18］相闻：互通音信。

［19］月华：月光。

［20］文：同“纹”。

［21］闲潭：幽静的水潭。

［22］复西斜：此中“斜”应为押韵，读作“xiá”(洛阳方言是当时的标准普通话，“斜”在洛阳方言中就读作 xiá)。

[23] 碣(jié)石潇湘：一南一北，暗指路途遥远，相聚无望。潇湘：湘江与潇水。无限路：极言离人相距之远。

[24] 摇情：激荡情思，犹言牵情。

相关背景

《春江花月夜》为乐府吴声歌曲名，相传为南朝陈后主所作，原词已不传，《旧唐书·音乐志二》云："《春江花月夜》《玉树后庭花》《堂堂》，并陈后主作。叔宝常与宫中女学士及朝臣相和为诗，太乐令何胥又善于文咏，采其尤艳丽者以为此曲。"

后来隋炀帝又曾作过此曲。《乐府诗集》卷四十七收《春江花月夜》7 篇，其中有隋炀帝的两篇。张若虚的这首为拟题作诗，与原先的曲调已不同，却是最有名的。

张若虚(约 660—约 720)，唐代诗人，扬州(今属江苏)人，曾任兖州兵曹。事迹略见于《旧唐书·贺知章传》。唐中宗神龙年间(705—707)，与贺知章、贺朝、万齐融、邢巨、包融，俱以文词俊秀驰名于京都，与贺知章、张旭、包融并称"吴中四士"。唐玄宗开元时尚在世。张若虚的诗仅存二首于《全唐诗》中。其中《春江花月夜》是一篇脍炙人口的名作，它沿用陈隋乐府旧题，抒写真挚动人的离情别绪及富有哲理意味的人生感慨，语言清新优美，韵律宛转悠扬，洗去了宫体诗的浓脂艳粉，给人以澄澈空明、清丽自然的感觉。

文本赏析

《春江花月夜》全诗共 36 句，每四句一换韵，以富有生活气息的清丽之笔，创造性地再现了江南春夜的景色，如同月光照耀下的万里长江画卷，同时寄寓着游子思归的离别相思之苦。诗篇意境空明，缠绵悱恻，洗净了六朝宫体的浓脂腻粉，词清语丽，韵调优美，脍炙人口，乃千古绝唱，素有"孤篇盖全唐"之誉。

整篇诗由景、情、理依次展开，第一部分写了春江的美景，第二部分写了诗人面对江月由此产生的感慨，第三部分写了思妇游子的离愁别绪。

开篇诗人在一个开阔的背景上勾勒出春江月夜的壮丽画面：江潮连海，月共潮生。这里的"海"是虚指。江潮浩瀚无垠，仿佛和大海连在一起，气势宏伟。这时一轮明月随潮涌生，景象壮观。一个"生"字，赋予了明月与潮水鲜活的生命。月光照耀千万里之遥，哪一处春江不在明月朗照之中？江水曲曲弯弯地绕过花草遍生的春之原野，月色泻在花树上，像洒上了一层洁白的雪。同时，又紧扣了"春江花月夜"的诗题。诗人的感觉极其敏锐精微，月光荡涤了世间万物的五光十色，将大千世界浸染成梦幻一样的银辉色。因而，"空里流霜不觉飞，汀上白沙看不见"，只有皎洁明亮的月光存在。诗人的神来之笔，创造了一个神话般美妙的境界，使春江花月夜显得格外幽美恬静。这八句，由大到小，由远及近，笔墨最终聚焦在一轮孤月上了，一个"孤"字，渗透进淡淡的惆怅，"孤"使读者很容易透过明月的孤寂联想到思妇的孤单，体味到她胸中的相思期待之苦，并给下文做了铺垫。

在月光下，天地变得清明澄澈了，世界变得纯净奇妙了，诗人的遐思冥想随之而来："江畔何人初见月？江月何年初照人？"这两个问句是全诗的关眼，打开了由景入情、入理的通道，凝聚着沉重的沧桑之感，诗人的思绪又紧紧联系着人生，探索着人生的哲理与宇宙的奥秘。此处又别开生面，诗人的思想没有落入前人俗套且翻出了新意："人生代代无穷已，江月年年只相似。"个体的生命是短暂的，而整个人类是永存的，因之"代代无穷已"的人生就和"年年只相似"的明月得以共存。诗人虽有对人生短暂的感伤，但并不是颓废与绝望，而是缘于对人生和宇宙的热爱，是诗人的历史性慨叹，渗透着哀而不伤的情绪。

“不知江月待何人，但见长江送流水”，这是紧承上一句的“只相似”而来的。人生代代相继，江月年年如此。一轮孤月徘徊中天，像是等待着什么人似的，却又永远不能如愿。月光下，只有滔滔江水一泻千里，奔腾而去。随着江水的流动，诗篇波澜顿生，将诗情推向更深远的境界。江月有恨，流水无情，诗人自然地把笔触由上半篇的大自然景色转到了人世间的景象，引出下半篇男女之间的相思之愁和一片哀怨无边的诗境。

“白云”四句总写在月夜中思妇与游子的两地思念之情。“白云”“青枫浦”托物寓情。白云飘忽，象征“扁舟子”的行踪不定。“青枫浦”为地名，但“枫”“浦”在诗中又常用为感别的景物、处所。“谁家”“何处”二句互文见义，因不止一家、一处有离愁别恨，诗人才提出这样的设问，把“两地相思一样愁”的苦楚渲染得淋漓尽致，情浓欲滴。

接下“可怜”八句承“何处”句，写思妇对离人的怀念。然而诗人不直说思妇的悲和泪，而是用“月”来烘托她的怀念之情，悲泪自出。诗篇把“月”拟人化，天上孤寂的明月仿佛找到了楼上思妇这个“同病相怜”之人，它在楼上徘徊着，不肯离去，把柔和的清辉洒在妆镜台上、玉户帘上、捣衣砧上。思妇触景生情，反而思念尤甚。她想赶走这恼人的月色，可是月色“卷不去”“拂还来”，真诚地依恋着她。“卷”“拂”这两个富有典型意义的细节描写，表面上是写月光，实际上是渲染思妇心中挥遣不去的惆怅和迷惘。共望月光而无法互通音信，只好依托明月遥寄相思之情。“鸿雁长飞光不度，鱼龙潜跃水成文”，也暗含鱼雁不能传信之意。这里以鸿雁、鱼龙与自己渴望夫妻团聚的急切心情相比，就更显出了思妇的离愁之深。

最后八句写游子，诗人用落花、流水、残月来烘托他的思归之情。“扁舟子”连做梦都想回家——花落幽潭，春光将老，人还远隔天涯，江水流春，流去的不仅是自然的春天，也是游子的青春、幸福和憧憬。此处把梦境与实境交织在一起，虚实相间，从而把月夜将尽、梦境难以实现的凄苦、落寞、惆怅之情烘托得缠绵悱恻。沉沉的海雾隐遮了落月；碣石、潇湘，天各一方，道路是多么遥远。“沉沉”二字加重地渲染了他的孤寂；“无限路”也就无限地加深了他的乡思。他思忖：在这美好的春江花月之夜，不知有几人能乘月回归自己的家乡？他那无着无落的离情，伴着残月之光，洒满在江边的树林之上。诗的结尾写离愁夜曲结束，新的一天的思念情歌即将开始。

学法点拨

意境：美学基本范畴之一，是指抒情性作品中情景交融、虚实相生、韵味无穷的诗意形象系统及其所诱发和延伸的审美想象空间，能令人感受领悟却又难以明确言传的境界，是属于主观范畴的“意”与属于客观范畴的“境”二者结合的一种艺术境界。典型往往指单个形象，而意境则是由若干意象构成的形象体系，是以整体形象出现的文学形象的高级形态。意境内容极为丰富，是形神情理的统一、虚实有无的协调，既生于意外，又蕴于象内。“意”是情与理的统一，“境”是形与神的统一。在两个统一的过程中，情理、形神相互渗透，相互制约，就形成了“意境”。

《春江花月夜》紧扣春、江、花、月、夜的背景来写，而又以月为主体。“月”是诗中情景兼融之物，它跳动着诗人的脉搏，在全诗中犹如一条生命纽带，通贯上下，诗情随着月轮的生落而起伏曲折。月在一夜之间经历了升起—高悬—西斜—落下的过程。在月的照耀下，江水、沙滩、天空、原野、枫树、花林、飞霜、白沙、扁舟、高楼、镜台、砧石、长飞的鸿雁、潜跃的鱼龙、不眠的思妇及漂泊的游子，组成了完整的诗歌形象，展现出一幅充满人生哲理与生活情趣的画卷。这幅画卷在色调上是以淡寓浓，虽用水墨勾勒点染，但“墨分五彩”，从黑白相辅、虚实相生中显出绚烂多彩的艺术效果，宛如一幅淡雅的中国水墨画，体现出春江花月夜清幽的意境美。

链接思考

1. 这首诗流传至今，令无数读者为之倾倒，被清末王闿运称为“孤篇横绝，竟为大家”，你怎么看？

2. 阅读唐代诗人杜甫的《月夜》：“今夜鄜州月，闺中只独看。遥怜小儿女，未解忆长安。香雾云鬟湿，清辉玉臂寒。何时倚虚幌，双照泪痕干。”谈谈其与《春江花月夜》在表达感情方面的异同。

5. 古朗月行

（唐）李白

小时不识月，呼作白玉盘[1]。
又疑瑶台[2]镜，飞在青云端。
仙人垂两足[3]，桂树何团团[4]。
白兔捣药成，问言与谁餐[5]？
蟾蜍蚀圆影[6]，大明夜已残。
羿[7]昔落九乌，天人[8]清且安。
阴精此沦惑[9]，去去[10]不足观。
忧来其如何？凄怆[11]摧心肝。

（选自《李白诗选》，马里千选注，三联书店，1982年）

注释

[1] 呼作：称为。白玉盘：指晶莹剔透的白盘子。

[2] 疑：怀疑。瑶台：传说中神仙居住的地方。

[3] 仙人垂两足：意思是月亮里有仙人和桂树。当月亮初生的时候，先看见仙人的两只脚，月亮渐渐圆起来，就看见仙人和桂树的全形。仙人，传说驾月的车夫叫作舒望，又名纤阿。

[4] 团团：圆圆的样子。

[5] 白兔捣药成，问言与谁餐：白兔老是忙着捣药，究竟是给谁吃呢？言外有批评长生不老药之意。问言，问。言，语助词，无实意。与谁，一作“谁与”。

[6] 蟾蜍：《五经通义》载有“月中有兔与蟾蜍”。传说月中有三条腿的蟾蜍，因此古诗文常以“蟾蜍”指代月亮。但本诗中蟾蜍则另有所指。圆影：指月亮。

[7] 羿：我国古代神话中射落九个太阳的英雄。《淮南子·本经训》记载：尧时十日并出，草木皆枯。尧命羿仰射十日，中其九。下面的“乌”即日，《五经通义》记载：“日中有三足乌。”所以日又叫作阳乌。

[8] 天人：天上人间。

[9] 阴精：《史记·天官书》载：“月者，天地之阴，金之精也。”阴精也指月。沦惑：沉沦迷惑。

[10] 去去：远去，越去越远。

[11] 凄怆：悲愁伤感。

相关背景

李白(701—762)，字太白，号青莲居士，唐代诗人，有“诗仙”之称，是最伟大的浪漫主义诗人。汉族，多数人认为其出生于西域碎叶城(今吉尔吉斯斯坦托克马克)，4岁随父迁回至剑南道之绵州(巴西郡)昌隆县(712年更名为昌明县，今四川绵阳江油市青莲乡)，祖籍陇西郡成纪县(今甘肃平凉市静宁县南)。存世诗文千余篇，代表作有《蜀道难》《行路难》《梦游天姥吟留别》《将进酒》等诗篇，有《李太白集》传世。762年病逝于安徽当涂，享年61岁。

李白生活在盛唐时期，他性格豪迈，热爱祖国山河，游踪遍及南北各地，写出了大量赞美名山大川的壮丽诗篇。其诗大多以描写山水和抒发内心的情感为主，他的诗既豪迈奔放，又清新飘逸，富有十分浓烈的自我表现的主观抒情色彩，颇具排山倒海、一泻千里的气势，而且想象丰富，意境奇妙，语言轻快，具有“笔落惊风雨，诗成泣鬼神”的艺术魅力，被贺知章称为“谪仙人”。其常将想象、夸张、比喻、拟人等手法综合运用，从而形成神奇异彩、瑰丽动人的意境，这就是其诗给人以豪迈奔放、飘逸若仙的原因所在。

这首诗是李白针对当时朝政黑暗而发的。唐玄宗晚年沉湎声色，宠幸杨贵妃，权奸、宦官、边将擅权，把国家搞得乌烟瘴气。诗中“蟾蜍蚀圆影，大明夜已残”似是讽刺这一昏暗局面。沈德潜说这是“暗指贵妃能惑主听”(《唐诗别裁》)。然而诗人的主旨却不明说，而是通篇做隐语，化现实为幻景，以蟾蜍蚀月影射现实，说得十分深婉曲折。

文本赏析

“古朗月行”是乐府古题，南朝宋著名诗人鲍照的《朗月行》是写佳人对月弦歌，李白虽采用这个题目，但没有袭旧的内容。

诗人运用浪漫主义的创作方法，以丰富的想象、巧妙的神话传说和强烈的抒情，构成瑰丽神奇而含意深蕴的艺术形象。先写年少时对月亮稚气的认识：“小时不识月，呼作白玉盘。又疑瑶台镜，飞在青云端。”以“白玉盘”“瑶台镜”做比喻，形象地描绘出月亮的形状和月光的皎洁明亮，给人以新奇有趣的感觉。“呼”“疑”这两个动词，传达出儿童的率真可爱之态。这四句诗，看似信手拈来，却情趣盎然。

当月亮冉冉升起时，传说中月中的仙人、桂树、白兔如何了？“仙人垂两足，桂树何团团。白兔捣药成，问言与谁餐？”当月亮初升的时候，先看见仙人的两只脚，而后逐渐看见仙人和桂树的全形，看见圆月中的白兔在捣药。诗人运用神话传说写出了月亮初生时由暗渐明和如梦如幻的恍若仙境的美景。可惜好景不长，月亮慢慢地由圆而蚀，“蟾蜍蚀圆影，大明夜已残”。蟾蜍，俗称癞蛤蟆；大明，指月亮。传说月食就是蟾蜍食月所造成的，月亮被蟾蜍吞噬而残缺，变得晦暗不明。“羿昔落九乌，天人清且安”写出了诗人的感慨和理想。英勇善射的后羿射落了九个太阳，只留下一个，使天、人都免除了灾难。诗人期盼现实中有后羿这样的英雄来拯救天下。可是，在残酷的现实面前，诗人无可奈何，“阴精此沦惑，去去不足观”。月亮已然沦没而混沌不清，没有可供欣赏的了，不如趁早离开吧。心中的忧愤不仅没有解除，反而更深了，“忧来其如何？凄怆摧心肝”。诗人内心的忧虑、凄凉、失望之情跃然纸上。

诗中一个又一个新颖奇妙的想象，展现出诗人起伏不平的感情，其文辞如行云流水，富有魅力，发人深思，体现出李白诗歌的雄奇奔放、清新俊逸的风格。

学法点拨

浪漫主义：文艺的基本创作方法之一，与现实主义对应，同为文学艺术上的两大主要创作方法及文学思潮。浪漫主义注重从主观内心世界出发，抒发对理想世界的热烈追求，想象大胆瑰丽，语言热情奔放，手法夸张多变。早在人类的文学艺术处于口头创作时期，一些作品就不同程度地带有浪漫主义的因素和特色，故浪漫主义的创作倾向渊源已久，只是尚未成为人们自觉掌握的创作方法，也未形成创作思潮。

屈原与李白是我国古代浪漫主义文学史的两大高峰。屈原是我国浪漫主义诗歌的开创者，《楚辞》是我国第一部浪漫主义诗歌总集。李白是继屈原之后又一位伟大的浪漫主义诗人。他将浪漫主义精神渗透于各种题材，扩大了浪漫主义的表现领域，丰富了浪漫主义的艺术技巧，气势豪迈奔放，想象丰富奇特，形象大胆夸张，比喻生动恰切，语言清新自然，将浪漫主义精神情怀和浪漫主义表现手法做到了高度的统一。

链接思考

1. 沈德潜《唐诗别裁》说李白此篇“暗指贵妃能惑主听”。陈沆云：“月后象，日君象，禄山之祸兆于女宠，故言蟾蜍蚀月明，以喻宫闱之蛊惑。”你认为如何？有何认识？

2. 试分析李白的《古朗月行》与鲍照的《朗月行》的联系与区别。

6. 丽　人　行

（唐）杜甫

三月三日[1]天气新，长安水边多丽人。
态浓意远淑且真，肌理细腻骨肉匀[2]。
绣罗衣裳照暮春，蹙金孔雀银麒麟[3]。
头上何所有？翠微㔩叶垂鬓唇[4]。
背后何所见？珠压腰衱稳称身[5]。
就中云幕椒房亲[6]，赐名大国虢与秦。
紫驼之峰出翠釜，水精之盘行素鳞[7]。
犀箸厌饫久未下，鸾刀缕切空纷纶[8]。
黄门飞鞚不动尘，御厨络绎送八珍[9]。
箫鼓哀吟感鬼神，宾从杂遝实要津[10]。
后来鞍马何逡巡，当轩下马入锦茵[11]。
杨花雪落覆白苹，青鸟飞去衔红巾[12]。
炙手可热势绝伦，慎莫近前丞相嗔[13]。

（选自《杜甫诗集》，杜甫著，中国国际广播出版社，2011 年）

注释

[1] 三月三日为上巳日，唐代长安仕女多于此日到城南曲江游玩踏青。吴自牧《梦粱录》：三月三日上巳之辰，曲水流觞故事，起于晋时。唐朝赐宴曲江，倾都禊饮踏青。

[2] 态浓：姿态浓艳。意远：神气高远。淑且真：淑美而不做作。肌理细腻：皮肤细嫩光滑。骨肉匀：身材匀称适中。

［3］这两句说，用金银线镶绣着孔雀和麒麟的华丽衣裳与暮春的美丽景色相映生辉。

［4］翠：一种翡翠鸟的羽毛。"微"，又作"为"。盍(hé)叶：一种首饰。《唐诗三百首》："翠微盍叶，言翡翠微布盍彩之叶。广韵：盍彩，妇人髻饰花也。"鬓唇，鬓边。

［5］腰衱(jié)：裙带。稳称身：十分贴切合身。

［6］就中：其中。云幕：指宫殿中的云状帷幕。椒(jiāo)房：汉代皇后居室，以椒和泥涂壁。后世因之称皇后为椒房，皇后家属为椒房亲。

［7］紫驼之峰：即驼峰，是一种珍贵的食品。唐贵族食品中有"驼峰炙(zhì)"。釜(fǔ)：古代的一种锅。翠釜，形容锅的色泽。水精：即水晶。行：传送。素鳞：指白鳞鱼。

［8］犀箸：犀牛角做的筷子。厌饫(yù)：吃得腻了。鸾(luán)刀：带鸾铃的刀。缕切：细切。空纷纶：厨师们白白忙乱一番，贵人们吃不下。

［9］黄门：宦官。飞鞚(kòng)：即飞马。八珍：形容珍美食品之多。

［10］宾从：宾客随从。杂沓：众多杂乱。要津：本指重要渡口，这里喻指杨国忠兄妹的家门，所谓"虢国门前闹如市"。

［11］后来鞍马：指丞相杨国忠。逡(qūn)巡：缓慢徐行，旁若无人之态。锦茵：锦织的地毯。

［12］此两句是隐语，以曲江暮春的自然景色来影射杨国忠与其从妹虢国夫人(嫁裴氏)的暧昧关系。杨花覆苹：古有杨花入水化为萍的说法，萍之大者为苹。杨花、萍和苹虽为三物，实出一体。故以杨花覆苹影射兄妹苟且乱伦。青鸟：古代神话传说中能为西王母传递信息的使者。后世即以青鸟代指情人的信使。红巾：妇人所用的手帕。"飞去衔红巾"，指为杨氏兄妹传递消息。

［13］此二句言杨氏权倾朝野，气焰灼人，无人能比。丞相：指杨国忠，天宝十一年(752)十一月为右丞相。嗔(chēn)：发怒。

相关背景

杜甫(712—770)，字子美，自号少陵野老，别名杜陵野老、杜陵布衣，汉族，祖籍襄州襄阳(今湖北襄阳)，一般认为其出生于巩县(今河南巩义市)。盛唐时期伟大的现实主义诗人。他有约 1 500 首诗歌被保留了下来，作品集为《杜工部集》。代表作有"三吏"(《新安吏》《石壕吏》《潼关吏》)、"三别"(《新婚别》《垂老别》《无家别》)等。唐肃宗时，官左拾遗。后入蜀，友人严武推荐他做剑南节度府参谋，加检校工部员外郎。故后世又称他杜拾遗、杜工部。

杜甫生活在唐朝由盛转衰的历史时期，其诗多涉及社会动荡、政治黑暗、人民疾苦，反映当时社会矛盾和人民疾苦，因而被誉为"诗史"。他的诗词以古体、律诗见长，风格多样，以"沉郁顿挫"四字准确概括出他自己的作品风格。杜甫忧国忧民，人格高尚，诗艺精湛，对后世影响深远。明末清初文学评论家金圣叹把杜甫所作之诗与屈原的《离骚》、庄周的《庄子》、司马迁的《史记》、施耐庵的《水浒传》、王实甫的《西厢记》合称为"六才子书"。在当代，杜甫对国家的忠心和对人民的关切被重新诠释为民族主义和社会主义的含义，而他本人因为使用"人民的语言"而受到现代研究者的赞赏。

《丽人行》是一首七言乐府诗，诗题在西汉刘向《别录》中已有记载。但因其内容是直接针对当时的宰相杨国忠兄妹，不用古乐府借古喻今的惯例，所以中唐的元稹称其为"新乐府"，今天看来，可以视为杜甫新题乐府中的例外。唐代自武后以来，外戚擅权已成为统治阶层中一种通常现象，他们形成了一个特殊的利益集团，引起了广大人民的强烈不满，这也是后来酿成安史之乱的主因。这首诗大约作于天宝十二载(753)。此前一年，杨国忠官拜右丞相兼吏部尚书，势倾朝野。

文本赏析

《丽人行》是杜甫的名篇，描写的是一个春暖花开的时节，杨国忠兄妹在长安城南曲江游宴时的情景，讽刺了他们骄奢淫逸的丑行，也从侧面反映了唐玄宗的昏庸和时政的腐败。

《旧唐书·杨贵妃传》载："玄宗每年十月，幸华清宫，国忠姊妹五家扈从。每家为一队，着一色衣；五家合队，照映如百花之焕发。而遗钿坠舄，瑟瑟珠翠，璨瓓芳馥于路。而国忠私于虢国，而不避雄狐之刺；每入朝，或联镳方驾，不施帷幔。每三朝庆贺，五鼓待漏，靓妆盈巷，蜡炬如昼。"又杨国忠于天宝十一载(752)十一月为右相。诗从南曲江游玩的贵族妇女写起，故以《丽人行》名篇。

全诗通过描写杨氏兄妹曲江春游的情景，揭露了统治者荒淫腐朽、作威作福的丑态，从另一角度反映了安史之乱前夕的社会现实。诗分三段，开首十句，诗开篇即点出时间——三月三日，描写上巳日曲江水边踏青的丽人如云，体态娴雅，姿色优美，衣着华丽。先泛写游春仕女的体态之美和服饰之盛，引出主角杨氏姐妹的娇艳姿色。次写宴饮的豪华及所得的宠幸。"就中"十句，具体写出丽人中虢、秦、韩三人，她们器皿雅致，肴馔精美，箫管悠扬。"后来"六句，写杨国忠之煊赫，意气骄恣，势焰熏灼，骄横跋扈。

全诗语言非常铺排，富丽华美中蕴含清刚之气。虽然字面上不见讥刺痕迹，但在惟妙惟肖的描摹中，其隐含犀利的讥讽已隐然入木三分。正如清代浦起龙《读杜心解》所评："无一刺讥语，描摹处语语刺讥；无一慨叹声，点逗处声声慨叹。"

学法点拨

铺排：铺陈、排比的简称，极力铺叙，尽意渲染，是将一连串内容紧密关联的景观物象、人物形象、性格行为和事态现象，按照一定的顺序组成一结构基本相同、语气基本一致的句群。通过淋漓尽致地细腻铺写，一气呵成，气势如虹，渲染环境，烘托气氛和情绪，加强语势。铺排手法在我国古代民歌中运用得很普遍，内容上用墨如泼，结构上铺张扬厉，用在叙述，穷形尽相；用在描写，形象生动；用在抒情，情意绵绵；用在议论，道理透彻。

铺排一般可笼统地分成两种类型：一是横向铺排，按不同方位空间、彼此相关的几个事物、事物的各个组成部分或不同方面等进行详尽的叙述或描写。如《木兰诗》中"东市买骏马，西市买鞍鞯，南市买辔头，北市买长鞭"，通过铺陈写出了木兰紧张地购买战马和乘马用具的情形，极写其紧急与匆忙。二是纵向铺排，按时间的先后顺序，用相同的句式，淋漓尽致地、细腻地铺写相应的事物或事件，以再现某种情景，塑造出典型的人物形象，为诗歌带来声律和色彩之美。例如《孔雀东南飞》中的"十三能织素，十四学裁衣，十五弹箜篌，十六诵诗书"，以时间为序，通过铺陈突出了刘兰芝的多才多艺，有良好的家庭教养和文化素养，既有家庭主妇的才干，又有琴棋书画的才艺。

《丽人行》语言极尽铺排，笔调细腻生动，场面宏大，鲜艳富丽，叙述了杨氏兄妹姿色优美，衣着华丽，肴馔精美，煊赫骄恣，惟妙惟肖，穷形尽相。

链接思考

1. 这首诗本刺讥杨家兄妹，开头却从一般丽人写起，描绘其体貌服饰的华美，既是陪衬，又十分含蓄。继而作者笔锋一转，点出虢国夫人与秦国夫人，极言排场的盛大、宴游的豪奢及趋炎附势者之众，凸显出杨氏兄妹的骄宠之态。最后写杨国忠威势煊赫、意气骄恣，并暗示其淫乱行为。作者在结尾两句才把主题点出，但依然不着议论，而是让读者自去批评。你认为这种手法的妙处何在？为什么？

2. 杜甫的诗歌讲究语言锤炼，请从遣词造句、音韵铿锵、抑扬缓急等方面分析。

7. 长恨歌

（唐）白居易

汉皇重色思倾国[1]，御宇多年求不得。
杨家有女初长成[2]，养在深闺人未识。
天生丽质难自弃，一朝选在君王侧。
回眸一笑百媚生，六宫粉黛无颜色。
春寒赐浴华清池[3]，温泉水滑洗凝脂。
侍儿扶起娇无力，始是新承恩泽时。
云鬓花颜金步摇，芙蓉帐暖度春宵[4]。
春宵苦短日高起，从此君王不早朝。
承欢侍宴无闲暇，春从春游夜专夜。
后宫佳丽三千人，三千宠爱在一身。
金屋妆成娇侍夜，玉楼宴罢醉和春。
姊妹弟兄皆列土，可怜光彩生门户[5]。
遂令天下父母心，不重生男重生女。
骊宫高处入青云[6]，仙乐风飘处处闻。
缓歌慢舞凝丝竹，尽日君王看不足。
渔阳鼙鼓动地来[7]，惊破霓裳羽衣曲[8]。
九重城阙烟尘生，千乘万骑西南行[9]。
翠华摇摇行复止[10]，西出都门百余里。
六军不发无奈何，宛转蛾眉马前死[11]。
花钿委地无人收，翠翘金雀玉搔头[12]。
君王掩面救不得，回看血泪相和流[13]。
黄埃散漫风萧索，云栈萦纡登剑阁[14]。
峨嵋山下少人行[15]，旌旗无光日色薄。
蜀江水碧蜀山青，圣主朝朝暮暮情。
行宫见月伤心色，夜雨闻铃肠断声[16]。
天旋日转回龙驭[17]，到此踌躇不能去。
马嵬坡下泥土中，不见玉颜空死处。
君臣相顾尽沾衣，东望都门信马归。
归来池苑皆依旧，太液芙蓉未央柳[18]。

芙蓉如面柳如眉，对此如何不泪垂。
春风桃李花开日，秋雨梧桐叶落时。
西宫南内多秋草[19]，落叶满阶红不扫。
梨园弟子白发新，椒房阿监青娥老[20]。
夕殿萤飞思悄然，孤灯挑尽未成眠。
迟迟钟鼓初长夜，耿耿星河欲曙天。
鸳鸯瓦冷霜华重，翡翠衾寒谁与共。
悠悠生死别经年，魂魄不曾来入梦。
临邛道士鸿都客[21]，能以精诚致魂魄。
为感君王辗转思，遂教方士殷勤觅。
排空驭气奔如电，升天入地求之遍。
上穷碧落下黄泉，两处茫茫皆不见。
忽闻海上有仙山，山在虚无缥缈间。
楼阁玲珑五云起，其中绰约多仙子。
中有一人字太真，雪肤花貌参差是。
金阙西厢叩玉扃，转教小玉报双成[22]。
闻道汉家天子使，九华帐里梦魂惊。
揽衣推枕起徘徊，珠箔银屏迤逦开。
云鬓半偏新睡觉，花冠不整下堂来。
风吹仙袂飘飖举，犹似霓裳羽衣舞。
玉容寂寞泪阑干，梨花一枝春带雨。
含情凝睇谢君王，一别音容两渺茫。
昭阳殿里恩爱绝，蓬莱宫中日月长[23]。
回头下望人寰处，不见长安见尘雾。
惟将旧物表深情，钿合金钗寄将去[24]。
钗留一股合一扇，钗擘黄金合分钿[25]。
但教心似金钿坚，天上人间会相见。
临别殷勤重寄词，词中有誓两心知。
七月七日长生殿，夜半无人私语时。
在天愿作比翼鸟，在地愿为连理枝[26]。
天长地久有时尽，此恨绵绵无绝期。

（选自《白居易集》，白居易著，顾学颉校点，中华书局，1979年）

注释

[1] 汉皇：本指汉武帝刘彻，这里借指唐玄宗。倾国：绝色女子。据《汉书·外戚传》记载，汉武帝的乐人李延年在武帝前起舞唱歌，赞美自己的妹子李夫人的美貌："北方有佳人，绝世而独立。一顾倾人城，再顾倾人国。"

[2] 杨家有女：指杨玉环。开元二十三年(735)，册封为寿王(李隆基子)之妃。开元二十八年(740)，李隆基为了夺取她，先度她为女道士，住太真宫，改名太真。天宝四年(745)，册封为贵妃。

[3] 华清池：位于今陕西省西安市临潼区东南骊山华清宫温泉浴池。

[4] 金步摇：妇女插在发髻上的一种首饰，用金丝串珍珠而成。因它随步摇晃生姿，故名。芙蓉帐：绘有荷花图案的帐子。

[5] 列土：封建皇帝分给臣下一定的地盘。这里指杨贵妃的姊妹兄弟都得了封号和官职、分封了土地。她的大姐嫁入崔家，封韩国夫人；三姐嫁入裴家，封虢国夫人；八姐嫁入柳家，封秦国夫人。宗兄杨铦任鸿胪卿，杨锜任侍御史，杨钊（国忠）任右丞相并封魏国公。可怜：可羡。

[6] 骊宫：骊山华清宫。

[7] 渔阳鼙鼓：指安禄山发动叛乱。渔阳，郡名，在今天津蓟县一带。时安禄山任范阳、平卢、河东三镇节度使，辖八郡，附其反者六郡，渔阳是其中一部。鼙鼓：军用战鼓。

[8] 霓裳羽衣曲：舞曲名。本为西凉节度使杨敬述所献，因此曲伴舞，常演月中仙女的舞蹈形象，故唐玄宗改为此名。

[9] 九重城阙：指天子所住的地方有九道门，故称九重。西南行，天宝十五年(756)正月，安禄山攻破潼关，唐玄宗向蜀中仓皇逃跑。

[10] 翠华：天子仪仗中以翠羽为饰的旗帜。

[11] 六军：古代天子六军，这里指皇帝的护从军队。蛾眉，美女代称，此处指杨贵妃。

[12] 花钿：古代一种嵌金花的首饰。

[13] 血泪相和流：死者有血，生者有泪，两相合流。

[14] 云栈：高耸入云的栈道。剑阁：大小剑山之间的栈道名。

[15] 峨嵋山：山名，在今四川省峨眉山市境内。唐玄宗入蜀没有到达峨眉山，此处泛指蜀道高山。

[16] 夜雨闻铃：郑处诲《明皇杂录·补遗》云："明皇即幸蜀，西南行。初入斜谷，霖雨涉旬，于栈道雨中闻铃，音与山相应。上既悼念贵妃，采其声为《雨霖铃曲》以寄恨焉。"

[17] 天旋日转：指大局转变，唐军收复长安。龙驭：皇帝的车驾。回龙驭：指唐玄宗由蜀返京。

[18] 太液：大明宫池名。汉代亦有太液池。未央：汉宫殿名。这里用指唐代宫殿。

[19] 西宫：指太极宫。南内：指兴庆宫。唐玄宗返京后，先住兴庆宫，因邻近大街，唐肃宗左右惧其与外界接触，迫使其迁入太极宫。

[20] 梨园弟子：指唐玄宗在梨园教练出来的乐工。椒房：后妃居住的宫殿。阿监：宫中侍从女官。青娥：美丽的容颜。

[21] 临邛：县名，即今四川邛崃。鸿都：东汉时京城洛阳有鸿都门，这里借指长安。

[22] 小玉：传说中吴王夫差的小女儿。双成：传说中西王母的侍女。

[23] 昭阳殿：汉宫殿名，赵飞燕所居，这里指杨贵妃生前所住宫殿。蓬莱宫：仙宫名。

[24] 钿合：用珠宝镶嵌的一种首饰，用两片合成。一说指金盒。

[25] 一扇：一边。擘(bō)：分开。

[26] 连理枝：两棵树上的枝条长得连接在一起。比喻男女爱情牢固。

相关背景

白居易(772—846)，汉族，字乐天，河南新郑（今郑州新郑）人，德宗贞元十四年(798)进士，808年以翰林学士任左拾遗，815年为权贵排挤，贬为江州司马，后历任忠州（今重庆忠县）、杭州、苏州等地刺史。846年8月在洛阳逝世。晚年长期居住在洛阳香山，号称"香山居士"。

视频
江楼晚眺

白居易在文学上积极倡导新乐府运动，主张“文章合为时而著，诗歌合为事而作”，写下了不少感叹时世、反映人民疾苦的诗篇，对后世颇有影响。他晚年好佛，因而人称“诗佛”。他一生作诗很多，以讽喻诗最为有名，语言通俗易懂，被称为“老妪能解”。白居易的主要作品有《长恨歌》《琵琶行》《赋得古原草送别》《钱塘湖春行》《暮江吟》和《忆江南》等。叙事诗中《琵琶行》《长恨歌》极为有名。白居易的诗在当时流传广泛，上自宫廷，下至民间，处处皆是，其声名还远播唐朝疆域之外。

唐宪宗元和元年(806)，白居易任盩厔(今西安市周至县)县尉。一日，与友人陈鸿、王质夫到马嵬驿附近的仙游寺游览，谈及李隆基与杨贵妃事。王质夫认为，像这样突出的事情，如无大手笔加工润色，就会随着时间的推移而消没。他鼓励白居易:“乐天深于诗，多于情者也，试为歌之，何如?”于是，白居易写下了这首长诗。因为长诗的最后两句是“天长地久有时尽，此恨绵绵无绝期”，所以他们就称这首诗为《长恨歌》。陈鸿同时也写了一篇传奇小说《长恨歌传》。

文本赏析

本诗通过对唐玄宗和杨玉环悲欢离合、生死不渝的爱情故事的叙述，在一定程度上反映了纷繁复杂的社会矛盾，既揭露了唐玄宗荒淫无度的帝王生活，又塑造了形于外、诚于中的杨贵妃的艺术形象，寄寓了作者对李、杨爱情悲剧的深切同情。

诗人一开篇就单刀直入地指出作为悲剧主人公之一的唐玄宗是“重色”的，描述唐玄宗凭借着“御宇”的权力，“多年”寻求美色，一旦寻得了“天生丽质”的杨贵妃，就让其“承欢侍宴”，并使其“姊妹兄弟皆列土”，平步青云。唐玄宗本人从此整日沉迷于歌舞酒色之中。755年安禄山起兵叛乱，“渔阳鼙鼓动地来”正是玄宗“重色”荒淫的结果。六军在马嵬驿发难，要求处死杨贵妃，也是对他腐化荒淫的惩罚。这一悲剧的本身，可启发人们去深思、去感受。

此叙事诗采用了多种表现手法，既有叙事，也有写景、抒情，把三者有机结合了起来。诗人在写出了“汉皇重色思倾国”这一统领全诗的诗句以后，始写唐玄宗求色和杨贵妃得宠的经过，继而叙述安史乱起、玄宗出逃、马嵬缢妃事件，再而描述唐玄宗晚年凄清孤寂的生活和思念杨贵妃的情景。最后诗人以浪漫主义的手法，让杨贵妃在仙山中出现，表现了唐玄宗与杨贵妃的爱情至死不渝，并以“天长地久有时尽，此恨绵绵无绝期”结束全诗，照应诗题，点明题旨。

学法点拨

歌行体：古代诗歌体裁之一，由南朝宋鲍照所创，初唐时期在汉魏六朝乐府诗的基础上建立起来。鲍照通过学习、模拟乐府诗，充分吸收乐府诗的风骨气韵，经过消化，自创格调，发展了七言诗，并创造了以七言体为主的歌行体。刘希夷的《代悲白头翁》与张若虚的《春江花月夜》是这种体裁正式形成的标志。

歌行体内容丰富、生动，记人、记言，发议论、抒感慨融为一体，体现着古乐府叙事的特点。其篇幅自由灵活，可长可短。句式七言居多，或杂以三、五、九言，平仄不拘，韵脚可换。

歌行体命名也比较灵活，用“歌”“行”或“歌行”皆可。例如杜甫《茅屋为秋风所破歌》、岑参《白雪歌送武判官归京》、杜甫《兵车行》、白居易《琵琶行》、高适《燕歌行》等。甚或以“吟”“谣”命名的，例如的李白《梦游天姥吟留别》、韦庄《秦妇吟》、李白《庐山谣寄卢侍御虚舟》等。

全诗以“长恨”为主线，前写因，后写果，情节曲折离奇、大起大落，人物形象完整鲜明、生动具体，语言流畅匀称、优美和谐，描写绘声绘色、细致入微，是现实主义与浪漫主义创作方法相结合的名篇佳作。

链接思考

1. 对于《长恨歌》的主旨，一向有不同的理解，有人认为是通过李杨的爱情悲剧，歌颂了人们对爱情的真诚和专一、对团圆的美满的爱情生活的向往，有人则认为主要是讽刺唐明皇的荒淫误国和执迷不悟，更有人认为是双重主题。你认为哪种意见科学、客观与合理？为什么？

2. 本诗写唐玄宗对杨贵妃的思念，对故事情节的发展具有何作用？为什么？

3. 唐明皇与杨玉环的爱情故事在诗中描绘得有声有色，历史上果真如此吗？倘若诗歌是虚构，为何历来读者对此津津乐道？请各抒己见，展开讨论。

4. 杜甫《丽人行》、白居易《长恨歌》都写到了唐明皇与杨玉环的故事，试比较其异同。

8. 定风波·莫听穿林打叶声

（宋）苏轼

三月七日，沙湖道中遇雨[1]，雨具先去，同行皆狼狈，余独不觉。已而遂晴，故作此词。

莫听穿林打叶声，何妨吟啸[2]且徐行。竹杖芒鞋[3]轻胜马，谁怕？一蓑烟雨任平生[4]。

料峭[5]春风吹酒醒，微冷，山头斜照却相迎。回首向来萧瑟处[6]，归去，也无风雨也无晴。

（选自《苏轼诗选》，苏轼著，人民文学出版社，1984年6月）

注释

[1] 三月：宋神宗元丰五年(1082)三月七日，苏轼谪居黄州。沙湖：在湖北黄州东南三十里，又名螺丝店。

[2] 吟啸：吟咏长啸。《晋书·阮籍传》载：“登山临水，啸咏自若。”

[3] 芒鞋：草鞋。

[4] “一蓑”句：一向是披着蓑衣任凭烟笼雨打。

[5] 料峭：风寒而尖利。

[6] 萧瑟：风雨声，也指风雨引起的困难。处：境地。

相关背景

苏轼(1037—1101)，字子瞻，又字和仲，号东坡居士，自号铁冠道人，世称“苏仙”。汉族，北宋眉州眉山(今四川眉山)人。宋仁宗嘉祐(1056—1063)年间进士。他一生仕途坎坷，学识渊博，天资极高，诗文书画皆精。其文汪洋恣肆，明白畅达，与欧阳修并称“欧苏”，为“唐宋八大家”之一；其诗清新豪健，善用夸张、比喻，艺术表现独具风格；其词开豪放一派，对后世产生巨大影响。著有《苏东坡全集》和《东坡乐府》等。

这首记事抒怀之词作于宋神宗元丰五年(1082)春,当时是苏轼因"乌台诗案"被贬为黄州(今湖北黄冈)团练副使的第三个春天。词人与朋友春日出游,风雨忽至,朋友深感狼狈,词人却毫不在乎,泰然处之,吟咏自若,缓步而行。

文本赏析

上阕写词人遇雨后从容超脱的情境。"莫听穿林打叶声",雨滴打在竹叶上发出响声,劝友人不要感到扫兴。如果把它当作美妙的音乐来欣赏,就不妨"吟啸且徐行"了。此处"莫听"两字,道出了词人旷达超逸的心境,对生活中的一些风雨不必太在意,不妨换一个角度看待、欣赏它。人们都说,生活不缺少美,而是缺少发现。那么如何才能善于发现呢?不妨学学苏轼。许多人都可能因外界的各种不顺心而烦恼,整天抱怨老天不公,有用吗?没用。可能当你抱怨后,却"回首向来萧瑟处,归去,也无风雨也无晴",让人啼笑皆非。这时有人会说,真是天意弄人呀!是吗?其实未必,我们应该好好向苏轼学习,不要被逆境所困,不妨去学着欣赏,把自己看作剧中人,跳出圈子看自己,一定会有别样的心情、特别的收获。

写生活条件不好,"竹杖芒鞋轻胜马"又有什么好怕的呢?"一蓑烟雨任平生",这样才旷达。"穷则独善其身,达则兼济天下。"既然朝廷不给兼济天下的机会,就"芒鞋青竹杖,自挂百钱游。可怪深山里,人人识故侯"(《初入庐山》诗),也图个清静逍遥,谁不想过逍遥自在的生活呢?这才是人生追求的最高生活境界。

"一蓑烟雨任平生"是最值得回味的一句。有这样一种解释:"披着蓑衣在风雨里过一辈子,也处之泰然(这里表示能够耐得住辛苦的生活)。"(胡云翼《宋词选》)由眼前风雨推及整个人生,抒发了词人面对人生的风风雨雨而我行我素、不畏坎坷的超然情怀。

下阕,天转晴了。"料峭春风吹酒醒,微冷,山头斜照却相迎。"料峭的春风把酒吹醒了,有些许寒意。不料,天放晴了,斜阳照在身上暖暖的。这个转,转出了味道:一个人被外在的困境所困扰时,如果一味地抱怨,当机遇来临时,他很可能会错失良机,实际上,现实世界往往是"塞翁失马,焉知非福"。

"回首向来萧瑟处,归去,也无风雨也无晴。"这饱含人生哲理意味的点睛之笔,道出了词人的顿悟:刚才还是大雨,现在已经天晴了,自然界的雨晴乃为寻常事,暗含"政治界的风云变化又何必在意?"的意思。佛说"菩提本无树,明净亦非台。本来无一物,何处惹尘埃",当你心静如湖水,全不在意外在事物的得失时,便可以领悟"也无风雨也无晴"的快乐了。"风雨"二字,一语双关,既指野外途中所遇风雨,又暗指几乎置他于死地的政治"风雨"和人生险途。

学法点拨

双关:一种文学修辞手法,利用汉语的同音、多义的特点,在一定的语言环境中,有意使语句产生双重意义,言在此而意在彼,含蓄,幽默,机智,巧妙,让人琢磨和回味,给人以深刻印象。"回首向来萧瑟处,归去,也无风雨也无晴","风雨""晴",既指自然天气的风雨阴晴,又暗指人生、政治、仕途的跌宕起伏、高升贬谪,而身处逆境,也要达观坦然,洒脱无惧,一语双关。"任平生",潇洒的心理性格和不畏风雨的人生态度稍加思考即可使读者体悟于心。《西洲曲》也使用了双关手法,可对照学习。刘禹锡的《竹枝词》中"东边日出西边雨,道是无晴却有晴","晴"表面上是说晴雨的"晴",暗中却又是在说情感的"情",一语相关,意蕴悠长。

链接思考

1. 词中的"雨"有何象征意味?"一蓑烟雨任平生""也无风雨也无晴"分别表现了作者怎样的情怀?两者能够统一吗?为什么?

2. 南朝乐府民歌《子夜四时歌》之《春歌》云:"自从别欢后,叹音不绝响。黄檗向春生,苦心随日长。"这首民歌中哪个词用了双关的修辞手法?其词含蓄地表达了什么意思?

9. 沈园二首[1]

(宋)陆游

其一

城上斜阳画角哀[2],沈园非复旧池台。
伤心桥下春波绿,曾是惊鸿照影来[3]。

其二

梦断香消四十年[4],沈园柳老不吹绵[5]。
此身行作稽山土[6],犹吊遗踪一泫然[7]。

(选自《陆游诗选》,陆游著,人民文学出版社,1957年)

注释

[1] 沈园:故址在今浙江绍兴禹迹寺南。

[2] 斜阳:偏西的太阳。画角:涂有色彩的军乐器,发声凄厉哀怨。

[3] 惊鸿:语出三国魏曹植《洛神赋》"翩若惊鸿"句,以喻美人体态之轻盈。这里指唐琬。

[4] 梦断句:作者在禹迹寺遇到唐琬是在宋高宗绍兴二十五年(1155),其后不久,唐琬郁郁而死。作此诗时距那次会面44年,这里的"四十"是取其成数。香消:指唐琬亡故。

[5] 不吹绵:柳絮不飞。

[6] 行:即将。稽山:会稽山,在今浙江绍兴东南。

[7] 吊:凭吊。泫然:流泪的样子。

相关背景

陆游(1125—1210),字务观,号放翁,汉族,越州山阴(今浙江绍兴)人,南宋著名诗人。他少时受家庭爱国思想熏陶,宋孝宗时赐进士出身。中年入蜀,投身军旅,官至宝章阁待制。晚年退居家乡。其创作的诗歌今存9 000多首,内容极为丰富,著有《剑南诗稿》《渭南文集》《南唐书》等。

陆游一生最大的个人不幸就是与结发妻子唐琬的爱情悲剧。据《齐东野语》等书记载与今人考证:陆游于宋高宗绍兴十四年(1144)20岁时与母舅之女唐琬结琴瑟之好,婚后"伉俪相得",但陆母并不喜欢儿媳,终至迫使他们于婚后3年左右离异。后唐氏改嫁赵士程,陆游亦另娶王氏。绍兴二十五年(1155)春,陆游31岁,偶然与唐琬夫妇相遇于禹迹寺南之沈氏园。唐以语赵,遣致酒肴。陆怅然久之,为赋《钗头凤》一词题壁间。唐氏见后亦奉和一首，从此郁郁寡欢，不久便抱恨而死。陆游自此更加重了心灵的创伤，悲悼之情始终郁积于怀，50余年间，陆续写了多首悼亡诗，《沈园二首》是其中最脍炙人口的两首。

《齐东野语》曰："翁居鉴湖之三山，晚岁每入城，必登寺眺望，不能胜情，又赋二绝云：(引诗略)。盖庆元己未也。"庆元己未为公元1199年，陆游75岁。

文本赏析

《沈园二首》是陆游悼亡诗中最为深婉动人的两首。此时距沈园邂逅唐琬已40余年，但诗人缱绻之情丝毫未减，反而随岁月之增而加深。

第一首诗回忆沈园与唐氏相逢之事，直接表露了诗人悲伤欲绝之情。

首句中"城上斜阳"，点明时间是傍晚，斜阳惨淡，给沈园笼罩了一种悲凉的氛围，作为全诗的背景。"画角"高亢凄厉的声音，在诗人的耳中无比悲哀，"哀"是诗人当时心境的反映。这一句写斜阳黯淡，画角哀鸣，通过写景渲染悲凉的气氛。

次句写他到沈园去寻找有关芳踪的记忆，沈园已几易其主，那曾经留有芳踪的旧池台也变得难以辨认，要唤起对芳踪的回忆或幻觉，也成了不可再得的奢望。沈园是他与唐氏离异后唯一相见之处，也是永诀之所。这里留下了他刹那间的喜与永久的悲。他渴望鸳梦重温，渴望能再次与唐氏不期而遇，但都是痴心妄想了。他又寄希望于沈园的一草一木、亭台轩榭保持旧貌，聊以自慰。可是，物是人非，连当年的景物也早变了模样，这一切不以诗人的意志为转移，诗人感到无比的寥落、伤心。

所幸的是"桥下春波绿"，桥下的绿水依旧，诗人找到了春天的影子，恍惚间也似见到了故人。44年前，唐氏如曹植《洛神赋》中"翩若惊鸿"的凌波仙子，飘然降临于春波之上。她是那么温婉柔美，又是那么凄楚欲绝。离异之后的不期而遇所引起的只是无限"伤心"。一切均已成过去，无可挽回，只留下一颗伤心绝望的心和悔恨无比的灵，在孤寂的人世茕茕孑立，踽踽独行。

第二首诗写诗人对爱情的忠贞不渝。

首句感叹唐氏仙逝已44年了，连梦中也难以相见了。"香消玉殒"是古代比喻美女死亡的雅词，充满了诗人刻骨铭心之真情。陆游于84岁(临终前一年)所作悼念唐氏的《春游》亦云："也信美人终作土，不堪幽梦太匆匆。"

次句写沈园的柳树已经老了，不再飞絮了。此时的诗人已年逾古稀，如园中老树，已无所作为，对个人生活更无追求。

"此身行作稽山土"，自己亦将埋葬于会稽山下而化为黄土，此句的目的是反衬尾句"犹吊遗踪一泫然"，即对唐氏坚贞不渝之情。一个"犹"字，使诗意得到升华：尽管自己将不久于人世，但对唐氏眷念之情永不泯灭；尽管个人生活上已无所追求，但对唐氏之爱历久弥新。因此要对沈园遗踪再凭吊一番而泫然涕下。"泫然"二字，饱含多少复杂的感情！爱？恨？悔？诗人不点破，让读者品味，这两首诗与陆游慷慨激昂的诗篇风格迥异。感情性质既有别，艺术表现自然也不同。这两首诗写得深沉哀婉，含蓄蕴藉，但仍保持诗人语言朴素自然的一贯特色。在生命有限处，爱在申辩自己的永恒价值，这是《沈园二首》留给后人的思考。

学法点拨

悼亡诗：古代汉族诗歌题材之一，一般是丈夫追悼亡妻之作，始于西晋文学家潘安所作《悼亡诗》。潘安，古代四大美男子之一，姿容甚美，每每出行观者皆掷果盈车，但他用情专一，对妻子情深意笃。妻子去世，他悲痛之极，为她服丧一年，并写下具有开创意义的《悼亡诗》三首。诗中所述他们的日常生活之事，真实自然，平易流畅，表达出了诚挚、真切、深沉的夫妻之情。而在此之前，几乎没有男子怀念妻子的作品。

中国古代悼亡诗的代表作品主要有：苏轼的《江城子·乙卯正月二十日夜记梦》、元稹的《离思五首、其四》、白居易的《为薛台悼亡》、纳兰性德的《南乡子·为亡妇题照》等。陆游的这两首悼亡诗，深沉哀婉，含蓄蕴藉，是悼亡诗中的经典之作。现在广义的悼亡诗也指对亡故亲人或朋友表达追悼、哀思的诗歌。

链接思考

1. 请仔细体味，比较两首诗写情的侧重点，试分析诗人为何如此着墨。

2. 阅读唐代诗人元稹为了纪念逝去的妻子而写的《离思五首、其四》：“曾经沧海难为水，除却巫山不是云。取次花丛懒回顾，半缘修道半缘君。”并赏析之。

10. 渔家傲·天接云涛连晓雾

（宋）李清照

天接云涛连晓雾，星河欲转千帆舞[1]。仿佛梦魂归帝所，闻天语[2]，殷勤问我归何处。

我报路长嗟日暮[3]，学诗谩有惊人句[4]。九万里风鹏正举[5]，风休住，蓬舟吹取三山去[6]！

（《李清照集校注》，李清照著，王仲闻校注，人民文学出版社，1979 年）

注释

[1] 云涛：云层舒卷如波浪起伏。星河：银河。帆：船只。

[2] 帝所：天帝的住所，即天宫。闻天语：听见天帝说话。

[3] 报：回答。路长：喻人生道路的漫长。日暮：求索未得而时光已逝。

[4] 谩：空自、徒然。

[5] 九万里风鹏正举：典出自《庄子·逍遥游》中大鹏鸟“背若泰山，翼若垂天之云，抟扶摇羊角而上者九万里”，这里借以自喻，自己正要像鹏鸟那样乘风高飞。

[6] 蓬舟：蓬草似的轻舟。三山：传说中的仙山。典出《史记·封禅书》“海上仙山：蓬莱、方丈、瀛洲”。

视频
声声慢

相关背景

李清照（1084—1155），号易安居士，汉族，齐州章丘（今山东章丘）人。宋代女词人，婉约词派代表，有“千古第一才女”之称。

李清照的词，前期多写其悠闲生活，后期多悲叹身世，情调感伤。其词形式上善用白描手法，语言清丽。其重视词的协律，崇尚典雅，提出词“别是一家”之说，反对以作诗文之法作词。能诗，留存不多，部分篇章感时咏史，情辞慷慨，与其词风不同。原有《易安居士文集》《易安词》，已散佚。后人有《漱玉词》辑本，今有《李清照集校注》。

这首词在《花庵词选》中题作“记梦”，是李清照唯一的豪放词，是她南渡以后的作品。一般来说，李清照南渡以后写的词都是些消沉愁苦之作，而这一首却是例外。南渡以前，李清照足不出户，多写闺中女儿情；南渡以后，“飘流遂与流人伍”，视野开阔起来。据《金石录后序》记载，宋高宗建炎四年(1130)春，她曾在海上航行，历尽风涛之险。词中写到大海、乘船，人物有天帝及词人自己，都与其这段真实的生活所得到的感受有关。

文本赏析

词一开篇便展现一幅辽阔、壮美得如仙境一般的景色。境界开阔大气，为唐五代以及两宋词所少见。写天、云、雾、星河、千帆，景象已极壮丽，其中又准确地嵌入了几个动词，则绘景如活，动态俨然。“接”“连”二字把无边的天幕、汹涌的波涛、弥漫的云雾，自然地组合在一起，形成一种水天相接、云雾弥漫、混沌一片的境界。“星河欲转”，此时此刻，词人从颠簸的船舱中仰望天空，天上的银河似乎在转动一般。“千帆舞”，海上刮起了大风，无数的舟船在风浪中飞舞前进。“转”“舞”两字，则将词人在风浪中颠簸的感受逼真地传递给读者。星河欲转，船摇帆舞，既富于生活的真实感，也具有梦境的虚幻性，虚虚实实，为全篇的奇情壮采奠定了基调。作者写的虽然是在梦中所幻想的自然景象，但这一幻想无疑是她在人生道路上历尽艰难险阻、流徙奔波之苦的潜意识所促使的。

因为这首词写的是“梦境”，所以接下来有“仿佛”三句。“仿佛”以下这三句，写词人在梦中见到天帝。“梦魂”二字，是全词的关键。“帝所”，指天帝居住的宫殿。这是人们在经历了千辛万苦后所希望和追求的美好前途。词人经过海上航行，一缕梦魂仿佛升入天国，见到了态度温和、关心民瘼的天帝。“殷勤问我归何处”，虽然只是一句异常简洁的问话，却饱含着深厚的感情，寄寓着美好的理想。

词的上下两阕一气呵成，联系紧密。上片末二句是写天帝的问话，下片先写词人的对答。问答之间，语气衔接，毫不停顿。“我报路长嗟日暮”句中的“报”字与上片的“问”字，互相照应。“路长日暮”，反映了词人晚年孤独无依的痛苦经历，词人结合自己的身世，把屈原在《离骚》中所表达的不惮长途运征，只求日长不暮，以便寻觅天帝，不辞上下求索的情怀隐括入律，用“路长”“日暮”四字概括了“上下求索”的意念与过程，语言简净自然，浑化无迹。其意与“学诗谩有惊人句”相连，是词人在天帝面前倾诉自己空有才华而遭逢不幸，奋力挣扎的苦闷。着一“谩”字，流露出词人对现实的强烈不满。在封建社会中，女子生活于种种束缚之下，即使像李清照那样有高度修养和才华的女作家也不能摆脱这种命运，这无疑会使她感到烦闷和窒息。

“九万里风鹏正举”，词人渡海乘船，由海天相接，联想到《庄子・逍遥游》的“鹏之徙于南冥也，水击三千里，抟扶摇而上者九万里”。“鹏正举”，是进一步对大风的烘托，由实到虚，形象壮伟，境界恢宏。大鹏正高举之际，词人大喝一声：“风休住，蓬舟吹取三山去!”气势磅礴，一往无前，具大手笔也。“蓬舟”指轻如蓬草的小舟，极言所乘之舟的轻快。“三山”，指渤海中蓬莱、方丈、瀛洲三座仙山，相传为仙人所居，可望而见，但乘船前去，临近时即被风引开，始终无人能到。词人要借助风力，吹到三山，胆气之豪，境界之高，词中罕见。上片写天帝询问词人归于何处，此处交代海中仙山为词人的归宿。词人要回到那没有离乱，没有悲伤，没有孤凄和痛苦的仙境去，正反映出人间存在战乱、杀戮、欺诈、孤独、寂寞的现实，表现了她对黑暗现实的不满。因此，词人的思想境界并非消极的，而是积极的，有现实意义的。

学法点拨

婉约派：婉转含蓄，与豪放派对应，是中国宋词两大流派之一。其词内容比较狭窄，侧重闺阁儿女之情思，结构深细缜密，音律婉转和谐，语言圆润清丽，具有柔婉之美。婉约派主要代表人物有李清照、柳永、秦观、晏殊、周邦彦、欧阳修、晏几道等。李清照的《漱玉集》、柳永的《雨霖铃》、欧阳修的《六一词》等都是婉约派的代表作品。

这首《渔家傲·天接云涛连晓雾》巧妙用典，格调雄奇，气度恢宏，豪迈不羁，是婉约派词宗李清照的另类作品，具有明显的豪放派风格。近代梁启超评："此绝似苏辛派，不类《漱玉集》中语。"可谓一语中的，道破天机。

视频
雨霖铃

链接思考

1. 这首词的风格与李清照的一贯词风有何不同？为什么？
2. "天、云、雾、星河、千帆"等景物对于表现这首词的主旨有何作用？为什么？

11. 破阵子[1]·为陈同甫[2]赋壮词以寄之

（宋）辛弃疾

醉里挑灯看剑[3]，梦回吹角连营[4]。八百里分麾下炙[5]，五十弦翻塞外声[6]。沙场秋点兵[7]。

马作的卢飞快[8]，弓如霹雳弦惊[9]。了却君王天下事[10]，赢得生前身后名[11]。可怜白发生[12]！

（《辛弃疾词集》，辛弃疾著，上海古籍出版社，2010 年）

注释

[1] 破阵子：词牌名，原为唐玄宗时教坊曲名，出自《破阵乐》，后为词牌名。

[2] 陈同甫：陈亮（1143—1194），字同甫，南宋婺州永康（今浙江永康市）人，主战派，与辛弃疾志同道合，结为挚友。其词风格与辛词相似。

[3] 挑灯：挑亮灯光。看剑：抽出宝剑来细看。

[4] 梦回：梦里遇见，说明下面描写的战场场景不过是词人旧梦重温。吹角连营：各个军营里接连不断地响起号角声。角，军中乐器，长五尺，形如竹筒，用竹、木、皮、铜制成，外加彩绘，名曰画角。始仅直吹，后用以横吹。其声哀厉高亢，闻之使人振奋。

[5] 八百里：牛名。《世说新语·汰侈》载，晋代王恺有一头珍贵的牛，叫八百里驳。分麾（huī）下炙（zhì）：把烤牛肉分赏给部下。麾下，部下；麾，军中大旗；炙，切碎的熟肉。

[6] 五十弦：原指瑟，此处泛指各种乐器。翻：演奏。塞外声：指悲壮粗犷的战歌。

[7] 沙场：战场。秋：古代点兵用武，多在秋天。点兵：检阅军队。

[8] 马作的卢飞快：战马像的卢马那样飞快奔驰。作，像……一样；的卢，良马名，一种烈性快马。《三国志·蜀志·先主传》记载刘备在荆州遇险，前临檀溪，后有追兵，幸亏骑的卢马，一跃三丈，而脱离险境。

[9] 霹雳：本是疾雷声，此处比喻弓弦响声之大。

[10] 了却：完成。君王天下事：统一国家的大业，此特指恢复中原事。

[11] 赢得：博得。身后：死后。

[12] 可怜：可惜。

相关背景

辛弃疾（1140—1207），字幼安，号稼轩，山东济南府历城县（今济南市历城区遥墙镇四风闸村）人，南宋豪放派词人，人称词中之龙，与苏轼合称“苏辛”，与李清照并称“济南二安”。辛弃疾生于金国，少年抗金归宋，曾任江西安抚使、福建安抚使等职。追赠少师，谥号“忠敏”。现存词600多首，强烈的爱国主义思想和战斗精神是其词的基本思想内容。其词艺术风格多样，而以豪放为主，热情洋溢，慷慨悲壮，笔力雄厚。著名词作有《水调歌头·带湖吾甚爱》《摸鱼儿·更能消几番风雨》《满江红·家住江南》《沁园春·杯汝来前》和《西江月·夜行黄沙道中》等。

1181年农历十一月，由于受弹劾，辛弃疾官职被罢，他回到上饶，开始了中年以后的闲居生活。1188年秋天，陈亮写信给辛弃疾和朱熹，相约到铅山紫溪商讨统一大计。朱熹因故推辞了这次铅山之会。这年冬，到了相约之期，辛弃疾正染病在床，于瓢泉养息等待陈亮。傍晚，雪后初晴，夕照辉映白雪皑皑的大地，辛弃疾在瓢泉别墅扶栏远眺，一眼看见村前驿道上骑着大红马而来的陈亮，大喜过望，病痛消散，下楼策马相迎。两人在村前石桥上久别重逢，感慨万端；伫立石桥，为金瓯残缺而痛心疾首，爱国之情汹涌澎湃于胸，拔剑斩坐骑，盟誓为统一祖国奋斗不止。辛弃疾在与陈亮别后写的《贺新郎·同父见和再用韵答之》中发出“男儿到死心如铁，看试手，补天裂”的呐喊，正是这种豪情壮志的写照。

辛弃疾和陈亮这次会晤，瓢泉共酌，鹅湖同游，长歌相答，极论世事，逗留弥旬乃别，成为文坛佳话。后人为了纪念这两位爱国志士，将这次会晤称为第二次“鹅湖之会”，将期思村前的石桥称为“斩马桥”，并在桥旁建了斩马亭。至今，当地还流传着辛弃疾和陈亮“斩马盟誓”的故事。此词当作于这次会见又分别之后。

文本赏析

此词通过对作者早年抗金部队豪壮的阵容和气概以及自己沙场生涯的追忆，表达了作者杀敌报国、收复失地的理想，抒发了壮志难酬、英雄迟暮的悲愤心情。

词的开头通过具体、生动的描述，表现了多层情意。第一句，只六个字，却用三个连续的、富有特征性的动作塑造了一个壮士的形象。“挑灯”的动作又点出了夜景。那位壮士在夜深人静、万籁俱寂之时，思潮汹涌，无法入睡，只好独自吃酒。吃“醉”之后，仍然不能平静，便“挑灯”又“看剑”。翻来覆去，总算睡着了。“梦回吹角连营”，壮士好梦初醒，天已破晓，一个军营连着一个军营，响起一片号角声。这号角声，富有催人勇往直前的力量。而那位壮士，也正好是统领这些军营的将军。于是，他一跃而起，全副披挂，整装待发。

三、四两句用两个对仗极工整而又极其雄健的句子，突出地表现了雄壮的军容，表现了将军及士兵们高昂的战斗情绪。“八百里分麾下炙，五十弦翻塞外声”：士兵们欢欣鼓舞，饱餐将军分给的烤牛肉；军中奏起振奋人心的战斗乐曲。牛肉一吃完，将士们就排成整齐的队伍。将军神采奕奕，意气昂扬，“沙场秋点兵”。这个“秋”字用得好。正当“秋高马壮”的时候，“点兵”出征，预示了战无不胜的前景。

“沙场秋点兵”之后，大气磅礴，直贯后片“马作的卢飞快，弓如霹雳弦惊”：将军率领铁骑，快马加鞭，神速奔赴前线，弓弦雷鸣，万箭齐发。虽没做更多的描写，但从“的卢马”的飞驰和“霹雳弦”的巨响中，仿佛看到若干连续出现的画面：敌人纷纷落马；残兵败将，狼狈溃退；将军身先士卒，乘胜追杀，一霎时结束了战斗；凯歌交奏，欢天喜地，旌旗招展。将军是爱国的，但也是追求功名的。一战获胜，功成名就，既“了却君王天下事”，又“赢得生前身后名”，何其“壮”也！

如果到此为止，那真称得上“壮词”。然而在那个被投降派把持朝政的时代，并没有产生真正“壮词”的条件，以上所写不过是词人孜孜以求的理想而已。词人展开丰富的想象，化身为词里的将军，刚攀上理想的高峰，忽然一落千丈，跌回冷酷的现实，沉痛地慨叹道：“可怜白发生！”白发已生，而收复失地的理想成为泡影。想到自己徒有凌云壮志，而“报国欲死无战场”（借用陆游《陇头水》诗句），便只能在不眠之夜吃酒，只能在“醉里挑灯看剑”，只能在“梦”中驰逐沙场，快意一时……这处境，的确是悲哀的。然而没有谁可怜他。于是，他写了这首“壮词”，寄给处境同样“可怜”的陈同甫，反映了作者的理想与现实的矛盾。这首词气势磅礴，充满了鼓舞人心的壮志豪情，能够代表作者的豪放风格。

学法点拨

豪放派：宋词的一个流派，与婉约派并称宋词两大词派。豪放派的特点是题材广泛，内容丰富，表现方法以铺叙直抒为主，风格恢宏沉雄，气势豪迈奔放，不拘守音律，成就颇高。豪放派不但震烁宋代词坛，而且广泛地影响词林后学，从宋、金直到清代，都有许多学习苏、辛的词人。豪放派的代表主要有苏轼、辛弃疾等，代表作有苏轼《江城子·密州出猎》、辛弃疾《永遇乐·京口北固亭怀古》等。

这首词“醉里挑灯看剑”首句直陈其事，接踵而来的是梦回吹角、连营分炙、沙场点兵、克敌制胜，一连串对沙场回忆之后，最后作者发出了“可怜白发生”的感叹，使读者不能不为作者的壮志难酬洒下惋惜怜悯之泪。前九句集中笔墨写一件事，最后一句抒情，打破了词在结构上的上下片相对独立的传统写法，章法奇特，世所罕见。这样的结构不但在宋词中少有，在古代诗文中也很少见。这种艺术手法也正表现了辛词的豪放风格和他的独创精神。

链接思考

1. 陈廷焯：“字字跳掷而出，‘沙场’五字，起一片秋声，沉雄悲壮，凌轹千古。”（《云韶集》）；梁启超：“无限感慨，哀同甫亦自哀也。”（《艺蘅馆词选》）。对于陈廷焯、梁启超的评价，你认为合理吗？为什么？

2. 阅读范仲淹的《渔家傲·秋思》：“塞下秋来风景异，衡阳雁去无留意。四面边声连角起，千嶂里，长烟落日孤城闭。浊酒一杯家万里，燕然未勒归无计。羌管悠悠霜满地，人不寐，将军白发征夫泪。”试比较其与《破阵子·为陈同甫赋壮词以寄之》一词的异同。

二、现当代诗歌

12. 我用残损的手掌

戴望舒

我用残损的手掌
摸索这广大的土地：
这一角已变成灰烬，
那一角只是血和泥；
这一片湖该是我的家乡，
（春天，堤上繁花如锦幛，

嫩柳枝折断有奇异的芬芳)
我触到荇藻和水的微凉;
这长白山的雪峰冷到彻骨,
这黄河的水夹泥沙在指间滑出;
江南的水田,你当年新生的禾草
是那么细,那么软……现在只有蓬蒿;
岭南的荔枝花寂寞地憔悴,
尽那边,我蘸着南海没有渔船的苦水……
无形的手掌掠过无限的江山,
手指沾了血和灰,手掌沾了阴暗,
只有那辽远的一角依然完整,
温暖,明朗,坚固而蓬勃生春。
在那上面,我用残损的手掌轻抚,
像恋人的柔发,婴孩手中乳。
我把全部的力量运在手掌
贴在上面,寄与爱和一切希望,
因为只有那里是太阳,是春,
将驱逐阴暗,带来苏生,
因为只有那里我们不像牲口一样活,
蝼蚁一样死……那里,永恒的中国!

(原载于《文艺春秋》第三卷第 6 期,一九四六年十二月)

相关背景

视频
雨巷

戴望舒(1905—1950),原名戴朝采,笔名有戴梦鸥、江恩、艾昂甫等,生于浙江杭州,中国现代著名的诗人,为中国现代象征派诗歌的代表。因《雨巷》成为传诵一时的名作,他被称为“雨巷诗人”。无论理论还是创作实践,戴望舒都对中国新诗的发展产生了相当大的影响。诗集有《我的记忆》《望舒草》《望舒诗稿》《灾难的岁月》《戴望舒诗选》和《戴望舒诗集》,另有译著等数十种。

1942 年 4 月,诗人在香港参加了抗日运动,发表了抗日的文章,被捕入狱,受尽严刑拷打,在狱中致残。但诗人的抗日精神依然不减,反而更加痛恨日本的侵略,更加同情爱怜祖国和人民的心情。诗人饱蘸感慨,在狱中写下了这首如泣如诉的诗歌和《狱中题壁》。

文本赏析

《我用残损的手掌》是“雨巷诗人”戴望舒于 1942 年春在日寇铁窗下向苦难祖国的抒怀之作。“残损的手掌”既是写实,又是诗人坚贞不屈意志的写照。诗歌一方面从实处着笔,描写沦陷区阴暗,表现了诗人对祖国命运的深切关注;另一方面抒写解放区的明丽,侧重于写意,对象征着“永恒的中国”的土地,发出深情由衷的赞美之声。

第一部分,诗人想象着用手掌触摸地图上的沦陷区,这里只有“灰烬”“血和泥”,一片凄凉景象,表现出其对遭受蹂躏摧残的祖国的深深关切。那风景如画的“家乡”,如今被侵略者强占,诗人在诗句中流露出无比忧愤。诗人的情绪还投射到更多的对应物上,如长白山雪峰的"冷",黄河的"水夹泥沙",江南水田里生长的"蓬蒿",岭南憔悴的"荔枝花",南海没有渔船的"苦水",暗示了敌占区人民无法安居乐业的痛苦处境。抚摸这些苦难,表现了囹圄中的诗人对笼罩在苦难、深重、阴暗之中的祖国母亲的无限关注之情。

第二部分,诗人用残损的手掌仿佛抚摸到了解放区那"辽远的一角",情感迅疾为之一变。因为那里"温暖""明朗""蓬勃生春",前后两部分相比较,渲染出两种不同的冷暖色调,给读者以强烈的刺激,诗人对敌人恨之切,对祖国爱之深,这种感情也就自然地显示出来了。"恋人的柔发""婴孩手中乳",是一向为人称道的两个比喻,使人们对解放区倍感亲切。作者在对解放区的抒情性描述中,用的是"爱""希望""太阳""春"等词语。"牲口一样活""蝼蚁一样死"两个比喻,则是用水深火热的沦陷区反衬解放区——那里将是要实现民族复兴、诞生"永恒的中国"的地方。

诗人形象化的思绪,以"手掌"的感觉来展示内心的变化,把内心的创痛化为残损的手掌,把对祖国的挚爱与对河山沦落的痛惜化为深情的摸索,犹如母亲抚摸着孩子,又像孩子爱抚着母亲。正是通过这既超越现实又非常生活化的形象和动作,作者与现实之间形成了一种审美距离。

学法点拨

押韵:又作压韵,是指在韵文的创作中,在某些句子的最后一个字,都使用韵母相同或相近的字,使朗诵或咏唱时产生铿锵和谐感。使用了同一韵母字的地方,称为韵脚。任何诗歌都要求押韵,古今中外无一例外,所不同者,对于押韵的限制多与少、严与宽的不同而已。这也是诗歌同其他文学体裁的最大区别。押韵可以增强诗歌的音乐性,古体诗押韵较为宽松,可以换韵,可以押邻韵;近体诗为了使声调和谐、容易记忆,对押韵有较严格的规定,原则上,近体诗中间不能换韵,尤其是在科考考场上的试帖诗、应制诗和限韵诗。古人通常使用官方颁布的专门指导押韵的书,如《唐韵》《广韵》《礼部韵略》《佩文诗韵》《诗韵集成》等,以南宋王文郁撰写的《新刊韵略》最为流行,即世人所谓之"108部平水韵"。

这首诗的押韵较为特别。有时是四行诗句押一个韵,有时是两行押一个韵。例如,从第五行开始,押韵的字依次是"乡—幛—芳—凉""骨—出""草—蒿""悴—水""山—暗""抚—乳""掌—望""活—国"。本诗押韵方式非常灵活,既体现了现代诗形式的自由,又使全诗有着相对协调一致的节奏。

链接思考

1. 诗人因为参加抗日爱国运动而遭到敌人的迫害,出狱后,他用"残损的手掌"继续和敌人作战,你如何看待诗人"生命不息、战斗不止"的气概?
2. 试比较《我用残损的手掌》与《雨巷》艺术风格的差异。
3. 请用押韵的艺术手法创作一首诗。

13. 雪花的快乐[1]

徐志摩

假如我是一朵雪花,
翩翩的在半空里潇洒,
我一定认清我的方向——

飞扬，飞扬，飞扬，——
这地面上有我的方向。

不去那冷寞的幽谷，
不去那凄清的山麓，
也不上荒街去惆怅——
飞扬，飞扬，飞扬，——
你看，我有我的方向！

在半空里娟娟的飞舞，
认明了那清幽的住处，
等着她来花园里探望——
飞扬，飞扬，飞扬，——
啊，她身上有朱砂梅的清香！

那时我凭借我的身轻，
盈盈的[2]，沾住了她的衣襟，
贴近她柔波似的心胸——
消溶，消溶，消溶——
溶入了她柔波似的心胸！

(选自《徐志摩精选集》，徐志摩著，北京燕山出版社，2006 年)

注释

[1] 此诗写于 1924 年 12 月 30 日，发表于 1925 年 1 月 17 日《现代评论》第一卷第 6 期。

[2] 亦作“凝凝的”。

相关背景

徐志摩(1897—1931)，原名章垿，字槱森，留学英国时改名志摩，是新月派代表诗人、散文家。

1915 年中学毕业后，他先后就读于上海沪江大学、天津北洋大学和北京大学。1918 年赴美国克拉克大学学习银行学。10 个月即告毕业，获学士学位，得一等荣誉奖。同年，转入纽约的哥伦比亚大学研究院，进经济系。1921 年赴英国留学，入剑桥大学当特别生，研究政治经济学。在剑桥两年深受西方教育的熏陶及欧美浪漫主义和唯美派诗人的影响，奠定了其浪漫主义诗风。1923 年成立新月社。1924 年任北京大学教授。1926 年任光华大学、大夏大学和南京中央大学(1949 年更名为南京大学)教授。1930 年辞去了上海和南京的职务，应胡适之邀，再度出任北京大学教授，兼北京女子师范大学教授。1931 年 11 月 19 日因飞机失事罹难。其代表作品有《再别康桥》《翡冷翠的一夜》和《猛虎集》等。

视频
再别康桥

文本赏析

这首诗是一首纯诗(瓦雷里所提出的“纯诗”)。诗的开头假设自己是一朵雪花,以雪花的身份出场,“翩翩的在半空里潇洒”。这里的雪花已被赋予了生命的活力,它有了灵性,是人的精灵,它要为美、为“她”而献身。难能可贵的是,它在追寻美和“她”时,没有痛苦、没有怨气,心态平和,心情愉悦,充分享受了选择的自由和快乐!

雪花“飞扬,飞扬,飞扬”,多么坚定、欢快和轻松自由的执着,织出了一幅深邃的灵魂图画。那个让雪花百般追寻的“她”,住在幽雅秀丽的地方,常来花园漫步,身上散发着朱砂梅的清香,心胸恬静旷达似柔波!诗人以“雪花”自比,运用了借代的手法,以那潇洒飞扬的雪花为意象,巧妙地传达了诗人追求爱情和美好理想的心声。她是谁?对于诗人徐志摩而言,或许是他爱恋的情人,或许是他执着追求的社会理想。此处,诗人把对爱情的追求与改变现实社会的理想联系在一起,包含着反封建伦理道德、要求个体解放的积极因素,热烈而清新,真挚而自然,真切地表达了其对一切美好事物的执着追求。

学法点拨

反复:为了强调某种意思、突出某种情感或某种行为,连续两次或两次以上使用同一词语、句子或者段落等。反复的修辞手法用在诗歌中,使诗文的格式整齐有序,而又回环起伏,便于突出中心,强调主题,可以增加诗歌的气势,增强文章表达的情感,使诗歌具有了韵律美。反复有连续反复和间隔反复。例如,郭沫若的《天上的街市》中“定然”用了四次,“好像”“无数的”用了两次,诗歌读起来朗朗上口、和谐优美。艾青的《大堰河——我的保姆》中“大堰河,是我的保姆”“大堰河,今天我看到雪使我想起了你”等句子在诗中重复出现,使诗歌的节奏优美流畅,表达了诗人对大堰河及劳动人民的真挚怀念和热情赞美之情。

《雪花的快乐》中,“飞扬,飞扬,飞扬”“消溶,消溶,消溶”诗人运用反复的手法连用三次,使这首诗的韵律轻快、和谐,富于音乐美;那“清幽的住处”、恬静的“花园”等构建了一幅幽雅秀丽的画面,而反复出现的“飞扬,飞扬,飞扬”也织出了深邃的灵魂图画,这些使这首诗富于绘画美。

链接思考

《雪花的快乐》《再别康桥》和《我不知道风是在哪个方向吹》(以下简称《雪花》《康桥》和《风》)之所以成为徐志摩诗风的代表作,不仅是表面语言风格的一致,更重要的是内在灵魂气韵的相互相连。茅盾在20世纪30年代说:“我觉得新诗人中间的志摩最可以注意。因为他的作品最足供我们研究。”(出自《徐志摩论》)《雪花》是徐志摩诗第一集《志摩的诗》首篇,诗人这样编排绝非随意。按照《雪花》—《康桥》—《风》的顺序,我们既可以看到纯诗能够抵达的境界,也可以感悟纯诗的极限。

诗人徐志摩在他的《猛虎集》序文中写道:“诗人也是一种痴鸟,他把他的柔软的心窝紧抵着蔷薇的花刺,口里不住地唱着星月的光辉与人类的希望,非到他的心血滴出来把白花染成大红他不住口。他的痛苦与快乐是浑成的一片。”如果把他诗中《雪花》《康桥》和《风》放在一起,它们正好从这样的角度展示了诗人写作的连续、希望与理想追寻的深入。这实在是一个有趣的比较,因为这三首名篇风格一致,内在韵脉清晰,很容易让人想到茅盾的一句话:“不是徐志摩,作不出这首诗!”(茅盾《徐志摩论》)

胡适在《追忆志摩》中指出:“他的人生观真是一种单纯的信仰,这里面只有四个大字:一个是爱,一个是自由,一个是美。……他的一生的历史,只是他追求这个单纯信仰实现的历史。”(《新月》四卷一期《志摩纪念号》)

1. 为何按照《雪花》—《康桥》—《风》的顺序来编排徐志摩的诗?
2. 你认为上述三段的表述符合作者的心灵轨迹吗? 为什么?
3. 有人说,诗的过程本身就是灵魂飞扬的过程,如何看待诗人的"灵魂飞扬"?
4. 反复和排比的修辞手法的区别是什么?

14. 断 章

卞之琳

你站在桥上看风景
看风景的人在楼上看你

明月装饰了你的窗子
你装饰了别人的梦

(选自《汉园集》,卞之琳编,商务出版社,1936 年)

相关背景

卞之琳(1910—2000),生于江苏海门汤家镇,祖籍南京市溧水区,曾用笔名季陵等,现当代诗人("汉园三诗人"之一)、文学评论家和翻译家。

卞之琳 1933 年毕业于北京大学英文系,就学期间曾师从徐志摩,深受赏识,徐志摩不仅将卞之琳的诗歌在其编辑的《诗刊》上发表,还请沈从文先生写题记。因为这段经历,卞之琳被公认为"新文化运动"中重要的诗歌流派"新月派"的代表诗人。

抗战期间卞之琳在各地任教,为中国的文化教育事业做了很大贡献。《断章》是他不朽的代表作。他对莎士比亚很有研究,并且在现代诗坛上做出了重要贡献。中华人民共和国成立后,曾任北京大学西语系教授(1949—1952)、中国社会科学院文学所研究员等职务。

这首诗选自《鱼目集》,写于 1935 年 10 月。诗人自己介绍,原来是想写一首长诗,但却只有这四句让他满意,于是就单独抽出,便成为《断章》,诗的标题也由此而来。

文本赏析

全诗只有四句,单独从字面上看好像通俗易懂,但组合起来看便境界朦胧。

诗的上节以写实的笔法曲曲折折地传出了那隐抑未露的桥上人对风景的一片深情,以及楼上人对桥上人的无限厚意,构成了一幕"落花有意,流水无情"的戏剧性场景。诗人在下节诗里以别开生面的浪漫之笔给我们做了一个充溢奇幻色彩、荡漾温馨情调的美妙回答。

那个"站在桥上看风景"的"你",面对眼前的美景,显然是一副心醉神迷之态,这从他竟没有注意到"看风景的人在楼上看你"的侧面烘托上就可看出。有趣的是,那个显然也是为"看风景"而来的楼上人,登临高楼,眼里所看的竟不是风景,而是那个正"站在桥上看风景"的"你"。这楼上人为何不看风景专看"你"? 是什么深深迷住了那双眼? 是什么深深打动了那颗心? 而诗人正是以这短短的两行诗给那电石火花般的难言之情、难绘之景留下了永恒的剪影,引人回忆,激人遐想。

"明月装饰了你的窗子",这是自然之景对桥上人白日里忘情于景的知遇之恩给予热情的回报。如水的月光倾泻在桥上人的窗户上,如梦如幻,如诗如画,令人陶醉。那桥、那水、那楼、那船、那柳……那窗外的一切都融入在这一片淡雅、轻柔、迷蒙、缥缈的如织月色之中,与白日艳阳照耀下的一切相比,显得无比静谧、无比神奇。面对这月光下的美景，怎能让人相信自然之景是冷漠无情、不解人意的呢？怎能不唤起人们对大自然的强烈钟爱呢？你爱自然，自然也会同样地爱你——这就是诗的理趣所在吧！

诗以“你装饰了别人的梦”这一天外的神来之笔对此做了饶有情致的回答，从而使楼上人那在现实生活中本是毫无希望的单恋之情得到了惬意的宣泄。诗里虽然没有一句爱情的直露表白，但这个玫瑰色的梦又把那没有表白的爱情表现得多么热烈、显豁。此诗只是诗人刹那间的意境、感想，但内涵却无限丰富，暗含了人世间复杂的关系。

学法点拨

哲理诗：表现诗人的哲学观点、反映哲学道理的诗。哲理诗的内容含蓄深沉，寓意深刻，其借景、物、事说理，以理趣见长，耐人寻味，给人以教益。哲理诗表现了诗人的哲学观点，反映了哲学道理，篇幅短小精悍，且古代大多是四句的绝句，新诗则一至四句均有出现。例如，苏轼的《题西林壁》，白居易的《长恨歌》，苏轼的《琴诗》，陈毅的《冬夜杂咏·青松》等。哲理诗的写作要自然，有真知灼见，避免公式化、概念化，切忌浅薄肤浅、缺乏独创性。哲理诗分两类，一是有一定的诗意，但不够含蓄，往往是“概念大于形象”。二是具有生动意象，但含蓄，寓理于形象中。

《断章》于含蓄隽永的意境中，撷取的是一幅白日游人观景的画面。诗人虽然写的是“看风景”，但笔墨并没有挥洒在对风景的描绘上，只是不经意间提及了桥、楼、桥上人，读者很容易联想到游船、杨柳、绿水等，这些景物犹如一幅淡淡的水墨画。诗人把画面的重心落在了看风景的桥上人和楼上人的身上，更确切地说，是落在了这两个看风景人在观景时相互之间所发生的那种极有情趣的戏剧性关系上。如诗如画的美景，浓郁隽永的意境，让读者细细品来，别有一番情趣。白天，你爱自然，自然也爱你；夜晚，明月装扮了你的美景，你装扮了别人梦中的美景。这首小诗将画面的自然美与哲理的深邃美达到了和谐统一。

链接思考

1. 请细致品味《断章》这首小诗不同凡响的题旨何在。

2. 请赏析徐志摩的哲理诗《偶然》：“我是天空里的一片云，偶尔投影在你的波心——你不必讶异，更无须欢喜——在转瞬间消灭了踪影。你我相逢在黑夜的海上，你有你的，我有我的，方向；你记得也好，最好你忘掉，在这交会时互放的光亮！”说一说这首诗蕴含了什么哲理。

15. 远　和　近

顾城

你
一会看我
一会看云
我觉得
你看我时很远
你看云时很近

（选自《舒婷顾城诗选》，舒婷、顾城，福建人民出版社，1982 年）

相关背景

顾城(1956—1993),原籍上海,1956 年 9 月出生于北京,1969 年随父下放山东广北的一个部队农场,1974 年回北京,做过搬运工、锯木工、借调编辑等。“文化大革命”期间他开始诗歌写作,于 1973 年开始学画,并进入社会性作品写作阶段,1974 年起于《北京文艺》《山东文艺》《少年文艺》等报刊零星发表作品。1977 年起他重新进入纯净写作,在《蒲公英》小报发表诗作后在诗歌界引起强烈反响和巨大争论,并成为朦胧诗派的主要代表。1993 年 10 月 8 日他于新西兰激流岛在涉嫌重伤其妻谢烨后自杀。其留下了大量诗、文、书法、绘画等作品,逝世后由父亲顾工编辑出版《顾城诗全编》。

顾城是朦胧诗派的主要作者,著有诗集《白昼的月亮》《北方的孤独者之歌》《铁铃》《黑眼睛》等。

文本赏析

《远和近》是一首非常著名的朦胧诗,为许多人传诵。第一节,“你/一会看我/一会看云”是写“你”左顾右盼的行为。第二节是写“我”的独特感受,“你看我时很远/你看云时很近”。字面上看,这种感觉是反常的。既然你能看到我,说明我们之间的距离很近,却感觉“咫尺天涯”;而天上的云虽遥不可及,却感觉“天涯若比邻”。诗人运用象征手法,表达了对于远近的哲理思考,人和人的物理距离很近,心理距离却很远;人对自然有一种天然的亲近感。诗中用“你”“我”“云”心理距离的变换,曲折地反映了人与人之间的隔阂、戒备,表达了对人与人之间和谐、融洽的良好关系的追求与向往。

《远和近》也抒发了主人公自尊敏感的情感。主人公腼腆内向,爱慕一位异性,但羞于向她(他)表明心迹,只偶尔趁对方不注意时偷窥一眼,生怕被对方发觉。他(她)悲哀地发现自己是多么自卑、怯懦,又很无助,爱情的热焰也没能消除内心的羞涩,他(她)依然不敢让目光泄露内心的秘密。“你看我时很远/你看云时很近”表现了主人公幽怨又平淡,深情又淡漠,焦虑又彷徨,字里行间饱含着濡润的气息,滋润了我们的情感荒漠。

总之,小诗《远和近》给人一种童话般的美感,也深刻地提示了社会生活中人际关系的咄咄怪事。读罢“余音绕梁”,令人回味不已。

学法点拨

朦胧诗:在 20 世纪 70 年代末 80 年代初兴起,随着文学全面复苏,诗歌领域出现的一个新的潮流。朦胧诗往往以现实意识来思考人的本质,肯定人的自我价值和尊严,注重创作主体内心情感的抒发,大量运用隐喻、暗示、通感等艺术手法,具有诗境模糊朦胧,诗意隐约含蓄、富含寓意,主题多解多义等特征。它具有“叛逆”精神,打破了现实主义创作原则一统诗坛的局面,为诗歌注入了新的生命力,也给文学带来了一次重要的变革。朦胧诗虽然没有统一的组织形式,也未曾发表宣言,然而却以各自独立又呈现出共性的艺术主张和创作实绩,构成了一个“崛起的诗群”,在当时文坛曾引起争论。朦胧诗所形成的朦胧文化被继承、发展成为 21 世纪的追梦文化,代表诗人有食指、北岛、顾城、舒婷、梁小斌、江河、杨炼、芒克、海子、牧野等。

《远和近》这首朦胧诗包括:一个画面;两个层次:看、想(觉得);三个意象:你、我、云。这首小诗阐述了一种长存于我们生活中,但经常被我们忽略的哲理。人与人之间有了隔膜和猜忌,就只能侧目不敢正视了;物质是你、我、云,精神就是你对云的关注和我对你的深情;物质的距离是客观存在,心灵的距离无法定义,无法衡量;我是真实的,云是飘忽的,真实的你和真实的我离得很远，却和飘忽的云离得很近，这是人类永恒的困惑。

链接思考

1. 有人认为《远和近》是顾城的名篇，它像是块水晶，小巧精致，又包含了无限的光与影的内容，使读者品读过后，满怀感动，在可说与不可说之间。披文入境，好生玩味，方悟出一种幼稚里的成熟、肤浅下的深刻。何为“幼稚里的成熟”“肤浅下的深刻”？说说你的观点。

2. 请阅读北岛的朦胧诗《回答》并回答问题。

回　答

北岛

卑鄙是卑鄙者的通行证，
高尚是高尚者的墓志铭。
看吧，在那镀金的天空中，
飘满了死者弯曲的倒影。
冰川纪过去了，
为什么到处都是冰凌？
好望角发现了，
为什么死海里千帆相竞？
我来到这个世界上，
只带着纸、绳索和身影。
为了在审判之前，
宣读那些被判决了的声音。
告诉你吧，世界，
我一不一相一信！
纵使你脚下有一千名挑战者，
那就把我算作第一千零一名。
我不相信天是蓝的，
我不相信雷的回声，
我不相信梦是假的，
我不相信死无报应。
如果海洋注定要决堤，
就让所有的苦水都注入我心中；
如果陆地注定要上升，
就让人类重新选择生存的峰顶。
新的转机和闪闪的星斗，
正在缀满没有遮拦的天空，
那是五千年的象形文字，
那是未来人们凝视的眼睛。

(1) 如何理解“卑鄙是卑鄙者的通行证，高尚是高尚者的墓志铭”这两句诗的意思？

(2) 这首诗抒发了诗人的什么情感？

16. 面朝大海，春暖花开

海子

从明天起，做一个幸福的人
喂马，劈柴，周游世界
从明天起，关心粮食和蔬菜
我有一所房子，面朝大海，春暖花开

从明天起，和每一个亲人通信
告诉他们我的幸福
那幸福的闪电告诉我的
我将告诉每一个人

给每一条河每一座山取一个温暖的名字
陌生人，我也为你祝福
愿你有一个灿烂的前程
愿你有情人终成眷属
愿你在尘世获得幸福
我只愿面朝大海，春暖花开

（选自《海子、骆一禾作品集》，周俊、张维编，南京出版社，1991 年）

相关背景

海子（1964—1989），原名查海生，当代诗人，出生于安徽省怀宁县高河查湾一个农民家庭。1979 年考入北京大学法律系，1982 年开始诗歌创作，1983 年毕业后任教于中国政法大学，1984 年创作成名作《亚洲铜》和《阿尔的太阳》，第一次使用“海子”作为笔名。海子一生，凭着辉煌的天赋、奇迹般的创造力和敏锐的直觉，在极端贫困、单调的生活环境里创作了包括诗歌、小说、剧本等大量的文学作品。在 1982 年至 1989 年不到 7 年的时间里，海子创作了近 200 万字的作品，比较著名的有《亚洲铜》《麦地》《以梦为马》《黑夜的献诗——献给黑夜的女儿》等。

文本赏析

《面朝大海，春暖花开》写于 1989 年 1 月 13 日，即诗人离开人世前的两个月。全诗共三节，第一节表现了诗人对简朴、自由而温馨的人生境界的向往，对未知世界的探寻精神和对理想境界的追求精神。第二节诗人设想得到幸福后将与亲人分享他的喜悦之情。第三节写诗人对世人的祝福，表达了自己对理想的执着追求与坚守。

诗的开头写诗人决定要做一个幸福的人，享受世俗稀松平常的幸福，远离城市的喧嚣，住在那僻静的大海边，亲自喂马、劈柴，在体力劳动中享受幸福的时光；周游世界，享受与大自然亲近的快乐；吃简单的食物，过着简朴清净的生活。诗人渴望拥有一所自己的房子，“面朝大海，春暖花开”。

诗人心胸广阔，灵魂坦荡。他纯朴善良，真诚友善，当领悟到幸福的真正含义时，他要把自己奇妙的感觉、满满的幸福告诉每一个亲人，告诉每一个人；还要给每一条河每一座山起一个温暖的名字，让山河也带给人们幸福的感觉。诗的结尾，诗人还要祝福陌生人，愿他们过着简朴的生活，愿他们每一个平凡的心愿都能实现，愿他们都能感悟到尘世的幸福。诗人凭借自己乡村生活的经验，以淳朴直白的诗句、清新明快的意象描绘了一个质朴、单纯又有些许浪漫、梦幻色彩的世界。

大海是作者诗中的核心意象，广阔浩荡，生机勃勃，是奋斗之乡，是拼搏之乡，是理想之乡，是作者作为"海之子"的心灵归宿，是他可以找到真正幸福感的地方。按常理，花应该开在辽阔的土地上，诗人却固执地（"我只愿"）让它开在自己的理想之海上，开在自己的幸福追求中。当诗人面朝无边无际的大海时，就感受到春天的温暖气息，其心灵之花得到滋润，幸福之花得以绽放，理想之花就会结出硕果。

诗人将直抒胸臆与暗示、象征手法结合起来，使全诗既清澈又深厚，既明朗又含蓄，畅快淋漓而又凝重、丰富，抒发了他对平凡生活的真诚向往，但在体现他博大开阔的情怀的同时，又反映了他孤独、凄凉之情。

学法点拨

象征：诗歌中常用的表现手法之一，是通过特定的容易引起联想的具体形象，表现某种概念、思想和感情的艺术手法。象征体和本体之间存在某种相似的特点，可以借助读者的联想和想象联系起来。例如，龙象征皇帝的最高权力，麒麟是长治久安的象征，猿声是旅人分离时伤感的表现，鹤是长寿的化身，蝙蝠在中国代表着幸福，鸳鸯是爱情的象征，大雁传递书信，梧桐常出现在秋景中，杨柳表示分离，兰花是纯洁的象征，牡丹是富贵的标志，"梅"象征高洁、清秀、淡雅、素朴，"兰芷"象征名贵、孤芳、清高，等等。象征手法的作用，首先是它把抽象的事理表现为具体的可感知的形象；其次是可以使文章更含蓄些，运用眼前之物，寄托深远之意；再次是主要用物象征人的品德节操。

链接思考

1. 诗人以在世俗面前淡淡的怅然与他那颗孤独的心灵所承受的巨大痛苦，唱出了"面朝大海，春暖花开"，对此应该如何理解？为什么？

2. 海子在《秋》中写道："秋天深了，神的家中鹰在集合 /神的故乡鹰在言语 /秋天深了，王在写诗/在这个世界上秋天深了/该得到的尚未得到/该丧失的早已丧失。"如何领悟诗人所写的"秋天深了，王在写诗"，其文字背后所显露的那颗敏感而脆弱的心，对现世无可奈何的情绪？

3. 请用象征手法写一首诗。

17. 七　里　香

席慕蓉

溪水急着要流向海洋
浪潮却渴望重回土地
在绿树白花的篱前
曾那样轻易地挥手道别
而沧桑的二十年后
我们的魂魄却夜夜归来
微风拂过时

便化作满园的郁香

（选自《席慕蓉诗集》，席慕蓉著，作家出版社，2010 年）

相关背景

席慕蓉（1943 年生），原籍内蒙古自治区察哈尔部，蒙古族，全名穆伦·席连勃，当代画家、诗人、散文家。她 13 岁起在日记中写诗，14 岁入台北师范艺术科，后又入台湾师范大学艺术系。1964 年入比利时布鲁塞尔皇家艺术学院专攻油画。1981 年，第一本诗集《七里香》出版，一年之内再版七次，其他诗集也是一版再版。著有诗集、散文集、画册及选本等，《七里香》《无怨的青春》《一棵开花的树》等诗篇脍炙人口，成为经典。席慕蓉多擅于写爱情、人生、乡愁，其诗写得极美，淡雅剔透，抒情灵动，饱含着诗人对生命的挚爱真情，影响了整整一代人的成长历程。

席慕蓉对记者说："年轻时因寂寞而写诗，或许是一种对美的渴望；年纪稍长，因无法平抚心中的骚动而写诗；初老时，因惆怅而写诗，人也因此变勇敢了。"席慕蓉流连在诗的国度，"一首诗就是一个自给自足的世界"。对于时间的流逝，对于生命的感动，还有许许多多生活中难以表述却又感怀于心的东西，席慕蓉觉得只能以诗来表达。"诗能说清楚的事情，平时却怎么也说不清。"写《七里香》时，正是席慕蓉一生中最安静的时刻，那是读书、恋爱、结婚、生子及只有一点点乡愁的年岁，感觉灵敏而纯粹，是生命最清灵的时刻。

文本赏析

"七里香"是花名，用花名作题，充满了诗情画意，意象丰富。这首小诗清新美丽，饱含真情。"溪水急着要流向海洋，浪潮却渴望重回土地"，"溪水""浪潮"是一对互相对立的意象。"溪水"年少轻狂，不识愁滋味，认定了大海，认定了外面的精彩世界，因此，不管不顾，勇往直前，急切地要流向一望无际的海洋；而"浪潮"在大海里已经漂泊流浪了多年，已经厌倦了尘世浮沉的生活，渴望重回温馨的故土。这一对"冤家"信念不一样，情趣不一样，理想不一样，注定了分手的结局。

"在绿树白花的篱前，曾那样轻易地挥手道别"，初恋的我们不懂爱情，不懂得彼此包容，不懂得珍惜缘分。一件细微的小事情可能就会使我们吵得不可开交，直至决绝。在那个春暖花开的季节，在那棵蓊蓊郁郁的大树下，在那道缀满了七里香的白花的篱笆前，我们轻易地挥手告别，没有一丝悔意，从此各奔东西。

"而沧桑的二十年后，我们的魂魄却夜夜归来"，时光荏苒，人到中年，夜夜梦醒，方才悟到彼此心中仍有那份柔情，仍有那份牵挂。"微风拂过时，便化作满园的郁香"，物是人非事事休，未语泪先流。如今的你早已不是当初的模样，往事也如同过往的烟云，当年的篱笆还在，绿树白花依旧，只是我俩的情意早已随风而逝了。微风吹过，仿佛闻到了满园的郁香，那是昔日心上人的心香。

在诗中，诗人虽未直接点题"七里香"，但处处可见其影踪。与初恋情人分手时的篱前七里香的"绿树白花"，虽经 20 年岁月流光的无情磨洗，依然鲜活如初，宛在眼前。七里香一直盛开在遥远的记忆里，更是永远绽放于彼此的心田上。七里香"满园的郁香"实乃初恋情人的情意之香，虽时隔 20 年之久，仍然散发出浓浓的迷人香味，令人迷恋，让人神往。

学法点拨

抒情诗：诗歌的一种，主要抒发诗人在生活中激发起来的思想感情，以此来反映社会生活，因此，这种诗不会详细地叙述生活事件的过程，一般没有完整的故事情节，也不具体描写人物和景物。抒情诗侧重直抒胸臆，借景抒情，优秀的抒情诗往往激荡着时代的旋律。抒情诗根据其内容的不同分为颂歌、情歌、哀歌、挽歌、牧歌等。抒情诗一直是中国诗歌的主流，从《诗经》《楚辞》到李白、杜甫、李商隐等人的绝大多数诗歌都是抒情诗，叙事诗的影响力仅次于抒情诗，杜甫的《石壕吏》等诗歌，元稹、白居易的一些长篇歌行都是叙事诗。宋代诗歌中还出现了说理诗。抒情诗的影响力比叙事诗和说理诗都要大得多。

《七里香》是一首精致感人的美丽小诗，饱含着真挚热切的爱恋之情。诗中的主人公有一丝孤单落寞，充满了对爱情的期盼却又似乎不为人知，她(他)情感真挚热切，哀婉之情跃然纸上。这首小诗很短，仔细品尝，很容易读出那种淡淡的忧伤、微微的失望。人总要长大，时间总是向前的，不管你多么后悔，你都不可能再回到从前了！

链接思考

1. 请探寻这首诗的意境美。
2. 阅读林徽因的《你是人间的四月天》，回答问题。

你是人间的四月天

林徽因

我说你是人间的四月天；
笑响点亮了四面风；
轻灵在春的光艳中交舞着变。
你是四月早天里的云烟，
黄昏吹着风的软，
星子在无意中闪，
细雨点洒在花前。
那轻，那娉婷，你是，
鲜妍百花的冠冕你戴着，
你是天真，庄严，
你是夜夜的月圆。
雪化后那片鹅黄，你像；
新鲜初放芽的绿，你是；
柔嫩喜悦，
水光浮动着你梦期待中白莲。
你是一树一树的花开，
是燕在梁间呢喃，
——你是爱，是暖，是希望，
你是人间的四月天！

林徽因的这首诗抒发了诗人什么样的情感？

三、外国诗歌

18.啊，船长！我的船长！

[美]惠特曼

啊，船长！我的船长！我们的艰苦航程已经终结；

这只船渡过了一切风险，我们争取的胜利已经获得；
港口在望，我听见钟声在响，人们都在欢呼，
千万只眼都在望这只稳定的船，它显得威严而英武；
但是，呵，心呀！心呀！心呀！
呵，鲜红的血液长流；
甲板上躺着我们的船长，
倒下来了，冷了，死了。

啊，船长，我们的船长！起来听听钟声；
起来，旗帜正为你飘扬，军号正为你发出颤音；
为你，送来了这些花束和花环，为你，岸上的人们在拥挤；
这熙熙攘攘的人群，他们为你欢呼，他们的热情的脸转朝着你；
这里，船长！亲爱的父亲！
我这只手臂把你的头支起；
在甲板上像是在一场梦里，
你倒下来了，冷了，死了。

我的船长不回答，他的嘴唇苍白而静寂；
我的父亲感觉不到我的手臂，他已经没有知觉，也没有脉息；
这只船安安稳稳下了锚，已经结束了它的航程；
这只胜利的船从艰苦的旅程归来，大功已经告成：
欢呼吧，呵，海岸！响吧，呵，钟！
可是我踏着悲哀的步子，
在我的船长躺着的甲板上走来走去，
他倒下了，冷了，死了！

（选自《草叶集》，惠特曼著，赵萝蕤译，重庆出版社，2007 年）

相关背景

沃尔特·惠特曼（Walt Whitman，1819.5.31—1892.3.26），出生于纽约州长岛，他是美国 19 世纪杰出的浪漫主义诗人，他创造了诗歌的自由体（Free Verse），主要作品有《为了你，民主》《大路之歌》《今天的军营静悄悄》和散文《民主展望》等，都编在代表诗集《草叶集》中。这部优秀诗集成为美国近代文学史上一座光辉的里程碑，是美国民族文学的典范，开创了美国诗歌的新风格，对美国诗坛和世界诗坛有不可估量的划时代影响。

1861 年美国南北战争爆发，在这个时期他写下了真实记录这场革命战争的《鼓专用集》；1865 年 4 月 14 日，美国总统林肯遇刺身亡，惠特曼写下了沉痛表达美国人民对林肯被刺而哀思的诗——《啊，船长！我的船长！》，它成为著名的悼念林肯总统的诗篇。这首诗也是惠特曼写过的唯一一首押韵且格律规整的诗。

文本赏析

全诗结构严谨，构思巧妙，语言深沉，字里行间饱含着真挚的情感，表达了诗人对林肯的无比敬仰与怀念之情。诗人以一名与“船长”朝夕相处的水手的口吻写成此诗，似乎诗人确曾与“船长”协同作战、凯旋，并亲眼看见“船长”遇害的情景。

全诗共有三节，层层递进，写船临近港口时，“船长”倒下到死亡的过程。

第一节写航程结束，大船凯旋，船长“血液长流”，倒下了。诗人把美国比作“大船”，把林肯比作“船长”，把林肯指挥美国人民同南方叛军作战的过程比作“渡过了一切风险”的“艰苦航程”。这艘大船此行历经磨难和沧桑，也变得更加稳定、威严和英武，欢呼庆祝的人们正在港口等待大船的如期归来。可是，我们亲爱的船长却倒下来了，再也不能跟我们一起见证和享受这伟大的时刻了。

诗人称呼林肯为“我的船长”“我们的船长”，以一个士兵和水手的身份表达了对自己统帅的爱戴之情，以及对船长的牺牲感到无比的悲痛、惋惜。

第二节写人们迎接大船凯旋的场景，旌旗飘扬，军号齐鸣，鲜花飞舞，热情的人们在欢呼雀跃，而你，亲爱的船长却倒下了，表达了人们无比悲痛之情。“旗帜”“人群”“花束”这些视觉意象和“欢呼”“钟声”“号角”这些听觉意象融合在一起，构成一幅热烈欢庆的场面。诗人用短句描绘“血液长流”“冷了”这些视觉意象和触觉意象，勾勒出船长遇害后令人心痛的凄惨状态。诗人用动与静、喜与悲相互映衬的画面形成强烈的反差，渲染出浓烈的悲伤气氛。诗人这样于乐境中写哀，更使人倍感其哀。

诗人称呼“船长”为“亲爱的父亲”，把林肯当作自己最亲近的亲人，比上文称“船长”距离拉近了，用“你”与“亲爱的父亲”一致，表达了对林肯的敬爱和仰慕之情。

第三节，航船下锚，大功告成，而船长永远倒下了。

诗人着重描绘了船长临终时的状貌，“嘴唇苍白”“没有知觉”“没有脉息”。此时此刻，海岸上万众欢腾，人们仍然在欢呼胜利，钟声仍然在轰鸣，诗人已从梦中醒来，清醒地意识到“船长”已经离我们越来越远了，只能接受“船长”死去的残酷现实。此处，诗人改称林肯为“他”，抒发了诗人的绝望和极度悲哀之情。

这首诗运用象征的手法来描述林肯的形象，赞美了林肯的丰功伟绩，表达了对林肯的钦佩和仰慕之情，以及对林肯之死的极度悲痛之情。这首诗的内容与形式高度和谐统一，展示出令人惊叹的美，历经百年，仍脍炙人口。

学法点拨

自由体诗：也称自由诗，是指诗歌在语言形式上不受格律限制的较为自由的诗体。每一行诗的字数，每一首诗的节奏和韵律都没有固定的格式。一般是根据作者的内在情感的起伏变化安排诗歌意象和语言的节奏韵律。自由诗的创始者是美国19世纪诗人惠特曼。西方有着不少自由诗体的文学著作，如惠特曼的代表作《草叶集》、埃德加·李·马斯特斯的诗歌代表作《匙河集》等。在中国抗日战争期间，因艾青等人的提倡，自由诗极为繁荣。自由诗诞生70余年来，由于没有形式束缚而成为当代最流行的诗体，成为诗歌爱好者们乐于接受的诗体，一直为新诗创作中的主要形式。艾青的《光的赞歌》、舒婷的《祖国啊，我亲爱的祖国》等都是自由诗的优秀之作。

惠特曼创造了一种糅合口语和修辞，不拘诗行和诗节长短，不拘音节，也不押韵的自由诗体，大量采用重叠句、平行句和夸张的形象语言，并吸收了一部分劳动人民的语汇和少量外来语，提高了诗歌的表现力，使诗歌彻底地从传统形式的束缚中解放出来。

《啊，船长！我的船长！》一诗音韵工整，格律严格，被认为是惠特曼“最传统”的诗作，全诗读来朗朗上口，闻之恰似海面上汹涌起伏的海浪，巨浪与细浪不断更迭。这种音响效果暗合了作者起伏的心潮、激荡的思绪。全诗整齐的脚韵安排增强了诗的力度和音乐效果。

诗人还巧妙地把“反复”手法用到每节的开头与结尾。三个诗节，就是三幅不同的画面，诗人反复吟咏“我的船长”“倒下了，冷了，死了”，意在加强一种令人心碎的艺术氛围，增强了悲痛的艺术效果。

作品采用整体象征手法，把美国比作一艘大船，把林肯总统比作这艘船上的船长，当这只大船凯旋时，船长却牺牲了。形象而又鲜明地表现了诗人对林肯的敬仰爱戴及对林肯之死的无限悲痛。

链接思考

1. “五四”时期，诗人郭沫若在名诗《匪徒颂》中就赞扬过惠特曼为文艺革命家。结合《啊，船长！我的船长！》谈谈你的感受与认识。

2. 阅读泰戈尔的《新月集·召唤》并回答问题。

召　唤

［印］泰戈尔　郑振铎译

她走的时候，夜间黑漆漆的，他们都睡了。

现在，夜间也是黑漆漆的，我唤她道：“回来，我的宝贝；世界都在沉睡，当星星互相凝视的时候，你来一会儿是没有人会知道的。”

她走的时候，树木正在萌芽，春光刚刚来到。

现在花已盛开，我唤道：“回来，我的宝贝。孩子们漫不经心地在游戏，把花聚在一起，又把它们散开。你如走来，拿一朵小花去，没有人会发觉的。”

常常在游戏的那些人，仍然还在那里游戏，生命总是如此地浪费。

我静听他们的空谈，便唤道：“回来，我的宝贝，妈妈的心里充满着爱，你如走来，仅仅从她那里接一个小小的吻，没有人会妒忌的。”

这首散文诗表达了一位母亲对逝去的女儿什么样的情感？

19. 当你老了

［爱尔兰］叶芝

当你老了，头白了，睡思昏沉，
炉火旁打盹，请取下这部诗歌，
慢慢读，回想你过去眼神的柔和，
回想它们昔日浓重的阴影；

多少人爱你青春欢畅的时辰，
爱慕你的美丽，假意或真心，
只有一个人爱你那朝圣者的灵魂，
爱你衰老了的脸上痛苦的皱纹；

垂下头来，在红光闪耀的炉子旁，
凄然地轻轻诉说那爱情的消逝，
在头顶的山上它缓缓踱着步子，
在一群星星中间隐藏着脸庞。

（选自《叶芝诗选英汉对照》，叶芝著，袁可嘉译，外语教学与研究出版社，2012）

相关背景

威廉·巴特勒·叶芝(1865—1939),爱尔兰诗人、剧作家,是“爱尔兰文艺复兴运动”的领袖,1923年获得诺贝尔文学奖,获奖的理由是“以其高度艺术化且洋溢着灵感的诗作表达了整个民族的灵魂”。作为20世纪现代主义诗坛上最著名的诗人之一,叶芝被同为现代派诗歌领袖的艾略特称为“我们时代最伟大的诗人”。他的风格对詹姆斯·乔伊斯甚至艾略特都产生过较大影响,即使在当代,他的作品集如《苇间风》仍为无数外国读者争相传诵。

1889年1月30日,叶芝对美丽的女演员茅德·冈一见钟情,而且一往情深。之后叶芝一次次热烈地向茅德·冈求婚,一次次被拒绝,但叶芝对于她的爱慕终生不渝。爱情无望的痛苦和不幸,激发了叶芝创作的灵感。在数十年的时光里,激情的爱恋,绝望的怨恨,更多的时候是爱与恨之间复杂的张力,让叶芝为茅德·冈写下许多的诗歌,其中的名篇有《当你老了》《他希望得到天堂中的锦绣》《白鸟》《和解》和《反对无价值的称赞》等。

文本赏析

这是一首独特的爱情诗,诗人和爱恋的人都风华正茂,青春靓丽。诗人通过想象描述少女暮年时的情景,旨在向自己倾慕的女子倾诉自己心中的真情,而他的刻骨铭心的爱情又是无望的,没有结果的,但诗人仍然矢志不渝,执着追求。

全诗共三节,这三节前后呼应,匠心独运。

第一节开篇点题,诗人穿越时空隧道来到了未来世界,设想恋人年老时坐在炉火旁阅读诗集的场景。当时的茅德·冈才20多岁,正是花样年华,诗人设想她年老时的光景,满头白发,昏昏欲睡,炉火旁打盹时,陪伴她的是诗人的诗集,当她轻轻吟诵诗歌时,将回忆起青春的岁月,回忆起自己青春美丽的眼睛、柔美的光芒和幽深的晕影。“头白了”“睡思昏沉”“炉火旁打盹”,这些意象生动具体,“老了”的那一刻如同一幅画卷放在我们面前,栩栩如生,使我们如临其境。

第二节是全诗的核心部分,诗人用对比的手法巧妙地表达了自己的真情。许多人爱的是你的青春欢畅和美丽的容颜;而诗人爱你的一切,爱你的为民族自由而奋斗不息的圣洁的灵魂,爱你的岁月磨洗留下的皱纹,爱你的衰老,爱你的哀戚,爱你的所有,终身不变。与别人相比,诗人的爱坚如磐石,能够经得起时间的考验,显得更真挚纯洁、忠贞不渝。

第三节诗人又回到遥远的未来世界。茅德·冈在炉火旁,“垂下头来”,凄然地“诉说那爱情的消逝”。诗人执着地爱着茅德冈,在茅德冈年老时,依然不忘初心,痴情不改,而在现实中,诗人却是失意的、无望的。诗人希望通过描述未来的境遇,让茅德冈明白他火热的爱情,不要等到多年以后,忆起这一切时都成了永远的痛。其实,诗人的爱情哪怕过了多年以后也没有化为乌有,只是在“山上”“缓缓踱着步子”,在天上的星星中“隐藏着脸庞”,他其实一刻也没有离开过,仍在爱人身旁留恋。最后两句中的“山”和“星星”的意象,拓展了诗的意境和空间,让人感到一种圣洁的美丽,诗人的爱向着纯净的崇高境界不断升华,升华到无限的空间中,成为一种永恒。

这首诗表达了诗人独特而真挚的情感,诗人在想象中给读者描绘了一幅少女的暮年图,其实是向少女、向世人剖析自己的灵魂,是自己的真情告白。诗人高贵的灵魂,哀伤无望却又矢志无悔的真情深深地打动了每一位读者。

学法点拨

想象:是一种特殊的思维形式,是人在头脑里对已储存的表象进行加工改造形成新形象的心理过程。它能突破时间和空间的束缚。想象能起到对机体的调节作用,还能起到预见未来的作用。在诗歌创作中，想象是指诗人凭借记忆进行回顾或产生新形象的过程。丰富的想象能使诗人浮想联翩，创作出新的形象和意境。如王维《九月九日忆山东兄弟》："独在异乡为异客，每逢佳节倍思亲。遥知兄弟登高处，遍插茱萸少一人。"诗人凭借丰富的想象力，想到兄弟们发现登山插茱萸少了一人，表达诗人自己对兄弟们的思念之情。又如，李白常把现实与梦境、仙境，自然界与人类社会融为一体，他的《梦游天姥吟留别》以飞越的神思结构全诗，诗人的想象犹如天马行空，所描绘的梦境、仙境，正是他所向往追求的光明美好的理想世界。

《当你老了》从诗歌的字里行间可以看出诗人大胆地使用假设想象的艺术手法，如"当你老了，头白了，睡意昏沉，炉火旁打盹"。在诗歌的开始诗人就想象着年轻的恋人步入垂暮之年，满头白发，睡意昏沉，眼神中过去那柔和耀眼的光泽已不复存在。这种场景随着诗歌的继续立刻在读者的脑海中展现出一幅形象具体的图画。在未来世界里，即使恋人老了，诗人依然渴盼能够陪在她的身边，能为恋人最后的时光带去些许的温暖和快乐。诗人借助想象抒发自己对恋人的一往情深，当爱神消失得无影无踪时，留给恋人的是无限的孤寂与悲哀，留给诗人的却是无穷的思念与回忆，留给读者的则是巨大的遐想空间和诗人对爱情的忠贞不渝。

链接思考

1. "当你老了"是一种对时间的假设，叶芝写这首诗时才 29 岁，而"你"所指的茅德·冈才 27 岁。但这种假设却因为"头白了""睡思昏沉""炉火旁打盹"这些意象而具体起来。"老了"的那一刻已经来到了我们的面前，它是朦胧的、昏暗的，几乎是静止的，就像墙上的一幅画，然而又是那么的生动，让人触目惊心。站在时间的彼岸，"回想你过去眼神的柔和"，与昔日的自己两两相望，你看见了什么？

请仔细体味诗中的"当你老了"的意味，谈谈你的感悟与认识。

2. 请阅读捷克斯洛伐克诗人塞弗尔特的《三月》，回答问题。

请再向冬天道声好，再向融雪鞠个躬！半边儿春天已从高处降临我们这里：瞧那地平线花开，蓝色的风磨在转动。好像刚从床上爬起的孩儿，睁开惺忪的睡眼，在白蒙蒙的晨曦中，望着妈妈的面孔。他那总也看不够的妈妈呀，怎能不乐得对她欢唱，微露笑容！

这首诗运用了哪些修辞手法？诗人用想象的手法描绘了一个怎样的艺术世界？

20. 我愿意是激流

［匈牙利］裴多菲

我愿意是激流，
山里的小河，
在崎岖的路上
岩石上经过……
只要我的爱人
是一条小鱼，
在我的浪花中
快乐地游来游去。

我愿意是荒林，

在河流的两岸，
对一阵阵的狂风，
勇敢地作战……
只要我的爱人
是一只小鸟，
在我的稠密的
树枝间做窠，鸣叫。

我愿意是废墟，
在峻峭的山岩上，
这静默的毁灭
并不使我懊丧……
只要我的爱人
是青青的常春藤，
沿着我荒凉的额，
亲密地攀援上升。

我愿意是草屋，
在深深的山谷底，
草屋的顶上
饱受风雨的打击……
只要我的爱人
是可爱的火焰，
在我的炉子里，
愉快地缓缓闪现。

我愿意是云朵，
是灰色的破旗，
在广漠的空中
懒懒地飘来荡去，
只要我的爱人
是珊瑚似的夕阳，
傍着我苍白的脸，
显出鲜艳的辉煌。

（选自《裴多菲诗选》，裴多菲著，孙用译，作家出版社，1954年）

相关背景

裴多菲·山陀尔（Petōfi Sándor，1823—1849），匈牙利爱国诗人，资产阶级民主主义革命家。他于1823年1月1日出生在一个贫困的屠户家庭，少年流浪，当过演员，15岁开始写诗，1842年正式发表诗歌《酒徒》，一生共写了800多首抒情诗和8首长篇叙事诗，被誉为匈牙利"抒情之王"。

裴多菲坚持反抗外敌入侵，追求自由，积极投身于祖国的解放战争。1849 年 7 月 31 日，在瑟克什堡血战中同沙俄军队作战时，他英勇牺牲，年仅 26 岁。他最著名的抒情诗作品有《民族之歌》《我的歌》《一个念头在烦恼着我》《自由与爱情》和《我愿意是激流》等。他的政治抒情诗，语言犀利，感召力强，对匈牙利民族解放运动有着直接影响。

在匈牙利文学发展史上，裴多菲占有独特的地位。他继承和发展了启蒙运动文学的战斗传统，奠定了匈牙利民族文学的基石，被誉为“在被奴隶的鲜血浸透了的、肥沃的黑土里生长出来的‘一朵带刺的玫瑰’”。

这首诗是裴多菲写给冲破世俗束缚与自己相爱，并步入婚姻殿堂的爱人森德莱·尤丽娅的。1846 年 9 月，在舞会上，23 岁的裴多菲结识了伊尔诺茨伯爵的女儿森德莱·尤丽娅，这位姑娘身材修长，有浅蓝色眼睛，美丽、清纯、率真，裴多菲对其一见倾心，而伯爵却不肯把女儿嫁给裴多菲这样的穷诗人。裴多菲对尤丽娅的感情执着热诚，他写了一首首情诗送给尤丽娅，如《致尤丽娅》《你爱的是春天》《我是一个怀有爱情的人》和《凄凉的秋风在树林中低语》等，这些抒情诗鼓动尤丽娅冲破父亲和家庭的阻拦，一年后，她同裴多菲结为伉俪。这首诗写在诗人与尤丽娅热恋时期，是一首向自己所爱的人深情表白的诗。

文本赏析

这首诗的作者用一颗真诚、善良的心灵，以自然清新而又朴素的语言，述说自己对爱情的忠贞和执着。诗人在诗中反复用“我愿意”，短短的三个字，饱含了诗人对爱人厚重、深沉的感情。诗人还借助一系列的意象，构筑了一幅幅感人至深、动人心弦的画卷，表达了诗人炽热的爱情。

诗人采用大自然中的一些相关联的自然物象，通过一连串鲜活生动的比喻，围绕同一主题，多维度、深层次、酣畅淋漓地展示出了诗人纯真自然、博大无私的爱。诗人用“激流”“荒林”“废墟”“草屋”“云朵”和“破旗”等自比，这些意象或处境险恶，或萧条冷落，或孤独凄清，或破败凋敝，而用“小鱼”“小鸟”“常春藤”“火焰”“夕阳”等甜美可爱、欢快热情、无忧无虑的意象来比喻爱人，两者形成了强烈的对比，流露出诗人的赤诚之心。在前行的路上，无论多么坎坷曲折，无论遇到什么艰难险阻，只要我的爱人与“我”相伴，“我”愿意付出一切，使我的爱人能够自由快乐、无忧无虑地生活。

全诗五个章节，围绕一个主题，反复吟唱，但绝不是单调的重复。“激流”“小河”要越过一条条“崎岖的山路”和一块块“岩石”，说明诗人愿意面对爱情路上遇到的重重困难险阻；“荒林”要与阵阵“狂风”作战，意味着诗人愿意为爱情勇敢地斗争；“废墟”在静等毁灭，表达了诗人为了爱情，哪怕牺牲自己的生命，也在所不惜；在山谷底的“草屋”，处境孤独危险，饱受风雨的打击，述说了诗人愿意承受处境的孤危；漂泊不定的“云朵”、残破的灰旗“飘来荡去”，诗人表示只要有爱人的相伴，哪怕浪迹天涯，居无定所，也无怨无悔。这些意象是诗人的心迹明示，也是诗人爱的宣言，表达了诗人对爱情的虔诚、忠贞与执着。诗人对“爱人”的期待是浪花中的“小鱼”，自由快乐、悠然自得；树枝间鸣叫的“小鸟”，娇小玲珑、活泼机灵；青青的“常春藤”，根深蒂固、永不消逝；炉子里的“火焰”，热情奔放、温馨暖人；至于那“珊瑚似的夕阳”，不仅绚烂美丽，更能给人带来无限光明和“鲜艳的辉煌”。这首爱情诗，诗人裴多菲调动起全身爱的细胞，点燃起激情与真爱的火焰，发布了他爱的誓言，真可谓惊天地、泣鬼神。

《我愿意是激流》几组诗句均以“我愿意”“只要我的爱人”形式结构诗歌，句式较为统一，但并无押韵，段落行数和字数也没有固定的格式，句式音节上并无束缚，属自由诗。

裴多菲的诗歌受民歌影响很大，以一连串的“我愿意”表达了自己对爱情的坚贞与渴望，任思绪飘扬，尽情地挥洒自己的感情，倾诉“我”对“爱人”的爱恋。

学法点拨

意象：是客观物象经过创作主体独特的情感活动而创造出来的一种艺术形象。“意象”是中国古代文论中的一个重要概念。古人以为“意”是内在的、抽象的心意，“象”是外在的、具体的物象；“意”源于内心并借助于象来表达，“象”其实是意的寄托物。意象通常是指自然意象，即取自大自然的借以寄托情思的物象。许多古诗名句如“春风又绿江南岸，明月何时照我还”“春色满园关不住，一枝红杏出墙来”。其中的意象，都是自然意象。有时，诗中所写的社会事物、人物形象、生活场景等，也是用来寄托情思的，它们也是意象。

本诗作者选择了五组富于深意又相互对立的意象来表现主题，比喻“我”和爱人之间的那种相互依赖、相濡以沫的关系，表达了诗人纯真、炽热而执着的爱情观，不管爱情的路上遇到什么风雨险阻，只要爱人能陪在身边，只要爱人幸福快乐，诗人愿意为爱人奉献一切、至死不渝。

链接思考

1. 意象派：20 世纪初以美国诗人艾兹拉·庞德、艾米·洛威尔和英国诗人托马斯·厄内斯特·休姆、理查德·奥尔丁顿为代表的一部分作家、评论家在法国象征主义和中国古典诗歌意象的丰富性、含蓄性、形象性影响下，兴起反对抽象说教，反对陈旧题材与表现形式的诗歌运动。1912 年，庞德首次采用了意象派名称，声称应当描绘“意象”，即“一种在一刹那间表现出来的理性与感性的集合体”，“准确的意象”能使怀疑找到它的“对应物”，要求观察精确，表现具体而简洁，不加渲染，不带任何一般化的评论，用词平易，题材不拘，格律解放。其浓缩、凝练诗情，藏而不露却又容易感受的特色，对欧美现代文学创作和批评有较大的影响。但其意象在容量和深度上的拘谨又限制了感情的抒发。

《在地铁车站》是庞德最著名的作品，是意象派名作，是庞德根据在巴黎协和广场地铁站的印象写成的。诗虽短，但诗人最后落笔定稿前经过相当一段时间的酝酿和推敲。请赏析庞德的《在地铁车站》并体味其中的意象。

在地铁车站

这几张脸在人群中幻景般闪现；
湿漉漉的黑树枝上花瓣数点。

2. 意象与意境的区别是什么？

3. 仿照有关诗句的形式，在横线上填上合适的诗句。

我愿意是树，如果你是树上的花；
我愿意是花，如果你是树上的露水；
我愿意是露水，________________……
这样，我们就能够结合在一起。
而且，姑娘，如果你是天空，
我愿意变成天上的星星；
然而，姑娘，如果你是地狱，
（为了在一起），我愿意________________。

第二章 散文欣赏

学习目标

1. 理解散文“形散神不散”的特点，从而把握散文散而不乱、气脉中贯的逻辑性和抒情性。

2. 理解散文的形象性，创造形象，诗文有别。

3. 体会散文文无定格、贵在鲜活的灵活性和趣味性。

4. 掌握散文作品常用手法，感受人物，感受事件，领会散文所表现的思想感情，分析文章所蕴含的哲理，领会主旨。

5. 感受文学语言的魅力，培养热爱祖国语言的情感和提高自主学习、合作探究的能力。

第一节 散文欣赏概要

“散文”一词最早出现于宋代罗大经所著的《鹤林玉露》一书中的《文章有体》。这里所说的“散文”的含义，是同韵文或骈文相对而言的“散行文字”，并不同于现在的散文概念。由此可见，我国古代的“散文”一词，是混杂于笼统的“文章”概念之中的，既包含文学意义上的散文，也包含非文学的文字。真正作为文学体裁之一的“散文”，是“五四”运动以后才有的。

一、散文发展及特点

图文
散文知识

散文的发端，历史久远，最早可以追溯到殷商时期的甲骨卜辞。几经发展，成为现在极其重要的一种文学体裁，在文学中的地位不可轻视。

（一）古代散文

文学的起源是远在文字之前的。我国最古老的文学便是始于诗歌；有了文字以后，由于中国文字具单音、独体等特性，在用字造句的时候，自然会因为声气调和的关系产生奇、偶的自然音韵。于是讲求对偶的便逐渐形成诗赋一派，好奇的则产生为散文一派。早期的大多是记事说理的实用文，如伏羲的“教”，神农的“占”。随着时间的推移，有着纯文学的艺术标准的散文逐渐出现。

1. 先秦散文

先秦是我国古典散文的一个重要发展时期，而先秦散文指的是后殷商到战国末年这一段时期的散文。以目前的文献资料来看，我国最早的“书面文学”应该起源于商朝的甲骨卜辞及铜器铭文，它们包括了韵文和散文的记载，这就是散文的起源。接着在春秋战国时期，由于社会文化变迁给了散文提供了一个很好的孕育、发展环境，使散文迈向中国古典散文的第一个黄金时代。

春秋战国时期的散文可分为两大派：历史散文与诸子散文。历史散文与诸子散文是中国古代散文的两大源头。《国语》《战国策》《春秋》《左传》等都是历史散文的代表，《论语》《孟子》《老子》《庄子》等是诸子散文的杰出代表。它们之间虽有共同点，但也有不同点。其不同点主要广泛地表现在内容、体裁、风格、结构、语言艺术等方面。当时的散文之所以会大量出现、发展，成为先秦散文最重要的时代，主要是因受到政治经济的改变、社会阶级的变动、文化思想、文学本身的发展等因素的影响。两千多年来，先秦散文博大的思想内容一直影响着中国社会，在政治、经济、教育、哲学、伦理、历史等方面发挥了积极或消极的影响。

先秦散文在我国散文史上独树一帜，是源头，又是高峰，而且包含许多特色，对后代有很大的影响。

2. 秦汉散文

秦并六国且建立了中国历史上第一个中央集权的王朝。在刑法统治、钳制思想和摧残文化的社会环境下，短短15年的秦代，几乎没什么文学可言，值得一提的散文作家唯李斯一人。李斯以散文见长，其既重质实，又富文采，往往文质互生，说理纵横驰骋，谋篇构思严密。著名的是《谏逐客书》，立意高远，议论恢宏。

散文到了汉代，又在国家政权处于封建大一统的广阔社会背景之下继续发展起来，取得很高的成就。汉代散文在中国文学史上占有重要地位。

汉代散文在前世的基础上出现的品类更加繁多，刘勰在《文心雕龙》文体论中所涉及的颂、赞、祝等三十种散文文体都已独立出现。汉代散文虽然大多为应用文，少有现代观念中的纯文学的散文，但在优秀作家手中“述理于心，著言于翰”，往往“杂用文绮”，将直接的实用性与艺术的审美价值有机地统一在一起，从而成为文学史上成就斐然、影响巨大的文学现象。西汉前期的散文主要是务实、求用的政论性文体，其作者也见解深刻，颇具文采。以贾谊、晁错成就最高。贾谊，政治家、文学家，才高命短，代表作有《过秦论》《论积贮疏》《陈政事疏》等。汉武帝至汉宣帝时期，出现了刘安的《淮南子》、司马迁的《史记》两部散文巨著。《史记》属汉代散文的最高成就，它不仅是我国古代源远流长的历史散文作品的顶峰，而且还开创了新的文学门类——传记文学，并为其树立了一座难以企及的丰碑。其艺术成就体现在生动的记载历史、高超的写人艺术、深沉的人生感慨、优秀的语言艺术等，具有极其重要的文学价值和史学价值。西汉后期的散文，值得重视的是桓宽的《盐铁论》。这是一部保存汉代有关经济、思想史料的极有权威的辩论专著，也是一部别具特色的政论性散文专著，是散文的新发展。

东汉前期的散文以《汉书》和《论衡》为代表。《汉书》贯穿了儒家的正统思想，《论衡》则表现了作者独立思考、自抒机杼的个性。东汉后期没有出现杰出的作家、传世的作品，多数作家思想贫乏，文采不足。

汉代的散文从总体上来说有着很高的成就。一方面出现了像司马迁这样卓越的文学大师，创造了富有时代特色和个性的文体，给后世很大的影响。另一方面，汉代的政论文对后世也有很大的影响。

魏晋南北朝是中国历史上的一个大分裂时期，政权频繁更迭，政治多元，儒、释、道三家并存，玄言和骈体文盛行，散文并不发达，只有曹氏父子以及嵇康、诸葛亮、陶渊明等人的散文比较出名。

3. 唐宋元散文

唐的统一为文学的发展提供了新的环境和可能。发生在唐德宗贞元到唐宪宗元和这二三十年的古文运动是一次散文文体革命，韩愈和柳宗元作为这次运动的领导者倡导"文以载道"，即用散文阐明儒道的基本宗旨，摆脱骈偶体裁的束缚，使形式为内容服务。这次运动目标明确，既有理论指导，又有创作实践，参加者众多，在当时形成了较大规模的文学浪潮，使古文对骈文取得了胜利，改变了当时的文风，并带来传奇小说的兴盛，而且对后代散文产生了深远的影响。

晚唐时期，政治日趋腐败，爱好华艳纤巧的风尚重新在文坛流行起来。散文虽前有杜牧，后有皮日休、陆龟蒙、罗隐等人的努力，但终不能继中唐再盛。

宋初，承唐末五代的陋习，"四六文"盛行，学者只知道雕琢字面，堆砌辞藻，却没有真实的情感，没有文学价值。直至欧阳修出，其倡导师法韩柳，力戒雕琢，才使宋初华丽的风气为之一变。欧阳修的散文高度融合叙事、议论、抒情三种功能，哀乐由衷，情文并至。史论文低回往复，感慨淋漓；政论文慷慨陈词，感情激越。《五代史·伶官传序》《醉翁亭记》《秋声赋》《卖油翁》等皆为其名篇。

比欧阳修稍晚，较著名的有王安石、曾巩、苏洵、苏轼、苏辙。他们连同欧阳修和唐代的韩愈、柳宗元，被后人合称为"唐宋八大家"。

元代的散文，仍是沿袭着唐宋古文的发展，虽不能有宋代那样辉煌的成就，但散文作家不少。宋濂、虞集等人是杰出代表。

4. 明代散文

明代散文的创作领域，高手如林，风格多样，流派纷呈。著名的散文家以宋濂、刘基、高启、方孝孺等人为代表。他们多起于民间或下层官吏，亲身感受过社会的疮痍、民生的疾苦，抱有匡时济世的理想，学识渊博，善著文章，文风苍劲悲凉，闳深雄丽。李梦阳、何景明等前七子及后七子鼓吹复古之风，其摧毁台阁体、扭转文坛风气的功绩不容抹杀，但其盲目摹古却又给散文创作带来了新的危机。倡导"童心说"的李贽，以袁宗道、袁宏道、袁中道三兄弟为代表的公安派，小品文集大成者张岱都是明代散文重要的代表。

5. 清代散文

清代的散文，可说是桐城派的天下。桐城派文人以他们鲜明的文学主张与创作风格形成一个文学流派，而他们所表现出来的学术思想，便是恪守程、朱理学的立场。方苞为桐城派的创始人。其著述繁富，有《望溪文集》《春秋直解》《古文约选》等。其散文取材精审，剪裁得体，文笔洗练，清新自然。姚鼐的散文结构谨严，言辞雅洁，平和自然。其主要著作为《惜抱轩集》《古文辞类纂》。以黄宗羲、袁枚、恽敬和张惠言为领袖人物的阳湖派，以曾国藩为代表的湘乡派等在清代散文中占据着重要的地位。

民国建立，白话文学运动的提倡，使得散文由传统的古典散文进入白话散文的时代，一直影响到现在。

（二）现当代散文

中国现代文学是指 1919—1949 年的文学，中国现代散文也发生在此段。

中国现代散文的发展变迁深受时代的推动和制约。反帝反封建、民族民主革命是时代发展的主流，现代散文作家队伍在时代的变迁发展过程中经历了一次次的分化和组合，各人的选择不一，对文学史、散文史做出的贡献也不同。这一时期代表作家有林语堂、周作人、郁达夫等。鲁迅是中国现代散文最主要的奠基人，其散文思想内容博大精深，艺术成就无与伦比，其散文诗《野草》是融化中西文化的艺术创造，《朝花夕拾》忆旧述感，平易感人。冰心的《笑》《往事》和许地山的《空山灵雨》是最早的抒情小品名篇。朱自清创作了脍炙人口的《背影》和《荷塘月色》。周作人陆续发表了一些影响很大的平和冲淡之作。“东北作家群”以萧军、萧红等为代表，其作品反映了东北沦陷区人民的生活斗争和自身的逃难经历，充满着血泪的控诉、悲愤的呼号和对白山黑水、父老同胞的刻骨铭心的思念，开了抗战文学的先声。

当代散文(1949 年至今)堪称“一部民族文化性格的演变史，一部民族审美性格的变迁史和发展史”，无不记载和体现着中华民族的民族性格、思维方式、价值取向、人格理想、道德规范等。初期创作主要继承了 20 世纪 40 年代解放区以纪实为主的记实性散文和古典散文，导致中华人民共和国成立初期“通讯”“报告”盛极一时，后者则促成 60 年代“诗”化散文创作的热潮。散文创作缓慢而有限地发展，无论风格流派，还是创作方法、艺术个性都比较单调，甚至趋于公式化、模式化、雷同化。散文创作真正的转机是在改革开放的新时期，封闭体制的打破，思想个性的解放，艺术视野的扩大，才使散文经历了长时间的徘徊与停滞之后迎来了创作热潮。代表作家有赵玫、唐敏、斯妤、黄一鸾等女作家和曹明华、苇岸、胡晓梦、元元、钟鸣、张锐锋等新生代散文家。

（三）散文的分类

散文根据其内容和性质可分为以下几类：

1. 叙事散文

叙事散文或称为记叙散文，以写人记事为主，对人和事物进行具体叙述和描绘，表现出作者的认识和感受，带有浓厚的抒情成分。其往往侧重于从叙述人物和事件的发展变化过程中反映事物的本质，具有时间、地点、人物、事件等因素，往往从一个角度选取题材，表现作者的思想感情，又可分为记事散文和写人散文。如鲁迅的《藤野先生》、吴伯萧的《记一辆纺车》等。

2. 抒情散文

抒情散文注重表现作者的思想感受，抒发作者的思想感情。没有贯穿全篇的情节，只有对具体事物的记叙和描绘，以强烈的抒情性为其突出特点。或触景生情，或直抒胸臆，感情真挚，语言生动，作者还常常运用象征和比拟的手法，把思想寓于形象之中，因而使抒情散文具有强烈的艺术感染力，洋溢着浓浓的诗情画意。如陆蠡的《囚绿记》、周国平的《面对苦难》等。

3. 写景散文

写景散文以描绘景物为主，在描绘景物的同时抒发作者的感情，抓住景物的特征。作者借景抒情，或寓情于景，借助空间变换、移步换景的方法，把观察的景物变化作为行文的脉络。对景物加以生动的描绘，可以起到下列作用：①交代背景；②铺垫情节；③渲染气氛；④烘托人物思想感情；⑤更好地表现主题。如朱自清的《荷塘月色》、茅盾的《白杨礼赞》、刘白羽的《长江三峡》等。

4. 哲理散文

哲理散文也称为议论散文，它以议论为主，或借助某种形象说理，或直接发表议论。其特点是议论、抒情和描写相结合。这类散文近似于杂文，但比一般杂文更具文艺性。哲理散文纵横古今中外，包罗大千世界，穿透人生社会，寄寓于人生百态，透过现象深入本质，揭示事物的底蕴、观念，从而产生具有震撼性的审美效果。其作者传达的哲理是感悟的参透，理念的凝聚，思想的火花，睿智的结晶，如尼采的《我的灵魂》等。

（四）散文特点

散文自古代发展至今，作为一种独立的文体已形成了独特的风格和特点。概括起来，主要有以下几点：

1. 形散神聚，形式灵活

“形散”主要是说散文取材十分广泛自由，不受时间和空间的限制，表现手法不拘一格。“神聚”（神不散）主要是从散文的立意方面说的，即散文所要表达的主题必须明确而集中，无论散文的内容多么广泛，表现手法多么灵活，无不为更好地表达主题服务。

为了做到形散而神不散，在选材上注意材料与中心思想的内在联系，在结构上借助一定的线索把材料贯穿成一个有机整体。散文中常见的线索有：①以含有深刻意义或象征意义的事物为线索；②以作品中的“我”来做线索。以“我”为线索，由于写的都是“我”的所见所闻所思所感，能够侃侃而谈，自由畅达，使读者觉得更加真实可信、亲切感人。

从形式上说，散文贵“散”；而在构思上、组织上，则散文忌“散”。散文具有的这一辩证统一的特点使得它与其他文体区别开来。

2. 意境深邃，情感真挚

作者借助想象和联想，由此及彼、由浅入深、由实而虚地依次来写，可以融情于景、寄情于事、寓情于物、托物言志，表达出作者的真情实感，实现物我统一，展现出更深远的思想，使读者领会更深的道理。

3. 语言优美，文采斐然

所谓优美，就是指散文的语言清新明丽，生动活泼，富于音乐感，行文如涓涓流水，叮咚有声，如娓娓而谈，情真意切。散文语言还要简洁质朴，自然流畅，寥寥数语就可以描绘出生动的形象，勾勒出动人的场景，显示出深远的意境。散文力求写景如在眼前，写情沁人心脾。

散文素有“美文”之称，它除了精辟的见解、优美的意境外，还有清新隽永、质朴无华的文采。经常读一些好的散文，不仅可以丰富知识、开阔眼界，培养高尚的思想情操，还可以从中学习选材立意、谋篇布局和遣词造句的技巧，提高自己的语言表达能力。

二、散文欣赏技巧

散文是一种常见的文学体裁。它取材广泛，艺术表现形式丰富多样，如同五彩斑斓的风景画，让人陶醉。那么我们应怎样阅读和欣赏散文呢？

（一）紧扣散文特点，抓住“文眼”明主旨

散文最根本的特点是形散神聚，往往时间跨度大、空间转换广、事件牵涉多、表达方式活、勾连全文巧。散文取材范围广泛，内容博杂，所谓“上下几千年，纵横数万里”，但都统一在“神”这个灵魂之下。读者若能很快找到这一统领全文的“神”，那么就会迅速而准确地把握文章，从而提高阅读效率。

而这统领全文的“神”往往集中体现在“文眼”上。散文中集中表达作者思想感情、反映作品主旨的词句，称为“文眼”。倘若读者在通读全文的基础上，抓住这“点睛”之笔，就能透视文章的“心灵”，理解作者的写作意图，明确广博、纷繁的题材是怎样被作者有机地组织起来的。如朱自清的《绿》中，只要找到“惊诧”一词，就能明白作者为什么在写梅雨潭的绿之前，先要写梅雨瀑、梅雨亭以及周围的景色和梅雨潭得名的原因；《荷塘月色》，只要扣住“这几天心里颇不宁静”，就能知道作者在重点描写了“荷塘月色”之后，为什么还要联想到江南采莲的风俗，忆起《西洲曲》里的句子；巴金的《灯》，只要抓住“在这人间，灯光是不会灭的”，再联系作者的处境和写作背景，就能弄清为什么除了写眼前的“灯”之外，还要写回忆中的“灯”和联想（传说）中的“灯”。

（二）找准行文线索，把握全文结构

线索是串联文章内容的一根“红线”，它在文章结构中起着举足轻重的作用，没有恰当的线索，文章将是“一盘散沙”。散文一般都有一条组织材料的线索，或为人物，或为事件，或为事物（时间、地点、道具），或为情感。读者若找到这条线索，就能较容易地理清文章思路，明确文章主旨。写景散文一般以游踪或某一景物为线索。例如，《绿》《荷塘月色》以游踪为线索，《灯》《蒲公英》《故乡的榕树》则分别以“灯”“蒲公英”和“故乡的榕树”为线索。读者顺着线索可以一步步地概括出文章各部分的大意，从而形成文章内容的结构提纲，对作者严谨、巧妙、独到的构思技巧有个全面的掌握，为深入理解文章立意奠定基础。

（三）熟悉写作手法，领会作者情意

写作手法多指表达方式和表现手法。

表达方式有叙述、描写（人物、环境、景物、场面、细节等）、抒情、议论、说明。表现手法有象征、对比、烘托、衬托（正衬）、反衬、铺垫（伏笔）、渲染、欲扬先抑、以小见大、托物言志等。另外，谋篇布局方面的线索、过渡、照应、详略等也属于写作手法。

不同的表达方式和表现手法有着不同的作用。如描写，它是对人物、事件、环境、景物及其形态、特征所做的具体描绘和刻画。描写有很多种类，按用语的繁简可分为细描和白描。细描是浓墨重彩的铺陈、烘托事物，使形象鲜明突出、生动传神。白描，与细描相反，是抓住事物的主要特征，运用简洁质朴的文字勾勒事物，以形传神。描写能把事物具体生动、鲜明清晰地呈现在读者面前，使读者产生如见其人、如闻其声、如历其事、如临其境的感觉。鲁迅对祥林嫂的几次肖像描写即用了白描手法。再如象征是一种暗示，作者在呈现于我们面前的形象之中隐蔽地去描绘另一种形象，使读者从中体会到所要表达的概念、思想和感情的真正意图。运用象征手法，能使文章内涵丰富，富有哲理，给人以启迪。

“一切景语即情语。”大凡散文都要采用借景抒情、寄情于物、托物言志或象征等手法来含蓄、形象而具体地表情达意。若能够比较熟悉和掌握各种写作手法及作用，就自然能比较容易地把握作者要表达的情意。

（四）品味美妙语言，领略风格意境

“文学是语言的艺术。”艺术语言是最能反映作家的创作个性的，所谓“言为心声”。因此，品读散文的优美语言，能够使读者受到美的熏陶，达到“与我心有戚戚焉”的审美境界。赏析、品味散文的语言，进行有效积累，对开拓我们的思维空间，增强语言表达能力，提高写作水平，充实文学素养，都是大有裨益的。每个作家都有自己独特的语言风格，如朱自清清新真挚，巴金含蓄深沉，壶井荣朴实诚恳等。我们需要兼采众家之长，遨游于文学艺术的江海之中。

意境是作者的主观感情和客观景象高度融合所产生的一种境界，是饱含着作者丰富感情的艺术画面，通过丰富而巧妙的意象，引起读者强烈的共鸣，达到情景交融、形神兼备、物我归一的境地。从语言之美到意境沉醉，是散文欣赏的最高境界。

第二节　经典散文赏析

一、古代散文

1.秋水（节选）

（战国）庄子

秋水时至[1]，百川灌河[2]。泾流之大[3]，两涘渚崖之间，不辨牛马[4]。于是焉，河伯欣然自喜，以天下之美为尽在己。顺流而东行，至于北海，东面而视，不见水端。于是焉，河伯始旋其面目[5]，望洋向若而叹曰[6]：“野语有之曰：‘闻道百，以为莫己若者。’我之谓也。且夫我尝闻少仲尼之闻，而轻伯夷之义者[7]，始吾弗信。今我睹子之难穷也[8]，吾非至于子之门，则殆矣，吾长见笑于大方之家[9]。”

北海若曰：“井鼃不可以语于海者[10]，拘于虚也[11]；夏虫不可以语于冰者，笃于时也[12]；曲士不可以语于道者[13]，束于教也。今尔出于崖涘，观于大海，乃知尔丑[14]，尔将可与语大理矣[15]。天下之水，莫大于海，百川归之，不知何时止而不盈；尾闾泄之[16]，不知何时已而不虚[17]。春秋不变，水旱不知。此其过江河之流[18]，不可为量数。而吾未尝以此自多者[19]，自以比形于天地，而受气于阴阳，吾在天地之间，犹小石小木之在大山也[20]。方存乎见少[21]，又奚以自多[22]？计四海之在天地之间也，不似礨空之在大泽乎[23]？计中国之在海内，不似稊米之在太仓乎[24]？号物之数谓之万[25]，人处一焉。人卒九州，谷食之所生，舟车之所通，人处一焉。此其比万物也，不似豪末之在于马体乎？五帝之所连[26]，三王之所争，仁人之所忧，任士之所劳[27]，尽此矣！伯夷辞之以为名，仲尼语之以为博，此其自多也，不似尔向之自多于水乎？”

河伯曰：“然则吾大天地，而小毫末，可乎？”

北海若曰：“否。夫物，量无穷，时无止，分无常[28]，终始无故[29]。是故大知观于远近[30]，故小而不寡，大而不多：知量无穷[31]。证向今故[32]，故遥而不闷，掇而不跂[33]：知时无止。察乎盈虚，故得而不喜，失而不忧：知分之无常也[34]。明乎坦涂[35]，故生而不说[36]，死而不祸：知终始之不可故也。计人之所知，不若其所不知；其生之时，不若未生之时；以其至小，求穷其至大之域[37]，是故迷乱而不能自得也。由此观之，又何以知毫末之足以定至细之倪[38]？又何以知天地之足以穷至大之域？”

河伯曰：“世之议者皆曰：‘至精无形，至大不可围[39]。’是信情乎[40]？”

北海若曰：“夫自细视大者不尽，自大视细者不明。夫精，小之微也；垺，大之殷也[41]：

故异便[42]。此势之有也。夫精粗者，期于有形者也[43]；无形者，数之所不能分也[44]；不可围者，数之所不能穷也。可以言论者，物之粗也；可以意致者，物之精也。言之所不能论，意之所不能察致者，不期精粗焉[45]。是故大人之行：不出乎害人，不多仁恩[46]；动不为利，不贱门隶；货财弗争，不多辞让；事焉不借人，不多食乎力，不贱贪污；行殊乎俗，不多辟异[47]；为在从众，不贱佞谄。世之爵禄不足以为劝，戮耻不足以为辱；知是非之不可为分，细大之不可为倪[48]。闻曰：'道人不闻，至德不得，大人无己[49]。'约分之至也。"

河伯曰："若物之外，若物之内，恶至而倪贵贱[50]，恶至而倪大小？"

北海若曰："以道观之，物无贵贱；以物观之，自贵而相贱；以俗观之，贵贱不在己。以差观之[51]，因其所大而大之，则万物莫不大；因其所小而小之，则万物莫不小。知天地之为稊米也，知毫末之为丘山也，则差数睹矣[52]。以功观之，因其所有而有之，则万物莫不有；因其所无而无之，则万物莫不无。知东西之相反，而不可以相无，则功分定矣[53]。以趣观之[54]，因其所然而然之，则万物莫不然；因其所非而非之，则万物莫不非。知尧、桀之自然而相非，则趣操睹矣[55]。昔者尧、舜让而帝，之、哙让而绝[56]；汤、武争而王，白公争而灭[57]。由此观之，争让之礼，尧、桀之行，贵贱有时，未可以为常也[58]。梁丽可以冲城[59]，而不可以窒穴，言殊器也；骐骥、骅骝一日而驰千里，捕鼠不如狸狌，言殊技也；鸱鸺夜撮蚤，察毫末，昼出瞋目而不见丘山，言殊性也[60]。故曰：盖师是而无非[61]，师治而无乱乎？是未明天地之理，万物之情者也。是犹师天而无地，师阴而无阳，其不可行明矣。然且语而不舍，非愚则诬也。帝王殊禅，三代殊继。差其时，逆其俗者，谓之篡夫；当其时，顺其俗者，谓之义徒。默默乎河伯，女恶知贵贱之门，小大之家[62]！"

河伯曰："然则我何为乎？何不为乎？吾辞受趣舍[63]，吾终奈何？"

北海若曰："以道观之，何贵何贱，是谓反衍[64]；无拘而志[65]，与道大蹇[66]。何多何少，是谓谢施[67]；无一而行，与道参差。严乎若国之有君[68]，其无私德；繇繇乎若祭之有社[69]，其无私福；泛泛乎若四方之无穷，其无所畛域[70]。兼怀万物，其孰承翼[71]？是谓无方。万物一齐，孰短孰长？道无终始，物有死生，不恃其成[72]。一虚一满，不位乎其形[73]。年不可举[74]，时不可止。消息虚盈[75]，终则有始。是所以语大义之方[76]，论万物之理也。物之生也，若骤若驰，无动而不变，无时而不移。何为乎，何不为乎？夫固将自化。"

河伯曰："然则何贵于道邪？"

北海若曰："知道者，必达于理。达于理者，必明于权[77]。明于权者，不以物害己。至德者，火弗能热，水弗能溺，寒暑弗能害，禽兽弗能贼。非谓其薄之也[78]，言察于安危，宁于祸福，谨于去就，莫之能害也。故曰：'天在内，人在外，德在乎天。'知天人之行，本乎天，位乎得，蹢躅而屈伸[79]，反要而语极[80]。"

曰："何谓天？何谓人？"

北海若曰："牛马四足，是谓天；落马首[81]，穿牛鼻，是谓人。故曰：'无以人灭天，无以故灭命，无以得殉名。谨守而勿失，是谓反其真。'"

（选自《庄子集释》，郭庆藩撰，王孝鱼点校，中华书局，2013 年）

注释

[1] 时：按时令。

[2] 灌：奔注。河：黄河。

[3] 泾：直流的水波，此指水流。

[4] 不辨：分不清。

[5] 旋：转，改变。

[6] 望洋：茫然抬头的样子。

[7] 伯夷：商孤竹君之子，与弟叔齐让王位，被认为是节义高尚之士。

[8] 子：原指海神若，此指海水。

[9] 长：永远。大方之家：有学问的人。

[10] 鼃：同“蛙”。

[11] 虚：同“墟”，居住的地方。

[12] 笃(dǔ)：固。引申为束缚、限制。

[13] 曲士：孤陋寡闻的人。

[14] 丑：鄙陋，缺乏知识。

[15] 大理：大道。

[16] 尾闾(lǘ)：海的底部，排泄海水的地方。

[17] 虚：流空。

[18] 过：超过。

[19] 自多：自夸。

[20] 大：同“太”。

[21] 方：正。存：察，看到。见(xiàn)：显得。

[22] 奚：何，怎么。

[23] 礨(lěi)空：石块上的小空洞。礨：石块。大泽：大湖泊。

[24] 稊米：泛指细小的米粒。

[25] 号：称。

[26] 连：继续。

[27] 仁人：指专门讲仁义的儒家者流。任士：指身体力行的墨家者流。墨家以任劳以成人之所急为己任，故称。

[28] 分(fèn)：分性、秉赋。无常：不固定。

[29] 故：同“固”。

[30] 大知(zhì)：大智大慧的人。

[31] 知量：知道物量。

[32] 证向今故：犹言“证明古今”。向，明；故，古。

[33] 不闷：不昏暗，即明白。掇(dūo，多)：伸手可拾，表示近。跂：通“企”，求。不跂：不可企求。

[34] 分(fèn)：界限，盈虚得失的界限。

[35] 坦涂：大道。涂，同“途”。

[36] 说：通“悦”。

[37] 至大之域：无穷大的境界。

[38] 倪(ní)：头绪，引申为标准、界限。

[39] 不可围：不可限制，没有范围。

[40] 信：真实。

[41] 垺(fú)：同“郛”，郭，城墙。殷：盛大。

[42] 异便：不同的区别。便，通“辨”。

[43] 期:凭借。

[44] 数:数字。

[45] 不期:不可能。

[46] 大人:得道的大人先生。多:赞美、歌颂。

[47] 辟异:傲慢怪辟。

[48] 倪:标准。

[49] 道人:得道的人。不闻:不求名声。至德:品德极高的人。不得:不自显其德。大人:伟大的人。无己:忘我。

[50] 恶(wū)至:什么标准。

[51] 差:差别。

[52] 差数:差别的概念。睹:相同。

[53] 功分(fèn):功利的性分。

[54] 趣:通“趋”,思想倾向。

[55] 操:主观标准。睹:可见。

[56] 之:燕国相名子之。哙:燕王名哙。燕王哙于周慎靓王五年(前 316),用苏代之说,让王位给国相子之,燕人不服,大乱。齐乘机伐燕,杀哙与子之,燕国也几乎灭亡。

[57] 白公:白公胜,楚平王孙,他父亲太子建,因受陷害而流亡国外,生白公胜。后来白公胜回国,为了争夺政权发动武装政变,事败身亡。

[58] 常:不变的规律。

[59] 丽:通“欐”,屋栋。

[60] 性:才性。

[61] 师:推崇。

[62] 女:汝。家、门:范围、界限。

[63] 趣:求取。

[64] 反衍(yǎn):反方向发展。衍,通“延”,发展。

[65] 无:勿。而:你。

[66] 道:大道。蹇(jiǎn):阻塞,引申为抵触。

[67] 谢:代谢,衰落。施:移,转。

[68] 严:通“俨”。有:语助词。

[69] 繇(yóu)繇乎:坦然自得的样子。社:土地神。

[70] 畛(zhěn)域:疆界。

[71] 翼:偏爱,庇护。

[72] 成:万物之成形。

[73] 不位:不固定。位,守住、固定。

[74] 举:提取。

[75] 消:消亡。息:生长。

[76] 大义:大道。方:方向、原则。

[77] 权:权衡轻重而应变。

[78] 薄:迫近,引申为触犯。

[79] 蹢躅(zhí zhú):或作“踯躅”,进退的样子。

[80] 反:通“返”。极:尽。

[81] 落：通“络”，笼住。

相关背景

庄子(约前369—前286)，名周，字子休(一说子沐)，宋国蒙人。他是战国时期著名的思想家、哲学家、文学家，是道家学派的代表人物，是老子哲学思想的继承者和发展者，是先秦庄子学派的创始人。其一生生活贫穷困顿，鄙弃权势名利，远离荣华富贵，追求逍遥的精神自由，力图在乱世中保持独立的人格。他的学说涵盖着当时社会生活的方方面面，但根本精神还是归依于老子的哲学。后世将他与老子并称为“老庄”，他们的哲学为“老庄哲学”。封建帝王重视庄子在文学史和思想史上的重要贡献，唐开元二十五年(737)庄子被诏号为“南华真人”，《庄子》一书也被称为《南华经》。

他的主要思想是“天道无为”，他认为“道”是客观真实的存在，把“道”视为宇宙万物的本源。“道”是其哲学的基础和最高范畴。其在政治上主张“无为而治”，无用就是有用，大无用就是大有作为。

《庄子》现存33篇，包括内篇7篇，外篇15篇，杂篇11篇。名篇有《逍遥游》《齐物论》《养生主》等，《养生主》中的“庖丁解牛”尤为后世传诵。《庄子》在哲学、文学方面都有较高研究价值。若研究中国哲学、中国文学，都不能不读《庄子》。鲁迅先生说：“其文汪洋辟阖，仪态万方，晚周诸子之作，莫能先也。”(《汉文学史纲要》)庄子的文章浪漫主义色彩浓厚，深深影响着后世文学。

《秋水》见《庄子·外篇》，这篇文章论述了天人关系、事物的相反相成，最后归结到任自然而无为；论辩精辟，是庄子思想的代表作之一。本文全文包括河伯与北海若的一大段对话，其下还有6个短篇，这6个短篇虽思想内容与上文类似，但故事不相干。本书只节选主要的大段。

文本赏析

庄子的散文想象奇特丰富，意象雄浑飞越，文字汪洋恣肆，情感充沛饱满，给人以崇高美妙与超凡脱俗的感受，是浪漫主义文学的代表之作，在中国文学史上独树一帜。其文章已脱离旧有的语录体形式，标志着先秦散文已经发展到成熟的阶段，可以说，《庄子》代表了先秦散文的最高成就。

《秋水》行文汪洋恣肆，变化无端，一开头，“秋水时至……不辨牛马”寥寥22个字，就把涨水时那种汹涌澎湃、浩渺无边、气象万千的壮阔景象鲜明生动地描绘出来，如在眼前。文章描写生动，写黄河，则浩浩荡荡，奔腾澎湃，气魄雄伟；写北海，则渺茫空旷，无边无际，意境开阔；写河伯，则有喜有叹，逼真传神，使人如闻其声，如见其人。

全文可分为两部分：第一部分写河伯望洋兴叹，观河水满涨而沾沾自喜，而北海浩瀚之景象令自识其丑。第二部分写北海若以自然之广大、宇宙之无穷开导河伯。细分为四个层次：人的认识要受到客观条件的限制；大海与天地、阴阳相比也微不足道；世间万物的大小都是相对而言的；最后对伯夷、仲尼的“自多”进行嘲笑。

《秋水》是一篇阐述哲学思想的说理文章，具有鲜明的艺术特点。

(1) 借意境描绘，阐发深邃道理。文章一开头就拉开了一幅“秋水时至，百川灌河。泾流之大，两涘渚崖之间，不辨牛马”的壮阔景象，接着又展现了“东面而视，不见水端”的北海的浩瀚之景。通过对比，形象表达了山外有山、天外有天、人外有人的客观事实、事理，而且更区分出看待世界的两种眼光、两种心态、两种境界，由此也就自然而然地导向了宇宙无穷、认识无止境的哲理。意境的描绘、境界的比照，不仅增强了文章说理的形象可感性，而且寓意比抽象说理更含蓄、更丰满、更有理趣。

庄子经常使用借景物描绘创造意境的表现方法，赋物形象，将不可道之道传达得相当鲜明清晰，这是庄子散文最令人叹服之处。其所宣扬的“道”深幽玄妙、虚无缥缈，与其行文的洒脱奇谲，表里相应，十分合宜。

(2) 整体性寓言，化抽象为生动。这篇文章虚构河伯与北海若这两个人物，并通过两人对话，展开说理，阐明观点，整篇是一个生动有趣的寓言故事。北海若是庄子自己的化身，代表庄子认识无止境的哲学思想，河伯是庄子思想的对立面，通过两种不同态度、不同思想的对比，鲜明生动地表达了庄子的观点。这寓言手法化抽象艰涩为具体可感，化枯燥乏味为生动有趣，完全不同于一般说理文，不局限于概念、判断、推理的逻辑演绎，摒弃一般说理文的呆板抽象、枯燥乏味及难以理解，将抽象的哲理寄寓在形象的描绘之中，借助具体可感的景物、人、事来表达深奥玄妙的哲学道理。

(3) 语言汪洋恣肆，情感充沛饱满。这是庄子散文一个明显的行文特征，气势恢宏，洋洋洒洒。本文之气势，首先来自于内在意理的逻辑严谨、整体说理的层层推进；其次来自大量排比句式和反诘句式的运用。大量排比句的使用，使文章节奏感强，让读者读起来朗朗上口、铿锵有力。如“井蛙”“夏虫”“曲士”排比，“四海”“中国”“万物”排比，“五帝”“三王”“仁人”“任士”连续五句排比，而北海若的话几乎都是排比句。这一连串排比句的大肆铺陈，节奏鲜明，感情充沛，颇有气势。其中又运用了“方存乎见少，又奚以自多；”“此其自多也，不似尔向之自多于水乎？”“不似礨空之在大泽乎？”等反诘句，以反问加强语气的肯定无疑，与排比句效果累加，强化了语言的气势和说理的力度。全文句式富于变化，长短夹杂，或顺或倒，有着极强的表现力和独创性。

学法点拨

寓言：用比喻性的故事来寄托意味深长的道理，给人以启示的文学体裁。该词最早见于《庄子》，在春秋战国时代兴起，后来成为文学作品的一种体裁。

寓言的主要特点是：①篇幅短小，语言精简，结构简洁，富有张力；②故事虚构，人物虚拟，角色可以是人，也可以是物；③善用修辞手法，如比喻、夸张、象征、拟人等以达到讽喻目的；④讽刺性和教育性鲜明。通过借古喻今、以小喻大、借此喻彼，使深刻的道理、隐晦的主题在简单的故事中体现。

寓言的类型大约有两种：一种是用拟人的手法，将动植物或非生物人格化；另一种是用夸张的手法，勾画描摹某类人的思想和特点。

中国耳熟能详的寓言故事有《农夫和蛇》《自相矛盾》《盲人摸象》《龟兔赛跑》《东郭先生和狼》等。世界最早的寓言集是《伊索寓言》，其他比较著名的寓言集或寓言较集中的作品有《克雷洛夫寓言》《列那狐的故事》等。

链接思考

1. 阅读哲学史有关书籍，比如冯友兰的《中国哲学史》、黑格尔的《逻辑学》等，以能够更深入地理解《秋水》的哲理思考。

2. 古人云，“读万卷书，行万里路”，读者可利用假期去看看黄河、大海，感悟庄子在文章中所描述的景象及道理，并用自己的语言描绘浩渺的大海、奔腾的黄河、平静的湖泊等大自然的美景。

3. 结合现实热点现象或问题，尝试创作一则寓言故事。

2. 别　赋

（南朝）江淹

黯然销魂者[1]，唯别而已矣！况秦、吴兮绝国[2]，复燕、宋兮千里[3]。或春苔兮始生，乍秋风兮蹔起[4]。是以行子肠断，百感凄恻。风萧萧而异响，云漫漫而奇色。舟凝滞于水滨，车逶迟于山侧[5]。棹容与而讵前[6]，马寒鸣而不息。掩金觞而谁御[7]，横玉柱而沾轼[8]。居人愁卧，怳若有亡[9]。日下壁而沉彩[10]，月上轩而飞光。见红兰之受露，望青楸之离霜[11]。巡曾楹而空掩，抚锦幕而虚凉[12]。知离梦之踯躅[13]，意别魂之飞扬[14]。

故别虽一绪，事乃万族[15]：

至若龙马银鞍[16]，朱轩绣轴[17]，帐饮东都[18]，送客金谷[19]。琴羽张兮箫鼓陈[20]，燕赵歌兮伤美人[21]；珠与玉兮艳暮秋，罗与绮兮娇上春[22]。惊驷马之仰秣[23]，耸渊鱼之赤鳞[24]。造分手而衔涕[25]，感寂漠而伤神[26]。

乃有剑客惭恩[27]，少年报士[28]，韩国赵厕[29]，吴宫燕市[30]，割慈忍爱，离邦去里，沥泣共诀[31]，抆血相视[32]。驱征马而不顾，见行尘之时起。方衔感于一剑[33]，非买价于泉里[34]。金石震而色变[35]，骨肉悲而心死[36]。

或乃边郡未和，负羽从军[37]。辽水无极[38]，雁山参云[39]。闺中风暖，陌上草薰。日出天而耀景[40]，露下地而腾文[41]，镜朱尘之照烂[42]，袭青气之烟煴[43]。攀桃李兮不忍别，送爱子兮沾罗裙[44]。

至如一赴绝国，讵相见期[45]。视乔木兮故里[46]，决北梁兮永辞[47]。左右兮魂动，亲宾兮泪滋。可班荆兮赠恨[48]，惟尊酒兮叙悲[49]。值秋雁兮飞日，当白露兮下时。怨复怨兮远山曲，去复去兮长河湄[50]。

又若君居淄右[51]，妾家河阳[52]。同琼佩之晨照[53]，共金炉之夕香[54]。君结绶兮千里[55]，惜瑶草之徒芳[56]。惭幽闺之琴瑟，晦高台之流黄[57]。春宫閟此青苔色[58]，秋帐含兹明月光，夏簟清兮昼不暮[59]，冬釭凝兮夜何长[60]！织锦曲兮泣已尽，回文诗兮影独伤[61]。

傥有华阴上士[62]，服食还山[63]。术既妙而犹学，道已寂而未传[64]。守丹灶而不顾[65]，炼金鼎而方坚[66]。驾鹤上汉，骖鸾腾天[67]。暂游万里，少别千年[68]。惟世间兮重别，谢主人兮依然[69]。

下有芍药之诗[70]，佳人之歌[71]。桑中卫女，上宫陈娥[72]。春草碧色，春水渌波[73]，送君南浦[74]，伤如之何！至乃秋露如珠，秋月如珪[75]，明月白露，光阴往来，与子之别，思心徘徊。

是以别方不定[76]，别理千名[77]，有别必怨，有怨必盈[78]，使人意夺神骇，心折骨惊[79]。虽渊云之墨妙[80]，严乐之笔精[81]，金闺之诸彦[82]，兰台之群英[83]，赋有凌云之称[84]，辩有雕龙之声[85]，谁能摹暂离之状，写永诀之情者乎！

（《六朝文絜》，清代许梿编选，华夏出版社，1999 年）

注释

[1] 黯然：心神沮丧，形容惨戚之状。销魂：即丧魂落魄。

[2] 秦、吴：古国名。秦国在今陕西一带，吴国在今江苏、浙江一带。绝国：相隔极远的邦国。

[3] 燕、宋：古国名。燕国在今河北一带，宋国在今河南一带。

[4] 蹔：同“暂”。

[5] 逶迟：徘徊不行的样子。

[6] 棹(zhào)：船桨，这里指代船。容与：缓慢荡漾不前的样子。讵前：滞留不前。此处化用屈原《九章·涉江》中“船容与而不进兮，淹回水而疑滞”的句意。

[7] 掩：覆盖。觞(shāng)：酒杯。御：进用。

[8] 横：横持，搁置。玉柱：琴瑟上的系弦之木，这里指琴。轼：车前的横木。

[9] 怳(huǎng)：丧神失意的样子。

[10] 沉彩：日光西沉。

[11] 楸(qiū)：落叶乔木。枝干端直，高达 30 米，古人多植于道旁。离：即“罹”，遭受。

[12] 曾楹(yíng)：高高的楼房。曾：同“层”。楹：屋前的柱子，此指房屋。锦幕：锦织的帐幕。此二句写行子一去，居人徘徊旧屋的感受。

[13] 踯躅(zhí zhú)：徘徊不前的样子。元朝张养浩的《山坡羊·潼关怀古》中载有“望西都，意踯躅”。

[14] 意：同“臆”，料想。飞扬：心神不安。

[15] 万族：不同的种类。

[16] 龙马：据《周礼·夏官·廋人》载，马八尺以上称“龙马”。

[17] 朱轩：贵者所乘之车。绣轴：绘有彩饰的车轴。此指车驾之华贵。

[18] 帐饮：古人设帷帐于郊外以饯行。东都：指东都门，长安城门名。《汉书·疏广传》记载疏广告老还乡时，“公卿大夫故人邑子设祖道供帐东都门，送者车数百辆，辞决而去”。

[19] 金谷：晋代石崇在洛阳西北金谷所造的金谷园。史载石崇拜太仆，出为征虏将军，送者倾都，曾帐饮于金谷园。

[20] 琴羽：指琴中弹奏出羽声。羽：五音之一，声最细切，宜于表现悲戚之情。张：调弦。

[21] 燕赵：《古诗》有“燕赵多佳人，美者颜如玉”句。后因以美人多出燕赵。

[22] 上春：即初春。

[23] 驷马：古时四匹马拉的车驾称驷，马称驷马。仰秣(mò)：抬起头吃草。语出《淮南子·说山训》：“伯牙鼓琴，驷马仰秣。”原形容琴声美妙动听，此处反其意。

[24] 耸：因惊动而跃起。鳞：指渊中之鱼。语出《韩诗外传》：“昔者瓠巴鼓瑟而潜鱼出听。”

[25] 造：等到。衔涕：含泪。

[26] 寂漠：即“寂寞”。

[27] 惭恩：自惭于未报主人知遇之恩。

[28] 报士：心怀报恩之念的侠士。

[29] 韩国：指战国时侠士聂政为韩国严仲子报仇，刺杀韩相侠累一事。赵厕：指战国初期，豫让因自己的主人智氏为赵襄子所灭，乃变姓名为刑人，入宫涂厕，挟匕首欲刺死赵襄子一事。

[30] 吴宫：指春秋时专诸置匕首于鱼腹，在宴席间为吴国公子光刺杀吴王一事。燕市：指荆轲与朋友高渐离等饮于燕国街市，因感燕太子恩遇，藏匕首于地图中，至秦献图刺秦王未成，被杀。高渐离为了替荆轲报仇，又一次入秦谋杀秦王一事。

[31] 沥泣:洒泪哭泣。

[32] 抆(wěn)血:指眼泪流尽后又继续流血。抆:擦拭。

[33] 衔感:怀恩感遇。衔:怀。

[34] 买价:指以生命换取金钱。泉里:黄泉。

[35] 金石震:钟、磬等乐器齐鸣。原本出自《燕丹太子》:"荆轲与武阳入秦,秦王陛戟而见燕使,鼓钟并发,群臣皆呼万岁,武阳大恐,面如死灰色。"

[36] "骨肉"句:语出《史记·刺客列传》,聂政刺杀韩相侠累后,剖腹毁容自杀,以免牵连他人。韩国当政者将他暴尸于市,悬赏千金。他的姐姐聂嫈说:"妾其奈何畏殁身之诛,终灭贤弟之名!"于是宣扬弟弟的义举,伏尸而哭,最后在尸身旁边自杀。骨肉,指死者亲人。

[37] 负羽:挟带弓箭。

[38] 辽水:辽河。在今辽宁省西部,流经营口入海。

[39] 雁山:雁门山。在今山西原平市西北。

[40] 耀景:闪射光芒。

[41] 腾文:指露水在阳光下反射出绚烂的色彩。

[42] 镜:照耀。朱尘:红色的尘霭。照:日光。烂:光彩明亮而绚丽。

[43] 袭:扑入。青气:春天草木上腾起的烟霭。烟煴(yīn yūn):同"氤氲"。云气笼罩弥漫的样子。

[44] 爱子:爱人,指征夫。

[45] 讵:岂有。

[46] 乔木:高大的树木。王充《论衡·佚文》载:"睹乔木,知旧都。"

[47] "决北"句:语出《楚辞·九怀》。

[48] 班:铺设。荆:树枝条。据《左传·襄公二十六年》记载,楚国伍举与声子相善。伍举将奔晋国,在郑国郊外遇到声子,"班荆相与食,而言复故。"后来人们就以"班荆道故"来比喻亲旧惜别的悲痛。

[49] 尊:同"樽",酒器。

[50] 湄:水边。

[51] 淄右:淄水西面。在今山东境内。

[52] 河阳:黄河北岸。

[53] 琼佩:琼玉之类的佩饰。

[54] 以上两句回忆昔日朝夕共处的爱情生活。

[55] 结绶:指出仕做官。绶,系官印的丝带。

[56] 瑶草:仙山中的芳草。这里比喻闺中少妇。徒芳:比喻虚度青春。

[57] 晦:昏暗不明。流黄:黄色丝绢,这里指黄绢做成的帷幕。这一句指为免伤情,不敢卷起帷幕远望。

[58] 春宫:指闺房。閟(bì):关闭。

[59] 簟(diàn):竹席。

[60] 釭(gāng):灯。以上四句写居人春、夏、秋、冬四季相思之苦。

[61] "织锦"二句:据武则天《璇玑图序》载:"前秦苻坚时,窦滔镇襄阳,携宠姬赵阳台之任,断妻苏蕙音问。蕙因织锦为回文,五彩相宣,纵横八寸,题诗二百余首,计八百余言,纵横反复,皆成章句,名曰《璇玑图》以寄滔。"一说窦滔身处沙漠,妻子苏蕙就织锦为

回文诗寄赠给他(《晋书·列女传》)。以上写游宦别离和闺中思妇的恋念。

[62] 傥(tǎng):同"倘"。华阴:即华山,在今陕西渭南县南。上士:道士,求仙的人。

[63] 服食:道家以为服食丹药可以长生不老。还山:即成仙。一作"还仙"。

[64] 寂:进入微妙之境。传:至,最高境界。

[65] 丹灶:炼丹炉。不顾:指不顾问尘俗之事。

[66] 炼金鼎:在金鼎里炼丹。

[67] 骖(cān):三匹马驾车称"骖"。鸾:古代神话传说中凤凰一类的鸟。

[68] 少别:小别。

[69] 谢:告辞,告别。以上写学道炼丹者的离别。

[70] 下:下士。与"上士"相对。芍药之诗:语出《诗经·郑风·溱洧》:"维士与女,伊其相谑,赠以芍药。"

[71] 佳人之歌:指李延年的歌:"北方有佳人,绝世而独立。"

[72] 桑中:卫国地名。上宫:陈国地名。卫女、陈娥:均指恋爱中的少女。《诗经·鄘风·桑中》载:"云谁之思?美孟姜矣。期我乎桑中,要我乎上宫。"

[73] 渌(lù)波:清澈的水波。

[74] 南浦:《楚辞·九歌·河伯》载:"子交手兮东行,送美人兮南浦。"后以"南浦"泛指送别之地。

音频

鄘风·载驰

[75] 珪(guī):一种洁白晶莹的圆形美玉。

[76] 别方:别离的双方。

[77] 名:种类。

[78] 盈:充盈。

[79] 折、惊:均言创痛之深。

[80] 渊:即王褒,字子渊。云:即扬雄,字子云。二人都是汉代著名的辞赋家。

[81] 严:严安。乐:徐乐。二人为汉代著名文学家。

[82] 金闺:原指汉代长安金马门。后来为汉代官署名,是聚集才识之士以备汉武帝诏询的地方。彦:有学识才干的人。

[83] 兰台:汉代朝廷中藏书和讨论学术的地方。

[84] 凌云:据《史记·司马相如列传》载,司马相如作《大人赋》,汉武帝赞誉道:"飘飘有凌云之气,似游天地之间。"

[85] 雕龙:据《史记·孟子荀卿列传》载,驺奭写文章,善于闳辩。所以齐人称颂为"雕龙奭"。

相关背景

江淹(444—505),字文通,宋州济阳考城(今河南民权县)人,南朝著名文学家、散文家。江淹少时孤贫好学,6 岁能诗,13 岁丧父,家境贫寒,曾采薪养母。他早年仕途不得意,但在文学创作上获得了很大成功。齐高帝萧道成废宋建齐,江淹被任命为尚书驾部郎、骠骑参军事,受到重用。江淹的诗意趣深远,善于刻画模拟;其赋遣词精工,尤以《别赋》《恨赋》脍炙人口,与鲍照的《芜城赋》《舞鹤赋》可以说是南朝辞赋的佳作。其一生经历了宋、齐、梁三朝,优秀作品多作于早先仕途坎坷之时,后仕途得意,却无佳作,被世称"江郎才尽"。与他有关的成语还有"梦笔生花"。今有《江文通集》传世。

文本赏析

生离死别，是人生难以避免的。江淹的《别赋》择取了离别的七种类型来摹写离愁别绪，运用了环境烘托、情绪渲染、心理刻画等艺术方法，使文章的题材和主旨十分新颖别致，并曲折地映射出齐梁时代战乱频繁、聚散无常的社会状况。

文章眉目清晰，秩序井然。开头用"黯然销魂者，唯别而已矣"一句开宗明义，点题精警，振聋发聩，"黯然销魂"四字为全文定下哀伤基调。接着中间七段分别描摹富贵之别、侠客之别、从军之别、绝国之别、夫妻之别、方外之别、情侣之别，"别虽一绪，事乃万族"，既写出了分离之苦的共性，也写出了特定人物同中有异的个性特点。最后总结出"别方不定，别理千名，有别必怨，有怨必盈"，指出了分别的痛苦"使人意夺神骇，心折骨惊"。文章首尾呼应，主旨鲜明。全赋用骈偶的句式，绘声绘色，语言清丽，声情婉谐，脍炙人口，创造了以悲为美的艺术境界。

《别赋》最突出的成就，在于运用了环境烘托和气氛渲染刻画人的别绪离愁。择取不同的人物身份、时序、场所、景物，创设出各具特点的离别情境，事不同，境不同，愁绪不同，酣畅淋漓，铺张而不厌其详，夸饰而不失其真，足见作者能够善于观察和提炼生活，能够选择恰当的素材和特征，使文章骈俪整饬，清新流丽，充满诗情画意。

本文在六朝抒情小赋中堪称一绝，既无宫体赋之靡丽，亦非汉大赋之堆砌，传神描摹出人类别离的共有感情，言尽而意不尽，被千古传诵。

学法点拨

赋：我国古代文体，起于战国，盛于两汉。其讲究文采、韵律，兼具诗歌和散文的性质，以"铺采摛文，体物写志"为手段，以"颂美"和"讽喻"为目的。赋必须押韵，基本创作方法是铺陈，这是赋区别于其他文体的主要特征。铺陈指浓墨重彩地对描写对象进行渲染、呈现、讴歌等，生成文句上的形式美、表达上的激情美。散布式、段落式、递进式、并列式为辞赋的四种铺陈方法。

杜牧的《阿房宫赋》、欧阳修的《秋声赋》、曹植的《洛神赋》、苏轼的《前赤壁赋》等皆为赋中经典代表作。

链接思考

1. 仔细研读杜牧的《阿房宫赋》、曹植的《洛神赋》、欧阳修的《秋声赋》、苏轼的《前赤壁赋》、庾信的《哀江南赋》等经典赋文，体会赋的写作特点。

2. 尝试用赋的铺陈写法描摹事物或表达自己的感情。

3. 生活中离愁别绪是常见的，请根据真实经历写一段关于离愁的文字。

4. 在第3题的基础上，阅读毛泽东《贺新郎·赠杨开慧》："挥手从兹去。更那堪凄然相向，苦情重诉。眼角眉梢都似恨，热泪欲零还住。知误会前番书语。过眼滔滔云共雾，算人间知己吾和汝。人有病，天知否？今朝霜重东门路，照横塘半天残月，凄清如许。汽笛一声肠已断，从此天涯孤旅。凭割断愁丝恨缕。要似昆仑崩绝壁，又恰像台风扫寰宇。重比翼，和云翥。"比较两者在表达方式和情感境界上的差别。

3.论佛骨表[1]

（唐）韩愈

臣某言[2]：伏以佛者，夷狄之一法耳[3]。自后汉时流入中国[4]，上古未尝有也。昔者黄帝在位百年，年百一十岁[5]；少昊在位八十年，年百岁[6]；颛顼在位七十九年，年九十八岁[7]；帝喾在位七十年，年百五岁[8]；帝尧在位九十八年，年百一十八岁[9]；帝舜及禹，年皆百岁[10]。此时天下太平，百姓安乐寿考[11]，然而中国未有佛也。其后殷汤亦年百岁[12]；汤孙太戊在位七十五年[13]，武丁在位五十九年[14]，书史不言其年寿所极，推其年数，盖亦俱不减百岁；周文王年九十七岁[15]，武王年九十三岁[16]，穆王在位百年[17]。此时佛法亦未入中国，非因事佛而致然也。

汉明帝时[18]，始有佛法，明帝在位，才十八年耳[19]。其后乱亡相继，运祚不长[20]。宋、齐、梁、陈、元魏以下，事佛渐谨，年代尤促[21]。惟梁武帝在位四十八年[22]，前后三度舍身施佛[23]，宗庙之祭，不用牲牢[24]，昼日一食，止于菜果[25]，其后竟为侯景所逼，饿死台城[26]，国亦寻灭[27]。事佛求福，乃更得祸。由此观之，佛不足事，亦可知矣。

高祖始受隋禅，则议除之[28]。当时群臣材识不远[29]，不能深知先王之道，古今之宜[30]，推阐圣明[31]，以救斯弊，其事遂止[32]。臣常恨焉！伏惟睿圣文武皇帝陛下[33]，神圣英武，数千百年以来，未有伦比。即位之初，即不许度人为僧、尼、道士[34]，又不许创立寺、观。臣常以为高祖之志，必行于陛下之手；今纵未能即行，岂可恣之转令盛也？

今闻陛下令群僧迎佛骨于凤翔，御楼以观[35]，舁入大内[36]，又令诸寺递迎供养。臣虽至愚，必知陛下不惑于佛，作此崇奉，以祈福祥也。直以年丰人乐，徇人之心[37]，为京都士庶设诡异之观[38]、戏玩之具耳。安有圣明若此，而肯信此等事哉？然百姓愚冥，易惑难晓，苟见陛下如此，将谓真心事佛。皆云："天子大圣，犹一心敬信；百姓何人，岂合更惜身命！"焚顶烧指[39]，百十为群，解衣散钱[40]，自朝至暮，转相仿效，惟恐后时，老少奔波，弃其业次[41]。若不即加禁遏，更历诸寺，必有断臂脔身以为供养者[42]。伤风败俗，传笑四方，非细事也。

夫佛，本夷狄之人[43]，与中国言语不通，衣服殊制；口不言先王之法言[44]，身不服先王之法服[45]；不知君臣之义，父子之情。假如其身至今尚在，奉其国命，来朝京师，陛下容而接之[46]，不过宣政一见[47]，礼宾一设[48]，赐衣一袭[49]，卫而出之于境，不令惑众也。况其身死已久，枯朽之骨，凶秽之馀[50]，岂宜令入宫禁？

孔子曰："敬鬼神而远之[51]。"古之诸侯，行吊于其国[52]，尚令巫祝先以桃茢祓除不祥[53]，然后进吊。今无故取朽秽之物，亲临观之，巫祝不先，桃茢不用，群臣不言其非，御史不举其失，臣实耻之。乞以此骨付之有司，投诸水火，永绝根本，断天下之疑，绝后代之惑。使天下之人，知大圣人之所作为[54]，出于寻常万万也。岂不盛哉！岂不快哉！佛如有灵，能作祸祟，凡有殃咎[55]，宜加臣身。上天鉴临[56]，臣不怨悔。无任感激恳悃之至[57]，谨奉表以闻。臣某诚惶诚恐[58]。

（选自《韩愈集》，韩愈著，山西古籍出版社，2006年）

注释

[1] 元和十四年(819)正月作，韩愈时任刑部侍郎。佛骨：指佛教始祖释迦牟尼的一节指骨。表：文体名，古代臣子殿上给皇帝的奏章的一种，多用于陈情谢贺。

[2] 臣某言：表开头的一种格式，某是上表者的代词。

[3]"伏以"二句：谓我以为佛教本是来自于夷狄的一种宗教。伏，俯伏，下对上的敬词。佛，此处指佛教。夷狄，古代对少数民族的称呼，此处指天竺(今印度)。法，法度，这里指宗教。

[4]"自后汉"句：据范晔《后汉书》载，后汉明帝刘庄派遣蔡倍到天竺去求佛法，得《四十二章经》和佛像，与僧人摄摩腾、竺法兰同回，用白马载佛经，永平十一年(68)在洛阳建

寺，以“白马”名之，佛法从此流入中国。此为传统说法，据今人考证，佛教传入中国的时间要比这更早。

[5]“黄帝”二句：黄帝与下文的少昊、颛顼、帝喾、尧、舜，禹，皆为传说中上古时代部落联盟的首领。黄帝，姓公孙，名轩辕。相传他先后战胜炎帝和蚩尤，为中华民族始祖。裴骃《史记集解》引皇甫谧《帝王世纪》：“在位百年而崩，年百一十一岁。”《太平御览·皇王部·黄帝轩辕氏》引皇甫谧《帝王世纪》：“年百一十岁。”

[6]“少昊(hào)”二句：少昊，姓己，一说姓嬴，名挚，号穷桑帝。孔颖达《周易正义》引皇甫谧《帝王世纪》：“在位八十四年而崩。”

[7]“颛顼(zhuān xū)”二句：颛顼，相传是黄帝之子昌意的后裔，号高阳氏。《史记集解》引皇甫谧《帝王世纪》：“在位七十八年，年九十八。”

[8]“帝喾(kù)”二句：帝喾，相传是黄帝之子玄嚣的后裔，号高辛氏。《史记集解》引皇甫谧《帝王世纪》：“在位七十年，年百五岁。”

[9]“帝尧”二句：帝尧，相传是帝喾之子，号陶唐氏。《史记集解》引徐广曰：“尧在位凡九十八年。”《太平御览·皇王部·帝尧陶唐氏》引皇甫谧《帝王世纪》：“年百一十八岁。”

[10]“帝舜”句：帝舜，相传是颛顼的七世孙，号有虞氏。《史记集解》引徐广曰：“皇甫谧云‘舜……百岁癸卯崩。’”禹，姓姒，以治理洪水被人称颂，后建立夏朝。《史记集解》引皇甫谧《帝王世纪》：“年百岁也。”

[11] 寿考：寿命长。考，老。

[12]“其后”句：殷汤，又称商汤、汤。《史记集解》引皇甫谧曰：“为天子十三年，年百岁而崩。”

[13]“汤孙”句：太戊，殷汤第四代孙，殷中宗。《尚书·无逸》：“肆中宗之享国，七十有五年。”

[14]“武丁”句：武丁，殷汤第十代孙，殷高宗。徐宗元《帝王世纪辑存》：“武丁……享国五十九年，年百岁而崩。”

[15]“周文王”句：周文王，姓姬，名昌，商末周族领袖，为后来灭商建周奠定基础。《史记集解》引徐广曰：“文王九十七乃崩。”

[16]“武王”句：武王，周文王之子，名发，周王朝的建立者。《礼记·文王世子》：“武王九十三而终。”

[17]“穆王”句：穆王，文王五世孙，名满。《尚书·吕刑》：“王享国百年。”

[18] 汉明帝：光武帝刘秀之子刘庄，东汉(后汉)第二位皇帝。

[19] 十八年：汉明帝自公元 57 年至 75 年在位。

[20]“其后”二句：后汉自明帝死，到汉献帝退位，共历 145 年，中经章帝、和帝、殇帝、冲帝、质帝、少帝，在位时间皆甚短促。此后的三国和西晋、东晋，皇帝在位年数亦皆不长。运，国运。祚(zuò)，此指君位。

[21]“宋、齐”三句：宋(420—479)，立国 59 年，经八帝。齐(479—502)，立国 24 年，经七帝。梁(502—557)，立国 56 年，经四帝。陈(557—589)，立国 32 年，经五帝。以上为南朝。元魏，即北魏(386—534)，立国 148 年，经十七帝，此为北朝。故云“年代尤促”。谨，虔诚。促，短暂。

[22] 梁武帝：南朝梁的开国皇帝，姓萧，名衍，公元 502 年至 549 年在位。

[23]“前后”句：据《南史·梁本纪》载，梁武帝于大通元年(527)、中大通元年(529)、太清元年(547)三次舍身同泰寺做佛徒，每次皆由他的儿子和大臣用重金赎回。

[24]“宗庙”二句：据《南史·梁本纪》载，梁武帝于天监十六年(517)三月，下令“郊庙牲栓(纯色全牲)，皆代以麪(面食)。”牲，祭祀用的牲畜。牢，古代称牛、羊、猪各一头为太牢(也有称牛为太牢的)，称羊、猪各一头为少牢。

[25]“昼日”二句：据《南史·梁本纪》载，梁武帝“溺信佛道，日止一食”。《三宝记》载，梁武帝“天监中便血味备断，日惟一食，食止菜蔬。”

[26]“其后”二句：侯景，字万景，怀朔镇(今内蒙古自治区包头市东北)人。原为北魏大将，后降梁，不久又叛梁，破建康(今江苏南京)，攻入宫城，梁武帝被囚，后竟饿死。台城，即宫城，宫禁所在之处，当时称朝廷禁省为“台”，故名。

[27] 寻：不久。

[28]“高祖”二句：高祖，指唐高祖李渊，于公元618年废隋恭帝，受禅让，称帝，建立唐朝，年号武德。据《旧唐书·傅奕传》《新唐书·高祖纪》载，武德九年(626)太史令傅奕上疏请除释教，高祖从其言，打算裁汰僧、尼、道士、女冠。

[29]“当时”句：指中书令萧瑀等人反对傅奕除佛的主张。材识不远，才能不高，识见短浅。

[30] 宜：谊，道理。

[31] 推阐圣明：推求阐发圣主(指高祖)英明的旨意。

[32] 其事遂止：实际议除佛教事主要因高祖不久退位而中止。

[33] 睿(ruì)圣文武皇帝：元和三年(808)正月群臣上给宪宗的尊号。睿，聪明。圣，圣明。

[34] 度：世俗人出家，由其师剃去其发须，称为“剃度”，亦单称“度”，意即引度人脱离世俗苦海。

[35] 御楼：登上宫楼。御，古代称皇帝的行动为“御”。

[36] 舁(yú)入大内：抬入皇宫里。大内，指皇帝宫殿。

[37] 徇：顺从，随着。

[38] 士庶：士大夫和平民百姓。诡异之观：新奇怪异的观赏。

[39] 焚顶烧指：指用香火烧灼头顶或手指，以苦行来表示奉佛的虔诚。

[40] 解衣散钱：指以施舍钱财来表示奉佛的虔诚。

[41] 业次：生业，工作。业、次同义。《国语·晋语》韦昭注：“次，业也。”

[42] 脔(luán)身：从自己身上割下肉来。脔：把肉切成小块。

[43] 佛：此处指佛教创始者释迦牟尼，他是古印度北部迦毗罗卫国(今尼泊尔境内)净饭王之子，出生年月与活动的时期稍早于孔子。

[44] 法言：合乎礼法的言语。

[45] 法服：合乎礼法的服装。

[46] 容而接之：答应接见他。

[47] 宣政：唐长安宫殿名，在东内大明宫内含元殿后，为皇帝接见外国人京朝贡使臣之所。《资治通鉴》卷二四注：“唐时四夷入朝贡者，皆引见于宣政殿。”

[48] 礼宾：唐院名，在长兴里北，为招待外宾之所。《资治通鉴》卷二四注：“唐有礼宾院，凡胡客入朝，设宴于此。”设：设宴招待。

[49] 一袭：一套，指单衣复衣齐全者。

[50] 凶秽之馀：尸骨的残余。所迎佛骨仅指骨一节，故云。

[51]“敬鬼神”句：谓对鬼神要尊敬，但不要接近，即“敬而远之”之意。语出《论语·

雍也》。

[52]“行吊”句：谓到别的国家参加丧礼。吊：祭奠哀悼死者。

[53]“尚令”句：巫祝，官名，巫以舞蹈迎神娱神，祝以言辞向鬼神求福去灾。桃：桃枝，古人迷信，认为鬼怕桃木。茢(liè)，笤帚，古人认为可以扫除不祥。祓(fú)除：驱除。

[54]大圣人：指唐宪宗。

[55]殃咎(jiù)：犹“祸祟”，祸害。

[56]鉴临：亲临鉴察。

[57]无任：不胜。恳悃(kǔn)：恳切忠诚。

[58]诚惶诚恐：实在惶恐不安。为奏表结尾的套语，有时亦用在开头。

相关背景

韩愈(768—824)，字退之，河南河阳(今河南孟州南)人，谥号文，故世称“韩文公”，唐代诗人、文学家、散文家、哲学家、思想家、政治家，唐宋八大家之一。自谓郡望昌黎，世称“韩昌黎”(“郡望”一词，是“郡”与“望”的合称。“郡”是行政区划，“望”是名门望族，“郡望”连用，即表示某一地域范围内的名门大族。而韩愈世居昌黎，故又称韩昌黎)。晚年任吏部侍郎，又称韩吏部。他与柳宗元同为“古文运动”倡导者，故与其并称为“韩柳”，且有“文章巨公”和“百代文宗”之名，提倡先秦、两汉的散文，提出了“文以载道”和“文道结合”的主张，并在文学上主张“辞必己出”，“惟陈言之务去”，反对六朝以来的骈偶之风。其著有《韩昌黎集》四十卷、《外集》十卷、《师说》等，有“文起八代之衰”的美称。

《论佛骨表》一文，切中肯綮，足见韩愈爱民忧国之心，但其言辞过于偏激，因而触怒唐宪宗而被贬为潮州刺史。宪宗言，“愈言我奉佛太过，犹可容；至谓东汉奉佛以后，天子咸夭促，言何乖剌邪？愈，人臣，狂妄敢尔，固不可赦”(《新唐书·韩愈传》)，所言并非毫无道理。对皇帝的“大不敬”属于“十恶”重罪，按照唐代律法，“十恶不赦”，应处以死刑。由于崔群、裴度求情，韩愈才被免除死罪。

文本赏析

《论佛骨表》写于819年，时韩愈51岁。唐宪宗派遣中使杜英奇押30名宫人去凤翔迎佛骨，京城一时间掀起信佛狂潮，韩愈不顾个人安危，逆圣意而为，毅然上《论佛骨表》，痛斥佛之不可信，要将佛骨“投诸水火，永绝根本”，直言敢谏，有理有据，却差点引来杀身之祸。

文章紧紧围绕迎佛骨这一事实，以史为例，反复申说，寓贬于褒，辞雄气壮，大声疾呼采取坚决的反佛措施。

首先，文章列举了六朝君主事佛而年促的事实，并未求得“岁丰人泰”的结果，提醒唐宪宗吸取历史教训。文章同时列举了从上古至汉及六朝的历史史实，佐证帝王年寿长短与事佛并非成正向关系。正反论证，鲜明有力，结论毋庸置疑：“佛不足事，亦可知矣。”

其次，文章以唐高祖议除僧道之事为法，希冀唐宪宗能继承高祖之志，“推阐圣明”。意即圣明的皇帝理应像唐高祖那样排佛，并遗憾提及“当时群臣材识不远”(时中书令萧瑀坚决反对)，反衬自己志于“推阐圣明，以救斯弊”。君臣合力，“以祈福祥也”。

在写作方法上，作者颇费心思。由于进谏的对象是皇帝，就必须委婉曲折，讲求论辩的方式方法，而不能像《原道》那样直斥佛教的虚妄与荒谬。唐宪宗未能行高祖之志，反而放纵佛法，甚至远迎佛骨“舁入大内”。为给圣上开脱，作者委婉指出圣上的动机是“直以年丰人乐，徇人之心，为京都士庶设诡异之观、戏玩之具耳”，意即人寿年丰，百姓和乐，圣上为营造和谐社会，让老百姓高兴，为百姓计而大行此事，出发点是不错的。那错者是谁呢？“然百姓愚冥，易惑难晓”，老百姓的愚冥会把事情推向极为可怕的境地，“焚顶烧指”，“断臂脔身”，“伤风败俗，传笑四方”。作者曲笔小心，巧妙地把皇帝放在自己攻击的目标之外。

文章大量运用长句，间以整齐的四字词组，理直气壮，一气呵成，有力地表达了自己的观点和感情。句中的语言组织似断实连，连中有断，达到了简洁凝练与气势雄浑的融合之妙。这种委婉迂回的手法是尽量不直接揭示唐宪宗的荒谬举动，而是在表面称颂之下含蓄表达迷信佛教的危害，以期引起宪宗的反思，进而中止集体迎佛的闹剧。

韩愈作为儒家的忠实信徒，其一生都在不遗余力反佛明儒。此文可谓是他反佛的代表作，表现了他坚决反对宪宗拜迎佛骨这一迷信举动，文章的中心论点是“佛不足事”。但文中“乱亡相继，运祚不长”“事佛求福，乃更得祸”的激烈言辞，触怒了正在做“太平天子”和“长生梦”的唐宪宗，以致要把他处以极刑。因一文而招来杀身之祸，这可以看作开文字狱之先河。

学法点拨

“表”：又称“奏表”“表文”，一种古代文体，是臣属给君王的上书，陈情言事，下臣对皇帝有所陈述、请求、建议时所用。

在古代，臣子写给君王的上书有各种名称，不同的名称与上书内容有关。战国时期统称为“书”，如李斯《谏逐客书》、乐毅《报燕惠王书》，“书”是书信、意见书的总称。到了汉代，这类文字被分为四个小类，即章、奏、表、议。刘勰在《文心雕龙·章表》里说：“章以谢恩，奏以按劾，表以陈情，议以执异。”意即“章”用以谢恩；“奏”用以弹劾，即揭发别人的；“表”用以陈述衷情；“议”用以表示不同意见。表的主要作用就是表达臣子对君主的忠诚和希望，表志陈情、诉说心曲，因此抒情手法必不可少。这种文体还有自己的特殊格式，如开头要说“臣某言”，结尾常有“臣某常诚惶诚恐，顿首顿首，死罪死罪”之类的表达。

三国时诸葛亮的《出师表》、西晋李密的《陈情表》，都是表中的名篇。

链接思考

1. 古代常见的四种文体为记、表、书、志，列举这四种文体的代表作品。
2. 阅读西晋李密《陈情表》、三国时诸葛亮《出师表》，赏析并归纳表的特点。
3. 结合社会现象，结合《我的世界观》一书，讨论、评判韩愈这种做法的利弊以及带来的后果。如果是你，会如何应对？

4.祭　妹　文

（清）袁枚

乾隆丁亥[1]冬，葬三妹素文于上元之羊山[2]，而奠[3]之以文曰：

呜呼！汝生于浙[4]，而葬于斯[5]，离吾乡[6]七百里矣；当时虽觭梦[7]幻想，宁知此为归骨所耶[8]？

汝以一念之贞[9]，遇人仳离[10]，致孤危托落[11]，虽命之所存，天实为之[12]；然而累[13]汝至此者，未尝非予之过[14]也。予幼从先生授经[15]，汝差肩而坐[16]，爱听古人节义事[17]；一旦长成，遽躬蹈之[18]。呜呼！使汝不识《诗》《书》[19]，或未必艰贞若是[20]。

余捉蟋蟀，汝奋臂出其间[21]；岁寒虫僵，同临其穴[22]。今予殓[23]汝葬汝，而当日之情形，憬然赴目[24]。予九岁，憩书斋[25]，汝梳双髻[26]，披单缣[27]来，温《缁衣》一章[28]。适先生奓户[29]入，闻两童子音琅琅然[30]，不觉莞尔[31]，连呼"则则"[32]。此七月望日[33]事也。汝在九原[34]，当分明记之。予弱冠粤行[35]，汝掎裳悲恸[36]。逾[37]三年，予披宫锦[38]还家，汝从东厢扶案[39]出，一家瞠视而笑[40]，不记语从何起，大概说长安登科[41]、函使报信迟早云尔[42]。凡此琐琐[43]，虽为陈迹，然我一日未死，则一日不能忘。旧事填膺[44]，思之凄梗[45]，如影历历[46]，逼取便逝[47]。悔当时不将嫛婗[48]情状，罗缕纪存[49]。然而汝已不在人间，则虽年光倒流，儿时可再[50]，而亦无可与为证印[51]者矣。

汝之义绝[52]高氏而归也，堂上阿奶[53]，仗汝扶持；家中文墨[54]，眣汝办治[55]。尝谓女流中最少明经义、谙雅故者[56]；汝嫂非不婉嫕，而于此微缺然[57]。故自汝归后，虽为汝悲，实为予喜。予又长[58]汝四岁，或人间长者先亡，可将身后[59]托汝；而不谓汝之先予以去[60]也！

前年予病，汝终宵刺探[61]，减一分则喜，增一分则忧。后虽小差[62]，犹尚殗殜[63]，无所娱遣[64]。汝来床前，为说稗官野史[65]可喜可愕[66]之事，聊资一欢[67]。呜呼！今而后，吾将再病，教从何处呼汝耶？

汝之疾也，予信医言无害，远吊扬州[68]；汝又虑戚吾心[69]，阻人走报[70]；及至绵惙[71]已极，阿奶问："望兄归否？"强[72]应曰："诺。[73]"已予先一日梦汝来诀[74]，心知不祥，飞舟渡江。果予以未时[75]还家，而汝以辰时[76]气绝；四支[77]犹温，一目未瞑[78]，盖犹忍死待予也[79]。呜呼痛哉！早知诀汝，则予岂肯远游？即游，亦尚有几许[80]心中言，要汝知闻[81]，共汝筹画[82]也。而今已矣[83]！除吾死外，当无见期。吾又不知何日死，可以见汝；而死后之有知无知，与得见不得见，又卒难明[84]也。然则抱此无涯之憾，天乎，人乎！而竟已乎[85]！

汝之诗，吾已付梓[86]；汝之女，吾已代嫁[87]；汝之生平，吾已作传[88]；惟汝之窀穸，尚未谋耳[89]。先茔[90]在杭，江广河深[91]，势难归葬，故请母命而宁汝于斯，便祭扫也[92]。其傍，葬汝女阿印[93]；其下两冢[94]：一为阿爷侍者[95]朱氏，一为阿兄[96]侍者陶氏[97]。羊山旷渺[98]，南望原隰[99]，西望栖霞[100]，风雨晨昏[101]，羁魂[102]有伴，当不孤寂。所怜者，吾自戊寅年读汝哭侄诗后，至今无男[103]；两女牙牙[104]，生汝死后，才周睟耳[105]。予虽亲在未敢言老[106]，而齿危[107]发秃，暗里自知；知在人间，尚复几日？阿品远官河南，亦无子女[108]，九族无可继者[109]。汝死我葬，我死谁埋？汝倘有灵，可能[110]告我？

呜呼！生前既不可想，身后又不可知；哭汝既不闻汝言，奠汝又不见汝食。纸灰[111]飞扬，朔风野大[112]，阿兄归矣，犹屡屡回头望汝也。呜呼哀哉！呜呼哀哉！

（选自《小仓山房文集》卷一四，袁枚著，清乾隆刻本）

注释

[1] 乾隆：清高宗爱新觉罗·弘历的年号（1736—1795）。丁亥：纪年的干支。乾隆丁亥，即公元 1767 年。

[2] 素文：名机，字素文，别号青琳居士。1719 年（康熙五十八年）生，1759 年（乾隆二十四年）卒，仅 40 岁。上元：旧县名，761 年（唐肃宗李亨上元二年）置，在今南京市。羊山：在今南京市东。

[3] 奠：祭奠。

[4] 汝（rǔ）：你。浙：浙江省。

[5] 斯：此，这里指羊山。

[6] 吾乡：袁枚的故乡，在浙江钱塘（今杭州市）。

[7] 觭（jī）梦：这里是做梦的意思。觭：得。语出《周礼·春官太卜》："太卜滨三梦之法，二曰觭梦。"

[8] 宁知：怎么知道。归骨所：指葬地。耶（yē）：语气词，表疑问。

[9] 以：因为。一念之贞：时信念中的贞节观。贞，封建礼教对女子的一种要求。女子要忠诚地附属于丈夫（包括仅在名义上确定关系而实际上未结婚的丈夫），不管其情况如何，都要从一而终。

[10] 遇人仳（pǐ）离：《诗经·王风·中谷有蓷》载："有女仳离，条其啸矣。条其啸矣，遇人之不淑矣。"这里化用其语，意指遇到了不好的男人而终被离弃。遇人：指"遇人不淑"的略文。仳离：分离，特指妇女被丈夫遗弃。

[11] 孤危：孤单困苦。托落：即落拓（tuò），失意无聊。

[12] "虽命"二句：虽然是你命中注定，实际上也是天意支配的结果。存：注定。

[13] 累：连累，使之受罪。

[14] 未尝：同"未始"，这里不作"未曾"解。过：过失。

[15] 授经：这里同"受经"，指读儒家的"四书五经"。在封建社会里，儿童时就开始接受这种教育。授，古亦同"受"。韩愈《师说》云："师者，所以传道受（授）业解惑也。"

[16] 差（cī）肩而坐：谓兄妹并肩坐在一起。二人年龄有大小，所以肩膀高低不一。语出《管子·轻重甲》："管子差肩而问。"

[17] 节义事：指封建社会里妇女单方面、无条件地忠于丈夫的事例。

[18] 遽（jù）：骤然，立即。躬（gōng）：身体，引申为"亲自"。蹈（dǎo）：踏，踩，实行。这句是说，一到长大成人，你马上亲身实践了它。

[19] 使：如果。《诗》《书》：《诗经》《尚书》，指前文中先生所授的"经"。

[20] 艰贞：困苦而又坚决。若是：如此。

[21] 出其间：出现在捉蟋蟀的地方。

[22] 虫：指前文中的蟋蟀。僵：指死亡。同临其穴（xué）：一起来到掩埋死蟋蟀的土坑边。

[23] 殓（liàn）：收殓。葬前给尸体穿衣、下棺。

[24] 憬然赴目：清醒地来到眼前。憬然：醒悟的样子。

[25] 憩（qì）：休息。书斋（zhāi）：书房。

[26] 双髻（jì）：挽束在头顶上的两个辫丫。古代女孩子的发式。

[27] 单缣（jiān）：这里指用缣制成的单层衣衫。缣，双丝织成的细绢。

[28] 温：温习。《缁衣》：《诗经·郑风》篇名。缁：黑色。一章：《诗经》中的诗凡一段称之为一章。

[29] 适：刚好。奓（zhà）户：开门。

[30] 琅（láng）琅然：清脆流畅的样子，形容读书声。

[31] 莞（wǎn）尔：微笑貌。语出《论语·阳货》："夫子莞尔而笑。"

[32] 则则：犹"啧啧"，赞叹声。

[33] 望日：阴历每月十五，日月相对，月亮圆满，所以称为"望日"。

[34] 九原：春秋时晋国卿大夫的墓地。语出《礼记·檀弓下》："赵文子与叔誉观乎九原。"后泛指墓地。

[35] 弱冠（guàn）：出《礼记·曲礼上》："二十曰弱冠。"意思是男子到了他举行冠礼

(正式承认他是个成年人)的时候。弱:名词。冠:动词。后因以“弱冠”表示男子进入成年期的年龄。粤(yuè)行:到广东去。粤:广东省的简称。袁枚21岁时经广东到了广西他叔父袁鸿(字健槃)那里。袁鸿是广西巡抚金鉷(hóng)的幕客。金鉷器重袁枚的才华,举荐他到北京去考博学鸿词科。

[36] 掎(jǐ):拉住。恸(tòng):痛哭。

[37] 逾:越,经过。

[38] 披宫锦:指袁枚于1738年(乾隆三年)考中进士,选授翰林院庶吉士,请假南归省亲的事。宫锦,宫廷作坊特制的丝织品,这里指用这种锦制成的官袍。因唐代李白曾待诏翰林,着宫锦袍,后世遂用以称翰林的朝服。

[39] 厢:边屋。案:狭长的桌子。

[40] 瞠(chēng)视而笑:瞪眼看着笑,形容惊喜激动的情状。

[41] 长安:汉、唐旧都,即今西安市。

[42] 函使:递送信件的人。唐时新进士及第,以泥金书帖,报登科之喜。此指传报录取消息的人,俗称“报子”。云尔:如此如此罢了。

[43] 凡此琐琐:所有这些细小琐碎的事。袁枚有诗:“远望蓬门树彩竿,举家相见问平安。同欣阆苑荣归早,尚说长安得信难。壁上泥金经雨淡,窗前梅柳带春寒。娇痴小妹怜兄贵,教把宫袍著与看。”(见《小仓山房文集》卷二)可与“凡此琐琐”相印证。

[44] 填膺(yīng):充满胸怀。

[45] 凄梗:悲伤凄切,心头像堵塞了一样。

[46] 历历:清晰得一一可数的样子。

[47] 逼取便逝:若真要接近它、把握它,它就消失了。

[48] 婴婗(yī ní):婴儿,这里引申为儿时。

[49] 罗缕(lǚ)纪存:排成一条一条,记录下来保存着。

[50] 可再:可以再有第二次。

[51] 印证:对照证实。

[52] 义绝:断绝情义,这里指离婚。

[53] 阿奶:指袁枚的母亲章氏。

[54] 文墨:有关文字方面的事务。

[55] 眒(shùn):即用眼色示意。这里做“期望”解。

[56] 尝:曾经。明经义:明白儒家经典的含义。谙(ān)雅故:指了解古书古事,知道前言往行的意思。语出《汉书·叙传》:“函雅故,通古今。”谙:熟闻熟知。

[57] “汝嫂”一句:你嫂嫂(指袁枚的妻子王氏)不是不好,但是在这方面稍有欠缺。婉嫕(yì):温柔和顺,语出《晋书·武悼杨皇后传》:“婉嫕有妇德。”

[58] 长(zhǎng):年纪大。

[59] 身后:死后的一应事务。

[60] 先予以去:比我先离开人世。

[61] 绞宵:整夜。刺探:打听,探望。

[62] 小差:病情稍有好转。差(chài):同“瘥”。

[63] 殗殜(yè dié):病得不太厉害,但还没有痊愈。

[64] 娱遣:消遣。

[65] 稗(bài)官野史:指私人编定的笔记、小说之类的历史记载,与官方编纂的“正

史”相对而言。《汉书·艺文志》:“小说家者流,盖出于稗官。”据说,西周高有掌管收录街谈巷议的官职,称为稗官,稗是碎米的意思。稗官,取琐碎之义,即小官。

[66] 愕(è):惊骇。

[67] 聊资一欢:姑且作为一时的快乐。

[68] 吊:凭吊,游览。这句话意思是说:对于你的病,我因相信了医师所说“不要紧”的话,方才远游扬州。

[69] 虑戚吾心:顾虑着怕我心里难过。戚,忧愁。

[70] 阻人走报:阻止别人报急讯。走,跑。

[71] 绵惙(chuò):病势危险。

[72] 强(qiǎng):勉强。

[73] 诺(nuò):表示同意的答语,犹言“好”。

[74] 诀:诀别。袁枚有哭妹诗云:“魂孤通梦速,江阔送终迟。”自注:“得信前一夕,梦与妹如平生欢。”

[75] 果:果真。未时:相当于下午一时至三时。

[76] 辰时:相当于上午七时至九时。

[77] 支:同“肢”。

[78] 一目未瞑(míng):一只眼睛没有闭紧。

[79] “益犹”句:你还在忍受着死亡的痛苦,等我回来见面。盖:发语词,表原因。

[80] 几许:多少。

[81] 知闻:听取,知道。

[82] 共汝筹画:和你一起商量,安排。

[83] 已矣:完了。

[84] 又卒难明:最终又难以明白。卒:终于。

[85] 天乎,人乎:有史以来强烈的呼唤,表示极端悲痛。这句是说:然而就这样带着无穷的憾恨而终于完了啊!

[86] 付梓(zǐ):付印。梓:树名。这里指印刷书籍用的雕板。素文的遗稿:附印在袁枚的《小仓山房文集》中,题为《素文女子遗稿》。袁枚为它写了跋文。

[87] 代嫁:指代妹妹做主把外甥女嫁出去。

[88] 传(zhuàn):指《女弟素文传》。

[89] “惟汝”句:只有你的墓穴,还没有筹划措办罢了。窀穸(zhūn xī):墓穴。

[90] 先茔(yíng):祖先的墓地。

[91] 江广河深:言地理阻隔,交通不便。

[92] 这句是说:所以请示母亲,是得到她同意而把你安顿在这里,以便于扫墓祭吊。古人乡土观念很重,凡故乡有先茔的,一般都应归葬;不得已而葬在他乡,一般被看作非正式、非永久性的。所以文中既说“葬三妹素文于上元之羊山”,“宁汝于斯”,又说“惟汝之窀穸,尚未谋耳”;特地将此事作为一个缺憾而郑重提出,并再三申明原因。下文的“羁魂”,也是着眼于此而言的。

[93] 阿印:《女弟素文传》载:“女阿印,病瘖,一切人事器物不能音,而能书。”其有哭妹诗云:“有女空生口,无言但点颐。”

[94] 冢(zhǒng):坟墓。

[95] 阿爷:袁枚的父亲袁滨,曾在各地为幕僚,于袁枚 33 岁时去世。侍者:这里

指妾。

[96] 阿兄：袁枚自称。

[97] 陶氏：作者的妾。亳州人，工棋善绣。

[98] 旷渺(miǎo)：空旷辽阔。

[99] 望：对着。原隰(xí)：平广的代地。高而平的地叫作原，低下而潮湿的地为隰。

[100] 栖霞：山名，一名摄山，位置在今南京市东。

[101] 风雨：泛指各种气候。晨昏：指一天到晚。

[102] 羁(jī)魂：飘荡在他乡的魂魄。

[103] 男：儿子。袁枚于1758年(乾隆二十三年)丧子。他的兄弟曾为此写过两首五言律诗，题为《民兄得了不举》。这就是文所说的“哭侄诗”。袁枚写这篇祭文的时候还没有儿子。后两年，63岁时，其妾钟氏才生了一个儿子，儿子名阿迟。

[104] 两女：袁枚的双生女儿，也是钟氏所生。牙牙：小孩学话的声音。这里指两个女儿还很幼小。

[105] 周晬(zuì)：周岁。

[106] 亲在未敢言老：封建孝道规定，凡父母长辈在世，子女即使老了也不得说老。否则既不尊敬，又容易使年迈的长辈惊怵于已近死亡。出自《礼记·坊记》：“父母在，不称老。”袁枚这句话，是婉转地表示自己已经老了。按：袁枚这时61岁，母亲还健在。

[107] 齿危：牙齿摇摇欲坠。

[108] “阿品”句：袁枚的堂弟袁树，字东芗，号芗亭，小名阿品，由进士任河南正阳县县令。当时也没有子女。据袁枚《先妣行状》载，阿品有个儿子叫阿通，但那是袁枚写这篇《祭妹文》以后的事。

[109] 九族：指高祖、曾祖、祖父、父亲、本身、儿子、孙子、曾孙和玄孙。这里指血缘关系较近的许多宗属。无可继者：没有可以传宗接代的人。

[110] 可能：犹言“能否”。

[111] 纸灰：锡箔、纸钱等焚烧后的灰烬。

[112] 朔风野大：旷野上，北风显得更大。

相关背景

袁枚(1716—1798)，字子才，号简斋，晚年自号仓山居士、随园老人、随园主人，浙江省钱塘人，清朝乾嘉时期诗人、散文家、文学评论家和美食家。乾隆四年(1739)进士，授翰林院庶吉士。乾隆七年(1742)他被外调江苏，曾任溧水、江浦、沐阳、江宁等地的知县，颇有政绩。乾隆十三年(1748)，33岁的袁枚辞官，隐居于南京，在小仓山上修筑园林，取名“随园”，在此度过了50多年的闲居生活，世称“随园先生”。他一面从事诗文著述，一面广交天下文友，广收诗弟子。袁枚倡导“性灵说”，与赵翼、蒋士铨并称“乾隆三大家”。其文笔与大学士纪昀(纪晓岚)齐名，时称“南袁北纪”。其主要著作有《小仓山房文集》《随园诗话》及《补遗》《随园食单》《子不语》《续子不语》等。

乾隆三十二年(1767)冬，葬三妹素文在上元的羊山上，袁枚作这篇文章用来致祭。

文本赏析

《祭妹文》是中国古代文学史上哀祭散文的珍品。文章从兄妹之间的亲密关系着眼，选取家庭琐事，细节典型。作者以自己所见、所闻、所梦之事，对妹妹袁机的一生做了绘声绘色的描述。妹妹扶持母亲，办治文墨，明经义，谙雅故，妹妹的德能与才华真切可信，

“如影历历”，文章字里行间渗透着浓重的哀悼、思念以及悔恨的真挚情感。

本文基本上采取了顺叙的写法，按照时间的先后顺序，先写幼年逸事（野外同捉蟋蟀，书斋共读诗经，胞妹送兄眼泪流，把盏喜迎兄长归），次写归家之后的景况（离家出嫁中道归返，侍奉母亲关爱长兄），最后写妹妹病危和亡逝（误信医言，未见最后一面，遗恨自责）。文章从墓地入笔，构思精巧，别具匠心，情节层层推进，叙事中寄寓哀痛，行文中饱含着作者的真情，同时还穿插些许场景描绘，从而使痛惜、哀伤、悔恨、无可奈何之诸多成分有机地糅合于一体，具有令人痛断肝肠的艺术感染力。

文章起笔交代亡妹所葬之地、祭奠时间、祭者身份等，开门见山，简洁利索，紧接着“呜呼”一词，直呼亡妹，为全文奠定了凄切哀婉的悲怆基调。接着，简述妹妹死因：“以一念之贞，遇人仳离”“爱听古人节义事；一旦长成，遽躬蹈之”。意即素文少年时常听先生授经且深受封建诗书腐朽观念的毒害，这使她饱受苦难，英年早逝。

接下来，写作者追忆与妹妹共度的难忘时光。同捉蟋蟀，同葬蟋蟀，可见妹妹的善良温厚；相伴读书，“差肩而坐”，温馨之情溢于言表。孩童之天真活泼如在眼前。忆昔思今，当年兄妹同葬蟋蟀，今日孤兄独祭亡妹，物换星移，昨是今非，追忆与现实两相对比，令人潸然泪下。后袁枚远行广西，妹妹不舍离别，掎裳拽衣，放声大哭。三年后袁枚衣锦还家，妹妹惊喜万分，扶案而出，家人瞠视而笑。妹妹为哥哥考中得官而欣喜之情溢于言表，手足情深可见一斑。往日琐事种种，历历如在眼前。“然而汝已不在人间，则虽年光倒流，儿时可再，而亦无与为证印者矣。”纵时光可以倒流，斯人不在，作者的伤痛深重无以言说。

随后，记妹妹归返母家的种种情形：服侍母亲；治办文墨；袁枚染病在床，妹妹终宵刺探，“减一分则喜，增一分则忧”。妹妹的品德修养及兄妹情深可见矣。

而后，记妹妹病危和亡逝的情况。素文病入膏肓，却“阻人走报”，以宽兄长之心。实则忍死待兄，然终未及兄归含憾而逝，死不瞑目。袁枚“梦汝来诀，心知不祥，飞舟渡江”，还是晚了一步，“辰时气绝”，“四支犹温”，深深自责轻信医言，“抱此无涯之憾”，遗恨绵绵。一句“呜呼痛哉”，把对亡妹的思念、同情、内疚、哀痛统统浓缩在伤心欲绝的悲叹中。

最后，简述妹妹后事料理事宜：作者将“汝之诗”“汝之女”“汝之生平”都一一妥当安排，“惟汝之窀穸，尚未谋耳”，细述各种思虑，难以定夺。最后葬于羊山，“风雨晨昏，羁魂有伴”，并随感而发：“汝死我葬，我死谁埋？汝倘有灵，可能告我？”令人怆然涕下。

末段，作者面对墓地，感叹“纸灰飞扬，朔风野大”，“哭汝既不闻汝言，奠汝又不见汝食”，阴阳两隔，痛彻心扉。作者临走时，“犹屡屡回头望汝也”，一步三回头，对妹妹的怀念、不舍与挚爱之情表达得淋漓尽致。“呜呼哀哉！呜呼哀哉！”犹如两行热泪，几声悲叹，绵延不尽。

整篇祭文选取了典型细节，充满灵性，毫无雕琢：回忆童年琐事，信手拈来，妙趣横生；悲悼亲人长逝，字字珠玑，句句血泪，真挚动人，感人肺腑。文章将往昔与现实，情绪与景物有机融为一体，将思念、痛惜、哀伤、悔恨、无奈之情刻画得入木三分，刻骨铭心，具有很强的艺术感染力。

本文以“情真”而备受世人推崇，与韩愈的《祭十二郎文》、欧阳修的《泷冈阡表》一同被古文家誉为“鼎足而立”的美文，此篇更被认为是祭文中的绝唱。

学法点拨

细节描写：创作中抓住富有特色的细枝末节、具体细微的典型情节，加以生动细致的描绘。细节描写是小说、记叙文情节的基本构成单位，是烘托环境气氛、刻画人物性格、揭示人物内心世界、表现人物细微复杂情感、暗示人物身份处境等最重要的方法，具体渗透在对人物、景物或场面的描写之中。没有细节描写，就没有活生生的、有血有肉有个性的人物形象，就没有艺术。

细节描写要求：①要典型，富有表现力，以一当十，以小见大。②要真实。真实是艺术的生命。典型环境、典型性格必须建立在细节真实的基础上。③要鲜明独特，新颖别致，有生命力。例如，《孔乙己》中孔乙己第一次出场，在买酒时"排出九文大钱"，《祝福》里的鲁四老爷几次"皱一皱眉"，这些细节分别鲜明地表现出了孔乙己作为底层文人讲面子、好显摆、穷酸迂腐的个性，以及封建地主厌恶鄙视寡妇、维护旧礼教的丑恶灵魂和腐朽立场。

细节描写是场面、情节的重要构成，没有生动的细节就构不成有冲击力的场面和跌宕起伏的情节。

选用典型细节是《祭妹文》最突出的特色。例如，写幼年共同捉蟋蟀时，妹妹"奋臂出其间"，表现了她天真活泼的情态；写兄妹共同读书时，妹妹"梳双髻，披单缣"，再现了她稚嫩可爱的神态；写作者远游时，妹妹"掎裳悲恸"，作者中进士返家时，妹妹"从东厢扶案出"和"一家瞠视而笑"，这一恸一笑，表现了妹妹对哥哥纯真的亲情。总之，这些细节描写都形象地描绘了妹妹活泼可爱的少女形象，以及兄妹之间天真无邪、亲密无间的手足之情。

链接思考

1. 生离死别，哀莫大矣！这种感情用语言来表达很有限，但《祭妹文》做到了，尤其典型细节的描写如在读者眼前，作者将斯人已逝的哀痛写得淋漓尽致。用语言来描述现实生活中或影视中的生离死别的情景，注意运用细节描写的方式。

2. "人固有一死，或重于泰山，或轻于鸿毛"，这是司马迁的生死观。孔子认为"杀身成仁"；孟子曰"舍生取义"；庄子认为生是偶然，而死是必然，不必过于悲哀。关于生死观及哲学思考，古今中外多有论述，请研读相关书籍：王德育《上古中国之生死观与艺术》、乔斯坦・贾德《苏菲的世界》、欧文・亚隆《直视骄阳》、尤金・奥凯利《追逐日光》、米奇・阿尔博姆《相约星期二》、肯・威尔伯《超越死亡》、林恩・德斯佩尔德《最后的舞蹈》、迈克尔・拉尔戈《死亡大辞典》、布莱恩・魏斯《前世今生——16 堂生死启蒙课》、维雷娜・卡斯特《体验悲哀》等，还有索甲仁波切的关于佛教生死观的《西藏生死书》等。读后请写一篇不少于 800 字的关于生死观的议论文。

二、现当代散文

5. 匆　　匆

朱自清

燕子去了，有再来的时候；杨柳枯了，有再青的时候；桃花谢了，有再开的时候。但是，聪明的，你告诉我，我们的日子为什么一去不复返呢？——是有人偷了他们罢：那是谁？又藏在何处呢？是他们自己逃走了罢：现在又到了哪里呢？

我不知道他们给了我多少日子；但我的手确乎是渐渐空虚了。在默默里算着，八千多日子已经从我手中溜去;像针尖上一滴水滴在大海里,我的日子滴在时间的流里,没有声音,也没有影子。我不禁头涔涔而泪潸潸了。

去的尽管去了,来的尽管来着;去来的中间,又怎样地匆匆呢?早上我起来的时候,小屋里射进两三方斜斜的太阳。太阳他有脚啊,轻轻悄悄地挪移了;我也茫茫然跟着旋转。于是——洗手的时候,日子从水盆里过去;吃饭的时候,日子从饭碗里过去;默默时,便从凝然的双眼前过去。我觉察他去的匆匆了,伸出手遮挽时,他又从遮挽着的手边过去,天黑时,我躺在床上,他便伶伶俐俐地从我身上跨过,从我脚边飞去了。等我睁开眼和太阳再见,这算又溜走了一日。我掩着面叹息。但是新来的日子的影儿又开始在叹息里闪过了。

在逃去如飞的日子里,在千门万户的世界里的我能做些什么呢?只有徘徊罢了,只有匆匆罢了;在八千多日的匆匆里,除徘徊外,又剩些什么呢?过去的日子如轻烟,被微风吹散了,如薄雾,被初阳蒸融了;我留着些什么痕迹呢?我何曾留着像游丝样的痕迹呢?我赤裸裸来到这世界,转眼间也将赤裸裸的回去罢?但不能平的,为什么偏要白白走这一遭啊?你聪明的,告诉我,我们的日子为什么一去不复返呢?

1922 年 3 月 28 日

(选自《朱自清精品选》,朱自清著,中国书籍出版社,2014 年)

相关背景

朱自清(1898.11.22—1948.8.12),字佩弦,原名自华,号秋实,后改名自清,原籍浙江绍兴,生于江苏省东海县(今连云港市东海县平明镇),后随祖父、父亲定居扬州,自称"我是扬州人",是现代杰出的散文家、诗人、学者、民主战士。1919 年他开始发表诗歌。1928 年他的第一本散文集《背影》出版。其主要作品有《背影》《春》《梅雨潭的绿》《荷塘月色》《桨声灯影里的秦淮河》等,充满诗情画意,脍炙人口,代表了其散文艺术的最高成就。

《匆匆》写于 1922 年 3 月,恰逢"五四"运动落潮期。当时的"五四"知识青年很多都陷入了彷徨、迷茫、低落之中,不知路在何方,更多人在思考和冷静之后,认清现实,不甘沉沦,继续前行。朱自清面对"五四"运动落潮期的现实,站在他的"中和主义"立场上执着地探寻与追求:"生活中的各种过程都有它独立的意义和价值——每一刹那有它的意义与价值!每一刹那在持续的时间里,有它相当的位置。"(朱自清《给俞平伯的信》)

文本赏析

《匆匆》依托春景抒发了作者内心情感,作者借助想象释怀美好,表现了青年知识分子对未来的苦苦求索。在当时的政治环境下,身为小资产阶级的知识分子,感受着时代跳动的脉搏,既迷茫、惶惑、苦闷,又在思想挣扎后坚持自己的人生选择,热爱光明,追求进步,坚定勇敢地向前走,留下匆匆的身影。

本文采用了诗意的表现手法,精致小巧,节奏鲜明,脍炙人口,是一篇不可多得的散文佳作。全文紧扣"匆匆"二字,细腻地刻画了时间匆匆流逝的特点,反复咏叹追问"我们的日子为什么一去不复返呢",一咏三叹,表达了作者对时光流逝的无奈和惋惜之情。

本文主要有以下几个特点:

(1) 情景交融,结构精巧,自叙方式,宛如自语。无论是写燕子、杨柳、桃花,还是写太阳,都与心中的感叹"为什么一去不复返呢"融为一体,将太阳拟人化,"太阳他有脚啊……他便伶伶俐俐地从我身上跨过,从我脚边飞去了",时光流逝的可感如在眼前,画面鲜明生动,伤感之中亦有一丝幽默与无奈。

(2) 清秀隽永,直白素朴,善用连绵的反复与连贯的排比,形成强烈的节奏美感。如

“日子从水盆里过去……日子从饭碗里过去……便从凝然的双眼前过去”“从遮挽着的手边过去”“伶伶俐俐地从我身上跨过”“我能做些什么呢”“又剩些什么呢”“留着些什么痕迹呢”，句式整齐，连绵不断，既有节奏变化又和谐统一，表达了作者强烈、深厚、激动的情绪，从而产生强大的艺术感染力。读者在享受着语言韵律的美感时，又深深感受到作者对时光流逝的无奈和惋惜。内容或词语上既有联系又有对照，形成鲜明的节奏感，如“燕子去了，有再来的时候……去的尽管去了，来的尽管来着；去来的中间，又怎样地匆匆呢?”，“去”与“来”，构成一组截然相反的矛盾，使文章内容的协调感增强，音节的韵律美清晰可感。

学法点拨

散文诗：是一种抒写心灵或主观情绪的现代文体，兼有诗的情绪、幻想和散文的外观、内涵。散文诗一般短小、灵活，题材丰富，表现了作者对社会和人生的感触，往往是作者思想情感的波动和片段。散文诗从本质上属于诗，也属于散文，是诗和文的渗透、交叉产生的新文体；从内容上具有诗意的散文性细节；从形式上不像诗歌那样分行和押韵，有散文的外观，但不乏内在的音韵美和节奏感。

鲁迅、郭沫若、朱自清、冰心、茅盾等作家的散文诗在中国新文学中颇有影响。其中，鲁迅的散文诗集《野草》的思想和艺术成就较高，还有苏联作家高尔基的《海燕》也是散文诗中的代表，朱自清的《匆匆》也是一篇脍炙人口的优美的散文诗。

链接思考

1. 阅读英国著名物理学家斯蒂芬·霍金的《时间简史》从物理学角度来探讨时间在宇宙中的意义，并了解作者生平，思考匆匆时光中不健全的躯体能做多少有意义、有价值的事情。

2. 尝试写一篇散文诗。

6. 中国人，你为什么不生气

龙应台

在昨晚的电视新闻中，有人微笑着说：“你把检验不合格的厂商都揭露了，叫这些生意人怎么吃饭?”

我觉得恶心，觉得愤怒。但我生气的对象不是这位人士，而是台湾一千八百万懦弱自私的中国人。

我所不能了解的是：中国人，你为什么不生气?

包德甫的《苦海余生》英文原本中有一段他在台湾的经验：他看见一辆车子把小孩撞伤了，一脸的血。过路的人很多，却没有一个人停下来帮助受伤的小孩，或谴责肇事的人。我在美国读到这一段，曾经很肯定地跟朋友说：“不可能！中国人以人情味自许，这种情况简直不可能!”

回来一年了，我睁大眼睛，发觉包德甫所描述的不只可能，根本就是每天发生、随地可见的生活常态。在台湾，最容易生存的不是螳螂，而是“坏人”，因为中国人怕事、自私，只要不杀到他床上去，他宁可闭着眼假寐。

我看见摊贩占据着你家的骑楼，在那儿烧火洗锅，使走廊垢上一层厚厚的油污，腐臭的菜叶塞在墙角。半夜里，吃客喝酒猜拳作乐，吵得鸡犬不宁。

你为什么不生气？你为什么不跟他说“滚蛋”？

哎呀！不敢呀！这些摊贩都是流氓，会动刀子的。

那么为什么不找警察呢？

警察跟摊贩相熟，报了也没有用；到时候若曝了光，那才真惹祸上门了。

所以呢？

所以忍呀！反正中国人讲忍耐！你耸耸肩、摇摇头！

在一个法治上轨道的社会里，人是有权利生气的。受折磨的你首先应该双手叉腰，很愤怒地对摊贩说：“请你滚蛋！”他们不走，就请警察来。若发觉警察与小贩有勾结——那更严重。这一团怒火应该往上烧，烧到警察肃清纪律为止，烧到摊贩离开你家为止。可是你什么都不做；畏缩地把门窗关上，耸耸肩、摇摇头！

我看见成百的人到淡水河畔去欣赏落日、去钓鱼。我也看见淡水河畔的住家整笼整笼地把恶臭的垃圾往河里倒；厕所的排泄管直接通到河底。河水一涨，污秽气直逼到呼吸里来。

爱河的人，你又为什么不生气？

你为什么没有勇气对那个丢汽水瓶的少年郎大声说：“你敢丢我就把你也丢进去！”你静静坐在那儿钓鱼（那已经布满癌细胞的鱼），想着今晚的鱼汤，假装没看见那个几百年都化解不了的汽水瓶。你为什么不丢掉鱼竿，站起来，告诉他你很生气？

我看见计程车穿来插去，最后停在右转线上，却没有右转的意思。一整列想右转的车子就停滞下来，造成大阻塞。你坐在方向盘前，叹口气，觉得无奈。

你为什么不生气？

哦！跟计程车可理论不得！报上说，司机都带着扁钻的。

问题不在于他带不带扁钻。问题在于你们这些个受他阻碍的人没有种推开车门，很果断地让他知道你们不齿他的行为，你们很愤怒！

经过郊区，我闻到刺鼻的化学品燃烧的味道。走近海滩，看见工厂的废料大股大股地流进海里，把海水染成一种奇异的颜色。湾里的小商人焚烧电缆，使湾里生出许多缺少脑子的婴儿。我们的下一代——眼睛明亮、嗓音稚嫩、脸颊透红的下一代，将在化学废料中学游泳，他们的血管里将流着我们连名字都说不出来的毒素——

你又为什么不生气呢？难道一定要等到你自己的手臂也温柔地捧着一个无脑婴儿，你再无言地对天哭泣？

西方人来台湾观光，他们的旅行社频频叮咛：绝对不能吃摊子上的东西，最好也少上餐厅；饮料最好喝瓶装的，但台湾本地出产的也别喝，他们的饮料不保险……

这是美丽宝岛的名誉。但是名誉还真是其次。最重要的是我们自己的健康，我们下一代的健康。一百位交大学生食物中毒——这真的只是一场笑话吗？中国人的命这么不值钱吗？好不容易总算有几个人生起气来，组织了一个消费者团体。现在却又有“占着茅坑不拉屎”的卫生署、为不知道什么人做说客的“立法委员”要扼杀这个还没做几桩事的组织。

你怎么能够不生气呢？你怎么还有良心躲在角落里做“沉默的大多数”？你以为你是好人，但是就因为你不生气、你忍耐、你退让，所以摊贩把你的家搞得像个破落大杂院，所以台北的交通一团乌烟瘴气，所以淡水河是条烂肠子；就是因为你不说话、不骂人、不表示意见，所以你疼爱的娃娃每天吃着、喝着、呼吸着化学毒素，你还在梦想他大学毕业的那一天！你忘了，几年前在南部有许多孕妇，怀胎九月中，她们也闭着眼梦想孩子长大的那一天，却没想到吃了滴滴纯净的沙拉油，孩子生下来是瞎的、黑的！

不要以为你是大学教授，所以作研究比较重要；不要以为你是杀猪的，所以没有人会听你的话；也不要以为你是个学生，不够资格管社会的事。你今天不生气，不站出来说话，明天你——还有我、还有你我的下一代，就要成为沉默的牺牲者、受害人！如果你有种、有良心，你现在就去告诉你的公仆“立法委员”、告诉“卫生署”、告诉“环保局”：你受够了，你很生气！

你一定要很大声地说。

（原载 1984 年 11 月 20 日《中国时报·人间》）

相关背景

龙应台（1952 年生），女，原名胡美丽，生于台湾地区高雄县大寮乡眷村，原籍湖南衡阳。1974 年她毕业于台湾成功大学外文系后，赴美求学，1982 年获英美文学博士，一度在纽约市立大学等大学任教。1983 年返回台湾，在高校任教或做研究员。

1984 年，龙应台于《中国时报》撰写“野火集”专栏，引起热烈关注，成为知名度极高的专栏作家。次年以专栏文章结集的《野火集》出版，一上市即告罄，创下一个月内印刷 24 次的纪录，印行 100 版，销售 20 万册，风靡台湾地区，是 20 世纪 80 年代对台湾社会及民主发展产生巨大影响的一本书。余光中称其为“龙卷风”。其杂文切中民意，针砭时弊，辛辣犀利，在海峡两岸及海外华人界都产生了一定的影响。

1986 年她旅居瑞士，专心育儿。1988 年迁居德国，在法兰克福大学任教授。

1995 年，《孩子，你慢慢来》由湖南文艺出版社出版；同年，龙应台在上海《文汇报》“笔会”副刊写“龙应台专栏”，开始接触祖国大陆读者，关心大陆文化发展。

1998 年，《啊，上海男人》《这个动荡的世界》《故乡异乡》相继在大陆出版，被大陆文坛和书市称为“龙卷风”。

2009 年，她推出了号称用了十年酝酿、走遍三大洋五大洲、一年闭关才写成的《大江大海 1949》。

音频
廉耻（节选）

2010 年 8 月 1 日，龙应台在北京大学百周年纪念讲堂发表题为《文明的力量：从乡愁到美丽岛》的演说，阐述她的“中国梦”。她认为“礼义廉耻国之四维”“士不可以不弘毅，任重而道远”构成了台湾社会价值观的基座，而且永远不会改变。她强调，这是台湾民众的梦，是可以与所有中国人共同拥有的梦，也就是两岸人民基本的价值观。

同年 11 月，龙应台以 260 万人民币的版税收入，荣登作家富豪榜第 16 名，引发广泛关注。

2014 年 12 月 5 日，龙应台正式卸任台湾“文化部长”。

龙应台的著作有《龙应台评小说》《野火集》《人在欧洲》《亲爱的安德烈》《百年思索》《写给台湾的信》等。

龙应台被誉为华人最有力的一支笔，针砭时事，鞭辟入里，以有情眼光观察社会中的丑恶和腐化现象，以中国人文化的心理角度深入解释台湾当局的作为和人民的表现，秉持客观，持续批判，正中要害，虽遭人反对或谩骂，亦无所畏惧，只因她对台湾地区和传统文化的不舍与心疼，秉笔直书，借以引起台湾民众应有的自我反省与改变。

文本赏析

龙应台的《野火集》就像是野火一样烧遍大江南北，直指社会的丑与恶，一针见血，不留情面。《中国人，你为什么不生气》把尖锐的矛头对准了宽容和忍耐这貌似传统美德的优良品性，宽容和忍耐是我们这个文明古国一向固有、值得倡扬的成分，但把宽容和忍耐用于身边不道德的陋习或是害人利己的人和事，只会助纣为虐、遗害无穷。

20 世纪 80 年代，大部分学成的台湾地区留学生会留在美国，1983 年获得博士学位的龙应台却决意回到台湾地区。朋友很奇怪，她说她 23 岁离开台湾地区，一直在校园里长大，现在“想回去真正认识一下自己的社会”，用“成人”的眼光观察和注视。真的回去了，大出意料，人们对于不公、不义、没有尊严的环境可以如此忍受，人们竟然如此“苟活”，于是写了这篇文章。写的时候，龙应台并没有多想：所谓环境、社会、交通、消费问题的下面，藏着一把政治的锁。

目睹民众之弊端，感受社会之恶习，多数人“义无反顾”地承袭了宽容和忍耐。其实，可怕的不是恶习和歪风，真正可怕的是台湾民众无原则的宽容、忍耐和附和。中国人，你为什么不生气？喊出我们压抑已久的愤怒。标题采用反问式，意即“中国人，你应该生气”。面对社会中各种不合理、不道德、不正义的现象，要敢于大声地表达愤怒、厉声指责，制止和扭转恶习及乱象。字里行间随处可见作者路见不平、拔刀相助的正义感，热切呼唤社会的良知、良好的秩序和大众的自省。文章在语言表达上，多用短句，独立成段，读之干脆利索，富有冲击力和感染力，充分表达了作者的无比愤怒以及对台湾民众明哲保身、懦弱怕事的自私心态的批判。

龙应台是一名真正的文化批评家和优秀的文化建设者，她猛烈批判台湾民众个人意识、社会文化、教育制度等问题的背后，掩藏着她强烈的社会责任感和对国民素质的关怀。而这正是社会需要的知识分子的良知和责任。选择“点火”还是容忍，选择反抗担当还是退隐自保，这是我们应该考虑的问题。

学法点拨

时评：指时事评论性的文章，一种新兴的新闻文体，是对当前发生的新闻（事实、现象、隐藏的问题）发表针对性的见解，往往缘事而发，寓理于事；因时而评，时效性强；紧跟热点，内容广泛；笔锋犀利，见解深刻。时评对促进社会的和谐进步有着特别的作用，可以紧扣热点事件宣扬正面的思想认识，提倡勇敢的批评精神，监督公共权力的运作，提高全民族的素质和评判能力。

链接思考

1. 阅读由此文引起的回应《中国人当然不生气》（罗肇锦）（原载 1984 年 11 月 20 日《中国时报・人间》）与挑战《生气，没有用吗？》（龙应台）（原载 1984 年 12 月 6 日《中国时报・人间》）两文，并分组讨论到底要不要生气。

2. 结合鲁迅先生关于国民性的相关论述，以及“黑屋子”“暂时做稳了奴隶的时代”“不在沉默中爆发，就在沉默中死亡”等，探讨国民性现状，结合社会热点，写一篇时评。要求：注意观点集中，切忌面面俱到；题目要能吸引眼球；多收集材料，选用合适的原料，吸取最精彩的观点；注意文采，能用艺术语言表达，就不要用书面语言表达。要善于化繁为简，用形象比喻解读复杂道理，增加信息量和可读性；篇幅在 1 000～2 000 字。

3. 阅读柏杨《丑陋的中国人》，谈谈自己的心得体会。

7. 许士林的独白

——献给那些睽违母颜比十八年更长久的天涯之人

张晓风

驻马自听

我的马将十里杏花跑成一掠眼的红烟，娘！我回来了！

那尖塔戮得我的眼疼，娘，从小，每天，它嵌在我的窗里，我的梦里，我寂寞童年唯一的风景，娘。

而今，新科的状元，我，许士林，一骑白马一身红袍来拜我的娘亲。

马踢起大路上的清尘，我的来处是一片雾，勒马蔓草间，一垂鞭，前尘往事，都到眼前。我不需有人讲给我听，只要溯着自己一身的血脉往前走，我总能遇见你，娘。

而今，我一身状元的红袍，有如十八年前，我是一个全身通红的赤子，娘，有谁能撕去这袭红袍，重还我为赤子？有谁能抟我为无知的泥，重回你的无垠无限？

都说你是蛇，我不知道，而我总坚持我记得十月的相依，我是小渚，在你初暖的春水里被环护，我抵死也要告诉他们，我记得你乳汁的微温。他们总说我只是梦见，他们总说我只是猜想，可是，娘，我知道我是知道的，我知道你的血是温的，泪是烫的，我知道你的名字是“母亲”。

而万古乾坤，百年身世，我们母子就那样缘薄吗？才甫一月，他们就把你带走了。有母亲的孩子可聆听母亲的音容，没母亲的孩子可依向母亲的坟头。而我呢，娘，我向何处破解恶狠的符咒？

有人将中国分成江南江北，有人把领域划成关内关外，但对我而言，娘，这世界被截成塔底和塔上。塔底是千年万世的黝黑混沌，塔外是荒凉的日光，无奈的春花和忍情的秋月……

塔在前，往事在后，我将前去祭拜，但，娘，此刻我徘徊伫立，十八年，我重溯断了的脐带，一路向你泅去。春阳暖暖，有一种令人没顶的怯惧，一种令人没顶的幸福。塔牢牢地楔死在地里，像以往一样牢，我不敢相信你驮着它有十八年之久，我不能相信，它会永永远远镇住你。

十八年不见，娘，你的脸会因长期的等待而萎缩干枯吗？有人说，你是美丽的，他们不说我也知道。

认　取

你的身世似乎大家约好了不让我知道，而我是知道的。当我在井旁看一个女子汲水，当我在河畔看一个女子洗衣，当我在偶然的一瞥间看见当窗绣花的女孩，或在灯下纳鞋的老妇，我的眼眶便乍然湿了。娘，我知道你正化身千亿，向我絮絮地说起你的形象。娘，我每日不见你，却又每日见你，在凡间女子的颦眉瞬目间，将你——认取。

而你，娘，你在何处认取我呢？在塔的沉重上吗？在雷峰夕照的一线酡红间吗？在寒来暑往的大地腹腔的脉动里吗？

是不是，娘，你一直就认识我，你在我无形体时早已知道我，你从茫茫大化中拼我成形，你从冥漠空无处抟我成体。

而在峨眉山，在竞绿赛青的千岩万壑间，娘，是否我已在你的胸臆中？当你吐纳朝霞夕露之际，是否我已被你所预见？我在你曾仰视的霓虹中舒昂，我在你曾倚以沉思的树干内缓缓引升，我在花，我在叶，当春天第一棵小草冒地而生并欢呼时，你听见我。在秋后零落断雁的哀鸣里，你分辨我。娘，我们必然从一开头就是彼此认识的。娘，真的，在你第一次对人世有所感有所激的刹那，我潜在你无限的喜悦里，而在你有所怨有所叹的时分，我藏在你无限的凄凉里。娘，我们必然是从一开头就彼此认识的，你能记忆吗？娘，我在你的眼，你的胸臆，你的血，你的柔和如春浆的四肢。

湖

娘，你来到西湖，从叠烟架翠的峨眉到软红十丈的人间，人间对你而言是非走一趟不可的吗？但里湖、外湖、苏堤、白堤，娘，竟没有一处可堪容你。千年修持，抵不了人间一字相传的血脉姓氏。为什么人类只许自己修仙修道，却不许万物修得人身跟自己平起平坐呢？娘，我一页一页地翻圣贤书，一个一个地去阅人的脸，所谓圣贤书无非要我们做人，但为什么真的人都不想做人呢？娘啊！阅遍了人和书，我只想长哭。娘啊，世间原来并没有人跟你一样痴心地想做人啊！岁岁年年，大雁在头顶的青天上反复指示"人"字是怎么写的。但是，娘，没有一个人在看，更没有一个人看懂了啊！

南屏晚钟，三潭印月，曲院风荷，文人笔下西湖是可以有无限题咏的。冷泉一径冷着，飞来峰似乎想飞到哪里去，西湖的游人万千，来了又去了，谁是坐对大好风物想到人间种种就感激欲泣的人呢，娘，除了你，又有谁呢？

雨

西湖上的雨就这样来了，在春天。

是不是从一开头你就知道和父亲注定不能天长日久做夫妻呢？茫茫天地，你只死心塌地眷着伞下的那一刹那温情。湖色千顷，水波是冷的；光阴百代，时间是冷的。然而一把伞，一把紫竹为柄的八十四骨的油纸伞下，有人跟人的聚首，伞下有人世的芳馨，千年修持是一张没有记忆的空白，而伞下的片刻却足以传诵千年。娘，从峨眉到西湖，万里的风雨雷雹何尝在你意中，你所以眷眷于那把伞，只是爱与那把伞下的人同行，而你心悦那人，只是因为你爱人世，爱这个温柔缠绵的人世。

而人间聚散无常，娘，伞是聚，伞也是散，八十四支骨架，每一支都可能骨肉撕离。娘啊！也许一开头你就是都知道的，知道又怎样，上天下地，你都敢去较量，你不知道什么叫生死，你强扯一根天上的仙草而硬把人间的死亡扭成生命。金山寺一斗，胜利的究竟是谁呢？法海做了一场灵验的法事，而你，娘，你传下了一则喧腾人间的故事。人世的荒原里谁需要法事？我们要的是可以流传百世的故事，可以乳养生民的故事，可以辉耀童年的梦寐和老年的记忆的故事。

而终于，娘，绕着那一湖无情的寒碧，你来到断桥，斩断情缘的断桥。故事从一湖水开始，也向一湖水结束。娘，峨眉是再也回不去了。在断桥，一场惊天动地的婴啼，我们在彼此的眼泪中相逢，然后，分离。

合　钵

一只钵，将你罩住。小小的一片黑暗竟是你而今而后头上的苍穹。娘，我在噩梦中惊醒千回，在那份窒息中挣扎。都说雷峰塔会在夕照里，千年万世，只专为镇一个女子的情痴。娘，镇得住吗？我是不信的。

世间男子总以为女子一片痴情，是在他们身上，其实女子所爱的哪里是他们，女子所爱的岂不也是春天的湖山，山间的晴岚，岚中的万紫千红。女子所爱的是一切好气象、好情怀，是她自己一寸心头万顷清澈的爱意，是她自己也说不清道不尽的满腔柔情。像一朵菊花的"抱香枝头死"，一个女子紧紧怀抱的是她自己亮烈美丽的情操，而一只法海的钵能罩得住什么？娘，被收去的是那桩婚姻，收不去的是属于那婚姻中的恩怨牵挂，被镇住的是你的身体，不是你的着意飘散如暮春飞絮的深情。

——而即使身体，娘，他们也只能镇住少部分的你，而大部分的你却在我身上活着。是你的傲气塑成我的骨，是你的柔情流成我的血。当我呼吸，娘，我能感到属于你的肺纳；当我走路，我能寻到你在这世上的行迹。娘，法海始终没有料到，你仍在西湖，在千山万水间自在地观风望月并且读圣贤书，想天下事，同万千世人摩肩接踵——藉一个你的骨血揉成的男孩，藉你的儿子。

不管我曾怎样凄伤，但一想起这件事，我就要好好活着，不仅为争一口气，而是为赌一口气！娘，你会赢的，世世代代，你会在我和我的孩子身上活下去。

祭　塔

而娘，塔在前，往事在后，十八年乖隔，我来此只求一拜——人间的新科状元，头簪宫花，身着红袍，要把千种委屈，万种凄凉，都并作纳头一拜。

娘！

那豁然撕裂的是土地吗？

那倏然崩响的是暮云吗？

那颓然而倾斜的是雷峰塔吗？

那哽咽垂泣的是娘，你吗？

是你吗？娘，受孩儿这一拜吧！

你认识这一身通红吗？十八年前是红通通的赤子，而今是宫花红袍的新科状元许士林。我多想扯碎这一身红袍，如果我能重还为你当年怀中的赤子，可是，娘，能吗？

当我读人间的圣贤书，娘，当我援笔为文论人间事，我只想到，我是你的儿，满腔是温柔激荡的爱人世的痴情。而此刻，当我纳头而拜，我是我父之子，来将十八年的亏疚无奈并作惊天动地的一叩首。

且将我的额血留在塔前，作一朵长红的桃花，笑傲朝霞夕照；且将那崩然有声的头颅击打大地的声音化作永恒的暮鼓，留给法海听，留给一骇而倾的塔听。

人间永远有秦火焚不尽的诗书，法钵罩不住的柔情，娘，唯将今夕的一凝目，抵十八年数不尽的骨中的酸楚，血中的辣辛，娘！

终有一天雷峰塔会倒，终有一天尖耸的塔会化成飞散的泥尘，长存的是你对人间那一点执拗的痴！

当我驰马而去，当我在天涯地角，当我歌，当我哭，娘，我忽然明白，你无所不在地临视我，熟知我，我的每一举措于你仍是当年的胎动，扯你，牵你，令你惊喜错愕，令你隔着大地的腹部抚摸我，并且说："他正在动，他正在动，他要干什么呀？"

让塔骤然而动，娘，且受孩儿这一拜！

后记：许士林是故事中白素贞和许仙的儿子，大部分的叙述者都只把情节说到"合钵"为止，平剧（京剧——编注）中《祭塔》一段也并不经常演出，但我极喜欢这一段，我喜欢那种利剑斩不断、法钵罩不住的人间牵绊。本文试着细细表出许士林叩拜囚在塔中的母亲的心情。

（选自《张晓风经典作品》，张晓风著，北京当代世界出版社，2004年）

相关背景

张晓风（1941年生），中国台湾女作家，笔名晓风、桑科、可叵。她出生于浙江金华，祖籍江苏铜山，8 岁随母亲赴中国台湾，后毕业于东吴大学。她一直担任阳明大学通识教育中心教授至 2006 年退休。

张晓风曾获国家文艺奖、中山文艺奖、中国时报文学奖、联合报文学奖等殊荣，有多篇作品入选祖国大陆及台湾地区中学的教科书。早在 1977 年，时年 36 岁的张晓风就被台湾地区的批评界推为“中国当代十大散文家”之一。

张晓风创作过大量的散文、小说、戏剧、杂文、新诗等，其中以散文影响广泛。她的作品从早期描写生活琐事，到后来抒写社会世态、家国情怀，无不入文，并融入哲理，丰富雅致。其成名作《地毯的那一端》于 1966 年出版，纤尘不染，情感细腻动人。散文集《愁乡石》(1977)、《步下红毯之后》(1979)至《你还没有爱过》(1981)作者逐渐视野宏阔，表现出“亦秀亦豪”“腕挟风雷”的“淋漓健笔”(余光中先生为《你还没有爱过》序中言)。《我在》(1984)真正开启了作者以生命和生存本体论的诗性阐释为宗旨的散文大家之路。

其主要代表作品：散文有《地毯的那一端》《愁乡石》《步下红毯之后》《初雪》《只因为年轻啊》《她曾教过我》《一个女人的爱情观》《孤意与深情》《常常，我想起那座山》《那部车子》《绿色的书简》等。“树在。山在。大地在。岁月在。我在。你还要怎样更好的世界?”是其散文《我在》中的名句。小说集有《哭墙》《晓风小说集》等，其中，《红手帕》《白手帕》《潘渡娜》《梅兰竹菊》比较受欢迎。1968 年发表的《潘渡娜》是台湾地区科幻界公认的第一篇华文科幻小说。戏剧有《画爱》《武陵人》《第五墙》《第三害》《和氏璧》《自烹》《晓风戏剧集》等。本文获 1980 年第二届中国时报散文推荐奖。

文本赏析

张晓风的散文作品里有独立山顶悲千古的英雄少年，也有站在氤氲梅香中的梅妃，还有在红地毯那端默默坚守的少女……字里行间自有一股傲然不磨的英伟之气、侠士之风，而又不乏女子雅致、凄婉的纤细柔情。她有一双慧眼，能透视平常，将琐碎平凡的生活品出美丽、典雅、温柔。她善用知性来提升感性，视野上亦将小我拓展至大我。有评论赞曰：“笔如太阳之热，霜雪之贞。篇篇有寒梅之香，字字若缨络敲冰。”余光中称其文字“柔婉中带刚劲”，“这支笔，能写景也能叙事，能咏物也能传人，扬之有豪气，抑之有秀气”，将之列为“第三代散文家中的名家”。

其散文创作采用传统技法，抒发传统情感，寻求传统审美境界，这形成了张晓风散文的主体风格。《许士林的独白》则较为集中地体现了张晓风散文的这一特色，并达到了一定高度。许仙、白娘子的凄美故事流淌在只要有华夏血脉律动的地方，就从没间断过。断桥、金山寺、雷峰塔等，已经成为中华文化的一个个独特的意象符号。作家张晓风正是以这个富含中华民族文化底蕴的故事为依托，深情地吟唱着对母亲的挚爱、对无忌于神仙、凡人隔阂的纯恋的热烈赞美。

正文分为若干断章，拟取恰当词语为小标题，以激动的情感作为内在的线索：驻马塔前—认取血脉—缘起西湖—婴啼人间—爱的抗争—叩头拜塔—痴情歌吟。而作家借许士林的口吻所做的深情表白，字字句句，扣人心弦，感人至深。

纵览全文，有如下艺术特色：

(1) 意象典雅，意蕴丰富。文章大量选取了富含中国传统文化特质的意象，使抒发的情感有了广度、深度和力度。意象之美，美不胜收。第一个片段里的“马”“十里杏花”“红烟”“马踢起的清尘”“雾”等传统意象，具有无可比拟的典雅美与文化内涵，拓宽了母爱的情感区域，激荡着读者跟随着作家在这意象的海洋里沉醉、心动、情涌。若干个意象形成意象链，产生了有艺术冲击力的整体效果，那爱的执着追求，那母爱的眷恋，那深沉的忧伤，都深深感染着读者。峨眉叠翠，西湖风雨，三潭印月，曲院风荷，南屏晚钟，暮春飞絮，断雁哀鸣，乃至当窗绣花的女孩，井旁汲水的女子，灯下纳鞋的老妇，一个又一个的意象，带着中国传统文化的韵致，铺叠在读者面前，让读者充分感受到传统文化的魅力，从而感悟到作者丰富细腻的内心世界。意象古雅，意境和谐，情感真挚，形成了作品古典雅致的审美风格。本文的主题不仅止于母爱，还有对生命体验的大胆礼赞，对女性意识的热情讴歌，这是现代女性自我意识的觉醒，是现代人生命意识的独白。这些都增强了作品的思想含量，使作品的主题深刻而厚重。

（2）笔力深透，情感激扬。张晓风的散文有中国古典文化的底蕴，有现代生活理性的哲思、深厚的语言功底与灵动的理性思考完美融合，奇辞意新，高度浓缩，容量大，信息多，可谓步步莲花，字字珠玑。开篇第一句“我的马将十里杏花跑成一掠眼的红烟”，“十里杏花”，一片粉红，引人遐想；策马而“跑”，思念热烈而急切；“掠”，因速度快而情景朦胧，既表明了见母之急切，又营造出意境朦胧之美。意象的跳跃造成了时间、空间的跨越，收到了意溢言外的表达效果，增加了词语的密度，丰富了语意的内涵。情感不易捕捉，难以描摹，作者只有具备深厚的文字功底才能以情动人。张晓风做到了，她重视炼字炼意，善用古典诗歌中“感觉借移”的艺术手法，充分调动读者的感觉器官，激起外界物象与内在情感的紧密融合，感染读者，从而达到优美的艺术境界。

（3）句式灵活，长短结合。短句与长句交错使用，文章既有深情的叙述，又有断续的呼告，音韵和谐，强化了作品的抒情效果。简短直白的呼告语“娘”，在文中反复出现，作者痛声呼喊，赤子情深，令人动容。驻马自听思念娘，对景伤情遥想娘，湖边雨中唱娘心曲，托钵寓塔发娘心声，额血留塔诉儿衷情。句句听来都是血，话短情深，发自肺腑。

既有慨叹，又不晦涩；既有深情，又无矫情。“感人心者，莫先乎情”，本文的确是一篇至情至性的美文。张晓风怀着对母亲的挚爱，捕捉情感的波光，掀动情感的波澜，谱写了一曲赞颂女性的伟大、母爱的深挚之歌。

学法点拨

独白：指戏剧、电影中角色或文学作品中人物独自抒发个人感情和愿望的话，是人物语言常见的表现形式之一，能充分展示人物的思想、性格，能揭示人物隐秘的内心世界，使读者更深刻地理解人物的情绪、心理、思想和精神世界。

独白有以下主要特点：①独自而为，不受搅扰。人物独处时，不受外物和环境的干扰，可以正面自己的灵魂，直视内心深处的波动，从而自言自语，真实表露。②发自内心，情感充沛。能独白表达，往往是在感情激烈变动的时刻，积蓄良久，不吐不快，浓烈真实，意切深邃。③语言优美，富有哲理。尤其大段的经典独白，都词语优美，或排比，或反问，情绪饱满，富含哲思，令人动容和深思。本文选择了“独白”这种最利于抒发内心感情的形式，毫无遮拦地抒怀，其深挚的情感恰如恣肆的汪洋，排山倒海地向读者涌来，将读者的情感紧紧地抓住。谁不爱自己的母亲，作家的健笔将人所共有的这种眷恋母亲的情愫从读者的心底源源不断地调出，汹涌成壮阔的波澜，从而引发读者的共鸣，让每一位读者也像作者自己一样激情澎湃，使文章达到了绝好的抒情效果。

链接思考

1. 母爱是文学永恒的主题之一，学习了这篇文章后，反思自己与母亲的关系及需要改进的地方，并落到实处，融于生活。

2. 孝道在今天的老龄化社会显得尤其重要，阅读下文，体会母爱之伟大及孝母之不足。

母疼儿是长江水，儿孝母是扁担长

父亲走时，我 17 岁。

奶奶走时，我 18 岁。

父亲在临终的时候，给我讲了一个故事。

奶奶活着的时候，也给我讲了一个故事。

父亲和奶奶讲的是同一个故事。

父亲说，村子尽头的那座念母桥，是两代祖上给取的名字，为的是纪念一位老母亲。

有一位母亲 30 多岁的时候，她有个孩子七八岁。有一天过桥时，正下着雨，儿子走在前头，母亲走在后面，因为路滑，孩子一不小心从桥上掉了下去，落到水里。母亲瞧见，像疯了般地跳进水里，一把抓住儿子。只可惜，母亲不会游泳，只知道在河水里拼命地托着儿子。在危急关头，幸好有位水性很好的路人经过，将母子俩救了起来。路人责备这位母亲说，你一个妇道人家，又不会游水，怎么能跳进水里呢？母亲只知道千恩万谢他救了自己的儿子，并要给他下跪磕头。

几十年后的一天，像是天意安排好的一般，这母子俩再次经过这座桥。这位母亲如今已经 60 多岁了，由于多年的操劳，她行动已经很不便，慢慢地走在后头。老母亲不慎脚一滑，从桥上掉进了水里。儿子回头看到母亲落水，也很着急，桥离水面并不高，于是他手里拿着扁担，站在桥上把扁担伸进水里，喊母亲快抓住。只可惜，老母亲连伸手的力气也没有，很快被滔滔的河水给冲走了。

一天后，人们在下游发现了那位老母亲的尸体，都抹着泪说："母疼儿是长江水，儿孝母是扁担长啊。"

父亲讲完这个故事，欲言又止。我看到他显得很疲惫说："你别讲了吧，我明白，我们会照顾好奶奶的。"父亲很欣慰地点了点头。

那时父亲已经在病床上躺了 3 个月，生命到了最后时刻。

那些日子里，母亲终日以泪洗面，却从未发现奶奶有任何悲伤的表情，她依然像往常一样每天早早地起床，给鸡喂食，然后做饭。

每当有亲戚或乡邻来探望父亲的时候，奶奶都像往常一样微笑着跟他们拉着家常，好像根本不知道自己的儿子快要离去一样。

来来往往的人都摇头，叹息说："没想到奶奶老糊涂了，自己儿子的生命快到尽头了，她却像没事一般。"

我也一直觉得奶奶是老糊涂了，因为我好几次看到奶奶走到父亲病床前，伸出苍老的手抚着父亲的额头，冲父亲微笑，问他想吃什么，并告诉父亲不用担心她，她的身体好着呢，一定可以活到曾孙子出生，还可以带曾孙子呢。

没过多少日子，父亲安详地离开了人世。那天，家里哭成一团，唯独奶奶没有流泪，一个人坐在那里，眼睛一直看着门口，谁叫她也不应不动。

第二天，我才发现，奶奶的头发已经找不到一根黑色的了。我突然间觉得奶奶仿佛一下子老了 10 多年。

在父亲去世的一个星期，奶奶连一粒稀饭都未曾下肚。

一个月后的一天，在奶奶的床前，奶奶拉着我的手，跟我讲了父亲讲过的故事。讲完，奶奶木然地望着窗户，自言自语地说："母疼儿如长江水，娘不想你走得有挂牵啊。"

我说："奶奶，如果你想父亲了，就哭出来吧。"

奶奶说："孩子，奶奶的泪早已在心里流干了。"

8个月后，奶奶也离开了人世。在一个大家不曾想到的夜里，奶奶睡下后便没有再醒过来。

奶奶去了，带着她那份不流泪的母爱。直到这一刻，我才终于明白了那个故事，才知道那种深沉又温柔的爱——不言不语，忘却自我，澎湃如江，绵长若水。也直到这一刻，我才知道，我并未能真的明白父亲的嘱托和做到"照顾好奶奶"，那样的爱，我未能及，也报不尽。

母疼儿是长江水，儿孝母是扁担长。

3. 独白是一种抒发强烈感情的方式，戏剧里经常会有大段独白，如《哈姆雷特》《屈原》等，请对比阅读这些片段，并有感情地朗诵。

4. 一些电影中也有经典独白，如《大话西游》中："曾经有一份真诚的爱情放在我面前，我没有珍惜，等我失去的时候我才后悔莫及，人世间最痛苦的事莫过于此。你的剑在我的咽喉上割下去吧！不用再犹豫了！如果上天能够给我一个再来一次的机会，我会对那个女孩子说三个字：我爱你。如果非要在这份爱上加上一个期限，我希望是……一万年。"《河东狮吼》中："从现在开始，你只许疼我一个人，要宠我，不能骗我，答应我的每一件事都要做到，对我讲的每一句话都要真心，不许欺负我、骂我，要相信我，别人欺负我，你要在第一时间出来帮我，我开心了，你就要陪着我开心，我不开心了，你就要哄我开心，永远都要觉得我是最漂亮的，梦里也要见到我，在你的心里面只有我，就是这样了。"在你看过的电影中再找出三段经典独白，仔细揣摩独白的艺术效果。

5. 在以上练习的基础上，尝试写一段独白，可以抒发对亲友、老师、同学的感情，或者对山、川、鸟、兽、虫、鱼的热爱，或者纯粹是内心的纠结、迷茫等情绪。

8. 苏东坡突围（节选）

余秋雨

一

住在这远离闹市的半山居所里，安静是有了，但寂寞也来了，有时还来得很凶猛，特别在深更半夜。只得独个儿在屋子里转着圈，拉下窗帘，隔开窗外壁立的悬崖和翻卷的海潮，眼睛时不时地瞟着床边那乳白色的电话。它竟响了，急忙冲过去，是台北《中国时报》社打来的，一位不相识的女记者，说我的《文化苦旅》一书在台湾销售情况很好，因此要做越洋电话采访。问了我许多问题，出身、经历、爱好，无一遗漏。最后一个问题是："在中国文化史上，您最喜欢哪一位文学家？"我回答：苏东坡。她又问："他的作品中，您最喜欢哪几篇？"我回答：在黄州写赤壁的那几篇。记者小姐几乎没有停顿就接口道："您是说《念奴娇·赤壁怀古》和前、后《赤壁赋》？"我说对，心里立即为苏东坡高兴，他的作品是中国文人的通用电码，一点就着，哪怕是半山深夜、海峡阻隔、素昧平生。

放下电话，我脑子中立即出现了黄州赤壁。去年夏天刚去过，印象还很深刻。记得去那儿之前，武汉的一些朋友纷纷来劝阻，理由是著名的赤壁之战并不是在那里打的，苏东坡怀古怀错了地方，现在我们再跑去认真凭吊，说得好听一点是将错就错，说得难听一点是错上加错，天那么热，路那么远，何苦呢？

我知道多数历史学家不相信那里是真的打赤壁之战的地方，他们大多说是在嘉鱼县打的。但最近几年，湖北省的几位中青年历史学家持相反意见，认为苏东坡怀古没怀错地方，黄州赤壁正是当时大战的主战场。对于这个争论我一直兴致勃勃地关心着，不管争论前景如何，黄州我还是想去看看的，不是从历史的角度看古战场的遗址，而是从艺术的角度看苏东坡的情怀。大艺术家即便错，也会错出魅力来。好像王尔德说过，在艺术中只有美丑而无所谓对错。

于是我还是去了。

这便是黄州赤壁。赭红色的陡峭石坡直逼着浩荡东去的大江，坡上有险道可以攀登俯瞰，江面有小船可供荡桨仰望，地方不大，但一俯一仰之间就有了气势，有了伟大与渺小的比照，有了视觉空间的变异和倒错，因此也就有了游观和冥思的价值。客观景物只提供一种审美可能，而不同的游人才使这种可能获得不同程度的实现。苏东坡以自己的精神力量给黄州的自然景物注入了意味，而正是这种意味，使无生命的自然形式变成美。因此不妨说，苏东坡不仅是黄州自然美的发现者，而且也是黄州自然美的确定者和构建者。

但是，事情的复杂性在于，自然美也可倒过来对人进行确定和构建。苏东坡成全了黄州，黄州也成全了苏东坡，这实在是一种相辅相成的有趣关系。苏东坡写于黄州的那些杰作，既宣告着黄州进入了一个新的美学等级，也宣告着苏东坡进入了一个新的人生阶段，两方面一起提升，谁也离不开谁。

苏东坡走过的地方很多，其中不少地方远比黄州美丽，为什么一个僻远的黄州能给他如此巨大的惊喜和震动呢？他为什么能把如此深厚的历史意味和人生意味投注给黄州呢？黄州为什么能够成为他一生中最重要的人生驿站呢？这一切，决定于他来黄州的原因和心态。

他从监狱里走来，他带着一个极小的官职，实际上以一个流放罪犯的身份走来，他带着官场和文坛泼给他的浑身脏水走来，他满心侥幸又满心绝望地走来。他被人押着，远离自己的家眷，没有资格选择黄州之外的任何一个地方，朝着这个当时还很荒凉的小镇走来。

他很疲倦，他很狼狈，出汴梁、过河南、渡淮河、进湖北、抵黄州，萧条的黄州没有给他预备任何住所，他只得在一所寺庙中住下。他擦一把脸，喘一口气，四周一片静寂，连一个朋友也没有，他闭上眼睛摇了摇头。他不知道，此时此刻，他完成了一次永载史册的文化突围。黄州，注定要与这位伤痕累累的突围者进行一场继往开来的壮丽对话。

（选自《秋雨散文》，余秋雨著，浙江文艺出版社，1994 年）

相关背景

余秋雨（1946 年生），浙江省余姚县人（今慈溪市桥头镇），中国当代著名文化学者、散文家、理论家、文化史学家。1966 年毕业于上海戏剧学院戏剧文学系。1975—1976 年，他在恩师盛钟健先生的帮助下，到浙江奉化大桥镇半山一座封闭的老藏书楼苦读中国古代文献，研习中国古代历史文化。1980 年，陆续出版了《戏剧理论史稿》《中国戏剧文化史述》《戏剧审美心理学》《艺术创造工程》以及 *Some Observations on the Aesthetics of*

Primitive Theatre 等一系列学术著作。先后荣获全国戏剧理论著作奖、上海市哲学社会科学著作奖、全国优秀教材一等奖。1985 年成为当时中国大陆最年轻的文科教授。1986 年,被授予"上海十大学术精英"称号。1987 年被授予"国家级突出贡献专家"的荣誉称号,享受政府特殊贡献津贴。2004 年年底,被联合国教科文组织、北京大学、中华英才编辑部等单位选为"中国十大艺术精英"和"中国文化传播坐标人物"。

余秋雨以其渊博的历史知识、丰厚的文化功底,将历史与文化契合,将历史写活,虽然选材重大,内容浓重,渗透了文人的忧患意识和良知,但不失灵性与活泼,对中国历史、中国文化的追溯、思索和反问往往能引起读者深刻的思考,其作品反映着一代人文大家的良心。其散文语言雅致,情理交融,"语言在抒情中融着历史理性,在历史叙述中也透露着生命哲理",具有诗的美感,可读性很强。

余秋雨主要作品有《文化苦旅》《山居笔记》《霜冷长河》《文明的碎片》《秋雨散文》,以及后来的《千年一叹》和《行者无疆》等散文集。

文本赏析

《苏东坡突围》是余秋雨散文中的名篇。"突围"指文人志士在恶劣窘迫的政治生存环境下坚持其独立人格,保持正面立场,用独立精神冲破了政治权力的打压控制,用豁达情怀稀释了嫉妒同道的迫害排挤。苏东坡因"乌台诗案"被贬官之后,他的政敌、私敌甚至一些泼皮无赖都一哄而上,对他的人格进行了无耻的诽谤攻击。东坡先生忍受着精神与肉体的巨大痛苦进行了突围。而诽谤者的恣意横行、丑恶灵魂,反衬出被诽谤者的高风亮节。

苏东坡被贬谪到黄州后,兴修水利,奖励耕织,清廉从政。艰苦的物质生活使他不得不亲自垦荒种地,体味着自然和生命的原始意味。这让他渐渐习惯于淡泊和宁静,回归于清纯和空灵。一如他在给友人的信中言:"得罪以来,深自闭塞,扁舟草履,放浪山水间,与樵渔杂处,往往为醉人所推骂,辄自喜渐。不为人识。平生亲友,无一字见及,有书与之亦不答,自幸庶几免矣。"无人识,无一字,放浪山水,深自闭塞。这样的生活,这一切,使苏东坡经历了一次整体意义上的脱胎换骨,也使他的艺术才情获得了一次蒸馏和升华。他的"突围",不仅指突破政治环境、社会环境的桎梏压制,还指在人格上、心理上、文学艺术上的自我"突围"。正是有了这次文化"突围",才有了后面的千古名篇《念奴娇·赤壁怀古》和前、后《赤壁赋》等千古绝唱。

作者娴熟地运用了描写、议论、抒情等多种表达方式,还采用了小说笔法、戏剧笔法、镜头特写等多种手法,这在烘托主题,使文章内涵在更深刻等方面起到了重要作用。还综合运用对偶、排比、比喻等修辞手法,大段的排比、对偶增强了语言表达的力度,构成了一种语言的气势,增强了文章的张力,使文章富有了文采。"为什么一个僻远的黄州能给他如此巨大的惊喜和震动呢?他为什么能把如此深厚的历史意味和人生意味投注给黄州呢?黄州为什么能够成为他一生中最重要的人生驿站呢?"如此恰当、富有诗意和表现力的语言,把复杂深刻的历史思想和文化说得深入浅出、平易近人。

余秋雨的散文是典型的文化散文,犹如一道亮丽清新的风景线呈现在我们眼前,犹如一股罡风劲吹沉湎于自我小天地的小家子气散文。它的情怀更为慷慨豪迈,融合了庄子哲学散文的天马行空、汪洋恣肆的思维与两汉赋体铺叙夸饰、华美凝重的修辞方式,从而表现出其散文浸润了理性精神与内在理趣的诗化特征。作者在丰富的文化联想与想象中完成对所表现的对象的理性阐释，使文章具有沉甸甸的历史感和沧桑感，有一种浩然充沛毫不矫情的雍容与大气，一种俯仰天地古今的内在冲动与感悟，一种涌动着激情和灵性的智慧与思考。落笔如行云流水，舒卷之间灵性激溅，笔端饱蘸着深切的民族忧患意识，字里行间充盈着越迈千年的睿智哲思。

“比梁实秋、钱钟书晚出三十多年的余秋雨，把知性融入感性，举重若轻，衣袂飘然走过他的《文化苦旅》。”这是余光中先生的《散文的知性与感性》中的一段话。余光中把余秋雨与梁实秋、钱钟书相提并论，足见余秋雨散文的高度。

学法点拨

文化散文：又称“学者散文”，出现于 20 世纪八九十年代，一批从事人文学科或社会科学研究的学者进行创作，风格较为节制，具有鲜明的文化意识、深厚的人文情怀和理性的思考态度，故也称之为“散文创作上的‘理性干预’”。

文化散文的主要特点：①选材文化性，历史文化古迹、现象、大事件、大人物等都是写作的题材，用历史文化的精神维度、批判意识来加深散文的深度；②行文具有文化韵味，或讲述文化知识，或评点文化现象，或解剖文化世态，或探究文化心理，旁征博引，语言雅致，文化的底蕴、理性的凝重与诗意的激情浑然一体。

欣赏文化散文可以从以下几点把握：①抓住描写对象特征，探究其精神实质；②抓住行文线索，理解文本内容；③品赏语言魅力，体悟情理融合。代表作家及作品有：余秋雨的《文化苦旅》《文明的碎片》《千年一叹》、陈平原的《学者的人间情怀》、韩晗的《大国小城》、张中行的《负暄琐话》等。他们的散文创作将科学研究的“理”与文学创作的“情”结合起来，使文章情感充沛，纵横开阖，既充满思考的智性，又不乏文化关怀和个人感受，具有较强的文化解剖穿透力。

链接思考

1. 了解关于苏轼的生平，尤其是“乌台诗案”。阅读林语堂的《苏东坡传》。
2. 找 3～5 首能体现苏轼在困境中苦闷、挣扎、释怀、潇洒心境的诗词，并背诵。
3. 阅读余秋雨的散文集《文化苦旅》。
4. 尝试写一篇文化散文。

三、外国散文

9. 懒惰哲学趣话

[德]伯尔

欧洲西海岸的某港口泊着一条渔船，一个衣衫寒伧的人正躺在船里打盹儿，一位穿着入时的旅游者赶忙往相机里装上彩色胶卷，以便拍下这幅田园式的画面：湛蓝的天，碧绿的海翻滚着雪白的浪花，黝黑的船，红色的渔夫帽。“咔嚓。”再来一张：“咔嚓。”好事成三嘛，当然，那就来个第三张。这清脆的、几乎怀着敌意的声音把正在打盹儿的渔夫弄醒了，他慢吞吞地支支腰，慢吞吞地伸手去摸香烟盒；烟还没有摸着，这位热情的游客就已将一包香烟递到了他的面前，虽说没有把烟塞进他嘴里，但却放在了他的手里，随着第四次"咔嚓"声，打火机打着了，真是客气之至，殷勤之极。这一连串过分殷勤客气的举动，真有点儿莫名其妙，使人颇感困窘，不知如何是好。好在这位游客精通该国语言，于是便试着通过谈话来克服这尴尬的场面。"您今天一定会打到很多鱼的。"

渔夫摇摇头。

"听说今天天气很好呀。"

渔夫点点头。

"您不出海捕鱼?"

渔夫摇摇头，这时游客心里则感到有点悒郁了。

毫无疑问，对于这位衣衫寒伧的渔夫他是颇为关注的，并为渔夫耽误了这次出海捕鱼的机会而感到十分惋惜。

"噢，您觉得不太舒服?"

这时渔夫终于不再打哑语，而开始真正说话了。"我身体特棒，"他说，"我还从来没有感到像现在这么精神过。"他站起来，伸展一下四肢，仿佛要显示一下他的体格多么像运动员。"我的身体棒极了。"游客的表情显得越来越迷惑不解，他再也抑制不住那个像要炸开他心脏的问题了："那么您为什么不出去打鱼呢?"

回答是不假思索的，简短的。"因为今天一早已经出去打过鱼了。"

"打得多吗?"

"收获大极了，所以用不着再出去了。我的筐里有四只龙虾，还捕到二十几条青花鱼……"

渔夫这时完全醒了，变得随和了，话匣子也打开了，并且宽慰地拍拍游客的肩膀，他觉得，游客脸上忧心忡忡的神情虽然有点儿不合时宜，但却说明他是在为自己担忧呀。

"我甚至连明天和后天的鱼都打够了。"他用这句话来宽慰这位外国人的心。"您抽支我的烟吗?"

"好，谢谢。"

两人嘴里都叼着烟卷，随即响起第五次"咔嚓"声。外国人摇着头，往船沿上坐下，放下手里的照相机，因为他现在要腾出两只手来强调他说的话。

"当然，我并不想干预您的私事，"他说，"但是请您想一想，要是您今天出海两次，三次，甚至四次，那您就可以捕到三十几条，四十几条，五六十条，甚至一百多条青花鱼……请您想一想。"

渔夫点点头。

"要是您不只是今天，"游客继续说，"而且明天、后天、每个好天气都出去捕二三次，或许四次——您知道，那情况将会是怎么样?"

渔夫摇摇头。

"不出一年您就可以买辆摩托，两年就可再买一条船，三四年说不定就有了渔轮；有了两条船或者那条渔轮，您当然就可以捕到更多的鱼——有朝一日您会拥有两条渔轮，您就可以……"他兴奋得一时间连话都说不出来了，"您就可以建一座小冷库，也许可以盖一座熏鱼厂，随后再开一个生产各种渍汁鱼罐头厂，您可以坐着直升飞机飞来飞去找鱼群，用无线电指挥您的渔轮作业。您可以取得大马哈鱼的权，开一家活鱼饭店，无需通过中间商就直接把龙虾运往巴黎——然后……”外国人兴奋得又说不出话了。他摇摇头，内心感到无比忧虑，度假的乐趣几乎已经无影无踪。他凝视着滚滚而来的排浪，浪里鱼儿在欢快地蹦跳。“然后……”他说，但是由于激动他又语塞了。

渔夫拍拍他的背，像是拍着一个吃呛了的孩子。“然后怎么样?”他轻声地问。

“然后嘛，”外国人以默默的兴奋心情说，“然后您就可以逍遥自在地坐在这里的港口，在太阳下打盹儿——还可以眺览美丽的大海。”

“我现在就这样做了，”渔夫说，“我正悠然自得地坐在港口打盹儿，只是您的‘咔嚓’声把我打搅了。”这位旅游者受到这番开导，便从那里走开了，心里思绪万千，浮想联翩，因为从前他也曾以为，他只要好好干一阵，有朝一日就可以不用再干活了；对于这位衣衫寒伧的渔夫的同情，此刻在他心里已经烟消云散，剩下的只是一丝羡慕。

（选自《懒惰哲学趣话：外国名家人生美文 66 篇》，罗素等著，郑克鲁等译，北京燕山出版社，2005 年）

相关背景

海因里希·伯尔(Heinrich Boll，1917—1985)，现代德国作家。他出生于科隆一个雕刻匠家庭，中学毕业后曾在书店当过学徒。1939 年，伯尔进入科隆大学德国语言文学系学习，同年应征入伍，直至第二次世界大战结束。在这期间他曾在法国、罗马尼亚等地作战，一度被俘。

1944 年，伯尔被遣送回国。战争生活的经历和对下层人民境遇的体验，使伯尔积累了丰富的文学素材。1947 年，伯尔开始发表短篇小说。他的第一部成功作品是 1949 年出版的中篇小说《列车正点到达》。该小说以第二次世界大战为背景，通过士兵安德烈的遭遇，谴责战争挑拨者的罪行。这部小说以及短篇小说集《过路人，你到斯巴……》(1950)等，成为第二次世界大战后德国“废墟文学”的代表作。

20 世纪五六十年代，伯尔的创作进入了一个新阶段，他的作品所反映的社会生活范围更加广阔，技巧也日趋娴熟，主要描写小人物在战后经济复苏过程中的痛苦挣扎和苦闷彷徨。例如，长篇小说《九点半打台球》(1959)以独特的心理分析和频繁的倒叙手法，成为伯尔最令人注目，又最复杂的作品。

20 世纪 70 年代，伯尔的创作从内容到形式都达到高峰，写出了《女士及众生相》(1971)这类思想深刻的小说。1972 年，伯尔凭借他的作品“对时代广阔的透视和塑造人物的细腻技巧，对复兴德国文学做出了贡献”而荣获诺贝尔文学奖。1974 年出版的《丧失名誉的卡塔琳娜·勃罗姆》成为伯尔晚年的力作，小说揭示了福利社会平静表层下潜伏着的社会危机。

文本赏析

《懒惰哲学趣话》主要讲述了一位旅游者和一位渔夫在海边展开的关于人生态度、人生奋斗目标的对话。对话的主题是“渔夫要不要出海捕鱼”，旅游者认为渔夫应该趁着好天气多出海捕几次鱼，为自己以后富足的生活打下基础。而渔夫则不以为然，认为应该趁着好天气晒晒太阳，看看风景，打打盹儿。

这是一篇抒情哲理性散文，但文章并没有直接说理，而是将深刻的道理隐含在有趣的故事之中。活泼的形式和凝重的主题相映成趣，两个人物形象形成鲜明的对比：物质层面上，旅游者是富有的，渔夫是贫穷的。旅游者穿着时髦的衣服，手拿相机，在海边寻找田园景观；渔夫的衣着是寒伧的，家境并不宽裕。人生态度上，两个人物的差别同样很明显：旅游者目标明确，致力于世俗的成就；渔夫则安于现状，悠闲自得。这种人生态度决定了两个人物面对同一种生活时心态也是不同的。语言层面上，旅游者是急切的，丰富的语言背后潜藏着一颗焦灼的心；而渔夫正好相反，他寡言少语，表现出的是平和与淡泊的心境。实际上，旅游者为渔夫设计的人生之路是旅游者自己所追求的东西，当渔夫巧妙地回答“我现在就这样做了”的时候，当两个人对人生得出相同结论的时候，旅游者此时的忧虑使他度假的乐趣也荡然无存，只留下一丝丝羡慕。

文中并没有进行是非曲直的评判，而是给读者留下了广阔的思考空间。作者通过故事营造出淡淡的喜剧效果，并诉诸读者的感情思维，能够更好地引导读者深入思考文章的言外之意，比直接说理更容易让人接受。

学法点拨

哲理散文：以散文的形式讲哲理、论道理，启迪人生，引发读者思考和反省。文章在形式上一般比较工整，语言精美，含义深刻，启人深思。我国先秦散文中就有不少哲理散文名篇，西方哲学界也不乏哲理散文作品。如周国平是中国当代哲理散文的代表作家，其散文观照心灵的历程与磨难，探索现代人精神生活中的普遍困惑，哲学的深度、智慧与诗性的情感、灵魂紧密结合，有很强的哲学思辨色彩，影响广泛。杂志《读者》经常会刊登哲理散文。

链接思考

1. 纪伯伦的《奴性》与伯尔的《懒惰哲学趣话》都是哲理性散文，但二者在结构、人物视角、风格等方面都有所不同。请结合两篇文章进行比较与分析。

2.《懒惰哲学趣话》提到了两种人生追求，你倾向于哪种？为什么？请结合实际谈谈你对这两种人生追求的看法。

10. 论　读　书

[英]培根

读书足以怡情，足以博彩，足以长才。其怡情也，最见于独处幽居之时；其博彩也，最见于高谈阔论之中；其长才也，最见于处世判事之际。练达之士虽能分别处理细事或一一判别枝节，然纵观统筹、全局策划，则舍好学深思者莫属。

读书费时过多易惰，文采藻饰太盛则矫，全凭条文断事乃学究故态。读书补天然之不足，经验又补读书之不足，盖天生才干犹如自然花草，读书然后知如何修剪移接；而书中所示，如不以经验范之，则又大而无当。

有一技之长者鄙读书，无知者羡读书，唯明智之士用读书，然书并不以用处告人，用书之智不在书中，而在书外，全凭观察得之。读书时不可存心诘难作者，不可尽信书上所言，亦不可只为寻章摘句，而应推敲细思。

书有可浅尝者，有可吞食者，少数则须咀嚼消化。换言之，有只需读其部分者，有只需大体涉猎者，少数则需全读，读时需全神贯注，孜孜不倦。书亦可请人代读，取其所作摘要，但只限题材较次或价值不高者，否则书经提炼犹如水经蒸馏，淡而无味矣。

读书使人充实，讨论使人机智，笔记使人准确。因此不常作笔记者须记忆特强，不常讨论者须天生聪颖，不常读书者须欺世有术，始能无知而显有知。

读史使人明智，读诗使人灵秀，数学使人周密，科学使人深刻，伦理学使人庄重，逻辑修辞之学使人善辩；凡有所学，皆成性格。人之才智但有滞碍，无不可读适当之书使之顺畅，一如身体百病，皆可借相宜之运动除之。滚球利睾肾，射箭利胸肺，漫步利肠胃，骑术利头脑，诸如此类。如智力不集中，可令读数学，盖演算须全神贯注，稍有分散即须重演；如不能辨异，可令读经院哲学，盖是辈皆吹毛求疵之人；如不善求同，不善以一物阐证另一物，可令读律师之案卷。如此头脑中凡有缺陷，皆有特药可医。

（选自《并非舞文弄墨——英国散文名篇新选》，载《王佐良全集》第 9 卷，王佐良主编，外语教学与研究出版社，2016 年）

相关背景

弗兰西斯·培根（Francis Bacon，1561—1626），英国文艺复兴时期最重要的政治家、哲学家、作家，第一代圣阿尔本子爵（1st Viscount St Alban），出身于贵族家庭。12 岁入剑桥大学深造，3 年后，作为英国驻法大使的随员旅居法国巴黎两年半，后又攻读法律专业，21 岁取得律师资格。1621 年因受贿被国会弹劾去职，事后居家著述。

培根被誉为“英国唯物主义和整个近代实验科学的真正始祖”，“近代自然科学直接的和感性的缔造者”，现代生活精神的伟大先驱。主要著作有《新工具》《论科学的增进》《学术的伟大复兴》等。

《随笔》是其文学方面的主要著作，也是英国随笔文学的开山之作，文章以语言简洁、文笔优美、说理透彻、警句迭出为特点，在世界文学史上占据了非常重要的地位。本书包含了《论求知》《论美》《论善》《论真理》《论健康》《论家庭》《论友谊》等多篇随笔。

《论读书》是《培根随笔》中的一篇重要的文章，于 1653 年发表。

黑格尔说过：“他（培根）的著作虽然充满着最美妙、最聪明的言论，但是要理解其中的智慧，通常只需付出很少的理性努力，因此他的话常常被人拿着当作格言。”例如，“知识就是力量”就是培根的名言。

文本赏析

《论读书》对读书的意义、作用和方法都做了透彻的论述，内容富含哲理，文笔凝练严谨，犹如一位智慧老人对晚辈的谆谆教导，平易近人而不故弄玄虚。

文章开宗明义：“读书足以怡情，足以博彩，足以长才。”幽居独处时，会读书者可以陶冶情操，富有情趣；高谈阔论时，善用书者可妙语连珠，辩口利辞；处世判事时，好学深思者可统筹策划，圆观精熟。读书之妙处可见一斑。足以“纵观统筹、全局策划”。接着，分析读者在读书时不同的态度，或“鄙”，或“羡”，或“用”，书犹镜子，可以映照出多种人生样态。态度不同，结果自然不同。而“用”并非书明确告知，需要“推敲细思”“观察得之”，入乎其中，出乎其外，理论与实践相结合，将做人之道、立身处世与书本中传递出来的人生智慧和经验结合起来，去留取舍，全在一心。然后，自然而然总结出读书方法：有的书只要“读其部分”，有的书只需“大体涉猎”知其梗概，而对于少数好书，则应当通读、细读、反复研读。

书如良药,可以疗治各种心智缺陷。不同的书针对不同症状,有不同的效果。“读史使人明智,读诗使人灵秀,数学使人周密,科学使人深刻,伦理学使人庄重,逻辑修辞之学使人善辩”。不同书籍,各有专能,故读书应因人而异,犹如对症下药一般。培根说:“人的天性像是野生的花草,读书像是修剪移栽。一个没有目标、没有重点盲目读书的人,最终只能成为书的奴隶。”所以,要有选择、有重点、有目标地去读书。

论述中有超人的智慧和哲学,很多句子经典如警句,给人以深刻的启迪,如“知识能塑造人的性格”。文字优美庄严,具有很强的韵律美感。

学法点拨

随笔:散文的一种,即随笔一记、随手笔录,抒情、叙事或评论不拘,篇幅短小,形式多样,语言灵动,婉而多讽,惯用各种修辞手法曲折传达见解和情感。其特点在于“随”字,亲切随和,平易近人,不做理论性太强的阐释,行文缜密而活泼,读之轻松有趣,启人心智。

随笔作为一种文学样式,由法国散文家蒙田所创,一般可以分为记叙性随笔、议论性随笔、说明性随笔。

链接思考

1. 梳理归纳自己阅读了哪些书籍,有无本文中所说的收获或感受。

2. 读书可以借鉴以下名家的方法。

(1) 鲁迅的“跳读”法:“若是碰到疑问而只看那个地方,那么无论到多久都不懂的,所以,跳过去,再向前进,于是连以前的地方都明白了。”这种方法是对陶渊明的“不求甚解”读书方法的进一步发挥。它的好处是可以由此节省时间,提高阅读速度,把精力放在对原著的整体理解和最重要的内容上。

(2) 老舍的“印象”法:“我读书似乎只要求一点灵感。‘印象甚佳’便是好书,我没工夫去细细分析它,所以根本便不能批评。‘印象甚佳’有时候并不是全书的,而是书中的一段最入我的味;因为这一段使我对全书有了好感;其实这一段的美或者正足以破坏了全体的美,但是我不管;有一段叫我喜欢两天的,我就感谢不尽。”

(3) 华罗庚的“厚薄”法:读书的第一步是“由薄到厚”。就是说,读书要扎扎实实,每个概念、定理都要追根求源、彻底清楚。这样一来,本来一本较薄的书,由于增加了不少内容,就变得“较厚”了,这是“由薄到厚”。这一步以后还有更为重要的一步,即在第一步的基础上能够分析归纳,抓住本质,把握整体,做到融会贯通。经过这样认真分析,就会感到真正应该记住的东西并不多,这就是“由厚到薄”这样一个过程,才能真正提高效率。

(4) 杨振宁的“渗透”读书法:既然知识是互相渗透和扩展的,掌握知识的方法也应该与此相适应。当我们专心学习一门课程或潜心钻研一个课题时,如果有意识地把智慧的触角伸向邻近的知识领域,必然别有一番意境。在那些熟悉的知识链条中的一环,则很有可能得到意想不到的新发现。对于那些相关专业的书籍,如果时间和精力允许,不妨拿来读一读,暂弄不懂也没关系,一些有价值的启示,也许正产生于半通之中。采用渗透性学习方法,会使我们的视野开阔,思路活跃,大大提高学习的效率。

(5) 白寿彝(著名史学家)的“研读”法:“读书之读,似应理解为书法家读帖读碑之读,画家读画之读,而不是一般的阅览或诵习。”

(6) 冯亦代的“角色”读书法:“我在看书时,每逢看到好处,不免自己的身心也进入书中的‘角色’。好像演员在舞台上演戏，演到好处，不由得为所饰剧中人的‘角色’左右。”

(7) 余秋雨的“畏友”读书法：“应该着力寻找高于自己的‘畏友’，使阅读成为一种既亲切又需花费不少脑力的进取性活动。尽量减少与自己已有水平基本相同的阅读层面，乐于接受好书对自己的塑造。我们的书架里可能有各种不同等级的书，适于选作精读对象的，不应是那些我们可以俯视、平视的书，而应该是我们需要仰视的书。”

(8) 孔子的“学思结合法”：“学而不思则罔，思而不学则殆。”

请通过读书实践总结自己的读书方法。

第三章　小说欣赏

学习目标

1. 了解小说的发展及其特点。
2. 学习如何分析一篇小说的主题、结构、语言和表现手法。
3. 学习分析小说的人物形象，探讨人物与主题的关系。
4. 能在小说中学习、领悟优秀的人类文化传统，形成良好的人文素养。

第一节　小说欣赏概要

一、小说发展及特点

《现代汉语词典》(第6版)中关于“小说”的释义：“一种叙事性的文学体裁，通过人物的塑造和情节、环境的描述来概括地表现社会生活。”《庄子·外物》中最早出现“小说”一词：“饰小说以干县令，其于大达亦远矣。”(“干”，追求；“县令”，美好的名声)。意思是，小说靠修饰琐屑的言论以求高名美誉。庄子口中的“小说”只是一些琐屑的言论，与现在小说概念相差甚远。东汉桓谭在《新论》中云：“小说家合残丛小语，近取譬喻，以作短书，治身理家，有可观之辞。”小说是用来管理自身与家庭的书籍，而不是治理天下、教化民众的法则。班固在《汉书·艺文志》中云：“小说家者流，盖出于稗官，街谈巷语，道听途说之所造也。”与现在小说的意义接近。清末民初，维新派梁启超等大力倡导“小说界革命”，使小说理论面目一新。当时小说地位空前提高，乃至被奉为“国民之魂”“正史之根”“文学之最上乘”，再不是无足轻重的“琐屑之言”“街谈巷语”。

(一) **小说的发展**

中国文学史上，小说的发展经过了一个漫长的历史阶段，按照小说自身的特点分为古典小说和现当代小说。

1. 古典小说

古典小说萌芽于先秦，发展于两汉，雏形于魏晋南北朝，形成于唐代，繁荣于宋元，鼎盛于明清。大致可分以下几个时期：

(1) 先秦两汉时期——神话传说。当时出现在《山海经》《穆天子传》等书中的神话传说、寓言故事、史传文学成为古典小说叙事的源头；神话传说已具备人物和情节两个基本因素，成了后代小说发展的基础；另外，《论语》《孟子》《庄子》等诸子百家书中的寓言典故通过语言展开故事情节、描摹人物，为小说创作提供了借鉴经验，历史著作有比较完整的结构、人物形象和历史背景。

（2）魏晋南北朝时期——志怪、志人小说。志怪、志人小说是小说的雏形，不是真正意义上的小说。“志怪小说”是谈论鬼怪神魔的，“志人小说”是记录人物的逸闻趣事的。“志怪小说”的代表作最出名的是干宝的《搜神记》。在艺术上，志怪小说多取材于非现实的故事题材，具有浓重的浪漫主义色彩；部分作品结构较完整，描写较细致，人物形象较鲜明，初具短篇小说的规模。它对唐代的传奇影响很大。“志人小说”的代表作是刘义庆的《世说新语》，主要记录当时士族统治阶级人物的逸闻趣事，在艺术上有较高的成就。鲁迅先生在《中国小说史略》中评价说：“记言则玄远冷峻，记行则高简瑰奇。”

（3）唐朝时期　唐传奇。古代小说的发展趋于成熟，在唐代形成了独立的文学形式——传奇体小说，我国的小说开始脱离历史领域而成为文学创作。小说作品多收录于《太平广记》，其中名篇很多，《莺莺传》《霍小玉传》《李娃传》是唐传奇中的精品，号称中唐三大爱情传奇，流传甚广，并对后世文学创作产生了深远影响。唐传奇篇幅短小，采用了史传文学的手法，把一个人前后完整的一段生活或一生描述下来，情节曲折，想象大胆，对人物微妙的思想感情和内心生活刻画细致，有长篇小说的规模，且语言简洁、准确、丰富、优美，有巨大的表现力。

（4）宋元时期——话本。当时经济的发展和市井文化的兴起，给小说创作带来了契机。唐以后，在民间出现一种以讲故事为主的“说话”表演技艺，“说话”人讲唱故事时所依据的底本，后来演变为“话本小说”。话本小说发展迅速，在体裁上有一些特点不同于传奇，话本正文之前有诗词或一两个小故事；中间可加入诗词或者骈文，来渲染故事或者人物风貌；结尾又用诗句总结全篇劝诫听众。宋元的话本小说包括《京本通俗小说》的全部，《清平山堂话本》的大部分。以爱情、公案两类作品居多，爱情类以《碾玉观音》和《闹樊楼多情周胜仙》成就较高；公案类以《错斩崔宁》和《宋四公大闹禁魂张》较为出色。话本小说已具备如下特点：①故事情节统一，注意情节的生动感人，布局巧妙，引人入胜。②开始运用典型细节来刻画人物性格，而且还精于人物内心活动的描写。③有时还通过富有戏剧性的对话来表现人物性格的特征。总的来说，话本小说在故事结构、人物刻画方面标志着古典小说中现实主义创作方法的成熟。

（5）明清时期——拟话本小说和章回小说。这一时期，小说作家主体意识增强，小说开始走上了文人独立创作之路。明代文人对宋元话本由喜爱而编辑、加工、模仿话本写作，这就出现了专供案头阅读的文人模拟的话本，称之为拟话本。拟话本的代表作品有冯梦龙的“三言”，即《喻世明言》《警世通言》《醒世恒言》，以及凌濛初的《初刻拍案惊奇》《二刻拍案惊奇》等。

元末明初出现了一批章回小说名著，如历史小说《三国演义》，神魔小说《西游记》，世情小说《金瓶梅》，侠义小说《水浒传》。《红楼梦》的出现，把中国古代小说的发展推向了高峰，使古代小说达到了前所未有的成就。《红楼梦》是中国古代小说的不朽巨著，反映了清朝的社会生活，称为“时代的镜子”。其作者曹雪芹善于选择生活素材，如临其境般逐日描摹了当时的社会生活，并且用各种手法塑造了典型人物。其语言也达到了古代文学的顶峰，简洁而纯净，准确而传神，朴素而多彩。《红楼梦》对民族文学的传承是多方面的，同时对后代文学的影响也是多方面的，是现实主义文学的最高成就，是中国古代小说发展的高峰。鲁迅先生说："自有《红楼梦》出来以后，传统的思想和写法都打破了。"

2. 现当代小说

现当代小说兴起的标志性事件为新文化运动，新文化运动是"五四"运动的先导(1915—1919年)。现当代小说大致经历了以下四个时期：

(1) 1915—1949年，小说的多元文艺复兴阶段。民国时期，尤其是"五四"运动以来，中国遭受列强侵略，社会各种思潮流行，舶来文化冲击传统文化，中国小说有多元化趋势，各类小说题材涌现，以鸳鸯蝴蝶派为代表的言情小说也开始出现。正统小说的代表性人物有"鲁郭茅巴老曹"六大家。晚清，民国报纸兴起，为小说创作提供了舞台，报纸通过连载小说招揽人气，小说作家通过报纸赚取稿费。近现代几乎所有著名的小说作家最初都是从报纸上连载小说开始成名的，鸳鸯蝴蝶派的张恨水，以及鲁迅和当代的金庸。

(2) 1949—1976年，小说的艰难发展阶段。中华人民共和国成立后到"文化大革命"结束，此时的内地文艺青年也经历了人生重大的转变，命运的浮沉、丰富的阅历及对人生价值的定位与思考，为其后来的辉煌埋下了伏笔。在港台地区，则产生了"琼瑶时代"和"金庸时代"，分别标志着言情小说和武侠小说发展到了巅峰。

(3) 1977—2003年，小说反思和蜕变阶段。改革开放后的20多年，大陆小说显示了旺盛的生命力。"文化大革命"结束后，随着对外开放，知识分子的思想解放了，他们开始反思过去，展望未来，并受到传统观念和西方自由观念产生的冲击，使小说创作呈现出一派勃勃生机。以莫言、贾平凹、陈忠实等为代表的作家，在此期间创作了诸多经典著作。2012年，莫言凭借在此期间创作的文学作品和他的影响力，获得中国第一个诺贝尔文学奖。

(4) 2003年至今，小说的网络文学阶段。随着互联网的繁荣与发展，网络文学开始出现并发展迅速，大批年轻的文学爱好者开始步入文坛并展现了惊人的创作能力。以起点中文网为代表的武侠玄幻小说作者群和以晋江文学城为代表的言情小说作者群(四小天后、六小公主、八小玲珑)的整体出现，标志着网络小说已经成为主流文学之外的又一创作主体。

(二) 小说的特点

小说通过塑造人物形象、叙述完整的故事情节和渲染环境背景来反映社会生活。人物、情节和环境是小说的三要素。小说描写人物故事，刻画各种各样的人物形象，也有完整的布局。衡量小说水平的一个重要标准是人物对话是否具有鲜明的个性，人物语言是否有独特性。小说的主要特点如下：

1. 用艺术综合的方法塑造人物形象

小说是虚构的，小说中的人物是现实生活中不同原型的某些特征加以综合熔铸而成的，因此，比现实中的原型更为典型。鲁迅小说中的许多人物都是有原型的。他笔下那些栩栩如生的形象及所发生的许多事大都是实有其事的，只不过鲁迅用了艺术综合的方法。正如他谈到自己的创作时所说："所写的事迹，大抵有一点见过或听到过的缘由，但绝不全用这事实，只是采取一端加以改造，或生发开去，到足以几乎是完全发表我的意思为止。人物的模特也一样，没有专用过一个人，往往嘴在浙江，脸在北京，衣服在山西，是一个拼凑起来的角色。"

作者对作品中的人物常常做多角度、全方位的细致描写。在刻画人物时，凭借各种艺术手段，从各个角度对人物进行肖像描写、动作描写、语言描写、心理描写、侧面描写等。小说要求作者不仅要勾勒出人物的轮廓，刻画出人物性格的一个或几个侧面，还要在情节的发展中表现出人物性格的发展和变化。

2. 连贯完整的故事情节

小说情节的巧妙安排对于刻画人物和表现主题有着重要意义。小说的故事情节一般复杂多变，尤其是长篇小说，头绪纷繁，线索众多，错综复杂；但又要求有连贯性、完整性，有开头、发展、高潮和结局来显示生活中矛盾的发展及解决过程。

近现代小说的情节完整又多变，已不再是顺叙叙说故事，而改为从不同角度、用不同技巧来体现情节的完整。一些借鉴“意识流”手法创作的小说，作者则用穿越的手法将时空的次序颠倒，过去、现在、未来，交错无序；将时代气息、人物场所、社会环境，穿插呈现，但纵观全篇，即可发现情节在变化中仍然是完整的。

3. 具体而独特的环境描写

环境描写是为交代背景、衬托人物、发展情节、渲染气氛服务的。小说的环境描写跟人物的塑造与主题意旨有极其重要的关系。环境包括自然环境和社会环境。自然环境指人物活动的具体场景，如地点、气候、时间、景色、场面等，常常用来烘托气氛或表现人物心理。社会环境描写可包括当地的人文特色、生活习俗、社会现象等，社会环境主要是对故事发生的社会背景的描写，它揭示了各种复杂的社会关系，如人物的身份、地位、成长的历史背景等。小说通过具体而独特的环境描写，不仅具有展开故事情节，刻画人物形象，显示人物的身份、地位、情趣、心境等特质，还具有表达人物心情，渲染当时的气氛，表现人物的个性和精神层面的特点。

小说的这三个特点不是孤立的，而是密切联系的。刻画人物形象必须借助情节的充分展开；具体而独特的环境描写则给人物活动、情节发展创造了特定的氛围。三者相辅相成，构成了小说世界。因此，欣赏小说就应该根据小说的基本特点，去把握作品的思想内容和艺术特色。

二、小说欣赏技巧

小说作为叙事性文学文体，小说世界则是由众多人物形象、各个情节事件和许多环境景物有机组合而成的。小说作为一种特殊的文学样式，有其自身的特点，是在用艺术综合的方法塑造人物形象、叙述完整的故事情节和渲染具体而独特的环境来反映社会生活，因而读者在欣赏小说作品时要遵循独特的欣赏规律和欣赏方法。

（一）解读故事情节

解读故事情节是深入理解小说的基础。“情节”在《现代汉语词典》中释义为：“事情的变化和经过。”

图文
小说的阅读与欣赏

1. 考察故事情节是否具有典型性

故事情节都是虚构的。故事来源于生活，但它通过整理、提炼和安排，就比现实生活中发生的真人真事更集中，更完整，更具有代表性。鉴赏时要注意小说情节事件的典型性，小说情节要能概括日常生活的内容，涉及人类生活的本质和人性深层的奥秘，以此来吸引和激发读者的审美注意和审美联想。

2. 了解情节发展如何为人物塑造服务

小说中的情节是表现人物性格发展变化的事情，它既是生活片段的有机剪辑，又是小说中矛盾冲突发生、展开、发展的过程。情节是人物性格的历史，是塑造人物形象的重要手段。引人入胜的情节和尖锐紧张的矛盾冲突最能凸显人物的性格、展示人物的内心世界，而人物性格的变化发展往往是在情节的推进中逐步完成的，所以把握情节能为人物形象的分析提供依据。

3. 注意发现作者构筑情节的艺术匠心

把握故事情节，是读懂小说的关键，是欣赏小说艺术特点的基础，也是整体感知小说的起点。小说情节在作者的笔下以集中、新奇的形态来超越现实生活，构成对读者强烈的审美刺激。小说情节组合时使用的巧合、误会、悬念、对比、重复，甚至穿越等技法，用新奇、陌生的形态来表现读者熟悉的生活，可使情节曲折、耐人寻味，情节发展变幻莫测、波澜顿生，达到小说情节“意料之外，情理之中”的审美境界。

（二）揣摩人物形象

小说通过塑造鲜活的人物形象，反映了时代背景、风土人情和社会生活，也含蓄表达了作者对生活的审美理解和审美评价。人物形象是小说表现的重点，人物的一言一行推动了故事情节的发展，渲染了环境气氛，人物形象身上渗透了作家的爱恨情仇，含蓄表达了作品的主题。

1. 揣摩人物的语言、行动和心理描写

作家在描写人物形象时，主要通过人物自身的语言、行动以及心理描写来表现人物的思想感情，刻画人物的性格特征。人物语言表明了人物的思想性格；人物的行动是人物思想性格的生动表现，不可忽视；人物的心理活动直接表明了其心理。例如，《红楼梦》中王熙凤的精彩出场：“我来迟了，不曾迎接远客！”这一声先声夺人，真所谓“未见其形，先使闻声”，作者在没有正面描写人物之前，就先已通过人物的笑语声反映了她的泼辣、聪明、精明强干的性格特征。《杜十娘怒沉百宝箱》中的杜十娘抱着百宝箱跳江自杀的行动，显示了她不仅有美丽的容貌，更有铮铮傲骨和永不屈服的性格。《伤逝》用手记方式记载了主人公涓生的内心世界，在独白与倾诉中，展示出人物复杂多样的情感世界。在读者欣赏小说时，需要把握小说人物性格特征、理解人物命运，就必须认真细致地揣摩、体会人物形象的语言、行动和心理描写。

2. 了解人物活动的社会历史背景

作者塑造的人物形象，大都是作者把他作为一定历史时期的典型人物来塑造。人物形象不仅有鲜明的“个性”，还有广泛的“共性”。分析“共性”须将其放在一定的社会历史背景中，要关注其身上蕴含着哪些值得人们深思的有价值的共性特征。

（三）分析环境描写

赏析小说要理解环境描写在小说中所起的重要作用。环境是形成人物性格，并限制其活动的特定场所，它决定和影响着人物的性格；同时，人物性格也反作用于环境。小说中的环境可较好地烘托人物，进而充分、明确地表达小说的主题。

1. 分析环境描写对人物形象的烘托

分析环境描写是赏析小说的重要环节。环境是人物活动的场所和性格赖以形成的重要因素，环境创造人物，人物也创造环境。环境是形成人物性格、促使人物行动的指定场所和范围。小说中的环境描写，有的表现故事发生的时间、地点和社会条件，用于烘托人物活动的时代意义；有的为了渲染气氛，从侧面表现人物的性格，是整个作品中不可分割的构成部分。在分析人物形象的同时，也要分析环境描写。

2. 分析环境描写对主题的暗示

环境描写不管它的直接作用如何，最终是为表现作品主题服务的。清代大学者王国维在《人间词话》中说："一切景语皆情语。"即一切描写景物的文字都是作者表情寄意的载体，都必须为文章所要表达的情感服务。鉴赏小说应注意从环境描写中揣摩作品的主旨。

环境描写主要为刻画人物性格和反映人物命运创造必要的条件，提供生动的衬景，也以间接的形式表现主题。在《红楼梦》中，刘姥姥二进大观园时，由于醉酒误进了宝玉的怡红院，浓墨重彩地描写了一幅西洋画——仕女图，突出表现宝玉的喜好不同于普通概念里的公子哥儿，用茗烟的话来说："我们二爷净喜欢些世俗不曾见的，以往不曾有的东西……"突出了宝玉房中的摆设精致不俗以及宝玉的纨绔性格，同时，以贾府的奢侈华贵及盛极而衰的历史命运透视了整个封建体制必然走向衰亡的本质规律，这也是作品的政治主题。

环境描写一般是写实的，有时也可能带有象征或隐喻的性质，也就自然地对主题起到一种暗示作用。

（四）挖掘作品主题

小说主题指小说家在作品中通过描绘现实生活图画、塑造艺术形象显示出来的，贯穿一部小说始终的基本思想，又称为主题思想或中心思想。小说主题要能突出地展现作者的写作环境和写作用意，对于分析小说会有很大的帮助。欣赏小说可以从作者背景、人物塑造和情节发展等角度挖掘小说的主题。

1. 从作者背景了解主题

文学作品的主题总是与作家的身世、生活、思想感情以及他所处的时代环境分不开的，在理解小说时，必须"知人论世"。例如，清代蒲松龄的《聊斋志异》中的名篇《叶生》《司文郎》是对科举制度的血泪控诉，也凝聚着作者浓厚的感情，与作者的经历有着密切的关系，熔铸着作者的自我形象。《连城》《阿宝》《香玉》等是对真挚爱情的热烈歌颂，通过花妖狐魅与人的恋爱，表达了广大青年男女对自由爱情的憧憬和渴望，表现了作者理想的爱情观。《聊斋志异》所写的虽然多是幽冥幻域之境、鬼狐花妖之事，却曲折地反映了明末清初大量的现实生活，提出了许多重要的社会问题，表达了作者鲜明的态度。

2. 从人物塑造挖掘主题

作者运用多种艺术手段完成对人物形象的塑造，人物形象是作者生活经验的结晶，也是生活态度的形象展现。作者把主观上对人物的感悟及想确立的主题通过栩栩如生的人物性格和曲折多变的人物命运含蓄地传达。因此，符合规律的小说鉴赏是在鉴赏故事的同时欣赏小说人物形象。读者要能够透过人物形象和描写人物形象的情节，领悟和体味作家在人物和情节中寄寓的主题，理解人物形象背后的艺术底蕴。例如，列夫·托尔斯泰的《安娜·卡列尼娜》通过主人公安娜揭示了作品的主题：俄国社会中妇女的地位低下，由此来鞭挞它的不合理性，并描写了个人感情需要与社会道德之间的冲突。书中塑造的渥伦斯基、卡列宁等人物，无不体现着托尔斯泰对生活的认识和情感态度，传达了作品的主题。

3. 从情节发展揣摩主题

情节是小说中用以表现主题或人物性格的一系列有组织的生活事件，情节又是通过一系列具有因果关系的故事来完成的。故事以矛盾为内容，矛盾的发展和解决都体现了作者的观点和态度。可以通过作者的观点和态度来理解小说的主题，是在小说鉴赏中被经常运用的方法。

如鲁迅的《药》的主题是辛亥革命没有唤醒民众，民众是愚昧和麻木的。小说中充满了矛盾，革命者夏瑜反对清王朝，一定程度上代表着人民群众的利益，但人民群众却并不理解夏瑜及其所从事的革命事业。他为革命流下的鲜血却成了华老栓为儿子治病的"良药"。他宣传革命真理，茶馆里的一伙人听了却感到气愤，对夏瑜挨牢头的打竟然幸灾乐祸；对夏瑜叹息牢头不觉悟，纷纷胡说"疯了"；夏瑜被杀害，人们"潮水一般"地去看热闹；等等。这些矛盾都充分说明了群众毫无觉悟、麻木不仁，辛亥革命没有起到唤醒民众的作用。

欣赏小说时，欣赏者需身临其境，将自己的感情投入作品所描绘的情境中，去解读故事情节、揣摩人物形象、分析环境描写、挖掘作品主题等，与欣赏对象产生共鸣，达到审美享受的目的。

第二节　经典小说赏析

一、古代小说

1. 杜十娘怒沉百宝箱（节选）

（明）冯梦龙

再说李公子同杜十娘行至潞河，舍陆从舟，却好有瓜洲差使船转回之便，讲定船钱，包了舱口。比及下船时，李公子囊中并无分文余剩。你道杜十娘把二十两银子与公子，如何就没了？公子在院中嫖得衣衫褴褛，银子到手，未免在解库中取赎几件穿着，又制办了铺盖，剩来只够轿马之费。公子正当愁闷，十娘道："郎君勿忧，众姊妹合赠，必有所济。"乃取钥开箱。公子在傍自觉惭愧，也不敢窥觑箱中虚实。只见十娘在箱里取出一个红绢袋来，掷于桌上道："郎君可开看之。"公子提在手中，觉得沉重，启而观之，皆是白银，计数整五十两。十娘仍将箱子下锁，亦不言箱中更有何物。但对公子道："承众姊妹高情，不惟途路不乏，即他日浮寓吴、越间，亦可稍佐吾夫妻山水之费矣。"公子且惊且喜道："若不遇恩卿，我李甲流落他乡，死无葬身之地矣。此情此德，白头不敢忘也！"自此每谈及往事，公子必感激流涕，十娘亦曲意抚慰。一路无话。

不一日，行至瓜洲，大船停泊岸口，公子别雇了民船，安放行李。约明日侵晨，剪江而渡。其时仲冬中旬，月明如水，公子和十娘坐于舟首。公子道："自出都门，困守一舱之中，四顾有人，未得畅语。今日独据一舟，更无避忌。且已离塞北，初近江南，宜开怀畅饮，以舒向来抑郁之气。恩卿以为何如？”十娘道：“妾久疏谈笑，亦有此心，郎君言及，足见同志耳。”公子乃携酒具于船首，与十娘铺毡并坐，传杯交盏。饮至半酣，公子执卮对十娘道：“恩卿妙音，六院推首。某相遇之初，每闻绝调，辄不禁神魂之飞动。心事多违，彼此郁郁，鸾鸣凤奏，久矣不闻。今清江明月，深夜无人，肯为我一歌否？”十娘兴亦勃发，遂开喉顿嗓，取扇按拍，呜呜咽咽，歌出元人施君美《拜月亭》杂剧上“状元执盏与婵娟”一曲，名《小桃红》。真个：

声飞霄汉云皆驻，响入深泉鱼出游。

却说他舟有一少年，姓孙名富，字善赉，徽州新安人氏。家资巨万，积祖扬州种盐。年方二十，也是南雍中朋友。生性风流，惯向青楼买笑，红粉追欢，若嘲风弄月，倒是个轻薄的头儿。事有偶然，其夜亦泊舟瓜洲渡口，独酌无聊，忽听得歌声嘹亮，凤吟鸾吹，不足喻其美。起立船头，伫听半晌，方知声出邻舟。正欲相访，音响倏已寂然，乃遣仆者潜窥踪迹，访于舟人。但晓得是李相公雇的船，并不知歌者来历。孙富想道：“此歌者必非良家，怎生得他一见？”辗转寻思，通宵不寐。捱至五更，忽闻江风大作。及晓，彤云密布，狂雪飞舞。怎见得，有诗为证：

千山云树灭，万径人踪绝。

扁舟蓑笠翁，独钓寒江雪。

因这风雪阻渡，舟不得开。孙富命艄公移船，泊于李家舟之傍。孙富貂帽狐裘，推窗假作看雪。值十娘梳洗方毕，纤纤玉手揭起舟傍短帘，自泼盂中残水。粉容微露，却被孙富窥见了，果是国色天香。魂摇心荡，迎眸注目，等候再见一面，杳不可得。沉思久之，乃倚窗高吟高学士《梅花诗》二句，道：

雪满山中高士卧，月明林下美人来。

李甲听得邻舟吟诗，舒头出舱，看是何人。只因这一看，正中了孙富之计。孙富吟诗，正要引李公子出头，他好乘机攀话。当下慌忙举手，就问：“老兄尊姓何讳？”李公子叙了姓名乡贯，少不得也问那孙富。孙富也叙过了。又叙了些太学中的闲话，渐渐亲熟。孙富便道：“风雪阻舟，乃天遣与尊兄相会，实小弟之幸也。舟次无聊，欲同尊兄上岸，就酒肆中一酌，少领清诲，万望不拒。”公子道：“萍水相逢，何当厚扰？”孙富道：“说那里话！‘四海之内，皆兄弟也’。”喝教艄公打跳，童儿张伞，迎接公子过船，就于船头作揖。然后让公子先行，自己随后，各各登跳上涯。

行不数步，就有个酒楼。二人上楼，拣一副洁净座头，靠窗而坐。酒保列上酒肴。孙富举杯相劝，二人赏雪饮酒。先说些斯文中套话，渐渐引入花柳之事。二人都是过来之人，志同道合，说得入港，一发成相知了。

孙富屏去左右，低低问道：“昨夜尊舟清歌者，何人也？”李甲正要卖弄在行，遂实说道：“此乃北京名妓杜十娘也。”孙富道：“既系曲中姊妹，何以归兄？”公子遂将初遇杜十娘，如何相好，后来如何要嫁，如何借银讨他，始末根由，备细述了一遍。孙富道：“兄携丽人而归，固是快事，但不知尊府中能相容否？”公子道：“贱室不足虑，所虑者老父性严，尚费踌躇耳！”孙富将机就机，便问道：“既是尊大人未必相容，兄所携丽人，何处安顿？亦曾通知丽人，共作计较否？”公子攒眉而答道：“此事曾与小妾议之。”孙富欣然问道：“尊宠必有妙策。”公子道：“他意欲侨居苏杭，流连山水。使小弟先回，求亲友宛转于家君之前，俟家君回嗔作喜，然后图归。高明以为何如？”孙富沉吟半晌，故作愀然之色，道：“小弟乍会之间，交浅言深，诚恐见怪。”公子道：“正赖高明指教，何必谦逊？”孙富道：“尊大人位居方面，必严帷薄之嫌，平时既怪兄游非礼之地，今日岂容兄娶不节之人？况且贤亲贵友，谁不迎合尊大人之意者？兄枉去求他，必然相拒。就有个不识时务的进言于尊大人之前，见尊大人意思不允，他就转口了。兄进不能和睦家庭，退无词以回复尊宠。即使流连山水，亦非长久之计。万一资斧困竭，岂不进退两难！”

公子自知手中只有五十金，此时费去大半，说到资斧困竭，进退两难，不觉点头道是。孙富又道：“小弟还有句心腹之谈，兄肯俯听否？”公子道：“承兄过爱，更求尽言。”孙富道：“疏不间亲，还是莫说罢。”公子道：“但说何妨？”孙富道：“自古道：‘妇人水性无常。’况烟花之辈，少真多假。他既系六院名姝，相识定满天下；或者南边原有旧约，借兄之力，挈带而来，以为他适之地。”公子道：“这个恐未必然。”孙富道：“既不然，江南子弟，最工轻薄。兄留丽人独居，难保无逾墙钻穴之事。若挈之同归，愈增尊大人之怒。为兄之计，未有善策。况父子天伦，必不可绝。若为妾而触父，因妓而弃家，海内必以兄为浮浪不经之人。异日妻不以为夫，弟不以为兄，同袍不以为友，兄何以立于天地之间？兄今日不可不熟思也！”

公子闻言，茫然自失，移席问计：“据高明之见，何以教我？”孙富道：“仆有一计，于兄甚便。只恐兄溺枕席之爱，未必能行，使仆空费词说耳！”公子道：“兄诚有良策，使弟再睹家园之乐，乃弟之恩人也。又何惮而不言耶？”孙富道：“兄飘零岁余，严亲怀怒，闺阁离心。设身以处兄之地，诚寝食不安之时也。然尊大人所以怒兄者，不过为迷花恋柳，挥金如土，异日必为弃家荡产之人，不堪承继家业耳！兄今日空手而归，正触其怒。兄倘能割衽席之爱，见机而作，仆愿以千金相赠。兄得千金以报尊大人，只说在京授馆，并不曾浪费分毫，尊大人必然相信。从此家庭和睦，当无间言。须臾之间，转祸为福。兄请三思，仆非贪丽人之色，实为兄效忠于万一也！”

李甲原是没主意的人，本心惧怕老子，被孙富一席话，说透胸中之疑，起身作揖道：“闻兄大教，顿开茅塞。但小妾千里相从，义难顿绝，容归与商之。得妾心肯，当奉复耳。”孙富道：“说话之间，宜放婉曲。彼既忠心为兄，必不忍使兄父子分离，定然玉成兄还乡之事矣。”二人饮了一回酒，风停雪止，天色已晚。孙富教家僮算还了酒钱，与公子携手下船。正是：

逢人且说三分话，未可全抛一片心。

却说杜十娘在舟中，摆设酒果，欲与公子小酌，竟日未回，挑灯以待。公子下船，十娘起迎。见公子颜色匆匆，似有不乐之意，乃满斟热酒劝之。公子摇首不饮，一言不发，竟自床上睡了。十娘心中不悦，乃收拾杯盘，为公子解衣就枕，问道：“今日有何见闻，而怀抱郁郁如此？”公子叹息而已，终不启口。问了三四次，公子已睡去了。十娘委决不下，坐于床头而不能寐。到夜半，公子醒来，又叹一口气。十娘道：“郎君有何难言之事，频频叹息？”公子拥被而起，欲言不语者几次，扑簌簌掉下泪来。十娘抱持公子于怀间，软言抚慰道：“妾与郎君情好，已及二载，千辛万苦，历尽艰难，得有今日。然相从数千里，未曾哀戚。今将渡江，方图百年欢笑，如何反起悲伤？必有其故。夫妇之间，死生相共，有事尽可商量，万勿讳也。”

公子再四被逼不过，只得含泪而言道：“仆天涯穷困，蒙恩卿不弃，委曲相从，诚乃莫大之德也。但反复思之，老父位居方面，拘于礼法，况素性方严，恐添嗔怒，必加黜逐。你我流荡，将何底止？夫妇之欢难保，父子之伦又绝。日间蒙新安孙友邀饮，为我筹及此事，寸心如割！”十娘大惊道：“郎君意将如何？”公子道：“仆事内之人，当局而迷。孙友为我画一计颇善，但恐恩卿不从耳！”十娘道：“孙友者何人？计如果善，何不可从？”公子道：“孙友名富，新安盐商，少年风流之士也。夜间闻子清歌，因而问及。仆告以来历，并谈及难归之故，渠意欲以千金聘汝。我得千金，可借口以见吾父母，而恩卿亦得所天。但情不能舍，是以悲泣。”说罢，泪如雨下。

十娘放开两手，冷笑一声道：“为郎君画此计者，此人乃大英雄也！郎君千金之资既得恢复，而妾归他姓，又不致为行李之累，发乎情，止乎礼，诚两便之策也。那千金在那里？”公子收泪道：“未得恩卿之诺，金尚留彼处，未曾过手。”十娘道：“明早快快应承了他，不可错过机会。但千金重事，须得兑足交付郎君之手，妾始过舟，勿为贾竖子所欺。”

时已四鼓，十娘即起身挑灯梳洗道：“今日之妆，乃迎新送旧，非比寻常。”于是脂粉香泽，用意修饰，花钿绣袄，极其华艳，香风拂拂，光彩照人。装束方完，天色已晓。孙富差家僮到船头候信。十娘微窥公子，欣欣似有喜色，乃催公子快去回话，及早兑足银子。公子亲到孙富船中，回复依允。孙富道：“兑银易事，须得丽人妆台为信。”公子又回复了十娘，十娘即指描金文具道：“可便抬去。”孙富喜甚，即将白银一千两，送到公子船中。十娘亲自检看，足色足数，分毫无爽。乃手把船舷，以手招孙富。孙富一见，魂不附体。十娘启朱唇，开皓齿，道：“方才箱子可暂发来，内有李郎路引一纸，可检还之也。”孙富视十娘已为瓮中之鳖，即命家僮送那描金文具，安放船头之上。

十娘取钥开锁，内皆抽替小箱。十娘叫公子抽第一层来看，只见翠羽明珰，瑶簪宝珥，充牣于中，约值数百金。十娘遽投之江中。李甲与孙富及两船之人，无不惊诧。又命公子再抽一箱，乃玉箫金管；又抽一箱，尽古玉紫金玩器，约值数千金。十娘尽投之于大江中。岸上之人，观者如堵，齐声道：“可惜，可惜！”正不知什么缘故。最后又抽一箱，箱中复有一匣。开匣视之，夜明之珠，约有盈把。其他祖母绿、猫儿眼，诸般异宝，目所未睹，莫能定其价之多少。众人齐声喝彩，喧声如雷。十娘又欲投之于江。李甲不觉大悔，抱持十娘恸哭，那孙富也来劝解。

十娘推开公子在一边，向孙富骂道：“我与李郎备尝艰苦，不是容易到此。汝以奸淫之意，巧为谗说，一旦破人姻缘，断人恩爱，乃我之仇人。我死而有知，必当诉之神明，尚妄想枕席之欢乎！”又对李甲道：“妾风尘数年，私有所积，本为终身之计。自遇郎君，山盟海誓，白首不渝。前出都之际，假托众姊妹相赠，箱中韫藏百宝，不下万金。将润色郎君之装，归见父母，或怜妾有心，收佐中馈，得终委托，生死无憾。谁知郎君相信不深，惑于浮议，中道见弃，负妾一片真心。今日当众目之前，开箱出视，使郎君知区区千金，未为难事。妾椟中有玉，恨郎眼内无珠。命之不辰，风尘困瘁，甫得脱离，又遭弃捐。今众人各有耳目，共作证明，妾不负郎君，郎君自负妾耳！”于是众人聚观者，无不流涕，都唾骂李公子负心薄幸。公子又羞又苦，且悔且泣，方欲向十娘谢罪。十娘抱持宝匣，向江心一跳。众人急呼捞救，但见云暗江心，波涛滚滚，杳无踪影。可惜一个如花似玉的名妓，一旦葬于江鱼之腹！

三魂渺渺归水府，七魄悠悠入冥途。

当时旁观之人，皆咬牙切齿，争欲拳殴李甲和那孙富。慌得李、孙二人，手足无措，急叫开船，分途遁去。李甲在舟中，看了千金，转忆十娘，终日愧悔，郁成狂疾，终身不痊。孙富自那日受惊，得病卧床月余，终日见杜十娘在傍诟骂，奄奄而逝。人以为江中之报也。

却说柳遇春在京坐监完满，束装回乡，停舟瓜步。偶临江净脸，失坠铜盆于水，觅渔人打捞。及至捞起，乃是个小匣儿。遇春启匣观看，内皆明珠异宝，无价之珍。遇春厚赏渔人，留于床头把玩。是夜梦见江中一女子，凌波而来，视之，乃杜十娘也。近前万福，诉以李郎薄幸之事，又道："向承君家慷慨，以一百五十金相助。本意息肩之后，徐图报答，不意事无终始。然每怀盛情，悒悒未忘。早间曾以小匣托渔人奉致，聊表寸心，从此不复相见矣。"言讫，猛然惊醒，方知十娘已死，叹息累日。

后人评论此事，以为孙富谋夺美色，轻掷千金，固非良士；李甲不识杜十娘一片苦心，碌碌蠢才，无足道者。独谓十娘千古女侠，岂不能觅一佳侣，共跨秦楼之凤？乃错认李公子，明珠美玉，投于盲人，以致恩变为仇，万种恩情，化为流水，深可惜也！有诗叹云：

不会风流莫妄谈，单单情字费人参。

若将情字能参透，唤作风流也不惭。

（选自《警世通言》，冯梦龙编撰，中华书局，2009 年）

相关背景

冯梦龙（1574—1646），字犹龙，又字耳犹，别号墨憨斋主人、龙子犹、顾曲散人，明代文学家，思想家，戏曲家。他和兄冯梦桂，弟冯梦熊合称"吴下三冯"。冯梦龙科举不顺，57 岁才被补为贡生。

冯梦龙被称为"全能通俗文学家"，曾改编长篇小说《平妖传》《列国志传》，联合书商购印《金瓶梅》，纂辑文言小说及笔记《情史》《古今谭概》《智囊》和散曲选集《太霞新奏》，创作改编传奇剧本 10 余种，合刊为《墨憨斋定本传奇》，收编民歌《桂枝儿》《山歌》，等等，最有名的作品是"三言"（《喻世明言》《警世通言》《醒世恒言》）。"三言"与明代凌濛初的《初刻拍案惊奇》《二刻拍案惊奇》合称"三言两拍"，是中国白话短篇小说的经典代表。

本文选自《警世通言》卷三十二，是明代拟话本描写爱情婚姻问题的优秀名篇，也是整部明代拟话本中出类拔萃的杰作。作品描写了名妓杜十娘与富家官僚子弟李甲情投意合，自己出资，帮助李甲为自己赎身；在两人归家路上，杜十娘的美色被孙富垂涎，孙富诱惑并说动李甲同意用千金银两交换杜十娘，杜十娘愤怒地将积攒多年的珍宝沉入海中，并抱着"百宝箱"投江而死的悲剧故事。

文本赏析

古典小说中写爱情悲剧的很多，在封建社会，男女不能自由恋爱，更不能婚姻自主。尤其是妇女，受到多方面的压迫，来自婚姻爱情上的不自由更为严重，这种现象在中国古典小说、戏曲中很普遍，如唐传奇《霍小玉传》、宋元话本《碾玉观音》等。

封建社会非常注重门第观念，男女婚姻讲究门当户对，贵族出身的子弟不可以和地位低下或寒门女子结婚，因此，杜十娘的悲剧是由社会制度、封建礼教造成的。

一部小说是否成功，主要看人物塑造是否形象生动；而人物塑造是否形象生动，主要看人物是否具有鲜明和典型的个性。杜十娘是一个受侮辱、被损害、地位低下的女子，但是她不甘心沦落，一心要摆脱这种地狱般的生活，过上"人"的生活。她美丽聪慧又有才智，追求真挚的爱情婚姻，为了能离开青楼，费尽心思，如在和鸨母争执的时候，便机智地抓住机会，和鸨母达成口头契约，使鸨母没有反悔余地；她轻财好义，自己出资帮助李甲为自己赎身，暗中又备下银两准备将来讨好公婆。杜十娘追求的不是金钱、地位和外貌，她崇尚的是平等、尊严和人格。杜十娘性格无比刚强和勇敢，当闻讯李甲听信孙富巧言花语，将她卖掉时，万念俱灰之下，杜十娘怒骂孙富，痛斥李甲，把多年珍藏的百宝箱中的一件件宝物抛向江中，最后纵身跃入滚滚波涛之中。从杜十娘宁死不屈的行为，可见她的性格刚强和坚定，也正因为如此，她的美丽形象至今留在人们的心中。

学法点拨

拟话本小说：创作形式以短篇小说为主，主要兴起于明代，是由文人模拟宋元话本而创作的。到了明代，很多文人仿照这种“话本小说”的体制进行创作，出现白话短篇小说，称为拟话本小说。拟话本小说的功用，从“说话”表演艺人的讲唱底本转变为主要提供给人们进行阅读的作品，这种变化标志着唐宋以来以讲唱为主的口头文学创作阶段的结束，以作家创作的书面文学形式为主的阶段开始，《杜十娘怒沉百宝箱》就是明代拟话本小说的代表作，此类作品的特点是首尾有诗，中间以诗词为点缀，词句多俚俗。但与话本又有所不同，“近讲史而非口谈，似小说而无捏合”，“故形式仅存，而精采遂逊”（《中国小说史略》），鲁迅先生认为它们是由话本向后代文人小说过渡的一种中间形态。

链接思考

1. 你认为李甲和杜十娘之间的感情是真正的爱情吗？

2. 有一首歌曲名为《杜十娘》，请从歌词展示的故事情节、人物性格等方面与原文进行比较，进一步理解和体会小说主题思想。

杜十娘

孤灯夜下，我独自一人坐船舱。船舱里有我杜十娘，在等着我的郎。忽听窗外有人叫杜十娘，手扶着船杆四处望，怎不见我的郎。

郎君啊，你是不是饿得慌？如果你饿得慌对我十娘讲，十娘我给你做面汤。郎君啊，你是不是冻得慌？你要是冻得慌对我十娘讲，十娘我给你做衣裳。郎君啊，你是不是闷得慌？你要是闷得慌对我十娘讲，十娘我为你解忧伤。郎君啊，你是不是想爹娘？你要是想爹娘对我十娘讲，十娘我跟你回家乡。郎君啊，你是不是困得慌？你要是困得慌对我十娘讲，十娘我扶你上竹床。

十娘啊杜十娘，手捧着百宝箱，纵身投进滚滚长江，再也不见我的郎。

2. 婴　宁

（清）蒲松龄

王子服，莒之罗店人。早孤，绝慧，十四入泮[1]。母最爱之，寻常不令游郊野。聘萧氏，未嫁而夭，故求凰[2]未就也。会上元[3]，有舅氏子吴生，邀同眺瞩[4]。方至村外，舅家仆来，招吴去。生见游女如云，乘兴独游。有女郎携婢，拈梅花一枝，容华绝代，笑容可掬。生注目不移，竟忘顾忌。女过去数武[5]，顾婢子笑曰：“个儿郎目灼灼似贼！”遗花地上，笑语自去。生拾花怅然，神魂丧失，怏怏遂返。至家，藏花枕底，垂头而睡，不语亦不食。母忧之，醮禳益剧[6]，肌革锐减[7]。医师诊视，投剂发表[8]，忽忽若迷。母抚问所由，默然不答。

适吴生来，嘱秘诘之。吴至榻前，生见之泪下，吴就榻慰解，渐致研诘[9]。生具吐其实，且求谋画。吴笑曰：“君意亦痴！此愿有何难遂？当代访之。徒步于野，必非世家。

如其未字，事固谐矣；不然，拚以重赂，计必允遂[10]。但得痊瘳，成事在我。”生闻之，不觉解颐。吴出告母，物色女子居里，而探访既穷，并无踪迹。母大忧，无所为计。然自吴去后，颜顿开，食亦略进。数日，吴复来。生问所谋。吴绐之曰：“已得之矣。我以为谁何人，乃我姑之女，即君姨妹，今尚待聘。虽内戚有婚姻之嫌。实告之，无不谐者。”生喜溢眉宇，问：“居何里？”吴诡曰：“西南山中，去此可三十馀里。”生又嘱再四，吴锐身自任而去。生由是饮食渐加，日就平复。探视枕底，花虽枯，未便雕落。凝思把玩，如见其人。怪吴不至，折柬招之[11]。吴支托不肯赴招。生恚怒，悒悒不欢。母虑其复病，急为议姻，略与商榷，辄摇首不愿，惟日盼吴。吴迄无耗[12]，益怨恨之。

转思三十里非遥，何必仰息他人？怀梅袖中，负气自往，而家人不知也。伶仃独步，无可问程，但望南山行去。约三十馀里，乱山合沓，空翠爽肌、寂无人行，止有鸟道。遥望谷底，丛花乱树中，隐隐有小里落。下山入村，见舍宇无多，皆茅屋，而意甚修雅。北向一家，门前皆丝柳，墙内桃杏尤繁，间以修竹，野鸟格磔其中。意其园亭，不敢遽入。回顾对户，有巨石滑洁，因坐少憩。俄闻墙内有女子，长呼“小荣”，其声娇细。方伫听间，一女郎由东而西，执杏花一朵，俯首自簪。举头见生，遂不复簪，含笑拈花而入。审视之，即上元途中所遇也。心骤喜，但念无以阶进。欲呼姨氏，顾从无还往，惧有讹误。门内无人可问，坐卧徘徊，自朝至于日昃[13]，盈盈望断，并忘饥渴。时见女子露半面来窥，似讶其不去者。

忽一老媪扶杖出，顾生曰：“何处郎君，闻自辰刻来，以至于今。意将何为？得勿饥也？”生急起揖之，答云：“将以盼亲。”媪聋聩不闻。又大言之。乃问：“贵戚何姓？”生不能答。媪笑曰：“奇哉！姓名尚自不知，何亲可探？我视郎君，亦书痴耳。不如从我来，啖以粗粝，家有短榻可卧。待明朝归，询知姓氏，再来探访。”生方腹馁思啖，又从此渐近丽人，大喜。从媪入，见门内白石砌路，夹道红花，片片坠阶上，曲折而西，又启一关，豆棚花架满庭中。肃客入舍，粉壁光如明镜；窗外海棠枝朵，探入室中；裀藉[14]几榻，罔不洁泽。甫坐，即有人自窗外隐约相窥。媪唤：“小荣！可速作黍。”外有婢子噭声而应[15]。坐次，具展宗阀。媪曰：“郎君外祖，莫姓吴否？”曰：“然。”媪惊曰：“是吾甥也！尊堂，我妹子。年来以家窭贫[16]，又无三尺之男，遂至音问梗塞。甥长成如许，尚不相识。”生曰：“此来即为姨也，匆遽遂忘姓氏。”媪曰：“老身秦姓，并无诞育；弱息[17]亦为庶产。渠母改醮[18]，遗我鞠养。颇亦不钝，但少教训，嬉不知愁。少顷，使来拜识。”

未几，婢子具饭，雏尾盈握。媪劝餐已，婢来敛具。媪曰：“唤宁姑来。”婢应去。良久，闻户外隐有笑声。媪又唤曰：“婴宁，汝姨兄在此。”户外嗤嗤笑不已。婢推之以入，犹掩其口，笑不可遏。媪瞋目[19]曰：“有客在，咤咤叱叱，景象何堪？”女忍笑而立，生揖之。媪曰：“此王郎，汝姨子。一家尚不相识，可笑人也。”问：“妹子年几何矣？”媪未能解。生又言之。女复笑，不可仰视。媪谓生曰：“我言少教诲，此可见矣。年已十六，呆痴如婴儿。”生曰：“小于甥一岁。”曰：“阿甥已十七矣，得非庚午属马者耶？”生首应之。又问：“甥妇阿谁？”答曰：“无之。”曰：“如甥才貌，何十七岁犹未聘？婴宁亦无姑家，极相匹敌。惜有内亲之嫌。”生无语，目注婴宁，不遑他瞬。婢向女小语云：“目灼灼，贼腔未改！”女又大笑，顾婢曰：“视碧桃开未？”遽起，以袖掩口，细碎连步而出。至门外，笑声始纵。媪亦起，唤婢襆被[20]，为生安置。曰：“阿甥来不易，宜留三五日，迟迟送汝归。如嫌幽闷，舍后有小园，可供消遣，有书可读。”

次日，至舍后，果有园半亩，细草铺毡，杨花糁径[21]；有草舍三楹，花木四合其所。穿花小步，闻树头苏苏有声，仰视，则婴宁在上。见生来，狂笑欲堕。生曰："勿尔，堕矣！"女且下且笑，不能自止。方将及地，失手而堕，笑乃止。生扶之，阴捘其腕[22]。女笑又作，倚树不能行，良久乃罢。生俟其笑歇，乃出袖中花示之。女接之，曰："枯矣。何留之？"曰："此上元妹子所遗，故存之。"问："存之何益？"曰："以示相爱不忘。自上元相遇，凝思成病，自分化为异物；不图得见颜色，幸垂怜悯。"女曰："此大细事，至戚何所靳惜？待郎行时，园中花，当唤老奴来，折一巨捆负送之。"生曰："妹子痴耶？"女曰："何便是痴？"生曰："我非爱花，爱拈花之人耳。"女曰："葭莩之情[23]，爱何待言。"生曰："我所为爱，非瓜葛之爱，乃夫妻之爱。"女曰："有以异乎？"曰："夜共枕席耳。"女俯首思良久，曰："我不惯与生人睡。"语未已，婢潜至，生惶恐遁去。少时，会母所。母问："何往？"女答以园中共话。媪曰："饭熟已久，有何长言，周遮乃尔。"女曰："大哥欲我共寝。"言未已，生大窘，急目瞪之。女微笑而止。幸媪不闻，犹絮絮究诘。生急以他词掩之，因小语责女。女曰："适此语不应说耶？"生曰："此背人语。"女曰："背他人，岂得背老母？且寝处亦常事，何讳之？"生恨其痴，无术可悟之。

食方竟，家人捉双卫来寻生。先是，母待生久不归，始疑；村中搜觅已遍，竟无踪兆。因往寻吴。吴忆曩[24]言，因教于西南山村寻觅。凡历数村，始至于此。生出门，适相值[25]，便入告媪，且请偕女同归。媪喜曰："我有志，匪伊朝夕。但残躯不能远涉，得甥携妹子去，识认阿姨，大好！"呼婴宁，宁笑至。媪曰："大哥欲同汝去，可便装束。"又饷家人酒食，始送之出曰："姨家田产丰裕，能养冗人。到彼且勿归，小学诗礼，亦好事翁姑。即烦阿姨择一良匹与汝。"二人遂发。至山坳，回顾，犹依稀见媪倚门北望也。

抵家，母睹姝丽，惊问为谁。生以姨妹对。母曰："前吴郎与儿言者，诈也。我未有姊，何以得甥？"问女，女曰："我非母出。父为秦氏，没时，儿在褓中，不能记忆。"母曰："我一姊适秦氏，良确；然殂谢已久[26]，那得复存？"因审诘面庞、志赘，一一符合。又疑曰："是矣。然亡已多年，何得复存？"疑虑间，吴生至，女避入室。吴询得故，惘然久之，忽曰："此女名婴宁耶？"生然之。吴极称怪事。问所自知，吴曰："秦家姑去后，姑丈鳏居，祟于狐[27]，病瘠死。狐生女名婴宁，绷卧床上，家人皆见之。姑丈殁，狐犹时来；后求天师符黏壁上，狐遂携女去。将勿此耶？"彼此疑参。但闻室中嗤嗤皆婴宁笑声。母曰："此女亦太憨。"

吴生请面之。母入室，女犹浓笑不顾。母促令出，始极力忍笑，又面壁移时，方出。才一展拜，翻然遽入，放声大笑。满室妇女，为之粲然。吴请往觇[28]其异，就便执柯。寻至村所，庐舍全无，山花零落而已。吴忆葬处，仿佛不远；然坟垅湮没，莫可辨识，诧叹而返。母疑其为鬼。入告吴言，女略无骇意；又吊其无家，亦殊无悲意，孜孜憨笑而已。众莫之测，母令与少女同寝止。昧爽即来省问，操女红精巧绝伦。但善笑，禁之亦不可止；然笑处嫣然，狂而不损其媚，人皆乐之。邻女少妇，争承迎之。

母择吉为之合卺[29]，而终恐为鬼物。窃于日中窥之，形影殊无少异。至日，使华装行新妇礼；女笑极不能俯仰，遂罢。生以其憨痴，恐泄露房中隐事；而女殊密秘，不肯道一语。每值母忧怒，女至，一笑即解。奴婢小过，恐遭鞭楚，辄求诣母共话；罪婢投见，恒得免。而爱花成癖，物色遍戚党；窃典金钗，购佳种，数月，阶砌藩溷，无非花者。庭后有木香一架，故邻西家。女每攀登其上，摘供簪玩。母时遇见，辄诃之。女卒不改。

一日，西人子见之，凝注倾倒。女不避而笑。西人子谓女意属己，心益荡。女指墙底笑而下，西人子谓示约处，大悦。及昏而往，女果在焉。就而淫之，则阴如锥刺，痛彻于心，大号而踣[30]。细视非女，则一枯木卧墙边，所接乃水淋窍也。邻父闻声，急奔研问，呻而不言。妻来，始以实告。爇火[31]烛窥，见中有巨蝎，如小蟹然。翁碎木捉杀之。负子至家，半夜寻卒。邻人讼生，讦发[32]婴宁妖异。邑宰素仰生才，稔知其笃行士，谓邻翁讼诬，将杖责之。生为乞免，遂释而出。母谓女曰："憨狂尔尔，早知过喜而伏忧也。邑令神明，幸不牵累；设鹘突官宰，必逮妇女质公堂，我儿何颜见戚里？"女正色，矢不复笑。母曰："人罔不笑，但须有时。"而女由是竟不复笑，虽故逗之，亦终不笑；然竟日未尝有戚容。

一夕，对生零涕。异之。女哽咽曰："曩以相从日浅，言之恐致骇怪。今日察姑及郎，皆过爱无有异心，直告或无妨乎？妾本狐产。母临去，以妾托鬼母，相依十余年，始有今日。妾又无兄弟，所恃者惟君。老母岑寂山阿，无人怜而合厝之，九泉辄为悼恨。君倘不惜烦费，使地下人消此怨恫，庶养女者不忍溺弃。"生诺之，然虑坟冢迷于荒草。女言无虑。刻日，夫妇舆榇[33]而往。女于荒烟错楚中，指示墓处，果得媪尸，肤革犹存。女抚哭哀痛。舁归，寻秦氏墓合葬焉。是夜，生梦媪来称谢，寤而述之。女曰："妾夜见之，嘱勿惊郎君耳。"生恨不邀留。女曰："彼鬼也。生人多，阳气胜，何能久居？"生问小荣，曰："是亦狐，最黠。狐母留以视妾，每摄饵相哺，故德之常不去心。昨问母，云已嫁之。"由是岁值寒食，夫妇登秦墓，拜扫无缺。

女逾年[34]，生一子。在怀抱中，不畏生人，见人辄笑，亦大有母风云。

异史氏[35]曰："观其孜孜憨笑，似全无心肝者；而墙下恶作剧，其黠孰甚焉。至凄恋鬼母，反笑为哭，我婴宁何常憨耶？窃闻山中有草，名'笑矣乎'，嗅之，则笑不可止。房中植此一种，则合欢、忘忧，并无颜色矣。若解语花，正嫌其作态耳。"

（选自《聊斋志异》，蒲松龄著，三晋出版社，2008年）

注释

[1] 入泮（pàn）：即考取秀才，得以进县学读书。泮，即泮宫，此指地方官办的学馆。

[2] 求凰：就是求妻之意。凰，传说中凤凰的雌者。

[3] 上元：农历正月十五，旧俗称上元节。

[4] 眺瞩：登高望远。此意为郊游。

[5] 数武：就是几步。武：过去称半步为武。

[6] 醮禳（jiào ráng）：请和尚、道士祈福消灾的迷信行为。剧：加重。醮禳益剧：意为越求神拜佛病情越重。

[7] 肌革锐减：身体很快消瘦。肌：肌肉。革：皮肤。锐：迅速。

[8] 投剂发表：指吃药发散内火。投剂：从病人的角度说就是吃药。发表：中医治病方法之一。

[9] 渐致研诘：渐渐开始细问。

[10] 拚以重赂，计必允遂：拼着拿出众多的财物，估计一定会答应。

[11] 折柬招之：写信让吴生来。

[12] 迄无耗：最终没有消息。

[13] 日昃（zè）：太阳偏西。

[14] 裀（yīn）藉：垫褥，坐席。

[15] 噭（jiào）声而应：大声答应。

[16] 窭（jù）贫：极贫。

[17] 弱息：对自己女儿的谦称。这里指婴宁。
[18] 改醮：改嫁。醮：古时女子出嫁时有人酌酒给她喝，叫作醮。
[19] 瞋目：瞪着眼睛。
[20] 襆(fú)被：即铺设被褥。襆：被单，这里用为动词。
[21] 糁(sǎn)径：像碎米屑撒在小路上。糁：饭粒，这里作动词用。
[22] 阴挼(zùn)其腕：暗中捏她的手腕。
[23] 葭莩(jiā fú)：芦苇里黏附的薄膜，这里借指亲戚。葭莩之情：亲戚情谊。
[24] 曩(nǎng)：从前的，过去的。
[25] 适相值：碰巧遇见找自己的人。
[26] 殂谢已久：死了很久。
[27] 祟于狐：被狐妖所迷惑。
[28] 觇(chān)：看，窥视。
[29] 合卺(jǐn)：旧时结婚男女同杯饮酒之礼，后泛指结婚。
[30] 踣(bó)：跌倒。
[31] 爇(ruò)火：点起灯笼火把。爇：点燃。
[32] 讦(jié)发：揭发，揭露。讦：攻击，揭发，告发。
[33] 舆榇(chèn)：用车子装着棺材。
[34] 逾年：过了一年。
[35] 异史氏：蒲松龄在《聊斋志异》中的自称。

相关背景

蒲松龄(1640—1715)，字留仙，一字剑臣，号柳泉居士，世称聊斋先生，自称异史氏，清代著名小说家、文学家。

蒲松龄一生命运坎坷，年少时正处改朝换代之际，社会动荡混乱，19 岁参加县、府、道试，均名列第一，但是，其后的乡试却屡屡不中，在科举考场中不得志，72 岁才补为贡生，享年 75 岁。

蒲松龄历时 30 多年完成了短篇文言小说集《聊斋志异》，“聊斋”是书斋名，“志”是记述，“异”是奇异的故事，意思是在聊斋中记述奇异的故事。小说题材广泛，表现手法独特，作者运用讲述狐鬼故事的手法，表现底层人们的现实生活、思想愿望，以此揭露社会黑暗及种种不平，从而反映当时的社会面貌。青年作家贾飞曾评价，现当代所有奇幻、玄幻、鬼故事所用的套路和手法，都是蒲松龄用剩下来的，蒲松龄堪称这类小说作者的“鼻祖”。

《婴宁》是《聊斋志异》中最为优秀的篇章之一，写了书生王子服郊游遇到狐女婴宁，一见倾心并相思成疾，最终成婚的故事。作者通过主人公婴宁，表达了对封建礼教窒息女子天性的愤懑之情。

文本赏析

《聊斋志异》代表了我国古代短篇文言小说的最高峰，作者在广泛收集民间故事传说的基础上，塑造了许许多多性格不同的光辉形象，婴宁就是作者描写得最为成功的人物之一。

蒲松龄描写了婴宁的典型性格，婴宁天真烂漫，惹人喜爱，最特别的性格特征就是爱笑。婴宁由狐狸所生，鬼母养大，与尘世隔绝，不知道礼教，性格中留有自然天成的爱花爱笑、天真无邪，拥有少女的天性和纯真。婴宁无论到哪里都会留下笑声，小说从多方面表现了她无时不在的笑、千姿百态的笑。对她的笑描写得非常具体细致、生动传神，笑的种类很多，微笑、大笑、似笑非笑、嗔笑、含情脉脉的笑，还有“笑容可掬”“嗤笑不已”“含笑拈花而入”“笑不可遏”“微笑而止”“犹浓笑不顾”等，各式各样的笑让读者也心生快意，一个天真烂漫、单纯质朴、活泼可爱、聪慧机灵的女性形象跃然纸上。

在封建社会，女子要矜持，要笑不露齿，而婴宁想笑就笑、一笑不止的行为是违反礼数的。作者非常认可和欣赏像婴宁这种超群脱俗的女子，他非常珍爱婴宁，视婴宁如己出，会亲切地称她为“我婴宁”，如亲生女儿一般亲切，由此可见，婴宁寄寓了作者的人生理想，体现了作者对淳朴品质和自然人性的向往。

学法点拨

想象：法国著名作家雨果曾说，“想象就是深度。没有一种精神机能比想象更能自我深化，更能深入对象，这是伟大的潜水者。”它可以把读者带到人不能到达的世界，又同时能给读者留下足够的空间，如果没有想象，今天我们是无法见到如此丰富多彩的文学作品的。能写出引人入胜作品的作家，既要有丰富的生活阅历，更要有多彩变异的想象，只有插上想象的翅膀，才能使文学创作富有生机和灵动，想象在文学创作中具有极其重要的地位和作用，从一定程度上讲，没有想象就没有文学创作，想象给文学创作带来了无限的空间和力量。

众所周知，小说不是真实的生活写照，虚拟的成分很大，甚至可以说是虚构的，大部分是经过作者的构思、想象而来的。《聊斋志异》充分发挥了作者的想象才能，在聊斋中给读者讲述神奇古怪的故事。一个个花妖鬼狐的世界，蒲松龄并没有亲眼所见，他运用大胆的想象，讲述了一个个离奇虚幻的故事，多方面揭露了社会现实的黑暗；作者还通过人与狐妖鬼神之间的纯真爱情，礼赞了封建社会中为了爱情能够冲破礼教束缚樊篱的精神。“写鬼写妖高人一等，刺贪刺虐入木三分。”（郭沫若语）同时也抒发了作者自己的满腔“孤愤”之情；“鬼狐有性格，笑骂成文章。”（老舍评价）

链接思考

1. 《聊斋志异》许多篇目最后一段都是“异史氏曰”，这是蒲松龄在发表自己的看法，这种写法其实是对前人的一种模仿，如司马迁在《史记》中的“太史公曰”，王安石作品的“王子曰”等。请理解《婴宁》最后一段作者对婴宁这位性格鲜明的女性倾注的炙热情感。

2. 情境表演：请想象并模拟婴宁初遇王子服时的表情、动作及语言。

3. 红楼梦（节选）

（清）曹雪芹

第七十四回　惑奸谗抄检大观园　矢孤介杜绝宁国府

……于是大家商议已定。

至晚饭后，待贾母安寝了，宝钗等入园时，王善保家的便请了凤姐，一并入园，喝命将角门皆上锁，便从上夜的婆子处抄检起来，不过抄检出些多余攒下蜡烛、灯油等物。王善保家的道："这也是赃，不许动。等明儿回过太太再动。"于是先就到怡红院中，喝命关门。

当下宝玉正因晴雯不自在，忽见这一干人来，不知为何直扑了丫头们的房门去，因迎出凤姐来，问是何故。凤姐道："丢了一件要紧的东西，因大家混赖，恐怕有丫头们偷了，所以大家都查一查去疑。"一面说，一面坐下吃茶。

王善保家的等搜了一回，又细问这几个箱子是谁的，都叫本人来亲自打开。袭人因见晴雯这样，知道必有异事；又见这番抄检，只得自己先出来，打开了箱子并匣子，任其搜检一番，不过是平常动用之物。遂放下，又搜别人的，挨次都一一搜过。

到了晴雯的箱子，因问："是谁的？怎不开了让搜？"袭人等方欲代晴雯开时，只见晴雯挽着头发闯进来，豁啷一声，将箱子掀开，两手提着，底子朝上，往地下尽情一倒，将所有之物尽都倒出。王善保家的也觉没趣，看了一看，也无甚私弊之物。回了凤姐，要往别处去。

凤姐道："你们可细细地查，若这一番查不出来，难回话的。"众人都道："都细细地翻着看了，没什么差错东西。虽有几样男人的物件，都是小孩子的东西，想是宝玉的旧物件，没甚关系的。"凤姐听了，笑道："既如此，咱们就走，再瞧别处去。"

说着，一径出来，因向王善保家的道："我有一句话，不知是不是？要抄检，只抄检咱们家的人。薛大姑娘屋里，断乎抄检不得的。"王善保家的笑道："这个自然。岂有抄起亲戚家来的？"凤姐点头道："我也这样说呢。"

一头说，一头到了潇湘馆内。黛玉已睡了，忽报这些人来，也不知为甚事。才要起来，只见凤姐已走进来，忙按住他不许起来，只说："睡着，我们就走。"这边且说些闲话。

那个王善保家的带了众人，到丫鬟房中，也一一开箱倒笼，抄检了一番。因从紫鹃房中抄出两副宝玉常换下来的寄名符儿，一副束带上的帔带，两个荷包并扇套，套内有扇子。打开看时，皆是宝玉往年往日手内曾拿过的。王善保家的自为得了意，遂忙请凤姐过来验视，又说："这些东西，从那里来的？"

凤姐笑道："宝玉和他们从小儿在一处混了几年，这自然是宝玉的旧东西。这也不算什么罕事，撂下再往别处去是正经。"紫鹃笑道："直到如今，我们两下里的账也算不清。要问这一个，连我也忘了是那年月日有的了。"王善保家的听凤姐如此说，也只得罢了。

又到探春院内，谁知早有人报与探春了。探春也就猜着必有原故，所以引出这等丑态来，遂命众丫鬟秉烛开门而待。一时众人来了。探春故问何事。凤姐笑道："因丢了一件东西，连日访察不出人来，恐怕旁人赖这些女孩子们，所以越性大家搜一搜，使人去疑，倒是洗净他们的好法子。"

探春冷笑道："我们的丫头自然都是些贼，我就是头一个窝主。既如此，先来搜我的箱柜，他们所偷了来的，都交给我藏着呢。"说着，便命丫头们把箱柜一齐打开，将镜奁、妆盒、衾袱、衣包若大若小之物一齐打开，请凤姐去抄阅。凤姐赔笑道："我不过是奉太太的命来，妹妹别错怪我。何必生气。"因命丫鬟们快快关上。平儿、丰儿等先忙着替待书等关的关，收的收。

探春道："我的东西，倒许你们搜阅，要想搜我的丫头，这却不能。我原比众人歹毒。凡丫头所有的东西，我都知道，都在我这里间收着。一针一线，他们也没的收藏，要搜，只来搜我。你们不依，只管去回太太，只说我违背了太太，该怎么处治，我去自领。你们别忙，自然连你们抄的日子有呢！你们今日早起不曾议论甄家，自己家里好好的抄家，果然今日真抄了。咱们也渐渐的来了。可知这样大族人家，若从外头杀来，一时是杀不死的。

这是古人曾说的‘百足之虫，死而不僵’，必须先从家里自杀自灭起来，才能一败涂地!”说着，不觉流下泪来。

凤姐只看着众媳妇们。周瑞家的便道：“既是女孩子的东西全在这里，奶奶且请到别处去罢，也让姑娘好安寝。”凤姐便起身告辞。

探春道：“可细细的搜明白了？若明日再来，我就不依了。”凤姐笑道：“既然丫头们的东西都在这里，就不必搜了。”探春冷笑道：“你果然倒乖。连我的包袱都打开了，还说没翻。明日敢说我护着丫头们，不许你们翻了。你趁早说明，若还要翻，不妨再翻一遍。”凤姐知道探春素日与众不同的，只得赔笑道：“我已经连你的东西都搜查明白了。”探春又问众人：“你们也都搜明白了不曾?”周瑞家的等都赔笑说：“都翻明白了。”

那王善保家的本是个心内没成算的人，素日虽闻探春的名，他自为众人没眼力、没胆量罢了，那里一个姑娘家就这样起来？况且又是庶出，他敢怎么他？自恃是邢夫人的陪房，连王夫人尚另眼相看，何况别个？今见探春如此，他只当是探春认真单恼凤姐，与他们无干。他便要趁势作脸现好，因越众向前，拉起探春的衣襟，故意一掀，嘻嘻笑道：“连姑娘身上我都翻了，果然没有什么。”凤姐见他这样，忙说：“妈妈走罢，别疯疯癫癫的。”

一语未了，只听“拍”的一声，王善保家的脸上早着了探春一掌。探春登时大怒，指着王善保家的问道：“你是什么东西，敢来拉扯我的衣裳！我不过看着太太的面上，你又有年纪，叫你一声妈妈，你就狗仗人势，天天作耗，专管生事。如今越性了不得了。你打谅我是同你们姑娘那样好性儿，由着你们欺负他，就错了主意！你来搜检东西我不恼，你不该拿我取笑。”说着，便亲自解衣卸裙，拉着凤姐细细地翻看。又说：“省得叫奴才来翻我身上。”

凤姐、平儿等忙与探春束裙整袂，口内喝着王善保家的说：“妈妈吃两口酒就疯疯癫癫起来。前儿把太太也冲撞了。快出去，不要提起了。”又劝探春休得生气。探春冷笑道：“我但凡有气，早一头碰死了！不然，岂许奴才来我身上翻贼赃了。明儿一早，我先回过老太太、太太，然后过去给大娘陪礼，该怎么，我就领。”

那王善保家的讨了个没意思，在窗外只说：“罢了，罢了，这也是头一遭挨打。我明儿回了太太，仍回老娘家去罢。这个老命还要他做什么!”探春喝命丫鬟道：“你们听着他说话，还等我和他对嘴去不成?”待书等听说，便出去说道：“你果然回老娘家去，倒是我们的造化了。只怕舍不得去。”

凤姐笑道：“好丫头，真是有其主必有其仆。”探春冷笑道：“我们作贼的人，嘴里都有三言两语的。这还算笨的，背地里就只不会调唆主子。”平儿忙也赔笑解劝，一面又拉了待书进来。周瑞家的等人劝了一番。凤姐直待伏侍探春睡下，方带着人往对过暖香坞来。

彼时，李纨犹病在床上。他与惜春是紧邻，又与探春相近，故顺路先到这两处。因李纨才吃了药睡着，不好惊动，只到丫鬟们房中一一的搜了一遍，也没有什么东西。

遂到惜春房中来。因惜春年少，尚未识事，吓的不知当有什么事故，凤姐也少不得安慰他。谁知竟在入画箱中寻出一大包金银锞子来，约共三四十个，又有一副玉带板子，并一包男人的靴袜等物。

入画也黄了脸。因问是那里来的，入画只得跪下，哭诉真情说：“这是珍大爷赏我哥哥的。因我们老子、娘都在南方，如今只跟着叔叔过日子。我叔叔、婶子只要吃酒赌钱，我哥哥怕交给他们又花了，所以每常得了，悄悄的烦了老妈妈带进来，叫我收着的。”惜春胆小,见了这个也害怕,说:“我竟不知道。这还了得!二嫂子,你要打他,好歹带他出去打罢,我听不惯的。”

凤姐笑道:“这话若果真呢,也倒可恕,只是不该私自传送进来。这个可以传递,什么不可传递。这倒是传递人的不是了。若这话不真,倘是偷来的,你可就别想活了。”入画跪着哭道:“我不敢扯谎。奶奶只管明日问我们奶奶和大爷去。若说不是赏的,就拿我和我哥哥一同打死无怨。”

凤姐道:“这个自然是要问的,只是真赏的也有不是。谁许你私自传送东西的!你且说是谁作接应,我便饶你。下次万万不可。”惜春道:“嫂子别饶他这次方可。我们这里人多,若不拿一个人作法子,那些大的听见了,又不知怎么样呢?嫂子若饶他,我也不依。”

凤姐道:“素日我看他还好。谁没一个错,只这一次。二次犯下,二罪俱罚。但不知传递是谁?”惜春道:“若说传递,再无别个,必是后门上的张妈。他常肯和这些丫头们鬼鬼祟祟的,这些丫头们也都肯照顾他。”凤姐听说,便命人记下,将东西且交给周瑞家的暂拿着,等明日对明再议。于是别了惜春,方往迎春房内来。

迎春已经睡着了,丫鬟们也才要睡,众人叩门半日才开。凤姐吩付:“不必惊动小姐。”遂往丫鬟们房里来。因司棋是王善保的外孙女儿,凤姐倒要看看王家的可藏私不藏,遂留神看他搜检。先从别人箱子搜起,皆无别物。及到了司棋,箱中搜了一回,王善保家的说:“也没有什么东西。”

才要关箱子,周瑞家的道:“且住,这是什么?”说着,便伸手掣出一双男子的锦袜并一双缎鞋来。又有一个小包袱,打开看时,里面是一个同心如意并一个字帖儿。一总递与凤姐看。

凤姐因当家理事,每每看开帖并账目,也颇识得几个字了,便看那帖子,是大红双喜笺帖,上面写道:“上月你来家后,父母已觉察你我之意。但姑娘未出阁,尚不能完你我之心愿。若园内可以相见,你可托张妈给一信息。若得在园内一见,倒比来家得说话。千万,千万。再,所赐香袋二个,今已查收外,特寄香珠一串,略表我心。千万收好。表弟潘又安拜具。”

凤姐看罢,不怒而反乐。别人并不识字。王善保家的素日并不知道他姑表姊弟有这一节风流故事,见了这鞋袜,心内已是有些毛病,又见有一红帖,凤姐又看着笑,他便说道:“必是他们胡写的账目,不成个字,所以奶奶见笑。”

凤姐笑道:“正是,这个账竟算不过来。你是司棋的老娘,他的表弟也该姓王,怎么又姓潘呢?”王善保家的见问的奇怪,只得勉强告道:“司棋的姑妈给了潘家,所以他姑表兄弟姓潘。上次逃走了的潘又安就是他表弟。”凤姐笑道:“这就是了。”因道:“我念给你听听。”说着,从头念了一遍,大家都唬了一跳。

这王善保家的一心只要拿人的错儿,不想反拿住了他外孙女儿,又气又臊。周瑞家的四人又都问着他道:“你老可听见了?明明白白,再没的话说了。如今据你老人家,该怎么样?”这王善保家的只恨没地缝儿钻进去。

凤姐只瞅着他嘻嘻的笑,又向周瑞家的笑道:“这倒也好。不用你们老娘操一点儿心,他鸦雀不闻的给你们弄个好女婿来,大家倒省心。”周瑞家的也笑着凑趣儿。王善保家的气无处泄,便自己回手打着自己的脸,骂道:“老不死的娼妇,怎么造下孽了!说嘴打嘴,现世现报在人眼里。”众人见这般,俱笑个不住,又半劝半讽的。

凤姐见司棋低头不语,也并无畏惧惭愧之意,倒觉可异。料此时夜深,且不必盘问,只怕他夜间自愧，去寻拙志，遂唤两个婆子监守起他来。带了人，拿了赃证回来，且自安歇，等待明日料理。谁知到夜里又连起来几次，下面淋血不止。

至次日，便觉身体十分软弱，起来发晕，遂撑不住。请太医来，诊脉毕，遂立药案云："看得少奶奶系心气不足，虚火乘脾，皆由忧劳所伤，以致嗜卧好眠，胃虚土弱，不思饮食。今聊用升阳养荣之剂。"写毕，遂开了几样药名，不过是人参、当归、黄芪等类之剂。一时退去，有老嬷嬷们拿了方子，回过王夫人。王夫人不免又添一番愁闷，遂将司棋等事暂未理。

（选自《红楼梦》，曹雪芹、高鹗著，刘世德校注，江苏古籍出版社，2000 年）

相关背景

曹雪芹（约 1715—约 1763），名沾，字梦阮，号雪芹，又号芹溪、芹圃，清代著名小说家。曹雪芹出身于封建贵族之家，少年在南京江宁织造府有过一段锦衣纨绔、富贵风流的生活，后因家庭衰败而饱尝人生辛酸，移居北京西郊后，靠卖字画和朋友救济为生，并以顽强的毅力，历经多年艰辛创作，写出了一部极具思想性、艺术性的中国古典小说的巅峰之作《红楼梦》。

《红楼梦》被认为是中国封建社会的百科全书、传统文化的集大成者。小说以贾、史、王、薛四大家族的兴衰为背景，以贾宝玉、林黛玉、薛宝钗的爱情婚姻故事为主线，通过主人公的人生悲剧及家族悲剧，揭示了封建社会的腐朽和没落。

节选部分是由于在大观园中发现了"绣春囊"，在王熙凤的带领下，以周瑞家的、王善保家的为助手，对大观园进行抄检。作品形象生动地刻画了王熙凤的奸猾、晴雯的直爽、惜春的淡漠等，尤其是人物的动作和细节描写生动传神、惟妙惟肖，将人物刻画得活灵活现、出神入化。

文本赏析

本文选自《红楼梦》第七十四回。抄检大观园是《红楼梦》中的重大事件，在整部小说中具有重要的作用。

大观园是小说人物活动的主要场所，也是作者人生和美好理想的象征，大观园毕竟存在于社会现实中，自然不能避免世俗的袭扰，大观园的最终结局就是毁灭。抄检大观园是这种毁灭的开始，在记叙大观园抄检时，主要描写了探春、惜春及相关丫鬟。尤其是对探春的描写非常精彩，探春坚决反对抄检，从家族全局利益出发，头脑清楚，眼光敏锐，义正词严，无所畏惧，抄检中不仅顶撞凤姐，违背王夫人之意，而且还打了王善保家的耳光，表现出一种敢做敢当的勇气。丫鬟晴雯形象突出，晴雯因先遭诬陷，被王夫人痛骂，故抄检中反应激烈，兜箱底倒物，形象地表现了晴雯刚烈的性情和内心的愤怒。其他人物，如惜春，丫鬟入画、司棋等，均刻画得形象生动，她们的悲剧命运很值得人们同情。

学法点拨

借叙事（送物）写人物：这是刻画人物的重要写作手法之一。本文通过叙述抄检大观园这一典型事件，刻画出了不同人物各自鲜明的性格。王夫人缺乏心计，耳软面硬；凤姐老于世故，精明干练；王善保家的阴毒奸险，欺软怕硬；探春刚毅果敢，明辨是非；晴雯性情刚烈；司棋敢做敢当；等等，均给读者留下了深刻印象。

文学作品中这种案例很多，例如，《红楼梦》第七回"周瑞家的送宫花"，先到王夫人处，见迎春、探春在下围棋，周瑞家的将花送上。二人道了谢，命丫鬟收了。给惜春送花，惜春和智能儿一处玩耍，说要剃头当姑子去，见了花便取笑了一番。又往凤姐处去，平儿收了四支，又叫彩明送两支给蓉大奶奶(秦可卿)。最后去宝玉房里给黛玉送花，黛玉冷笑"别人不挑剩下的也不给我"。此处，通过周瑞家的送花，写出了她处事较为圆滑、见风使舵，是贾宝玉口中典型的"鱼眼睛"形象；黛玉收花，写出了黛玉的过度敏感，甚至有点刻薄的个性。借叙事(送物)的方式写出送者或接受者的性格特点，可使人物形象丰满，个性鲜明。《三国演义》中的"张松送图"，张松认为曹操是"战必胜，攻必取""天下无敌"的大英雄，是可以依附的大树，就私下欲攀高枝。一有机会，张松便自告奋勇出使曹营求救。其实张松求救是假，另择主子是真，他"暗画西川地理图本藏之"，企望送个见面礼，换得高官厚禄。此处，张松依附权势的小人形象跃然纸上。

链接思考

1. 赏析主要人物探春和惜春的性格特征。

2. 抄检大观园在全书中有着举足轻重的作用，预示着封建家族及封建社会将迎业无可挽回的崩溃结局。阅读原著，理解其在整部小说中的价值。

3. 请用借叙事(送物)写人物的方法写一篇小小说。要求：刻画出一个人物形象鲜明的性格特点。

二、中国现当代小说

4. 断魂枪(节选)

老舍

……

到了客栈，他心中直跳，惟恐沙老师不在家，他急于报仇。他知道老师不爱管这种事，师弟们已碰过不少回钉子，可是他相信这回必定行，他是大伙计，不比那些毛孩子；再说，人家在庙会上点名叫阵，沙老师还能丢这个脸么？

"三胜，"沙子龙正在床上看着本《封神榜》，"有事吗？"

三胜的脸又紫了，嘴唇动着，说不出话来。

沙子龙坐起来："怎么了，三胜？"

"栽了跟头！"

只打了个不甚长的哈欠，沙老师没别的表示。

王三胜心中不平，但是不敢发作；他得激动老师："姓孙的一个老头儿，门外等着老师呢；把我的枪，枪，打掉了两次！"他知道"枪"字在老师心中有多大分量。没等吩咐，他慌忙跑出去。

客人进来，沙子龙在外间屋等着呢。彼此拱手坐下，他叫三胜去泡茶。三胜希望两个老人立刻交了手，可是不能不沏茶去。孙老者没话讲，用深藏着的眼睛打量沙子龙。

沙子龙很客气："要是三胜得罪了你，不用理他，年纪还轻。"

孙老者有些失望，可也看出沙子龙的精明。他不知怎样好了，不能拿一个人的精明断定他的武艺。"我来领教领教枪法！"他不由地说出来。

沙子龙没接碴儿。王三胜提着茶壶走进来——急于看二人动手，他没管水开了没有，就沏在壶中。

“三胜，”沙子龙拿起个茶碗来，“去找小顺们去，天汇见，陪孙老者吃饭。”

“什么？”王三胜的眼珠几乎掉出来。看了看沙老师的脸，他敢怒而不敢言地说了声“是啦！”走出去，噘着大嘴。

“教徒弟不易！”孙老者说。

“我没收过徒弟。走吧，这个水不开！茶馆去喝，喝饿了就吃。”沙子龙从桌子上拿起缎子褡裢，一头装着鼻烟壶，一头装着点钱，挂在腰带上。

“不，我还不饿！”孙老者很坚决，两个“不”字把小辫从肩上抡到后边去。

“说会子话儿。”

“我来为领教领教枪法。”

“功夫早搁下了，”沙子龙指着身上，“已经放了肉！”

“这么办也行，”孙老者深深地看了沙老师一眼：“不比武，教给我那趟五虎断魂枪。”

“五虎断魂枪？”沙子龙笑了：“早忘净了！早忘净了！告诉你，在我这儿住几天，咱们各处逛逛，临走，多少送点盘缠。”

“我不逛，也用不着钱，我来学艺！”孙老者立起来，“我练趟给你看看，看够得上学艺不够！”一屈腰已到了院中，把楼鸽都吓飞起去。拉开架子，他打了趟查拳：腿快，手飘洒，一个飞脚起去，小辫儿飘在空中，像从天上落下来一个风筝；快之中，每个架子都摆得稳、准、利落；来回六趟，把院子满都打到，走得圆，接得紧，身子在一处，而精神贯串到四面八方。抱拳收势，身儿缩紧，好似满院乱飞的燕子忽然归了巢。

“好！好！”沙子龙在台阶上点着头喊。

“教给我那趟枪！”孙老者抱了抱拳。

沙子龙下了台阶，也抱着拳：“孙老者，说真的吧；那条枪和那套枪都跟我入棺材，一齐入棺材！”

“不传？”

“不传！”

孙老者的胡子嘴动了半天，没说出什么来。到屋里抄起蓝布大衫，拉拉着腿：“打搅了，再会！”

“吃过饭走！”沙子龙说。

孙老者没言语。

沙子龙把客人送到小门，然后回到屋中，对着墙角立着的大枪点了点头。

他独自上了天汇，怕是王三胜们在那里等着。他们都没有去。

王三胜和小顺们都不敢再到土地庙去卖艺，大家谁也不再为沙子龙吹腾；反之，他们说沙子龙栽了跟头，不敢和个老头儿动手；那个老头子一脚能踢死个牛。不要说王三胜输给他，沙子龙也不是“个儿”。不过呢，王三胜到底和老头子见了个高低，而沙子龙连句硬话也没敢说。“神枪沙子龙”慢慢似乎被人们忘了。

夜静人稀，沙子龙关好了小门，一气把六十四枪刺下来；而后，拄着枪，望着天上的群星，想起当年在野店荒林的威风。叹一口气，用手指慢慢摸着凉滑的枪身，又微微一笑：“不传！不传！”

（选自《老舍小说集》，老舍著，中国社会出版社，2005年）

相关背景

老舍(1899—1966),原名舒庆春,字舍予,笔名老舍,现代著名小说家、戏剧家。其代表作有《骆驼祥子》《四世同堂》《月牙儿》《茶馆》等。老舍的作品深受广大读者欢迎,其作品主要记叙城市平民的喜怒哀乐和人生命运,从而揭露社会现实,表达反帝爱民思想。作品语言俗白精致,雅俗共赏,幽默诙谐,是“京味”十足的“市井文学”,有着浓郁的地域文化色彩。20世纪30年代前半期,西方帝国主义列强用坚船利炮打开了中国闭关锁国的大门,中国传统文明面对西方现代物质文明和精神文化的冲击,何去何从,这是当时社会所面临的严峻问题。老舍的《断魂枪》,就是在这样的社会大背景中展开的。清朝末年,收人钱财,凭借武功,专门为他人保护财物或保障人身安全的镖局,随着火车、汽车、轮船的开通及洋枪的出现,虽有百年历史但却难以为继,纷纷关闭。身怀绝技的镖师沙子龙,在万般无奈中顺应时代发展,解散镖局,将镖局改为客栈,并下定决心不再传授自己的绝活“五虎断魂枪”的枪法,其实这恰恰反映了沙子龙的内心世界是复杂矛盾的,虽然不谈武艺,但仍然视武艺为至宝,用“不传! 不传!”的方式,表达了其对时代的抗衡。沙子龙是与现实隔绝的,他的命运暗示着国术乃至传统文化的命运。

文本赏析

老舍的小说创作,往往更多地关注底层百姓的人生命运,用个人的生活琐事表现历史时代的变迁,用小人物身上的特点展现时代的滚滚洪流,揭示社会现实的角度独特,给读者留下深刻印象,带来心灵的震撼。

《断魂枪》主要人物沙子龙,曾经是远近闻名的镖师,性格倔强,武艺高强,尤其有一门苦练多年的绝艺——“五虎断魂枪”。这种枪法让他所向披靡,威震四方,人称其为“神枪沙子龙”。因常年习武,其武艺已不仅仅是他维持生计的手段,更成为他深深挚爱的追求,已经完全融入他的骨子里了。

但是,时代改变了,随着洋枪和火车的到来,传统的镖局已经失去了存在的意义。只有接受现实,改变方式,才能继续生活下去,虽然表面上沙子龙做了调整,但在他的骨子里仍然沉湎于过去,无法忘怀当年野店荒林里自己的雄风,并没有真正适应社会的变化。

小说在艺术处理上很有特色,特别是作品的结尾部分,堪称画龙点睛之笔。“神枪沙子龙”慢慢地似乎被人们遗忘了,在遭到徒弟的奚落后,沙子龙在夜静人稀之时,一气把六十四枪刺下来,拄着枪,望着天上群星,遥想当年威风,用手指慢慢摸着冰凉的枪身,微笑中甩出“不传! 不传!”几个字,作品便戛然而止,给广大读者留下巨大的审美想象空间,让人唏嘘不已。

学法点拨

“复调”式叙述:复调原是音乐术语,指在一首曲子中,有着两个以上的主旋律。“复调”式叙述是指在同一叙事中并行两个甚至更多的声音的叙述方式,相对于独白式的叙事方式而言,复调式叙述方式在于叙事者的声音与作品主人公的声音之间存在矛盾,主人公似乎叛离叙事者的理性意图,脱离其控制,并与叙事者对话。作者把自己内心的矛盾、困惑,通过叙事者与主人公对立的声音表现了出来。苏联著名文艺理论批评家巴赫金,是最早借用术语“复调”一词用来形容陀思妥耶夫斯基小说的多人物中心、多角度的、非全知全能式的叙事特征,当代著名作家贾平凹的《病相报告》、莫言的《檀香刑》等多部小说，都有“复调”式叙述的尝试。

小说《断魂枪》中，不仅仅刻画了沙子龙这一条情节线索，还出现了另外一位重要人物，即孙老者。孙老者的出场是他在卖艺场上的显露，表明了这也是一位深藏不露且武艺不凡的江湖英雄，这种内敛的性格和沙子龙颇为相似，但是实际上孙老者和沙子龙还是有本质上的不同，孙老者乐观向上，坚韧豁达，依然为学习传统武林绝技而奔走江湖之中。小说中，孙老者也许只是作为沙子龙的陪衬或推动小说情节发展的一个因素，但孙老者的出场，反而增添了《断魂枪》悲壮的情绪，与沙子龙形成对比，补充和完善了沙子龙的形象特征，使作品由“单声部”叙述变成了“复调”式叙述，也使这部小说最终成为一曲为中国传统技艺和精神悼亡的挽歌。

链接思考

1. 分析作品中沙子龙人物形象的典型意义。

2. 杨义说：“读老舍的小说，宛若在读白居易的诗，平易畅达，老妪能解。”请阅读老舍其他作品，体会老舍作品的语言特点。

3. 阅读贾平凹的《病相报告》、莫言的《檀香刑》，体会复调式叙述的特点。

5. 金锁记（节选）

张爱玲

……

七巧带着儿子长白，女儿长安另租了一幢屋子住下了，和姜家各房很少来往。隔了几个月，姜季泽忽然上门来了。老妈子通报上来，七巧怀着鬼胎，想着分家的那一天得罪了他，不知他有什么手段对付。可是兵来将挡，她凭什么要怕他？她家常穿着佛青实地纱袄子，特地系上一条玄色铁线纱裙，走下楼来。季泽却是满面春风的站起来问二嫂好，又问白哥儿可是在书房里，安姐儿的湿气可大好了，七巧心里便疑惑他是来借钱的，加意防备着，坐下笑道：“三弟你近来又发福了。”季泽笑道：“看我像一点儿心事都没有的人。”七巧笑道：“有福之人不在忙吗！你一向就是无牵无挂的。”季泽笑道：“等我把房子卖了，我还要无牵无挂呢！”七巧道：“就是你做了押款的那房子，你还要卖？”季泽道，“当初造它的时候，很费了点心思，有许多装置都是自己心爱的，当然不愿意脱手。后来你是知道的，那边地皮值钱了，前年把它翻造了衖堂房子，一家一家收租，跟那些住小家的打交道，我实在嫌麻烦，索性打算卖了它，图个清静。”七巧暗地里说道：“口气好大！我是知道你的底细的，你在我跟前充什么阔大爷！”

虽然他不向她哭穷，但凡谈到银钱交易，她总觉得有点危险，便岔了开去道：“三妹妹好么？腰子病近来发过没有？”季泽笑道：“我也有许久没见过她的面了。”七巧道：“这是什么话？你们吵了嘴么？”季泽笑道：“这些时我们倒也没吵过嘴。不得已在一起说两句话，也是难得的，也没那闲情逸致吵嘴。”七巧道：“何至于这样？我就不相信！”季泽两肘撑在藤椅的扶手上，交叉着十指，手搭凉棚，影子落在眼睛上，深深地唉了一声。七巧笑道：“没有别的，要不就是你在外头玩得太厉害了。自己做错了事，还唉声叹气的仿佛谁害了你似的。你们姜家就没有一个好人！”说着，举起白团扇，作势要打。季泽把那交叉着的十指往下移了一移，两只大拇指按在嘴唇上，两只食指缓缓抚摸着鼻梁，露出一双水汪汪的眼睛来。那眼珠却是水仙花缸底的黑石子，上面汪着水，下面冷冷的没有表情。看不出他在想什么。七巧道："我非打你不可！"季泽的眼睛里突然冒出一点笑泡儿，道："你打，你打！"七巧待要打，又掣回手去，重新一鼓作气道："我真打！"抬高了手，一扇子劈下来，又在半空中停住了，吃吃笑将起来。季泽带笑将肩膀耸了一耸，凑了上去道："你倒是打我一下罢！害得我浑身骨头痒痒着，不得劲儿！"七巧把扇子向背后一藏，越发笑得格格的。

季泽把椅子换了个方向，面朝墙坐着，人向椅背上一靠，双手蒙住了眼睛，又是长长地叹了口气。七巧啃着扇子柄，斜瞟着他道："你今儿是怎么了？受了暑吗？"季泽道："你哪里知道？"半晌，他低低地一个字一个字说道："你知道我为什么跟家里的那个不好，为什么我拼命的在外头玩，把产业都败光了？你知道这都是为了谁？"七巧不知不觉有些胆寒，走得远远的，倚在炉台上，脸色慢慢地变了。季泽跟了过来。七巧垂着头，肘弯撑在炉台上，手里擎着团扇，扇子上的杏黄穗子顺着她的额角拖下来。季泽在她对面站住了，小声道："二嫂！……七巧！"

七巧背过脸去淡淡笑道："我要相信你才怪呢！"季泽便也走开了，道："不错。你怎么能够相信我？自从你到我家来，我在家一刻也待不住，只想出去。你没来的时候我并没有那么荒唐过，后来那都是为了躲你。娶了兰仙来，我更玩得凶了，为了躲你之外又要躲她，见了你，说不了两句话我就要发脾气——你哪儿知道我心里的苦楚？你对我好，我心里更难受——我得管着我自己——我不得平白的坑坏了你！家里人多眼杂，让人知道了，我是个男子汉，还不打紧，你可了不得！"七巧的手直打颤，扇柄上的杏黄须子在她额上苏苏磨擦着。季泽道："你信也罢，不信也罢！信了又怎样？横竖我们半辈子已经过去了，说也是白说。我只求你原谅我这一片心。我为你吃了这些苦，也就不算冤枉了。

七巧低着头，沐浴在光辉里，细细的音乐，细细的喜悦……这些年了，她跟他捉迷藏似的，只是近不得身，原来还有今天！可不是，这半辈子已经完了——花一般的年纪已经过去了。人生就是这样的错综复杂，不讲理。当初她为什么嫁到姜家来？为了钱么？不是的，为了要遇见季泽，为了命中注定她要和季泽相爱。她微微抬起脸来，季泽立在她跟前，两手合在她扇子上，面颊贴在她扇子上。他也老了十年了，然而人究竟还是那个人呵！他难道是哄她么？他想她的钱——她卖掉她的一生换来的几个钱？仅仅这一转念便使她暴怒起来。就算她错怪了他，他为她吃的苦抵得过她为他吃的苦么？好容易她死了心了，他又来撩拨她。她恨他。他还在看着她。他的眼睛——虽然隔了十年，人还是那个人呵！就算他是骗她的，迟一点儿发现不好么？即使明知是骗人的，他太会演戏了，也跟真的差不多罢？

不行！她不能有把柄落在这厮手里。姜家的人是厉害的，她的钱只怕保不住。她得先证明他是真心的。七巧定了一定神，向门外瞧了一瞧，轻轻惊叫道："有人！"便三脚两步赶出门去，到下房里吩咐潘妈替三爷弄点心去，快些端了来，顺便带芭蕉扇进来替三爷打扇。七巧回到屋里来，故意皱着眉道："真可恶，老妈子在门口探头探脑的，见了我抹过头去就跑，被我赶上去喝住了。若是关上了门说两句话，指不定造出什么谣言来呢！饶是独门独户住了，还没个清净。"潘妈送了点心与酸梅汤进来，七巧亲自拿筷子替季泽拣掉了蜜层糕上的玫瑰与青梅，道："我记得你是不爱吃红绿丝的。"有人在跟前，季泽不便说什么，只是微笑。七巧似乎没话找话说似的，问道："你卖房子，接洽得怎样了？"季泽一面吃，一面答道："有人出八万五，我还没打定主意呢。"七巧沉吟道："地段倒是好的。"季泽道："谁都不赞成我脱手，说还要涨呢。"七巧又问了些详细情形，便道："可惜我手头没有这一笔现款，不然我倒想买。"季泽道："其实呢，我这房子倒不急，倒是咱们乡下你那些田，早早脱手的好。自从改了民国，接二连三的打仗，何尝有一年闲过？把地面上糟踏得不成样子，中间还被收租的，师爷，地头蛇一层一层勒啃着，莫说这两年不是水就是旱，就遇着了丰年，也没有多少进账轮到我们头上。"七巧寻思着，道："我也盘算过来，一直挨着没有办。先晓得把它卖了，这会子想买房子，也不至于钱不凑手了。"季泽道："你那田要卖趁现在就得卖了，听说直鲁又要开仗了。"七巧道："急切间你叫我卖给谁去？"季泽顿了一顿道："我去替你打听打听，也成。"七巧耸了耸眉毛笑道："得了，你那些狐群狗党里头，又有谁是靠得住的？"季泽把咬开的饺子在小碟子里蘸了点醋，闲闲说出两个靠得住的人名，七巧便认真仔细盘问他起来，他果然回答得有条不紊，显然他是筹之已熟的。

七巧虽是笑吟吟的，嘴里发干，上嘴唇黏在牙仁上，放不下来。她端起盖碗来吸了一口茶，舐了舐嘴唇，突然把脸一沉，跳起身来，将手里的扇子向季泽头上滴溜溜掷过去，季泽向左偏了一偏，那团扇敲在他肩膀上，打翻了玻璃杯，酸梅汤淋淋漓漓溅了他一身。七巧骂道："你要我卖了田去买你的房子？你要我卖田？钱一经你的手，还有得说么？你哄我——你拿那样的话来哄我——你拿我当傻子——"她隔着一张桌子探身过去打他，然而她被潘妈下死劲抱住了。潘妈叫唤起来，祥云等人都奔了来，七手八脚按住了她，七嘴八舌求告着。七巧一头挣扎，一头叱喝着，然而她的一颗心直往下坠——她很明白她这举动太蠢——太蠢——她在这儿丢人出丑。

季泽脱下了他那湿濡的白香云纱长衫，潘妈绞了手巾来代他揩擦，他理也不理，把衣服夹在手臂上，竟自扬长出门去了，临行的时候向祥云道："等白哥儿下了学，叫他替他母亲请个医生来看看。"祥云吓糊涂了，连声答应着，被七巧兜脸给她一个耳刮子。

季泽走了。丫头老妈子也都给七巧骂跑了。酸梅汤沿着桌子一滴一滴朝下滴，像迟迟的夜漏——一滴，一滴……一更，二更……一年，一百年。真长，这寂寂的一刹那。七巧扶着头站着，倏地掉转身来上楼去，提着裙子，性急慌忙，跌跌绊绊，不住地撞到那阴暗的绿粉墙上，佛青袄子上沾了大块的淡色的灰。她要在楼上的窗户里再看他一眼。无论如何，她从前爱过他。她的爱给了她无穷的痛苦。单只这一点，就使她值得留恋。多少回了，为了要按捺她自己，她迸得全身的筋骨与牙根都酸楚了。今天完全是她的错。他不是个好人。她又不是不知道。她要他，就得装糊涂，就得容忍他的坏。她为什么要戳穿他？人生在世，还不就是那么一回事？归根究底，什么是真的，什么是假的？

她到了窗前，揭开了那边上缀有小绒球的墨绿洋式窗帘，季泽正在弄堂里往外走，长衫搭在臂上，晴天的风像一群白鸽子钻进他的纺绸裤褂里去，哪儿都钻到了，飘飘拍着翅子。

七巧眼前仿佛挂了冰冷的珍珠帘，一阵热风来了，把那帘子紧紧贴在她脸上，风去了，又把帘子吸了回去，气还没透过来，风又来了，没头没脸包住她——一阵凉，一阵热，她只是淌着眼泪。

玻璃窗的上角隐隐约约反映出弄堂里一个巡警的缩小的影子。晃着膀子踱过去，一辆黄包车静静在巡警身旁辗过。小孩把袍子掖在裤腰里，一路踢着球，奔出玻璃的边缘。绿色的邮差骑着自行车。复印在巡警身上，一溜烟掠过。都是些鬼，多年前的鬼，多年后的没投胎的鬼……什么是真的，什么是假的？

……

（选自《张爱玲经典作品选·倾城之恋金锁记》，张爱玲著，当代世界出版社，2002年）

相关背景

张爱玲（1920.9.30—1995.9.8），原名张煐，祖籍河北省唐山市，出生于上海，中国现代著名女作家，作品主要有小说、散文、电影剧本及文学论著，主要作品有散文集《流言》、中短篇小说集《传奇》、长篇小说《倾城之恋》《半生缘》等，晚年从事中国文学评价和《红楼梦》研究。

《金锁记》写于1943年，是张爱玲最出名的代表作，也是她成就最高的小说。小说描写的是没落小商人家庭出身的曹七巧心灵变化的故事。七巧出身小家碧玉，家人攀附富贵，将她嫁入姜家，做了身患疾病人的妻子，形同虚设的丈夫无法满足七巧的情欲，她从没有体会到人伦之乐，在性爱的压抑下煎熬了半辈子，"夫死公亡"后，七巧争取到了一大笔财产。但是，由于30年的不幸生活已使七巧的性格发生了严重的扭曲和变态，在情欲和财欲的双重折磨下，七巧的行为更加怪僻，不仅破坏儿子的婚姻，将儿媳折磨致死，还拆散女儿的爱情，变成了病态的复仇，"30年来她戴着黄金的枷锁，她用那沉重的枷角劈杀了几个人，没死的也送了半条命。"

小说题为"金锁记"，黄金的枷锁，外表看起来明亮美丽，实际暗指曹七巧被金钱锁住的悲惨命运，对金钱的追逐，使她失去了爱情、快乐和一生的幸福。

文本赏析

节选部分描写的是曹七巧的丈夫和婆婆都已离世，苦难熬出头的她得到了一大笔家产，七巧带着儿子和女儿搬出了姜府，自立门户。姜家的三少爷姜季泽主动找到七巧，与她叙旧情，想利用七巧对他的恋情，让她卖地后买他的房子。七巧是爱姜季泽的："七巧低着头，沐浴在光辉里，细细的音乐，细细的喜悦……这些年了，她跟他捉迷藏似的，只是近不得身，原来还有今天！可不是，这半辈子已经完了——花一般的年纪已经过去了。人生就是这样的错综复杂，不讲理。当初她为什么嫁到姜家来？为了钱么？不是的，为了要遇见季泽，为了命中注定她要和季泽相爱。她微微抬起脸来，季泽立在她跟前，两手合在她扇子上，面颊贴在她扇子上。"七巧在情欲的征服下，没有忘记金钱的欲望："他又来撩拨她。她恨他。他还在看着她。他的眼睛——虽然隔了十年，人还是那个人呵！就算他是骗她的，迟一点儿发现不好么？即使明知是骗人的，他太会演戏了，也跟真的差不多罢？不行！她不能有把柄落在这厮手里。姜家的人是厉害的，她的钱只怕保不住。她得先证明他是不是真心。"在识破姜季泽的算计后，七巧破口大骂，并要动手打姜季泽，为了守住家产，七巧压抑了自己的情欲，在情欲和财欲的纠缠中，七巧最终还是用金钱把自己的情欲压制在了心中。

学法点拨

心理分析小说：也称心理分析派，是运用弗洛伊德学说对人的意识、思维、感情的分析。作品多用细腻的笔墨描写人物的性心理、性压抑和性变态等，代表作家施蛰存，如其代表作品《梅雨之夕》，记叙了在一个梅雨天的日暮时分，一位下班回家的男子在途中偶遇一位少女并伴送这位陌路相逢的少女回家的过程中的一段心灵路程，从开始的怦然心动到跃跃欲试到想入非非，再到恋恋不舍最后不得不怅然若失，作品从头至尾全都是在细腻地描写主人公的潜意识，大量的内心独白中，将想象与幻觉、梦想与现实糅合在一起，从而更加突出人物内心的孤独和遭受的压力。同样，张爱玲在作品中也是通过对人物变态心理的细致温柔的描写，使作品的人物形象及性格特征更加丰富和饱满，如作者在表现七巧对姜季泽带有情欲的愤怒时，细致地描写道："七巧一头挣扎，一头叱喝着，然而她的一颗心直往下坠——她很明白她这举动太蠢——太蠢——她在这儿丢人出丑"。矛盾复杂的心理，让七巧在姜季泽走了以后，又到窗台上张望："她要在楼上的窗户里再看他一眼。无论如何，她从前爱过他。她的爱给了她无穷的痛苦。单只这一点，就使他值得留恋。多少回了，为了要按捺她自己，她迸得全身的筋骨与牙根都酸楚了。今天完全是她的错。他不是个好人，她又不是不知道。她要他，就得装糊涂，就得容忍他的坏。她为什么要戳穿他？人生在世，还不就是那么一回事？归根究底，什么是真的，什么是假的"，这些细腻的心理刻画与分析，将中国现代心理分析小说推向了新的高度。

链接思考

1. 曹七巧独特的性格特征表现在哪些方面？

2. 文学评论家夏志清说"张爱玲是个彻底的悲观主义者，可又是一个活泼的讽刺家，记录近代中国都市生活的一个忠诚宽厚的历史家"。阅读张爱玲的作品，体会作者笔下旧时代的女性形象。

6. 透明的红萝卜(节选)

莫言

三

……

黑孩双手扶着风箱杆儿。炉中的火已经很弱了，一绺蓝色火苗和一绺黄色火苗在煤结上跳跃着。有时，火苗儿被气流托起来，离开炉面很高，在空中浮动着，人影一晃动，两个火苗又落下去。孩子目中无人，他试图用一只眼睛盯住一个火苗，让一只眼黄一只眼蓝，可总也办不到，他没法把双眼视线分开。于是他懊丧地从火上把目光移开，左右巡睃着，忽然定在了炉前的铁砧上。铁砧踞伏着，像只巨兽。他的嘴第一次大张着，发出一声感叹(感叹声淹没在老铁匠高亢的歌声里)。黑孩的眼睛原本大而亮，这时更变得如同电光源。他看到了一幅奇特美丽的图画：光滑的铁砧子，泛着青幽幽蓝幽幽的光。泛着青蓝幽幽光的铁砧子上，有一个金色的红萝卜。红萝卜的形状和大小都像一个大个阳梨，还拖着一条长尾巴，尾巴上的根根须须像金色的羊毛。红萝卜晶莹透明，玲珑剔透。透明的、金色的外壳里苞孕着活泼的银色液体。红萝卜的线条流畅优美，从美丽的弧线上泛出一圈金色的光芒。光芒有长有短，长的如麦芒，短的如睫毛，全是金色……老铁匠的歌唱被推出去很远很远，像一个小蝇子的嗡嗡声。他像个影子一样飘过风箱，站在铁砧前，伸出了沾满泥土煤屑、挨过砸伤烫伤的小手，小手抖抖索索……当黑孩的手就要捉住小萝卜时，小铁匠猛地蹿起来，他踢翻了一个水桶，水汩汩地流着，渍湿了老铁匠的草铺。他一把将那个萝卜抢过来，那只独眼充着血："狗日的！公狗！母狗！你也配吃萝卜？老子肚里着火，嗓里冒烟，正要它解渴！"小铁匠张开牙齿焦黑的大嘴就要啃那个萝卜。黑孩以少有的敏捷跳起来，两只细胳膊插进小铁匠的臂弯里，身体悬空一挂，又嘟噜滑下来，萝卜落到了地上。小铁匠对准黑孩的屁股踢了一脚，黑孩一头扎到姑娘怀里，小石匠大手一翻,稳稳地托住了他。

老铁匠停下了嘶哑的歌喉,慢慢地站起来。姑娘和小石匠也站起来,六只眼睛一起瞪着小铁匠。黑孩头很晕,眼前的一切都在转动。使劲晃晃头,他看到小铁匠又拿着萝卜往嘴里塞。他抓起一块煤渣投过去,煤渣擦着小铁匠腮边飞过,碰到闸板上,落在老铁匠铺上。

"日你娘,看我打死你!"小铁匠咆哮着。

小石匠跨前一步,说:"你要欺负孩子?"

"把萝卜还给他!"姑娘说。

"还给他? 老子偏不。"小铁匠冲出桥洞,扬起胳膊猛力一甩,萝卜带着飕飕的风声向前飞去,很久,河里传来了水面的破裂声。

黑孩的眼前出现了一道金色的长虹,他的身体软软地倒在小石匠和姑娘中间。

四

那个金色红萝卜砸在河面上,水花飞溅起来,萝卜漂了一会儿,便慢慢沉入水底。在水底下它慢慢滚动着,一层层黄沙很快就掩埋了它。从萝卜砸破的河面上,升腾起浓浓的迷雾,凌晨时分,雾积满了河谷,河水在雾下伤感地呜咽着。几只早起的鸭子站在河边,忧悒地盯着滚动的雾。有一只大胆的鸭子耐不住了,蹒跚着朝河里走。在蓬生的水草前,浓雾像帐子一样挡住了它。它把脖子向左向右向前伸着,雾像海绵一样富于伸缩性,它只好退回来,"呷呷"地发着牢骚。后来,太阳钻出来了,河上的雾被剑一样的阳光劈开了一条条胡同和隧道,从胡同里,鸭子们望见一个高个子老头儿挑着一卷铺盖和几件沉甸甸的铁器,沿着河边往西走去了。老头的背驼得很厉害,担子沉重,把他的肩膀使劲压下去,脖子像天鹅一样伸出来。老头子走了,又来了一个光背赤脚的黑孩子。那只公鸭子跟它身边那只母鸭子交换了一个眼神,意思是说:记得吧? 那次就是他,水桶撞翻柳树滚下河,人在堤上做狗趴,最后也下了河拖着桶残水,那只水桶差点儿没把麻鸭那个膘包砸死……母鸭子连忙回应:是呀是呀是呀,麻鸭那个讨厌家伙,天天追着我说下流话,砸死它倒利索……

黑孩在水边慢慢地走着,眼睛极力想穿透迷雾,他听到河对岸的鸭子在"呷呷呷呷,嘎嘎嘎嘎"地乱叫着。他蹲下去,大脑袋放在膝盖上,双手抱住凉森森的小腿。他感觉到太阳出来了,阳光晒着背,像在身后生着一个铁匠炉。夜里他没回家,猫在一个桥洞里睡了。公鸡啼鸣时他听到老铁匠在桥洞里很响地说了几句话,后来一切归于沉寂。他再也睡不着,便踏着冰凉的沙土来到河边。他看到了老铁匠伛偻的背影,正想追上去,不料脚下一滑,摔了一个屁股墩儿,等他爬起来时,老铁匠已经消逝在迷雾中了。现在他蹲着,看着阳光把河雾像切豆腐一样分割开,他望见了河对岸的鸭子,鸭子也用高贵的目光看着他。露出来的水面像银子一样耀眼,看不到河底,他非常失望。他听到工地上吵嚷起来,刘太阳副主任响亮地骂着:"娘的,铁匠炉里出了鬼了,老混蛋连招呼都不打就卷了铺盖,小混蛋也没了影子,还有没有组织纪律性?"

"黑孩!"

"黑孩!"

"那不是黑孩吗? 瞧,在水边蹲着。"

姑娘和小石匠跑过来,一人架着一只胳膊把他拉起来。

"小可怜,蹲在这儿干什么?"姑娘伸手摘掉他头顶上的麦秸草,说,"别蹲在这儿,怪冷的。"

"昨夜里还剩下些地瓜,让独眼龙给你烤烤。"

“老师傅走了。”姑娘沉重地说。

“走了。”

“怎么办？让他跟着独眼？要是独眼折磨他呢？”

“没事，这孩子没有吃不了的苦。再说，还有我们呢，量他不敢太过火的。”

两个人架着黑孩往工地上走，黑孩一步一回头。

“傻蛋，走吧，走吧，河里有什么好看的？”小石匠捏捏黑孩的胳膊。

“我以为你狗日的让老猫叼去了呢！”刘太阳冲着黑孩说。他又问小铁匠：“怎么样你？把老头挤兑走了，活儿可不准给我误了。淬不出錾子来我剜了你的独眼。”

小铁匠傲慢地笑笑，说：“等好吧，刘头儿。不过，老头儿那份钱粮可得给我补贴上，要不我不干。”

“我要先看看你的活儿。中就中，不中你也滚他妈的蛋！”

“生火，干儿。”小铁匠命令黑孩。

整整一个上午，黑孩就像丢了魂儿一样，动作杂乱，活儿毛草，有时，他把一大铲煤塞到炉里，使桥洞里黑烟滚滚；有时，他又把钢錾倒头儿插进炉膛，该烧的地方不烧，不该烧的地方反而烧化了。“狗日的，你的心到哪儿去啦！”小铁匠恼怒地骂着。他忙得满身是汗，绝技在身的兴奋劲儿从汗珠缝里不停地流溢出来。黑孩看到他在淬火前先把手插到桶里试试水温，手臂上被钢錾烫伤的地方缠着一道破布，似乎有一股臭鱼烂虾的味道从伤口里散出来。黑孩的眼里蒙着一层淡淡的云翳，情绪非常低落。九点钟以后，阳光异常美丽，阴暗的桥洞里，一道光线照着西壁，折射得满洞辉煌。小铁匠把钢錾淬好，亲自拿着送给石匠师傅去鉴定。黑孩扔下手中工具，蹑手蹑脚溜出桥洞，突然的光明也像突然的黑暗一样使他头晕眼花。略为迟疑了一下，他便飞跑起来，只用了十几秒钟，他就站在河水边缘上了。那些四个棱的狗蛋子草好奇地望着他，开着紫色花朵的水芡和擎着咖啡色头颅的香附草贪婪地嗅着他满身的煤烟味儿。河上飘逸着水草的清香和鲢鱼的微腥，他的鼻翅扇动着，肺叶像活泼的斑鸠在展翅飞翔。河面上一片白，白里掺着黑和紫。他的眼睛生涩刺痛，但还是目下不转睛，好像要看穿水面上漂着的这层水银般的亮色。后来，他双手提起裤头的下沿，试试探探下了水，跳舞般向前走。河水起初只淹到他的膝盖，很快淹到大腿，他把裤头使劲捲起来，两瓣葡萄色的小屁股露了出来。这时候他已经立在河的中央了，四周的光一齐往他身上扑，往他身上涂，往他眼里钻，把他的黑眼睛染成了坝上青香蕉一样的颜色。河水湍急，一股股水流撞着他的腿。他站在河的硬硬的沙底上，但一会儿，脚下的沙便被流水掏走了，他站在沙坑里，裤头全湿了。一半贴着大腿，一半在屁股后飘起来。裤头上的煤灰把一部分河水染黑了。沙土从脚下卷起来，抚摸着他的小腿，两颗琥珀色的水珠挂在他的腮上，他的嘴角使劲抽动着。他在河中走动起来，用脚试探着，摸索着，寻找着。

……

（选自《透明的红萝卜》，载《莫言中篇小说集》，莫言著，作家出版社，2002 年）

相关背景

莫言（1955 年生），原名管谟业，出生于山东高密，当代著名文学家，第一个获得诺贝尔文学奖的中国籍作家。他以乡土作品崛起，充满着“怀乡”及“怨乡”的复杂情感，被归类为“寻根文学”作家。1967 年，莫言 12 岁，在家乡山东高密生活，那时生活条件很差，莫言也要帮爸妈挣钱。他在水利工地旁劳作之余，因饥饿难耐，偷拔了生产队一根红萝卜，被押送到工地后专门为其召开了一次批斗会，回家后又遭到父亲的毒打，这个惨痛的记忆一直被莫言深深记住，于是在1985年写成中篇小说《透明的红萝卜》。

《透明的红萝卜》是莫言的成名作，作品是一篇关于"文化大革命"时期的故事，讲述的是一个顶着大脑袋的黑孩，从小受后母虐待，因为沉默寡言，经常对着事物发呆，并对大自然有着超强的触觉、听觉等奇异功能的故事。黑孩会把红萝卜看成有着金色外壳包着银色液体的透明的红萝卜，对其有着特殊的感情，即使最后当小铁匠把他的萝卜扔进了水里再也找不到时，黑孩还是钻进萝卜地，把所有正在成长的红萝卜都拔了出来。

文本赏析

能够表现民族内涵或崇高精神，其思想内涵丰富而深邃，这往往成为小说吸引读者的重要原因。小说《透明的红萝卜》的写作背景是"文化大革命"时期，作品描述了"文化大革命"时期人们困顿的生活状态，及"文化大革命"对无辜百姓的伤害，尤其是小孩子，受到的伤害更为残酷，通过作家的一一展示，深刻地揭露了"文化大革命"对人们肉体及精神的伤害，从中流露出底层百姓顽强的生命力。

黑孩自从父亲走后，开始遭受后母的残酷虐待，他过早地背上了生活的重负，和大人一样参加劳动挣工分，还要承受别人的羞辱和痛打，他会在滴水成冰的严寒天气里，只穿一条短裤光着脊背，赤着双脚；他能够将烧红的钢铁攥在手里而不叫一声；他能够对自己身上的伤口熟视无睹。有着坚韧生命力的黑孩，以一种自虐的方式向大人们展示自己的强大。饱受人间苦难，却以惊人的适应力和承受力顽强地生活着，这也是中国农民普遍具有的令人折服的性格和力量。

学法点拨

"童年视角"叙述：指以儿童的视角但不拘泥于儿童的认知水平的方式作为文学创作的形式。以此方式创作的作品的主人公通常是儿童，运用童年视点进行叙事，可以增添真实感，从而丰富小说意蕴。例如，萧红的《呼兰河传》、余华的《在细雨中呼喊》等，完全以儿童的视角来观照自然景物，充满儿童的天真、任性、想象和忧伤。

儿童眼中的世界，应该是自然朴实、浑然天成、毫无雕饰，没有丝毫矫揉造作的。莫言在表现现实生活题材的许多作品中，如《透明的红萝卜》中的黑孩、《枯河》中的小虎、《红高粱家族》中的豆官等，都是运用"童年视角"进行叙述，以一个孩子的视角来观察世界、体会世界。作品中的孩子大都十二三岁，倔强粗野，但是却有着极其旺盛的生命力，一个心理和生理上都没有发育成熟的孩子，必须承受着成人的生活压力和艰难痛苦。作品通过描写这一最可怜、最无辜的弱势人群——孩子来反映儿童在社会上所承受的压力和恐惧，让读者对社会带给儿童的重压产生强烈的真实感和震撼。

链接思考

1. 赏析小说主人公黑孩的形象特征。

2. 小说《透明的红萝卜》具有很强的诗话色彩，请阅读原著，谈谈你的理解。

3. 同样是以"童年视角"作为主要叙述方式，苏童、莫言是以童年的感觉和经验去叙说，并非全是童年发生的人与事；汪曾祺的"童年视角"与他们不同，请阅读有关文学作品，谈谈他们的区别。

7. 白鹿原(节选)

陈忠实

第二十五章

……

白嘉轩关门闭户在屋里待了一夜一天,一个惩治恶鬼的举措构思完成。又是傍晚,西斜的残阳的红光又从厦屋屋檐往屋脊上隐退,他连着喝下几盅烧酒,鼻子里忽然嗅到一股焚烧香蜡纸表的呛人的气味。他拉上拐杖,开了前门,循着香蜡的气味走过村巷,到村庄东头的出口处,看见一派奇观:在黑娃和小娥曾经居住过的窑院前的平场上和已经坍塌了的窑洞的崖坡上,荒草野蒿之中现出一片香火世界,万千支紫香青烟升腾,密集的蜡烛的火光在夕阳里闪耀,一堆堆黄表纸燃起的火焰骤起骤灭,男人女人跪伏在蓬蒿中磕头作揖,走掉一批又拥来一批,川流不息。白嘉轩吃了一惊,想不到自己在屋里关了一天一夜,白鹿村的气候竟然发生了如此重大的变化。他拄着拐杖朝慢坡走去,佝偻着腰却昂扬着头,他与任何人也不打招呼,傲视着满地的香火和跪伏在荒草中的男女,从窑院的平场到崖头上转了一圈,用拐杖打散了一堆燃过的黑色纸灰,打落了正在燃烧的一撮紫香和两根红色蜡烛,然后把拐杖甩到腰后,背抄着手走下慢坡来。跪伏在地的人看着他离去,没有谁和他打招呼说话。

白嘉轩回到屋里,有三个老汉紧随其后跟进院子,他们声明自己是众人推举出来的头儿,负责向族长转告族人的一项要求。昨天后晌,小娥的鬼魂借着鹿三的嘴公开了一个秘密,眼下流漫在原上的瘟疫是她抬来的……于是有人在小娥的窑院里跪下了,点燃了第一支蜡烛和第一炷紫香。半天时间不到,就形成了一个大香火场子,烧香叩拜者远不止白鹿村的男女,远远近近村庄里的人闻讯都赶来了。白嘉轩坐在石桌旁,听着三位老者的叙说不动声色,冷冷地说:"好嘛,那就烧香磕头吧!谁爱烧香尽管烧,谁爱磕头尽管磕去,这跟我无关喀!"三个老汉进一步告诉他,小娥借鹿三的口提出在她的窑畔上给她修庙塑身,对她的尸骨重新装殓入棺,而且要族长白嘉轩和鹿子霖抬棺坠灵,否则就将使原上的生灵死光灭绝……村里人纷纷提出捐钱捐物,只等族长出面统领族人。白嘉轩鼻腔里冲出两声响亮的"哼哼"的声音,霍地一抡拐杖:"你仨老混账……滚吧,快给我滚出去!"三个老汉料想不到族长连一丝面子也不给,面面相觑一下就一溜烟出门去了。白嘉轩站在院子里余气难消,对着溜出街门的三个老者的脊背骂着:"混账混账,全是一帮子混账货!"

小娥那座窑院里的香火日夜不熄,整个原上的村民闻讯都赶来了,窑院里的荒草野蒿早被踩平,香灰纸灰落积得厚如黑毡,香火场子扩展到慢坡土道上和崖坡上的台田里,处处可以看见滚落着捏成石榴桃果的白面供品。四方庙宇的香火却骤然疏落下来,三官庙的庙门已经关闭起来。随后,白鹿村的祠堂前又发展成一个热点,许多族人跪倒在祠堂前和戏楼之间的广场上。三个老者再次结伴壮胆走进白嘉轩的街门,而且做出一副即使族长唾到他们脸上也不擦的坚定神气:"族人给你跪下了!请族长出面领众人修庙祛灾免祸。"白嘉轩这回没有骂,冷笑着说:"现在是不敬神倒敬起鬼来了,还是一个不干不净的鬼。"三个老者按事先商量好的措辞说服族长:"不管啥鬼,总得保住人嘛!"白嘉轩一挥手一翻眼珠:"谁爱跪谁就跪,谁想跪多久就跪多久,要叫我给那个婊子修庙塑身,除非你们来杀了我！”而且指着街门的方向：“你仨走吧，快走！记住再不准为这事来寻我；再来寻我，我就拿拐杖把你仨的门牙打掉！”

孝武在午饭后从山里赶回家来，探视父亲和母亲的身体。他一进门就瞧见了厅房明间里安设的灵桌，哭叫一声便踉踉跄跄跪跌下去不省人事了。白嘉轩从里屋出来慌忙丢了拐杖，抱扶起昏死在灵桌下的孝武，发现孝武额头上汩汩涌出的血流漫过半个脸孔灌进耳朵，便顺手点燃几张黄表纸，把表灰搐到伤口上止了血，再死劲掐孝武的人中。孝武醒来三次又哭得昏死过去三次，直到父亲白嘉轩也被折腾得精疲力竭瘫坐在灵桌下站不起来。孝武找了一块白孝布戴在头上，问了问母亲病亡的经过，随后就用竹笼装着阴纸到坟地去了。孝武在母亲的墓堆前又哭得昏死活来，燃烧的阴纸烧灼了手指才清醒过来。孝武回到白鹿村，被三个老者拦住，叙说了鹿三被小娥鬼魂附体的事，又把他引到祠堂前的广场上来，那些跪着的族人一下子把他围裹起来……

孝武傍晚时才脱身回到家中，开口对父亲说：“爸，你总不能让族人就这样跪下去……”白嘉轩问：“按你说咋办呢？”孝武说：“我看救人要紧。修庙要是能免了瘟疫，就……”孝武还没说完，嘴上就挨了一巴掌。他清楚地感触得出父亲是用手背反弹到嘴上的，粗大坚硬的指头骨节硌得嘴唇疼痛不堪，牙床上硌出的血流出嘴角。孝武抹了一把血愈加慷慨陈词起来：“爸呀，你不管自个也得想想族人，村子里一个接一个死人，难道眼盯着让村子死光死净？祠堂那儿跪着的不单是白姓鹿姓的族人，整个原上十里八村都有人来跪着求你开口。众人说只要你不挡将，修庙塑身的事由各个村子合伙搞；至于装殓入棺厚葬的事，只需你用手扶一扶灵柩的抬杠就行了，只要你屈尊举动一下，众人祛了灾免了祸，原上各个村族准备给你挂金匾哩！子霖叔顺乎人心民意，说只要众人能得安宁，他吃屎喝尿都不在乎……爸呀，我说一句晚辈人不该说的话，跪在祠堂前的人和没跪的人都恼你哩！你拄上拐杖到祠堂门前去转转，看看众人诚心实意的情景，你也许会改变主意……”白嘉轩瞅着儿子流血的嘴和慷慨激昂的姿势毫不动情，反而变得沉静如铁：“为民请命，顺乎民心，你倒是跟你的子霖叔不谋而合。只有我成了孤家寡人！岂止是恼我，众人把我看成绊脚挡路的石头，盼我死哩！”说罢竟自拄着拐杖走出街门去了。

鹿子霖不失时机地抓住了这个机会。当鹿三在稠人广众中吣出了杀死小娥的真相，他起初震惊不已，随之就忍不住击掌称好，这桩案子大白于世，无论从哪边看，无论从哪边说，对他都只有好处而没有一丝一毫的损伤；黑娃对他的猜疑和仇恨至此将一笔勾销，瘟疫造成的恐惧势必使原上的每一个还不甘死去的人，怨恨杀死小娥的鹿三以及秉承主家旨意的族长白嘉轩。他对三位在白嘉轩面前碰了钉子的老者说：“那就让众人跪到族长家门口去！”

随后，三位老者又怂恿孝武亲自去找鹿子霖，请他去和鹿子霖直接商议，又鼓动孝武越过白鹿村老族长这一关，以新族长的权力率领原上几十个村庄联合修庙葬尸。孝武的脑子开始发热，看见从祠堂门口移动到自家门口的一片黑压压下跪的男女，他的情绪愈加亢奋，几乎没有什么儿犹豫就和三个老者走进了鹿子霖铺满生石灰的院子。

鹿子霖拍着孝武的肩膀说：“由原上各村联合承办修庙，这办法可以倒是可以，不过得搁到最后一步。咋哩？那样一办，原上人该咋样骂白鹿村和嘉轩呢？况且，跳过嘉轩哥这一关总不好嘛！顶好的办法还是由嘉轩哥执头儿，由他承办才名正言顺。我说咱们五个人一起去跟族长说，把冷大哥也拉上，看他给不给面子！”说着又一次拍拍孝武的肩膀：“娃娃，你这回领着原上人把庙修起来，你日后当族长就没说的了。”

五个人一起找到中医堂，冷先生也出人意料地表现出灵活的态度：“我早说过这瘟疫是一股邪气嘛！而今啥话都该搁一边，救人要紧。只要能救生灵，修庙葬尸算啥大不了的事？人跟人较量，人跟鬼较啥量嘛！”于是收拾了案头医器墨具，意气昂昂随大伙一起出门。六个人来到孝武家，发觉白嘉轩不在，孝武也闹不清父亲到哪里去了，等到天黑也不见归来。六个人不约而同坐下，下定决心死等，孝武就一锅再一锅烧水沏茶侍候，直等到鸡叫头遍时分，白嘉轩头上结着一抹露水回来了。

“我明白众位聚在这儿的用意。”白嘉轩仰起脸说，“咱们不要在我屋里说，这不是我白某人的家事喀。这是本族本村的大事，该当搁到祠堂去议，跟本族本村的男女一块议。孝武，你去把祠堂的灯点亮，把人都召集到祠堂去。”众人面面相觑，看看白嘉轩只顾在铜盆里洗手洗脸再不说话，就都现出尴尬的模样。鹿子霖率先告别走出门去，三个老者也跟着走了，只有冷先生稳坐着说：“嘉轩，你老弟比我还冷。”白嘉轩说：“你既然来了就甭走，跟我到祠堂去看看热闹。”

白嘉轩走了一趟白鹿书院。“白鹿村就剩下我一个孤家寡人喀！”他向朱先生叙说了鹿三鬼魂附体以来的世态变化，不无怨恨地说，“连孝武这混账东西也咄咄着要给那婊子修庙。”朱先生饶有兴味地听着，不屑地说：“人妖颠倒，鬼神混淆，乱世多怪事。你只消问一问那些跪着要修庙的人，那鬼要是得寸进尺再提出要求，要白鹿村每一个男人从她裆下钻过去，大家怎么办？钻还是不钻？”白嘉轩再也压抑不住许久以来蓄积在胸中的怒气，把他早已构想的举措说出来：“我早都想好了，把她的尸骨从窑里挖出来，架起硬柴烧它三天三夜，烧成灰末儿，再撂到滋水河里去，叫她永久不得归附。”朱先生不失冷静地帮他完善这个举措：“把那灰末不要抛撒，当心弄脏了河海。把她的灰末装到瓷缸里封严封死，就埋在她的窑里，再给上面造一座塔，叫她永远不得出世。”白嘉轩击掌称好：“好好好好好！造塔祛鬼镇邪——好哇，好得很！”

祠堂里那盏粗捻油灯亮起来，祠堂院里和门外拥挤着男女族人，许多外村人自觉地跪在外层，把白鹿村人让到院里和前排。白嘉轩拄着拐杖从人窝里走进祠堂大门，端直走进大殿，点燃了木筒漆蜡，插上紫香，叩拜三匝之后，走出来站在台阶上，佝偻着腰昂起头说：“孝武，你念一念族规和乡约。”孝武擎着油灯，照着嵌镶在墙上的族规和乡约的条文念起来。白嘉轩等到儿子念完接着说：“我是族长，我只能按族规和乡约行事。族规和乡约哪一条哪一款说了要给婊子塑像修庙？世上只有敬神的道理，哪有敬鬼的道理？对神要敬，对鬼只有打。瘟疫死人死得人心惶惶，大家乱烧香乱磕头我能想开，可你们跪到祠堂又跪到我的门口，逼我给婊子抬灵修庙，这是逼我钻婊子的胯裆！你们还说在我修起庙来给我挂金匾，那不是金匾，是把那婊子的骑马布挂到我的门楼上！我今日把话当众说清，我不光不给她修庙，还要给她造塔，把她烧成灰压到塔底下，叫她永世不得见天日。谁要修庙，谁尽管去修庙，我明日就动手造塔。”白嘉轩说完走下台阶，凛凛然走过人群，走出祠堂回家去了。

孝武回到家就给父亲跪下了。白嘉轩端着水烟壶，听着孝武在膝下忏悔的话。按照他的气性，早该把这个在重大事件临头时表现动摇的混账货推开，像当初废除孝文的族长继承人一样。可是推开孝武以后怎么办？三儿子孝义明显不具备族长的德行。他对孝武说：“你明白了就好。你明日就动手造塔。你能把塔造成功，你日后才能当好族长！”

一座六棱砖塔在黑娃和小娥居住过的窑垴上竖立起来。六棱喻示着白鹿原东西南北和天上地下六个方位；塔身东面雕刻着一轮太阳，塔身西面对刻着一轮月牙，取“日月正气”的意喻；塔身的南面和北面刻着两只憨态可掬的白鹿，取自白鹿原相传已久的传说。这是朱先生构思设计的方案。自从孝武领着族人挖开窑洞，掏出小娥已经发绿的骨殖，架火焚烧再压入塔底之后，鹿三果然再没有发生发疯说鬼话的事……

（选自《陈忠实文集》第4卷，陈忠实著，人民文学出版社，2015年）

相关背景

陈忠实(1942.8—2016.4)，男，出生于陕西西安郊区，中国当代著名作家。长篇小说《白鹿原》是其成名著作，1997年获第四届茅盾文学奖。其他代表作品有短篇小说集《乡村》《到老白杨树背后去》，中篇小说集《初夏》《四妹子》《陈忠实小说自选集》《陈忠实文集》，散文集《告别白鸽》以及文论集《创作感受谈》等。

《白鹿原》发表于1992年，作品一发表就受到社会各界广泛关注，一直畅销不衰，好评如潮，被国家教育部列入“大学生必读”系列、“百年百种优秀中国文学图书”。作品先后被改编为秦腔、话剧、舞剧、影视剧、连环画、雕塑等多种艺术形式，被翻译为日、韩文出版和印成繁体汉字竖排版在港、台地区发行。小说描写的地点位于陕西关中平原上的自古就是兵家必争之地的白鹿原，作品通过讲述白姓和鹿姓两大家族祖孙三代的恩怨纠纷，刻画出白嘉轩的强悍固执、鹿子霖的精明圆滑、朱先生的儒雅正直、唐兆谦的桀骜豪爽等人物形象，又通过以这些人为代表的社会各种力量间的矛盾、纷争和角逐，相互融会交织，展现了一幅中国农村多彩斑斓、触目惊心的历史长卷，构成了白鹿原半个多世纪的“民族秘史”。小说气势宏大，撼人心魄。

文本赏析

节选的部分是小说的第二十五章，是小说第十八章到第二十八章描写最为成功部分的一段。在这里作者设置了小说的第四个境遇，白鹿原上瘟疫流行，死了很多人，有的人家死得绝了户。第一个因瘟疫流行而死的是鹿三的妻子，她在死前将鹿三戳死没有“好名声”的小娥的事情嚷了出来，致使鹿三被小娥鬼魂附体，也使村民深信此次瘟疫大流行就是因为小娥阴魂不散。为了消灾避祸，村里人川流不息地给小娥烧香，“小娥的鬼魂借着鹿三的嘴公开了一个秘密，眼下流漫在原上的瘟疫是她抬来的……于是有人在小娥的窑院里跪下了，点燃了第一支蜡烛和第一炷紫香。半夜时间不到，就形成了一个大香火场子，烧香叩拜者远不止白鹿村的男女，远远近近村庄里的人闻讯都赶来了”，人们恐惧瘟疫和死亡，不仅烧香叩拜，还强烈祈求为小娥修庙塑身，连儿子孝武也在竭力劝说父亲——白鹿村族长白嘉轩：“爸呀，你不管自个也得想想族人。村子里一个接一个死人，难道眼盯着让村子死光死净？祠堂那儿跪着的不单是白姓鹿姓的族人，整个原上十里八村都有人来跪着求你开口。众人说只要你不挡将，修庙塑身的事各个村子合伙搞；至于装殓入棺厚葬的事，只需你用手扶一扶灵柩的抬杠就行了，只要你屈尊举动一下，众人祛了灾免了祸，原上各个村族准备给你挂金匾哩。”但是白嘉轩始终不心动，他坚持原则，不能人妖颠倒，鬼神混淆，“只敬神不敬鬼”，最终，白嘉轩力排众议，在朱先生的支持下，毅然决然地将小娥的尸骨挖出来烧成灰，封缸，埋在了小娥住过的窑下，并建六棱砖塔压住。

学法点拨

现实主义小说：现实主义是文学艺术的基本创作方法之一，是由19世纪50年代法国画家库贝尔和作家夏夫列里作为一个名称提出的。现实主义小说以客观、冷静的笔法真实地反映现实生活，按照生活的本来面目精确细腻地进行描写，深刻揭露和批判社会不良现象，从而真实地再现典型环境中的典型人物。恩格斯也曾说："现实主义的意思是除了细节的真实外，还要真实地再现典型环境中的典型人物。"《人生》《平凡的世界》《活着》等作品，都是中国当代现实主义小说佳作。

巴尔扎克说："小说是一个民族的秘史。"《白鹿原》是现实主义小说典范，作品讲述的白、鹿两个家族及其儿女们的命运变化，客观真实地展现了从民国建立、农民运动、国共合作分离、抗日战争、解放战争等半个世纪的历史面貌。作品底蕴丰富，"按照生活的本来面目来描写"，融入了社会历史、民风民俗、人性人情、文化伦理等多方面内容，描述的是中国现代翻云覆雨的历史，在白鹿原上的风云变幻，小社会再现大场景，白鹿原的命运走向也是国家的命运之途。在艺术特色上，现实主义创作风格，人性善恶的揭示，对人物强烈的现实人生意识的刻画，饱含浓郁的地方特色和乡土气息的环境描写，通过细节描写凸显社会生活，等等，这些都离不开作者对现实的仔细观察和深入研究。

链接思考

1. 有人说白嘉轩不顾村民死活，执意要掘墓焚骨，建塔镇妖，认为他是封建宗法思想的执行者，你如何评价作品中白嘉轩的行为？

2.《白鹿原》气势宏大，撼人心魄，请阅读原著，分析小说人物性格和结构特色。

三、外国小说

8. 太阳照常升起（节选）

[美]欧内斯特·米勒尔·海明威

第四章

……终了我把灯吹灭，心想这下大概能够入睡了。

谁知，大脑却胡思乱想起来，想起昔日让人闹心的往事。唉，意大利的那次战役荒唐可笑，火线上挂了彩退下来，倒霉透顶。在意大利的医院里，我们打算组成一个团体，取了个滑稽的意大利名字。不知道那些意大利人结局如何。记得那是在米兰博物馆桥附近的马基奥利医院，隔壁的大楼就是佐达博物馆。有一尊庞蒂（或许是佐达）的雕像。在那个地方，上校联络官跑去慰问我。当时真是滑稽，那恐怕是最最滑稽的情景了。我全身绑着绷带。有人把我的情况告诉了他。他当即发表了一场精彩的演说："你，一个外国人，一个英国人（任何外国人在他看来都是英国人），做出了比献出生命更重大的牺牲。"讲得多精彩啊！我真想把他的演说词装裱起来挂在办公室里。他竟然没有笑出声。我猜想他是在设身处地地替我着想啊。"多么不幸啊！多么不幸啊！"上校联络官叹息不已。

过去我似乎从来没有真正意识到自己有多么不幸，现在我也尽量把它看得淡薄一些，只求不要给别人添烦愁。出院后，我被送到了英国。假如不是碰上布莱特，我或许永远不会有任何烦恼。依我看，她一个心眼儿只追求她不可能得到的东西。唉，人之本性便是如此。让这些都见鬼去吧！对付难填的欲壑，天主教会有一套锦囊妙计。其实就是以忠言相告，对于任何事情都不要太往心里去。哦，好一番忠言。的确不要斤斤计较，是应该听听劝告。

我睡不着，心里翻江倒海，思绪飘忽不定。我已经无法驾驭杂乱的思绪。但心里想起布莱特时，其他的一切念头就遁形匿迹了。布莱特占据了我的心房。我的思路不再凌乱，开始“顺风顺水”“风平浪静”了。想着想着，我突然啜泣出声。过了一会儿，心里才感到好过些。躺在床上倾听载重的电车从门前经过，隆隆沿街驶去，最后懵懵然进入了睡乡。

一觉醒来，外面有人在争吵。我听着，觉得有个声音很熟，于是穿上晨衣向门口走去。看门人在楼下吵吵嚷嚷着，火气很大。我听见中间提到我的名字，就朝楼下喊了一声。

“是你吗，巴恩斯先生？”看门人叫道。

“是的，是我。”

“不知从哪儿钻出来个女人，把整条街上的人都吵醒了。深更半夜的，不知搞的是什么鬼名堂！她说一定要见你，我告诉她，说你已入睡了都不行。”

这时我听见了布莱特的说话声。刚才睡得迷迷糊糊的，我只当是乔杰特呢。这是怎么回事呢？她怎么能知道我的住址呢？

“请你让她上来好吗？”

布莱特走上楼来，喝得醉醺醺的。“真是愚蠢，”她说道，“吵嘴吵翻了天。其实你就没有入睡，对不对？”

“那依你看我在干什么？”

“鬼才知道。几点钟啦？”

我看了看钟表——已经四点半了。

“连时间都过糊涂了。”布莱特说，“喂，能不能容我坐下再说话呀？别生气，亲爱的。刚跟伯爵道别。他送我来这儿的。”

“他这人怎么样？”说着话，我拿来白兰地、苏打水和两个杯子。

“只要一丁点儿。”布莱特说，“别想着把我灌醉。你在说伯爵吗？够味儿，跟咱们是一个类型。”

“他真是位伯爵？”

“要追根寻源喽？我想是真的吧。不管怎么说，他无愧于伯爵的称号。他对那个圈子里的人了如指掌。不知道他的知识是从哪儿得来的。他在美国开了好多家连锁糖果店。”说着，她举起杯子呷了一口酒。

“想想看，他把糖果店叫作‘连锁’或者类似‘连锁’这样的名称，把所有的商店全串联在了一起。他还把其中的道理给我讲了一点。太有趣了。不过，他跟咱们是一个类型。一点没错，他和咱一样。这是秃子头上的虱子——明摆着的。”

她又呷了一口酒。

“你看我唠叨这些干什么呢？你不介意吧！告诉你，他在解囊资助齐齐。”

“还有，齐齐真的是公爵吗？”

“对此我毫不怀疑。他是希腊的公爵，你知道，是位末流画家。相对而言，我比较喜欢伯爵。”

“你同他到哪儿去啦？”

“去了好多地方。刚才他把我送到这儿来，提出给我一万美元，要我陪他到比亚丽兹去。这笔钱折合多少英镑?”

“两千左右。”

“好大一笔钱!我告诉他,说我无法奉陪。他通情达理,并不见怪。我解释说,在比亚丽兹我的熟人太多。”布莱特说着咯咯地笑了。

“喂,你喝酒喝得太慢了。”她说。

我刚才只呷了几口白兰地加苏打,听她一说,这才喝了一大口。

“这还差不多。这件事情挺有意思的。”布莱特继续说道,“接着他要我跟他到戛纳去。我说,在戛纳我的熟人也很多。他又说去蒙特卡洛,我说,在蒙特卡洛我的熟人无处不在。我告诉他:不管去哪里都会碰上我的熟人。这话并不虚夸。所以我就叫他带我到这里来了”。

她把手臂支在桌子上,端起酒杯,两眼望着我。“别用那样的眼神瞅我。”她说,“我对他说我爱着你。这也是真的。别这样瞅我。他是个很有气度的君子。明天晚上他要用汽车接咱们出去吃饭,愿不愿意去?”

“为什么不愿意?”

“现在我该走了。”

“为什么急着走?”

“我来,只想来看看你。让你见笑了。你想不想穿衣服下楼?他的汽车就在街那头停着。

“伯爵吗?”

“对。还有位穿制服的司机。他要带我兜风,然后到博伊斯去吃早饭。车上有几篮酒食,全是从柴利饭店弄来的。有十来瓶穆默酒。对你有吸引力吧?”

“上午我还得上班呢。”我说,“跟你们比,我太落伍了,不知道享受人生啊。”

“别说酸话。”

“无法奉陪啊。”

“好吧。给他捎句好听的话吧?”

“随你怎么说都行。没问题。”

“再见了,亲爱的。”

“别那么伤感。”

“全怪你让我伤感。”

我们吻别时,布莱特全身颤抖。

“我还是赶快走吧。”她说,“再见,亲爱的。”

“你不一定非得走。”

“我得走。”

我们在楼梯上再次亲吻。我叫看门人开门,她躲在屋里嘟嘟囔囔的。我回到楼上,从敞开的窗口目送布莱特在弧光灯影下顺着大街走向停在人行道边的大轿车。她上了车,大轿车绝尘而去。我侧转过身。桌上放着一只空杯子,另外一只杯子里还有半杯白兰地加苏打。我把两只杯子拿到厨房里,将半杯酒倒进水池子,随后关掉饭厅里的煤气灯,坐到床沿上,蹬掉拖鞋就上了床。布莱特啊,布莱特,为了她我直想哭。我想着最后一眼看到她在街上行走并跨进汽车的情景,一时间,心里挺不是滋味的。在白天,遇到伤感的事情容易控制情绪,但是一到夜里,就是另一码事了。

(选自《太阳照常升起》,欧内斯特·米勒尔·海明威著,方华文译,凤凰出版传媒股份有限公司、译林出版社,2012 年)

相关背景

欧内斯特·米勒尔·海明威(Ernest Miller Hemingway,1899.7.21—1961.7.2),美国著名小说家,参加过两次世界大战。他的小说多以战争以及战争对人的伤害为题材,表现出对人生的迷茫和彷徨,因此称其为美国"迷惘的一代"作家代表人物。1954年,海明威因《老人与海》获得诺贝尔文学奖。

第一次世界大战期间,海明威虽先后获授十字军功奖章、银质奖章和勇敢奖章,但战争给他身上留下了237处伤痕和内心笼罩着无法驱逐的恶魔般的记忆。

文本赏析

《太阳照常升起》主要写从战场上回来的年轻人,因生存艰难、精神苦闷而迷茫无助,其生活状态变得随意放浪,成为战后"迷惘的一代"的典型代表。小说主要人物杰克·巴恩斯是一位战地记者,在战争中负伤而失去了性爱能力。女主人公布莱特·阿什利是一位容貌艳丽、气质高雅的英国姑娘,天性风流,敢爱敢恨,向往自由和享受,但战争使她失去了自己的亲人。他们都经历过战争,能够理解和深刻体会到战争给人们带来的肉体及心理的伤害。布莱特喜欢巴恩斯,巴恩斯对她也是一见倾心,爱之入骨。"接着我无法控制自己,开始想起布莱特,其他的一切念头就都消逝了,我思念着布莱特",但是,战争带给巴恩斯的创伤一直困扰着他,"偏偏在那个地方受了伤","想起这一块多年的心病","这时,我突然哭泣起来","为了她我直想哭",一时间,心里挺不是滋味的。"在白天,遇到伤感的事情容易控制情绪,但是一到夜里,就是另一码事了",这个时时困扰着巴恩斯的创伤让他痛苦无比,让他没有勇气面对布莱特的爱,使他无法与自己所爱的女人在一起正常地生活,他们互相爱慕却无法结合。从一定程度上讲,他们都是战争的牺牲者,战争带给他们生理和心灵上的病痛是永远也无法愈合的。

学法点拨

"冰山"原理:海明威认为"冰山在海里移动,它之所以显得庄严宏伟,是因为只有八分之一露出水面",作家只写露在水面上的八分之一,其余的八分之七则通过暗示留给读者去补白。

"冰山"理论包含两层含义,第一层是像中国水墨画,创作时不做过多地铺陈,舍弃八分之七,只留八分之一,作品呈现出一种含蓄、凝练的风格;第二层是指作品的叙述者要客观冷静、不动声色地讲述和刻画。

海明威小说在这方面表现得尤为明显,情节简洁明了,叙事冷静客观,字里行间没有任何的说明和议论,也不用富丽堂皇的词句和形象生动的比喻。

《老人与海》仅仅5万字,集中刻画了老人在海上捕鱼惊心动魄的三天。《太阳照常升起》也是海明威在小说创作中成功运用"冰山"原理的代表,小说只是在讲述一个普普通通的故事,描述客观冷静,没有流露任何情感色彩,但是,越是平静的湖水下面越是隐藏暗流,读者可以清楚地感触到故事背后深刻的主题。这种创作手法的使用,反而更加突出作品的主题思想,体现海明威小说独特的艺术魅力,让读者对小说爱不释手并留下了深刻印象。

链接思考

1. "经历过黑暗,才知道太阳照常升起",年轻人在面临痛苦、迷惘时,应该努力拨开迷雾寻求生活的意义。请理解《太阳照常升起》小说主题的现实意义。

2. 阅读海明威的其他作品,体会其作品的语言风格与艺术特色。

9. 百年孤独(节选)

[哥伦比亚]加西亚·马尔克斯

第1章

多年以后,面对行刑队,奥雷里亚诺·布恩迪亚上校将会回想起父亲带他去见识冰块的那个遥远的下午。那时的马孔多是一个二十户人家的村落,泥巴和芦苇盖成的屋子沿河岸排开,湍急的河水清澈见底,河床里卵石洁白光滑宛如史前巨蛋。世界新生伊始,许多事物还没有名字,提到的时候尚需用手指指点点。每年三月前后,一家衣衫褴褛的吉卜赛人都会来到村边扎下帐篷,击鼓鸣笛,在喧闹欢腾中介绍新近的发明。最初他们带来了磁石。一个身形肥大的吉卜赛人,胡须蓬乱,手如雀爪,自称梅尔基亚德斯,当众进行了一场可惊可怖的展示,号称是出自马其顿诸位炼金大师之手的第八大奇迹。他拖着两块金属锭走家串户,引发的景象使所有人目瞪口呆:铁锅、铁盆、铁钳、小铁炉纷纷跌落,木板因钉子绝望挣扎、螺丝奋力挣脱而吱嘎作响,甚至连那些丢失多日的物件也在久寻不见的地方出现,一窝蜂似地追随在梅尔基亚德斯的魔铁后面。"万物皆有灵,"吉卜赛人用嘶哑的嗓音宣告,"只需唤起它们的灵性"。何塞·阿尔卡蒂奥·布恩迪亚天马行空的想象一向超出大自然的创造,甚至超越了奇迹和魔法,他想到可以利用这个无用的发明来挖掘地下黄金。梅尔基亚德斯是个诚实的人,当时就提醒他:"干不了这个。"然而那时的何塞·阿尔卡蒂奥·布恩迪亚对吉卜赛人的诚实尚缺乏信任,仍然拿一头骡子和一对山羊换了那两块磁铁。他的妻子乌尔苏拉·伊瓜兰本指望着靠这些牲口扩展微薄的家业,却没能拦住他。"很快我们的金子就会多到能铺地了。"她丈夫回答。此后的几个月他费尽心力想要证实自己的猜想。他拖着两块铁锭,口中念着梅尔基亚德斯的咒语,勘测那片地区的每一寸土地,连河床底也不曾放过。唯一的挖掘成果是一副十五世纪锈迹斑斑的盔甲,敲击之下发出空洞的回声,好像塞满石块的大葫芦。何塞·阿尔卡蒂奥·布恩迪亚和一起探险的四个男人将盔甲成功拆卸之后,发现里面有一具已经钙化的骷髅,骷髅的颈子上挂着铜质的圣物盒,盒里有一缕女人的头发。

三月里,吉卜赛人又来了。这次带来一架望远镜和一台足有鼓面大小的放大镜,展出时声称是阿姆斯特丹犹太人的最新发明。他们让一个吉卜赛女人坐在村子一头,将望远镜安在帐篷入口。花上五个里亚尔,人们就可以凑到望远镜后,看到那个吉卜赛女人在眼前出现,仿佛触手可及。"科学消除了距离,"梅尔基亚德斯说,"用不了多久,人们不出家门就能看到世界上任何地方发生的事情。"一个烈日炎炎的中午,他们用那台巨型放大镜作了一次惊人的演示:把一堆干草铺在街道中央,然后通过聚焦阳光点燃。尚未从磁铁实验的失利中平复的何塞·阿尔卡蒂奥·布恩迪亚,又萌生了将这一发明应用于战争的想法。梅尔基亚德斯再次试图让他打消念头,但最后还是接受了两块磁铁加三枚殖民地金币,将放大镜换给了他。乌尔苏拉难过地哭了。那些钱是从他父亲一辈子省吃俭用攒下的一匣金币中拿出来的,她本来一直埋在床下,想等待合适的机会做本钱。何塞·阿尔卡蒂奥·布恩迪亚无暇安慰她,以科学家的忘我精神全心投入战术实验,甚至不惜以身犯险。为了验证放大镜对敌军产生的效果,他亲自待到阳光的焦点下,结果身体被灼伤后溃烂，挨了很长时间才痊愈。妻子对如此危险的发明心生恐惧而提出抗议，但他全然不顾，险些把家里的房子点燃。他久久待在房间里，计算新武器的战略威力，写出了一本解说无比清晰、说服力无可抗拒的手册。他把该手册连同多种实验记录和多幅示意图一起寄给当局，承担这一使命的信使翻越山脉，迷失于无边的沼泽，蹚过湍急的河水，遭受猛兽的袭击、绝望情绪和瘟疫的打击险些丧命，最后终于找到了邮政骡队途经的驿道。虽然当时远赴首都不太可能，何塞·阿尔卡蒂奥·布恩迪亚仍然表示，只要政府一声令下他立刻出发，为军方实地演示他的发明，并亲自传授阳光战的精密战术。他等待回复多年，最终厌倦了等待，到梅尔基亚德斯面前哀叹自己的挫折。于是那个吉卜赛人做出了足以显明其诚实的举动：收回放大镜，把那三枚多卜隆还给他，还留下一些葡萄牙人的地图和多种航海仪器。梅尔基亚德斯亲笔写了一份赫尔曼修士的研究成果提要给他，教他如何使用星盘，罗盘和六分仪。为了确保不受打扰地进行实验，何塞·阿尔卡蒂奥·布恩迪亚在宅院深处盖了一间小屋，整个漫长的雨季都把自己关在屋中。他把家庭职责完全抛在脑后，整夜待在院子里观测星体的运行，为了寻找精确测定正午的方法险些患上日晒病。掌握了那些仪器的用法并操作自如后，对空间的认知使他无须离开小屋就能遨游未知的海洋，寻访荒凉的地域，并与神奇的生灵交流。正是在那个时期他养成了自言自语的习惯，旁若无人地在家中踱步，与此同时乌尔苏拉和孩子们却在菜园里累得直不起腰来，照料香蕉、海芋、木薯、山药、南瓜和茄子。然而，没有任何征兆，他疯狂的活动猝然中断，整个人陷入一种心醉神迷的状态。他连续好几天像是着了魔，喃喃自语，说出一连串自己都无法相信的惊人设想。最终，在十二月一个星期二的午饭时分，他从所有的折磨中一下解脱了。孩子们终其一生都将记得父亲如何在桌首庄严入座，被长期熬夜和苦思冥想折磨得形销骨立，因激动而颤抖着，向他们透露自己的发现：

“地球是圆的，就像个橙子。”

乌尔苏拉再也无法忍耐。“如果你非发疯不可，就一个人疯好了，”她喊道，“别想用你那套吉卜赛人的胡话教坏孩子！”何塞·阿尔卡蒂奥·布恩迪亚无动于衷，妻子在狂怒之下把星盘扔到地上摔得粉碎，他也没有被吓着。他又造了一台，还召集村里的男人到自己的小屋，用无人能懂的理论向他们证明，一直向东航行就有可能回到出发点。全村人都确信何塞·阿尔卡蒂奥·布恩迪亚已经失去理智，这时梅尔基亚德斯来到，澄清了真相。他当众赞许这个男人的聪明才智，说他仅凭天文观测就建立起的理论尽管在马孔多尚不为人所知，但已经被实践所证明。为了表示敬佩，他特别馈赠了一样将对村子的未来产生深远影响的礼物：一间炼金实验室。

……

（选自《百年孤独》，加西亚·马尔克斯著，范晔译，南海出版公司，2011 年）

相关背景

加夫列尔·加西亚·马尔克斯（Gabriel José de la Concordia García Márquez，1927.3.6—2014.4.17），哥伦比亚著名作家，是魔幻现实主义文学代表人物，1982 年诺贝尔文学奖得主，代表作有《百年孤独》《霍乱时期的爱情》等。马尔克斯将现实主义与幻想结合起来，创造了一部风云变幻的哥伦比亚和整个南美大陆的神话般的历史。

《百年孤独》展现了历史沧桑，小说通过对主人公一生传奇色彩的描写，浓缩了整个拉丁美洲的历史文化，被誉为“再现拉丁美洲历史社会图景的鸿篇巨著”。故事发生在马孔多镇,一个作者在小说中虚构的地方,主要人物布恩迪亚及其家族传承百年的七代人,但是人和人之间没有感情沟通,缺乏基本的信任和了解,为了改变和打破孤独,人们也进行了很多的尝试和艰苦的探索,却收获甚微,始终找不到行之有效的办法,总是以失败告终。孤独蔓延在布恩迪亚家族和整个马孔多镇,孤独是一枚毒瘤,一枚阻碍社会文明进步的毒瘤。作者在小说中寄予了美好的愿望,那就是整个拉丁美洲的百姓能够团结起来,共同努力,摆脱孤独。

《百年孤独》内容复杂,人物众多,情节离奇,风格独特,既气势恢宏又奇幻瑰丽,被认为是魔幻现实主义最具代表性的作品,也是20世纪最重要的经典文学精品之一。

文本赏析

本段节选《百年孤独》的第1章,主要讲述了布恩迪亚与吉卜赛人的交往情况。吉卜赛人每一次都带来许多新奇的东西,都促使布恩迪亚进行着不同的科研和探险,甚至还使布恩迪亚产生率领众人整体迁移,离开马孔多镇的大胆想法,在乌尔苏拉的阻拦下,他才没有实现迁移的理想。布恩迪亚始终一如既往地痴迷科学和知识,富于幻想,敢于实践,有毅力,充满智慧,失败也不气馁,功夫不负有心人。布恩迪亚居然仅仅依靠观象仪,就证实了"地球是圆的,就像个橙子"的科学真理。在闭塞落后的马孔多镇,布恩迪亚对科学与进步的向往,是一种积极进取精神的代表。

与丈夫布恩迪亚的怪诞行为举止不同的乌尔苏拉,是一位勤劳能干、善良宽厚的拉丁美洲劳动妇女。她理智而坚定,既是马孔多镇的创建人,也是马孔多镇理性秩序的维护者。她终日操劳,任劳任怨,意志坚定地守护着整个家族。她疾恶如仇,头脑清醒,果断地阻止丈夫布恩迪亚迁移马孔多镇的计划,多次制止布恩迪亚家族的混乱,乌尔苏拉是作家心目中完美的女性形象代表。

学法点拨

魔幻现实主义文学:是用魔幻的内容来表现现实生活的写作手法,以"变现实为幻想而不失其真实"为创作原则。作者将魔幻与现实结合,使文章弥漫着浓重而强烈的神奇气氛,多运用象征、夸张、荒诞、倒叙、隐喻等写作手法。《百年孤独》一方面真实地描绘了现实主义景象,另一方面又加入了许多奇幻的因素。如在描述布恩迪亚一次次科学实验的情景中,描述了吉卜赛人拽着两块磁铁走家串户时,磁铁使"铁锅、铁盆"等纷纷从原地落下,木板因铁钉和螺钉没命地挣脱出来(被磁铁吸出来)而嘎嘎作响的情景。真实与奇幻相互交织,给读者带来似真似幻、亦真亦幻的魔幻世界。又如马孔多镇居民由于失眠病毒症的影响而失眠,不久又患上健忘症,甚至忘记了日常生活用品的名称,没有办法只好在每件物品上都贴上标签,注明名称用途等内容,作者通过表述营造出一种神奇的氛围。这种情节的设定,实际含有深刻的寓意,作者想告诫拉丁美洲人民,如果遗忘民族的历史和文化,将是多么可怕的一件事啊。再如第7章中,何塞·阿尔卡蒂奥·布恩迪亚被枪杀后,流出的血从门下溢出的情景:"一道血线从门下涌出,穿过客厅,流到街上,沿着起伏不平的便道径直向前,经台阶下行,爬上路栏,绕过土耳其人大街,右拐又左拐,九十度转向直奔布恩迪亚家,从紧闭的大门下面潜入,紧贴墙边穿过客厅以免弄脏地毯,经过另一个房间,划出一道大弧线绕开餐桌,沿秋海棠长廊继续前行。"作者借用非理性的、极度夸张荒诞的表现手法展现了神奇现实。

链接思考

1. 赏析小说主要人物布恩迪亚的形象特征。

2. 作家贾平凹说:“读了马尔克斯的书就永远记住了‘百年孤独’四个字。”编剧麦家说:“哦,马尔克斯走了!这个因为创造了一种新式小说而伟大的人,像另一个鲁迅一样影响了中国作家。”音乐人高晓松说:“痛哭!伟大的加西亚·马尔克斯去世了!陪伴人类的《百年孤独》,陪伴我青春的《霍乱时期的爱情》……”阅读《百年孤独》原著,感悟经典名著的不朽魅力,品味文化的传承互鉴与交融,体会魔幻现实主义文学的写作特色。

10. 不能承受的生命之轻(节选)

[法]米兰·昆德拉

第五部分 轻与重——6

……

内务部的人说完停了一下,盯着托马斯的眼睛。托马斯耸耸肩。那人又以安慰的口气说:“当然我们没有接受这个主意。无论您的责任有多大,社会都需要您待在能让您发挥才能的位置上。您以前的那个主任非常器重您。我们还找了您的病人做了调查,您是位非常了不起的专家,大夫!谁也不能非要求医生懂政治,您是被人愚弄了,大夫。必须想个办法弥补。所以我们给您草拟了个声明,我们觉得您应该把它交给媒体。然后,我们会尽可能让它在适当的时候刊登。”说着,他将一张纸递给了托马斯。

托马斯看了上面写的,猛吃一惊。这比两年前主任要他写的那份东西糟糕得多!纸上所写的,再不只是关于收回关于俄狄浦斯一文的声明,还有热爱苏联以及忠于共产等等句子,上面还有对某些知识分子的谴责,说他们一心想将国家引入内战,尤其是对作家周刊编辑部和那个背有点儿驼的记者(托马斯从没跟他说过话,只是见过他的名字和照片)的揭发,说他有意欺骗作者,篡改作者文章的意思,把文章改成一篇反革命宣言;上面还写道,那些人都太怯懦,不敢自己站出来写那样的文章,于是就存心把一个天真幼稚的大夫当挡箭牌。

内务部的人看出了托马斯眼中的惊恐。他向前探了探身子,很友善地拍了拍桌子下面托马斯的膝盖,说道:“大夫,这不过是草稿!您可以考虑一下,如果想换个方式什么的,也未尝不可,完全可以再商量。说到底,这是您的文字!”

托马斯立刻把纸片递给警察,好像害怕多留在手中一秒钟似的。他几乎已经想象着人们会在纸上发现他的指纹。

内务部的人没有伸手去接,而是张开双臂,装作很吃惊的样子(就像教皇站在阳台上为子民祝福时一般),说:“可是,大夫,为什么要把它还给我呢?得留下。回家去再好好考虑一下。”

托马斯摇摇头,仍然耐着性子伸着手,手里捏着那张纸片。内务部的人终于不再做出一副教皇祝福子民的模样,做了让步,接过纸片。

托马斯想跟他斩钉截铁,把话挑明,绝不会写一个字,也绝不会在纸上签名。不过话临出口前,他还是改了语气,平静地说:“我又不是文盲。为什么非要在不是我写的东西上签名?”

“很好,大夫,那么也可以换个方式。您先自己写,然后我们再一起看看。您刚才看到的东西，至少可以给您做个样本。”

警察的提议，为什么托马斯没有立刻断然拒绝呢？

他很快做出了推断：这样的声明除了用来灭整个民族的志气（这也正是俄国人的基本战略发展方向），警察在他的这个案子上恐怕还有更明确的目的：也许他们正准备对托马斯寄去文章的那家周刊的记者提起公诉。在这种情况下，托马斯的声明便成了他们的一项证据，他们可以用来发动新闻媒体的攻势来整那些记者。如果托马斯当场就断然拒绝，他就面临危险，警方就有可能把他们早就准备好的声明加上托马斯的假签名刊登出来。到时不会有报纸再刊登他的否认声明！再也不会有人相信托马斯没有写过那篇文章，没有在声明上签过字！他已经很清楚人们的心理，他们从别人的精神耻辱中得到无比的快乐，根本不愿意有什么解释来糟蹋这份快乐。

于是托马斯给警方一丝希望，表示自己去写声明，以此争取时间。第二天，他就开始着手写辞职信。他设想（设想得很正确）自己一旦自愿沦落到社会最底层（那时已有别的学科成千上万的知识分子都降到了社会最底层），警察就再也不会抓着他不放，不会再对他有什么兴趣。那样的话，他们便不会去发表所谓由他自己签名的声明，也绝对不会有人相信。谁发表这种无耻的公开声明只会高升，而不是沦落。

在波希米亚，医生是国家公务员，国家可以剥夺其职位，但并不非一定这样做不可。跟托马斯谈辞职事宜的那位官员了解他的声望，也很赏识他，试图说服托马斯不要走。托马斯这时突然发现，自己还拿不准所做的选择是否正确。但他已经感觉到，他已通过某种忠诚的誓言和他的这一决定联系在一起，于是他坚持了自己的选择。就这样，他成了一名玻璃窗擦洗工。

（选自《不能承受的生命之轻》，米兰·昆德拉著，许钧译，上海译文出版社，2003年）

相关背景

米兰·昆德拉（Milan Kundera，1929.4.1—　），捷克裔法国作家、评论家。其代表作《玩笑》《不能承受的生命之轻》《小说的艺术》等多次获国际文学奖，他也多次被提名为诺贝尔文学奖候选人。

米兰·昆德拉善于运用反讽的表现手法，用幽默诙谐的语句描绘生活状况，在轻松、随意的叙述中揭示严肃的问题。其作品语言表达通俗易懂，又充满幽默机智，字里行间充满了人生智慧。《不能承受的生命之轻》描写的是托马斯与特丽莎、萨丽娜之间的感情生活，又绝不是一个男人和两个女人之间的三角性爱故事，而是透过情爱故事，传达了生活哲理的思想内涵极其丰富的作品。

小说《不能承受的生命之轻》，从对神秘想法的“永恒轮回”的讨论开始，把读者带入到对一系列问题的思考中，如轻与重、灵与肉。节选内容是托马斯为了避免自己的名字被利用，拒绝在拥护当局的声明上签字，他索性让自己变成社会上最底层的人物，当上了一名玻璃窗擦洗工。

文本赏析

小说男主人公托马斯是一个外科医生，婚姻失败让他对女人有渴望又有畏惧，当他爱上餐厅女服务员特丽莎后，违反自定原则，娶她为妻。但是结婚以后，托马斯还是忍不住要和别的女人发生关系。特丽莎嫉妒愤慨，给托马斯造成了沉重的精神负担，当特丽莎离开自己时，他曾一度感到少有的轻松愉快、兴奋高兴，但是很快托马斯就心情沉重，尤其是想到特丽莎痛苦的样子，他就觉得精神压力比苏军的坦克还要重。于是托马斯决定也回去，只有重的东西才有价值。但是读者来信事件，让托马斯失去了体面的医院工作，成为一个擦洗玻璃的工人。因为工作原因，托马斯很少和特丽莎碰面，失落无聊中又开始和女人约会。后来，他在听完特丽莎痛苦的噩梦后，心理上产生了深深的震撼，发觉自己对特丽莎还是存有强烈的爱意。因此，托马斯选择和特丽莎在农场度过了一段幸福、美满的生活，也实现了自己的脱胎换骨。

作品另外一个人物萨丽娜，是一名画家，是托马斯的情妇之一。萨丽娜喜欢没有责任而轻盈轻松的生活，不喜欢所谓的忠诚与任何讨好大众的行为，不愿意参加诸如"五一节"大游行之类的政治活动，更不喜欢所有人声调一致地高呼同样的口号，讨厌他人评头论足，死后也不希望埋在坟墓里，不愿意被泥土和石头羁绊，认为骨灰应随风飘洒。萨丽娜追求洒脱飘逸的生活状态，追求绝对自由独特的个性，虽然萨丽娜不是小说的主人公，但她是追求和体验"不能承受的生命之轻"的人，也是始终选择"轻"的人。

学法点拨

小说五种叙述运动形式：在小说创作中，故事时间与叙事时间的长度之比形成了省略、概述、等述、扩述和静述五种叙述运动形式，它在对小说风格的形成、对深化思想内涵、衬托作品环境等方面有着重要作用。两种时间基本相等的属于等述；叙事时间短于故事时间的为概述，叙事时间长于故事时间的为扩述；叙事时间为零，故事时间无穷大的是省略；叙事时间无限大，故事时间为零的是静述。

一般来说，小说的这五种叙述运动形式都会在一篇小说中被运用。例如《不能承受的生命之轻》，作品主要采用了省略、概述和扩述等叙述运动形式。如第1章《轻与重》，托马斯与前妻两年的生活却只用一句话"他和第一个妻子一起生活不到两年，有一个儿子"来概述，显示了第一个妻子在托马斯生活中的轻；当特丽莎离开托马斯，作者用了长达5页纸来叙述和描写托马斯，表现了托马斯两日的思想活动，显示了生活中的重，也揭示了特丽莎在他生命中的不可或缺，这里使用扩述的运动形式。从托马斯与两个女人之间的感情变化对比，读者会深深地感受到生活中的轻与重，体会到轻在重的映衬下会更轻，重在轻的对比下会更重的生活哲理，进而深化了作品轻与重的思想主题。此外，小说没有细致描写托马斯、萨丽娜的外貌特征，也没有描叙他们家庭背景、个人成长的介绍，运用省略的叙述运动形式留给了读者更多想象的空间。

链接思考

1. 结合下面的故事理解小说内容。

国王让他手下大臣比赛，看谁是大力士。比赛的办法是让大臣们把一根鸡毛扔过高墙，几乎所有的大臣都失败了。只有一位大臣很聪明，他抓住身边一只鸡，一把扔过高墙，然后对国王说："我能把整只鸡都扔过高墙，何况一根鸡毛。"他赢了，依靠他的智慧。

《不能承受的生命之轻》中提到"轻与重"指的是什么？

2. 阅读下面的材料，自选角度，完成600字左右的体会。

米兰·昆德拉说："我们常常痛感生活的艰辛与沉重，无数次目睹了生命在各种重压下的扭曲与变形，'平凡'一时间成了人们最真切的渴望。但是，我们却在不经意间遗漏了另外一种恐惧——没有期待、无须付出的平静，其实是在消耗生命的活力与精神。"

3. 学写一篇小说，尝试运用五种叙述运动形式中的三种以上。

第四章　戏剧欣赏

学习目标

1. 了解并掌握有关戏剧文学的常识。

2. 体会戏剧剧本在矛盾冲突中表现的人物性格，以及个性化的语言塑造人物形象的特点。

3. 掌握戏剧作品鉴赏手法，提高戏剧鉴赏水平，感受戏剧的魅力。

第一节　戏剧欣赏概要

一、戏剧发展及特点

戏剧是一种综合性的舞台艺术，它借助文学、音乐、舞蹈、美术等艺术手段来塑造舞台艺术形象，揭示社会矛盾，反映现实生活。戏剧的基本元素包括剧本、演员、舞台和观众。当然，演员可以脱离剧本即兴表演，舞台也不一定正式，演员进行艺术活动的地方就是舞台，演员和观众是戏剧存在的两大基本条件。

（一）中国戏剧的发展

中国戏剧是由古代的宗教礼仪、巫术扮演、歌舞、伎艺（手艺或艺术表演）演变而来的。汉代，民间出现了具有表演成分的“角抵戏”，尤以《东海黄公》为著。到了南北朝时期，民间出现了歌舞与表演相结合的“歌舞戏”，具有了更为浓郁的表演成分，如《拨头》《踏摇娘》等。唐代，出现了由先秦时期的优伶表演发展来的以滑稽表演为特点的“科白戏”——参军戏；民间的歌舞戏进入宫廷，得到了更大的发展；民间还出现了“俗讲”和“变文”等通俗说唱形式。戏剧经过漫长的时间至宋元时期得以成型。

中国的戏剧古今差别很大。中国古典戏剧与古希腊悲喜剧、印度梵剧并称为“世界三大古剧”。古代戏曲以“戏”和“曲”为主要因素，通称为“戏曲”，主要包括宋元南戏、元杂剧、明清传奇以及清中叶以后的各种地方戏。现代戏剧主要指 20 世纪以来由我国作家创作的话剧、歌剧、舞剧等，其中以话剧为主体。

1. 宋元南戏

宋代，城市商品经济得到长足发展，都市里出现很多市民固定的娱乐场所——勾栏瓦肆。瓦肆又称为"瓦舍""瓦子",内设大小勾栏(用各种花纹图案勾连起来的栏杆,借以圈出演出场地)。勾栏瓦肆汇集歌舞、说唱、杂技、滑稽戏等各种民间技艺,吸引了一批"书会才人"与艺人共同创造。在这样的条件下,宋杂剧应运而生,脱颖而出,成为当时非常盛行的戏剧艺术形式。

在金国统治中国北方区域时期在宋杂剧的基础上,北方出现了"金院本";南方浙江、福建一带出现了"南戏",也称温州杂剧、永嘉杂剧。南戏的剧本剧目多表现民间故事,一般为长篇,一场戏为一出,一本戏长则五十多出,短则二三十出,现在全本留存的南戏剧本有《张协状元》《荆钗记》《白兔记》等,已初具戏曲的基本艺术特征。

南戏是在宋杂剧的基础上,融合南方民间小曲、说唱等艺术因素形成的,曲词通俗质朴,演唱方式比较自由,独唱、合唱、接唱全视剧情的需要而定。南戏的角色通常有生、旦、净、末、丑、外、贴七种。

生:男主角,扮演书生、状元之类。

旦:女主角,一般为青年女子。

净:出自唐参军戏中"参军",俗称"花脸""花面",扮演性格刚烈或相貌性格上有特异之点的男性人物。

末:有正末和副末之分,而南戏只有副末。副末一是用来开场,二是扮演次要的男性人物。

丑:又称"三花脸"或"小花脸",多扮演性格诙谐的人物,有文丑和武丑之分。

外:老年男子或老年妇女。

贴:贴旦,次要女子。

2. 元杂剧

元杂剧,也称元曲,是金末元初在金院本和诸宫调的基础上广泛吸收多种词曲和技艺发展而成的戏曲艺术。元杂剧的兴盛,既是戏曲艺术自身发展演变的结果,又与当时社会、政治、经济、人文等因素息息相关。一方面,戏剧经过漫长的孕育和缓慢的发展过程,在内部结构和外在表现上都达到了成熟;另一方面,元代统治黑暗野蛮,民族矛盾、阶级矛盾异常尖锐,科举制的废止与对汉族知识分子的歧视让许多知识分子被迫走入勾栏瓦肆打发光阴、寻求生路并成为"书会才人"。现有记载的元杂剧作家约 120 人,已知剧目 730 多种,现存 150 种左右,其中优秀作品有关汉卿的《窦娥冤》、王实甫的《西厢记》、白朴的《墙头马上》、马致远的《汉宫秋》等,这些作品深入反映了当时的社会生活,在中国戏剧艺术和文学史上都占有相当重要的地位。

元杂剧的剧本绝大多数是"四折一楔"。折,是戏剧情节发展的一个自然段落。其形式是用同一宫调(元杂剧有正宫、中吕宫、南昌宫、仙吕宫、黄钟宫五个宫调)的若干曲牌连成一个套曲,一韵到底,由一个角色主唱,同时还有宾白以及对演员的表情、动作和环境气氛等所做的文字说明。一本四折有机融合,表现出戏剧冲突的开端、发展、高潮和结局。楔子,一般用在首折之前,起到交代剧情的作用,类似"序幕";有时用在折与折之间,用以衔接剧情,相当于"过场戏",篇幅短小。元杂剧这种将音乐结构与戏剧结构统一起来的特点成为我国古典戏剧的典范。

3. 明清传奇戏

"传奇"一词,在不同时代有不同内容。唐代称文言写成的短篇小说为传奇,意即奇异故事可以相传。宋、元称戏文为传奇。金、元及明初时称杂剧为传奇。而明、清则称以演唱南曲为主的篇幅较长的戏曲为传奇。已知明清传奇作家700多人，存剧本600余种。

明清传奇戏的特点与元末南戏大抵相同。音乐上，以南曲为主，较为轻柔婉丽，有的剧本兼用少量北曲；结构上，一般篇幅较长，情节较为复杂，刻画人物也更为细致。由于在篇幅过长，一般又带有结构松散和不适合舞台演出等缺点，一些作品成了案头文学作品。角色行当和表演方面，明清传奇戏较元杂剧更加丰富自由，不受元杂剧一人主唱的限制，能够表现更多的人物形象和更加丰富的社会生活。从总体上看，从南戏到传奇戏的发展，一方面是格律从自由趋于严整，另一方面是语言由本色趋于文雅。传奇戏的出现，使中国戏剧发展进入了一个新的阶段。特别是明代中叶以后直至清代中叶陆续出现的大批优秀剧作，形成中国戏剧史上的又一个高峰，对后世戏曲产生了深远影响。明清传奇戏的代表作有汤显祖的《牡丹亭》、洪昇的《长生殿》和孔尚任的《桃花扇》等。

4. 清代地方戏

清代戏曲历来有“花”“雅”之分。昆曲作为被官方肯定的戏剧艺术，称为“雅部”；以各地方方言为基础的地方戏称为“花部”，初步形成了皮黄、梆子、弦索、民间歌舞戏、多声腔剧种五个大的声腔系统。“花雅之争”实际上促成了戏曲繁荣的局面。一直到乾隆、道光年间，三庆、四喜、和春等“四大徽班”陆续进京，以徽调中二黄和汉调中西皮为基础，吸收了京腔、昆腔、秦腔以及其他地方戏和民间曲调的营养，融会成以皮黄为主的京剧才结束了“花雅之争”。

清代地方戏，由于剧作家的匮乏，开始了以剧本文学为中心向以舞台艺术为中心的转移，这种转移主要靠梨园抄本流传或艺人口传心授。在艺术形式上，以七字句、十字句为主的排偶唱词代替传统的长短句。唱腔音乐则是以一对上下乐句为基础，突出节奏、节拍的作用，以唱腔板式（如慢板、快板、流水板、散板等）的变化，表现戏剧情绪的变化。不同的作品（或作品内的不同场次）也可分别处理成唱功戏、做功戏、武打戏等，这有利于中国戏曲唱念做打的综合性、整体性向更自由灵活的形态发展。清代地方戏经过发展形成了360多种剧种，取材广泛，作品众多，代表作有描写女性的《王宝钏》、赞美杨家将的《寡妇征西》、描述日常生活的《张古董借妻》、歌颂梁山义军的《神州擂》等。

5. 现代戏剧

中国现代戏剧诞生于19世纪末20世纪初，大致形成两大潮流：一是20世纪初诞生的话剧；二是以古典戏剧、西洋歌剧和话剧为基础形成的歌剧。其发展经历了以下几个阶段：

萌芽期（1906—1914年）：1906年，李叔同与曾孝谷在日本东京成立了春柳社，成立不久他们编演了《茶花女》第三幕和《黑奴吁天录》。国内也陆续成立了进化团、春阳社职业化新剧团体，演出了以辛亥革命为背景或题材的“文明戏”，这些作品摒弃了歌舞，以人物对话为主，关注民生、政治话题，追求宣传鼓动效果。

发展期（1915—1929年）：在“五四”新思潮和西方戏剧流派、作品的影响下，20世纪20年代一批话剧艺术家完成了中国现代话剧的奠基任务。1919年，胡适在《新青年》上发表了中国最早的话剧剧本《终身大事》，1928年由洪深提议定名为话剧。“爱美剧”等社会问题剧以及随后出现的话剧，使剧坛形成了百花争妍的局面，出现了《少奶奶的扇子》《获虎之夜》《一只马蜂》等一系列优秀作品，涌现了一大批剧作家，如田汉、丁西林、洪深、欧阳予倩、郭沫若等，奠定了现代戏剧在戏剧史上的地位。

成熟期(1930—1937 年)：这一时期，以话剧为代表的中国戏剧臻于成熟。话剧的创作、演出、理论研究逐步专业化，作品反映现实的力度有所增强，其代表就是曹禺优秀话剧作品的问世。曹禺在 1933 年完成了处女作——多幕剧《雷雨》，继而又发表《日出》《原野》等，这些作品一经问世取得了巨大成功，成为中国现代戏剧走向成熟的标志。此间还出现了夏衍的《上海屋檐下》和李健吾系列剧作等一大批艺术上较为成熟的剧作。

丰收期(1938—1949 年)：这一时期，戏剧运动以爱国主义为题材，和抗日救国、解放运动紧密结合，出现了历史剧、现实剧、讽刺喜剧三股潮流，涌现了一大批优秀剧作，如曹禺的《北京人》、郭沫若的《屈原》、阳瀚笙的《李秀成之死》、陈白尘的《升官图》、吴祖光的《风雪夜归人》等。

6. 当代戏剧

中华人民共和国成立后，虽然有老舍的《茶馆》、田汉的《关汉卿》等优秀作品问世，但由于十年的“文化大革命”，戏剧艺术遭到“样板戏”的冲击而停滞不前，一直到“文化大革命”结束，戏剧发展才从政治化倾向回归到关注艺术本体。

（二）西方戏剧的发展

西方戏剧是从古希腊戏剧开始的，古希腊戏剧、古罗马戏剧、欧洲中世纪戏剧、欧洲文艺复兴时期戏剧、古典主义戏剧、启蒙和浪漫主义戏剧、现实主义戏剧和现代派戏剧，构成了一幅色彩斑斓的西方戏剧文化发展的画卷。

1. 古希腊戏剧

古希腊戏剧起源于酒神祭典，相传古希腊的农民在收获葡萄的时节，由 50 个男子组成歌队举行歌舞狂欢活动，环绕酒神狄俄尼索斯祭坛唱赞美歌。慢慢地，这种酒神颂由单纯的歌咏演变为歌与诗的对话。公元前 534 年，一名叫作泰斯庇斯的雅典人在竞赛会上发展了说唱和表演的形式，成为古希腊第一个登台表演的演员，这就使原来以歌舞为主的酒神祭典逐步向戏剧演变。

古希腊戏剧的全盛时期在公元前 5 世纪，这个时期出现了埃斯库罗斯、索福克勒斯、欧里庇得斯三大悲剧诗人。其中，埃斯库罗斯把演员人数增加到两个，从此有了真正的舞台交流。他被称为“古希腊悲剧之父”，其代表作有《被缚的普罗米修斯》《波斯人》等；索福克勒斯被称为“戏剧中的荷马”，其代表作有《俄狄浦斯王》《安提戈涅》；欧里庇得斯的代表作有《美狄亚》。这些以希腊神话、英雄史诗为素材的戏剧名作直到今天还吸引着观众。这一时期还出现了“喜剧之父”阿里斯托芬的《公民大会妇女》等优秀作品。

2. 欧洲文艺复兴时期戏剧

欧洲文艺复兴时期的戏剧发源于意大利的文艺复兴运动。这一运动是 14 世纪末到 17 世纪初在欧洲发生的资产阶级反封建、反教会的思想文化解放运动。它对于人的价值的肯定在莎士比亚的戏剧中获得了最高的体现。莎士比亚的喜剧代表作有《仲夏夜之梦》《威尼斯商人》等，悲剧代表作有《哈姆雷特》《奥赛罗》《李尔王》《麦克白》等。这一时期也涌现出了其他优秀作品，如意大利作家尼古拉·马基亚维利的《曼陀罗花》、西班牙剧作家洛卜·德·维伽的《羊泉村》等。

3. 古典主义戏剧

文艺复兴运动之后出现的古典主义，是在 17 世纪的法国产生、发展并流行于欧洲各国的文艺流派。古典主义戏剧家把古希腊、古罗马戏剧奉为典范，把情感对于理智的服从视为古典精神的核心。且古典主义的戏剧创作必须遵守地点、时间和情节一致的“三一律”；人物塑造需要符合固定的类型；戏剧体裁有高低尊卑之分，悲剧被视为“高雅的”体裁，只能描写国王和贵族，喜剧被视为“卑欲的”体裁，只能描写市民和普通人；戏剧语言讲究准确、高雅，合乎逻辑；演员要按规定的程式来表现角色的感情；舞台场面追求对称、浮华和宁静。古典主义戏剧的代表作品有高乃依的《贺拉斯》《熙德》、拉辛的《昂朵马格》、喜剧大师莫里哀的《伪君子》《悭吝人》，等等。

4. 启蒙和浪漫主义戏剧

18 世纪欧洲启蒙运动是文艺复兴反封建反教会斗争的延续，这一时期的戏剧力图打破古典主义戏剧的陈规陋习，取消了戏剧在体裁方面严格的悲剧和喜剧划分，创造出“悲喜剧”等新的戏剧类型。这一时期的重要剧作家有德国的莱辛、席勒，意大利的哥尔多尼，法国的狄德罗、博马舍。

浪漫主义戏剧作为启蒙精神的延续，是一种表现感情强烈和具有明确道德倾向的戏剧，主要在于要求戏剧突破规则，强调创作自由，张扬个人感情。维克多·雨果的《序言》和《欧那尼》的演出，标志着浪漫主义戏剧从此在法国占据了统治地位。英国的浪漫主义戏剧则主要体现在拜伦和雪莱两大浪漫诗人的创作中。

5. 现实主义和现代派戏剧

19 世纪 30 年代，以法国为中心出现了以巴尔扎克、福楼拜为代表的现实主义文学运动，现实主义戏剧迅速发展成为全欧洲性质的文学潮流。它强调从现实而不是从理想出发，客观地再现现实，反映人的现实的社会关系，揭露现实的丑恶。这一时期的代表作有挪威戏剧家亨利·易卜生的《玩偶之家》《人民公敌》，英国剧作家萧伯纳的《华伦夫人的职业》《卖花女》，等等。现实主义戏剧不仅使西方戏剧的发展达到了一个新的高峰，而且也成为现代戏剧的一个明显的开端。

（三）戏剧的分类

戏剧的分类方法包含以下几种：

从矛盾冲突的性质来看，戏剧可分为悲剧、喜剧和正剧。

从表现的形式看，戏剧可分为话剧、歌剧、舞剧、歌舞剧、哑剧等。

从作品的容量看，戏剧分为多幕剧和独幕剧；多幕剧按分幕数目可分为三幕剧、四幕剧等。

从题材反映的时代来看，戏剧分为历史剧和现代剧。

从表现的要素看，戏剧分为哑剧、舞剧、音乐剧等。

从地域的色彩看，戏剧可分为京剧、沪剧、越剧、豫剧、黄梅戏等。

（四）戏剧的特点

1. 时间、空间的高度集中

受舞台条件和演出时间的限制，戏剧要求时间、人物、情节、场景高度集中在舞台范围内。剧本中通常用“幕”和“场”来表示段落与情节。“幕”指情节发展的一个大段落。“一幕”可分为几场，“一场”指一幕中发生空间变换或时间隔开的情节。相隔千万里，跨越若干年，都可通过幕、场变换集中在舞台上展现。剧本一般要求篇幅不能太长，人物不能太多，场景也不能过多地转换。

2. 戏剧冲突强烈尖锐

"没有冲突就没有戏剧"是戏剧和戏剧文学的一般规律。戏剧要在有限的空间和时间里反映社会现实,矛盾冲突会更加尖锐突出。在矛盾冲突中,剧本情节得以推进,人物形象更加鲜明。剧本中的矛盾冲突大体分为发生、发展、高潮和结尾四部分。演出时从矛盾发生时就应吸引观众,矛盾冲突发展到最激烈的时候称为高潮,这时的剧情也最吸引观众,最扣人心弦。

3. 戏剧语言富有表现力

剧本的语言包括台词和舞台说明两个方面,剧本的语言主要是台词。台词,就是剧中人物所说的话,包括对话、独白、旁白。独白是剧中人物独自抒发个人情感和愿望时说的话;旁白是剧中某个角色背着台上其他剧中人从旁侧对观众说的话。剧本主要是通过台词推动情节发展,表现人物性格。因此,台词语言要富有表现力,要能充分地表现人物的性格、身份和思想感情,要通俗自然、简练明确,要口语化,要适合舞台表演。舞台说明,又称为舞台提示,是剧本语言不可缺少的一部分,是剧本里的一些说明性文字。舞台说明包括剧中人物表,剧情发生的时间、地点、服装、道具、布景以及人物的表情、动作、上下场等。这些说明对刻画人物性格和推动戏剧情节发展有一定的作用。因此,舞台说明语言要求写得简练、扼要、明确。

二、戏剧欣赏技巧

(一) 分析戏剧冲突

戏剧冲突是指社会生活中尖锐的矛盾冲突在戏剧中的反映。没有冲突就没有戏剧,戏剧冲突是戏剧的灵魂,是戏剧主题的基础和情节发展的动力,是社会生活矛盾在戏剧艺术中的集中而概括的反映。它的具体表现形式有思想冲突、性格冲突、意志冲突和人与环境的冲突(亦称为主客观冲突)等。不过,在一出戏中往往是以某种冲突为主,多种形式的冲突互为补充、交互并用。欣赏戏剧作品的,要善于把握作品的戏剧冲突,要弄清冲突的主要原因、发展过程、主次顺序等,牢牢把握戏剧冲突,是鉴赏戏剧的关键。

1. 了解戏剧冲突的类型

戏剧冲突因剧作情节结构不同,往往呈现出不同的类型。

(1) 单一型。这类戏剧冲突的对立面由始至终基本不变,一贯到底,从矛盾显现到白刃相见,冲突逐渐白热化,最后总爆发。例如,贯穿《雷雨》全剧的繁漪与周萍的冲突。

(2) 主次型。全剧有一个主要冲突,但这一个冲突并非每场都出现,有时出现的是次要冲突。例如,《西厢记》中的主要冲突是自由婚姻和封建婚姻的冲突,具体表现为莺莺、张生和老夫人、郑恒的矛盾。但实际上全剧除了"赖婚""拷红"外,其他场次中老夫人的戏并不多。而张生、莺莺和红娘由于身份、处境、教养、个性不同,对封建礼教的态度亦有差异,所采取的反抗和挣脱束缚的方式也不同,因而不断发生冲撞和误会,由此构成十分强烈的喜剧效果。

(3) 多样型。一些剧作由于没有贯穿到底的完整且集中的戏剧情节,各场多由一系列人物的生活片段组成,它在众多人物的生活场景中,展示一个个分散的冲突,这些冲突统一于共同的主题之下。如《茶馆》每幕之间相隔 20 年左右,各种矛盾既不互相交织,又不连续发展,但各种冲突又都统一于葬送旧时代这一主题之下。

2. 抓住戏剧冲突的表现形态

戏剧冲突主要表现为具有不同性格的人物在追求各自目标过程中所发生的斗争，它不能用抽象的意念去表现。这些形态主要有以下几种：

(1) 人物之间冲突。这种冲突表现为人与人之间意志和性格的冲突，这是戏剧冲突的本质。意志冲突，是指人物间对立的目的和动机出现，交织成错综复杂的戏剧冲突。性格冲突，是指人物间对待事物的态度、追求的理想、采取手段的不同所引起的冲突。人物性格越典型就越容易引起冲突。意志冲突和性格冲突往往紧密地结合在一起，在戏剧中，不能截然分开。例如，《雷雨》中的两场人物间的冲突：周朴园和鲁侍萍 30 年后的不期而遇，周朴园和鲁大海在罢工问题上的针锋相对，这些对揭示三人性格具有重要作用。

(2) 人物内心冲突。这种内心冲突往往使人物陷于不易摆脱的境地。中国古代戏曲常常以抒发内心冲突的片段作为一出戏的重点。例如《西厢记》的“长亭送别”中，崔莺莺的大段抒情唱词，唱出了对往日相思的回忆和今日离别的愁苦，展示了她内心的矛盾。

(3) 人与环境冲突。这种环境，既指自然环境，也指社会环境。在《牡丹亭》的“惊梦”中，美好的自然景色使杜丽娘惊喜万分，由此春情萌发，但这是封建礼教所制约的现实环境是不允许杜丽娘动情思的，因此情与环境的不协调，构成了戏剧冲突。《茶馆》中，在“维新运动”失败后、北洋军阀混战之时和国民党统治时期这三个不同历史阶段，人与社会环境的冲突表现市民、农民与清末统治阶级的冲突。

(二) 掌握戏剧结构

戏剧结构是戏剧的骨架，在整个过程中具有极为重要的作用。戏剧结构是指戏剧情节的组织和安排，读者只有弄清了它，才能更好地理解和领会戏剧的思想内容。戏剧结构必须是完整统一的，必须是有机的整体，场与场之间、情节与情节之间必须有连贯性、逻辑性和顺序性，它所要求的严密、紧凑和巧妙，比其他艺术形式都要高得多。分析戏剧结构，可从以下几个方面入手：

1. 了解戏剧结构的类型

(1) 点线型(开放型)。点，指剧中各段的中心事件；线，指贯穿全剧的主线。这种戏剧结构把故事情节按先后顺序从头至尾表现出来，能完整地表现事件始末过程。中国古代戏曲较多采用这种类型，如越剧《梁山伯与祝英台》。古代戏曲是按“折”“出”“场”来划分的。每折、每出、每场都有一个中心事件，因此每个段落都有相对的独立性。情节线索将各个段落连贯起来，像一串明珠。

(2) 横截型(锁闭式)。这种戏剧的完整过程并不按时间顺序来展示，而是截取生活的某个横断面，把一切都集中在这个断面上，那些有关情节则用回顾叙述的方式在剧情发展中逐步透露出来。例如，《雷雨》所表现的内容，作者没有按时间顺序叙述，而是把整个故事浓缩在不到一天的时间里，把地点凝聚在周家客厅和鲁家两个场景中。

(3) 介于点线型和横截型之间的展示型。其特点是剧中人物多、情节少，就像一幅漫长的群像画，画上出现形形色色的人物，展示着他们各式各样的生活风貌和性格特征。它没有突出的主人公，也没有一件贯穿到底的中心事件，每个人都带着自己的过去，成为一条独立的故事线，老舍的《茶馆》。

2. 剖析戏剧结构

首先要弄清剧中有几条情节线索。有时一出戏只有一条线索，有时为一条主线一条副线，有时有若干条副线，重点把握住主线；其次要弄清剧中各个阶段的特点。戏剧一般可以分为五个阶段：剧情介绍，矛盾开始，高潮出现，矛盾解开，全剧结束，五个阶段中重点把握住高潮；再次要把握戏剧情节。情节是塑造人物、表达思想的重要手段，要能去掉枝蔓，把握主干；最后要把握戏剧节奏。戏剧的节奏是有一定规律的，时快时慢，张弛结合。

（三）品味戏剧语言

语言是构成剧本的基础。剧作家通过人物语言来推进情节发展，展开戏剧冲突，塑造人物形象，揭示戏剧主题，表达自己对生活的认识。舞台说明是戏剧语言不可缺少的组成部分，但同人物语言相比，它只是一种辅助手段。因此，鉴赏剧本时，品味人物语言至关重要。

1. 品味个性化的戏剧语言

因为个性化语言能够准确地表达出人物的思想感情。所谓个性化，是指人物的年龄、身份、经历、教养、环境等影响而形成的个性特点。剧本对人物语言个性化的要求非常高，正像高尔基所说："在剧本里，他（指作者）不能对观众提示什么。剧中人物被创造出来，仅仅是依靠他们的台词，而不是叙述的语言。"优秀的剧本往往三言两语就能写出人物的鲜明性格，做到"话到人到"，如奥赛罗的轻信、嫉妒，安提戈涅的勇敢、倔强，阿巴贡的爱财如命。

2. 品味富有动作性的戏剧语言

动作性，有时表现为人物之间的动作冲突，如周朴园逼繁漪喝药、周萍打鲁大海；有时表现为人物内心的活动，如鲁侍萍看见周萍打鲁大海后那种痛苦的心理，等等。也就是说，动作性包括外部动作，也包括内部动作，即内心活动。我们常常说"言为心声"，语言是人的内在感情的一种外在表现形态。从这个角度说，人物语言的动作性主要指人物的内心动作。这种显示动作性的语言，从人物的内心发出，能够展示人物丰富的内心世界。

第二节　经典戏剧赏析

一、古代戏剧

1. 窦娥冤（节选）

（元）关汉卿

第三折

（外扮监斩官上，云）下官监斩官是也。今日处决犯人，着做公的把住巷口，休放往来人闲走。（净扮公人，鼓三通，锣三下科。刽子磨旗、提刀、押正旦带枷上，刽子云）行动些，行动些，监斩官去法场上多时了。（正旦唱）

【正宫·端正好】没来由犯王法，不提防遭刑宪，叫声屈动地惊天。顷刻间游魂先赴森罗殿，怎不将天地也生埋怨。

【滚绣球】有日月朝暮悬，有鬼神掌着生死权。天地也，只合把清浊分辨，可怎生糊突了盗跖颜渊？为善的受贫穷更命短，造恶的享富贵又寿延。天地也，做得个怕硬欺软，却原来也这般顺水推船。地也，你不分好歹何为地！天也，你错勘贤愚枉做天！哎，只落得两泪涟涟。

（刽子云）快行动些，误了时辰也。（正旦唱）

【倘秀才】则被这枷纽的我左侧右偏，人拥的我前合后偃。我窦娥向哥哥行有句言。（刽子云）你有甚么话说？（正旦唱）前街里去心怀恨，后街里去死无冤，休推辞路远。

（刽子云）你如今到法场上面，有甚么亲眷要见的，可教他过来，见你一面也好。（正旦唱）

【叨叨令】可怜我孤身只影无亲眷，则落的吞声忍气空嗟怨。（刽子云）难道你爷娘家也没的？（正旦云）只有个爹爹，十三年前上朝取应去了，至今杳无音信。（唱）早已是十年多不睹爹爹面。（刽子云）你适才要我往后街里去，是什么主意？（正旦唱）怕则怕前街里被我婆婆见。（刽子云）你的性命也顾不得，怕他见怎的？（正旦云）俺婆婆若见我披枷带锁赴法场餐刀去呵，（唱）枉将他气杀也么哥，枉将他气杀也么哥。告哥哥，临危好与人行方便。

（卜儿哭上科，云）天那，兀的不是我媳妇儿！（刽子云）婆子靠后！（正旦云）既是俺婆婆来了，叫他来，待我嘱咐他几句话咱。（刽子云）那婆子，近前来，你媳妇要嘱付你话哩。（卜儿云）孩儿，痛杀我也！（正旦云）婆婆，那张驴儿把毒药放在羊肚儿汤里，实指望药死了你，要霸占我为妻。不想婆婆让与他老子吃，倒把他老子药死了。我怕连累婆婆，屈招了药死公公，今日赴法场典刑。婆婆，此后遇着冬时年节，月一十五，有瀽不了的浆水饭，瀽半碗儿与我吃；烧不了的纸钱，与窦娥烧一陌儿，则是看你死的孩儿面上！（唱）

【快活三】念窦娥葫芦提当罪愆，念窦娥身首不完全，念窦娥从前已往干家缘；婆婆也，你只看窦娥少爷无娘面。

【鲍老儿】念窦娥服侍婆婆这几年，遇时节将碗凉浆奠；你去那受刑法尸骸上烈些纸钱，只当把你亡化的孩儿荐。（卜儿哭科，云）孩儿放心，这个老身都记得。天那，兀的不痛杀我也！（正旦唱）婆婆也，再也不要啼啼哭哭，烦烦恼恼，怨气冲天。这都是我做窦娥的没时没运，不明不暗，负屈衔冤。

（刽子做喝科，云）兀那婆子靠后，时辰到了也。（正旦跪科）（刽子开枷科）（正旦云）窦娥告监斩大人，有一事肯依窦娥，便死而无怨。（监斩官云）你有什么事？你说。（正旦云）要一领净席，等我窦娥站立；又要丈二白练，挂在旗枪上。若是我窦娥委实冤枉，刀过处头落，一腔热血休半点儿沾在地下，都飞在白练上者。（监斩官云）这个就依你，打甚么不紧。（刽子做取席，站科，又取白练挂旗上科）（正旦唱）

【耍孩儿】不是我窦娥罚下这等无头愿，委实的冤情不浅。若没些儿灵圣与世人传，也不见得湛湛青天。我不要半星热血红尘洒，都只在八尺旗枪素练悬。等他四下里皆瞧见，这就是咱苌弘化碧，望帝啼鹃。

（刽子云）你还有甚的说话，此时不对监斩大人说，几时说那？（正旦再跪科，云）大人，如今是三伏天道，若窦娥委实冤枉，身死之后，天降三尺瑞雪，遮掩了窦娥尸首。（监斩官云）这等三伏天道，你便有冲天的怨气，也召不得一片雪来，可不胡说！（正旦唱）

【二煞】你道是暑气暄，不是那下雪天；岂不闻飞霜六月因邹衍；若果有一腔怨气喷如火，定要感的六出冰花滚似绵，免着我尸骸现；要什么素车白马，断送出古陌荒阡？

（正旦再跪科，云）大人，我窦娥死的委实冤枉，从今以后，着这楚州亢旱三年。（监斩官云）打嘴！那有这等说话！（正旦唱）

【一煞】你道是天公不可期，人心不可怜，不知皇天也肯从人愿。做甚么三年不见甘霖降，也只为东海曾经孝妇冤。如今轮到你山阳县。这都是官吏每无心正法，使百姓有口难言。

（刽子做磨旗科，云）怎么这一会儿天色阴了也？（内做风科，刽子云）好冷风也！（正旦唱）

【煞尾】浮云为我阴，悲风为我旋，三桩儿誓愿明题遍。（做哭科，云）婆婆也，直等待雪飞六月，亢旱三年呵，（唱）那其间才把你个屈死的冤魂这窦娥显。

（刽子做开刀，正旦倒科）（监斩官惊云）呀，真个下雪了，有这等异事！（刽子云）我也道平日杀人，满地都是鲜血，这个窦娥的血，都飞在那丈二白练上，并无半点落地，委实奇怪。（监斩官云）这死罪必有冤枉。早两桩儿应验了，不知亢旱三年的说话，准也不准？且看后来如何。左右，也不必等待雪晴，便与我抬他尸首，还了那蔡婆婆去罢。（众应科，抬尸下）

（选自《元杂剧精选》，关汉卿等著，山西古籍出版社，2005年）

相关背景

关汉卿（1219—1301），号已斋叟，金末元初大都（今北京）人，是元代最杰出的杂剧作家，也是我国戏剧史上最早、最伟大的戏剧作家。他与郑光祖、白朴、马致远齐名，被称为“元曲四大家”。他一生“不屑仕进”，生活在底层人民中间。他多才多艺，不仅写作剧本，有时还登台演唱，精通音律，会吟诗、吹箫、弹琴、舞蹈，也会下棋射猎。元代熊自得《析津志·名宦传》载：“关一斋，字汉卿，燕人。生而倜傥，博学能文，滑稽多智，蕴藉风流，为一时之冠。”

明代贾仲明《录鬼簿续编》称誉他“驱梨园领袖，总编修师首，捻杂剧班头”。他一生作剧剧目60余种，现存18种，作散曲50余首，数量超过了英国的“戏剧之父”莎士比亚，被称为“中国的莎士比亚”。关汉卿的剧作，大多揭露封建社会的黑暗腐败，表现古代劳动人民特别是青年妇女的苦难遭遇和反抗精神。其剧作塑造了窦娥、赵盼儿、王瑞兰、谭记儿、燕燕等不同类型的妇女形象，题材广泛，风格多样。《窦娥冤》等悲剧有感天动地之悲；《单江亭》《救风尘》等喜剧嬉笑怒骂、诙谐辛辣；《调风月》《拜月亭》等作品融合悲喜剧特点，游戏之笔尽写凝重之感；《单刀会》等历史剧借塑造历史人物抒发自己对现实的深刻认识。关汉卿的剧作剧本结构完整，矛盾集中强烈，人物性格鲜明突出，曲辞质朴而精练，对元杂剧的形成和发展有很大的影响。王国维在《宋元戏曲考》中赞扬他“一空依傍，自铸伟词，而其言曲尽人情，字字本色。故当为元人第一”。在杂剧衰落之后，其《窦娥冤》《拜月亭》《望月亭》《救风尘》《单刀会》等代表作被改编成传奇作品或各种近代地方戏曲作品，影响深远。他的剧作已传播到国外，仅《窦娥冤》就有英、法、德、俄等多国译本，丰富了世界文化宝库。1958年，关汉卿被世界和平理事会列为世界文化名人。

文本赏析

《窦娥冤》的原型来源于《列女传》与《汉书·于定国传》中东海孝妇的故事，全名《感天动地窦娥冤》，共四折一楔，是关汉卿的代表作，是我国元曲四大悲剧之首。在王季思先生主编的《中国十大古典悲剧集》中，它名列第一。近代学者王国维在《宋元戏曲考》中，曾给予这部名剧以很高的评价，认为它"即列之于世界大悲剧中，亦无愧色！"

《窦娥冤》主要讲述了山阴书生窦天章因无力偿还蔡婆的高利贷，就把7岁的女儿窦娥送给蔡婆当童养媳来抵债。不料窦娥丈夫早死，年轻守寡的她勤俭操家，奉养婆婆。蔡婆外出讨账，被骗荒郊野外害命。张驴儿和他父亲路过救了她，以此强迫蔡婆与窦娥招他父子入赘，却遭到窦娥的坚决反抗。张驴儿为了威逼窦娥成婚，想用毒药毒死蔡婆，并以此要挟，不料竟害死自己的父亲。张驴儿以窦娥"药死公公"为名，将其告到官府，昏官桃杌横加迫害，屈斩了窦娥。后来窦天章官至肃政廉访使，到山阴考察吏治。窦娥的鬼魂向她父亲诉冤，窦天章最终为窦娥昭雪了冤案。作品愤怒地控诉了元代社会冤狱迭生的残酷现实，同时也通过窦娥如何从屈从于命运走向觉醒最终奋起抗争的过程，反映了广大人民对元朝统治的不满和反抗。《窦娥冤》是一部有着深刻的思想意义和卓越的艺术成就的作品，是关汉卿成熟的艺术珍品。

1. 现实主义与浪漫主义的有机融合

关汉卿为了抒发被压迫妇女感天动地的冤屈，表现被压迫人民宁死不屈的性格和有冤必申的理想，按照自己对元代的深刻认识和窦娥性格发展的必然趋势，运用浪漫主义的手法，以丰富的想象和大胆的夸张，设计了三桩誓愿的超现实情节："血飞白练""六月飞雪""大旱三年"。三桩誓愿层层递进，一桩比一桩时间长久，一桩比一桩影响深远。而窦娥发出三愿前，三次重复讲出"若是我窦娥委实冤枉"，强调了政治的黑暗和吏治的腐败，才使得孤苦无靠的窦娥惨遭杀戮，蒙此奇冤。可见，"冤""怨"二字是贯穿始终的，才会"皇天也肯从人愿"。关汉卿的这种浪漫主义手法的运用，由于根植于现实生活的土壤之中，因此观众不感到荒谬怪诞，相反，更加深切同情窦娥的悲惨遭遇。这样，人物形象的塑造，既有坚实的现实生活基础，又有通过想象和夸张，反映出女主角主观上所表现出的而非客观上能实现的愿望，把现实主义和浪漫主义很好地结合了起来，塑造了人物的性格，深化了作品的主题，强化了作品的感染力，使整个作品达到了"寓褒贬，别善恶，分是非，明爱憎"的目的。

2. 强烈的悲剧色彩

(1) 以善恶冲突展开悲情故事。鲁迅说："悲剧是将人生有价值的东西毁灭给人看。"(《论雷峰塔的倒掉》)"人生有价值的东西"自然属于善，"使其毁灭的东西"自然属于恶。窦娥善良孝顺，在遭遇年幼失母、少年离父、青年丧偶等一连串的人身打击后，她想的仍是"我将这婆侍养，我将这孝服守，我言词须应口"。她活着仿佛就是为了尽孝。在公堂上，她被打得皮开肉绽也不屈服，当昏官要打她婆婆时，她忙说："住住住，休打我婆婆，情愿我招了罢。"在被押往刑场的路上，她顾及的不是自己的生命，而是顾念婆婆心情，请求绕道走后街。最后，窦娥的冤案得以昭雪，她仅要求父亲给她婆婆养老送终。而那些昏庸无能、贪赃枉法、欺辱弱小、鱼肉百姓的执法者则是造成窦娥含冤而死的主要原因，是造成"为善的受贫穷更命短，造恶的享富贵又寿延"的黑暗世道的主要原因。

(2) 以插科打诨加重悲剧情调。例如，《窦娥冤》第一折赛卢医的上场语："行医有斟酌，下药依《本草》，死的医不活，活的医死了。"第二折桃杌太守的上场语："我做官人胜别人，告状来的要金银；若是上司当刷卷，在家推病不出门。"凡此种种，或点化悲剧缘由，或加重悲剧气氛。观众在赛卢医、桃杌太守的自我表白中，不仅认识了这类人物之所以为非作歹、贪赃枉法的本质，而且加深了对窦娥悲剧命运的社会根源的认识。真是“无端笑哈哈，不觉泪纷纷”。

(3) 以团圆之趣深化悲剧效果。中国古典悲剧往往体现了“悲中带喜”的独特风格，采取的是一种苦尽甘来的结构形态。以喜衬悲，大悲之后的“小喜”是中国古典文学独具的“团圆之趣”。《窦娥冤》中的窦娥在邪恶势力的迫害下，临死前立下的三桩誓愿一一得到验证，最后她的父亲窦天章为她翻了案，恶人得到了报应。这看来是一个大团圆的结局，但这并没有丝毫弱化其悲剧效果，父亲窦天章功成名就，窦娥冤情平反并不能改变窦娥死亡的命运。关汉卿在不损伤悲剧基调的前提下，运用了积极浪漫主义的手法，让冤魂出场为自己辩白昭雪，使结局显出某种亮色，这恰恰是符合中华民族传统的审美习惯的。这种结构形式符合中国观众的民族心理。

3. 紧凑集中的艺术结构

《窦娥冤》节奏紧凑集中，布局巧妙自然，短短四折戏，却彰显了作者的匠心独运，构思巧妙，作者将剧情组织得繁简得当，疏密相间，使人读来觉得节奏鲜明。该简略处惜墨如金，一笔带过，如窦娥7岁到蔡家，一直到悲剧发生，中间13年，许多情节只在第一折做了极简单的交代，从楔子到第一折，一跨13年，用笔极为简练。需要突出描写时，作者又毫不吝惜笔墨，着力铺陈，如作者没有按照审案判决的一般顺序，不是把公堂审问放在第三折，而是把张驴儿告状、窦娥受刑等所有的事件都放在前两折，交代清楚，然后腾出笔来，用第三折整一折戏来写窦娥对黑暗社会的强烈控诉，形成“两峰夹一谷”的形势，将窦娥的反抗性格表现得淋漓尽致。

学法点拨

戏曲语言主要包含宾白和曲词。

1. 宾白

宾白是剧中人的说白部分，宾白可分韵白、口白、方音白三种。韵白是一种朗诵式念白，要按一定音韵咬字发音，多用于有身份、有才学、举止端庄的人，包括引子、定场诗、定场白、下场诗等。口白是一种近口语的念白，多用于丑角和身份低微的平民百姓。方音白即用乡土音读白。宾白还可分为四种：对白、独白、旁白、带白。对白是人物对话，独白是人物自叙，旁白是背过别的人物自叙心里话，带白则是唱词中的插话。

宾白既是叙事的手段，如《窦娥冤》中主要事件——救人、讨药、下毒、审问、雪冤等全是在宾白中完成的，又能刻画人物性格。如在《西厢记·长亭送别》中，莺莺一句：“张生！此行得官不得官，疾便回来！”表现了她痛楚、担忧、爱恋、矜持等复杂感情。张生于百般无奈之际，又不甘示弱，只好口出狂言：“小生这一去，自夺一个状元。”表现出他既爱好面子又无计可施的书生气，足见其憨直可笑。

2. 曲词

曲词即戏曲的唱词，古称曲文。唱词是按一定的宫调（乐调）、曲牌（曲谱）写成的韵文。元杂剧规定，每一折戏，唱同一宫调的一套曲子，其宫调和每套曲子的先后顺序都有惯例规定。从宋代南戏形成以来，逐渐分为本色（如《窦娥冤》）、典雅（如《西厢记》）两种。曲词的语言被称为“沉思的语言”，常用以揭示特定人物的内心世界。曲词讲究情境，有时情景交融，景是人物眼中之景，情则寓于景中。例如，《窦娥冤》的第三折中，窦娥被斩前的一段唱，唱词连用了四个“念窦娥”，直接抒发人物的内心感情，这里有含冤负屈的诉说，有对自身苦难和往昔生活的回顾，声泪俱下，既表现了窦娥对人生的眷恋，也是对婆婆的哀怜和安慰。

3. 曲白相生

曲、白之间的关系是极为密切的，不可把它们截然分开。曲生白，白生曲，二者浑然一体，所谓“曲白相生，方尽剧情之妙”。如《牡丹亭·惊梦》中，杜丽娘上场时的一句宾白是：“不到园林，怎知春色如许？”由此唤出“原来姹紫嫣红开遍……”一段绮丽唱词，曲词中“原来”是由上句宾白“怎知”而来的。接着曲又生白：“恁般景致，我老爷和奶奶再不提起。”这疑诧和不满，又生出下面她对自然风光向往的曲词：“朝飞暮卷，云霞翠轩……”又如在《窦娥冤》“婆媳告别”一场戏中，窦娥有一大段宾白，首先讲述了自己的冤情及屈招的原因，然后向婆婆提出了一些要求，紧接着是窦娥的两段唱词“快活三”和“鲍老儿”，唱词内容基本上是对宾白内容的重复，这就是元杂剧所运用的“先白后曲，曲白相生”的艺术手法。

链接思考

1. 本文节选中共出现多少曲牌？都属什么宫调？

2. 根据关汉卿的《窦娥冤》改编的戏曲作品有不少，请大家欣赏程砚秋改编的京剧《六月雪》，试和原作进行比较，说说你认为哪一种最好，并谈谈理由。

2. 牡丹亭（节选）

（明）汤显祖

惊　梦

【绕池游】（旦上）梦回莺啭，乱煞年光遍，人立小庭深院。（贴）炷尽沉烟，抛残绣线，恁今春关情似去年。

【乌夜啼】（旦）晓来望断梅关，宿妆残。（贴）你侧着宜春髻子，恰凭阑。（旦）剪不断，理还乱，闷无端。（贴）已吩咐催花莺燕，借春看。（旦）春香，可曾叫人扫除花径？（贴）吩咐了。（旦）取镜台衣服来。（贴取镜台衣服上）云髻罢梳还对镜，罗衣欲换更添香。镜台衣服在此。

【步步娇】（旦）袅晴丝吹来闲庭院，摇漾春如线。停半晌整花钿，没揣菱花，偷入半面，迤逗的彩云偏。（行介）步香闺怎便把全身现？

（贴）今日穿插的好。

【醉扶归】（旦）你道翠生生出落的裙衫儿茜，艳晶晶花簪八宝填，可知我常一生儿爱好是天然？恰三春好处无人见，不提防沉鱼落雁鸟惊喧，则怕的羞花闭月花愁颤。

（贴）早茶时了，请行。（行介）你看：画廊金粉半零星，池馆苍苔一片青。踏草怕泥新绣袜，惜花疼煞小金铃。（旦）不到园林，怎知春色如许？

【皂罗袍】原来姹紫嫣红开遍，似这般都付与断井颓垣。良辰美景奈何天，赏心乐事谁家院。恁般景致，我老爷和奶奶再不提起。（合）朝飞暮卷，云霞翠轩。雨丝风片，烟波画船。锦屏人忒看的这韶光贱！

（贴）是花都放了，那牡丹还早。

【好姐姐】（旦）遍青山啼红了杜鹃，荼蘼外烟丝醉软。春香呵，牡丹虽好，他春归怎占的先？（贴）成对儿莺燕呵。（合）闲凝眄，生生燕语明如翦，呖呖莺歌溜的圆。

（旦）去罢。（贴）这园子委是观之不足也。（旦）提他怎的？（行介）

【隔尾】观之不足由他缱，便赏遍了十二亭台是惘然，倒不如兴尽回家闲过遣。

（作到介）（贴）开我西阁门，展我东阁床。瓶插映山紫，炉添沉水香。小姐，你歇息片时，俺瞧老夫人去也。（下）（旦叹介）默地游春转，小试宜春面。春呵，得和你两留连，春去如何遣？咳！恁般天气，好困人也。春香那里？（作左右瞧介）（又低首沈吟介）天呵，春色恼人，信有之乎！常观诗词乐府，古之女子，因春感情，遇秋成恨，诚不谬矣。吾今年已二八，未逢折桂之夫；忽慕春情，怎得蟾宫之客？昔日韩夫人得遇于郎，张生偶逢崔氏，曾有《题红记》《崔徽传》二书。此佳人才子，前以密约偷期，后皆得成秦晋。（长叹介）吾生于宦族，长在名门。年已及笄，不得早成佳配，诚为虚度青春。光阴如过隙耳。（泪介）可惜妾身颜色如花，岂料命如一叶乎！

【山坡羊】（旦）没乱里春情难遣，蓦地里怀人幽怨。则为俺生小婵娟，拣名门一例一例里神仙眷。甚良缘，把青春抛的远。俺的睡情谁见？则索因循腼腆。想幽梦谁边？和春光暗流传。迁延，这衷怀那处言？淹煎，泼残生除问天。

身子困乏了，且自隐几而眠。（睡介）（梦生介）（生持柳枝上）莺逢日暖歌声滑，人遇风情笑口开。一径落花随水入，今朝阮肇到天台。小生顺路儿跟着杜小姐回来，怎生不见？（回看介）呀！小姐，小姐。（旦作惊起相见介）（生）小生那一处不寻访小姐来，却在这里。（旦作斜视不语介）（生）恰好花园内折取垂柳半枝，姐姐，你既淹通书史，可作诗以赏此柳枝乎？（旦作惊喜欲言又止介）（背云）这生素昧平生，何因到此？（生笑介）小姐，咱爱杀你哩。

【山桃红】则为你如花美眷，似水流年。是答儿闲寻遍，在幽闺自怜。小姐，和你那答儿讲话去。（旦作含羞不行）（生作牵衣介）（旦低问介）那边去？（生）转过这芍药栏前，紧靠着湖山石边。（旦低问）秀才，去怎的？（生低答）和你把领扣松，衣带宽，袖梢儿揾着牙儿苫也，则待你忍耐温存一晌眠。（旦作羞）（生前抱）（旦推介）（合）是那处曾相见，相看俨然，早难道这好处相逢无一言。（生强抱旦下）

（末扮花神束发冠红衣插花上）催花御史惜花天，检点春工又一年。蘸客伤心红雨下，勾人悬梦彩云边。吾乃掌管南安府后花园花神是也。因杜知府小姐丽娘，与柳梦梅秀才，后日有姻缘之分。杜小姐游春感伤，致使柳秀才入梦。咱花神专掌惜玉怜香，竟来保护他，要他云雨十分欢幸也。

【鲍老催】（末）单则是混阳烝变，看他似虫儿般蠢动把风情搧。一般儿娇凝翠绽魂儿颤。这是景上缘，想内成，因中见。呀！淫邪展污了花台殿。咱待拈片落花儿惊醒他。（向鬼门丢花介）他梦酣春透了怎留连？拈花闪碎的红如片。

秀才，才到的半梦儿，梦毕之时，好送杜小姐仍归香阁。吾神去也。（下）

【山桃红】（生旦携手上）（生）这一霎天留人便，草藉花眠。小姐可好？（旦低头介）（生）则把云鬟点，红松翠偏。小姐休忘了呵，见了你紧相偎，慢厮连，恨不得肉儿般团成片也，逗的个日下胭脂雨上鲜。（旦）你可去呵？（合前）

（生）姐姐，你身子乏了，将息，将息。（送旦依前作睡介）（轻拍旦介）姐姐，俺去了。（作回顾介）姐姐，你可十分将息，我再来瞧你那。行来春色三分雨，睡去巫山一片云。（下）（旦作惊醒低叫介）秀才，秀才，你去了也。（又作痴睡介）（老上）夫婿坐黄堂，娇娃立绣窗。怪他裙衩上，花鸟绣双双。孩儿，孩儿，你为甚瞌睡在此？（旦作醒，叫秀才介）咳也！（老）孩儿怎的来？（旦作惊起介）奶奶到此。（老）我儿何不做些针指，或观玩书史，舒展情怀？因何昼寝于此？（旦）儿适在花园中闲玩，忽值春暄恼人，故此回房，无可消遣，不觉困倦少息。有失迎接，望母亲恕儿之罪！（老）孩儿，这后花园中冷静，少去闲行。（旦）领母亲严命。（老）孩儿，书堂看书去。（旦）先生不在，且自消停。（老叹介）女孩家长成，自有许多情态，且自由他。正是：宛转随儿女，辛勤做老娘。（下）（旦长叹介看老下介）哎也天那！今日杜丽娘有些侥幸也。偶到后花园中，百花开遍，睹景伤情，没兴而回。昼眠香阁，忽遇一生，年可弱冠，丰姿俊妍。于园中折得柳丝一枝，笑对奴家说：姐姐既淹通书史，何不将柳枝题赏一篇？那时待要应他一声，心中自忖，素昧平生，不知名姓，何得轻与交言。正如此想间，只见那生向前，说了几句伤心话儿，将奴搂抱去牡丹亭畔，芍药阑边，共成云雨之欢。两情和合，真个是千般爱惜，万种温存。欢毕之时，又送我睡眠，几声将息。正待自送那生出门，忽值母亲来到，唤醒将来。我一身冷汗，乃是南柯一梦。忙身参礼母亲，又被母亲絮了许多闲话。奴家口虽无言答应，心内思想梦中之事，何曾放怀？行坐不宁，自觉如有所失。娘呵，你教我学堂看书去，知他看那一种书消闷也？（作掩泪介）

【绵搭絮】雨香云片，才到梦儿边。无奈高堂，唤醒纱窗睡不便。泼新鲜，冷汗粘煎，闪的俺心悠步亸，意软鬟偏。不争多费尽神情，坐起谁忺则待去眠。

（贴上）晚妆销粉印，春润费香篝。小姐，薰了被窝睡罢。

【尾声】（旦）困春心，游赏倦，也不索香薰绣被眠。天呵，有心情那梦儿还去不远。

春望逍遥出画堂，间梅遮柳不胜芳。

可知刘阮逢人处，回首东风一断肠。

（选自《牡丹亭》，汤显祖著，华东师范大学出版社，2006年）

相关背景

汤显祖（1550—1616），字义仍，号海若，又号若士，晚年号茧翁，自署清远道人，江西临川人，中国明代戏曲家、文学家。汤显祖出身书香门第，早有才名，他不仅对于古文诗词颇精，而且能通天文地理、医药卜筮诸书。万历十一年（1583），他34岁时考中进士，次年任南京太常寺博士。万历十七年（1589），由南京詹事府主簿改官南京礼部祠祭司主事。万历十九年（1591），因目睹当时官员腐败而上《论辅臣科臣疏》，触怒了皇帝而被贬到雷州半岛的徐闻县做典史，万历二十一年（1593）调任浙江遂昌知县，一任5年，政绩斐然，却因压制豪强，触怒权贵而招致上司的非议和地方势力的反对，终于万历二十六年（1598）愤而弃官归里，这时他49岁。从此，直到他去世的18年间，他在家乡过着读书写作、养亲教子的生活。家居期间，一方面希望有“起报知遇”之日，另一方面却又期望“朝廷有威风之臣，郡邑无饿虎之吏，吟咏升平，每年添一卷诗足矣”。后逐渐打消仕进之念，潜心于戏剧及诗词的创作。

总体来说，汤显祖受儒、道、释多方面影响，其思想较为复杂。他最初师从泰州学派代表人物罗汝芳，后结交被当时统治者视为异端的李贽等人，受“左派王学”的影响，反对程朱理学，肯定人欲，舒张个性。在文学思想上，汤显祖与“公安派”反复古思潮相呼应，明确提出文学创作首先要“立意”的主张，把思想内容放在首位。这些思想在他的作品中都得到了体现。汤显祖虽然也创作过诗文等，但成就最高的还是传奇。他的戏剧创作现存主要有五种，按创作时间先后排列是《紫箫记》《紫钗记》《还魂记》《南柯记》和《邯郸记》。《还魂记》

又称《牡丹亭》。除《紫箫记》以外的四种,剧中都有做梦的情节,所以合称"临川四梦",又称"玉茗堂四梦",其中,《牡丹亭》《紫钗记》写情之"痴",是入于情之作;《南轲记》《邯郸梦》写情之"空",是出乎情之作。这些剧作不但为中国人民所喜爱,而且已传播到多个国家,被视为世界戏剧艺术的珍品。汤显祖的专著《宜黄县戏神清源师庙记》也是中国戏曲史上论述戏剧表演的一篇重要文献,对导演学起了拓荒开路的作用。他还有诗文《玉茗堂全集》四卷、《红泉逸草》一卷、《问棘邮草》二卷,小说《续虞初新志》等。

文本赏析

《牡丹亭》即《还魂记》,也称《还魂梦》或《牡丹亭梦》,成于万历二十六年(1598),全剧55出。它与王实甫的《西厢记》齐名,也是我国古代戏曲史上浪漫主义的杰作。其题材来源是多方面的,其中受明代话本《杜丽娘慕色还魂》的影响最大。故事讲述了南安太守杜宝女儿杜丽娘因读《诗经·关雎》而惹动情思,于是冲破约束,私出游园,触景生情,困乏后梦中与书生柳梦梅牡丹亭畔相会,醒后相思成疾,伤情而死。杜宝升官离任,在女儿墓地建造梅花观。柳生到临安应试,借宿观中,拾得杜丽娘殉葬自画像,和杜丽娘的鬼魂相会,并掘墓开棺,杜丽娘起死回生,两人结成夫妇,夜走临安。但杜宝不承认他们的结合,直至柳梦梅中了状元,由皇帝做主,事情才获得圆满解决。

汤显祖曾说:"一生四梦,得意处唯在牡丹。"《牡丹亭》寄托着几千年来中国文人对精神自由和美好理想的向往。作品通过杜丽娘和柳梦梅生死离合的爱情故事来宣扬"情不知所起,一往而深。生者可以死,死者可以生"的"至情"观念,这是汤显祖创造的"情"之理念在戏曲中的美学呈现。本文节选的《惊梦》表现了杜丽娘青春的觉醒,这出戏构思新奇,匠心独运,此前的笔墨都为它而安排,此后的情节因此而展开。可以说,无此一出,便无《牡丹亭》。

《牡丹亭》在艺术手法上有如下特点:

1. 情与理的冲突

《牡丹亭》贯穿了"情"与"理"的冲突。杜丽娘身为官宦小姐,生活在与外界完全隔绝的朱门深宅之中,陈最良身为她的老师,从饮食起居、行为举止方面严格拘束她的身心:"论娘行,出入人观望,步起须屏幛"(《肃苑》),甚至把《关雎》按照后妃功德解释为"有风有化,宜室宜家"。她的父母疼爱的方式是竭力把她塑造成一个符合礼教规范的淑女:"他日到人家,知书知礼,父母光辉"(《训女》),"要她拘束身心"(《诘病》),"凡少年女子,最不宜艳妆戏游空冷无人之处","手不许把秋千索拿,脚不许把花园路踏"(《慈戒》)。甚至打盹、游园都成了违反家教、大逆不道的行为,面对如此压抑的"理"学统治,杜丽娘的"至情"之路由此开始:她有感于春光而萌生的对情的热烈与渴望,有在梦境中体会的对情的思念与追求,更有为情而死、因情复生的对情的执着与捍卫,这一异乎寻常的人生经历,充分展示了"情"对"理"的冲突。

2. 人物形象鲜明

汤显祖塑造的最奇丽的人物形象是杜丽娘。她在作品开始时,还带有贵族小姐普遍的特点,美丽聪慧,温柔稳重,用礼教约束着自己的言行,一直到《惊梦》,作者写出了人物心理的变化:杜丽娘游园前的矜持和娇羞,刻画出其春情难遣的寂寞和对环境的隐隐不满;游园时对满园春色激起的巨大波澜抒发了惊诧、感慨、悲叹、幽怨之情。这里有对自然和青春的热爱,也有对春色惊叹和对命运的感伤,细腻地表现了杜丽娘青春觉醒的过程。游园归来后入梦，在梦中突破了情感防线，完成了一个深闺少女对情爱的向往和实践，表现出杜丽娘发自内心的渴望和喜悦。总的来说，杜丽娘的一生经历了现实—梦境—幽冥—现实的四个阶段，通过对杜丽娘性格和命运的描写，作者塑造了一个“至情”的女性形象。

杜宝这个人物复杂而真实，一方面他是个传统的士大夫，满脑子的封建正统思想，作为封建礼教的化身站在杜丽娘的对立面；另一方面，他又是个德才兼备、智勇双全的国家栋梁之材，国家有难，他赴汤蹈火，在所不辞。陈最良是杜宝形象的重要补充，他无害于人，不失淳朴，但是因为深受礼教的毒害，已经成了礼教的传声筒，无意识中就在戕害人性。如果说杜宝体现了礼教的残酷，那么他则体现了礼教的迂腐。至于春香则表现了人的自然天性在没有受到礼教浸染时的生机活泼。她直爽勇敢，敢于公然践踏礼教，嘲讽戏弄陈夫子，表现得远比当时的杜丽娘更大胆。

3. 语言自然真切，典雅绮丽

《牡丹亭》一方面保留了元杂剧来自口语的自然真切的本色。如在第二十六出自《玩真》“恁横波，来回顾影，不住的眼儿睃”，“如愁欲语，只少口气儿呵”，“漾凌波，盈盈欲下，全不见影儿那”等句便是把生活语言加以锤炼后的文学语言，显得非常自然真切，雅俗共赏。另一方面又融进了六朝词赋、唐诗宋词典雅绮丽、含蓄空灵的风格，语言优美，辞藻华丽，对人物内心世界的描写细腻感人。例如“空影落纤娥，动春蕉蘸绮罗”，“相看四目谁轻可”，则又偏重于“炼”字，从“落”“蘸”“可”等字中就体现出诗的质感。再如“原来姹紫嫣红开遍，似这般都付与断井颓垣。良辰美景奈何天，赏心乐事谁家院。”此句，化用了谢灵运的《拟魏太子邺中集诗序》中“天下良辰、美景、赏心、乐事，四者难并”句意。该句语言华美，对仗工整，姹紫嫣红的美好景色都给了断井颓垣，由物及人，一种自我怜惜的情绪油然升起，把杜丽娘既惊诧于春光的无限美丽，又感叹春光易逝，惋惜春光被辜负的复杂心理准确地表现了出来。这两种手法的结合，则构成了汤显祖戏曲语言的独特风格。可谓“掇拾本色，参错丽语，境来神往，巧凑妙合，又视元人别一蹊径。技出天纵，匪由人造”。（王骥德《曲律》）

学法点拨

明清传奇戏：传奇源于唐代对短篇小说的称谓，在元代开始用于指称戏剧。明代以后，则通常用来指明清两代以演唱南曲为主的长篇戏曲作品。传奇戏曲是由文人不断对南戏形式进行“雅化”和规范化改造而成的，可说是文人化的戏曲样式。明代中叶以后直至清代中叶陆续出现的大批优秀剧作，形成了中国戏剧史上的又一个高峰，对后世戏曲产生了深远影响。

明清传奇的音乐体制已走向规范，传奇戏则采用曲牌联套的方式，多用流丽悠远、委婉细腻的南曲，又适当兼用激昂慷慨的北曲，使其更加富有表现力，如《牡丹亭》中的唱词典雅绮丽，细腻含蓄，契合文人的审美格调，使传奇唱词成为可与诗、词、赋相抗衡的文学艺术。当然，传奇文学性的加强不可避免地削弱了舞台性；在角色表演方面，明清传奇更加丰富自由，与元杂剧一人主唱不同的是，它的各种角色都可以唱，可独唱、轮唱、对唱和合唱，它能表现更多的人物形象和更加丰富的社会生活；在结构上，明清传奇一般篇幅较长，没有楔子，第一出叫“开场”，又称“家门”，用的是词牌而不是曲牌。曲末说明创作意图，介绍剧情概况，它不是剧情的组成部分。明清传奇的情节复杂，追求情节的奇异性和抒情性，刻画人物要细腻精致，可谓是绘奇人、演奇事、抒奇情。

链接思考

1. 将《牡丹亭·游园》部分改写为800字左右的散文。

2. 中国的昆曲是"人类口述非物质文化遗产"，请欣赏昆曲《牡丹亭》"惊梦"选段。

3. 同年逝世的汤显祖和莎士比亚堪称世界戏剧的两座高峰，他们所处的时代在政治、经济、思想和文化方面都经历着巨大的变革，人文主义的崛起对传统势力形成了挑战，试比较《牡丹亭》与《罗密欧与朱丽叶》，两者都是言"情"，有何不同之处？

3. 桃花扇（节选）

（清）孔尚任

寄　扇

甲申十一月

【醉桃源】（旦包帕病容上）寒风料峭透冰绡，香炉懒去烧。血痕一缕在眉梢，胭脂红让娇。孤影怯，弱魂飘，春丝命一条。满楼霜月夜迢迢，天明恨不消。

（坐介）奴家香君，一时无奈，用了苦肉之计，得遂全身之节。只是孤身只影，卧病空楼，冷帐寒衾，无人作伴，好生凄凉。

【北新水令】冻云残雪阻长桥，闭红楼冶游人少。栏杆低雁字，帘幕挂冰条；炭冷香消，人瘦晚风峭。

奴家虽在青楼，那些花月欢场，从今罢却了。

【驻马听】绣户萧萧，鹦鹉呼茶声自巧；香闺悄悄，雪狸偎枕睡偏牢。榴裙裂破舞风腰，鸾靴剪碎凌波靿；愁多病转饶，这妆楼再不许风情闹。

想起侯郎匆匆避祸，不知流落何所；怎知奴家独住空楼，替他守节也。（起唱介）

【沉醉东风】记得一霎时娇歌兴扫，半夜里浓雨情抛；从桃叶渡头寻，向燕子矶边找，乱云山风高雁杳。那知道梅开有信，人去越遥；凭栏凝眺，把盈盈秋水，酸风冻了。

可恨恶仆盈门，硬来娶俺；俺怎肯负了侯郎。

【雁儿落】欺负俺贱烟花薄命飘摇，倚着那丞相府忒骄傲。得保住这无瑕白玉身，免不得揉碎如花貌。

最可怜妈妈替奴当灾，飘然竟去。（指介）依看床榻依然，归来何日。

【得胜令】恰便似桃片逐雪涛，柳絮儿随风飘；袖掩春风面，黄昏出汉朝。萧条，满被尘无人扫；寂寥，花开了独自瞧。

说到这里，不觉一阵酸心。（掩泪坐介）

【乔牌儿】这肝肠似搅，泪点儿滴多少。也没个姊妹闲相邀，听那挂帘栊的钩自敲。

独坐无聊，不免取出侯郎诗扇，展看一回。（取扇介）嗳呀！都被血点儿污坏了，这怎么处？

【甜水令】你看疏疏密密，浓浓淡淡，鲜血乱蘸。不是杜鹃抛；是脸上桃花做红雨儿飞落，一点点溅上冰绡。

侯郎侯郎！这都是为你来。

【折桂令】叫奴家揉开云髻，折损宫腰；睡昏昏似妃葬坡平，血淋淋似妾堕楼高。怕旁人呼号，舍着俺软丢答的魂灵没人招。银镜里朱霞残照，鸳枕上红泪春潮。恨在心苗，愁在眉梢，洗了胭脂，涴了鲛绡。

一时困倦起来，且在妆台盹睡片时。（压扇睡介）（末扮杨文骢便服上）认得红楼水面斜，一行衰柳带残鸦。（净扮苏昆生上）银筝象板佳人院，风雪今同处士家。（末回头见介）呀！苏昆老也来了。（净）贞丽从良，香君独住，放心不下，故此常来走走。（末）下官自那日打发贞丽起身，守了香君一夜，这几日衙门有事，不能脱身；方才城东拜客，便道一瞧。（入介）（净）香君不肯下楼，我们上去一谈罢。（末）甚好。（登楼介）（末指介）你看香君抑郁病损，困睡妆台，且不必唤他。（净看介）这柄扇儿展在面前，怎么有许多红点儿？（末）此乃侯兄定情之物，一向珍藏不肯示人，想因面血溅污，晾在此间。（抽扇看介）几点血痕，红艳非常，不免添些枝叶，替他点缀起来。（想介）没有绿色怎好？（净）待我采摘盆草，扭取鲜汁，权当颜色罢。（末）妙极！（净取草汁上。末画介）叶分芳草绿，花借美人红。（画完介。净看喜介）妙妙！竟是几笔折枝桃花。（末大笑指介）真乃桃花扇也。（旦惊醒见介）杨老爷、苏师父都来了，奴家得罪。（让坐介。末）几日不曾来看，额角伤痕渐已平复了。（笑介）下官有画扇一柄，奉赠妆台。（付旦扇介。旦接看介）这是奴的旧扇，血迹肮脏，看他怎的。（入袖介）（净）扇头妙染，怎不赏鉴？（旦）几时画的？（末）得罪得罪！方才点坏了。（旦看扇叹介）咳！桃花薄命，扇底飘零。多谢杨老爷替奴写照了。

【锦上花】一朵朵伤情，春风懒笑；一片片消魂，流水愁漂。摘的下娇色，天然蘸好；便妙手徐熙，怎能画到。樱唇上调朱，莲腮上临稿，写意儿几笔红桃。补衬些翠枝青叶，分外夭夭，薄命人写了一幅桃花照。

（末）你有这柄桃花扇，少不得个顾曲周郎，难道青春守寡，竟做个入月嫦娥不成？（旦）说那里话，那关盼盼也是烟花，何尝不在燕子楼中，关门到老？（净）明日侯郎重到，你也不下楼么？（旦）那时锦片前程，尽俺受用，何处不许游耍，岂但下楼！（末）香君这段苦节，今世少有。（向净介）昆老看师弟之情，寻着侯郎，将他送去，也省俺一番悬挂。（净）是是！一向留心访问，知他随任史公，住淮半载。自淮来京，自京到扬，今又同着高兵防河去了，晚生不日还乡，顺便找寻。（向旦介）须得香君一书才好。（旦向末介）奴家言出无文，求杨老爷代写罢。（末）你的心事，叫俺如何写得出。（旦寻思介）罢罢！奴的千愁万苦，俱在扇头，就把这扇儿寄去罢。（净喜介）这封家书，倒也新样。（旦）待奴封他起来。（封扇介）

【碧玉箫】挥洒银毫，旧句他知道；点染红么，新画你收着。便面小，血心肠一万条；手帕儿包，头绳儿绕，抵过锦字书多少。

（净接扇介）待我收好了，替你寄去。（旦）师父几时起身？（净）不日束装了。（旦）只望早行一步。（净）晓得。（末）我们下楼罢。（向旦介）香君保重。你这段苦节，说与侯郎，自然来娶你的。（净）我也不再来别了。正是：新书远寄桃花扇。（末）旧院常关燕子楼。（下。旦掩泪介）妈妈不归，师父又去，妆楼独闭，益发凄凉了。

【鸳鸯煞】莺喉歇了南北套，冰弦住了陈隋调；唇底罢吹箫，笛儿丢，笙儿坏，板儿掠。只愿扇儿寄去的速，师父束装得早；三月三刘郎到了，携手儿下妆楼，桃花粥吃个饱。

书到梁园雪未消，青溪一道阻春潮，
桃根桃叶无人问，丁字帘前是断桥。

（选自《桃花扇》，孔尚任著，欧阳光校点，岳麓书社，2003年）

相关背景

孔尚任(1648—1718)字聘之,又字季重,号东塘,别号岸堂,自署云亭山人,山东曲阜人,孔子 64 代孙,清代戏曲家,与洪昇并称为“南洪北孔”。其父亲孔贞璠,明末举人,入清后,“养亲不仕”。

孔尚任青年时隐居石门山读书,自幼即留意礼、乐、兵、农等学问,还考证过乐律,为以后的戏曲创作打下了音乐知识基础,后纳捐为国子监生。康熙二十三年(1684),清圣祖南巡经过曲阜时,孔尚任被推荐到御前讲经,因召对称旨,以一监生身份超擢为国子监博士,从此走入仕途。他为这突然而来的恩荣感激涕零,专门写了一篇《出山异数记》。后升至工部员外郎,曾随工部侍郎孙在丰治理水灾,三年间往来于江淮之间,住在扬州。游金陵时凭吊过明朝遗迹,还结识了冒辟疆、黄云、宗元鼎、杜濬等明末遗老及其他著名文人,收集到不少南明兴亡的素材,这使他对现实有了深刻认识,对丰富他创作《桃花扇》帮助甚大。

孔尚任博学多才,兴趣广泛,喜好收藏书画古玩,又擅长诗文。《桃花扇》脱稿于康熙三十八年(1699),据其自云,他苦心经营了 10 余年,三易其稿始成(《桃花扇本末》)。次年(1700)四月被罢官,有人怀疑与《桃花扇》有关,但无确切材料佐证,晚年生活在家乡,71 岁病卒。孔尚任除代表作《桃花扇》之外,还与顾彩合撰《小忽雷》传奇,其主题思想与《桃花扇》一脉相承。孔尚任著有《石门山集》《湖海集》《岸堂集》《出山异数记》《人瑞录》等,汪蔚林辑有《孔尚任诗文集》。

文本赏析

清康熙三十八年(1699),戏曲史又产生了一部杰作——孔尚任的《桃花扇》,它与洪昇的《长生殿》一起,成为清初剧坛上耀眼的双璧。《桃花扇》讲述了明末“东林党人”逃难南京,组织“复社”,与阉党余孽阮大铖继续斗争。复社文人侯方域邂逅了秦淮歌妓李香君,两人陷入爱河。侯方域赠予李香君题诗扇一把,二人私订终身。阮大铖为拉拢侯方域,遣人赠送丰厚妆奁,被李香君坚决退回,阮大铖怀恨在心。弘光帝即位后,阮大铖再度得宠,他趁机陷害侯方域,迫使其投奔史可法,并将李香君强许他人。李香君誓死不从,撞头自尽而未遂,血溅诗扇,侯方域的朋友杨龙友利用血点在扇中画出一树桃花。李香君托苏昆生将桃花扇带给侯方域以代书信。马士英、阮大铖为了迎合福王的意旨,大肆抓捕秦淮歌女排演《燕子笺》,李香君借机自编新词,痛骂马士英、阮大铖。后清兵攻破扬州,史可法殉国,福王和马士英、阮大铖仓皇逃窜,南明灭亡。香君在栖霞山白云庵出家。扬州陷落后侯方域逃回南京寻找李香君,二人重逢,携手出家学道。

《桃花扇》共 40 出,分上下两本,首尾另加“试”“闰”“加”“续”四出。孔尚任将侯、李的悲欢离合同南明弘光朝的兴亡有机地结合在一起,揭露了南明王朝政治的腐败和衰亡的原因,表现了丰富复杂的社会历史内容,塑造了一系列栩栩如生的人物形象,悲剧的结局突破了才子佳人大团圆的传统模式,男女之情与兴亡之感都得到了哲理性的升华。

在艺术手法上,《桃花扇》具有以下特点:

1. 构思精妙,结构严谨

《桃花扇》在结构上独具匠心。该剧既以事为线索,又以物为线索,两条线索平行叙述,以通过象征他们的爱情命运的桃花扇为贯穿之物,从赠扇、溅扇、画扇、寄扇、撕扇,让它在情节发展的关键时刻多次出现，充分发挥了这个道具的作用，桃花扇既是侯、李坚贞爱情和高尚节操的象征，也是马、阮之流祸国殃民的见证，因而成为离合之情与兴亡之感的凝聚点，把一部包括了南明兴亡史庞大内容的戏剧情节，有机地贯串在一起，体现了"南明兴亡，遂系之桃花扇底"的艺术匠心。桃花扇在结构上展开了由侯方域和李香君联系着的两条线索：通过侯方域四处奔波这条线，写出了南明草创及四镇内讧等重大事件和矛盾：通过李香君备受欺凌这条线，写出了弘光和马、阮之流倒行逆施的腐败情形。最后，作者摆脱了大团圆的俗套，以张道士撕扇，侯、李入道的爱情悲剧来衬托国破家亡的严酷现实。作者"借离合之情，写兴亡之感"的独特构思，情节既细针密线，又转换灵活，使全剧起伏、转折、照应都显得井然有序，前面情节为后面情节的张本，后面情节又为前面情节做照应，连环牵绾，相互映带。作者更成功地把爱情描写和政治斗争紧密地结合起来，使本剧成为明清传奇戏曲的压卷之作。学者王靖献认为："由于'离合之情'和'兴亡之感'紧密结合，互相生发，使该剧产生了一种动人心弦的戏剧效果，从而使之具有极强的文学感染力。"

2. 人物多样，鲜明生动

《桃花扇》塑造了众多的人物形象，作者根据人物在剧中的作用、地位和不同的政治态度，将他们分为左、右、奇、偶、总五部，其中左部、右部各设四"色"，用来写离合之情；奇部、偶部各设四"气"，用来反映南明兴亡；总部以张瑶星、老赞礼为一经一纬，总结全局的离合之情和兴亡之感。建构如此完整的人物体系，在中国古代戏曲史上还是第一次。《桃花扇》中的人物兼具类型多样化和性格多面性的特点，其中如崇尚气节、具有敏锐的政治眼光的李香君，关心国事、热心侠义的柳敬亭，力挽狂澜、慷慨捐躯的史可法，风流倜傥、软弱妥协的侯方域，两面讨好、圆滑世故的杨龙友。而且同一类型人物也毫不雷同，同是妓女，李香君不同于李贞丽、卞玉京；同为艺人，柳敬亭不同于苏昆生、丁继之；同为武将，左良玉忠心但骄矜少谋，高杰无能；同为奸臣，阮大铖狡猾奸诈，马士英横行霸道。

学法点拨

历史剧：指取材于历史事件和历史人物的剧目。黑格尔把它界定为"向过去的时代取材"的作品，并把"维持历史的忠实"作为一条重要的创作原则。历史剧的创作要对大量的历史资料进行分析、研究，在符合历史真实的基础上，选取具有典型意义的戏剧性事件，并适当地给予艺术加工，再现一定历史时期的社会生活面貌。莎士比亚以霍尔编著的《兰开斯特与约克两大显贵家族的联合》和霍林希德编著的《英格兰与苏格兰编年史》为基础，完成了10部以英国编年史为题材的历史剧，统称"莎士比亚历史剧"。郭沫若的《屈原》《蔡文姬》，田汉的《文成公主》，曹禺的《胆剑篇》等都是著名的历史剧。

文学史上原有不少传奇（如《浣纱记》《秣陵春》《长生殿》）通过男女主角的离合悲欢，串演一代兴亡的历史故事，但《桃花扇》的出现却使这类创作达到了新的艺术高度。《桃花扇》作为一部表现亡国之痛的历史剧，孔尚任在创作中采取了证实求信的原则，在《桃花扇·凡例》中说："朝政得失，文人聚散，皆确考时地，全无假借。至于儿女钟情，宾客解嘲，虽稍有点染，亦非乌有子虚之比。"剧本以明末侯方域与李香君的爱情悲欢为主线，串联起南明政权各派各系以及社会中各色人物的活动与矛盾斗争，展示了弘光小王朝兴亡的历史面目，"借离合之情，写兴亡之感"，塑造了李香君、阮大铖、马士英一系列栩栩如生的人物形象，纷繁错综、起伏转折而有条不紊、不枝不蔓。《桃花扇》中的人物基本上是

"实人实事，有根有据"，真实地再现了历史，如剧中老赞礼所说："当年真如戏，今日戏如真。"但作者又"稍有点染"，有意回避、改变了一些情节，把人物的历史作用与自己的爱憎褒贬统一起来，进行了艺术加工，做到历史真实与艺术真实的完美统一。例如，为了塑造李香君的形象，作者虚构了溅扇、染扇、骂筵、入宫等重要情节，使人物形象更立体丰满；为了反映国破家亡的悲剧，孔尚任将侯方域结局改为出家入道，对侯方域的行为有所掩饰美化。作者对史实的加工和虚构，大多使人物更为典型，情节更为精练，戏剧特征更为鲜明，男女离合之情与历史兴亡之感都得到了升华，表现了其清醒、超脱的历史态度。

链接思考

1. 清代初期，有许多作者在作品中影射和探索明代灭亡的教训，同是以男女离合之情写国家兴亡，请阅读欣赏洪昇代表作《长生殿》并讨论与《桃花扇》的异同。

2. 把节选部分的有关内容改写成小说。

二、现代话剧

4. 茶馆（节选）

老舍

第一幕

人物　王利发、刘麻子、庞太监、唐铁嘴、康六、小牛儿、松二爷、黄胖子、宋恩子、常四爷、秦仲义、吴祥子、李三、老人、康顺子、二德子、乡妇、茶客甲、乙、丙、丁、马五爷、小妞、茶房一、二人。

时间　一八九八年（戊戌）初秋，康梁等的维新运动失败了。早半天。

地点　北京，裕泰大茶馆。

［幕启：这种大茶馆现在已经不见了。在几十年前，每城都起码有一处。这里卖茶，也卖简单的点心与菜饭。玩鸟的人们，每天在遛够了画眉、黄鸟等之后，要到这里歇歇腿，喝喝茶，并使鸟儿表演歌唱。商议事情的，说媒拉纤的，也到这里来。那年月，时常有打群架的，但是总会有朋友出头给双方调解；三五十口子打手，经调人东说西说，便都喝碗茶，吃碗烂肉面（大茶馆特殊的食品，价钱便宜，作起来快当），就可以化干戈为玉帛了。总之，这是当日非常重要的地方，有事无事都可以来坐半天。

［在这里，可以听到最荒唐的新闻，如某处的大蜘蛛怎么成了精，受到雷击。奇怪的意见也在这里可以听到，像把海边上都修上大墙，就足以挡住洋兵上岸。这里还可以听到某京戏演员新近创造了什么腔儿，和煎熬鸦片烟的最好的方法。这里也可以看到某人新得到的奇珍——一个出土的玉扇坠儿，或三彩的鼻烟壶。这真是个重要的地方，简直可以算作文化交流的所在。］

［我们现在就要看见这样的一座茶馆。］

［一进门是柜台与炉灶——为省点事，我们的舞台上可以不要炉灶；后面有些锅勺的响声也就够了。屋子非常高大，摆着长桌与方桌，长凳与小凳，都是茶座儿。隔窗可见后院，高搭着凉棚，棚下也有茶座儿。屋里和凉棚下都有挂鸟笼的地方。各处都贴着"莫谈国事"的纸条。

[有两位茶客，不知姓名，正眯着眼，摇着头，拍板低唱。有两三位茶客，也不知姓名，正入神地欣赏瓦罐里的蟋蟀。两位穿灰色大衫的——宋恩子与吴祥子，正低声地谈话，看样子他们是北衙门的办案的（侦缉）。

[今天又有一起打群架的，据说是为了争一只家鸽，惹起非用武力解决不可的纠纷。假若真打起来，非出人命不可，因为被约的打手中包括着善扑营的哥儿们和库兵，身手都十分厉害。好在，不能真打起来，因为在双方还没把打手约齐，已有人出面调停了——现在双方在这里会面。三三两两的打手，都横眉立目，短打扮，随时进来，往后院去。

[马五爷在不惹人注意的角落，独自坐着喝茶。

[王利发高高地坐在柜台里。

[唐铁嘴踏拉着鞋，身穿一件极长极脏的大布衫，耳上夹着几张小纸片，进来。

王利发　唐先生，你外边蹓蹓吧！

唐铁嘴　（惨笑）王掌柜，捧捧唐铁嘴吧！送给我碗茶喝，我就先给您相相面吧！手相奉送，不取分文！（不容分说，拉过王利发的手来）今年是光绪二十四年，戊戌。您贵庚是……

王利发　（夺回手去）算了吧，我送给你一碗茶喝，你就甭卖那套生意口啦！用不着相面，咱们既在江湖内，都是苦命人！（由柜台内走出，让唐铁嘴坐下）坐下！我告诉你，你要是不戒了大烟，就永远交不了好运！这是我的想法，比你的更灵验！

[松二爷和常四爷都提着鸟笼进来，王利发向他们打招呼。他们先把鸟笼子挂好，找地方坐下。松二爷文绉绉的，提着小黄鸟笼；常四爷雄赳赳的，提着大而高的画眉笼。茶房李三赶紧过来，沏上盖碗茶。他们自带茶叶。茶沏好，松二爷、常四爷向邻近的茶座让了让。

松二爷　常四爷，您喝这个！（然后，往后院看了看）

松二爷　好像又有事儿？

常四爷　反正打不起来！要真打的话，早到城外头去啦；到茶馆来干吗？

[二德子，一位打手，恰好进来，听见了常四爷的话。

二德子　（凑过去）你这是对谁甩闲话呢？

常四爷　（不肯示弱）你问我哪？花钱喝茶，难道还教谁管着吗？

松二爷　（打量了二德子一番）我说这位爷，您是营里当差的吧？来，坐下喝一碗，我们也都是外场人。

二德子　你管我当差不当差呢！

常四爷　要抖威风，跟洋人干去，洋人厉害！英法联军烧了圆明园，尊家吃着官饷，可没见您去冲锋打仗！

二德子　甭说打洋人不打，我先管教管教你！（要动手）

[别的茶客依旧进行他们自己的事。王利发急忙跑过来。

王利发　哥儿们，都是街面上的朋友，有话好说。德爷，您后边坐！

[二德子不听王利发的话，一下子把一个盖碗搂下桌去，摔碎。翻手要抓常四爷的脖领。

常四爷　（闪过）你要怎么着？

二德子　怎么着？我碰不了洋人，还碰不了你吗？

马五爷　（并未立起）二德子，你威风啊！

二德子　（四下扫视，看到马五爷）喝，马五爷，您在这儿哪？我可眼拙，没看见您！（过去请安）

马五爷　有什么事好好地说，干吗动不动地就讲打？

二德子　嗻！您说的对！我到后头坐坐去。李三，这儿的茶钱我付啦！（往后面走去）

常四爷　（凑过来，要对马五爷发牢骚）这位爷，您圣明，您给评评理！

马五爷　（立起来）我还有事，再见！（走出去）

常四爷　（对王利发）邪！这倒是个怪人！

王利发　您不知道这是马五爷呀！怪不得您也得罪了他！

常四爷　我也得罪了他？我今天出门没挑好日子！

王利发　（低声地）刚才您说洋人怎样，他就是吃洋饭的。信洋教，说洋话，有事情可以一直地找宛平县的县太爷去，要不怎么连官面上都不惹他呢！

常四爷　（往原处走）哼，我就不佩服吃洋饭的！

王利发　（向宋恩子、吴祥子那边稍一歪头，低声地）说话请留点神！（大声地）李三，再给这儿沏一碗来！（拾起地上的碎瓷片）

松二爷　盖碗多少钱？我赔！外场人不做老娘们事！

王利发　不忙，待会儿再算吧！（走开）

［纤手刘麻子领着康六进来。刘麻子先向松二爷、常四爷打招呼。

刘麻子　您二位真早班儿！（掏出鼻烟壶，倒烟）您试试这个！刚装来的，地道的英国造，又细又纯！

常四爷　唉！连鼻烟也得从外洋来！这得往外流多少银子啊！

刘麻子　咱们大清国有的是金山银山，永远花不完！您坐着，我办点小事！（领康六找了个座儿）

［李三拿过一碗茶来。

刘麻子　说说吧，十两银子行不行？你说干脆的！我忙，没工夫专伺候你！

康　六　刘爷！十五岁的大姑娘，就值十两银子吗？

刘麻子　卖到窑子去，也许多拿一两八钱的，可是你又不肯！

康　六　那是我的亲女儿！我能够……

刘麻子　有女儿，你可养活不起，这怪谁呢？

康　六　那不是因为乡下种地的都没法子混了吗？一家大小要是一天能吃上一顿粥，我要还想卖女儿，我就不是人！

刘麻子　那是你们乡下的事，我管不着。我受你之托，教你不吃亏，又教你女儿有个吃饱饭的地方，这还不好吗？

康　六　到底给谁呢？

刘麻子　我一说，你必定从心眼里乐意！一位在宫里当差的！

康　六　宫里当差的谁要个乡下丫头呢？

刘麻子　那不是你女儿的命好吗？

康　六　谁呢？

刘麻子　庞总管！你也听说过庞总管吧？侍候着太后，红的不得了，连家里打醋的瓶子都是玛瑙做的！

康　六　刘大爷，把女儿给太监做老婆，我怎么对得起人呢？

刘麻子　卖女儿，无论怎么卖，也对不起女儿！你糊涂！你看，姑娘一过门，吃的是珍馐美味，穿的是绫罗绸缎，这不是造化吗？怎样，摇头不算点头算，来个干脆的！

康　六　自古以来，哪有……他就给十两银子？

刘麻子　找遍了你们全村儿，找得出十两银子找不出？在乡下，五斤白面就换个孩子，你不是不知道！

康　六　我，唉！我得跟姑娘商量一下！

刘麻子　告诉你，过了这个村可没有这个店，耽误了事可别怨我！快去快来！

康　六　唉！我一会儿就回来！

刘麻子　我在这儿等着你！

康　六　（慢慢地走出去）

刘麻子　（凑到松二爷、常四爷这边来）乡下人真难办事，永远没有个痛痛快快！

松二爷　这号生意又不小吧？

刘麻子　也甜不到哪儿去，弄好了，赚个元宝！

常四爷　乡下是怎么了？会弄得这么卖儿卖女的！

刘麻子　谁知道！要不怎么说，就是条狗也得托生在北京城里嘛！

常四爷　刘爷，您可真有个狠劲儿，给拉拢这路事！

刘麻子　我要不分心，他们还许找不到买主呢！（忙岔话）松二爷（掏出个小时表来），您看这个！

松二爷　（接表）好体面的小表！

刘麻子　您听听，嘎登嘎登地响！

松二爷　（听）这得多少钱？

刘麻子　您爱吗？就让给您！一句话，五两银子！您玩够了，不爱再要了，我还照数退钱！东西真地道，传家的玩意！

常四爷　我这儿正咂摸这个味儿：咱们一个人身上有多少洋玩意儿啊！老刘，就看你身上吧：洋鼻烟，洋表，洋缎大衫，洋布裤褂……

刘麻子　洋东西可真是漂亮呢！我要是穿一身土布，像个乡下脑壳，谁还理我呀！

常四爷　我老觉乎着咱们的大缎子，川绸，更体面！

刘麻子　松二爷，留下这个表吧，这年月，带着这么好的洋表，会教人另眼看待！是不是这么说，您哪？

松二爷　（真爱表，但又嫌贵）我……

刘麻子　您先戴几天，改日再给钱！

［黄胖子进来。

黄胖子　（严重的砂眼，看不清楚，进门就请安）哥儿们，都瞧我啦！我请安了！都是自己兄弟，别伤了和气呀！

王利发　这不是他们，他们在后院哪！

黄胖子　我看不大清楚啊！掌柜的，预备烂肉面，有我黄胖子，谁也打不起来！（往里走）

二德子　（出来迎接）两边已经见了面，您快来吧！

［二德子同黄胖子入内。

[茶房们一趟又一趟地往后面送茶水。老人进来,拿着些牙签、胡梳、耳挖勺之类的小东西,低着头慢慢地挨着茶座儿走;没人买他的东西。他要往后院去,被李三截住。

李　三　老大爷,您外边蹓蹓吧!后院里,人家正说和事呢,没人买您的东西!(顺手儿把剩茶递给老人一碗)

松二爷　(低声地)李三!(指后院)他们到底为了什么事,要这么拿刀动杖的?

李　三　(低声地)听说是为一只鸽子。张宅的鸽子飞到了李宅去,李宅不肯交还……唉,咱们还是少说话好,(问老人)老大爷您高寿啦?

老　人　(喝了茶)多谢!八十二了,没人管!这年月呀,人还不如一只鸽子呢!唉!(慢慢走出去)

[秦仲义,穿得很讲究,满面春风,走进来。

王利发　哎哟!秦二爷,您怎么这样闲在,会想起下茶馆来了?也没带个底下人?

秦仲义　来看看,看看你这年轻小伙子会做生意不会!

王利发　唉,一边作一边学吧,指着这个吃饭嘛。谁叫我爸爸死得早,我不干不行啊!好在照顾主儿都是我父亲的老朋友,我有不周到的地方,都肯包涵,闭闭眼就过去了。在街面上混饭吃,人缘儿顶要紧。我按着我父亲遗留下的老办法,多说好话,多请安,讨人人的喜欢,就不会出大岔子!您坐下,我给您沏碗小叶茶去!

秦仲义　我不喝!也不坐着!

王利发　坐一坐!有您在我这儿坐坐,我脸上有光!

秦仲义　也好吧!(坐)可是,用不着奉承我!

王利发　李三,沏一碗高的来!二爷,府上都好?您的事情都顺心吧?

秦仲义　不怎么太好!

王利发　您怕什么呢?那么多的买卖,您的小手指头都比我的腰还粗!

唐铁嘴　(凑过来)这位爷好相貌,真是天庭饱满,地阁方圆,虽无宰相之权,而有陶朱之富!

秦仲义　躲开我!去!

王利发　先生,你喝够了茶,该外边活动活动去!(把唐铁嘴轻轻推开)

唐铁嘴　唉!(垂头走出去)

秦仲义　小王,这儿的房租是不是得往上提那么一提呢?当年你爸爸给我的那点租钱,还不够我喝茶用的呢!

王利发　二爷,您说的对,太对了!可是,这点小事用不着您分心,您派管事的来一趟,我跟他商量,该长多少租钱,我一定照办!是!嗻!

秦仲义　你这小子,比你爸爸还滑!哼,等着吧,早晚我把房子收回去!

王利发　您甭吓唬着我玩,我知道您多么照应我,心疼我,决不会叫我挑着大茶壶,到街上卖热茶去!

秦仲义　你等着瞧吧!

[乡妇拉着个十来岁的小妞进来。小妞的头上插着一根草标。李三本想不许她们往前走,可是心中一难过,没管。她们俩慢慢地往里走。茶客们忽然都停止说笑,看着她们。

小　妞　(走到屋子中间,立住)妈,我饿!我饿!

[乡妇呆视着小妞,忽然腿一软,坐在地上,掩面低泣。

秦仲义　(对王利发)轰出去!

王利发　是! 出去吧,这里坐不住!

乡　妇　哪位行行好? 要这个孩子,二两银子!

常四爷　李三,要两个烂肉面,带她们到门外吃去!

李　三　是啦! (过去对乡妇)起来,门口等着去,我给你们端面来!

乡　妇　(立起,抹泪往外走,好像忘了孩子;走了两步,又转回身来,搂住小妞吻她)宝贝! 宝贝!

王利发　快着点吧!

[乡妇、小妞走出去。李三随后端出两碗面去。

王利发　(过来)常四爷,您是积德行好,赏给她们面吃! 可是,我告诉您:这路事儿太多了,太多了! 谁也管不了! (对秦仲义)二爷,您看我说的对不对?

常四爷　(对松二爷)二爷,我看哪,大清国要完!

秦仲义　(老气横秋地)完不完,并不在乎有人给穷人们一碗面吃没有。小王,说真的,我真想收回这里的房子!

王利发　您别那么办哪,二爷!

秦仲义　我不但收回房子,而且把乡下的地,城里的买卖也都卖了!

王利发　那为什么呢?

秦仲义　把本钱拢到一块儿,开工厂!

王利发　开工厂?

秦仲义　嗯,顶大顶大的工厂! 那才救得了穷人,那才能抵制外货,那才能救国! (对王利发说而眼看着常四爷)唉,我跟你说这些干什么,你不懂!

王利发　您就专为别人,把财产都出手,不顾自己了吗?

秦仲义　你不懂! 只有那么办,国家才能富强! 好啦,我该走啦。我亲眼看见了,你的生意不错,你甭再耍无赖,不涨房钱!

王利发　您等等,我给您叫车去!

秦仲义　用不着,我愿意蹓跶蹓跶!

[秦仲义往外走,王利发送。

[小牛儿搀着庞太监走进来。小牛儿提着水烟袋。

庞太监　哟! 秦二爷!

秦仲义　庞老爷! 这两天您心里安顿了吧?

庞太监　那还用说吗? 天下太平了:圣旨下来,谭嗣同问斩! 告诉您,谁敢改祖宗的章程,谁就掉脑袋!

秦仲义　我早就知道!

[茶客们忽然全静寂起来,几乎是闭住呼吸地听着。

庞太监　您聪明,二爷,要不然您怎么发财呢!

秦仲义　我那点财产,不值一提!

庞太监　太客气了吧? 您看,全北京城谁不知道秦二爷! 您比做官的还厉害呢! 听说呀,好些财主都讲维新!

秦仲义　不能这么说,我那点威风在您的面前可就施展不出来了! 哈哈哈!

庞太监　说得好,咱们就八仙过海,各显其能吧! 哈哈哈!

秦仲义　改天过去给您请安，再见！（下）

庞太监　（自言自语）哼，凭这么个小财主也敢跟我逗嘴皮子，年头真是改了！（问王利发）刘麻子在这儿哪？

王利发　总管，您里边歇着吧！

［刘麻子早已看见庞太监，但不敢靠近，怕打搅了庞太监、秦仲义的谈话。］

刘麻子　喝，我的老爷子！您吉祥！我等了您好大半天了！（搀庞太监往里面走）

［宋恩子、吴祥子过来请安，庞太监对他们耳语。

［众茶客静默一阵之后，开始议论纷纷。

茶客甲　谭嗣同是谁？

茶客乙　好像听说过！反正犯了大罪，要不，怎么会问斩呀！

茶客丙　这两三个月了，有些做官的，念书的，乱折腾乱闹，咱们怎能知道他们捣的什么鬼呀！

茶客丁　得！不管怎么说，我的铁杆庄稼又保住了！姓谭的，还有那个康有为，不是说叫旗兵不关钱粮，去自谋生计吗？心眼多毒！

茶客丙　一份钱粮倒叫上头克扣去一大半，咱们也不好过！

茶客丁　那总比没有强啊！好死不如赖活着，叫我去自己谋生，非死不可！

王利发　诸位主顾，咱们还是莫谈国事吧！

［大家安静下来，都又各谈各的事。

庞太监　（已坐下）怎么说？一个乡下丫头，要二百银子？

刘麻子　（侍立）乡下人，可长得俊呀！带进城来，好好地一打扮、调教，准保是又好看，又有规矩！我给您办事，比给我亲爸爸做事都更尽心，一丝一毫不能马虎！

［唐铁嘴又回来了。

王利发　铁嘴，你怎么又回来了？

唐铁嘴　街上兵荒马乱的，不知道是怎么回事！

庞太监　还能不搜查搜查谭嗣同的余党吗？唐铁嘴，你放心，没人抓你！

唐铁嘴　嗻，总管，您要能赏给我几个烟泡儿，我可就更有出息了！

［有几个茶客好像预感到什么灾祸，一个个往外蹓。

松二爷　咱们也该走啦吧！天不早啦！

常四爷　嗻！走吧！

［二灰衣人——宋恩子和吴祥子走过来。

宋恩子　等等！

常四爷　怎么啦？

宋恩子　刚才你说“大清国要完”？

常四爷　我，我爱大清国，怕它完了！

吴祥子　（对松二爷）你听见了？他是这么说的吗？

松二爷　哥儿们，我们天天在这儿喝茶。王掌柜知道：我们都是地道老好人！

吴祥子　问你听见了没有？

松二爷　那，有话好说，二位请坐！

宋恩子　你不说，连你也锁了走！他说“大清国要完”，就是跟谭嗣同一党！

松二爷　我，我听见了，他是说……

宋恩子　(对常四爷)走!

常四爷　上哪儿?事情要交代明白了啊!

宋恩子　你还想拒捕吗?我这儿可带着"王法"呢!(掏出腰中带着的铁链子)

常四爷　告诉你们,我可是旗人!

吴祥子　旗人当汉奸,罪加一等!锁上他!

常四爷　甭锁,我跑不了!

宋恩子　量你也跑不了!(对松二爷)你也走一趟,到堂上实话实说,没你的事!

[黄胖子同三五个人由后院过来。

黄胖子　得啦,一天云雾散,算我没白跑腿!

松二爷　黄爷!黄爷!

黄胖子　(揉揉眼)谁呀?

松二爷　我!松二!您过来,给说句好话!

黄胖子　(看清)哟,宋爷,吴爷,二位爷办案哪?请吧!

松二爷　黄爷,帮帮忙,给美言两句!

黄胖子　官厅儿管不了的事,我管!官厅儿能管的事呀,我不便多嘴!(问大家)是不是?

众　嗻!对!

[宋恩子、吴祥子带着常四爷、松二爷往外走。

松二爷　(对王利发)看着点我们的鸟笼子!

王利发　您放心,我给送到家里去!

[常四爷、松二爷、宋恩子、吴祥子同下。

黄胖子　(唐铁嘴告以庞太监在此)哟,老爷在这儿哪?听说要安份儿家,我先给您道喜!

庞太监　等吃喜酒吧!

黄胖子　您赏脸!您赏脸!(下)

[乡妇端着空碗进来,往柜上放。小妞跟进来。

小　妞　妈!我还饿!

王利发　唉!出去吧!

乡　妇　走吧,乖!

小　妞　不卖妞妞啦?妈!不卖了?妈!

乡　妇　乖!(哭着,携小妞下)

[康六带着康顺子进来,立在柜台前。

康　六　姑娘!顺子!爸爸不是人,是畜生!可你叫我怎办呢?你不找个吃饭的地方,你饿死!我弄不到手几两银子,就得叫东家活活地打死!你呀,顺子,认命吧,积德吧!

康顺子　我,我……(说不出话来)

刘麻子　(跑过来)你们回来啦?点头啦?好!来见见总管!给总管磕头!

康顺子　我……(要晕倒)

康　六　(扶住女儿)顺子!顺子!

刘麻子　怎么啦?

康　六　又饿又气，昏过去了！顺子！顺子！

庞太监　我要活的，可不要死的！

［静场。

茶客甲　（正与茶客乙下象棋）将！你完啦！

——幕落

（选自《茶馆》，老舍著，天津人民出版社，2005年）

相关背景

老舍（1899—1966），现代小说家、戏剧家，享有盛名的语言大师，是我国现代文学的重要奠基人之一。老舍原名舒庆春，“舒”字拆开，字舍予，有“舍弃自我”之意，后取中间的“舍”字，以“老舍”为笔名，意为一贯、永远“忘我”，另有笔名絜青、鸿来、非我等。

老舍出身于北京一个贫苦旗人家庭，父亲是一名满族的护军，阵亡在八国联军攻打北京城的巷战中，幼年丧父的他在大杂院里度过了艰难的幼年和少年时代。大杂院的日常生活使他从小就了解车夫、商贩等社会底层人群的喜怒哀乐，也使他从小就喜爱流传于市井巷里的传统艺术（如曲艺、戏剧），他从这样的环境中接受了独特的生活教育和艺术启蒙。1906年，老舍得人资助始入私塾，1913年，考入京师第三中学（现北京三中），数月后因经济困难退学，同年考取免费供应膳宿的北京师范学校。1918年毕业后，他担任过小学校长、劝学员、小学教师、普通话补习会经理等职。“五四”新文化运动掀起的民主、科学、个性解放的思潮，把他从“兢兢业业办小学，恭恭顺顺地侍奉老母，规规矩矩地结婚生子”的人生信条中惊醒；文学革命的勃兴，又使他“醉心于新文艺”，由此开始了写作事业。1924年夏赴英国，他在伦敦大学东方学院担任华语教员，课余时间阅读了大量外国文学作品，开始了小说创作。

老舍在40多年的创作生涯中写了约计800万字、1 000多篇（部）的作品。其主要作品有：长篇小说《骆驼祥子》《赵子日》《老张的哲学》《四世同堂》《二马》《火葬》等，中篇小说《月牙儿》《我这一辈子》，剧本《方珍珠》《龙须沟》《春华秋实》《青年突击队》《柳树井》《女店员》《全家福》《茶馆》等，报告文学《无名高地有了名》，短篇小说集《赶集》《樱海集》《蛤藻集》《火车集》《贫血集》及作品集《老舍文集》（16卷）等，被译成20余种文字出版。老舍的作品大都取材于市民生活，具有独特的幽默风格和浓郁的民族色彩，为中国现代文学开拓了重要的题材领域。他所描写的自然风光、世态人情、习俗时尚，运用的群众口语，呈现出浓郁的“京味”，其作品从内容到形式的雅俗共赏为他赢得了广大的读者。

文本赏析

《茶馆》写于1957年，是老舍话剧创作的高峰，曹禺称它为“中国话剧史中的经典”。在西欧的一些国家演出时被誉为“东方舞台上的奇迹”。老舍以他熟悉的老北京生活为描绘对象，以旧中国常见的、具有较大社会信息包容量的茶馆为中心舞台，以裕泰大茶馆的时代变迁为线索，将半个世纪的时间跨度中的57个主、次人物形象高度浓缩在茶馆之中，真实深刻地再现了清末戊戌维新失败、民国初年北洋军阀盘踞时期、国民党政权崩溃前夕三个时代的生活场景和历史动向，一幕一个时代，每一幕敲响一个时代的丧钟，概括了中国社会各阶层、数个势力的尖锐对立和冲突，写出了旧中国必然崩溃的历史命运，揭示必须寻找别的出路的真理。老舍的话剧艺术在这个剧本中有重大突破。此剧亦是北京人民艺术剧院的经典剧目之一，后被改编为同名电影、电视连续剧。节选的第一幕更是被曹禺称誉为“古今中外罕见的第一幕”。

1. 以小见大，构思精巧

《茶馆》在构思上有别于传统话剧“整一性”的叙事规则，创造性地运用了截取历史横断面的题材处理方式，将半个世纪的社会变迁浓缩在几个富有代表性的生活场景中。老舍选择了北京一个普通大茶馆，写了茶馆里各色人物生活的变迁，避开了重大历史事件的正面描写，侧面透露了“一些政治消息”，描绘了时代的罪恶与更迭。旧中国的茶馆三教九流混杂，看似写的是小人物的生活，实质非然。那一桩桩一件件带着反常滋味，也带有几分滑稽色彩的小情节，全都是荒唐年头生出来的稀奇景致。《茶馆》对旧社会民众精神危机的刻画，主要是借助剧中三个关键人物——王利发、秦仲义和常四爷来完成的。他们始终贯穿全剧，起着核心作用。而茶馆本身除了它的真实性以外，又具有象征意味。小小的茶馆成了大中国的一个窗口，或是旧中国社会的一个缩影。这种对典型环境的成功选择与描述，使老舍的侧面透露法成为可能。

2. 塑造了众多的艺术典型

《茶馆》出场人物高达七十几人，其中有名有姓的就有五十多人。常四爷、秦仲义、王利发是第一幕中刻画得最鲜明突出的人物，如作为资产阶级代表的秦仲义，他财大气粗，狂傲不羁，对穷苦大众缺乏同情心，但也想实业救国，他与庞太监的对话软硬兼施、绵里藏针，表现出新兴阶级的锋芒。老舍选取能体现人物思想性格的“闪光点”，在人与人之间摩擦冲突中表现出了常四爷的耿直刚强、庞太监的外强中刚、二德子的凶蛮无赖、王利发的精明强干、王大栓的正直厚道，塑造了一系列经典的人物形象。

3. 语言简练朴实，含蓄幽默

《茶馆》中每个人的身份都能从简单的几句对话中一目了然，可谓“话到人到”“闻其声知其人”，三言两语就勾勒出人物形象的轮廓，每个人物的语言都是他们自己的，表达着自己的思想，显示着自己的性格。如唐铁嘴一句“我已经不吃大烟了，我改抽‘白面儿’了——大英帝国的‘白面儿’……”一个油腔滑调、满身奴性的江湖骗子形象活脱脱地呈现出来。《茶馆》中的语言充满了幽默、讽刺的色彩。例如，“李三”一出场就埋怨“改良、改良、越改越凉，冰凉！”，字音相同而字义却改变了，活用谐音表明了他内心的困苦、凄凉和对朝廷的不满，暗示了改良失败的必然性。剧中运用经过提炼的地道的北京口语来写人物对话，朴实、亲切，显得“京味儿十足”，充满了生活气息和文化韵味，使《茶馆》成为一幅反映北京市井生活与民俗风情的历史画卷，充分显示了老舍“语言艺术大师”的艺术功力。

学法点拨

人像展览式结构：亦称为“卷轴式的平面结构”。它从开放式和锁闭式结构的发展而来，是一种通过人物群像的刻画来展示社会面貌和本质的戏剧结构方式。这种结构方式没有一个统一的情节，也没有一个非此不可的中心人物，只是像图画一样，将一个一个的人物展览进去，把一个个的情节镶嵌进去，用“剪影式”的方法展现社会风俗的画卷，展示出时代的变迁和历史的发展。

例如，《茶馆》虽是一出三幕剧，但没有一个完整的故事情节，没有贯穿始终的矛盾冲突，头绪纷繁。老舍没有用传统的“一人一事，一线到底”的情节性结构法，而采用了人像展览式来结构全剧，巧妙地借助茶馆这个平台，用一张张人物速写展示出他们各种各样的生活风貌和性格特点，汇合成一幅幅社会剪影。剧中上自在宫廷内当太监总管的权力显赫人物、吃洋教的小恶霸，下至卖耳挖勺的老人、卖亲生女儿的穷人同处一个舞台空间，每个人物没有明显的主次之分，台词也不多，他们在茶馆都是“召之即来，挥之即去”的匆匆过客，所刻画的勒索的巡警、哀告的难民、蛮横的逃兵，个个面目分明，生动鲜活，入木三分。这些人物在茶馆中被无数个分散的片段串联起来，反映了“埋葬旧社会”这个主题，从整体上呈现出一幅时代的色彩斑驳的卷轴画。

链接思考

1. 中国文人七件宝：琴棋书画诗酒茶；中国人开门七件事：柴米油盐酱醋茶，茶与中国人的生活和文化可以说是紧密联系，了解中国茶文化与茶馆的发展。

2. 阅读下边这段文字，讨论《茶馆》中人物是如何体现时代特征的。

我设法使每个角色都说他们自己的事，可是又与时代发生关系。这么一来，厨子就像厨子，说书的就像说书的了，因为他们说的是自己的事。同时，把他们自己的事又和时代结合起来……因此，人们虽各说各的，可是又都能反映时代，就使观众既看见了各色的人，也顺带着看见了一点儿那个时代的面貌。（老舍《答复有关〈茶馆〉的几个问题》）

5. 日出（节选）

曹禺

第二幕

……

［忽然电话铃响。

李石清　（拿起耳机）喂，你哪儿？哦！你是报馆张先生。你找潘四爷，他不在这儿……我是石清。跟我说，一样的。是什么？金八也买了这门公债了，多少！三百万！奇怪，哦，……哦，怪不得我们经理也买了呢！……是，是，本来公债等于金八自己家里的东西，操纵完全在他手里……是，是，那么要看涨了……好……我就告诉经理去，再见，张先生！再见！

［放下耳机。沉吟一下，正预备向左门走。

［黄省三由中门进。

黄省三　（胆小地）李……李先生。

李石清　怎么？（吃了一惊）是你！

黄省三　是，是，李先生。

李石清　又是你，谁叫你到这儿来找我的？

黄省三　（无力地）饿，家里的孩子大人没有饭吃。

李石清　（冷冷地）你到这儿就有饭吃么？这是旅馆，不是粥厂。

黄省三　李，李先生，可当的都当干净了。我实在没有法子，不然，我绝不敢再找到这儿来麻烦您。

李石清　（烦恶地）咦，我跟你是亲戚？是老朋友？或者我欠你的，我从前占过你的便宜？你这一趟一趟地，我走哪儿你跟哪儿，你这算怎么回事？

黄省三　（苦笑，很凄凉地）您说哪儿的话，我都配不上。李先生，我在银行里一个月才用您十三块来钱，我这儿实在是无亲无故，您辞了我之后，我在哪儿找事去？银行现在不要我等于不叫我活着。

李石清　（烦厌地）照你这么说，银行就不能辞人啦。银行用了你，就算跟你保了险，你一辈子就可以吃上银行啦，嗯？

黄省三　（又卷弄他的围巾）不，不，不是，李先生，我……我，我知道银行待我不错。我不是不领情。可是……您是没有瞅见我家里那一堆孩子，活蹦乱跳的孩子，我得每天找东西给他们吃。银行辞了我，没有进款，没有米，他们都饿得直叫。并且房钱有一个半月没有付，眼看着就没有房子住。（嗫嚅地）李先生，您没有瞅见我那一堆孩子，我实在没有路走，我只好对他们——哭。

李石清　可是谁叫你们一大堆一大堆养呢？

黄省三　李先生，我在银行没做过一件错事。我总天亮就去上班，夜晚才回来，我一天干到晚，李先生——

李石清　（不耐烦）得了，得了，我知道你是个好人，你是安分守己的。可是难道不知道现在市面萧条，经济恐慌？我跟你说过多少遍，银行要裁员减薪，我并不是没有预先警告你！

黄省三　（踌躇地）李先生，银行现在不是还盖着大楼，银行里面还添人，添了新人。

李石清　那你管不着！那是银行的政策，要繁荣市面。至于裁了你，又添了新人，我想你做了这些年的事，你难道这点世故还不明白？

黄省三　我……我明白，李先生。（很凄楚地）我知道我身后面没有人挺住腰。

李石清　那就得了。

黄省三　不过我当初想，上天不负苦心人，苦干也许能补救我这个缺点。

李石清　所以银行才留你四五年，不然你会等到现在？

黄省三　（乞求）可是，李先生，我求求您，您行行好。我求您跟潘经理说说，只求他老人家再让我回去。就是再累一点，再加点工作，就是累死我，我也心甘情愿的。

李石清　你这个人真麻烦。经理会管你这样的事？你们这样的人，就是这点毛病。总把自己看得太重，换句话，就是太自私。你想潘经理这样忙，会管你这样小的事，不过，奇怪，你干了三四年，就一点存蓄也没有？

黄省三　（苦笑）存蓄？一个月十三块来钱，养一大家子人？存蓄？

李石清　我不是说你的薪水。从薪水里，自然是挤不出油水来。可是——在别的地方，你难道没有得到一点的好处？

黄省三　没有，我做事凭心，李先生。

李石清　我说——你没有从笔墨纸张里找出点好处？

黄省三　天地良心，我没有，您可以问庶务刘去。

李石清　哼，你这个傻子，这时候你还讲良心！怪不得你现在这么可怜了。好吧，你走吧。

黄省三　（着慌）可是，李先生——

李石清　有机会，再说吧。（挥挥手）现在是毫无办法。你走吧。

黄省三　李先生，您不能——

李石清　并且，我告诉你，你以后再要狗似的老跟着我，我到哪儿，你到哪儿，我就不跟你这么客气了。

黄省三　李先生，那么，事还是一点办法也没有？

李石清　快走吧！回头，一大堆太太小姐们进来，看到你跑到这儿找我，这算是怎么回事？

黄省三　好啦！（泪汪汪的，低下头）李先生，真对不起您老人家。（苦笑）一趟一趟地来麻烦您，我走啦。

李石清　你看你这个麻烦劲儿，走就走得啦。

黄省三　（长长地叹一口气，走了两步，忽然跑回来，沉痛地）可是，您叫我到哪儿去？您叫我到哪儿去？我没有家，我拉下脸跟您说吧，我的女人都跟我散了，没有饭吃，她一个人受不了这样的苦，她跟人跑了。家里有三个孩子，等着我要饭吃。我现在口袋里只有两毛钱，我身上又有病，（咳嗽）我整天地咳嗽！李先生，您叫我回到哪儿去？您叫我回到哪儿去？

李石清　（可怜他，但又厌恶他的软弱）你愿意上哪儿去，就上哪儿去吧。我跟你讲，我不是不想周济你，但是这个善门不能开，我不能为你先开了例。

黄省三　我没有求您周济我，我只求您赏给我点事情做。我为着我这群孩子，我得活着！

李石清　（想了想，翻着白眼）其实，事情很多，就看你愿意不愿意做。

黄省三　（燃着了一线希望）真的？

李石清　第一，你可以出去拉洋车去。

黄省三　（失望）我……我拉不动（咳嗽）您知道我有病。医生说我这边的肺已经（咳）——靠不住了。

李石清　哦，那你还可以到街上要——

黄省三　（脸红，不安）李先生，我也是个念过书的人，我实在有点——

李石清　你还有点叫不出口，是么？那么你还有一条路走，这条路最容易，最痛快，——你可以到人家家里去（看见黄的嘴喃喃着）——对，你猜得对。

黄省三　哦，您说，（嘴唇颤动）您说，要我去——（只见唇动，听不见声音）

李石清　你大声说出来，这怕什么？“偷！”“偷！”这有什么做不得，有钱的人的钱可以从人家手里大把地抢，你没有胆子，你怎么不能偷？

黄省三　李先生，真地我急的时候也这么想过。

李石清　哦，你也想过去偷？

黄省三　（惧怕地）可是，我怕，我怕，我下不了手。

李石清　（愤慨地）怎么你连偷的胆量都没有，那你叫我怎么办？你既没有好亲戚，又没有好朋友，又没有了不得的本领。好啦，叫你要饭，你要顾脸，你不肯做；叫你拉洋车，你没有力气，你不能做；叫你偷，你又胆小，你不敢做。你满肚子的天地良心，仁义道德，你只想凭着老实安分，养活你的妻儿老小，可是你连自己一个老婆都养不住，你简直就是个大废物，你还配养一大堆孩子！我告诉你，这个世界不是替你这样的人预备的。（指窗外）你看见窗户外面那所高楼么？那是新华百货公司十三层高楼，我看你走这一条路是最稳当的。

黄省三　（不明白）怎么走，李先生？

李石清　（走到黄面前）怎么走？（魔鬼般地狞笑着）我告诉你，你一层一层地爬上去。到了顶高的一层，你可以迈过栏杆，站在边上。你只再向空，向外多走一步，那时候你也许有点心跳，但是你只要过一秒钟，就一秒钟，你就再也不可怜了，你再也不愁吃，不愁穿了。——

黄省三　（呆若木鸡，低得几乎听不见的声音）李先生，您说顶好我"自——"（忽然爆发地悲声）不，不，我不能死，李先生，我要活着！我为着我的孩子们，为我那没了妈的孩子们我得活着！我的望望，我的小云，我的——哦，这些事，我想过。可是，李先生，您得叫我活着！（拉着李的手）您得帮帮我，帮我一下！我不能死，活着再苦我也死不得，拼命我也得活下去啊！（咳嗽）

［左门大开。里面有顾八奶奶、胡四、张乔治等的笑声。

潘月亭露出半身，面向里面，说："你们先打着。我就来。"

李石清　（甩开黄的手）你放开我。有人进来，不要这样没规矩。

［黄只得立起，倚着墙，潘进。

潘月亭　啊？

黄省三　经理！

潘月亭　石清，这是谁？他是干什么的？

黄省三　经理，我姓黄，我是大丰的书记。

李石清　他是这次被裁的书记。

潘月亭　你怎么跑到这里来，（对李）谁叫他进来的？

李石清　不知道他怎么找进来的。

黄省三　（走到潘面前，哀痛地）经理，您行行好，您要裁人也不能裁我，我有三个小孩子，我不能没有事。经理，我给您跪下，您得叫我活下去。

潘月亭　岂有此理！这个家伙，怎么能跑到这儿来找我求事。（厉声）滚开！

黄省三　可是，经理，——

李石清　起来！起来！走！走！走！（把他一推倒在地上）你要再这样麻烦，我就叫人把你打出去。

［黄望望李，又望望潘。

潘月亭　滚，滚，快滚！真岂有此理！

黄省三　好，我起来，我起来，你们不用打我！（慢慢立起来）那么，你们不让我再活下去了！你！（指潘）你！（指李）你们两个说什么也不叫我再活下去了。（疯狂似的又哭又笑地抽咽起来）哦，我太冤了。你们好狠的心哪！你们给我一个月不过十三块来钱，可是你们左扣右扣的，一个月我实在领下的才十块二毛五。我为着这辛辛苦苦的十块二毛五，我整天地写，整天给你们伏在书桌上写；我抬不起头，喘不出一口气地写；我从早到晚地写；我背上出着冷汗，眼睛发着花，还在写；刮风下雨，我跑到银行也来写！（做势）五年哪！我的潘经理！五年的工夫，你看看，这是我！（两手捶着胸）几根骨头，一个快死的人！我告诉你们，我的左肺已经坏了，哦，医生说都烂了！（尖锐的声音，不顾一切地）我跟你说，我是快死的人，我为着我的可怜的孩子，跪着来求你们。叫我还能够给你们写，写，写，——再给我一碗饭吃。把我这个不值钱的命再换几个十块二毛五。可是你们不答应我！你们不答应我！你们自己要弄钱，你们要裁员，你们一定要裁我！（更沉痛地）可是你们要这十块二毛五干什么呀！我不是白拿你们的钱，我是拿命跟你们换哪！（苦笑）并且我也拿不了你们几个十块二毛五，我就会死的。（愤恨地）你们真是没有良心哪，你们这样对待我，——是贼，是强盗，是鬼呀！你们的心简直比禽兽还不如——

潘月亭　你这个混蛋，还不给我滚出去！

黄省三　（哭着）我现在不怕你们啦！我不怕你们啦！（抓着潘的衣服）我太冤了，我非要杀了——

潘月亭　（很敏捷地对着黄的胸口一拳）什么！（黄立刻倒在地下）

[半晌。

李石清　经理，他是说他要杀他自己——他这样的人是不会动手害人的。

潘月亭　（擦擦手）没有关系，他这是晕过去了。福升！福升！

[福升上。

潘月亭　把他拉下去。放在别的屋子里面，叫金八爷的人跟他拍拍捏捏，等他缓过来，拿三块钱给他，叫他滚蛋！

王福升　是！

[福升把黄省三拖下去。

……

（选自《雷雨日出》，曹禺著，人民文学出版社，2010年）

相关背景

曹禺(1910—1996)，原名万家宝，字小石，中国现代杰出剧作家。他祖籍湖北潜江，出生于天津一个封建官宦家庭，从小爱好文学和戏剧，随继母辗转各个戏院听曲观戏，故而从小心中便播下了戏剧的种子。他于1922年入天津南开中学，参加南开新剧团，演出中外剧作，显示了自己的表演才能，并广泛涉猎新文学作品，开始写作小说和新诗。1928年考入南开大学政治系，1930年转入清华大学西洋文学系，广泛接触欧美文学作品，深为古希腊悲剧作家莎士比亚、契诃夫等人的剧作所吸引，同时也陶醉于中国的传统戏剧艺术。经过长期的学习和酝酿，他于1933年创作了第一部成功的话剧《雷雨》。这部话剧暴露了具有浓厚封建性质的资产阶级家庭的腐朽和罪恶，揭示了旧制度必将灭亡的历史趋势，以高度的艺术成就和现实主义的艺术力量震动了当时的戏剧界，成为最受观众欢迎的话剧之一，标志着中国话剧艺术开始走向成熟，他也因此被誉为“东方的莎士比亚”。

曹禺的剧作在中国话剧史上具有重要地位，他的戏剧“三部曲”有《雷雨》《日出》和《原野》，还著有话剧《今宵酒醒何处》《北京人》《蜕变》《桥》《镀金》《明朗的天》，历史剧《胆剑篇》《王昭君》，电影剧本《艳阳天》等作品。出版了散文集《迎春集》及《曹禺论创作》《曹禺戏剧集》等。他的一些剧作已被译成日、俄、英等国文字出版。曹禺的剧作戏剧冲突尖锐复杂，结构严谨；人物性格鲜明，富有典型意义；戏剧语言个性化且具动作性和抒情性，这些都是剧作成熟的标志。他促进了话剧从案头剧向剧场剧的发展。

文本赏析

《日出》是曹禺的代表作之一，是继《雷雨》之后问世的一部四幕部。作品以20世纪30年代初期半殖民地半封建社会的中国大都市生活为背景，讲述了交际花陈白露受银行家潘月亭的供养，她整日与一群游手好闲的寄生虫寻欢作乐，而又尔虞我诈，虽厌恶和鄙视周围的一切，但只能抱着玩世不恭的生活态度。昔日的恋人方达生企图拯救她，但她已无力自拔。潘月亭投资股票失败，陈白露债台高筑，深感前途渺茫，终于服毒自杀。《日出》在题材和形式上与《雷雨》都有很大的不同，它以旅馆里一间华丽的休息室为背景，通过交际花陈白露耳闻目睹了当时大都市的种种丑恶现象，将社会各个阶层众多的人物、事件整合成一个特殊的典型，反映出那个光怪陆离的社会现实中血淋淋的世态惨象。其中，既有官僚买办资本家对劳动群众的压榨欺凌，也有资产阶级内部的奢靡腐化和尔虞我诈，同时还充满了一群小人物为求生存而苦苦挣扎的场面。通过“横断面的描写”展现出不同人物各自的生活面貌，反映了上层贵族社会和下层劳动人民的现实生活，暴露了半殖民地大都市的腐朽与堕落，控诉了“损不足以奉有余”的社会。一方面是剥削者、“有余者”贪得无厌，醉生梦死；另一方面是被损害者、“不足者”备受侮辱，“有余者”和“不足者”形成强烈对比，构成了剧作的基本矛盾。

《日出》中一共刻画了 12 个人物：聪明机警、玩世不恭、自暴自弃的陈白露；整日长吁短叹、傻气十足的方达生；贪得无厌、工于心计、善要手腕的潘月亭；卑躬屈膝、费尽心机的李石清；搔首弄姿、自作多情、俗不可耐的富孀顾八奶奶；无所事事、招摇撞骗、自诩“高等华人”的张乔治；油头粉面，不知羞耻，到处玩弄女人，自称是“天下第一美男子”的胡四；欺穷媚富、奴相十足的王福升；“有一颗金子似的心”，却不得不吃老虎嘴里的饭的妓女翠喜；惨遭蹂躏依然坚强不屈的小东西；为了薪水不顾身体日夜抄写的、懦弱的黄省三；温良淑贤、缺乏反抗精神的李太太。一个个鲜明的人物形象出现在观众眼前，充分暴露了被金钱扭曲了的畸形人性。

《日出》中的语言非常符合人物的身份，恰到好处地刻画了人物的性格，如潘月亭一上场，“滚开！”“滚，滚，快滚！”一连串的“滚”充分暴露了他残忍暴戾的本性。而随着剧情的发展和人物思想感情的变化，作者在用词和语气的处理上，也都相应地有所变化。如黄省三与李石清的对话，黄省三出场后一直吞吞吐吐，一味地向李石清苦苦哀求，即使遭到李石清的讽刺嘲笑也不敢反抗，把“我求求您，您行行好”“就是累死我，我也心甘情愿的”一类的话挂在嘴边，这些台词与黄省三胆小懦弱的性格是相契合的。但随着剧情的进一步发展，潘月亭更加残忍恶毒地对待黄省三，使黄省三终于忍受不住屈辱，由原先的懦弱变得敢于反抗，“我现在不怕你们啦！ 我不怕你们啦！ 我太冤了，我非要杀了——”，此时的黄省三一改哀求的口吻，用词和语气前后有很大的变化，把他当时的痛苦、愤恨、失望的心情表现得淋漓尽致。

学法点拨

潜台词：戏剧中的潜台词指的是台词中没有直接说出而观众通过思考都能领悟出来的言语，包括说话的目的、言外之意和未尽之言等，亦借指某种暗含的意思。简而言之，潜台词就是话里有话的意思，它是某些话语背后隐藏的没有直接、直白地表达出来的意思，同时也是一种对台词的补充和诠释，既可以让观众理解表演中语言的真实含义，又可以提高戏剧艺术表达效果。

戏剧语言讲究含蓄深刻，“从一句话里面看一个世界”。我们品味戏剧人物语言时，要善于抓住“潜台词”，而好的台词总是以最少的语言来表达最丰富的内容，给人以品味、想象的空间。潜台词不仅揭示了人物微妙的内心世界和性格特点，而且还反映出时代的面貌。如《雷雨》中的侍萍意味深长地说“她不是小姐，她也不贤慧，并且听说是不大规矩的”，表现了对周朴园的嘲讽和自己内心的痛苦。而周朴园一句“你是谁?”就包含“你和他是什么关系？ 你是干什么的？ 你怎么知道得这么清楚?”几层意思，将周朴园的多疑、恐慌、虚伪的性格暴露无遗。《日出》中的陈白露最后一句台词：“太阳升起来了，黑暗留在了后面，可是太阳不是我们的，我们要睡了。”暗合了当时人们期盼希望降临，可希望却那么遥不可及，一种希望与绝望的交织在他们的内心搅动。人物内心的潜台词感染着观众，使观众心头涌起了解当时社会背景的冲动，达到了剧作者写作的目的和传播该剧的效果。

链接思考

1. 根据自己的生活经验，写一些场景片段，努力用性格化的语言勾画出熟悉的人物。
2. 阅读并欣赏曹禺名作《雷雨》第二幕，品味其中的潜台词。

三、外国戏剧

6. 被缚的普罗米修斯（节选）

[古希腊]埃斯库罗斯

第二场

普罗米修斯　默默无言，不要认为我傲慢顽固。我眼看自己受这样的迫害，忿怒咬伤了我的心！

是谁把特权完全给了这些新的神？不是我，是谁？这件事不说了；因为我要说的，你们早已知道。且听人类所受的苦难，且听他们先前多么愚蠢，我怎样使他们变聪明，使他们有理智。我说这话，并不是责备人类忘恩负义，只不过表明一下我厚赐他们的那番好意。

他们先前视而不见，听而不闻；好像梦中的形影，一生做事七颠八倒；不知道建筑向阳的砖屋，不知道用木材盖屋顶，而是像一群小蚂蚁，住在地底下不见阳光的洞里。他们不知道凭可靠的征象来认识冬日、开花的春季和结果的夏天；做事全没个准则；后来，我才教他们观察那不易辨认的星象的升沉。

我为他们发明了数学，最高的科学；还创造了字母的组合来记载一切事情，那是工艺的主妇，文艺的母亲。我最先把野兽驾在轭下，给它们搭上护肩和驮鞍，使它们替凡人担任最重的劳动；我更把马儿驾在车前，使它们服从缰绳，成为富贵豪华的排场。那为水手们制造有麻布翅膀的车来航海的也正是我，不是别的神。

我为人类发明了这样的技巧，我自己，唉，反而没有巧计摆脱这眼前的苦难。

歌队长　你忍受着屈辱和灾难；你失去了智慧，想不出办法，像一个庸碌的医生害了病，想不出药来医治自己，精神很颓丧。

普罗米修斯　等你听见了其余的话，知道我发明了一些什么技巧和方术，你会更称赞我呢。人一害病就没有救，没有药吃，没有药喝，也没有膏子敷，因为没有药医治，就渐渐衰弱了。后来，我教他们配制解痛的药，驱除百病。我还安排了许多占卜的方法，最先为他们圆梦，告诉他们哪一些梦会应验；还有，那些偶尔听见的难以理解的话和路上碰见的预兆，我也向他们解释了；爪子弯曲的鸟的飞行，哪一种天然表示吉兆，哪一种表示凶兆，各种鸟的生活方式，彼此间的爱憎以及起落栖止，我也给他们分别得清清楚楚；它们心肝的大小，肝脏的斑点均匀不均匀，胆囊要是什么颜色才能讨神们喜欢，这些我都告诉了他们；罩上网油的大腿骨和细长的脊椎我都焚烧了，这样把秘密的方术传给了人类；我还使他们看清了火焰的信号，这在从前是朦胧的。这些事说得够详细了。至于地下埋藏的对人类有益的宝藏，金银铜铁，谁能说是他在我之前发现的？谁也不能说——我知道得很清楚——除非他信口胡说。请听我一句话总结：人类的一切技艺都是普罗米修斯传授的。

歌队长　不要太爱护人类而不管自身受苦；我相信你摆脱了镣铐之后会和宙斯一样强大。

普罗米修斯　可是全能的命运并没有注定这件事这样实现，要等我忍受了许多苦难之后，才能摆脱镣铐；因为技艺总是胜不过定数。

歌队长　那么谁是定数的舵手呢？

普罗米修斯　三位命运女神和记仇的报复女神们。

歌队长　难道宙斯没有她们强大吗？

普罗米修斯　他也逃不了注定的命运。

歌队长　宙斯不是命中注定永远为王吗？

普罗米修斯　这个你不能打听；不要再追问了。

歌队长　你一定是保守着什么重大秘密。

普罗米修斯　谈谈别的事吧；这还不是道破的时机，我得好好保守秘密；因为只有这样，才能摆脱这些有伤我体面的镣铐和苦难。

……

退　场

普罗米修斯　可是宙斯是会屈服的，不管他的意志多么倔强；因为他打算结一个姻缘，那姻缘会把他从王权和宝座上推下来，把他毁灭；他父亲克罗诺斯被推下那古老的宝座时发出的诅咒，立刻就会完全应验。除了我，没有一位神能给他明白地指出一个办法，使他避免这灾难。这件事将怎样发生，这诅咒将怎样应验，只有我知道。且让他安心坐在那里，手里挥舞着喷火的霹雳，信赖那高空的雷声吧。可是这些东西都不能使他避免那可耻的不堪忍受的失败。他现在要找一个对手，一个无敌的怪物来和他自己作对；这对手会发现一种比闪电更强的火焰和一种比霹雳更大的声音；他还会把海神的武器，那排山倒海的三叉戟打得粉碎。等宙斯碰上了这场灾祸，他就会明白做君王和做奴隶有很大的不同。

歌队长　你这样咒骂宙斯，这不过是你的愿望罢了。

普罗米修斯　我说的是事实，也是我的愿望。

歌队长　怎么？我们能指望一位神来控制宙斯吗？

普罗米修斯　他脖子上承受的痛苦将比这些更难受。

歌队长　你说这样的话，不害怕吗？

普罗米修斯　我命中注定死不了，怕什么呢？

歌队长　可是他会给你更大的苦受。

普罗米修斯　随他去吧；一切事我都心中有数。

歌队长　那些向惩戒之神告饶的人才是聪明的！

普罗米修斯　那么你就向你的主子致敬，祈祷，永远奉承他吧！我却一点也不把宙斯放在眼里！他打算怎么样就怎么样吧，让他统治这短促的时辰吧；因为他在神中为王的日子不会长久。

我看见了宙斯的走狗，新王的小厮，他一定是来宣布什么新的命令的。

[赫尔墨斯自空中下降。

赫尔墨斯　你这个十分狡猾，满肚子怨气的家伙，我是在说你——你得罪了众神，把他们的权利送给了朝生暮死的人，你是个偷火的贼；父亲叫你把你常说的会使他丧失权力的婚姻指出来；告诉你，不要含糊其辞，要详详细细讲出来；普罗米修斯，不要使我再跑一趟；你知道，含含糊糊的话平不了宙斯的愤怒。

普罗米修斯　你说话多么漂亮，多么傲慢，不愧为众神的小厮。

你们还很年轻，才得势不久，就以为你们可以住在那安乐的卫城上吗？难道我没有看见两个君王从那上面被推翻吗？我还要看见第三个君王，当今的主子，很快就会不体面地被推翻。你以为我会惧怕这些新得势的神，会向他们屈服吗？我才不怕呢，绝对不怕。快顺着原路滚回去吧；因为你问也问不出什么来。

赫尔墨斯　你先前也是由于这样顽固，才进入了这苦难的港口。

普罗米修斯　你要相信，我不肯拿我这不幸的命运来换你的贱役。

赫尔墨斯　我认为你伺候这块石头，比做父亲宙斯的亲信使者强得多。

普罗米修斯　傲慢的使者自然可以说傲慢的话。

赫尔墨斯　你在目前的境况下好像还很得意。

普罗米修斯　我得意吗？愿我看我的仇敌这样得意，我把我也计算在内。

赫尔墨斯　怎么？你受苦，怪得着我吗？

普罗米修斯　一句话告诉你，我憎恨所有受了我的恩惠，恩将仇报，迫害我的神。

赫尔墨斯　听了你这话，知道你的疯病不轻。

普罗米修斯　如果憎恨仇敌也算疯病，我倒是疯了。

赫尔墨斯　你要是逢时得势，别人还受得了！

普罗米修斯　唉！

赫尔墨斯　宙斯从来不认识这个“唉”字。

普罗米修斯　但是越来越老的时间会教他认识。

赫尔墨斯　但是它没有教会你自制。

普罗米修斯　它没有教会我；要不然，我就不会同你这小厮搭话。

赫尔墨斯　你好像不回答父亲所问的事。

普罗米修斯　我欠了他的情，应当报答！

赫尔墨斯　你把我当孩子讥笑。

普罗米修斯　如果你想从我这里打听什么，你岂不是个孩子，岂不比孩子更傻吗？宙斯无法用苦刑或诡计强迫我道破这秘密，除非他解开这侮辱我的镣铐。

让他扔出燃烧的电火吧，让他用白羽似的雪片和地下响出的雷霆使宇宙紊乱吧；可是这一切都不能强迫我告诉他，谁来推翻他的王权。

赫尔墨斯　你要考虑这样对你是不是有利。

普罗米修斯　我早就考虑过了，而且下了决心。

赫尔墨斯　傻子，面对着眼前的苦难，你尽可能，尽可能放明白一点吧。

普罗米修斯　你白同我纠缠，好像劝说那无情的波浪一样。别以为我会由于害怕宙斯的意志而成为妇人女子，伸出柔弱的手，手心向上，求我最痛恨的仇敌解开我的镣铐；我决不那样做。

赫尔墨斯　这许多话都像是白说了;因为我的请求没有使你的心变温和或软下来。你像一匹新上轭的马驹嚼着嚼铁,桀骜不驯,和缰绳挣扎。你太相信你那不中用的诡计了。一个傻子单靠顽固成不了事。

如果你不听我的话,你要注意,什么样的风暴和灾难的第三重浪会落到你身上,逃也逃不掉:首先,父亲将用雷电把这峥嵘的峡谷劈开,把你的身体埋葬,这块石的手臂依然会拥抱着你。你在那里住满了很长的时间,才能回到阳光里来;那时候宙斯的有翅膀的狗,那凶猛的鹰,会贪婪地把你的肉撕成一长条一长条的,它是个不速之客,整天的吃,会把你的肝啄得血淋淋的。

不要盼望这种痛苦是有期限的,除非有一位神来替你受苦,自愿进入那幽暗的冥土和漆黑的塔尔塔罗斯深坑。

所以,你还是考虑考虑吧;这不是虚假的夸口,而是真实的话;因为宙斯的嘴是不会说假话的;他所说的话都是会实现的。你仔细思考,好生想想吧,不要因为顽固比谨慎好。

歌队长　在我们看来,赫尔墨斯这番话并不是不合时宜;他劝你改掉顽固,采取明哲的谨慎。你听从吧;聪明的神犯了错误,是一件可耻的事。

普罗米修斯　这家伙所说的消息我早已知道。仇敌忍受仇敌的迫害算不得耻辱。让电火的分叉鬈须射到我身上吧,让雷霆和狂风的震动扰乱天空吧;让飓风吹得大地根基动摇,吹得海上的波浪向上猛冲,紊乱了天上星辰的轨道吧,让宙斯用严厉的定数的旋风把我的身体吹起来,使我落进幽暗的塔尔塔洛斯吧;总之,他弄不死我。

赫尔墨斯　只有从疯子那里才能听见这样的语言和意志。他这样祈祷不就是神经错乱吗?这疯病怎样才能减轻呢?

你们这些同情他的苦难的女子啊,赶快离开这里吧,免得那无情的霹雳震得你们神志昏迷。

歌队长　请你说别的话,劝我做你能劝我做的事吧;你插进这句话,使我受不了!为什么叫我做这卑鄙的事呢?我愿意和他一起忍受任何注定的苦难;我学会了憎恨叛徒,再也没有什么恶行比出卖朋友更使我恶心。

赫尔墨斯　可是你们记住我发出的警告吧;当你们陷入灾难的罗网的时候,不要抱怨你们的命运,不要怪宙斯把你们打进事先不知道的苦难;不,你们要抱怨自己;因为你们早就知道了,你们不是不知不觉,而是由于你们的愚蠢才被缠在灾难的解不开的罗网里的。

[赫尔墨斯自空中退出。

普罗米修斯　看呀,话已成真:大地在动摇,雷声在地底下作响,闪电的火红的鬈须在闪烁,旋风卷起了尘土,各处的狂风在奔腾,彼此冲突,互相斗殴;天和海已经混淆了!这风暴分明是从宙斯那里吹来吓唬我的。我的神圣的母亲啊,推动那普照的阳光的天空啊,你们看见我遭受什么样的迫害啊!

[普罗米修斯在雷电中消失,歌队长也跟着不见了。

(选自《古希腊戏剧选》,埃斯库罗斯著,罗念生等译,人民文学出版社 2012 年 11 月第 1 版)

相关背景

埃斯库罗斯与索福克勒斯、欧里庇得斯并称为古希腊伟大的三大悲剧家。其中,埃斯库罗斯享有“有强烈倾向的诗人”的美誉。他在戏剧中缩减了合唱队，增加了第二名演员，创造了舞台背景，使演员面具初步定型化，基本形成了戏剧结构程式，被称为“悲剧之父”。埃斯库罗斯约于公元前 525 年出生于阿提卡西部埃琉西斯的一个古老的贵族家庭。他的少年时期正是雅典贵族和平民激烈斗争的时期，是雅典由贵族统治向民主制过渡的时期。因此，他很早就开始喜欢戏剧和阿加索克利斯与阿波罗多的诗。传说狄俄尼索斯在梦中亲自向他传授诗的艺术，这对他的世界观的形成不无影响。公元前 492 年，爆发了希波战争，埃斯库罗斯积极参加了抗击波斯的战争。公元前 490 年，他又参加马拉松战役，在这场战役中他的兄弟阵亡。公元前 480 年，雅典被毁后，他在希腊舰队里参加了萨拉米斯海战。

埃斯库罗斯多次去西西里岛，公元前 475 年，在那里与诗人西摩尼得斯和品达相会。公元前 472 年，埃斯库罗斯创作了以波斯水师在萨拉米斯全军覆没的事件为题材的《波斯人》，这部剧赞美了卫国战争中的英雄，充满了强烈的爱国主义精神，赞颂了雅典的民主制度，是现存希腊悲剧中唯一取材于现实生活的一部作品。公元前 470 年左右，埃斯库罗斯应邀前往西西里岛，在那里创作了悲剧《埃特纳女子》，以此来纪念该城的创建。公元前 468 年，埃斯库罗斯在戏剧比赛中败给年轻的索福克勒斯，他愤愤不平，认为是寡头派首领客蒙和他作对。公元前 476 年，埃斯库罗斯上演悲剧《俄瑞斯特斯》三部曲(《阿伽门农》《奠酒人》《报仇神》)，获得头奖。公元前 458 年，埃斯库罗斯重赴西西里岛，关于埃库罗斯晚年离开雅典的原因说法不一。两年后，他在该岛南部的格拉城去世。他的墓碑上写着本人撰写的墓志铭：“墓碑下安睡着雅典人埃斯库罗斯，欧福里翁之子，在丰饶的格拉死亡战胜了他，但马拉松的战场可以证明他的勇敢，连长发的米底人也得承认。”

埃斯库罗斯于公元前 499 年首次参加戏剧比赛，一生写过约 70 部剧本(一说约 90 部)，生前得过 13 次奖，著有传世剧本 5 部，它们分别是：《乞援人》(约公元前 490 年，一说公元前 463 年)、《波斯人》(公元前 472 年，获得头奖)、《七将攻特拜》(公元前 467 年，获得头奖)、《普罗米修斯》(约公元前 465 年，一说公元前 469 年)、《俄瑞斯特斯》三部曲(公元前 458 年，获得头奖)。

文本赏析

《被缚的普罗米修斯》是古希腊悲剧诗人埃斯库罗斯最杰出的一部作品，它取材于希腊神话中普罗米修斯盗天火赐予人类的故事。这部经典悲剧塑造了一个为了人类幸福而受难的形象，讲述了普罗米修斯偷偷将火种送给人类，因激怒众神之王宙斯，而被钉在高加索的峭壁上受罚。《被缚的普罗米修斯》一般被认为是《普罗米修斯》三部曲的第一部，第二部是《被释的普罗米修斯》，主要写普罗米修斯与宙斯和解，被赫拉克勒斯释放；第三部是《带火的普罗米修斯》，描绘了雅典人崇拜普罗米修斯，举行火炬游行的景象。《被缚的普罗米修斯》取材于希腊神话，却影响了当时雅典的政治状况。埃斯库罗斯通过普罗米修斯与众神的斗争，影射了当时希腊民主派和贵族派的斗争，痛斥了像宙斯一样专横残暴的古希腊城邦的僭主，讽刺了类似威力神的凶残帮凶、类似河神的怯懦者和类似赫尔墨斯的奴才。同时，全剧反映了人民对君主专制的反抗和对民主的向往。从象征意义上看，普罗米修斯盗火的故事，说明了人类与大自然的搏斗取得了决定性的胜利，标志着人类第一次取得了自由，获得了尊严；普罗米修斯的盗火行为守卫了人类的自由，证明了人类自我意识的复苏与觉醒。

《被缚的普罗米修斯》情节简单，布局开阔豪放，结构也不复杂，整体线条粗犷，主要通过人物的对话来刻画人物性格，展开故事情节。本剧剧情发展比较缓慢，但抒情气氛浓郁，场面宏大，词句庄严，带有夸张色彩，洋溢着恢宏庄严、雄浑悲壮的气氛。剧中塑造了普罗米修斯这一位敢于为人类幸福而反抗众神之主宙斯的光辉形象。他同情并爱护人类，不愿人类生活在愚昧无知中，于是，给人类带去了火种，带去了知识，引导人类走上了文明之旅。可普罗米修斯的行为却引起了宙斯的不满，宙斯下令将他钉到高加索的悬崖上，让他遭受风雪的欺凌、烈日的炙烤。虽然他的肉体受尽煎熬，可他为人类带来光明和幸福的信念坚定不移。千百年来，普罗米修斯已成为追求自由精神的代表，是人类希望和理性的象征。高尔基说普罗米修斯是“人类热爱的不朽形象”；别林斯基称赞普罗米修斯“不畏权威、只认理智”的精神，马克思则称普罗米修斯是“哲学史上最高贵的圣者和殉道者”。

学法点拨

命运悲剧：悲剧作为戏剧的主要体裁之一，起源于古希腊，由酒神节祭祷仪式中的酒神颂歌演变而来，而古希腊悲剧大多以人与命运的斗争为主题，有人称之为“命运悲剧”。古希腊时期，人们对宇宙、自然知之甚少，在他们看来，命运是不可知的，是不可抗拒的，冥冥中有一种巨大的力量主宰着命运。于是，希腊悲剧中的主人公大都是神或英雄，他们常常处于与命运的悲剧性冲突之中，但都无法逃脱命运的支配。

埃斯库罗斯、索福克勒斯、欧里庇得斯是古希腊三大悲剧诗人，三位悲剧作家从不同的角度表现了人与命运的冲突。埃斯库罗斯的《俄瑞斯特斯》三部曲中的人物都被复仇神所控制，一环扣一环地将自己投放血腥的家庭谋杀之中，由阿伽门农为出征而杀女的事件引起一系列的家庭悲剧。《普罗米修斯》三部曲中，对普罗米修斯来说，命运的不幸是宙斯带来的，他因盗火受到宙斯的严酷惩罚，最终牺牲了自己。对宙斯来说，他将被推翻的命运却是冥冥中已注定的。索福克勒斯的代表作《俄狄浦斯王》被认为是命运悲剧的典范。主人公俄狄浦斯正直、善良、勇敢，却带着杀父的神谕出生，他怀疑命运的合理性，为了反抗既定的命运而做出了种种努力，却阴差阳错之下使自己陷入更深的命运沼泽，到最后还是无法抗拒地应了“杀父娶母”的神谕。欧里庇得斯的代表作《美狄亚》中的女主角不甘于被遗弃的命运，用计策谋杀了情敌，甚至狠心屠杀了两个幼子。尽管三位悲剧家的命运观念不尽相同，但他们对命运的抗争却是一致的：悲剧主人公用不同的方式与命运进行了对抗，在这种激烈的冲突中，显示了他们不甘屈服的精神，产生了一种令人震撼的悲剧效果。

链接思考

1. 普罗米修斯是古希腊神话众神之中的英雄，不同时代、不同民族的文学家在各自的作品中都倾力塑造了普罗米修斯的英雄形象，借古喻今，表达了他们对各自所处的社会历史的深入思考，使普罗米修斯的英雄故事得以流传至今而长盛不衰。请阅读拜伦（穆旦译）以普罗米修斯为题材写的诗歌作品，并与埃斯库罗斯的戏剧《被缚的普罗米修斯》相比较，说一说戏剧和诗歌这两种文学体裁的优缺点是什么？

2. 古希腊命运悲剧中的主人公虽然大都是神或英雄，他们常处于与命运的悲剧性冲突之中，但都无法逃脱命运的支配，说一说你对这种现象的看法。

7. 罗密欧与朱丽叶(节选)

［英］威廉·莎士比亚

第五幕

第三场　同前。凯普莱特家坟茔所在的墓地

帕里斯及侍童携鲜花火炬上。

帕里斯　孩子，把你的火把给我，走开，站在远远的地方；还是灭了吧，我不愿给人看见。你到那边的紫杉树底下直躺下来，把你的耳朵贴着中空的地面，听听有没有跟跄的脚步走到坟地上来挖掘坟墓，要是听见了什么声息，便吹一个呼哨通知我。把那些花给我。照我的话去做，走吧。

侍　童　(旁白)我简直不敢独自一个人站在这墓地上，可是我要硬着头皮试一下。(退后。)

帕里斯　这些鲜花替你铺盖新床；
惨啊，一朵娇红永委沙尘！
我要用沉痛的热泪淋浪，
和着香水浇溉你的芳坟；
夜夜到你墓前散花哀泣，
这一段相思啊永无消歇！(侍童吹口哨)

这孩子在警告我有人来了。哪一个该死的家伙在晚上到这儿来打扰我在爱人墓前的凭吊？什么！还拿着火把来吗？——让我躲在一旁看看他的动静。(退后。)

罗密欧及鲍尔萨泽持火炬锹锄等上。

罗密欧　把那锄头跟铁锹给我。且慢，拿着这封信；等天一亮，你就把它送给我的父亲。把火把给我。听好我的吩咐，无论你听见什么瞧见什么，都只好远远地站着不许动，免得妨碍我的事情；要是动一动，我就要你的命，我之所以要跑下这个坟墓里去，一部分原因是要探望探望我的爱人，可是主要的理由却是要从她的手指上取下一个宝贵的指环，因为我有一个很重要的用途。所以你赶快给我走开吧；要是你不相信我的话，胆敢回来窥伺我的行动，那么，我可以对天发誓，我要把你的骨骼一节一节扯下来，让这饥饿的墓地上散满了你的肢体。我现在的心境非常狂野，比饿虎或是咆哮的怒海都要凶猛无情，你可不要惹我性起。

鲍尔萨泽　少爷，我走就是了，决不来打扰您。

罗密欧　这才像个朋友。这些钱你拿去，愿你一生幸福。再会，好朋友。

鲍尔萨泽　(旁白)虽然这么说，我还是要躲在附近的地方看着他；他的脸色使我害怕，我不知道他究竟打算做什么事。(退后。)

罗密欧　你这无情的泥土，吞噬了世上最可爱的人儿，我要擘开你的馋吻，(将墓门掘开)索性让你再吃一个饱！

帕里斯　这就是那个已经放逐出去的骄横的蒙太古，他杀死了我爱人的族兄，据说她就是因为伤心他的惨死而夭亡的。现在这家伙又要来盗尸掘墓了，等我去抓住他。(上前)万恶的蒙太古！停止你罪恶的工作，难道你杀了他们还不够，还要在死人身上发泄你的仇恨吗？该死的凶徒，赶快束手就捕，跟我见官去！

罗密欧　我果然该死，所以才到这儿来。年轻人，不要激怒一个不顾死活的人，快快离开我走吧；想想这些死了的人，你也该胆寒了。年轻人，请你不要激动我的怒气，使我再犯一次罪；啊，走吧！我可以对天发誓，我爱你远过于爱我自己，因为我来此的目的，就是要跟自己作对。别留在这儿，走吧；好好留着你的活命，以后也可以对人家说，是一个疯子发了慈悲，叫你逃走的。

帕里斯　我不听你这种鬼话；你是一个罪犯，我要逮捕你。

罗密欧　你一定要激怒我吗？那么好，来，朋友！（二人格斗。）

侍　童　哎哟，主啊！他们打起来了，我去叫巡逻的人来！（下。）

帕里斯　（倒下）啊，我死了！——你倘有几分仁慈，打开墓门来，把我放在朱丽叶的身旁吧！（死。）

罗密欧　好，我愿意成全你的志愿。让我瞧瞧他的脸；啊，茂丘西奥的亲戚，尊贵的帕里斯伯爵！当我们一路上骑马而来的时候，我的仆人曾经对我说过几句话，那时我因为心绪烦乱，没有听得进去；他说些什么？好像他告诉我说帕里斯本来预备娶朱丽叶为妻；他不是这样说吗？还是我做过这样的梦？或者还是我神经错乱，听见他说起朱丽叶的名字，所以发生了这一种幻想？啊！把你的手给我，你我都是登录在厄运的黑册上的人，我要把你葬在一个胜利的坟墓里；一个坟墓吗？啊，不！被杀害的少年，这是一个灯塔，因为朱丽叶睡在这里，她的美貌使这一个墓窟变成一座充满着光明欢宴的华堂。死了的人，躺在那儿吧，一个死了的人把你安葬了。（将帕里斯放下墓中）人们临死的时候，往往反会觉得心中愉快，旁观的人便说这是死前的一阵回光返照；啊！这也就是我的回光返照吗？啊，我的爱人！我的妻子！死虽然已经吸去了你呼吸中的芳蜜，却还没有力量摧残你的美貌；你还没有被它征服，你的嘴唇上、面庞上，依然显着红润的美艳，不曾让灰白的死亡进占。提伯尔特，你也裹着你血淋淋的殓衾躺在那儿吗？啊！你的青春葬送在你仇人的手里，现在我来替你报仇来了，我要亲手杀死那杀害你的人。原谅我吧，兄弟！啊！亲爱的朱丽叶，你为什么仍然这样美丽？难道那虚无的死亡，那枯瘦可憎的妖魔，也是个多情种子，所以把你藏匿在这幽暗的洞府里做他的情妇吗？为了防止这样的事情，我要永远陪伴着你，再不离开这漫漫长夜的幽宫；我要留在这儿，跟你的侍婢，那些蛆虫们在一起；啊！我要在这儿永久安息下来，从我这厌倦人世的凡躯上挣脱厄运的束缚。眼睛，瞧你的最后一眼吧！手臂，做你最后一次的拥抱吧！嘴唇，啊！你呼吸的门户，用一个合法的吻，跟网罗一切的死亡订立一个永久的契约吧！来，苦味的向导，绝望的领港人，现在赶快把你的厌倦于风涛的船舶向那巉岩上冲撞过去吧！为了我的爱人，我干了这一杯！（饮药）啊！卖药的人果然没有骗我，药性很快地发作了。在这一吻中我死去。（死。）

劳伦斯神父持灯笼、锄、锹自墓地另一端上。

劳伦斯　圣法兰西斯保佑我！我这双老脚今天晚上怎么老是在坟堆里绊来跌去的！那边是谁？

鲍尔萨泽　是一个朋友，也是一个跟您熟识的人。

劳伦斯　祝福你！告诉我，我的好朋友，那边是什么火把，向蛆虫和没有眼睛的骷髅浪费着它的光明？照我辨认起来，那火把亮着的地方，似乎是凯普莱特家里的坟茔。

鲍尔萨泽　正是，神父；我的主人，您的好朋友，就在那儿。

劳伦斯　他是谁？

鲍尔萨泽　罗密欧。

劳伦斯　他来多久了？

鲍尔萨泽　足足半点钟。

劳伦斯　陪我到墓穴里去。

鲍尔萨泽　我不敢，神父。我的主人不知道我还没有走；他曾经对我严词恐吓，说要是我留在这儿窥伺他的动静，就要把我杀死。

劳伦斯　那么你留在这儿，让我一个人去吧。恐惧降临到我的身上；啊！我怕会有什么不幸的祸事发生。

鲍尔萨泽　当我在这株紫杉树底下睡了过去的时候，我梦见我的主人跟另外一个人打架，那个人被我的主人杀了。

劳伦斯　（趋前）罗密欧！嗳哟！嗳哟！这坟墓的石门上染着些什么血迹？在这安静的地方，怎么横放着这两柄无主的血污刀剑？（进墓）罗密欧！啊，他的脸色这么惨白！还有谁？什么！帕里斯也躺在这儿？浑身浸在血泊里？啊！多么残酷的时辰，造成了这场凄惨的意外！那小姐醒了。（朱丽叶醒。）

朱丽叶　啊，善心的神父！我的夫君呢？我记得很清楚我应当在什么地方，现在我正在这地方。我的罗密欧呢？（内喧声。）

劳伦斯　我听见有什么声音。小姐，赶快离开这个密布着毒氛腐臭的死亡的巢穴吧；一种我们所不能反抗的力量已经阻挠了我们的计划。来，出去吧。你的丈夫已经在你的怀中死去；帕里斯也死了。来，我可以替你找一处地方出家做尼姑。不要耽误时间盘问我，巡夜的人就要来了。来，朱丽叶，去吧。（内喧声又起）我不敢再等下去了。

朱丽叶　去，你去吧！我不愿意走。（劳伦斯下）这是什么？一只杯子，紧紧地握在我忠心的爱人手里？我知道，一定是毒药结果了他的生命。唉，冤家！你一起喝干了，不留下一滴给我吗？我要吻着你的嘴唇，也许这上面还留着一些毒液，可以让我当作兴奋剂服下而死去。（吻罗密欧）你的嘴唇还是温暖的！

巡丁甲　（在内）孩子，带路；在哪一个方向？

朱丽叶　啊，人声吗？那么我必须快一点儿了结。啊，好刀子！（攫住罗密欧的匕首）这就是你的鞘子；（以匕首自刺）你插了进去，让我死了吧。（在罗密欧身上死去）

巡丁及帕里斯侍童上。

侍　童　就是这儿，那火把亮着的地方。

巡丁甲　地上都是血；你们几个人去把墓地四周搜查一下，看见什么人就抓起来。（若干巡丁下）好惨！伯爵被人杀了躺在这儿，朱丽叶胸口流着血，身上还是热热的，好像死得不久，虽然她已经葬在这里两天了。去，报告亲王，通知凯普莱特家里，再去把蒙太古家里的人叫醒，剩下的人到各处搜搜。（若干巡丁续下）我们看见这些惨事发生在这个地方，可是在没有得到人证以前，却无法明了这些惨事的真相。

若干巡丁率鲍尔萨泽上。

巡丁乙　这是罗密欧的仆人；我们看见他躲在墓地里。

巡丁甲　把他好生看押起来，等亲王来审问。

若干巡丁率劳伦斯神父上。

巡丁丙　我们看见这个教士从墓地旁边跑出来，神色慌张，一边叹气一边流泪，他手里还拿着锄头铁锹，都给我们拿下来了。

巡丁甲　他有很重大的嫌疑；把这教士也看押起来。

亲王及侍从上。

亲　王　什么祸事在这样早的时候发生，打断了我的清晨的安睡？

凯普莱特、凯普莱特夫人及余人等上。

凯普莱特　外边这样乱叫乱喊，是怎么一回事？

凯普莱特夫人　街上的人们有的喊着罗密欧，有的喊着朱丽叶，有的喊着帕里斯；大家沸沸扬扬地向我们家里的坟上奔去。

亲　王　这么许多人为什么发出这样惊人的叫喊？

巡丁甲　王爷，帕里斯伯爵被人杀死了躺在这儿；罗密欧也死了；已经死了两天的朱丽叶，身上还热着，又被人重新杀死了。

亲　王　用心搜寻，把这场万恶的杀人命案的真相调查出来。

巡丁甲　这儿有一个教士，还有一个被杀的罗密欧的仆人，他们都拿着掘墓的器具。

凯普莱特　天啊！——啊，妻子！瞧我们的女儿流着这么多的血！这把刀弄错了地位了！瞧，它的空鞘子还在蒙太古家小子的背上，它却插进了我的女儿的胸前！

凯普莱特夫人　嗳哟！这些死的惨象就像惊心动魄的钟声，警告我这风烛残年，快要不久于人世了。

蒙太古及余人等上。

亲　王　来，蒙太古，你起来虽然很早，可是你的儿子倒下得更早。

蒙太古　唉！殿下，我的妻子因为悲伤小儿的远逐，已经在昨天晚上去世了；还有什么祸事要来跟我这老头子作对呢？

亲　王　瞧吧，你就可以看见。

蒙太古　啊，你这不孝的东西！你怎么可以抢在你父亲的前面，自己先钻到坟墓里去呢？

亲　王　暂时停止你们的悲恸，让我把这些可疑的事实审问明白，知道了详细的原委以后，再来领导你们放声一哭吧；也许我的悲哀还胜过你们呢！——把嫌疑犯带上来。

劳伦斯　时间和地点都可以做不利于我的证人；在这场悲惨的血案中，我虽然是一个能力最薄弱的人，但却是嫌疑最重的人。我现在站在殿下的面前，一方面要供认我自己的罪过，一方面也要为我自己辩解。

亲　王　那么快把你所知道的一切说出来。

劳伦斯　我要把经过的情形尽量简单地叙述出来，因为我的短促的残生还不及一段冗烦的故事那么长。死了的罗密欧是死了的朱丽叶的丈夫，她是罗密欧忠心的妻子，他们的婚礼是由我主持的。就在他们秘密结婚的那天，提伯尔特死于非命，这位才做新郎的人也从这城里被放逐出去；朱丽叶是为了他，不是为了提伯尔特，才那样伤心憔悴。你们因为要替她解除烦恼，把她许婚给帕里斯伯爵，还要强迫她嫁给他，她就跑来见我，神色慌张地要我替她想个办法避免这第二次结婚，否则她要在我的寺院里自杀。所以我就根据我医药方面的学识，给她一服安眠的药水；它果然发生了我所预期的效力，她一服下去就像死了一样昏沉过去。同时我写信给罗密欧，叫他就在这一个悲惨的晚上到这儿来，帮助把她搬出她寄寓的坟墓，因为药性一到时候便会过去。可是替我带信的约翰神父却因遭到意外，不能脱身，昨天晚上才把我的信原封不动地带了回来。那时我只好按照着预先算定她醒来的时间，一个人前去把她从她家族的墓茔里带出来，预备把她藏匿在我的寺院里，等有方便再去叫罗密欧来；不料我在她醒来以前几分钟到这儿来的时候，尊贵的帕里斯和忠诚的罗密欧已经双双惨死了。她一醒过来，我就请她出去，劝她安心忍受这一种出自天意的变故；可是那时我听见了纷纷的人声，吓得逃出了墓穴，她在万分绝望之中不肯跟我去，看样子她是自杀了。这是我所知道的一切，至于他们两人的结婚，那么她的乳母也是耳闻的。要是这一场不幸的惨祸是由我的疏忽所造成，那么我这条老命愿受最严厉的法律制裁，请您让它提早几点钟牺牲了吧。

亲　王　我一向知道你是一个道行高尚的人。罗密欧的仆人呢？他有什么话说？

鲍尔萨泽　我把朱丽叶的死讯通知了我的主人，因此他从曼多亚急急地赶到这里，到了这座坟茔的前面。这封信他叫我一早送去给我家老爷；当他走进墓穴里的时候，他还恐吓我，说要是我不赶快走开让他一个人在那儿，他就要杀死我。

亲　王　把那封信给我，我要看看。叫巡丁来的那个伯爵的侍童呢？喂，你的主人到这地方来做什么？

侍　童　他带了花来散在他夫人的坟上，他叫我站得远远的，我就听他的话；不一会儿工夫，来了一个拿着火把的人把坟墓打开了。后来我的主人就拔剑跟他打了起来，我就奔去叫巡丁。

亲　王　这封信证实了这个神父的话，讲起他们恋爱的经过和她的去世的消息；他还写到他从一个穷苦的卖药人手里买到一种毒药，要把它带到墓穴里来准备和朱丽叶长眠在一起。这两家仇人在哪里？——凯普莱特！蒙太古！瞧你们的仇恨已经受到了多大的惩罚，上天借手于爱情，夺去了你们心爱的人；我为了忽视你们的争执，也已经丧失了一双亲戚，大家都受到惩罚了。

凯普莱特　啊，蒙太古大哥！把你的手给我，这就是你给我女儿的一份聘礼，我不能再作更大的要求了。

蒙太古　但是我可以给你更多的；我要用纯金替她铸一座像，只要维洛那一天不改变它的名称，任何塑像都不会比忠贞的朱丽叶那一座更为卓越。

凯普莱特　罗密欧也要有一座同样富丽的金像卧在他情人的身旁，这两个在我们的仇恨下惨遭牺牲的可怜的人儿！

亲　王　清晨带来了凄凉的和解，
太阳也惨得在云中躲闪。
大家先回去发几声感慨，
该恕的、该罚的再听宣判。
古往今来多少离合悲欢，
谁曾见这样的哀怨辛酸！（同下。）

（选自《莎士比亚悲剧集》，威廉·莎士比亚著，朱生豪译，凤凰出版传媒股份有限公司译林出版社，2012年）

相关背景

威廉·莎士比亚（1564—1616），文艺复兴时期英国伟大的戏剧家和诗人，代表了英国文学的最高成就，人文主义最杰出的代表，近代欧洲文学的奠基者之一，欧洲文艺复兴时期的巨人。他出生于英国中部斯特拉福镇一个富裕的市民家庭，从小对戏剧就颇感兴趣，喜欢接触古罗马的诗歌与戏剧。后来家庭破产，曾到剧院门前为看戏的绅士管马匹，不久又当了剧院杂役，进而成为剧院演员和股东，随着生活和舞台经验的丰富，他开始了戏剧创作活动，靠着非凡的才华和不懈的努力创作了37部戏剧，被称为"英国戏剧之父"。马克思赞誉他为"人类最伟大的戏剧天才"，歌德评价他是"说不尽的莎士比亚"，本·琼生称他为"时代的灵魂"，说他"不属于一个时代，而属于所有的世纪"。每年4月23日是莎士比亚的辞世纪念日，1995年被联合国教科文组织定为"世界读书日"。

莎士比亚的创作成就主要表现在戏剧方面。特别是他的悲剧和喜剧，是世界文坛上的艺术珍品。四大悲剧则是代表他最高成就的作品。莎士比亚在20多年间共写了37部戏剧，其戏剧题材广泛，内容曲折，结构严谨，生活气息很浓，寓意深远，语言优美，是西方戏剧的顶峰。1850年，德国学者盖尔维努斯经过多年对莎剧诗行的研究，把莎剧分为了以下三个时期：

一是历史剧和喜剧时期(1590—1600)。其中历史剧9部，由独立的"序曲"《约翰王》和两个"四部曲"组成，描写了英国从13世纪末到15世纪末近300年的历史，其中《亨利四世》是莎士比亚历史剧的代表作；喜剧10部，著名的有《威尼斯商人》《仲夏夜之梦》《无事生非》《皆大欢喜》《第十二夜》和《温莎的风流娘儿们》等，这些剧作有莎氏的"四大喜剧"或"六大喜剧"之称。《无事生非》《皆大欢喜》《第十二夜》又被称为"娇艳明媚的喜剧三部曲"。特别是《威尼斯商人》被认为是莎士比亚喜剧的代表作，是莎士比亚喜剧中最富于社会讽刺意义的一部，成功塑造了夏洛克这个欧洲文学史上第一个吝啬鬼形象。这个时期莎士比亚还有以《罗密欧与朱丽叶》为代表的悲剧3部。

二是悲剧时期(1601—1607)。莎士比亚创作了悲剧作品7部，有《哈姆莱特》《奥赛罗》《李尔王》《麦克白》《雅典的泰门》等，前4部有莎翁"四大悲剧"之称。还有悲喜剧(阴暗喜剧)3部：《特洛伊罗斯与克瑞西达》《终成眷属》和《一报还一报》。

三是传奇剧(田园喜剧)时期(1608—1612)。这个时期他著有4部传奇剧，其中《暴风雨》是莎士比亚晚期戏剧艺术的代表，是作者生活创作的总结，有莎士比亚的"诗的遗嘱"之称。还有其与青年剧作家约翰·弗莱契合作的历史剧《亨利八世》。

莎士比亚的诗歌创作也取得了相当的成就，有两首长诗《维纳斯与阿多尼斯》《鲁克丽丝受辱记》和154首十四行诗。这些诗歌主要赞颂了友谊和爱情，表现诗人对现实生活的热爱以及对美好人生的追求。

文本赏析

罗密欧与朱丽叶的故事可以追溯到古代。1562年，英国诗人亚瑟·布鲁克根据传说写了一首长篇叙事诗《罗密欧与朱丽叶的悲剧历史》，1567年又被威廉·品特以散文的方式改写为《欢愉宫殿》，莎士比亚在这两部作品的基础上加入帕里斯等角色，于1594年完成了作品。该作品讲述了一对青年男女分属蒙太古、凯普莱特两个世代为仇的家族，两人虽一见钟情，但不能结合。他们求助于劳伦斯神父，神父私自给他们举行了婚礼，并安排他们逃离维洛那，但由于误会先后殉情。最后双方家族摒弃仇恨言归于好。整部戏剧通过男女主人公在婚姻上的纠葛，颂扬讴歌了爱情自由和个性解放。

《罗密欧与朱丽叶》是"世界上伟大、经典的爱情悲剧"，剧中主人公几乎成了忠贞爱情的代名词。罗密欧年轻善良、热情率真，对爱情充满幻想，但不够沉稳，缺乏心计，是一个勇敢而不成熟的理想主义青年；朱丽叶美丽纯洁、天真烂漫、忠贞不屈，是莎士比亚笔下最成功的女性形象之一。家族仇怨不能阻止他们的爱情，近在眼前的生命危险不能阻止他们相会，他们互相把对方幻化为人间最美好的偶像，他们把对方看作自己不可或缺的一部分，当得知对方离开人世时毅然以死捍卫纯真的爱情。这种情感和精神是对当时存在的封建势力和宗教禁欲主义的强烈冲击，莎士比亚借此表达了对人文主义理想的热切向往。

《罗密欧与朱丽叶》是一部素体韵文的诗剧，语言华丽优美，充满诗情画意。莎士比亚在剧中使用了多种诗歌形式，乐工的开场白是十四行诗，罗密欧与朱丽叶的对话多为无韵诗。剧中不同的角色展现了不同的语言风格，如机智善良的劳伦斯神父是用布道和警句风格表现出人物的身份、性格，又如罗密欧与帕里斯同样爱恋朱丽叶，在墓前独白时罗密欧激情澎湃，铿锵激昂，帕里斯则是一般性的哀悼与思念，恰到好处地表现出人物内在最剧烈、最复杂的冲突；不同场景使用不同语言风格，如罗密欧在阳台告白时使用流行短诗却被朱丽叶打断，表明其在意的是罗密欧的真心而不是诗意的夸张，契合了人物当时的心情。

学法点拨

巧合：是利用偶然性事件来组合故事情节的一种技巧。巧合的关键是突出一个“巧”字，而“合”则要“合”得既在情理之中，又出人意料之外，可以是时间、地点、时机的巧合，可以由天气、环境、物件构筑巧合。巧合能更集中、强烈、深刻地反映社会生活本质，又能以其戏剧性增加文章的可读性和审美魅力。特别是戏剧的演出要受到时间、地点、舞台空间的限制，它要求剧作家更集中地铺陈故事，更紧凑地安排人物、变换场景，所谓“无巧不成书”，如曹禺本人所说“一部《雷雨》，全都是巧合”。

《罗密欧与朱丽叶》中男女主角因巧合在凯普莱特家的宴会上偶然相见；帕里斯、罗密欧和劳伦斯不约而同地来到朱丽叶的墓地；帕里斯和罗密欧的仆人正好见证双方的格斗；亲王、蒙太古、凯普莱特同时赶到惨案现场；罗密欧与朱丽叶因为误会阴差阳错，生离死别。种种巧合成为矛盾冲突发生的契机，众多的偶然仿佛命运的捉弄，使矛盾骤起或突然得到解决，充分展现了人物性格，不断推进着情节的发展，增强了戏剧冲突的力度，产生了很好的戏剧性效果。

链接思考

1. 分角色表演文中所节选的内容，体味戏剧表演艺术的巨大魅力，或者选择一段你最喜欢的独白朗诵。

2. 阅读长篇叙事诗《孔雀东南飞》，分析比较其与《罗密欧与朱丽叶》主题的异同。

第五章 影视文学欣赏

学习目标

1. 了解传统意义上的影视文学的概念，掌握现代意义的“影视文学”。

2. 理解影视文学作品的内涵，在主动积极的思维和情感活动中，获得独特的感受和体验，培养想象力、思辨能力和批判能力。

3. 理解影像时代的影视必须注重影像语言、影像艺术表现规则和影视文学的开放性。

4. 通过影视鉴赏活动，不断充实精神生活，完善自我人格，提升人生境界，逐步加深对个人与国家、个人与社会、个人与自然关系的思考和认识，提高文学修养。

第一节 影视文学欣赏概要

影视文学的“影”，即电影，“视”，即电视。影视文学是电影文学和电视文学的合称。电影、电视是当今世界最具有影响力的大众传播媒介之一。大众尤其是青年学生，都喜欢看电影、电视，但一般意义上的看电影、电视并不是影视文学欣赏。因为影视艺术的魅力是来自于我们心灵深处的一种持久而顽强的需要，是一种与我们的感官相连接却又超越于感官的视听感受。而被动地跟着影视作品的情节走，只能算是一名影迷，而不是一名鉴赏者。

影视文学作为一种后起的文学样式，其历史虽远不及传统的小说、诗歌、戏剧、散文等，但凭借电影、电视在当今社会生活中的巨大影响，经过一个世纪的迅猛发展，已然成为当代文学的一个重要分支。它可以对生活做出高度综合的反映，电影、电视剧是通过塑造生动可感的艺术形象来反映社会生活、表达思想感情，唤起人们的审美感知、审美教育和审美娱乐的艺术形式。以至于一旦舍弃了影视文学，当代文学史就会显得残缺不全。

一、影视文学发展及特点

人们习惯上将电影和电视合称为“影视艺术”。相对于其他艺术而言，这是两种最年轻的艺术形式，一出现就风靡全球，对 20 世纪人类的社会生活产生了深刻的影响。当今社会，大幅的电影海报随处可见，每日播出的电视连续剧成了街谈巷议的素材，影视明星提供着娱乐新闻，引领着流行时尚，一部成功的影视作品的公映甚至可以构成一桩文化事件、一个社会热点，一部新电影的上映甚至能够作为重大新闻在电视台中与那些国际重大事件同时播出……影视艺术已渗透到了我们的日常生活，形成了一种大众文化，影视文学也随之不断发展，推陈出新。

从本质属性上来看，影视文学首先是文学，它是文学的一种样式，因而它同其他文学样式有着密切的血缘关系和共同规律；同时，由于影视文学借助于影视传播媒介，因而不可避免地带上了影视媒介的特点。既有"读"的优长，又有"看"的优长，既可作用于欣赏者的视觉，又可作用于欣赏者的听觉。影视文学可以说是古老的传统文学与新兴影视相结合的产物。

(一) 电影的诞生、发展和特点

1. 电影的诞生

自 1839 年出现照相术后，欧美许多国家的发明家，为记录和再现活动影像又进行了不懈的努力。美国的依斯曼于 1889 年发明了将感光乳剂涂布在赛璐珞长条上的感光胶片，从而不仅便于拍摄长时间的活动影像，而且使透视或放映这些影像成为可能。随后，爱迪生发明了使用感光胶片连续拍摄的摄影机，并于 1894 年发表了他制作的可供一个人通过放大镜观看活动影像的活动视镜。它的形状像一只小箱了，里面装有放大镜，能让一个人观赏活动影片。但由于电影视镜只有胶片而无银幕，所以还算不上是电影。

1895 年 2 月 13 日，卢米埃尔兄弟在依斯曼和爱迪生发明的基础上，成功研制了采用新传动方式的电影机，并获得"摄取和观看连续照相试验用的机器"的首项专利，3 月 30 日，将机器改进后再获专利，并正式将其定名为"电影放映机"。同年 12 月 28 口，他们在巴黎大咖啡馆的印度厅首次把影片在银幕上放映给许多人观看并获得成功。后来这一天被定为电影诞生之日。《火车到站》《工厂大门》《水浇园丁》等短纪录片的摄制上映表明了电影结束了发明阶段，标志着电影走向了成熟。

2. 电影的发展

进入 1896 年后，在短短半年的时间里电影风靡欧美许多国家。远离欧美的中国也于 1896 年 8 月 11 日在上海首次放映了法国电影，当时被称为"西洋影戏"。而 1901 年电影在香港首次放映时，被称为"奇巧明灯戏法"，后又称为"影画戏"，到 20 世纪 20 年代"电影"一词才出现。1905 年，曾在日本学过照相技术的沈阳人任景丰，从北京东交民巷的德国商人手中购得了法国制造的木匣手摇摄影机及胶片 14 卷，在他开设的丰泰照相馆利用日光在露天拍摄了著名京剧演员谭鑫培的舞台纪录片《定军山》，这是中国人自己拍摄的第一部影片。

3. 电影文学的特点

电影在意大利人卡努杜于 1911 年发表的《第七艺术的诞生》一文中被称为"世界第七艺术"。它把绘画与戏剧、音乐与雕塑、建筑与舞蹈、风景与人物、视觉形象与有声语言联结成为统一的综合体。从 1895 年发展至今，电影成为集视听、想象、动静相结合的综合性艺术，而影视文学几乎是在电影诞生的那一刻就应运而生。

电影文学是区别于诗歌、小说、戏剧文学的一种"新"的文学样式，主要指电影剧本，还包括影片中的解说词、歌词等。电影剧本可以是剧作家根据生活直接创作，也可以是根据其他文艺作品改编的。改编在内容和形式上都是一种再创造。其主要特征是：

(1) 电影文学能从高度综合的角度对生活做出反映，具备鲜明的动作性和画面感。能把一个富有艺术的真实世界的情景呈现在欣赏者的面前，读者在阅读剧本时，应能“看见”或联想出未来影片中一幅幅运动的画面，“听到”这些画面中的声音，而其他艺术很难做到这一点。

(2) 综合了时间艺术和空间艺术的表现形式，电影同其他文学体裁一样，都以人和人的灵魂、人的感情为研究对象和描写对象，具有叙事性。电影独特的蒙太奇结构以及丰富的潜台词，使其所创造的银幕形象成为建立在时间与空间交叉点上的艺术形象，给予了读者特殊的审美享受。

(二) 电视的诞生、发展和特点

1. 电视的诞生

电视是现代科技的产物，它比电影出现的时间约晚 30 年。1936 年 11 月 2 日，英国广播公司(BBC)在伦敦郊外的亚历山大宫，播出了一场规模盛大的歌舞表演，标志着世界上第一座电视台正式开播。人们就把这一天作为电视事业的开端。此后，法国于 1938 年，美国与苏联于 1939 年相继开始正式播出电视节目。1954 年，美国正式开办彩色电视节目，成为世界上第一个播出彩色电视节目的国家。

我国第一座电视台是中央电视台的前身——北京电视台，于 1958 年 5 月 1 日开始实验播出电视节目，标志着中国电视事业的开端，同年 6 月 15 日又播放了我国第一部电视剧《一口菜饼子》，中国电视艺术从此诞生。

2. 电视的发展

从 1958 年起，全国各地相继开始建立电视台。1973 年，中央电视台第一次试办彩色电视节目。在此之前，中国只有一套黑白电视节目，除少量新闻和社会教育节目外，主要播放电影和转播文艺、体育节目。1977 年开始播出两套彩色电视节目，1987 年 2 月起通过卫星向全国播出。

电视开始的节目主要以播报新闻和转放电影、戏剧为主，电视台自身录制的节目不多，电视的内容相对比较单一，在社会中的影响很小。电视的真正发展是在改革开放以后，随着人民生活水平的提高，国家经济的高速发展，电视事业走向了一条健康、快速的发展之路，电视剧、歌舞晚会、访谈节目等系列节目层出不穷，而且这些节目都是电视台依靠自身的力量进行制作的。目前，影响较大的电视品牌栏目有《焦点访谈》《今日说法》《综艺大观》《动物世界》《东方时空》；播出后反响巨大的电视剧有《红楼梦》《三国演义》《水浒传》《西游记》《八路军》《激情燃烧的岁月》《亮剑》等，每年中央电视台举办的春节联欢晚会更是全国人民不可或缺的精神食粮。

3. 电视文学的特点

电视文学之称，同电影文学的名称一样，因文学剧本的出现而得名。电视文学与电影文学比较，在许多方面是相同的。所不同的是：

(1) 电视的审美媒介是“屏幕”，而电影是“银幕”。

(2) 电视是用摄像机将被摄体拍摄在录像带上，经过较简单的工艺，即可制成电视片。而电影是用摄影机先将被摄体拍摄在条状胶片上，然后经过洗印、剪辑等工艺过程，制成影片。

(3) 电视的欣赏方式是家庭欣赏方式，而电影却是大集体的欣赏方式。

以上三点差别，致使电视、电影在篇幅长度、题材容量等方面都不同，但用文学反映生活的特点却是相同的。

（三）影视文学的分类

影视艺术的分类常由于标准不一样，有不同的分类，主要有以下几种分类方法：

1. 形式上的分类

例如，电影从形式上可分为以下几类：

(1) 无声电影和有声电影。无声电影是电影的早期形式，无声电影并不是完全没有声音，它也配有声音，但是它的声音与影像没有直接的关系，这是它和有声电影之间的根本差异。

(2) 黑白电影和彩色电影。它们的主要区别是有无多样性的色调，色彩对整体的构造有极大的关系，它能够丰富电影的表现力，也容易分散观众的注意力，彩色电影适合表现梦幻的、传奇的歌舞类的题材。

(3) 标准电影和大型电影。它们的区别主要在于银幕的大小。大型电影也有很多种类，决定它们与标准电影的区别主要是银幕纵高与宽横比。标准电影的银幕高宽比例是1∶1.33，深景电影是1∶1.85，70毫米电影约为1∶2.28，宽银幕电影是1∶2.55。

2. 内容上的分类

影视艺术从内容上分，有以下几类：

(1) 喜剧片。其是以笑激发观众爱憎为题材的影片。以此来鞭笞社会中的丑恶、落后现象，歌颂美好生活和进步事物，常见的有歌颂性喜剧和讽刺性喜剧。例如《花好月圆》《今天我休息》《刘老根》等。

(2) 音乐舞蹈片。其是以音乐生活为题材或音乐在其中占有很大比重的影片。一般以音乐家、歌唱家和乐师的事迹为描写对象。音乐片中的音乐作为主要剧情的有机组成部分，直接由影片中的人物表现出来，典型的影片如《出水芙蓉》《阿诗玛》等。

(3) 功夫片。其亦称“武打片”，主要以表现中国传统武术的博大精深为题材的影片。我国拍摄的功夫片有《少林寺》《武林志》《卧虎藏龙》《十面埋伏》等。功夫片不同于西方的拳击打斗片，它把中国式的各种流派的拳术、杂技、京剧武打以及滑稽戏等融合起来，形成了自己独特的风格。

(4) 间谍片。其是以刺探和攫取政治、经济、军事、科技情报的间谍活动为题材的影片。早期的间谍片一般都与战争事件有密切关系，突出渲染了间谍和反间谍人员之间机智勇敢、克敌制胜的英雄主义精神，最具代表性的作品是间谍系列片《007》。

(5) 灾难片。其是反映人类巨大灾难的影片，如《泰坦尼克号》。

(6) 战争片。其亦称为“军事片”。较常见的战争片有两类，一类以塑造人物形象为主，通过战争来刻画人物的思想性格，如美国影片《巴顿将军》；另一类主要通过情节来形象地表现重大军事历史，较著名的有反映解放战争时期三大战役的影片和电视剧《八路军》等。

(7) 侦探片。其是以侦探为中心人物，以刑事案件的发生、侦破为故事线索的影片。多描写侦探运用智慧、胆略和侦查技巧，协助警察部门和司法机关侦破疑难案件。一般都具有离奇曲折的情节和强烈的悬念。侦探片的兴起与19世纪末欧美盛行的侦探小说有密切的关系。20世纪三四十年代美国摄制的大量侦探片，多根据畅销的侦探小说改编。侦探片是电影史上较早出现的影片样式，20年代末中国曾摄制许多中国侦探片，多属消遣娱乐之作。

3. 以结构及篇幅的分类

影视艺术按结构及篇幅可分为电视短剧（亦称电视小品）、单本剧（电影剧本多属此类）、连续剧（2～10集，如《多思年华》《翩翩小白鸽》等）、长篇电视连续剧（10集以上，如《红楼梦》《八路军》等）。电影也有多集故事片和系列故事片，如《007》《远东特遣队》等。

4. 影视剧本的分类

影视剧本主要有两种：一种叫文学剧本，另一种叫分镜头剧本。影视文学剧本是以文学形式编写的供拍摄影视剧用的剧本。其文字简练，富有形象性，如《李双双》。然而，用影视文学剧本还不能拍摄电影，还必须写出影视分镜头剧本。如果说影视文学剧本是造房子的设计图，那么分镜头剧本就是更加详细、具体的房屋施工图。电影分镜头剧本，就是在影视文学剧本的基础上把未来的影片分为一个个镜头，以便着手进行拍摄。《牧马人》就是一个比较典型的分镜头剧本。

二、影视文学欣赏技巧

影视文学欣赏看起来极为平常，实际上，审美品位、个人性情、人生经验和影视艺术专业知识的差异又区分了人们的欣赏水平、欣赏能力和欣赏口味。因此，影视文学欣赏不是一个简单的阅读过程，而是伴随着复杂心理活动和情感活动的审美再创造过程，它是欣赏主体和欣赏客体之间的情感对话与精神遇合。

影视文学欣赏作为一项复杂的审美活动，其欣赏过程与影视文学作品的层次相对应，是一个由浅入深、由表及里的过程。一般说来，欣赏影视文学作品时，欣赏者需掌握以下技巧：

（一）因作品类型而异

影视文学作品类型不同，对其进行欣赏的操作原则和侧重点也就不同。写实主义影视文学作品的欣赏，基本的操作原则和程序是：检验作品中的一切，或其主要的和重要的方面，看是否符合生活的真实；尤其是其中人物的性格、行为、思想表现，要看是否符合现实生活中人们的生态真相；考察其环境、背景，是否有现实的具体性和准确性，是否能成为人物表现的客观现实依据；从客观的情节和场面中，分析出所蕴含的思想内涵，并用自身的生活经验与认识加以印证、辨识、评判。

对浪漫主义作品的欣赏，则应注意：不能用生活真实的标准去要求，由于它多带有游戏或幻想的性质，因此不能"坐实"；其思想倾向方面往往是传统的印记比较明显，所以也不必要求它有"现代观念"；它跟表现主义作品注重意象、象征、意念、理念表现的特点也不一样，其自身是封闭的、单重实体性的，因此不应刻意从其影像或表现中去附会抽象的内涵。

对表现主义影视文学作品的欣赏，要认真把握以下原则：不能用单纯的生活真实和艺术真实观念作为基本标准来衡度这类作品，不能简单地要求它有具体的、现象的和逻辑的、因果链的真实性，因为不注重这些要求，实际上正是它自身的规定；观众在审美欣赏时重要的参照依据就是表现主义影视文学作品在艺术表现上的总体特征，即重主观轻客观，重理性轻感性，重本质轻现象，重精神轻表象，重抽象轻具体，重整体轻局部，重宏观轻微观，重形式轻内容等；应当肯定它在思想观念和艺术表现上的反叛传统倾向中合理因素的先锋性和进步性，它对生活与艺术现实的超越本身，只要适度就应视为是积极的，同时应看到或预见到它的实验性、探索性创造成果，对社会生活和艺术发展有着深远与有益的影响。

（二）深入领悟作品主题

和其他艺术作品一样，影视文学作品价值的有无或高低，首先取决于它的主题。所以鉴赏作品的主题是非常重要的环节。对主题的鉴赏，应把握两个方面：

1. 注重蒙太奇的画龙点睛之笔

影视文学作品的主题一般在剧情高潮处出现，且一般采用蒙太奇中的隐喻性手法或对比性手法。例如，日本影片《望乡》的结尾，当女记者来到被日本政府榨干血肉、老死异国的"南洋姐"们的坟地时，剧本中设置了一个个阴惨惨的坟墓碑都"背乡"而立的场景。她们充当国妓，卖身异地，苦苦思乡又自觉无颜回乡，甚至死后也无颜"望乡"！这个蒙太奇手法寄寓了作品强烈而冷峻的主题，揭露了日本军国主义给人们带来的巨大创痛，死后不息！再如在电影文学剧本《鸦片战争》的结束时，以屈辱的割让租借香港条约画面与150多年后中国政府恢复对香港行使主权的画面作对比，表现出了巨大的历史跨度和深刻的历史内涵。蒙太奇手法对影片主题的揭示有着很好的作用。

2. 注意烘托主题的声、光、色造型手段

有一些影视文学作品的主题不一定出现在剧情结尾或高潮处，而是有机穿插在一些抒情色彩浓郁的画面里，以特定的音响、光线、色彩来寄托、表现某种主题。如苏联电影文学作品《这里的黎明静悄悄》中，作者所设计的战争场面全是用黑白画面来表现的，而对战前幸福和平生活的回忆全都是用彩色无声画面，显得那样的朦胧、绚丽、恬静。这样，在黑白与彩色的对比、有声与无声的对比中，强烈地渲染、烘托了该作品热爱和平，反对法西斯战争的深刻主题。

（三）潜心揣摩作品的主要人物

人物是影视文学艺术塑造的核心，也是作品主题赖以确认、表现的艺术载体。一部优秀的影视文学作品，必定有一个或几个血肉饱满的人物形象，而且是读者在影视文学内容鉴赏中的重头戏。一般来说，鉴赏影视文学中的人物形象，可以从以下两方面入手：

1. 关注主要人物的登场亮相

一般情况下，影视文学中的人物出场可分为"冲突型""铺垫型""烘托型"三类。"冲突型"亮相，可以迅速展开性格冲突，吸引读者的注意力，其艺术魅力是强烈震撼式的，如电视剧本《水浒传》中的武松景阳冈打虎。"铺垫型"亮相一般有层次，有过程，层层点染，造足声势，让读者"未见其人，先闻其声"，"已闻其声，想见其人"，如电视剧本《红楼梦》中的王熙凤出场。"烘托型"也称"对比型"，人物出现时，虽无冲突，但有性格、角色的对比烘托，如电视剧本《水浒传》中的林冲与鲁智深，一个儒雅且勇武内敛，一个粗豪且勇力外现，顿时就抓住了读者的心理，既欣赏他们的义气友情，又为其命运担忧。

2. 揣摩人物的语言、动作

影视文学人物的语言是个性化的、动作化的。通过特定情境表现的人物语言，读者不但可以领略人物的性格塑造艺术美，欣赏人物的内心活动，甚至可以把握剧情发展的节奏。至于人物动作的欣赏，则可以从人物外部动作和心理动作两方面入手，如电视剧本《水浒传》中的鲁智深力拔垂杨柳一场戏，豪气干云的心理状态与“力拔山兮气盖世”的外部勇力达到了一致，人物性格非常鲜明，给人的印象特别深刻。

（四）细致品味作品中的景物、道具

景物与道具是直接或间接为刻画人物性格服务的。在鉴赏景物时，要注意它们在表达影视文学作品的时间、地点、时代、风俗、人物、氛围方面的独特艺术审美价值。它们能以景寓情，创造意境。在欣赏影视文学作品中的道具时，则要注意它们真实的时代性、突出的地方性、鲜明的个性特征。往往一个烟斗、一把扇子、一条手帕，都能准确地揭示出人物的处境、身份、职业、性格。有些贯穿全剧的中心道具还起着结构全局、抒情点题的重要作用。

第二节　经典影视文学赏析

一、中国影视文学

1. 半生缘（节选）

编剧：陈建忠

（一）顾曼桢和母亲的对话（节选）

顾曼桢母亲：“你哪儿舍得买什么东西吃，结果还不是在家用上贴掉了！”

顾曼桢：“妈，我给你说过多少回了，不要拿姐姐的钱了，给那姓祝的知道了，只说姐姐贴娘家，还不知贴了多少了呢！”顾太太也是充满辛酸，一股眼泪地洒。

顾曼桢：“妈，我就是这么说，犯不着呀，你用他这一点钱，待会儿他还以为我们一家都是他养着的呢，姓祝的他那人的脾气！”

顾曼桢：“妈，以后无论如何，家里的开销由我来拿出，姐姐从前供我读书是为什么的，我现在都还替不了她？”

顾曼桢母亲：“人家现在阔了，不见得还那么小气。”

顾曼桢：“你不知道吗，越是阔人越是苛刻，就像是他们的钱特别值钱似的。”

（二）沈世钧三次对顾曼桢的求婚对话（节选）

第一次：沈世钧：“顾曼桢，我们什么时候结婚呢？——我上次回去，我母亲也说她希望我早点结婚。”顾曼桢：“不过我想，最好还是不要靠家里帮忙。”沈世钧：“可是这样等下去，要等到什么时候呢？”顾曼桢：“还是等等再说吧。现在我家里人也需要我。”沈世钧皱着眉毛说：“你的家累实在太重了，我简直看不过去。譬如结了婚以后，两个人总比一个人有办法些。”顾曼桢不愿意把沈世钧“拖进去”，说：“你的事业才正开始，负担一个家庭已经够麻烦的，再要是负担两个家庭，那简直就把你的前途毁了。”沈世钧望着她微笑道：“我知道你这都是为了我好，不过……我不知道为什么，有一点恨你。”

第二次：顾曼桢去南京看望沈世钧，几个年轻人去清凉山玩回来，在沈世钧家的起坐间里，两人一面烤火，一面吃着煨荸荠，顾曼桢穿着沈世钧的“狗套头”，沈世钧“在口袋里摸了一会，拿出一样东西来，很腼腆地递到她面前"，原来是送她一颗通过自己打工挣来的钱买的红宝石粉做的戒指，男女之间送戒指，在当时的用意相当明显，就是求婚。顾曼桢高兴而且幸福地接受了，这颗戒指也成了他们俩两情相悦的唯一信物。

第三次：沈世钧已经从工厂辞职，要回南京照顾年迈多病的父母，他想方设法赶回上海，来把这些不得已告诉顾曼桢。沈世钧道："还是早点结婚好，老这样下去，容易发生误会的。"顾曼桢道："我们不是早已决定了吗，说再等两年。"沈世钧道："其实结了婚也是一样的，你不是照样可以做事吗？"顾曼桢道："那要是——要是有了小孩子呢？孩子一多，就不能出去做事了，就得你一个人负担这两份家里的开销。那还有什么前途？"

相关背景

电影《半生缘》改编自张爱玲的小说《半生缘》，该片由许鞍华执导，由黎明、吴倩莲、梅艳芳、葛优主演。电影《半生缘》获 1997 年第 34 届台湾电影金马奖最佳造型设计、最佳原创歌曲奖；1998 年第 17 届香港电影金像奖最佳女配角奖。

该剧讲述了发生在 20 世纪 30 年代旧上海的一个凄美的爱情故事。大学毕业的顾曼桢在一家工厂的写字间做事，同事沈世钧英俊温厚，曼桢和他互相倾慕，渐入热恋。曼桢早年丧父，为照料全家老小 7 人，曼桢的姐姐曼璐 17 岁时离开初恋情人豫瑾开始了舞女生涯，但家人并不能真正理解曼璐，认为她丢尽了家人的颜面。曼璐年华老去，为了后半生有所依靠，她决定嫁一个靠得住的人，这个人就是祝鸿才。从此，维护"祝太太"这个名分成了她最重要的生活支柱。

世钧与曼桢的爱情也受到了世钧母亲的极力反对。沈母希望世钧能与青梅竹马的南京名门石家小姐石翠芝结合；阴差阳错的是，石翠芝却与和世钧同来南京的叔惠相爱，结果遭到了石母的反对，叔惠伤心之余出国留学。祝鸿才婚后花天酒地，整天在外面厮混，曼璐为保住名分，决定生一个孩子来留住祝鸿才，由于以往的多次堕胎使她失去了生育能力，觉察到丈夫看上了妹妹曼桢后，曼璐想出了一条毒计——姐妹共侍一夫。趁世钧回南京之际，曼璐把妹妹骗至家中，怂恿祝鸿才强暴了曼桢。

曼璐骗世钧说，曼桢已经嫁给了豫瑾，世钧在郁闷无奈下接受了与石翠芝的婚姻，而备受凌辱的曼桢在生下一个男孩后终于逃离了祝公馆，去了一个小地方教书。曼璐积郁成病，不久于人世，曼桢为照顾亲生骨肉又回到祝鸿才身边，和平生最痛恨的男人同住一个屋檐下。一晃 18 年过去了，世钧与曼桢又在上海重逢，然而世事难料，一切都无法挽回，都回不去了。

中国女作家张爱玲在给朋友宋淇的一封信中，提到《半生缘》其实是根据美国获普利策奖作家马宽德(J. P. Marquand)的小说《普汉先生》改写的。这是她的第一部长篇小说，原名叫《十八春》，后改为《半生缘》。《半生缘》的基本框架和人物设置都与《普汉先生》惊人的相似，特别是《半生缘》中不少经典的细节和句子与《普汉先生》也完全一样。小说中最经典的句子，"世钧，我们再也回不去了"，也是翻译自《普汉先生》中那句"darling, we can't go back"。在《半生缘》中，张爱玲改《普汉先生》中的第一人称叙事为第三人称叙事，从而获得了更高的叙述视角，能够俯瞰故事中的人物；同时她还极大地充实了曼桢的戏份，让读者更关注曼桢的命运。《半生缘》是张爱玲作品中最通俗、最激烈的一部，书中的男女主人公是张爱玲塑造过的最淳朴的人物，他们之间没有张爱玲其他作品中人物的凉薄和算计，而是讲了一个刻骨铭心的爱情故事。

文本赏析

沈世均，南京人，父亲经营皮货店。他独立自尊，不愿意依靠南京家里的财富而独自一人在上海凭着自己的才华追求事业的成功，但又老实软弱，做事常因顾虑太多而犹豫不决。与顾曼桢相爱，却因为后来顾曼璐的一番谎言，放弃了与顾曼桢的爱情，虽然不爱石翠芝，最后还是娶了自己所不爱的人。

顾曼桢作为20世纪30年代大上海的新女性，她坚强而自信，知性而素雅，她像夕阳的余晖一样，散发着一种沧桑美。虽然外表斯文温柔，但她内心性格刚强，受过教育，有知识，对做人处世较有见地，独立意识也很强，也是《半生缘》中描写刻画得最为丰满的人物形象。其坚强或者对命运的忧郁都是来自骨子里的。无论在经济上还是在精神上，她都要求独立。在那个年代，作为一名女性，为寻求以一个独立的人存在，经过了不懈的努力和长期的斗争，突破了社会环境的影响、几千年封建思想的积习和女性自身思想的禁锢。顾曼桢身上所表现出来的美好的人格让人惊叹。

本文节选部分通过沈世钧三次对顾曼桢的求婚对话足以说明顾曼桢并不想把婚姻当作救星。顾曼桢渴望得到幸福，渴望与沈世钧建构一个幸福的家庭，但她所承受的生活之重使得这个构建幸福家庭的过程变得十分艰辛。由此也可见，现代职业女性在自我意识定位上得到了提升。然而，正是女性自我意识的过于强烈，才导致她在寻找自我归宿征途上的步履维艰。

学法点拨

长镜头：是指连续地对一个场景、一场戏或一段戏进行较长时间的拍摄，从而形成一个比较完整的镜头段落，是一种不破坏事件发展的时间和空间连贯性的镜头。长镜头产生于20世纪20年代，利用镜头内纵深的场面调度而对整个影片产生纪实性，体现出现实主义风格。最早应用长镜头的是“纪录片之父”罗伯特·弗拉哈迪拍摄的纪录片《北方的纳努克》。

在影片《半生缘》中，开始时使用的是一副空镜头，高高的烟囱冒着青烟，显得空旷寂静，这时出现画外音。曼桢的出现伴随着长镜头，曼桢在隧道与世钧擦肩而过时，镜头推到了世钧的背影。世钧的出现是在电车上，伴随着画外音。

片中特写的镜头不多，运用最多的镜头当属长镜头，开始时，曼桢三人到树林照相，世钧和叔惠在树林里打闹，这些都是通过长镜头加移的手法表现出来的。长镜头更能表现出故事的真实感，叙事性强，刻画出的人物更加深刻。当曼桢和曼璐在床上谈话时，没有用正反打来回地切换姐妹两人的视角，而是用了长镜头，更加突显出了曼桢和曼璐之间存在的隐隐约约的矛盾。世钧和曼桢在街上牵手散步也用了长镜头的拍摄手法。豫瑾将要离开上海，在曼桢家离开的前一天，曼璐回家了。她想告诉豫瑾不要再傻傻地苦等她了，却不知此时豫瑾已经爱上了曼桢。导演用了一个大大的长镜头表现二人，这样更能让人感受到曼璐对于少女时的怀念和豫瑾知晓了曼璐误会后的尴尬。

链接思考

1. 顾曼桢是张爱玲笔下少有的摆脱了受封建社会压抑以致人格扭曲的而较为正常且健康的女性形象。但悲观主义的张爱玲却仍然为她安排了曲折的悲苦人生，甚至支离破碎的结尾。曼桢和世钧，从坠入热恋，到销声匿迹不过短短的两三年，就是这短短的几年却“经过这么许多事情，仿佛把生老病死一切的哀乐都经历到了”。等到18年后两人经历不同风雨后的久别重逢，曼桢对世钧说“我们再也回不去了！”的催人泪下，令人扼腕叹息。该责怪谁呢？是谁造就了这一切？每个人都有他/她处于那个时代背景下的难处。可张爱玲却用无限苍凉无奈的言语告诉你，“人生是一袭华美的袍，上面爬满了虱子”。纵观张爱玲笔下的女子，“她们的爱中，过多的是感情依附、人身依附、被动选择，她们的婚姻里过多消解的甚至放弃的是权利、自信、自尊、自爱，她们的生命历史充满了屈服和屈辱，她们眼里流露着的是时代的悲哀”。试着比较丁玲写的《莎菲女士的日记》，比较两者在爱情、女性形象及创作风格上的区别。

2. 与小说相比，电影《半生缘》以曼桢与世钧的爱情纠葛为主线，人物的复杂性有所降低，但人物个性更加清楚。近景镜头的运用展现了现实的无奈与回忆的永恒，提示人生的苍凉，错失情缘的主题以及大时代改变个人命运的感叹。分组讨论影片对当今现实世界的意义。

3. 请欣赏一部电影，找出其中运用长镜头的地方，并思考它们的作用。

2. 卧虎藏龙（节选）

编剧：王度庐、王蕙玲

（一）李慕白和俞秀莲喝茶时的对话片段

李慕白握着俞秀莲的手，说：“我们能触摸的东西，没有永远，师父一再说，把手握紧，里面什么也没有。把手松开，你拥有的是一切。”

俞秀莲：“这世间，不是每一件事都是虚幻的。你握着我的手，难道感觉不到它的真实存在吗？”

李慕白：“你的手冰冰凉凉的，那练刀练出来的硬茧，每次我看见都不敢触摸。我想跟你在一起，就像这样坐着，反而能感受到一种平静。”

（二）李慕白在院子里练剑时与俞秀莲的对话片段

这时的李慕白已经遇见过玉娇龙，李慕白和俞秀莲两人之间的想法和追求有了分歧。俞秀莲以为李慕白想让碧眼狐狸死在青冥剑下，而李慕白是重拾青冥剑，一心想收徒弟，放弃了之前退出江湖的想法。他的心已经被玉娇龙扰乱。

俞秀莲：“她不是我们这种人。你会杀掉碧眼狐狸，她也会安安分分地去嫁人。”

李慕白：“她不是那种人。”

俞秀莲：“武当山收女弟子吗？”

李慕白：“为她……也许破一次例。”（俞秀莲显然很失望）

俞秀莲：“我也想过平静的日子，真不知道该怎么帮你。”

（三）李慕白临终前与俞秀莲的对话片段

李慕白：“秀莲，我们能触摸的东西没有‘永远’。师父一再地说：把手握紧，里面什么也没有；把手松开，你拥有的是一切。”

俞秀莲：“慕白，这世间不是每一件都是虚幻的。刚才你握住我的手，你能感觉到它的真实吗？”

李慕白：“你的手冰凉凉的，那些练刀练出来的硬茧，每一次我看见，都不敢触摸。秀莲，江湖里卧虎藏龙，人心里何尝不是？刀剑里藏凶，人情里何尝不是？我诚心诚意地把青冥剑交出来，却带给我们更多的麻烦。”

俞秀莲:“压抑只会让感情更强烈。”

李慕白:“我也阻止不了我的欲望:我想跟你在一起。就像这样坐着,我反而能感到一种平静。”

俞秀莲:“慕白,守住气,给我一点希望。”

李慕白:“生命已经到了尽头,我只有一息尚存。”

俞秀莲:“用这口气炼神还虚吧。解脱得道,圆寂永恒,一直是武当修道的愿望。提升这一口气达到你这一生追求的境地。别放下,浪费到我身上。”

李慕白:“我已经浪费了这一生。我要用这口气对你说:我一直深爱着你。我宁愿游荡在你身边做七天的野鬼——跟随你!——就算落进最黑暗的地方——我的爱——也不会让我成为永远的孤魂——”

相关背景

电影《卧虎藏龙》为一部武侠动作电影,由李安执导,周润发、杨紫琼和章子怡等联袂主演,影片于 2000 年在中国上映。随后,由梁凯程执导,邱心志、何润东、蒋勤勤及黄奕领衔主演的电视剧于次年播出。《卧虎藏龙》获得 2000 年第 37 届台湾电影金马奖最佳剧情片、最佳剪辑等 6 项大奖;夺得第 20 届香港电影金像奖最佳影片、最佳导演、最佳音乐等 8 项大奖,是华语电影历史上第一部荣获奥斯卡金像奖最佳外语片的影片。

电影《卧虎藏龙》是根据清末民初北京武侠小说作家王度庐的同名小说改编而来的。它让观众在一种熟悉的情节中体验了不一样的武侠文化。《卧虎藏龙》讲述了一代大侠李慕白有退出江湖之意,托付红颜知己俞秀莲将自己的青冥剑带到京城,作为礼物送给贝勒爷收藏。谁知当天夜里宝剑就被人盗走,俞秀莲为不影响大局,暗中查访到宝剑的下落,查到偷盗之人为玉府小姐玉娇龙。该影片重点讲述了玉娇龙由年轻时的任性、心高气傲成长为成熟江湖人士的历程。虽然是江湖恩怨、英雄儿女情长等故事情节,但是导演李安却将文戏武唱,将文学语言和电影语言结合得相当完美,使影片没有了一般武侠片那种笑傲江湖的豪气,取而代之的是寻找江湖人文内涵的一种深沉思索与含蓄。影片既展示了个体的人的压抑和约束,又展示了这种东方社会规范的强力作用和存在的必要,以及他与人性的矛盾碰撞和最终的悲剧调和。影片从另一个更为现代的、全新的角度将中国古典美学传统和情感理念诠释到一个新的高度。

文本赏析

对这部影片的主题有以下不同的理解:有人着眼于玉娇龙的经历,认为这是一部女性的成长史;有人从李慕白压抑的情感以及玉娇龙的悲惨结局出发,认为影片反映了江湖梦的破灭;也有人从李慕白对“心”的重视出发,认为影片表现了放心和收心的修炼过程。但无论从哪个角度来看,都透露出以下两个重要的特点:

(1) 人物的语言富有个性。李慕白的深沉从容、玉娇龙的慌乱执拗、俞秀莲的刚烈深情、碧眼狐狸的歹毒决绝,都从他们各自的语言中有着很好的体现。同时,这些性格特点也不是平板的、脸谱化的,作品在塑造人物方面致力于人物心理的刻画,成功表现了她们复杂的内心世界。如碧眼狐狸这个“恶人”形象,不完全是那种残酷冷血的人物,她临死前的那番话中,当她喊着玉娇龙的名字,说她是“我唯一的亲——唯一的仇”时,凄凉哀伤,甚至令人有些同情。

(2) 尖锐的矛盾冲突。本处节选的是剧本的高潮和结局部分,相对来说矛盾比较集中，是矛盾冲突汇集和解决的时刻。雄远镖局和竹林的两场戏，矛盾冲突分别集中在俞秀莲和玉娇龙、李慕白和玉娇龙之间，表现为人物之间性格的冲突。而废弃作坊的一场戏，冲突集中在李慕白和碧眼狐狸之间，表现为正邪双方的对立。

学法点拨

武侠片：是中国电影的一种独特类型，源于中国春秋时期的侠义精神。先秦之后，以武术和侠客为主角的小说逐渐兴起，至唐代，形成第一个高潮。当时的《红线》《聂隐娘》等，皆已有武侠小说的影子，但还未全面成熟。到了清代，《七侠五义》《英雄儿女传》等开始流行，此时的武侠小说已经摆脱了唐代武侠中侠客依附于政治并为政治效力的窠臼，呈现出"游历于江湖、行侠于社会"并与政治对抗的角色特征，这种精神和春秋时期的"侠客"相吻合。到了明末清初，武侠小说已经在社会上广泛流行，并取得了大众的认可，成为一种成熟的文学形式。电影传入中国以后，以武侠和武侠精神为题材的小说、戏剧开始慢慢与其融合。第一部中国武侠电影是1925年拍摄的《女侠李飞飞》。从此掀起了武侠热，但此后武侠片因不断地复制导致了观众的视觉疲劳，渐渐地走入低谷。

直到李安执导的这部《卧虎藏龙》，再次给武侠片注入了一剂强心针。本片基本上忠于小说的原著，不仅中国传统的"气""穴位""轻功"等道家学说中的元素都有所体现，还充分表现了小说的精神实质。而且在导演能力、镜头设计、剪辑、服装、画面节奏等方面，一反程小东、徐克模式，采用了"剑走轻灵"的审美，其中，章子怡扮演的"玉娇龙"形象轰动一时，因此李安的导演能力也得到了空前肯定。

链接思考

1. 故事脚本无论在动画影片还是在电影中都有着不可忽视的作用。一个好故事的产生，除了选择改编的原作要吸引人之外，文字脚本的结构设计对于一个影片来讲也是至关重要的。你是如何看待《卧虎藏龙》在脚本结构设计和编排上赋予观众更多的思考想象空间的？

2.《卧虎藏龙》与张艺谋执导的《十面埋伏》同是武侠片，请说一说他们的异同。

3. 潜伏（节选）

编剧：姜伟

……

戴笠局长到天津是为了查处军统内部贪赃枉法的情况，这使得站长吴敬中倍感紧张，他找到余则成示好，余则成也懂事地安抚站长的疑虑，尽收顺水人情。马奎和陆桥山为了自己的前途也争相向戴笠献媚。

站长办公室内，站长坐在椅子里，阴着脸，余则成和陆桥山在用放大镜看着那张纸。

余则成：这是英国生产的药水，显影后五分钟左右，字迹就会消失，再看还需要再用火烤。

陆桥山念：峨眉峰，"佛龛"已落网，与秋交换计划不变，祝平安。从内容上来看，信是写给峨眉峰的。与秋交换计划不变，峨眉峰显然就不是秋，那就只能是马奎了。

余则成：毛泽东去重庆前，峨眉峰是最活跃的呼叫代号。简直不敢想象，在重庆查了三十几个人都没有结果，却在天津……

站长：付出的代价过于惨重了，我的佛龛也搭上了。

陆桥山：不过站长，能因此挖出峨眉峰，也值得。

一个特务：处长，这是我们在马队长家里搜查到的。

陆桥山：这是私自带回家的绝密文件，这是什么？

余则成：雪山千古冷，独照峨眉峰。

站长过来：峨眉峰，还他妈独照，颇具浪漫主义气质。走，去审讯室。

站长：马奎，我没工夫陪你玩，你对这里的刑具了如指掌。我问你，往八路军代表驻地安排的人是怎么泄密的？

马奎：是穆连成，他跟邓铭是同学。

站长：穆连成这个汉奸怎么知道这些秘密的？

马奎：有人向他泄露的。

站长：谁？

马奎：我不想在这里说，我要向总部督察室直接报告。

站长提高声音：你不就是想说是我吗？

马奎：那份名单我只给了你一个人，怎么可能第二天他们就知道了。

站长：所以你就私下调查我？包括我的办公室，包括我的上锁的抽屉？

马奎看了眼余则成。余则成面无表情。

站长：在我的抽屉里你看到了最想看到的东西，是吗？

站长：你看到了佛龛的电文，随后他就在延安落网了，你的效率很高啊，峨眉峰。

马奎愣：什么意思，你是说我是峨眉峰？

站长：还演，想展示一下你的舞台天赋？

马奎：您怎么能认为我是峨眉峰呢？

站长：我随后会告诉你理由的。站长一挥手：这是那个八路军代表给你的信件吗？

马奎凑上去仔细看，大惊：这……这不是，我没有看到这些密文。

站长：你就是峨眉峰。

马奎有些怕了：站长，请相信我，这是个误会。

陆桥山：你在咖啡馆里交给她的信是什么内容？

马奎：那不是我写的，是她写的，我还给她，她约我见面的信，这可以问米志国。

陆桥山：找遍整个天津城，我们就没有找到米志国，怎么解释？

马奎有些懵：找不到了，不可能吧。

陆桥山：你没去上海演电影真可惜了。他现在在哪里，你最清楚。这是在你家找到的。

陆桥山拿出那幅字画：雪山千古冷，独照峨眉峰。怎么解释？

马奎急忙：陆处长你不要乱联系，这可是委员长的诗呀，站长，这是委员长的诗呀。

余则成(急忙过来把纸条交给站长)：共党的消息够快的，这是刚截获的电文。

陆桥山看了大笑一声：马奎，刚截获的共党电文，想听吗，这是你最后一次听到同志们亲切的声音了。鲤鱼，峨眉峰已被捕，请求指示，鹅卵石。

马奎一愣：这是个阴谋，站长，鹅卵石的密码早就破译了，他们已经两个多月没使用了，现在突然启用，一定别有居心。

站长：什么居心？我们跟共党同伙一起在陷害你？

陆桥山：不要自作聪明了，马奎，为什么两个月没有使用了？他们怎么知道被破译的？

马奎：陆处长，你不能把所有屎盆子都扣在我头上吧。

站长拍案而起：再嘴硬，我就一枪毙了你，一百个证据摆在这里，你还要抵赖。

余则成办公室内。

余则成冷着脸：你们怎么来了？

翠平：马太太叫我来的，则成，马太太希望你跟站长求个情。

马太太恳求：余主任，你给站长求个情吧，别用刑了，老马身体不好，直接送重庆吧，该怎么处置，听天由命了。

翠平也跟着：是呀，你就帮着说句话吧。

余则成为难：不是我不帮，我是帮不上呀，马太太，你还不知道吧，已经查明了，老马是老资格的共产党呀。

翠平一愣：真的？

余则成：当然是真的了，在重庆追查的峨眉峰，就是你家老马。

马太太也意外：不会的，我家老马怎么会是共产党呢？别信那些话，他就是不该私下里查站长受贿的事，站长知道了，不放过他，哪有共产党什么事呀？

余则成认真地：真的，马太太，他跟八路军代表接头交换情报，出卖我们在延安的同志，他一被抓起来，共党那边就开始商量怎么营救了，电报我们都截获了。

翠平一直糊涂着：哎，哎，真的，老马也是共产党？

余则成着急：什么叫也是呀，你别在这胡乱讲。

马太太：过去是有共产党的人找过他，想拉他过去，可是他没有答应呀。

余则成：他答应了，只是他没有告诉你，他们有严密的组织纪律。

翠平急忙安慰：马太太，你别着急，则成，你看能不能……

余则成急了：你不要说了。

翠平吓了一跳。

余则成给翠平使眼色：马上离开这里，我帮不上任何忙。

余则成：对不起，马太太，我得送她回家，她不懂这里面的事，省得受连累。

余则成：你是不是以为马奎真是共产党了。

翠平：开始我还真以为……你说得那么像。

余则成：姑奶奶，你怎么还不明白……

翠平拉着余则成的胳膊：别生气，我最后好像有些明白了，你跟我那样的时候。

余则成：我要是不拽你过来，你是不是又要跟他胡说了。

翠平不屑：你也太小看我了。

余则成：那你还劝我帮她忙？

翠平不让：你在演戏，我也在演戏，我不是说了，后来我就明白了吗。

余则成：既然明白了，那就快回去吧。

翠平扭头就走：回去就回去。走了几步，停下：哎，反正你也要吃饭，你带我下馆子。

余则成：下馆子？

翠平：一次都没有过呢。

餐馆内，翠平瞪大了眼睛，小声地：这样就能除掉马奎了。

余则成：他差不多完蛋了。

翠平看着余则成：你还真有两下子。突然，翠平叫了起来：哎，你看，那不是那个谁吗。

余则成愤怒地看着翠平，小声严厉地：他们周围都是特务，你这样会坏大事的。

翠平：我错了。

余则成：快吃吧，吃完回家。

翠平低头：她一定还记得你，老看你。

余则成：你还吃不吃。

站长一边听电话，一边记着：知道了……毛局长，他跟过您，我不知道该怎么处理，督察室要求我们把他押送回去……是麻烦……对您也……好，好，好，这您放心，我来办。(站长放下电话)

陆桥山：毛局长什么意思？

站长：送回总部。

陆桥山：站长，送回总部就等于留下后患，他那张嘴能说下天来。

站长：依你的主意呢？

陆桥山：火车押送，路上遇到共党解救，双方交火，他死于非命。

站长：毛局长也是这个意思，你去办吧，记住，我需要一个完整的口供，而且他要签字画押。

陆桥山：这简单，我来编。

陆桥山对手下：弄醒他，把伤擦干净，让他老婆送套干净衣服来。

……

相关背景

《潜伏》原著作者龙一(原名李鹏)，毕业于南开大学汉语言文学专业，中国内地作家。现为天津市作家协会文学院作家，其他力作的《刺客》《暗探》等。

根据《潜伏》改编拍摄的同名电视连续剧在全国产生巨大影响，深受广大观众喜爱。该电视剧2008年由东阳青雨影视文化有限公司、广东南方电视台联合出品，孙红雷、姚晨、祖峰、沈傲君领衔主演，姜伟、付玮执导，改编自作家龙一的同名短篇小说。《潜伏》获得了第27届飞天奖长篇电视剧一等奖，并在第15届上海电视节上一举获得了“最佳电视剧”“最佳男演员”“最佳编剧”3项大奖。

电视剧《潜伏》描写的是1945年抗日战争接近尾声之际，平静的海面下暗流涌动。《潜伏》在荧屏播出后，热心的观众纷纷猜测余则成真实的历史原型。对于这些猜测和评论，小说《潜伏》的作者龙一表示人物和故事都是虚构的，“他们和一些作品中描写的英雄形象不一样，他们要像普通人一样生活，我就是还原了他们真实的生活状态”。其实我们都知道，文学作品塑造的人物往往源于生活又高于生活，既可以以真人、真事为原型，也可以综合多个不同人物的事迹虚构。正如鲁迅所说：“人物的模特儿，没有专用过一个人，往往嘴在浙江，脸在北京，衣服在山西，是一个拼凑起来的角色。”龙一原来曾从事历史研究，对在龙潭虎穴从事情报工作的共产党人比较熟悉，从这个角度讲，所有曾战斗在敌人心脏的中共地下工作者都是余则成的原型。

文本赏析

电视剧《潜伏》是一部经典的谍战剧作，但是又不仅仅只属于某一类型。它在惊心动魄的谍战戏中加入了温情的爱情戏，使得铁血精准的生和死同温存模糊的爱与情相互激荡。该剧巧妙地使用了不同的叙述策略，不仅将电影学与叙述学结合起来叙述，而且还对叙事视角和叙述语言进行了审美解读，从线索、情节、主题、人物与时空等方面对叙事阐述得更加透彻。

影视作品叙述故事与人物时，其中有着一定的主观感情，这种带有主观色彩的视角与眼观就是所谓的主观视角，它可以分为“俯视视角”“平视视角”和“仰视视角”三种。“俯视视角”用来刻画反面人物，“平视视角”用来描写普通人物，而“仰视视角”是用来表现传奇英雄和伟人的。《潜伏》就采用了“平视视角”加“仰视视角”这两种方法来叙事。

剧中的男主角余则成有血性、沉稳机智、意志坚定、不屈不挠，是一个内心非常强大的英雄人物。不管他遇到任何事，他都能将得到的信息用大脑加以智慧性的分析，他是一名优秀的间谍，最终成长为坚定的无产阶级革命者。女主角翠平善良勇敢、泼辣率直、爱憎分明、粗中有细、有情有义、对党忠诚，朴实中透着睿智，把自己的生命和党的事业紧密联系在一起。

节选部分是余则成与左蓝利用特务站陆桥山与马奎的争权夺利，将“峨眉峰”的帽子戴在了马奎头上，站长审讯马奎，翠平带着马太太求余则成帮忙救马奎的过程。

学法点拨

谍战剧：是以间谍活动为主题的一类影视剧，卧底、特务、情报交换、悬疑、爱情等是它的主要元素。

我国的谍战剧最早可以追溯到1981年的《敌营十八年》，而2002年的《誓言无声》才算得上是真正类型化，之后国产谍战剧的创作迎来一波又一波的高潮。目前，荧幕上火热播放或上映的谍战片大都是在继承中华人民共和国成立后一系列传统“反特片”的基础上增加更多的看点。而电视剧《潜伏》算得上是谍战剧中难以逾越的一座高峰。《潜伏》一改以往纯粹的“高智商”烧脑谍战剧，而是更多地变成了融入情感、伦理等元素在内的“混搭剧”，并非只唯“强情节”。《潜伏》采用了“余则成＋翠平”式的“假夫妻，真革命”的情感模式，告别了“高大全”的主人公模式，开始尝试小人物路线。剧中孙红雷饰演的“余则成”——不仅有勇有谋、能征善战，还有常人的七情六欲，性格丰满，是个憧憬着和平、幸福家庭生活的普通男子。虽然在每个人心目中都有一个英雄梦，但是小人物的塑造会让观众在看剧的时候更具有代入感。同时在《潜伏》中还加入了不少的“萌”点，余则成可谓每一次行动都“干净利索”，而姚晨饰演的女游击队长翠平，则是彻头彻尾的又“二”又“倔”，给观众带来了笑点。

链接思考

1. 试从电视剧《潜伏》中主要人物称呼语的使用上来分析人物之间的关系，感受感情变化、权势改变等。

2. 试从语用学和修辞的角度，运用会话合作原则从人物对白本身着手，探讨出《潜伏》语言中的会话含义，品味出该剧语言的独特魅力，深化对该剧的欣赏与领悟，为电视剧评论提供一个新的视角。

4. 甄嬛传（节选）

编剧：流潋紫

（第42集节选：华妃年世兰，年羹尧之妹，掌有协理六宫之权，恃宠而骄。与皇后、甄嬛为敌，皇帝最终下旨赐死华妃，华妃却不愿就死。甄嬛来到冷宫，替华妃送行。）

华妃：胆子还挺大的，冷宫也敢这样进来。

甄嬛：这个地方我来得比你多，当初我就是在这里看着丽嫔在我面前疯癫无状。

华妃：你不要做梦了，你把我害到如此地步，我做鬼都不会放过你。

甄嬛：没有人要害你，是你自作自受，淳贵人溺水是你做的吧；在温仪公主食物里下木薯粉也是你做的，指使余氏在我药中下毒，推眉庄入水，冤枉眉庄假孕争宠，可样样都是你做的吧！

华妃：我就知道，曹琴默那个贱妇敢反咬我一口，必定是你在背后指使，凭她哪有那个狗胆！

甄嬛：你还真是知人不明，你几次三番利用温仪来争宠，甚至不惜拿她的性命来开玩笑，襄嫔（曹贵人）是她的生母，哪有不恨的道理，你以为她恨你的心思是从今日才有的吗？冰冻三尺非一日之寒，你早该知道她对你有异心了。

华妃：以我当年的盛势，连皇后那个老妇都要让我三分，曹琴默不过是我身边的一条狗，我怎么会把她放在眼里！

甄嬛：可惜她是人，人要比狗复杂多了。

华妃：贱人，你跟你父亲一样狡诈，若不是你父亲设下诡计，我们年氏一族不至于一败涂地，你们宫里宫外联手，不就是为了置我于死地吗？

甄嬛：若不是年氏一族居功自傲，任意妄为，又何至于此呢？你别忘了，你的夫君是皇帝，君王枕畔怎容他人酣睡。

华妃：我哥哥是有功之臣，为大清平定西北，战功赫赫。

甄嬛：再怎么战功赫赫也是皇上的臣子，怎可凌驾皇上之上，岂非谋逆？

貌似华妃有所领悟，这时苏培盛（李天柱）过来要送年氏上路，推门进去，说奉皇后懿旨让华妃在毒酒、白绫、匕首里面任选一样。

华妃：皇后懿旨？皇上的圣旨呢，拿来！

苏培盛：皇上的意思是，交由皇后娘娘全权做主。

华妃：没有皇上的圣旨，我绝不就死，皇上能亲口下令杀了我兄长，还怕再下一道旨意给我吗？

苏培盛：皇上说了，任何有关小主的事都不想听到。

华妃：（快哭了）皇上就厌恶我到如此地步吗？去请皇上的圣旨来，我等着！

甄嬛：苏公公，且缓一缓吧，容我和年答应告别几句。

苏培盛：是，娘娘自便吧，奴才在外头候着就是了。（放下东西，出去了。）

甄嬛：真是对不住了，称呼惯了您娘娘，骤然要叫你答应，还真是不习惯呢。（对小允子说手炉凉了，让他出去了。）皇上为什么厌恶你，你知道吗？

华妃：皇上从来都没有厌恶过我，皇上从前很宠爱我，就算我犯了再大的过错，他再生气，也不舍得不理我太久。

甄嬛：皇上为什么喜欢你，你知道吗？就因为你的美貌？宫中可从来不缺美貌的女人。

华妃：你是说，皇上因我是年羹尧的妹妹才加以宠爱？端妃也是将门之女。

甄嬛：其实你自己心里面都清楚，又何必要自欺欺人呢？

华妃：你胡说，皇上怎么会对我没有真心！

甄嬛：或许有吧，可即使有，你和年羹尧跋扈多年，这点真心，恐怕也耗得一点都不剩了。

华妃：你个贱人知道什么，记得我那一年刚刚入王府，就封了侧福晋，成了皇上身边最得宠的女人，王府里那么多女人，个个都怕他，就我不怕他，他常常带着我去策马，去打猎，他说他只喜欢我一个人。可是王府里的女人真多啊，多得让我生气，他今天宿在这个侍妾那里，明晚又宿在那个福晋那里，我就这样等啊等啊，等到天都亮了，他还是没来我这，你试过从天黑等到天亮的滋味吗？

甄嬛：我一早知道他是皇上，他的夜晚从来不属于我一个人。

华妃：当然，你从来都没有像我这样喜欢过皇上，后来我有了身孕，皇上很高兴，可是渐渐他就不那么高兴了，虽然皇上不说，可是我能感觉到，王府里长大的就只有三阿哥一个，我知道他担心，我就跟他说，别怕，我会给你生下一个皇子，可是没过多久，我喝了端妃送来的安胎药，我的孩子就没有了，太医告诉我，那是一个已经成了形的男胎。

甄嬛：你的孩子没了，就要拿我的孩子来陪葬吗？他在我肚子里才四个月大，你居然要置他于死地！

华妃：我没有要杀你的孩子，是你自己不中用，才跪了半个时辰就会小产，你自己保不住自己的孩子，何苦要来怪我，我是恨皇上专宠于你，我从来没有见过皇上如此宠爱一个女人，有你在，皇上就不在意我了，我不想再从天黑等到天亮了，只要是敢跟我争宠的女人，就都得死，我是让余氏下毒杀你，可是我没有想过要杀你的孩子。

甄嬛：你没有？就算你不是有心的，可若不是你宫里的欢宜香，我又怎么会身子虚弱，才跪了半个时辰我就小产！

华妃：欢宜香，欢宜香。

甄嬛：你知道为什么你小产之后就没有再怀上孩子了吗？你知不知道那欢宜香里面有大量的麝香，你用了这么多年，当然不会再有孩子了。

华妃：你信口雌黄，那香是皇上赐给我的，皇上，不可能，这不可能！

甄嬛：若不是皇上的旨意，怎么会没有太医告诉你，你体内有麝香，且不说你多年不孕，就连你当年小产，也都是皇上的旨意，端妃那碗安胎药，只不过是替皇上担了虚名而已，你灌了端妃再多的红花，也换不回你的孩子。（这之间华妃一直在说“不可能”。）

华妃：为什么，为什么？

甄嬛：因为你是年家的女儿，皇上对年羹尧早有戒心，他不会让你生下有年氏血脉的孩子的。

华妃：（又哭又笑）皇上，皇上，你害得世兰好苦啊！（一头撞死了。）

相关背景

电视剧《甄嬛传》改编自流潋紫所著的同名小说。该剧由郑晓龙导演，流潋紫编剧，孙俪、陈建斌、蔡少芬、刘雪华、李东学、蒋欣、陶昕然、孙茜等人主演，2011 年北京电视艺术中心制作出品。该剧获得了第 1 届乐视影视盛典最期待古装电视剧、第 2 届乐视影视盛典最佳古装情感剧、2012 MSN 星月年度最佳电视剧、第 1 届亚洲偶像盛典最受欢迎剧集、第 1 届中国影视金牛奖最佳电视剧、第 3 届澳门国际电视节最佳电视剧、2012 国剧盛典十佳电视剧第一名等多项大奖。

《甄嬛传》作者流潋紫，女，本名吴雪岚，浙江湖州人，1984 年生，现为杭州作家协会会员。2007 年她毕业于浙江师范大学人文学院汉语言文学专业，文学学士学位，被誉为浙江 80 后作家群的领军人物之一。其阅读广泛，尤好诗词曲赋、武侠、言情、历史（野史），古典文学积淀深厚，其作品语言典雅、婉约、柔美、细腻、华丽。其善于人物心理描写和刻画，笔下人物性格鲜明而丰满，善于描写复杂的矛盾冲突，情节跌宕起伏，悬念重生。

《甄嬛传》剧情简介：雍正元年(1723)，17岁的甄嬛与好姐妹沈眉庄、安陵容参加选秀，本无意选秀的她偏偏被皇帝选中了，最后三人一同入选。由于华妃的嚣张跋扈，恃宠而骄，沈眉庄被冤，安陵容变心，天真善良的甄嬛慢慢变成了精于算计的女子。皇帝发现年羹尧的野心，令甄父剪除年氏一族，甄嬛终于斗倒了华妃。不久，又遭人暗算，父亲受文字狱牵连而遭牢狱之灾，甄嬛发现自己倾心相爱的皇帝并不真心爱她，心灰意冷之下选择了出宫修行。在宫外，十七爷(果郡王)悉心照顾着她，二人相亲相爱，只等时机成熟远走高飞。后因误传十七爷死讯，甄嬛为保全腹中骨肉，设计与皇帝相遇，重回宫中。甄嬛生下了双生子，甄父的冤案得以平反，重新被皇帝重用，甄氏一族再度崛起。甄嬛多次躲过皇后的陷害，最终扳倒皇后。甄嬛与十七爷的私情被皇帝识破，最终十七爷为了保护甄嬛，喝下了皇帝赐下的毒药。甄嬛任凭叶澜依害死了皇帝，让养子弘历登基，甄嬛被尊为太后，虽然母仪天下，无上尊荣，却也失去了一切：爱人、亲人、朋友，甚至敌人，成了天下第一寂寞孤独之人。

文本赏析

片中描述了甄嬛从一个不谙世事的单纯少女成长为一个善于谋权的深宫妇人，凝结了千百年来无数后宫女子的缩影。甄嬛聪明伶俐、才华横溢，有自由的思想和英明的决断力，善于运筹帷幄，并能在关键时刻做出正确的抉择。初入宫时她娴静黠慧、温婉善良，爱与闺中姐妹开开无伤大雅的玩笑；后来在宫中的诸多不幸遭遇，如华妃刁难、受余氏宫女陷害、滑胎，又面临失宠等，让她渐渐掌握了在后宫的生存之道；女儿胧月出生前后，甄嬛感受到君心难测、后宫危机重重，逐渐懂得谋算；在凌云峰，甄嬛与果郡王相处的日子，又重回了天真；后误传果郡王罹难，出于无奈她再次入宫，此时的甄嬛变得冷漠寡情、工于心计，直至最后成为太后。

节选部分甄嬛为了让华妃断了皇帝救她的念头，亲自到冷宫告诉华妃，皇帝和太后当年为了防备年氏一族势力过强，便在华妃专用的欢宜香中添加了大量麝香，致使其终身不孕，并导致甄嬛昔日流产的事实。华妃听闻真相后，绝望中撞墙而死。此时，甄嬛已熟谙后宫的形势，精心谋划，取得了权利斗争的胜利。

片中复古、略带古韵，接近"红楼体"的语言更是引起了热潮，成为本剧重要的标志。从甄嬛出场时，自解名字蕴意"嬛嬛一袅楚宫腰"，再到人物对话以及宫廷嫔妃之间的称呼、人物性格等，各人物语言令人倾慕。其宏大而严谨的结构、细腻而传神的心理描写、鲜明的人物形象、高度个性化的语言、伏笔千里的妙用、浓郁的文化氛围、精妙的场面描写等，影响了一代读者。编剧流潋紫在作品中大量借用古代典籍、唐宋诗词等，古诗风韵令人喜欢。由于她从小深爱《红楼梦》，为其语言风格所倾倒，潜移默化中，语言风格越来越接近"红楼体"。

从句式上分析，所谓"甄嬛体"就是古腔古调，再加上习惯用语"极好的""最好不过了"及宫廷专用语"不负恩泽"。"我的语言是有模仿《红楼梦》的"，在此前接受采访时，流潋紫表示因为自己很喜欢《红楼梦》，《甄嬛传》中的语言风格模仿了《红楼梦》，她表示这种语言风格很符合当时的朝代，"雍正年间的语言也就是这样子。"甄嬛语言特色有以下几点：

(1) 注重凝练字句，趣味盎然。

（2）有张有弛的语言描述人物的对话，刻画出人物的个性。如雍正临死前的一番对话。皇帝："是啊，这天下都是朕的，不过很快就是你的了。"甄嬛："臣妾要这天下来做什么，臣妾要的，始终都没有得到。"甄嬛在与皇帝的对话中的确透露了恨皇帝的心思，皇帝让她喊声"四郎"她坚决不从，在皇帝死后却说"四郎，那年杏花微雨，你说你是果郡王，也许从一开始便都是错"，表明甄嬛对皇帝是爱恨交加，感情很复杂。

（3）甄嬛个人特色的口头禅。甄嬛张口便是"本宫""极好""真真"等词。如在最后一集中甄嬛对皇后说："真真是极好的；你这条命要不要，全在于你；从此以后，前朝、后宫都不会留下你的只字片语，您就好好地在这里颐养天年吧，皇后！"刻画人物性格的语言精准贴切，自然奇警。

（4）书中大量的诗词曲赋、酒令、灯谜等显示出作者遣词造句的精到。"朔风如解意，容易莫摧残。"甄嬛倚梅园邂逅皇上，从此皇上记住了此诗句，也记住了倚梅园的小宫女。甄嬛，这是怎样的一个女子，年轻美貌，诗书文采，善琴、箫、笛、埙、烹茶，一舞惊鸿倾人心，莞尔一笑令上林苑诸芳失色，只是，再怎么好的甄嬛，却也是一个心怀"愿得一心人，白首不相离"心愿的女子，她并没有那样好。"愿得一心人，白首不相离"最终变成了"须做一生休，尽君今日欢"。甄嬛情窦初开时思念皇上："山之高，月初小，月之小，何皎皎！我有所思在远道，一日不见兮，我心悄悄。""朱弦断，明镜缺，朝露晞，芳时歇，白头吟，伤离别，努力加餐勿忘妾，锦水汤汤，与君长诀！"甄嬛对皇上说的诀别词。

细看《甄嬛传》，能体会其语言典雅清丽，精练含蓄，台词自成一体；服饰道具华丽，和皇宫的奢华非常搭调；逻辑推理缜密；情节丝丝入扣；每一个人物都被刻画得细致入微，个性分明。

学法点拨

宫斗剧：是指以中国古代封建王朝为背景，但又区别于历史剧的剧种。宫斗剧是将后宫嫔妃或女官等女性角色作为故事主体，不会以太多的笔触涉及历史洪流，而是以人物情感纠葛或政治权力倾轧为剧情主线的电视剧，弱化历史的存在感，强化主人公的情感纷争，剧情则以追求浪漫、唯美、感人为主。

《甄嬛传》可以说把宫斗戏做到了顶峰和极致。郑晓龙导演倾尽心血打造了这部精良的作品。从服装到摄影，从人物的塑造到剧情的发展，都堪称经典。《甄嬛传》没有过分悲观和过分乐观，并受到了广大观众的欢迎。虽然有悬念的情节设计，但观众不需要从头看到尾，可以随时随地插入看，前面没看不要紧，后面也能看懂，这就是很好的长篇电视剧形式。

"甄嬛体"的走红，虽然有相当多的娱乐成分，但细看却并非全是戏谑调侃。当下汉语言历经了多种社会运动的冲击，又受到网络语言方式的巨大影响，已经发生了很大的改变。一方面，"甄嬛体"也许会令一些人感觉到矫揉造作；但从另一方面看，其语言风格很是独家，剧中的台词最重要的特点是有明显的复古风格，遣词造句典雅有致，有些观众或有陌生感，而熟稔《红楼梦》等书籍的观众则会有"久违"的感觉。从汉语言发展的角度，这样的"复古"并不是倒退，相反却是一种回望、反省。

链接思考

1. 试分析《甄嬛传》引发的古装剧、清宫戏热潮的原因，以及"甄嬛体"盛行的原因。
2. 电视剧中展现的腥风血雨的后宫斗争残酷而恶劣，仇恨的主题被无限放大，人性的真善美的传达被丢失，扭曲异化的人性及封建专制权威的过度渲染，让我们对人性的光辉和力量产生了怀疑。请从辩证客观的评判角度分析《甄嬛传》在艺术创作上的成就，同时探析隐藏在背后的问题。

二、外国影视文学

5. 罗生门(节选)

编剧：[日]黑泽明、桥本忍、芥川龙之介

《罗生门》这部影片由讲述同一个事件的四个部分组成，每个部分都由一个不同的人物从主观的立场出发，来叙述自己目击的情况，这四个人介绍的情况又并入另一个自成体系的故事。

(一) 差役和多襄丸的一段对话片段

差役口供：这个就是小的擒拿来的多襄丸，是的，他就是那个闻名京里京外的大盗……上一次，我差点儿就能逮住他了，那时候他身上穿的也是这件蓝褂子，还有那柄长剑。是大前天的黄昏时分，就在粟田口的河滩上……啊(多襄丸沉闷地呻吟)……啊……啊……啊……

差役：怎么了？……黑漆的箭壶，鹰羽大箭十七支，皮革卷把的长弓，被剪成沙弥鬣的桃花马。这全是被杀者的东西。大名鼎鼎的多襄丸偏叫他自己抢来的牲口给摔了下来，这分明是因果报应了。

多襄丸：啊哈哈哈哈……哈哈……多襄丸会跌下马来？别胡扯了！那天……我骑着这匹桃花马走着走着，口渴得难受，过了大阪，我就在附近的山沟里喝了些泉水……那泉水的上游也许有毒蛇什么的死在那里了，没过多久，肚子就疼起来，把我折腾得眼前直发黑。太阳落山的时候，走到了河边，我也实在忍不住了，便下了马趴在地上。啊哈哈哈哈……哈哈……啊哈哈……说我多襄丸会给马摔下来？看来下贱差人也就只能有下贱差人的想法罢了。我早知道这颗脑袋迟早有一天是会挂在高杆上示众的。咱绝不卑鄙无耻地撒谎……杀了那汉子的，的确就是我多襄丸！

我看到这对夫妇是三天前那热得不得了的过午时分。偏巧，那时候忽然起了风，吹得树叶飒飒响。如果不是因为那阵风，我也不会杀了那汉子。只是一晃，刚看得见的一刹那，她就不见了。也许就是因为只看得这一眼，那女子的容貌，在我眼里简直像一尊女菩萨。我当时就下了决心，哪怕杀了那男的，也一定要把那女的夺到手。嘿嘿……不过不杀那男的就能夺得那女子，倒也没有什么不满足的。其实那时候还是想尽可能不杀死那个男的，先把那女的夺到手。

(二) 躲雨人、僧人和樵夫的一段谈论片段

躲雨人：果然，我也闹不清究竟是怎么回子事了。不过女人这东西是什么事都会用眼泪糊弄过去的，甚至连她们自己也欺骗。所以女人家的话须是很小心地听，要不然，就会上她的当。

僧人：但是据那死了的汉子说出来的话。

躲雨人：死了的汉子说的话？死鬼怎么说话呢？

僧人：是借女巫的口来说的。

樵夫：谎言！他说的也一样是谎言。

僧人：死了的人是不会撒谎的。

躲雨人：为什么那么说，师父？

僧人：我可不愿意把人看得那么坏。

躲雨人：那就随您的便。但真的有所谓老实人吗？难道不都是自己以为自己老实吗？

僧人：你把人说得太可怕了。

躲雨人：我看人这种东西，就像是天生能把对自己不太合适的真事忘记得一干二净，先把对自己合适的假话当作真的呢。因为这样办心里舒坦嘛。

僧人：胡说八道！

躲雨人：好吧，且来听听死了的汉子怎么说的吧。

汉子借女巫之口的口供：我而今身在幽暗之中，在一线光明也没有的黑暗里，苦闷受难。我要诅咒那个让我承受这般痛苦的家伙……那个强盗蹂躏了我的妻子之后，就坐在那里百般抚慰起她来。我妻子悄然坐在落叶上，低头盯着破膝盖。那个强盗花言巧语地直说："哪怕是一回，身子已经玷污了。再去跟你那丈夫相处，也是会不和睦。与其如此，还不如做了我的浑家如何？"他说他是真心爱她，才会如此莽撞。强盗这样一说，我那妻子居然听得出了神，我从来也不曾见过我妻子像这个时候那么美。可是我那美貌妻子当着眼前被捆起来的丈夫和强盗说了什么呢？

女子：随便哪里，随便带我去哪里都行！带我走吧！

汉子借女巫之口的口供：她的确就是这样说的，可是，她的罪孽并不单是这么点儿。如果光是这么点儿的话，我还不至于在这幽暗里承受这样的痛苦。

女子：你给我杀了他！他不死，我不能和你走。你给我杀了他！

汉子借女巫之口的口供：那些话就好像狂风一般，直到如今还要把我倒栽葱似的吹下无底幽暗的深渊里去。从人的嘴里能说出这样可恨、这样该诅咒的话吗？连那强盗听到这句话时都大惊失色了。

女子：你给我杀了他呀！

多襄丸：你想让我怎么处置她？杀了她还是放过她？你点点头回答我就行。

汉子借女巫之口的口供：我当时想，单凭这句话，也就可以饶恕那强盗的罪了。

多襄丸：杀了她还是放她走？

汉子借女巫之口的口供：那之后，不知过了多久……她跑了，现在我必须担心自己的命运了……四周寂静无声，也不知是哪里，有人在哭，有人在哭泣。是谁？……

万物悄然无声，多么安静啊！阳光骤然淡下来了，我的周围，不知不觉地笼罩上了阴沉沉的幽暗，我就在这阴森森的寂静包围中倒了下来。这时候有人蹑足走近我身边来，那个人悄悄地握住了我胸口上插着的短刀，慢慢地抽了出去。

樵夫：不对！不对！那汉子的胸口上没插着什么短刀，他是被长剑给刺死的。

躲雨人：……现在事情变得越来越有趣了。这么说来，你是目睹了整件事情的经过了……那你为什么不在纠察使署里把事情都说出来？

樵夫：我不想被牵扯进去。

躲雨人：可是在这里说说，该没有什么了吧？你倒说呀，你的话该是最有个听头了。

僧人：我可不想再听了，可怕的事儿听得也够了。

躲雨人：如今的世界，这样的事儿可有的是呢。有人说，因为人太可怕，连一向盘踞在这罗生门门楼上的鬼怪都吓得逃跑了……说呀！这个事儿你打哪一段起知道的呢？

相关背景

芥川龙之介的作品最早是1923年经鲁迅翻译介绍到中国的，原载于由周作人编选的《现代日本小说集》，其中包括《罗生门》和《鼻子》两篇。短篇小说《罗生门》是芥川步入文学创作之途的开山之作，也是他的代表性作品。他的作品《罗生门》不仅经常出现在日本中学语文课本内，在日本国内也广为人知，而且随着著名导演黑泽明拍摄的同名电影，使它的名声已经走向世界。“罗生门”甚至成为一个现代汉语词，屡屡见诸报端，如罗生门事件、陷入罗生门等说法。《罗生门》自鲁迅首译以来，译本众多，据王柏静(2014)统计，除楼适夷、文洁若、林少华等主要8个译本之外，还有数十位译者对《罗生门》进行过翻译。

电影《罗生门》是由日本大荣电影有限公司与美国雷电华影片公司于1950年联合出品的悬疑影片。该影片由黑泽明执导，芥川龙之介、桥本忍联合编剧，三船敏郎、京町子、森雅之、志村乔等领衔主演。该片根据日本作家芥川龙之介的短篇小说《罗生门》和《筱竹丛中》改编而成。这部影片获得了第23届奥斯卡最佳外语片奖、1951年威尼斯国际电影节金狮奖，甚至被誉为“有史以来最有价值的十部影片”之一。该片在欧洲引起轰动，在美国掀起“黑泽明热”，黑泽明也因此成为“世界的黑泽明”。

罗生门位于朱雀大道南端，可以说是京都的门户。芥川让他的故事这儿上演，就是等于扼住了日本国家的咽喉，让它翻翻白眼，让它露出丑态。电影《罗生门》就是这样一部简短的强盗心史，芥川以细腻的笔法描写了一个强盗的蜕变过程，我们由此可以看到：人性中的恶一点点上升，最终取代了最初的犹疑。

文本赏析

故事主线涉及三个人物，武士金泽和他的妻子真砂，还有强盗多襄丸。在影片中三个人向调查武士死亡事件的纠察使陈述了各自的说法(武士已经死去，他是通过一个中间人也就是女巫来陈述的)。这三个人的叙述又通过一个行脚僧、一个樵夫和一个躲雨的人同观众联系起来。他们在不断的疑问、重复、分析中，一点一点地揭开真相。而在当事人的叙述中，则采用第一人称叙述的手法，以“我”的语气回忆，“第一人称”的叙述手法，通过独白、心理活动等任务语言的声音，很好地展现了人物的内心世界。

对基本事件有四种不同的说法。当事人描述的前三种说法不仅在许多细节上有出入，而且对基本事实的说法也是矛盾的，只有少数总的前提看起来似乎一致，如强盗制服了武士并把他捆到树上，再当着他的面侮辱他的妻子。而且这三种说法有一个不可否认的共同点，就是讲述人都想美化自己在事件中的形象。

第一种说法是强盗多襄丸讲的。这个强盗向纠察使说明，他怎样机智地诱骗武士夫妻跟他走进森林深处。他经过搏斗制服武士后，企图强行占有武士的妻子。她拼死抵抗使他钦佩她的坚贞刚强，但是女人忽然发现这个强盗是很有魅力的，于是主动献身给他。到此时为止，多襄丸讲的故事使他显得精明勇武、洞察世事，而且富有男性魅力。多襄丸接着说武士的妻子在此事件中要坚持维护自己的荣誉，要么是她的丈夫死，要么是她的情人死。于是自己大义凛然地割断捆住武士的绳索，同他进行男人间公平的决斗，最后通过自己高强的武艺杀死了武士。多襄丸就这样承认自己杀了人，因为他早已经是一个罪行累累、恶名昭彰的强盗，即便他在此事件中无罪，最终也会被处决。于是，他设法赢得了人们的同情，使大家认为他的本性是英勇庄严的。

第二种说法是武士的妻子真砂讲的。她的主调是引起人们的怜悯。对于真砂来说，这相当于男性的英雄业绩，因为这种说法了使她以孤苦无依的暴行受害者的姿态出现，按照她的说法，强盗确实强奸了她，最后她无助地哭着跑进森林。强盗和武士并没有交锋，她也没有暗示过两人之间必须有一人死掉。她哭着跑向被捆在树上的丈夫，苦苦哀求他的宽恕，而丈夫却始终沉默，轻蔑地盯着她，在丈夫看来，她已经可耻地失身，即便当真砂把刀交到丈夫的手上让他杀掉自己以表示她的忠贞时，丈夫仍然毫不动摇，冷酷地蔑视着她。此时影片描写的女主人公越来越绝望，然后是一个特写镜头：她高举着短刀，摄影机跟着她走向她的丈夫，直到她突然冲出画面。她自称晕了过去，大概没有意识到已经杀死了自己的丈夫。最后真砂用一句问话结束了自己的陈述：“像我这样一个无依无靠的可怜女人该怎么办才好啊？”

第三种说法是死去的武士借女巫之口讲述了他的故事。武士称强盗在强奸了他的妻子以后，又转而赢得了她的欢心，劝她一起逃跑。武士用一句话描写了他妻子的反应，“我从来没有见过我的妻子像这时候那么美”，这是由于她爱上了强盗。真砂答应同强盗私奔，但她要求强盗必须把她的丈夫杀死。这个时候，武士开始像多襄丸一样编造情节来美化自己的对手。换句话说，武士先把自己描绘成一个受罪的丈夫，因为发现妻子不贞而感到震惊，他为了美化自己和对妻子不贞的反应不得不抬高强盗，把强盗说成是同他一样为真砂真实面目的暴露而感到震惊。武士把他的妻子说成了坏人，把强盗说成是某种规范的维护者，而自己则是这种规范的化身。后来真砂逃走了，而强盗没做任何解释就放走了武士。接下来这位孤独的丈夫听到自己在哭，然后用短刀刺入自己的胸口自杀了。武士的说法也同前两种说法一样声称受害人死于叙事人之手，而且自己高尚的品格优于其他人。到此时为止，只有武士的死是可以肯定的。

第四种说法是樵夫讲的。他躲到暗处看到了整个事件但没有参与，但是最后可以看出他偷走了插在地上的短刀，而这把短刀既是值钱的工具，也是物证。樵夫因为害怕偷短刀受到处罚，所以没有把自己看到的情况告诉纠察使，只在最后告诉了行脚僧和躲雨人，从此时看来，第四种说法应该是符合事实真相的。

但是，这部影片并不是探讨哪种说法比较符合事实的影片，而是要反映人们为了维护自我形象而编造了什么样的谎言，因为每个人都认为自我形象是最值得珍惜的。

学法点拨

悬疑片：其是指充满悬念，用影片中人物命运的曲折遭遇、未知的情节的发展变化或者无法看清的结局真相，吸引观众注意力并能引发后续思考和讨论的一种电影类型。悬疑片中常能用情节来引起观众一边看一边思考，而片尾处谜底的揭露又往往让人意想不到，故事常依据起承转合作为收尾。

《罗生门》的伟大之处不在于它对人性的洞察，而在于它完成了对电影叙事本身的反思与重构。正如许多先锋文学对“文学形式”本身的探索，《罗生门》也将电影叙事语言推到了一个新的高度，对后世电影产生了不可磨灭的影响。

《罗生门》的叙事手段是借用多次转述而实现的一种较为复杂的表现手法，是黑泽明挖掘电影语言的一种存在的基础。

《罗生门》中大量地运用了移动摄影机来强调当事人叙述的主观性。这部影片的风格是以运用移动摄影机作为中心的。摄影机不断地告诉观众，每种说法都完全是从叙述者本人的角度来看问题的。任何法官都知道，目击者的证词可能会有意无意地造成错误的印象，而不是目击者本人同事件有多少牵连。《罗生门》的风格使我们很快地就察觉叙述者本人同事件有着极为密切的关系，因此我们一旦发现不同的说法相互矛盾时，就会对每个当事人的证词都采取保留的态度。例如，早在各个当事人叙述自己的故事之前，樵夫就描写了他发现尸体的经过。在当今，这种摄影机的移动早已不足为奇，但在1951年威尼斯电影节，正是在森林中跟拍樵夫的那一系列镜头使影评家大吃一惊并使黑泽明一举成名。然而可以肯定的是，对黑泽明来说，拍摄风格确实是塑造人物的必要手段。樵夫是一个普通老百姓，他在发现尸体之前迅速穿越森林的运动，表明了他心情舒畅，逍遥自在，虽然音乐暗示当时存在紧张的潜流。接着是第一个人的叙述，但情调就大为不同，虽然其中包括更迅速地穿越森林的运动。强盗讲故事的角度也很古怪，足以使我们一开始就对他保持距离。迅速转动的摄影机衬托出他的怪癖性格，而这种转动完全不同于对樵夫的那一段快速跟拍。

链接思考

1. 思考在《罗生门》中，结局为什么不把婴儿交给僧人而交给已有6个孩子的樵夫。
2. 芥川龙之介的《罗生门》所表现的利己主义有什么现实意义？

6. 肖申克的救赎（节选）

编剧：[美]弗兰克·达拉邦特、斯蒂芬·金

197. 外景，监狱操场，白天，1966

雷德发现安迪坐在监狱高墙的阴影里，无精打采地从地上挖着小石头。雷德等待着他做出一点儿反应，可安迪连头都没抬。雷德在他旁边蹲下。两人许久无语。

安迪（轻声地）：我妻子以前总说我是个难以理解的人，就像一本合上的书。她一直为此抱怨。（轻声地）是我杀了她，雷德。

安迪望向雷德，想看看他的反应。沉默。

安迪：不是我开的枪。但的确是我使得她离开了我，不然她不会死。都是因为我，我做人的方式。

雷德：你不能因此就成了罪人。最多算不上好丈夫罢了。

安迪淡淡一笑。雷德捏了他肩膀一把。

雷德：你如果非那么想不可，就会很难过。但的确不是你开的枪。

安迪：是的，我没有。别人干的，由我受罚。我想是运气不好。

雷德：运气不好？天哪。

安迪：厄运四处飘动，总要落到什么人身上。就说暴风雨吧，有人坐在自己家里赏雨。而隔壁的房子却可能被夷为平地。现在轮到我了，就这样。我赶上了这场龙卷风。（轻声地）我只是没想到它会持续这么久。（看雷德）想过有一天会从这里出去吗？

雷德：当然。等我长出了又长又白的胡子，老得神志不清的时候。

安迪：告诉你，我会去哪儿。锡瓦塔内霍。

雷德：锡瓦塔内霍？

安迪：在墨西哥。临太平洋的一个小地方。你知道墨西哥人是怎样说太平洋？一个没有回忆的地方。我将在那儿了此余生，雷德。一个没有回忆的温暖的地方。在海滩上

开一个小旅馆，买艘不值钱的小船，再把它们翻修一新。这样，我的客人就可以租船出海了。（停顿）要知道，在那样的地方，我也需要像你这样能搞到各种东西的人。

雷德看着安迪，笑了起来。

雷德：天哪，安迪。到了外面我可应付不了。在这儿待的时间太长了，我也已经被体制化了，和老布鲁克斯一样。

安迪：别小看自己。

雷德：胡扯。在这儿我能对你有求必应。到了外面，只要有本黄页电话号码簿就行，而我连怎么查都不会。（自嘲地哼了一声）太平洋？天哪。那么大的地方，我听着都觉得心慌。

安迪：不是我。我没有杀我的妻子，也没杀她的情人。我已经为自己的错误付出了代价。一间旅馆，一叶扁舟……我的要求并不过分。太阳落山后看看星星，抚摸沙滩，在海边儿蹚水，感受自由。

雷德：天哪，安迪，快住嘴！别这样！谈论这些该死的梦想！墨西哥与这儿简直是天南地北。这就是现实！

安迪：你说得对。它在那儿，而我在这儿。不过，我想人其实只有两个选择。忙着活，或忙着死。

雷德（快速看了安迪一眼）：什么意思？

安迪起身走开。雷德站了起来。

雷德：安迪？

安迪（转身）：雷德，如果有一天你能出去，请帮我个忙。在巴克斯顿附近有一大片草田。你知道巴克斯顿在哪儿吗？

雷德（点头）：那儿有很多草田。

安迪：有一处很特别。那儿有一堵长长的石墙，石墙的最北边有一棵大橡树。像罗伯特·弗洛斯特诗中的景色。我就是在那儿（停顿）向我妻子求婚的。我们在那儿野餐过；在那棵树下亲热过。在那儿，她答应了我的求婚。（停顿）答应我，雷德，如果有一天你出去了，找到那个地方。在墙根底下你会找到一块与缅因州所有草田里的石头都不同的一块，是一块黑色的火山玻璃。那下面埋着的东西是给你的。

雷德：什么？那儿埋着什么？

安迪：等你挖开那块石头就知道了。

安迪转身走了。

……

当雷德获得假释后，他找到了安迪为他留下的礼物，并克服了假释后的心理危机，找到了安迪，两个朋友最终重逢了。

（选自《肖申克的救赎》，弗兰克·达拉邦特，石语译，《世界电影》2004 年第 2 期）

相关背景

电影《肖申克的救赎》是根据美国恐怖小说之王斯蒂芬·金的《不同的季节》中收录的《丽塔·海华丝及萧山克监狱的救赎》改编而成的，由弗兰克·达拉邦特执导，蒂姆·罗宾斯、摩根·弗里曼等主演，哥伦比亚公司于 1994 年 9 月出品。该片获 7 项奥斯卡提名，并入选美国电影学会 20 世纪百大电影清单。其实，正如斯蒂芬·金自己所说的那样："我写的是'恐惧小说'而不是恐怖小说。"他的作品有很多部都被搬上了大银幕或被拍摄成电视剧集，其中多数为惊悚类型的，但是也不乏《肖申克的救赎》这种类型的电影，如《绿里奇迹》《惊鸟》等作品就是比较符合“恐惧小说”的范畴。

文本赏析

电影中的故事发生在20世纪30年代，那时，美国的政治腐败十分严重，甚至波及监狱。银行家安迪的妻子和她的情人被杀害，安迪被法院判处无期徒刑，关在肖申克监狱。一个偶然的机会，他得知了真正的凶手是谁。但是，监狱长却百般阻挠他为自己申冤，在监狱里他饱受了各种精神上和肉体上的摧残。安迪从没有放弃过对自由的追求，经过20多年坚持不懈地挖掘，终于挖通了一条通往自由的通道。在一个雷雨交加的夜晚，他逃离了监狱，重见了天日，过上了自由人的生活。

电影中，主人公安迪在那个残酷吞噬肉体和灵魂的环境里自始至终没有丧失善良的人性，顽强地完成了对人性的坚守，即对作为一个人的情感、权利、价值的顽强的自我意识和肯定。他永不认命，深信人性不会毁灭，对自由始终怀着希望和想象，为自我救赎和实现人身的真正自由而不懈努力。他是肖申克监狱中的福音使者，是监狱中的一缕阳光，给肖申克监狱的狱友们带来了光明，使处于沮丧、绝望、麻木状态的狱友们重燃了生活的希望，让他们在忙着活和忙着死的抉择中做出了正确的选择。

雷德，在监狱里面负责兜售各种商品的犯人，也是整个故事的叙述者。在安迪的帮助下，他重新燃起了开始新生活的希望。在肖申克监狱里，长期的精神摧残把犯人们都制度化了，那是一个泯灭人性的场所。雷德的一番话发人深省：“刚入狱的时候，你痛恨周围的高墙，慢慢地，你习惯了生活在其中，最终你发现，自己不得不依靠它而生存。”《肖申克的救赎》的名称也具有象征意义，肖申克象征着黑暗与罪恶，而起源于《旧约・以赛亚书》的“救赎”一词，则象征着基督思想的实践。安迪没有等待上帝对他的救赎，而是凭着自己对善良人性的坚守，自我救赎，赢得了自由，实现了重生。节选部分是安迪告诉雷德，如果有一天他能走出监狱，要雷德去取一样东西，这是安迪送给雷德的礼物。雷德克服了假释后的心理障碍，最终获得了新生。

影片中涵盖全片的主题是“希望”，希望引导了人物的行动，不仅仅主角安迪如此，就连故事中的雷德也是通过安迪的礼物寻找到了光明和希望，最终通过希望获得了自由。全片通过监狱这一强制剥夺自由、高度强调纪律的特殊背景来展现作为个体的人对“时间流逝、环境改造”的恐惧。影片的结局有《基督山伯爵》式的复仇宣泄。

《肖申克的救赎》无疑是一部伟大的电影作品。它反映着社会的现实生活，用经典的对白和多种修辞方法刻画出多个人物形象，用简单的方式组织故事的主线并伴以多条辅线，以艺术的画面表达着故事的主题，带给观众深刻的教育和久久的思考。

《肖申克的救赎》是一部极其轻缓的电影，大量的旁白和人称转换的视角赋予了这部电影既主观而又客观的叙述角度。影片以雷德，这样一个既是局中人，又是旁观者的视角描述了这样一个救赎的故事，让人既能客观看待，加以分析，又可以主观投入，感同身受。这部电影虽然没有在1995的奥斯卡奖上大放异彩，输给了当时风头正劲的“主旋律”影片——《阿甘正传》。但是，在后来一系列的评选中，它却始终占据着各种排行榜的头名。

学法点拨

双线叙事的平行蒙太奇：“叙事”作为当代叙事学意义上的概念，它仅关注表达的方法与模式，而镜头表达的丰富促成了叙事主题的多义性、现实性和深刻性。叙述视角也称为叙述聚焦，是在叙述语言中对故事内容进行观察和讲述的特定角度。同样的事件从不同的角度能呈现出不同的面貌，在不同的人看来也会有不同的意义。影片《肖申克的救赎》着眼于人性的关照，用蒙太奇、空镜头、声画结合、用光等多角度进行表达，构成叙事，让人重拾希望，震撼人心。

在《肖申克的救赎》中，有两条线，一条是安迪，另一条是雷德。虽然影片的主角是安迪，但是如果没有雷德，安迪的形象是无法得到升华而到达顶点。影片没有局限在“全知全能”型视角的运用上，而是时不时地将叙述视角交给雷德，他的活动、思想、心理对影片主要情节的发展有着推动的作用。导演对雷德的主观感受进行了全程描述，从而不受“全知全能”视角的限制，这样使得叙事更加灵活敏捷，更加具有真实感。

虽然在影片中，安迪的对白并不是很多，初看这部影片的时候，观众对安迪的第一印象和主观感受与雷德一样，觉得安迪沉默神秘，然而随着剧情的发展，随着雷德对安迪了解的深入，雷德所经历的、所了解的安迪都充分显示在他的画外音中。从安迪刚入狱的沉默到安迪第一次在修葺房顶的时候为狱友赢得啤酒和获得短暂的自由开始，雷德渐渐理解到安迪确实是有点不同，雷德的讲述无疑给画面添加了浓厚的感情色彩，含有个人的主观感情，但却让观众觉得真实，将观众所想的也一起全部说出。随着安迪用自己的智慧为狱友换来了安全和庇荫，帮助别人还保全了自己，观众对安迪建立起一种情感信任，连最初的怀疑也慢慢消失，因此最后安迪成功越狱，观众也为安迪重获自由的自我救赎之路欢呼雀跃，激动不已。

同时，导演运用了很多蒙太奇手法，包括平行蒙太奇、颠倒蒙太奇、隐喻蒙太奇、对比蒙太奇等。电影刚开头是在法庭上，安迪一边受审一边回忆案发当晚发生的事情，这期间导演运用了叙事蒙太奇中的平行蒙太奇手法，不断切换在案发现场和法庭现场两个时空的镜头，截取了案发当晚的片段，既叙述了安迪的获罪，又留有悬念，让观众产生疑问，为故事后来的情节做了铺垫。

安迪被发现越狱的那天早上，监狱长发现了墙里的洞，雷德的旁白引出了安迪越狱的方法，导演运用了颠倒蒙太奇手法。镜头回到了安迪刚开始挖洞的时候，自此开始依次展示安迪的越狱之路，包括挖洞、撒石头、换账本、钻下水道，这期间一直有雷德的旁白，介绍了安迪出狱的前因后果，以及他出狱后监狱长和狱警获刑的情景。这些镜头组合起来形成了电影的一个高潮，之前的谜团一一解开，包括安迪用来挖洞的小锤子的藏身之处。安迪在银行中取款的时候，脸上面带微笑，估计很多观众此时也都会会心一笑，不由得对出狱前后的情节设置赞叹不已。这就是颠倒蒙太奇手法达到的效果，讲述了事件的前前后后，综合起来形成一个整体故事，精彩至极。

电影中有两处用到隐喻蒙太奇手法，让人印象深刻。一处是监狱长查房，查到安迪的时候，监狱长拿起安迪手中的圣经，走的时候说了一句“Salvation lies within”意思是拯救之道就在其中。从后来的剧情得知小锤子就放在书中，联系到这两个画面，一语双关，巧妙至极，又不由得对安迪的镇定感叹不已。另一处是监狱长遮住保险柜的字绣——“审判即将到来”，正好说的是监狱长即将被审判，正义将得到伸张。

如今很多影片大部分采取多角度多线索叙事，在影片的观赏中观众能通过多个更加宽阔的视角来了解整个故事，使得电影的人物形象塑造更加丰满，剧情发展更加多元，影片中采取的双线叙事将注意力放在要表现的两条线上以及其他的小支线，所以戏剧的张力很强很足，可以让观众更好地理解影片的精髓，让观众体会到一种身临其境的感受。

链接思考

1. 通过对《肖申克的救赎》这部影片的分析研究，思考本片带来的对人性的思考和传递的精神，体会人生命中真正的救赎。

2. 同是以自我救赎为主题的电影作品，《金陵十三钗》和《辛德勒的名单》与《肖申克的救赎》有哪些不同？

7. 太长今（节选）

编剧：[韩]金英贤

（太后对皇上的一些做法不满，以拒绝接受治疗的方式来反抗皇上，同时对她的主治医生申主簿的医术提出严重质疑，情势十分危急，长今以卑微的医女身份，向太后进言。）

长今：娘娘，小的恳求您，请不要再为难皇上，娘娘您现在就是正在跟皇上挑战，娘娘和皇上之间的事，牵涉到太多无辜的性命了，据小的所知，娘娘的病已经无法再拖延下去了，十分危急了，在这么紧急的时刻，娘娘怎么能舍弃自己，想要来试验皇上呢？为什么您想要以试验皇上，来为自己招来祸患呢？

尚宫（呵斥着）：你还不快点闭嘴！这是何等尊贵的地方！

长今（不管不顾地说下去）：太后娘娘，您现在欺骗您自己呢，娘娘您用您最宝贵的性命，来向皇上挑战，想要试验皇上，皇上的龙体诚为可贵，可是太后娘娘的玉体，也是无法言喻的贵重，但是两位却同时舍弃贵重的玉体，正在做一场无谓的挑战呢。

尚宫（呵斥）：臭丫头你的胆子可不小！

太后（困惑的）：你刚才说我在试验皇上，我正在向皇上挑战吗？

长今：是，是这样没错，娘娘现在是以您的生死来向皇上挑战，小的宁愿娘娘选择跟小的挑战，这件事实在太危险了，小的斗胆请娘娘与小的挑战吧。

太后：我怎么听不懂你的意思，我怎么能跟你挑战，这像什么话？

长今：请娘娘一定要跟小的挑战，如果您跟小的挑战，这只关系到小的一个人低贱的性命，但是娘娘您对皇上的试验及挑战，则是关系到皇上和太后娘娘的性命，甚至也攸关小的老师申主簿大人的性命。

太后：你所谓的挑战，赌注又到底是什么呢？

长今：如果小的赢了，就请太后娘娘接受申主簿大人的治疗，如果小的输了，小的愿意交出性命。

太后：你的性命如此低贱吗？

长今：不是的，娘娘，我的性命也是贵重得无以言喻，但是，老师的性命也正如同小的性命。

太后：好，你到底要跟我挑战什么？

长今：娘娘，很简单的，小的出一道谜语，只要娘娘答出正确的答案就行了。

太后：很好，我答应你的挑战，不过如果我答对了，你如此蔑视我，我将以重罪惩处，你必须负全责。

长今：小的谨记在心，娘娘，不过小的认为娘娘您一定会接受治疗的。

太后：什么？一定会接受治疗？

长今：是的娘娘，小的相信，您一定会治疗的。

太后：这么说无论如何，你都会打赢这场挑战吗？

长今（坚定的）：是，娘娘！

太后（沉吟了一下）：你出谜题吧。

长今：娘娘，这道题目请您猜一个人，请您猜猜这个人到底是谁。这个人自古以来就是一位食医，听说中国皇帝之所以有食医，也就是起源于这个人。这个人虽然是家中的奴婢，却负责家中所有粗重的工作，但是，此人也是全家人最敬爱的老师。这个人活着的时候，全天下的事物都稳如泰山，这个人死后，全天下就像遭到洪水的侵袭。只要您猜出这个人是谁就可以了，不过小的担心太后娘娘的病情，所以只能给您一天的时间。

闵政浩：太后娘娘已经答应了吗？

郑主簿：幸好娘娘已经答应了，不过……

张德（有把握的）：那就没有问题了，长今既然都已经自信满满出了谜题，想必她有万全的把握，大家不用太担心了。

大叔（着急的）：那是你不了解长今的个性才会这么说，长今她的聪明才智，说起来有如诸葛孔明一般，但是提起她的无谋，天下没有人比得上她。

张德（若有所思）：又聪明又无谋，十足的女豪杰。

大叔：闵大人，请问你真的跟她熟吗？（崔尚宫和今英商量对策。）

今英：是我们把所有的希望，都寄托在太后娘娘身上的缘故？

崔尚宫：没想到她在我背后捅上一刀！都什么时候了，难道我还要努力的搜寻谜题的答案吗？（崔尚宫提前将今英想到的答案告诉了太后，心中窃喜的等待结果。）

崔尚宫：娘娘，该是你回答问题的时候了，这孩子真是无礼，竟敢以她的性命向太后娘娘挑战，如果娘娘你不接受治疗，就等于宣布那个孩子必死无疑了，娘娘，您打算要怎么做呢？（全场静默。）

太后（沉吟了一下）：我愿意接受治疗。（所有人都惊讶地抬起头来。）

太后：帮我诊脉吧！（申主簿看了看长今，眼神复杂，崔尚宫坐立不安，长今感激地低头致谢。）（所有人都在猜测为什么太后什么也没说就接受了治疗，皇上同皇后也一起赶到。）

长今：请太后娘娘服用汤药！

太后（嗔怪的）：你这个丫头真是放肆，越想越觉得你这个丫头无礼，没有规矩。

皇上（责怪的）：你为何如此大胆，让太后娘娘伤神担忧呢？

太后：不是的皇上，答案崔尚宫已经告诉我了，并没有让我劳心伤神。

皇上（对长今）：答案是什么？

太后（恳切的）：皇上，答案就是我。

皇上（惊讶的）：答案是母后娘娘？

太后：答案就是母亲，（对长今）我说的对吗？

长今：是，娘娘，答案就是母亲。

太后：你来说说吧。

长今：小的说过，这个女人主要职务就是食医，做母亲的，要时时刻刻照顾子女有没有生病，吃饱穿暖，或是有没睡好，所以，食医就是要留心哪些食物是皇上不可食用的膳食，还要体察哪些食物皇上食用以后对龙体有益，夙夜不懈不分昼夜，为皇上的饮食和健康着想，因此，中国的皇帝之所以开始起用食医，就是源于母亲，也因此，太后娘娘您不仅是皇上的母亲，也是皇上的食医，还有这个女人就如同家里的奴婢一样，也是家中所有人最敬爱的老师，母亲虽然受冻，却一心想着子女是否穿暖，母亲虽然挨饿，却一心念着子女是否吃饱，母亲虽然辛苦，却一心顾着子女是否平安，这么看来，身为母亲身受的折磨，比奴婢还要沉重，不过，如果没有母亲的照料与庇佑，做子女的，又怎么能按时吃饱，天冷不受寒呢？所以，母亲是家中最辛苦的奴婢，但是也是比任何人都伟大的老师。（在场的人恍然大悟。）

长今：这个女人在世的时候，天下就像泰山一样稳当，如果这女人消失，天下就如同洪水侵袭一般。

太后：我活在世上的时候，可以做皇上稳当可靠的泰山，如果我死了，皇上将会伤心，泪流成河。所以我怎么能够忍心，怎么能视皇上的苦恼于不顾呢？

皇上：母后娘娘……

太后：所以我才说这孩子真是放肆无礼，我与她的挑战一开始，就注定我是输家了，不知道答案我就必须要接受治疗，知道了答案却又是要我觉悟，不能让我的儿子皇上您陷入苦恼。怎么做都是我的不是，我又怎么能惩处这个孩子呢，可是我也不能因为这样，奖赏这个孩子，皇上你倒说说看，我该怎么处置这个孩子。

皇上：母后娘娘寓意深远，儿臣如坐针毡，不知该如何是好，儿臣竟然未能体察母后娘娘的心意。

太后：皇上，不是的，其实我对不起皇上。

皇上：母后娘娘……

皇后：娘娘，汤药都快凉了，您服用汤药吧？（太后端过汤药，郑重地喝下了。太后和皇上之间的这场角力，终于画上句号。）

相关背景

《大长今》是2003年MBC（韩国文化广播公司）出品的韩剧，由李英爱、池珍熙、林湖、洪莉娜、梁美京等主演，金英贤编剧，李炳勋执导，共54集。该剧演绎了历史上朝鲜王朝最高女官大长今的人生历程，根据历史真实的人物徐长今的故事改编而成，是一部励志古装历史剧。2003年《大长今》在韩国播放，其收视率一直保持在50%左右，并以47.8%的平均收视率获得了2004年度韩国收视率冠军。

韩剧的题材类型主要分为三类：家庭生活剧、爱情偶像剧和历史题材剧。《大长今》这类的历史剧在韩国的剧种中所占的比例不是很多，但是却具有很强的观赏性。

从剧集本身分析，《大长今》成功地糅合了中韩两种文化，同时在历史和文化的结合下把以儒家文化为基础的韩国文化中尊敬他人的传统刻画得惟妙惟肖，演绎出了一段曲折动人的故事。像《冬季恋歌》《蓝色生死恋》都是如此。对于青少年而言，《大长今》也具有参照指标性质的励志效果，跨越了年龄的界限，超越了个人人生阅历和知识背景的差异。《大长今》积极健康的价值取向和充满吸引力的精彩剧情对观众具有巨大而深远的影响力。

"大长今"的意思是：在韩国当时没有一个女性做过官，没有特定的名号，中宗为了显示长今的功绩，让她有个特别的封号，所以在她的名字——长今，前面加了个"大"字对她封号，以示她前无古人，后无来者，显示了她大长今是独一无二的。《大长今》所描写的时代属于韩国历史上的李氏朝鲜时期，具体到大长今本人生活的年代，大致是朝鲜中宗时期，他所统治的范围包括现在的韩国和朝鲜全境。

文本赏析

《大长今》以朝鲜第十一代皇帝时期出现的一名奇女子徐长今的故事为核心。徐长今天生味觉敏锐，对烹饪和医学具有天赋才能。她入宫成为宫女，本来前途无限，却适逢尚宫之位争夺，遭牵连被逐，后得到学医的机会，凭着高超的医术和高尚的人格创造了医学史上的一个个奇迹，赢得了医馆里的医官们的尊重和皇上的喜欢。长今终于在男尊女卑的时代成为第一位由皇帝御笔钦点的正三品女御医，并赐予她一个"大"字，以褒扬她的成就。

《大长今》可以从多个角度欣赏，它可以是官场现形记，也可以是中韩法制史……全剧对程序正义和实体正义的崇尚与追求，穿越了时空，贴近了现实，呼唤着人性。伴随着"长今"的成长、磨炼和升华，观众心中产生了对正义感的共鸣。

剧中的女主人公长今心地善良、聪明颖悟、心胸宽广、勤奋执着、才华横溢。长今超越了她的时代，书写了医学史上的新的篇章，凭的是勤勉踏实的努力和出众的天赋及能力。长今在成长道路上一直在为人所不能为之事，她的性格及童年时代的好奇心和求知欲就预示了未来的成功。在她身上没有丝毫"女强人"的盛气凌人、剑拔弩张，只有恬淡平和、宠辱不惊。长今的智慧、学识、人品、毅力超凡绝俗，让许多须眉汗颜。同时，长今也有普通女子的真实情感，困惑、哀愁、痛苦、失落等，让观众有一种亲切感。

节选部分是长今与太后的一段语言交锋。这原本不是长今的分内事，而且极具危险性。太后在盛怒之下很可能会斩杀进言者，这番谈话可以说是搭上了她的身家性命，长今却主动请缨，极具技巧地用猜谜的方式，以母爱为切入点作为谈话的主题来劝说最高权威太后，最终太后被她的勇气和诚心打动，接受治疗。她为皇宫上下解决了最棘手的难题，也因此成了皇上无话不谈的朋友。极富戏剧性的是，在事实面前，原本坚决反对皇上授予长今官职而建议授予后宫封号的大臣们最后都集体失声保持了沉默。

对主人公长今来说，语言策略和工作实力二者是缺一不可的。主人公长今在经过传统的沉默无语和叛逆的语言暴力阶段之后，开始争取话语权，从而进入政治体制并获得政治自由和权利。

学法点拨

历史剧：其是一种通过演员扮演历史角色来演绎历史的戏剧形式，所表现的主要人物和事件，以及环境、风俗、文化心理、服饰发饰等都需基本符合其所属的历史大背景。黑格尔在运用这一名称时，把它界定为"向过去的时代取材"的作品，并把"维持历史的忠实"作为一条重要的创作原则。

历史剧并不要求作品拘泥于历史事件的自然进程和详情细节，而要求剧作家把创作的重心置于对历史人物的把握、表现和解释上。人物的历史可传性和真实性，应该是评价历史剧作品的基本尺度。导演可以根据塑造典型人物的需要对历史事件进行取舍、加工，不仅可以改变它的自然进程，而且可以进行局部的虚构。所以历史剧既要有渊博的历史感，又要兼顾艺术创造能力。

《大长今》中的主人公大长今是在《朝鲜王朝实录·中宗实录》中有记载的历史实存的人物，所以本剧是根据该历史真实故事改编的。如果仔细看《大长今》的片头，可以发现所用的背景图就是《中宗实录》中关于大长今的记录部分。在历史真实的前提下，导演利用情节对故事进行特定的艺术组合。

《大长今》的情节类型是成长模式和排障迷失的结合，即由开始时障碍不断出现到逐渐排除障碍，直到最后实现主人公自我心灵和能力的成长。主人公受到的压迫越大，得到的锻炼也越大，最后排除障碍获得成功。同时障碍与障碍之间是连环相扣的，通过这种连接从而实现情节的推进、延宕。在前后有着因果联系的障碍间，也会堆积着一些错综复杂的障碍，并通过这种矛盾来实现情节的拓展和丰富。在《大长今》中，长今在作为御膳房宫女时面临一场接一场的饮食比赛，在作为内医女时接受了一次又一次的医学测验，这些都是堆积型障碍，而崔尚宫等反面角色对长今施加的种种阻力则属于因果型障碍，这两种模式结合在一起，使原本略嫌单调枯燥的情节模式在如此长篇大剧里得到了很好的调节。

《大长今》的情节安排不仅新颖，而且细腻、动人。对于厨师、医生这两种专业性强的职业，要使观众能很好地理解抽象的专业知识并不容易。因此，导演要通过一些很合理的情节细腻地表现出来。如剧中长今还是小宫女的时候被分派到韩尚宫处学习，韩尚宫什么事也不教她，除了一次又一次地让幼小的长今反复端水给她而不说明，通过这一情节设置，在保证作品戏剧的前提下，让观众明白了不同的人适合饮用的水也是不同的。

此外，该剧还通过细腻的刻画，向观众展示了东方社会的特色，特别是在许多的情节和场景中就有对儒家传统文化的再现。剧中从拆字、药膳、针灸到诗词、官阶、书法等几乎都掺杂了儒家的传统文化，让观众无时无刻不感受到儒家文化对古代朝鲜王朝的影响。例如，医女阿列在陪护连生时，朗读了老子《道德经》中的名句："道可道，非常道；名可名，非常名。无名天地之始，有名万物之母……"

《大长今》通过细腻、动人的描述手法来展示人生百态。剧中人物的喜怒哀乐也很容易引人共鸣，让人感受到情感描写和刻画的真实性。所谓"越不像戏剧的戏剧越是真正的戏剧，越不像小说的小说越是真正的小说"，该剧就像一缕清新爽朗的风，虽不张扬，但能慢慢柔柔地温暖观众的心灵，给观众带来耳目一新的感觉，使观众的求异心理得到了满足，让观众如同关注自己一样去关注剧中人物的命运。

链接思考

1. 以《大长今》为例，简要地分析一下韩国电视剧在我国热播的原因。
2. 将《甄嬛传》与《大长今》对比赏析，阐述《大长今》的语言特色。

附　录

大学生必读书 100 本

1.《语言问题》,赵元任著,商务印书馆,1980 年版。

2.《语言与文化》,罗常培著,语文出版社,1989 年版。

3.《汉语语法分析问题》,吕叔湘著,商务印书馆,1979 年版。

4.《修辞学发凡》,陈望道著,上海教育出版社,1979 年版。

5.《汉语方言概要》,袁家骅等著,文字改革出版社,1983 年版。

6.《马氏文通》,马建忠著,商务印书馆,1983 年版。

7.《汉语音韵》,王力著,中华书局,1980 年版。

8.《训诂简论》,陆宗达著,北京出版社,1980 年版。

9.《中国语言学史》,王力著,山西人民出版社,1981 年版。

10.《中国文字学》,唐兰著,上海古籍出版社,1979 年版。

11.《中国历代语言学论文选注》,吴文祺、张世禄主编,上海教育出版社,1986 年版。

12.《普通语言学教程》,[瑞士]索绪尔著,高名凯译,岑麒祥、叶蜚声校注,商务印书馆,1982 年版。

13.《语言论》,高名凯著,商务印书馆,1995 年版。

14.《西方语言学名著选读》,胡明扬主编,中国人民大学出版社,1988 年版。

15.《应用语言学》,刘涌泉、乔毅编著,上海外语教育出版社,1991 年版。

16.《马克思恩格斯论文学与艺术》,陆梅林辑注,人民文学出版社,1982 年版。

17.《在延安文艺座谈会上的讲话》,毛泽东著,载《毛泽东选集》第 3 卷,人民出版社,1991 年版。

18.《邓小平论文艺》,中共中央宣传部文艺局编,人民文学出版社,1989 年版。

19.《中国历代文论选》,郭绍虞主编,上海古籍出版社,1979 年版。

20.《文心雕龙选译》,刘勰著,周振甫译注,中华书局,1980 年版。

21.《诗学》,[古希腊]亚里士多德著,罗念生译,人民文学出版社,1982 年版。

22.《西方文艺理论史精读文献》,章安祺编,中国人民大学出版社,1996 年版。

23.《20 世纪西方美学名著选》,蒋孔阳主编,复旦大学出版社,1987 年版。

24.《西方美学史》,朱光潜著,人民文学出版社,2003 年版。

25.《文学理论》,[美]韦勒克、沃伦著,刘象愚等译,三联书店,1984 年版。

26.《比较文学与文学理论》,[美]韦斯坦因著,刘象愚译,辽宁人民出版社,1987 年版。

27.《诗经选》,余冠英选注,人民文学出版社,1956 年版。

28.《楚辞选》,马茂元选注,人民文学出版社,1980 年版。

29.《论语译注》,杨伯峻译注,中华书局,1980 年版。

30.《孟子译注》,杨伯峻译注,中华书局,1960 年版。

31.《庄子今注今译》,陈鼓应译注,中华书局,1983 年版。
32.《乐府诗选》,余冠英选注,人民文学出版社,2003 年版。
33.《史记选》,王伯祥选注,人民文学出版社,1957 年版。
34.《陶渊明集》,逯钦立校注,中华书局,1979 年版。
35.《李白诗选》,复旦大学中文系古典文学教研组选注,人民文学出版社,1977 年版。
36.《杜甫诗选》,萧涤非选注,人民文学出版社,1985 年版。
37.《李商隐选集》,周振甫选注,上海古籍出版社,1986 年版。
38.《唐宋八家文选》,牛宝彤选注,甘肃人民出版社,1986 年版。
39.《唐人小说》,汪辟疆校录,上海古籍出版社,1978 年版。
40.《唐诗选》,中国社会科学院文学所编,人民文学出版社,1978 年版。
41.《唐宋词选》,中国社科院文学所编,人民文学出版社,1982 年版。
42.《宋诗选注》,钱钟书选注,人民文学出版社,1989 年版。
43.《苏轼选集》,王水照选注,上海古籍出版社,1984 年版。
44.《元人杂剧选》,顾肇仓选注,人民文学出版社,1962 年版。
45.《辛弃疾词选》,朱德才选注,人民文学出版社,1988 年版。
46.《西厢记》,王实甫著,王季思校注,人民文学出版社,1978 年版。
47.《三国演义》,罗贯中著,人民文学出版社,2001 年版。
48.《水浒传》,施耐庵著,人民文学出版社,2012 年版。
49.《西游记》,吴承恩著,人民文学出版社,2001 年版。
50.《今古奇观》,抱瓮老人辑,人民文学出社,1979 年版。
51.《牡丹亭》,汤显祖著,人民文学出版社,1982 年版。
52.《聊斋志异选》,张友鹤选注,人民文学出版社,1978 年版。
53.《儒林外史》,吴敬梓著,人民文学出版社,1977 年版。
54.《红楼梦》,曹雪芹著,人民文学出版社,1982 年版。
55.《长生殿》,洪昇著,人民文学出版社,2002 年版。
56.《桃花扇》,孔尚任著,人民文学出版社,1958 年版。
57.《老残游记》,刘鹗著,人民文学出版社,1959 年版。
58.《鲁迅小说集》,鲁迅著,人民文学出版社,1979 年版。
59.《野草》,鲁迅著,人民文学出版社,1979 年版。
60.《女神》,郭沫若著,人民文学出版社,1978 年版。
61.《郁达夫小说集》,浙江人民出版社,1982 年版。
62.《新月诗选》,陈梦家编,上海书店复印,1985 年版。
63.《子夜》,茅盾著,人民文学出版社,1994 年版。
64.《家》,巴金著,人民文学出版社,1979 年版。
65.《沈从文小说选集》,沈从文著,人民文学出版社,1982 年版。
66.《骆驼祥子》,老舍著,人民文学出版社,1999 年版。
67.《曹禺选集》,曹禺著,人民文学出版社,2004 年版。
68.《艾青诗选》,艾青著,人民文学出版社,1988 年版。
69.《围城》,钱钟书著,人民文学出版社,1980 年版。

70.《赵树理选集》，赵树理著，人民文学出版社，2003 年版。
71.《现代派诗选》，蓝棣之编选，人民文学出版社，1986 年版。
72.《创业史》(第一部)，柳青著，中国青年出版社，1960 年版。
73.《茶馆》，老舍著，收《〈茶馆〉〈龙须沟〉》，人民文学出版社，1994 年版。
74.《王蒙代表作》，张学正编，人民文学出版社，2002 年版。
75.《白鹿原》，陈忠实著，人民文学出版社，1993 年版。
76.《余光中精品文集》，余光中著，安徽人民出版社，1999 年版。
77.《台湾小说选》，《台湾小说选》编辑委员会选编，人民文学出版社，1983 年版。
78.《中国当代文学作品选》，王庆生主编，华中师范大学出版社，1997 年版。
79.《希腊的神话和传说》，[德]斯威布著，楚图南译，人民文学出版社，2002 年版。
80.《俄狄浦斯王》，载《索福克勒斯悲剧二种》，罗念生译，人民文学出版社，1961 年版。
81.《神曲》，[意]但丁著，王维克译，人民文学出版社，1980 年版。
82.《哈姆莱特》，载《莎士比亚悲剧四》，[英]莎士比亚著，卞之琳译，人民出版社，1988 年版。
83.《伪君子》，[法]莫里哀著，李健吾译，上海译文出版社，1980 年版。
84.《浮士德》，[德]歌德著，董问樵译，复旦大学出版社，1982 年版。
85.《悲惨世界》，[法]雨果著，李丹、方于译，人民文学出版社，1978—1983 年版。
86.《红与黑》，[法]司汤达著，郝运译，上海译文出版社，1986 年版。
87.《高老头》，[法]巴尔扎克著，傅雷译，人民文学出版社，1954 年版。
88.《双城记》，[英]狄更斯著，石永礼译，人民文学出版社，2005 年版。
89.《德伯家的苔丝》，[英]哈代著，张谷若译，人民文学出版社，1957 年版。
90.《卡拉马佐夫兄弟》，[俄]陀思妥耶夫斯基著，耿济之译，人民文学出版社，1981 年版。
91.《安娜·卡列尼娜》，[俄]托尔斯泰著，周扬、谢索台译，人民文学出版社，1978 年版。
92.《母亲》，[俄]高尔基著，瞿秋白等译，人民文学出版社，1980 年版。
93.《百年孤独》，[哥伦比亚]加西亚·马尔克斯著，黄锦炎等译，上海译文出版社，1984 年版。
94.《喧哗与骚动》，[美]福克纳著，李文俊译，上海译文出版社，1984 年版。
95.《等待戈多》，[爱尔兰]萨缪埃尔·贝克特著，施威荣译，人民文学出版社，2002 年版。
96.《沙恭达罗》，[印]迦梨陀娑著，季羡林译，人民文学出版社，2002 年版。
97.《泰戈尔诗选》，[印]泰戈尔著，冰心译，湖南人民出版社，1981 年版。
98.《雪国》，[日]川端康成著，高慧勤译，漓江出版社，1985 年版。
99.《一千零一夜》，[阿拉伯]纳训译，人民文学出版社，1957 年版。
100.《外国文学作品选》(两卷本)，郑克鲁编，高等教育出版社，2005 年版。

参考文献

[1] 陈军，吕晓洁. 新编文学欣赏[M]. 北京：科学出版社，2007.
[2] 方铭，杨俊. 新大学语文[M]. 合肥：合肥工业大学出版社，2006.
[3] 朱东润. 中国历代文学作品选[M]. 上海：上海古籍出版社，2002.
[4] 谢昭新. 中国文学名作欣赏[M]. 北京：科学出版社，2000.
[5] 徐中玉. 大学语文[M]. 4 版. 上海：华东师范大学出版社，1994.
[6] 谢冕，洪子诚. 中国当代文学作品精选[M]. 北京：北京大学出版社，2002.
[7] 严家炎，孙玉石，温儒敏. 中国现代文学作品选[M]. 北京：北京大学出版社，2001.
[8] 魏饴，刘海涛. 文艺鉴赏概论[M]. 北京：高等教育出版社，2001.
[9] 冯种芸. 庄子散文选集[M]. 天津：百花文艺出版社，2006.
[10] 郁贤皓. 中国古代文学作品选[M]. 北京：高等教育出版社，2003.
[11] 潘慧惠. 中国古代文学作品选：修订本[M]. 杭州：浙江大学出版社，2004.
[12] 彭定求. 全唐诗[M]. 延吉：延边人民出版社，2004.
[13] 谢思炜. 白居易诗选[M]. 北京：中华书局，2005.
[14] 中华书局. 毛诗正义 · 十三经注疏[M]. 北京：中华书局，1980.
[15] 余冠英. 乐府诗选[M]. 北京：中华书局，2012.
[16] 徐陵. 玉台新咏[M]. 上海：上海古籍出版社，2007.
[17] 白居易. 白居易集[M]. 顾学颉校点. 北京：中华书局，1979.
[18] 杜甫. 杜甫诗集[M]. 北京：中国国际广播出版社，2011.
[19] 李璟，李煜. 南唐二主词笺注[M]. 北京：中华书局，2013.
[20] 苏轼. 苏轼诗选[M]. 北京：人民文学出版社，1984.
[21] 陆游. 陆游诗选[M]. 北京：人民文学出版社，1957.
[22] 李清照. 李清照集校注[M]. 王仲闻校注. 北京：人民文学出版社，1979.
[23] 辛弃疾. 辛弃疾词集[M]. 上海：上海古籍出版社，2010.
[24] 余秋雨. 余秋雨的历史散文[M]. 郑州：河南文艺出版社，2008.
[25] 凡尼，郁苇. 戴望舒作品集[M]. 北京：现代出版社，2016.
[26] 瑞峰. 现代名家名作 戴望舒作品选. 北京：中央民族大学出版社，2005.
[27] 萧枫. 戴望舒经典作品[M]. 开封：河南大学出版社，2004.
[28] 戴望舒. 我用残损的手掌[M]. 上海：复旦大学出版社，2006.
[29] 张晓风. 张晓风经典作品[M]. 北京：当代世界出版社，2004.
[30] 张晓风. 从你美丽的流域[M]. 南京：江苏文艺出版社，2006.
[31] 舒婷. 舒婷的诗[M]. 北京：人民文学出版社，1994.
[32] 周俊. 海子、骆一禾作品集[M]. 南京：南京大学出版社，1991.
[33] 舒婷，顾城. 舒婷顾城诗选[M]. 福州：福建人民出版社，1982.
[34] 徐志摩. 徐志摩精选集[M]. 北京：北京燕山出版社，2006.
[35] 卞之琳. 汉园集[M]. 北京：商务出版社，1936.
[36] 刘守兰. 英美名诗解读[M]. 上海：上海外语教育出版社，2003.

[37] 朱琳. 西方文学名家名作欣赏[M]. 北京:中国人民公安大学出版社,2009.
[38] 西渡. 名家读外国诗[M]. 北京:中国计划出版社,2005.
[39] 席慕蓉. 席慕蓉诗集[M]. 北京:作家出版社,2010.
[40] 叶芝. 叶芝诗选:英汉对照[M]. 袁可嘉,译. 北京:外语教学与研究出版社,2012.
[41] 裴多菲. 裴多菲诗选[M]. 孙用,译. 北京:作家出版社,1954.
[42] 吴福辉,陈子善. 背影・匆匆[M]. 上海:复旦大学出版社,2004.
[43] 惠特曼. 惠特曼诗选[M]. 赵萝蕤,译. 北京:外语教学与研究出版社,2013.
[44] 萧乾,柳鸣九. 外国小说名作欣赏[M]. 北京:北京大学出版社,2012.
[45] 陈思和,止庵,等. 中国现当代小说名作欣赏[M]. 北京:北京大学出版社,2012.
[46] 雷达. 新世纪小说概观[M]. 太原:北岳文艺出版社,2014.
[47] 刘霞云. 当代名家小说研究[M]. 合肥:安徽文艺出版社,2016.
[48] 孙宏哲. 中国古代小说的发展历程透析[M]. 北京:中国书籍出版社,2014.
[49] 徐潜. 中国古代小说变迁[M]. 长春:吉林文史出版社,2014.
[50] 吕玉华,王平,等. 中国古代白话小说传播研究[M]. 济南:山东教育出版社,2016.
[51] 纪德君. 中国古代小说文体生成及其他[M]. 北京:商务印书馆,2012.
[52] 何永生. 创作小说的技术与阅读小说的技术[M]. 北京:世界图书出版公司,2014.
[53] 张中行. 名作欣赏[M]. 北京:中国和平出版社,2010.
[54] 蒋防. 中国古代短篇小说选[M]. 北京:外文出版社,2016.
[55] 张进德,王利锁. 中国古代文学作品:(上下)[M]. 郑州:河南大学出版社,2014.
[56] 冯梦龙. 警世通言[M]. 北京:中华书局,2009.
[57] 蒲松龄. 聊斋志异[M]. 太原:三晋出版社,2008.
[58] 曹雪芹,高鹗. 红楼梦[M]. 刘世德,校注. 南京:江苏古籍出版社,2000.
[59] 鲁迅. 鲁迅小说全编[M]. 杭州:浙江文艺出版社,1991.
[60] 老舍. 老舍小说集[M]. 北京:中国社会出版社,2005.
[61] 张爱玲. 倾城之恋金锁记[M]. 北京:当代世界出版社,2002.
[62] 莫言. 透明的红萝卜[M]. 北京:作家出版社,2002.
[63] 陈忠实. 陈忠实文集:第 4 卷[M]. 北京:人民文学出版社,2015.
[64] 海明威. 太阳照常升起[M]. 方华文,译. 南京:译林出版社,2012.
[65] 加西亚・马尔克斯. 百年孤独[M]. 范晔,译. 海口:南海出版公司,2011.
[66] 米兰・昆德拉. 不能承受的生命之轻[M]. 许钧,译. 上海:上海译文出版社,2003.
[67] 关汉卿,等. 元杂剧精选[M]. 太原:山西古籍出版社,2005.
[68] 汤显祖. 牡丹亭[M]. 上海:华东师范大学出版社,2006.
[69] 孔尚任. 桃花扇[M]. 欧阳光,校点. 长沙:岳麓书社,2003.
[70] 老舍. 茶馆[M]. 天津:天津人民出版社,2005.
[71] 曹禺. 雷雨日出[M]. 北京:人民文学出版社,2010.
[72] 埃斯库罗斯. 古希腊戏剧选[M]. 罗念生,等译. 北京:人民文学出版社,2012.
[73] 威廉・莎士比亚. 莎士比亚悲剧集[M]. 朱生豪,译. 南京:译林出版社,2012.
[74] 董健,马俊山. 戏剧艺术十五讲[M]. 北京:北京大学出版社,2004.
[75] 吕效平. 戏剧学研究导引[M]. 南京:南京大学出版社,2006.
[76] 廖可兑. 西欧戏剧史[M]. 北京:中国戏剧出版社,2007.

[77] 陈白尘,董健. 中国现代戏剧史稿 1899—1949[M]. 北京:中国戏剧出版社,2008.
[78] 董健,胡星亮. 中国当代戏剧史稿 1949—2000[M]. 北京:中国戏剧出版社,2008.
[79] 周慧华,宋宝珍. 西方戏剧史通论[M]. 杭州:浙江大学出版社,2008.
[80] 顾春芳. 戏剧学导论[M]. 北京:北京大学出版社,2014.
[81] 张庚,郭汉城. 中国戏曲通史[M]. 北京:文化艺术出版社,2014.
[82] 季中扬,赵峻,杨旺生. 西方戏剧经典作品选讲[M]. 南京:南京大学出版社,2015.
[83] 威廉·哈兹里特. 莎士比亚戏剧中的人物[M]. 顾钧,译. 上海:华东师范大学出版社,2009.
[84] 余琍萍,方一舟. 影视文学[M]. 北京:北京理工大学出版社,2012.
[85] 陈阳. 影视文学教程[M]. 北京:中国人民大学出版社,2013.
[86] 张福起,房伟. 影视作品分析[M]. 济南:山东人民出版社,2010.
[87] 李亦中. 中外影视精品赏析[M]. 北京:北京大学出版社,2010.
[88] 江铁成,于杨. 影视赏析[M]. 合肥:合肥工业大学出版社,2015
[89] 弗兰克·达拉邦特,石语. 肖申克的救赎[J]. 世界电影,2004(2):52-103.
[90] 邓滢. 解析韩剧《大长今》的艺术特色[J]. 北方文学,2015(11):115-116.